国家社会科学基金项目资助
汕头大学资助出版

"文学场"视域中的西南联大诗人群研究

邓招华 著

人民出版社

序

　　说起来我和邓君招华是有缘分的。他 2009 年毕业于山东师范大学，获得博士学位；我 1988 年从山东师范大学硕士毕业，同出一个校门，他的导师魏建先生是我的师兄；他的学位论文选择了《西南联大诗人群研究》，我的学位论文则是《论四十年代的"九叶诗派"》，关注领域有许多重合之处；更重要的是我和招华都属于不善言谈之人，来不得太多的灵活与精明，他此前的两本著作《西南联大诗人群史料钩沉汇校及文学年表长编》《现代新诗文本细读与诗学阐释》，也和他的人一样，扎实可信，所以当招华想让我为他的新著作序时，我便欣然应允。

　　20 世纪 40 年代的现代新诗创作是繁复驳杂的，感应着战争时代的敏锐神经，诗人们不断地调整着自己的艺术坐标，在诗艺追求与现实关怀的艰难抉择之中，以丰富多样的创作实践形成了"众声喧哗"的诗坛格局，然而这种"众声喧哗"的诗歌创作现象一直以来没有得到很好的梳理与呈现。新时期以来，在流派研究范式与"现代主义"诗歌阐释框架中，学界的关注焦点主要为"九叶诗派"，甚至将其视为代表着 20 世纪 40 年代最高诗艺成就的诗歌流派。这在某种程度上遮蔽了 20 世纪 40 年代繁复驳杂的诗坛真相。譬如，以冯至、穆旦为代表的西南联大诗人群的诗歌创作实绩无疑构成了新诗发展链条上重要的一环，却在这种诗学阐释框架中被肢解、被忽视，面目模糊不清，阻挠了人们对

20世纪40年代具体而丰富的新诗创作图景的深入挖掘和体认。这自然值得我们深思。在注重线性历史叙事的流派研究框架中,人们很容易从抗战前的"现代派"过渡到战后的"九叶诗派",形成一个有关中国现代主义诗歌发展的完美叙事,然而就在这种看似完美的叙事中,新诗共时性的错综复杂的历史存在也很大程度上被简化,甚至被遮蔽。或许,这也是流派研究范式难以避免的一个研究流弊。显然,我们需要回归历史现场,在历史图景的丰富性之重构中,重新考察、辨别20世纪40年代繁复的诗歌实践。

在这个意义上,招华的著作《"文学场"视域中的西南联大诗人群研究》可谓对这个学术诉求的一个很好回应。该著作借鉴"文学场"理论,在20世纪40年代整体的历史脉络与文学场中,考察西南联大诗人群的存在及其创作,力图"在对既有范式的'抵制'与'改写'中,突破固化的知识谱系对历史复杂性的简化、遮蔽,凸显西南联大诗人群的独立存在及其特殊的诗学意义与价值。"这首先体现出作者一种清醒的问题意识与学术认知,作者一针见血地指出:

作为一次事后的命名,"九叶诗派"是新时期以来流派研究范式操作下的一个知识话语产物,并不具有真实的历史发生学上的意义。即是说,"九叶"从"集"到"流派"的过程是一种"书写权力的产物,而不是历史存在"。或许,重要的是"叙述"的年代,而不是"被叙述"的年代,"叙述"年代的历史肌理更值得关注、考辨。"九叶诗派"阐释框架是20世纪80年代社会思想解放的产物,在当时的历史语境中解放了曾经遭压抑的文学创作现象,由此成为当下诗学阐释话语的一个内在肌理与组成部分。如此,仅从历史发生学的层面考辨、质疑"九叶诗派"的存在与否(这种考辨很容易做到),显然并不具有突出的学术意义。在这里,重要的是对人们何以如此阐释的话语机制进行深层剖析,不再仅仅是对一个具体诗歌流派的考察、审视,而是上升为对一种研究范式与话语机制的反思与突破,由此透视话语机制内在的痼疾。流派研究范式依然是一种外在的知识话语框架，并不等同于新诗发展的本然，也在一种大而化之的诗学概括中，模糊甚至忽略了新诗复杂的诗学构想以及具体诗人的写作实践，在一种不无本质化的学术追求中，简化乃至压缩了新诗特殊的语境压力以及历史自身的复杂存在。

在清醒的问题意识与学术认知的指引下，该著作打开了被固化话语机制所遮蔽的历史褶皱，展现出历史空间的丰富性，在历史场景的复杂性面相中奠定了探究西南联大诗人群的学理基础。如果说既往的流派研究范式注重线性历史叙事以及逻辑性"规律"的发掘，这种关于新诗发展的线性历史想象，在很大程度上是一种知识谱系的话语建构，历史现场的空间性、多样性和复杂性也在有意或无意中被简化，乃至被擦拭，那么招华将"文学场"作为一种分析视域，无疑为作者提供了一种恰切的文学社会学分析方法。通过引入、借鉴场域理论关系性的、历史化的、动力学的分析方式与范畴，著作突破了流派研究范式的整一化、本质化追求对复杂历史现象的简化与遮蔽，在历史场景的空间性、丰富性的重构中，展现出西南联大诗人群具体而丰富的存在样貌，并在最基本的诗学层面上，将西南联大诗人群从"九叶诗派"的阐释框架中独立出来（以往人们将穆旦、杜运燮、郑敏、袁可嘉等纳入"九叶诗派"考察，某种程度上肢解了西南联大诗人群的完整存在）。这不仅是对文学真实的一次历史还原，而且是对既往的诗学话语谱系的一次整体突破。诚如作者在绪论中所述：

> 本书对西南联大诗人群的研究，并不是将其视为一个独立的流派，以一个所谓新的"流派"取代人们以往指认的"流派"（如"九叶诗派"），恰恰相反，本书力图打破流派研究范式对历史的简化、遮蔽，在历史场景的还原中，展现西南联大诗人群具体而多样的存在。这需要我们进入 20 世纪 40 年代整体的历史场域，穿梭于历史、政治、文化、艺术等多重语境的交叉地带，完成对西南联大诗人群的身份辨识。通过辩驳发生于审美因素与文化政治之间的矛盾、纠葛，考察其如何在与时代话语的竞争、纠葛中展现一己的

特殊存在与形象。

这种自觉的诗学意识与独立的研究路径，使著作能够在场域自身繁复的内部构成的透视中，"在历史自身的多重面相中呈现西南联大诗人群生成与演变的复杂缠绕的动力学机制"。这种动力学机制表现为："西南联大在严峻的现实环境中保持了一个独立、自足的学院空间，以及一种自由的学院文化，西南联大诗人群正是凭借丰厚的学院文化资源，占据着'文学场'中的有利位置，从而发展出自己独立的文学活动策略。"以此动力学机制为考察基点，著作进一步对"西南联大的校园环境、文学讲授、师承关系、社团刊物等制度性因素做出一个基本的历史描述，进而呈现出西南联大诗人群如何运用场域中的文学生产机制，形成自我的文学立场和选择倾向"。在此，我惊异于招华对丰富史料的开掘与把握，他以大量的文献史料为基础，对西南联大学院文化的生成、"象征资本"的积累、文学生产机制的形成等进行了勾勒与描述。这种描述突破了以往流派研究浮光掠影式的概述，以扎实的史料呈现出西南联大诗人群具体的存在样貌及其精神质素。在历史场景的还原中，我们看到了西南联大如何在地缘政治的角斗中维持"精神独立、思想自由"的学院化立场，西南联大诗人群如何运用学院化精神文化资源进行自我心性的拓展与提升。同时，著作也勾勒出了西南联大文学生产机制的两个基本层面，即文学教育与文学创作的互动关联，以及文学社团对文学创作的支撑与形塑，一种完整的文学生产图式得以呈现出来，并在诸多方面影响与规约着西南联大的诗歌创作。

这种文学社会学的考察，既有坚实的史料支撑，也有宏阔的研究视域。招华始终在文学场的动态演进中把握、辨析西南联大诗人群的诗歌创作实践，指出西南联大诗人的"诗艺探索是自足的场域、特定的惯习、丰富的文化资本三者之间互动互涉的结果"，而在其文学策略选择的背后，隐含着一种社会资本分布及权力配置关系，这种社会权力关系既是特定历史条件的产物，也会随着社会政治形势而有所变化。由此，联大后期朗诵诗创作也被纳入考察的整体性之中，突破了多数研究者将联大后期朗诵诗创作排斥于研究范畴之外的偏颇。在招华看来，联大朗诵诗创作既是社会激进政治思潮的一种反映，也是联大后期政治文化氛围转变的一个文学症候，甚至表征着一种新的政治诗学在联大校园兴起。同时，这也构成我们整体考察西南联大诗人群不可或缺的一个组成部分。探究这种写作行为及其背后的文学立场，可以更好地勘探以往为本质化的简化叙事所遮蔽的历史层面，从而凸显出西南联大诗人特殊的诗学压力及其具体而复杂的创作实践。如此，从文学场视域切入，立足于文学社会学的缜密考辨与描述，著作成功地将西南联大诗人群完整的历史风貌呈现于读者面前。

　　在对西南联大诗人群身份辨识与文学生产的文学社会学探讨的基础之上，著作对西南联大诗歌创作的分析、阐释落实到新诗自我生成的诗学层面上，也即从新诗如何包容现代经验、以拓展一个新的诗美空间这个基本诗学层面考察西南联大诗歌创作的价值和意义。具体的探讨在两个层面上展开，即诗歌的现代性体验内涵与现代诗形的建构。这种诗学探讨避开了或者说超越了浪漫主义与现代主义之争的诗学纠葛和理论陷阱，将新诗的"主题深度和想象力向度设定在它与中国历史的现代性的张力关系上"，这无疑是对不无贫乏化、空洞化的"主义"阐释框架的一种扬弃。作者没有简单化地将西南联大诗歌创作界定为浪漫主义或现代主义，而是在诗歌表达与历史语境的多重纠葛中，从艺术创造与时代内蕴的张力关系中考察西南联大诗人的创作，并由此指出在战争的非常环境中，西南联大诗人群一方面"将广阔的文化艺术资源尤其是异域的文学资源内化为自身的精神资源，由此获得了一种鲜明的现代意识与现代体验，拓展了新诗对现实生活经验的包容度以及诗歌表达的深邃性"，一方面"在其自觉的诗学观念驱动下，西南联大诗人的诗歌创作表现出对现代诗形的一种积极建构，并通过知性化的诗学策略、戏剧化的表达策略等激活了现代汉语潜在的诗性活力，把新诗的表达推到一个新的水平"。可贵的是，这种缜密的诗学探讨是以大量的文本细读为基础的，扎实的文本细读功夫使作者的论述充实而有说服力。譬如，通过大量的文本细读，以及精密的诗学阐释，作者如此论述西南联大诗人对现代体验的抒写：

> 他们的诗歌创作对生命存在的形而上追思，对现代"自我"的深邃审视，使他们得以把现代中国的命运和生活的激变以及忧虑、孤绝、放逐感等感受表达出来。这不但以"自我"为内核建立起了新的诗歌言说的话语据点，而且成功地回应了新诗包容广阔的现代历史经验的诗学课题。他们对爱情的独特体验，成就了一种充满着分裂、焦虑、痛苦乃至绝望的爱情抒写，既体现着一种现代生命体验的广度与深度，也为新诗带来了一种全新的品质，表征着新诗在包容、扩张现代历史经验的层面上一个新的拓展。联大诗人对战争的描述在震惊性的体验中，更多了一份对战争的深层反思，以及一种超越性的普遍关怀。这既是他们立足于学院空间对严酷的战争事实的艺术回应，也是他们在惨烈的战争氛围中自我生命体验的抒写，使新诗在回应独特的历史时代经验的同时获得了一种新的诗歌质地。

这种论述突破了"主义"阐释框架，尤其是"现代主义"诗歌阐释框架，有意或无意地将"中国现代文学自身的问题往往变成了西方思想、意识乃至文学技巧在中国文学中的投影"，从而某种程度上挤压掉了新诗特殊的语境压力与诗学构想的研究流弊。在这里，诗学阐释是紧贴新诗与现代中国历史的互动关联，扎根于20世纪40年代的战争历史语境，是接地气的本土化的诗学阐释，这既凸显了西南联大诗歌独特而深邃的内涵，也令人信服。同样，有关西南联大诗人对现代诗形建构的推进，作者从新诗形式秩序寻求的诗学层面进行整体观照，着眼于新诗现代诗形探索的艰难历程，确认西南联大诗人的戏剧化表达策略、知性化诗学策略的诗学价值：

> 其诗歌表达中戏剧化表达策略的运用，是对新诗流于直接陈述和激情宣泄的表达结症的一次有力纠偏，在诗歌传达的客观性和间接性的美学追求之中，带来了一种具体、客观的诗美效果，容纳了

更加丰富、驳杂的经验和厚重、稠密的信息，扩展了诗歌的表达内涵，而其知性化的诗学策略是立足于现代汉语的自身特质的一种诗学选择与实践，由此增强了现代汉语的语言弹性以及语言内部的张力，真正激活了现代汉语潜在的诗性活力。这些都表征着一种新的诗艺探索，甚至代表着 20 世纪 40 年代诗歌探索的最前沿……抵挡了时代的写实主义的大众化诗学压力，以现代白话承载了现实生存感受的诗意传达，以一种新的现代诗形传达出了复杂曲折的现代经验。

这样，尽管作者指出了西南联大诗人的戏剧化表达策略、知性化诗学策略有着对西方现代诗学资源的借鉴，却也指出这"不能仅仅视为西方现代诗歌潮流的'单向度'影响的结果，更应该视为直面新诗自身问题的一种特殊诗学构想与写作策略"。显然，作者是从新诗发生的历史根基及其包蕴的形式秩序寻求这个基本诗学层面切入对现代诗形建构的思考，而不是简单地以西方诗学理论来衡量、剪裁中国新诗创作实践。诚如作者所述，现代诗形建构"关涉着在对古典诗歌语言特殊性的废黜中，'现代经验'与'诗歌文类'之间微妙复杂的对话，是一种弥合工具语言与现代感性的分裂，重新调整诗歌的想象机制，更新诗歌表意方式的整体构想，从而建构新的象征体系的艺术追求与实践"。正是立足于这基本的诗学层面，作者提炼出了西南联大诗人群的戏剧化表达策略与知性化诗学策略，认为这构成其诗歌创作中一种整体性的美学策略，并以具体的文本创作支撑起一种新的诗歌书写方式，进而将现代诗形的建构提升至新的美学实践层面。西南联大诗人诗歌创作的一个重要诗学价值亦由此得以凸显。

让人欣喜的是，招华这部著作不仅有对西南联大诗歌创作的整体论述与分析，而且有着对具体诗人创作的细致考察与精密论述。譬如该著作对冯至、穆旦诗歌创作进行了深入而别致的诗学考察与辨析。冯至在西南联大时期创作了《十四行集》，以对生命、存在等根本性问题的深邃诗思而成为诗歌史上的经典之作。研究界以往也多从生命的沉思、存在的决断、命运的担当等哲思层面解读《十四行集》。作者将《十四行集》的创作置于西南联大整体的文化语境中考察,从冯至的心路历程与诗歌创作的互动关联切入,首先对冯至20世纪30年代诗歌创作停滞进行了深层溯因,指出浪漫主义诗学的内在缺陷与冯至自我的精神危机纠结一体,促使冯至在20世纪30年代放弃了诗歌创作,而西南联大静谧的学院文化语境,无疑为改变这一切提供了一个精神契机。作者令人信服地论述道:

> 身处西南联大学院空间,冯至得以摆脱青年时期的惶惑、焦虑,而步入一种泰然、澄澈、敞亮的心灵状态。在这里,西南联大的学院化生活是一个重要的精神节点。一方面是战争的暴虐、死亡的触手可及,一方面是相对清静的学院中的阅读与沉思,时代的生死考验与深广的精神思考相融合,这特殊的历史语境激发、调动了冯至20世纪30年代从里尔克、歌德精神世界中吸取、累积的精神性因素,使其得以远离、超越时代的风暴与现实的浮华,潜心观察、体验生命的细微波动,洞察、领受生命的存在,进而创作十四行诗。

在作者看来,《十四行集》的创作即是冯至在西南联大的文化语境中,对留学德国时期吸纳的里尔克、歌德等诗人的精神性因素的一种诗性演练和艺术结晶。相对于以往对《十四行集》的研究多立足于内部文本细读,这是一个可喜的突破,道出了《十四行集》创作一个重要的社会性因素。正如作者所述,"学院化的生活及其精神空间成为《十四行集》创作一个必要的社会性条件,也展现出西南联大学院文化与诗歌创作互动生成的一个诗学侧面"。同样,作者对穆旦诗歌创作"非中国性"内涵的论述也不无新意,限于篇幅,这里不再详细述说。

整体上,招华这部著作从宏阔的"文学场"视域出发,在20世纪40年代战争的现实环境、政治的白热化、知识左翼扩大化、文艺大众化论争等多重历史脉络与时代语境中,考察西南联大诗人群的生成及其演变轨迹。著作力图展现西南联大诗人群如何依凭着学院空间的制度性条件与学院文化的丰厚精神资源，进而如何在与时代话语纠葛、抵抗的历史进程中确立自己独特的诗人群体形态。这种独立而开放的研究路径，使著作既有文学社会学的精密勘探与考辨，也有文本细读的缜密分析与论说，更有诗学阐释的独到见解与辨析，很好地实现了研究的最初愿景，向着考察、辨别 20 世纪 40 年代繁复的诗歌创作实践迈出了坚实的一步，将对西南联大诗人群的整体研究水准向前推进了许多。我以为，这部著作的出版，乃近年新诗研究领域一个精致而重要的收获，期待招华未来的学术研究成果更丰硕、更精彩。

罗振亚

2022 年 5 月 5 日于天津阳光一百家中

目　录

绪　　论

　　以冯至、穆旦为代表，包括杜运燮、郑敏、袁可嘉、王佐良、罗寄一、俞铭传、赵瑞蕻、马逢华、杨周翰、周定一、刘北汜、林蒲等在内的西南联大诗人群，以突出的诗歌创作实绩构成了现代新诗发展链条上重要的一环。相较于其重要的诗艺成就而言，西南联大诗人群一直没有得到应有的重视和充分的研究，更有甚者，其命名也没有获得学界的一致认可。多数研究者将西南联大诗人群视为"九叶诗派"或"中国新诗派"的一个组成部分，没有将其视为一个独立的研究对象，取消了西南联大诗人群的独立性存在。在多数文学史的书写中，西南联大诗人群也没有获得独立性的历史地位。尽管近些年来学界对于西南联大诗人群的研究取得了不少进展与成果，却仍然难以突破既往的诗歌阐释框架，在整体的诗学话语体系中，西南联大诗人群依然处于一种模糊不清的历史定位与尴尬纷扰的言说之中。在这个意义上，西南联大诗人群依然是一个被遮蔽的诗人群体。这在某种程度上显示了诗歌研究领域的一种症候，值得人们深思。

一

　　西南联大诗人群的被忽视，乃至被遮蔽，处于一种尴尬的言说境地，在很大程度上与新时期以来诗歌研究领域的流派研究范式相关。新时期伊始，人们重新给新诗定性、归类和划派。可以说，对新诗社团或流派的重新挖掘、发现和认定，既是新时期新诗研究的起点，也是新时期伊始最突出的成果。在某种意义上，"以流派研究为框架，以语言、形式、观念问题为核心，以中西融合的现代追求为理想的讨论模式，已成为新诗研究的一个主导性的'范式'，潜在地支配了大多数研究的展开"①。这种流派研究的范式，在使新诗研究形成一套自足的方法、问题和框架的同时，也带来了某种封闭性。一个突出的表征是，当研究者过于拘泥于某一流派，总是试图整一地寻求其整体特征时，也在某种本质化的追求中简化了历史，从另一个侧面掩盖了历史的复杂性。当人们以流派的不断更替来描述新诗的发展历史，新诗的历史就成为一种流派替代另一种流派的历程。在这种流派"更替"的描述中，新诗的具体而复杂的历史原貌在很大程度上被简化、被擦拭。

其实，"任何范式、框架都不是可以脱离具体'使用'的自明性存在，其发生、展开总是受特殊的历史条件、语境的制约或鼓励的"。流派研究范式首先是 20 世纪 80 年代"一种广泛的思想、文化自我建构的一部分"，"其活力和有效性，也是依托于当时的历史要求的"②。在 20 世纪 80 年代的历史语境中，伴随着对庸俗社会学的批判，对以往遭压抑、边缘化、异质的新诗社团或流派的指认，无疑对于解放、拓展人们的研究视野具有积极的作用，然而当其上升为主流的研究模式、阐释框架，显示出整一化、本质化倾向，其内在的危机也暴露无遗。在学术的体制化过程中，流派研究日益丧失了原本清新、尖锐的问题意识，沦为学术生产机制的一种学术套语，学术的惰性显而易见。更有甚者，关于流派发展、更替的线性描述最终演绎成一种"目的论"叙事，即新诗

---

①　姜涛：《"新诗集"与中国新诗的发生》，北京大学出版社 2005 年版，第 1 页。

②　姜涛：《"新诗集"与中国新诗的发生》，北京大学出版社 2005 年版，第 2 页。

的发展被描述为依据一定内在规律，朝着一种完美的审美理想趋近的历程。① 这种内在规律、辩证逻辑的总结和强调，是黑格尔式绝对精神理念及其总体性历史观念的投射，更多的是知识谱系的一种话语建构，并不符合新诗发展的本然，新诗共时性的交错、偶然、复杂的历史存在也很大程度上被简化、遮蔽。西南联大诗人群的被遮蔽即发生在这一知识话语体系之中。

　　由于战争的外在的偶然因素，西南联大诗人群得以出现在新诗的历程中。这与其说是一种时间上的线性必然，不如说是一种空间上的偶然。而在历时性的线性流派研究范式之中，人们忽略了新诗共时性的交错存在，很容易从抗战前的"现代派"直接过渡到战后的"九叶诗派"，从而形成一个现代主义诗歌发展的完美叙事。就在这种叙事"完美"的追求之中，西南联大诗人群具体的存在被忽略乃至被压抑。作为一个事后的命名，"九叶诗派"是典型的流派研究范式的产物。1981年《九叶集》出版时，书名的副标题只是"四十年代九人诗选"，但人们很快将其指认为一个流派："围绕着在当时国统区颇有影响而终于被国民党反动派查禁了的诗刊《诗创造》和《中国新诗》，在风格上形成了一个流派。"② 这种指认是当时社会语境的一种症候式表达与体现，首先以一种"反拨"的姿态，解放了长期受到主流意识形态压抑，因而处于边缘地位和"异质"状态的诗歌现象。这对于拓展人们对新诗整体面貌的认知，自有其意义，然而这只是一种研究范式的操作而已，并不符合历史实际，在 20 世纪 40 年代诗坛上并不存在一个真实的"九叶诗派"。这是流派研究范式的症候式体现，值得稍加考察与分析。

　　目前，学界对"九叶诗派"的指认，典型的表述有："他们（辛笛

---

　　① 有论者指出，这种叙事的典型如龙泉明的《中国新诗流变论》，在此新诗的发展线索被概括为草创、奠基、普及与深化四个阶段和以郭沫若、戴望舒、艾青为代表的三次整合过程。在这一总的历史图景之下，作者强调的是各个诗潮流派间的关联、互补、发展和递进，并进而将新诗历史的内在规律清理了出来："循环着由合—分—合的规律，即肯定—否定—肯定的辩证发展过程。"参见姜涛《"新诗集"与中国新诗的发生》，北京大学出版社 2005 年版，第 14 页。

　　② 袁可嘉：《九叶集·序》，江苏人民出版社 1981 年版，第 4 页。

等五人。——引者注）的这一果决行动（《中国新诗》的创刊。——引者注）得到了穆旦、杜运燮、郑敏、袁可嘉四人的鼎力相助，九叶诗派正式结成，'中国新诗'也就成为他们的主要阵地"①；"1948 年 6 月《中国新诗》第 1 集出版，客观上宣告这个流派的诞生"②；"九叶诗派形成于《诗创造》时期，成熟于《中国新诗》时期"③ 等。通过知识考古学的考察可以发现，无论是《诗创造》还是《中国新诗》都不是"九叶诗派"得以诞生的流派刊物。

《诗创造》创刊于 1947 年 7 月，至 1948 年 6 月改编以前，《诗创造》共出了 12 期，其中第 10 期为翻译专号，第 12 期为诗论专号。改编后的《诗创造》是一个现实主义诗风浓郁的刊物，这从《第一声雷》、《土地篇》、《做个勇敢的人》、《愤怒的匕首》等四期刊物名称上，就可以看出诗刊的内容题材和写作风格。通过对改编前《诗创造》刊发作品的 10 期刊物进行考察与统计，情况如下：

> 发表诗歌作品共 243 首，其中，臧克家篇目最多，为 7 首，以下依次为陈敬容：6 首，任钧、康定、沈明：各 5 首，2—4 首的作者很多，其中，唐祈：4 首，唐湜、杭约赫：各 3 首，辛笛：2 首。

> 发表译诗共 59 首，其中，戴望舒：5 首，戈宝权、袁水拍：各 4 首，屠岸：3 首，1—2 首的作者占多数，其中，陈敬容、唐湜：各 1 首。

以上这些数据表明，《诗创造》是一个作者群体庞大的刊物，通常人们所说的"九叶诗人"的创作份额只占很小比例，而穆旦、郑敏、杜运燮、袁可嘉等没有在其中发表诗作。可见，《诗创造》不但不是一个现代主义的诗歌刊物，而且也不是"九叶诗人"集中发表其作品的刊物，更不成其为一个新诗歌流派得以诞生的刊物。

《中国新诗》创刊于 1948 年 6 月，至 1948 年 10 月，共发行 5 期。

---

① 陈安湖主编：《中国现代文学社团流派史》，华中师范大学出版社 1997 年版，第 629 页。
② 游友基：《九叶诗派研究》，福建教育出版社 1997 年版，第 45 页。
③ 游友基：《九叶诗派研究》，福建教育出版社 1997 年版，第 9 页。

由于《中国新诗》发行于《诗创造》改编之时，也由此被指认为一批年轻诗人不满《诗创造》的诗风，而有意发动的"一个与西方现代派不同的中国式的现代主义诗歌运动"①。人们后来也据此称"九叶诗派"由此得以形成，也有研究者称为"中国新诗派"。据笔者考察，《中国新诗》发表诗作并不多，每期 20 首左右，分量比较单薄。除"九叶诗人"以外，另有近 20 位诗人在其上发表诗作或译诗。"九叶诗人"中，袁可嘉仅在第二期发表 2 首，郑敏仅在第一期发表 3 首，数量非常之少。穆旦发表 7 首诗作，但《暴力》、《手》、《我想要走》等三首已发表于 1947 年 11 月的《益世报·文学周刊》，首次发表的仅《世界》、《城市的舞》、《诗》、《绅士与淑女》等 4 首。考察穆旦的整个创作历程，1948 年穆旦在《中国新诗》发表诗作，于其创作并不具有特殊的意义。穆旦发表诗作于《中国新诗》只是其创作的自然延续，并不表明穆旦有意发动或参与一场新的诗歌运动。② 显然，仅存在近 5 个月的《中国新诗》难以承担起一个所谓新的诗歌流派得以诞生、成长的重任。在这个意义上，所谓"该刊（《中国新诗》。——引者注）于 1948 年 6 月的创办，标志着以辛笛、穆旦为代表的 40 年代的现代派诗人群体的走向正式的诞生的阶段"③ 也就缺少最基本的事理依据。可见，《诗创造》、《中国新诗》等并不是一个流派刊物，更不成其为"九叶诗派"得以诞生的同人刊物。

当人们以这种不无本质化的流派指认考察 20 世纪 40 年代后期的诗歌创作，进而提炼出"九叶诗派"的命名，无疑在一种大而化之的诗学抽象与概括之中，既模糊了不同诗人的具体创作，也在强求统一的简

①　袁可嘉：《自传：七十年来的脚印》，《新文学史料》1993 年第 3 期。
②　穆旦 20 世纪 40 年代后期处于生活的奔波之中，"非常渴望安定的生活"，这种不安定的生活状态对其诗歌创作有着不可忽视的影响；同时穆旦 1945 年以后的爆发式创作，也与随着抗战胜利而来的内心压抑的释放紧密相关，这一切决定了穆旦 20 世纪 40 年代后期创作的复杂性，远非"在《中国新诗》发表诗作，从而参与一场新的诗歌运动"等简单论述所能概括。这种简单化论述掩盖了诸多历史细节，"非历史化"倾向十分显著。参见易彬《穆旦评传》（南京大学出版社 2012 年版）。
③　孙玉石：《中国现代主义诗潮史论》，北京大学出版社 1999 年版，第 310 页。

单化处理之中牺牲了历史的复杂性，甚至产生了削足适履的效应，有违基本的历史真实。譬如，当人们以"一校二刊"（西南联大、《诗创造》、《中国新诗》）来追溯"九叶诗派"的渊源时，忽视了一个基本的事实，即西南联大时期的穆旦已经是一个成熟的诗人，其诗歌艺术特质的生成与《中国新诗》没有什么关联，也与《中国新诗》中辛笛、杭约赫等人的作品差异甚大。诚如有学者指出："虽然九位诗人的确都曾在《中国新诗》上发表过作品……这并不能够成为'九叶'诗派因此得以成立的充足理由。同在一个刊物上发表作品而艺术立场和风格相去甚远者，从来都大有人在"①，"不明历史状况的研究者，图简便用'九叶'作为40年代中国现代主义诗派的命名，似乎他们九人在40年代就有紧密联系，已经形成一个诗派……则大有商讨的余地。"② 然而，这样一个历史上并不真实存在的流派，却成了新时期以来新诗研究领域的一个热点，并且在不断的阐释中，"九叶诗派"逐步上升为20世纪40年代最显要的一个诗歌流派，甚至被指认标示着20世纪40年代最高的诗艺成就。这是时代知识话语的产物，也是对历史的一种粗暴简化，遮蔽了20世纪40年代复杂的诗歌创作实践，阻碍了人们对20世纪40年代丰富诗歌资源的进一步挖掘和体认。③ 这不能不引起我们的反思。

　　如果说20世纪50年代以后压抑了"九叶诗人"的存在，那么新时期以来流派研究范式本质化的学术偏颇和思维惰性，使得"九叶"这几片"叶子"遮蔽了20世纪40年代丰富多样的诗歌创作的"原始森林"④，也压抑乃至遮蔽了西南联大诗人群的存在。当人们将穆旦、杜

---

① 王毅：《中国现代主义诗歌史论1925—1949》，西南师范大学出版社1998年版，第140页。

② 陆耀东：《中国现代主义诗歌史论1925—1949·序》，见王毅《中国现代主义诗歌史论1925—1949》，西南师范大学出版社1998年版，第3页。

③ 且不说"九叶诗派"是否构成一个流派，20世纪40年代的诗歌创作版图显然比人们通常描绘的"七月诗派"、"九叶诗派"、解放区诗歌创作等板块复杂得多。西南联大的冯至、王佐良、罗寄一、俞铭传等，中法大学的叶汝琏、王道乾等，沦陷区的南星、路易士、吴兴华、沈宝基等，这些诗人的创作表征着20世纪40年代多样而前卫的诗艺探索，不是流派研究范式所能概括，流派研究的学术惰性与流弊在此显露无遗。

④ 具有意味的是，当初"九叶集"的命名即来自几位诗人自认为20世纪40年代诗歌创作的几片"叶子"，并非定位为一个诗歌流派。

运燮、郑敏、袁可嘉等均纳入"九叶诗派"时，西南联大诗人群也就被肢解了，难以成为一个独立的研究对象。可见，随着学术惯性和思维惰性的日益滋长，"九叶诗派"的命名、指认及其阐释框架，阻碍了人们对复杂的文学现象的进一步认知。我们应该打破流派研究范式对历史的简化和遮蔽，有必要将西南联大诗人群从"九叶诗派"的阐释框架中独立出来，①进而在 20 世纪 40 年代具体而复杂的诗歌创作现象的厘析、把握之中，凸显西南联大诗人群的独立存在。

与流派研究范式相伴随的是"主义"的命名与指认，人们往往将某一诗歌流派与某种主义联结起来，在一种主义的命名之中最终完成对一个流派的指认。如指认"七月派"是现实主义，"九叶诗派"是现代主义等。这种"主义"之谓，依然是在一种外在的阐释框架中展开的，并不能有效地对新诗的各种现象和诗人及其作品本身作出合理的阐述。况且，"种种'主义'之谓并没有意识到自身的限度，它们事实上都有待于进行一次立足于本土语境的'正名'，它们自身的含混性势必导致新诗面目的模糊不清"②。这也即是叶维廉所谓比较文学中"模子"的应用问题，在其看来，如果不对东西方文学的"模子"结构有深入的认知，则"'模子'的选择及选择以后应用的方式及其所持的态度，在一个批评家的手中，也可以引发出相当狭隘的错误的结果"③。在这个意义上，叶先生指出当我们用浪漫主义的范畴来探讨五四文学时，也应注意"模子"使用的限度，"五四期间的浪漫主义者，只因袭了以情感

---

① 在学界有关"九叶诗派"的研究蔚然成风的当下，"九叶诗派"的阐释框架已然成为当下诗学阐释话语的一个内在肌理与重要组成部分，无疑具有阐释学意义上的合理性，因而仅从发生学的层面考辨、质疑"九叶诗派"的存在与否，并不具有多大的学术意义。重要的是对人们何以如此阐释的话语机制进行深层剖析，透视话语机制内在的痼疾。如此，对"九叶诗派"的再考察及质疑，不再仅仅是对一个具体诗歌流派的考察、审视，而是应该上升为对一种研究范式与话语机制的反思与突破，以期打开被固化话语所遮蔽的历史褶皱。对本书而言，质疑、突破"九叶诗派"的阐释框架，是为了展现历史空间的丰富性，在历史自身的复杂性面相中奠定探究西南联大诗人群的学理基础。

② 张桃洲：《现代汉语的诗性空间——新诗话语研究》，北京大学出版社 2005 年版，第 2 页。

③ 叶维廉：《东西比较文学中模子的应用》，载《叶维廉文集》第一卷，安徽教育出版社 2002 年版，第 28 页。

主义为基础的浪漫主义（其最蓬勃时是滥情主义），却完全没有一点由认识论出发作深度思索的浪漫主义的痕迹。"① 而以浪漫主义、现实主义、现代主义等三种诗潮概括中国新诗的发展②，是新时期以来诗歌研究的一个主流阐释框架。由于缺乏必要的"模子"认知意识，带来的认知混乱也就在所难免。譬如，有学者质疑将艾青指认为现实主义诗人，认为这是一个似是而非的判断：

> 现实主义诗歌的理念如果套用典型细节、典型环境、典型人物的三大要素，无疑会混淆小说与诗歌之间的文类界限；而如果只以"现实性"这个宽泛的尺度，那么又必然必须面对诸如谁的现实、谁在把持现实的尺度，是生活的现实还是语言（诗歌）的现实等纠缠不清的问题；当然，也有人从精神方面来看待诗歌中的现实主义，把它视为一种观察、表现世界的立场和态度，但这样做的结果是把它当成了一种哲学，不仅取消了它作为一种创作方法的文学意义，而且把它变成了挤兑异己、排斥个人感受和想象力的集体主义意识形态。③

可见，我们需要对这种"主义"阐释框架进行必要的厘析与反思。新时期以来，诗歌研究领域的一个重要现象，即是对"现代主义"诗歌的发掘与确认。以"现代主义"的总体视角阐释新诗，并认为"现代主义诗潮"构成新诗发展历程中一股强大的潜流的认知，也成为新时期诗歌研究的一个主要的研究、阐释框架。尽管在新诗发展历程中，有过"现代派诗"的提法，或"自觉不自觉的现代主义者"的命名，

---

① 叶维廉：《东西比较文学中模子的应用》，载《叶维廉文集》第一卷，安徽教育出版社2002年版，第46页。

② 值得指出的是，现实主义范畴在西方主要用来指称叙事类文学小说以及造型艺术等，有其特定的内涵与规范体系，并且其兴起和衰落都有迹可循，是一个历史性概念。不过，在中国的历史语境中，随着马克思主义的兴起并最终成为居支配地位的意识形态话语，现实主义的文学原则也逐步被确定为基本的文学准则。在此历史语境中，现实主义文学范畴被用以评判包括诗歌创作在内的一切文学创作。然而，这种将一个叙事类文学的批评范畴挪用至诗歌文类的做法，其引发的褊狭性后果显而易见。这是一种意识形态话语的直接运作，也导致了对诗歌的片面而狭隘的理解，是对文学"模子"粗暴滥用的典型体现。

③ 王光明：《现代汉诗的百年演变》，河北人民出版社2003年版，第303页。

但这都是针对着具体的诗人群体，更多的是一种创作手法的指认，并不构成一种总体上的阐释框架与历史描述。20 世纪 80 年代以来，随着社会、文化环境的宽松，将"现代主义诗潮"作为一股遭压抑的"逆流"而挖掘出来，并描述出一个总体的发展历程的阐释框架逐步形成。在这种阐释框架中，从 20 世纪 20 年代的象征派诗歌到 20 世纪 30 年代的现代派诗歌，再到 20 世纪 40 年代的"九叶诗派"，一个脉络清晰的现代主义诗歌发展图式被勾勒出来，并且伴随着论述的充分展开以及叙事的更加完美，"现代主义诗潮"从需要辩护的"逆流"上升为新时期新诗研究的主流，然而当其上升为一个主流的阐释模式，显示出整一化、本质化倾向，其内在的危机也暴露无遗，在看似完美、流畅的美学叙述中，新诗自身内部复杂、微妙的诗学张力也在很大程度上被悄然涂抹。

　　"现代主义"术语在西方是历史追溯的产物，也是一个众说纷纭的概念，[①] 它在多大程度上适合言说中国的诗歌现象，本身就值得追问。有学者指出："现代主义这个术语并不精确，它包含多样化的、对抗性的东西，因此，无法把它化约为一个普遍性的范畴"[②]。现代主义文学是西方繁复的现代文化的症候式体现，其得以产生的思想、文化背景极为驳杂，也与西方现代社会语境中的颓废、虚无等思潮紧密相关。在某种意义上，中国学者对"现代主义"概念的挪用与界定，把"现代主义"视为一个"自明性"的概念，无须辨别、厘析其斑驳、复杂的历史内涵。更有甚者，多数研究者将在西方有着复杂的社会文化背景的现代主义文学进行了一种"非历史化"的处理，在否定其颓废、虚无思想的同时，更多的向其诸多现代技巧敞开大门，将"现代主义"抽象为向内转、意识流、感觉印象化、象征、语言跳跃、晦涩等一系列美学方案，然后用以分析、评价包括新诗在内的诸多文学现象。在诗歌领域，由于"表达的朦胧隐晦、意象性的呈现、经验的内省化等一系列

―――――――――

　　① 在西方语境中，直至 20 世纪 60—70 年代，用以概括 20 世纪西方早期文学运动的"现代主义"概念，才在英语文学研究领域中出现。参见彼得·福克纳著《现代主义》，付礼军译，昆仑出版社 1989 年版，第 2—3 页。

　　② 张松建：《现代诗的再出发》，北京大学出版社 2009 年版，第 17 页。

现代技巧，在某种眼光之中，更符合读者对'诗美'的期待"，也与传统诗歌的含蓄性、意境化、言有尽而意无穷等特征看似有更多的相通之处，诗歌的"现代主义"阐释更受人们青睐。这样，"表达的含蓄性、间接性与主观性，恰恰是现代主义诗歌在过滤、简化之后，留给中国读者的一般印象。"① 这种被抽象化、美学化、技巧化了的"现代主义"诗学阐释仅仅策略性地停留在"含蓄性""间接性"等表现技巧的层面，其阐释的价值与意义值得深思。正如有学者指出，中国学者对"现代主义"的抽象化、技巧化的简单挪用、比附：

> 通过将西方现代主义整体化，设定一个抽象"他者"来确立自己，对身份之特殊性的非批判性追寻，也可能恰恰掩饰了对普遍性更深层次的屈从，换言之，这个"特殊"的主体，恰恰是从一种普遍性中分泌出来的。当研究陷入这样一个本质主义的循环，中国现代诗歌的具体写作实践、承受的特殊压力，微妙缠绕的诗学构想，都会稀释于稳妥的学院"套话"之中，消除了内在的紧张和致密。②

新时期以来，关于现代主义诗歌的研究成果蔚为大观，但视角的单一、观点的雷同、阐释的重复等已是一个不容忽视的问题，一种真正意义上的内在超越与突破却很难获得。一个重要的缘由即是，当关于"现代主义诗潮"的阐述失去了早期的论辩色彩，在常规化的学院研究中沦为一种不无空泛化的本质主义"话语"言说，中国诗歌创作的具体实践、特殊的诗学构想等在这种稳妥的学院"套话"与学术生产流程之中，都被遮蔽乃至消失了。在这个意义上，我们可以说，"时至今日，有关中国现代主义诗歌的研究，似乎已接近'饱和'，很难再生发出新意，这当然源于'现代主义'话题整体上的衰落，但与现代主义

---

① 以上见姜涛《"中国式"的现代主义诗歌：该如何讲述自己的"身世"》，《新诗评论》2006年第1辑。

② 姜涛：《"中国式"的现代主义诗歌：该如何讲述自己的"身世"》，《新诗评论》2006年第1辑。

诗歌历史主体的自我空洞化、贫乏化也不无关联"①。

这也是西南联大诗人群没有得到充分研究的一个深层原因。无论是多数学者将穆旦、杜运燮等纳入"九叶诗派"的研究，还是少数学者将西南联大诗人群从"九叶诗派"中独立出来，② 都无一例外地先将其界定为一个"现代主义"诗歌流派，在"现代主义"话语中展开论述。两者在范围划定的层面上有所不同，但内在的思维定式与言说方式却惊人的一致。西南联大诗人群具体多样的存在以及诗歌创作的丰富性、诗学构想的特殊性，也很大程度上在这种本质主义的"话语"言说之中消失殆尽。

显然，西南联大诗人群的被忽视乃至被遮蔽，本身即是新时期以来诗歌研究领域的研究范式、阐释框架等知识谱系的症候式体现。无论是流派研究范式，还是"现代主义"的诗学阐释，依然是一种外在的知识框架，也在某种制度化的学术生产流程中，模糊甚至忽略了中国新诗特殊的语境压力、复杂的诗学构想以及具体诗人的写作实践。故此，本书对西南联大诗人群的研究首先是对此种研究范式与阐释框架的一种反思与突破，通过引入"场域"理论范畴，在对既有范式的"抵制"与"改写"中，突破固化的知识谱系对历史复杂性的简化、遮蔽，凸显西南联大诗人群的独立存在及其特殊的诗学价值与历史意义。

二

本书指认西南联大诗人群的存在，并非意味着其构成了一个有统一的诗学主张或美学纲领的流派。事实上，他们各自的创作，在诗的内涵与传达方式的美学追求方面有着不小的差异。后期新诗社等倡导的朗诵

---

① 姜涛：《"中国式"的现代主义诗歌：该如何讲述自己的"身世"》，《新诗评论》2006年第1辑。

② 这方面代表性研究有：张同道《探险的风旗——论20世纪中国现代主义诗潮》，将辛笛等五位诗人命名为上海诗人群，使其与穆旦等西南联大诗人群区分开来。张新颖《20世纪上半期中国文学的现代意识》，将西南联大诗人群作为一个独立的实体来考察，论述了西南联大诗人群的现代意识。

诗创作更是与早期穆旦等人具有探索性的创作不可同日而语。这样，本书对西南联大诗人群的研究，并不是将其视为一个独立的流派，以一个所谓新的"流派"取代人们以往指认的"流派"（如"九叶诗派"），恰恰相反，本书力图打破流派研究范式对历史的简化、遮蔽，在历史场景的还原中，展现西南联大诗人群具体而多样的存在。这需要我们进入20世纪40年代整体的历史场域，穿梭于历史、政治、文化、艺术等多重语境的交叉地带，完成对西南联大诗人群的身份辨识。通过辩驳发生于审美因素与文化政治之间的矛盾、纠葛，考察其如何在与时代话语的竞争、纠葛中展现一己的特殊存在与形象。在这个层面上，本书将引入社会学的"场域"理论，深入考察西南联大诗人群在20世纪40年代文学场中的结构性位置及其对西南联大诗歌创作的规约。

"场域"（或"场"）是法国社会学家皮埃尔·布迪厄"反思社会学"的一个核心概念，一个"场域"可以被定义为"在各种位置之间存在的客观关系的一个网络（Network），或一个构型（Configuration）"。布迪厄指出："在高度分化的社会里，社会世界是由大量具有相对自主性的社会小世界构成的，这些社会小世界就是具有自身逻辑和必然性的客观关系的空间，而这些小世界自身特有的逻辑和必然性也不可化约成支配其他场域运作的那些逻辑和必然性。例如，艺术场域、宗教场域或经济场域都遵循着它们各自特有的逻辑。"① 从场域视域考察社会就是从关系的角度进行思考，因为现代社会并不是一个浑然一体的世界，而是由一些各自分化、具有相对自主性的社会小空间构成，也即由一系列彼此交织又日益走向自我调控的场域构成。与"场域"紧密相关的两个概念是"惯习"（Habitus）② 和"资本"（capital）。惯习"由'积淀'于个人身体内的一系列历史的关系所构成，其形式是知

---

① ［法］布迪厄（Bourdieu P.）、［美］华康德（Wacquant L. D.）著：《实践与反思——反思社会学导引》，李猛、李康译，中央编译出版社1998年版，第133—134页。

② 中国学者将"Habitus"翻译为"惯习"、"习性"、"生性"等，除了具体的引用遵循原文外，本书统一使用"惯习"这个术语。

觉、评判和行动的各种身心图式"，① 或者说"惯习就是一种社会化了的主观性"。这一术语提醒人们"所谓个人，乃至私人，主观性，也是社会的、集体的"②。惯习范畴的引入，使布迪厄的社会学说突破了结构主义毫无变通弹性的决定论。一方面，"场域形塑着惯习，惯习成了某个场域固有的必然属性体现在身体上的产物"；另一方面，"这又是种知识的关系，或者说是认知建构的关系。惯习有助于把场域建构成一个充满意义的世界。"惯习与场域之间的这种互动关系，克服了社会学领域由来已久的主观主义与客观主义、自由论与决定论的对立，"在惯习和场域的关系中，历史遭遇了它自己……在行动者和社会世界之间，形成了一种真正本体论意义上的契合"③。

布迪厄社会学说另一个重要的分析范畴是"资本"。布迪厄的资本概念"包含了对某人自己的未来和对他人的未来施加控制的能力，因而，资本是一种权力的形式"④。在布迪厄看来，"一种资本总是在既定的具体场域中灵验有效，既是斗争的武器，又是争夺的关键，使它的所有者能够在所考察的场域中对他人施加权力"⑤，而"改变各种资本形式的分布和相对分量，也就相当于改变此一场域的结构"⑥。布迪厄将资本分类为经济资本、文化资本、社会资本和象征资本，其中象征资本比较特殊，"当我们通过知性范畴去把握这几种资本（上述前三种资本。——引者注）时，这几种资本呈现的就是象征资本的形式，所谓

---

①　［法］布迪厄（Bourdieu P.）、［美］华康德（Wacquant L. D.）著：《实践与反思——反思社会学导引》，李猛、李康译，中央编译出版社 1998 年版，第 17 页。

②　［法］布迪厄（Bourdieu P.）、［美］华康德（Wacquant L. D.）著：《实践与反思——反思社会学导引》，李猛、李康译，中央编译出版社 1998 年版，第 170 页。

③　［法］布迪厄（Bourdieu P.）、［美］华康德（Wacquant L. D.）著：《实践与反思——反思社会学导引》，李猛、李康译，中央编译出版社 1998 年版，第 172—173 页。

④　《文化资本与社会炼金术——布尔迪厄访谈录》，包亚明译，上海人民出版社 1997 年版，第 218 页。

⑤　［法］布迪厄（Bourdieu P.）、［美］华康德（Wacquant L. D.）著：《实践与反思——反思社会学导引》，李猛、李康译，中央编译出版社 1998 年版，第 135 页。

⑥　［法］布迪厄（Bourdieu P.）、［美］华康德（Wacquant L. D.）著：《实践与反思——反思社会学导引》，李猛、李康译，中央编译出版社 1998 年版，第 147 页。

通过知性范畴，指的是确认这几种资本的特殊逻辑"①。象征资本主要为知识分子（包括艺术家、作家等）所采取的资本形式。知识分子以所掌握的象征资本而进入某一具体场域（比如文学场域、艺术场域等）。象征资本是布迪厄提出的最复杂的概念之一，而他的主要学说，又可以被解读为不断地探索和追求象征资本的各种形式及效应的努力。布迪厄将资本不同形式的构成以及资本在各种场域中的可转换性，置于场域研究的中心，从而揭示出场域内部以及场域之间的权力斗争关系。一个场域就是由资本的不同分配而生成的权力斗争空间，而贯穿着所有场域的则是一个大的"权力场域"（field of power）。这样，对一个具体场域的考察，首先必须分析其与"权力场域"的相对位置。在这个意义上，所有的场域都只是相对独立的，而一个场域的特殊资本及特殊规则越多，其独立自主性也越强。

场域理论为社会领域复杂的"关系分析"提供了一个框架，它涉及对行动者占据的社会位置的多维空间的建构，这种建构内在地与对行动者惯习的考察连接在一起，一个行动者最终的社会位置是其惯习与场域互动的结果，而资本范畴为场域理论提供了一个动力学的支点，场域由此成为一个充满权力冲突与竞争的空间，"在这里，参与者彼此竞争，以确立对在场域内能发挥有效作用的种种资本的垄断"②。布迪厄的场域理论显然是一个规模宏大、跨越多种学科的"大写"理论，其缜密、缠绕、繁复的理论内涵并非本书所能关注。对于本书的研究来说，场域理论作为一种分析视域，为我们提供了一种文学社会学的分析方式。适当的引入、借鉴场域理论关系性的、历史化的、动力学的分析方式与范畴，有助于突破流派研究范式的整一化、本质化追求对复杂历史现象的简化与遮蔽，在 20 世纪 40 年代复杂多变的历史场域中把握西

---

① 《文化资本与社会炼金术——布尔迪厄访谈录》，包亚明译，上海人民出版社 1997 年版，第 166 页。

② ［法］布迪厄（Bourdieu P.）、［美］华康德（Wacquant L. D.）著：《实践与反思——反思社会学导引》，李猛、李康译，中央编译出版社 1998 年版，第 18 页。

南联大诗人群的独立存在。

流派研究重视线性历史叙事以及逻辑性"规律"的发掘，这种关于新诗发展的线性历史想象，更多的是一种知识谱系的自我建构，历史现场的空间性、多样性和复杂性比这看似"完美"的叙事远为丰富。场域是一个关系性的范畴，展示的是社会空间中处于不同位置的参与者之间的客观存在与关系，注重历史图景的空间性、丰富性的重构。布迪厄指出，社会空间由不同的相对独立的场域构成，"每个场域都规定了各自特有的价值观，拥有各自特有的调控原则"[①]，"文学场"则是影响和限制作家创作的一个具体的社会构型。以此考察西南联大诗人群的生成及其创作，一个明显的事实是，西南联大在严峻的现实环境中保持了一个独立、自足的学院空间，以及一种自由的学院文化，西南联大诗人群正是凭借丰厚的学院文化资源，占据着"文学场"中的有利位置，从而发展出自己独立的文学活动策略。这不仅规约了西南联大诗人的创作，也使其成为 20 世纪 40 年代一个独异的诗人群体。同时，对于"置身于一定场域中的行动者产生影响的外在决定因素，从来也不直接作用在他们身上，而是只有先通过场域的特有形式和力量的特定中介环节，预先经历了一次重新形塑的过程，才能对他们产生影响"[②]。这也即是场域和惯习的互动关系。从这个视角切入，对于本书的研究来说，需要进一步考察西南联大的文化氛围、精神传统、文学讲授与文学接受等如何规约、奠定了西南联大诗人群的文学视野与文学品格。诚如有论者指出：

> 校园内的文学创造是有一定的特殊性的。不像一般来自社会底层的作者，他们的创作有一个生活经历（经验）直接到文字的转化过程，而校园内的作者，其创作过程则要复杂一些，一般经由从

---

① ［法］布迪厄（Bourdieu P.）、［美］华康德（Wacquant L. D.）著：《实践与反思——反思社会学导引》，李猛、李康译，中央编译出版社 1998 年版，第 17 页。

② ［法］布迪厄（Bourdieu P.）、［美］华康德（Wacquant L. D.）著：《实践与反思——反思社会学导引》，李猛、李康译，中央编译出版社 1998 年版，第 144 页。

书本—体验—经验—文字的转化过程。学院内（主要通过课堂）传授的新鲜的、"先进的"文学观念和文学技巧，当与他们的心性相合的时候，他们就会自然地融入血液之中，化成自己的思想的血脉，并以这种被塑造出来的思想和观念来生存，此时就可能对身边万物都产生脱胎换骨的感觉。①

对于西南联大诗人群来说，这种"书本—体验"阶段的存在，形塑着其特有的性情倾向、身心图式，并最终积淀为惯习。这惯习既体现为一种内在的心性结构，也是诸多历史条件的产物，并规约着西南联大诗歌创作的特质与品格。这样，我们可以深入考察蕴藏在西南联大学院空间背后的精神气质、价值关怀、文学视野、美学追求等更为内在的学院文化精神要素。正是这些学院文化精神要素在诸多方面形塑着西南联大诗人群的心性结构，并介入了其具体的诗歌创作。西南联大诗人群的出现，是大学学院文化影响文学创作、发展的一个典型个案。故此，本书对西南联大诗人群的文学社会学考察，首先从"文学场"的视域切入，通过考察学院文化和诗歌创作的互动生成，描述出一幅完整的学院文化与文学创作图式。这需要我们进入具体的历史语境，对西南联大的校园环境、文学讲授、师承关系、社团刊物等制度性因素做出一个基本的历史描述，进而呈现出西南联大诗人群如何运用场域中的文学生产机制，形成自我的文学立场和选择倾向。

场域是一个动态的、开放式概念，不同资本形式的分布及转换构成了一个场域的动态结构。如此，我们对西南联大诗人群的考察需要进一步落实至场域之中资本分布及权力配置的复杂、缠绕的动力学层面，在20世纪40年代的多重历史语境中厘析、辨识西南联大诗人群的独特存在。具体而言，我们需要在战争的时代环境、知识左翼扩大化、文艺大众化论争以及西南联大的学院文化氛围等多重历史语境中，考察其如何在与其他时代话语纠葛的历史进程中展现自己的独异形态。这也是将西

---

① 姚丹：《西南联大历史情境中的文学活动》，广西师范大学出版社2000年版，第239页。

南联大诗人群置于更大的语境，置于一个相互参照的关系中来理解。西南联大诗人群的创作与"七月诗派"及解放区的诗歌创作等判然有别，在某种意义上，正是由于他们身处不同的社会空间（主要表现为大学内或大学外），占据和凭借着不同的资源，由此形成不同的文学立场，并发展出不同的文学倾向。在这不同的文学策略选择的背后，隐含着某种资本分布及权力配置关系，这种权力关系既是特定历史条件的产物，也会随着政治形势而有所变化。由此，我们可以在更大范围内的历史脉络和场域结构中考察、理解西南联大诗人群。

场域理论的引入，很大程度上使本书的研究绕开了从观念到观念、从文本到文本的研究方法与模式，对西南联大诗人群的研究首先落实至文学社会学层面的考察，在复杂历史场景的还原中描述、把握西南联大诗人群的具体存在。这也是对既有的流派研究范式的一个突破。当然，场域范畴是布迪厄社会学说的一个核心范畴，社会学与文学的界域差异是不可抹却的，故此，本书只是有限度地借用场域这一分析视域，以期在研究中加入文学社会学的因素，在20世纪40年代文学场域的整体关联中全面、立体地考察与审视研究对象。这种理论自觉是至关重要的，由此可以避免以西方的理论、学说图解中国文学乃至挤压中国文学自身问题的研究偏颇。场域理论为本书的研究提供了一种自觉的问题意识，这即是其价值所在。本书正是从"文学场"的视域切入，打破既往的研究范式对历史复杂性的简化、涂抹，在场域自身缠绕的内部构成的透视中，立足文学社会学的缜密考辨与描述，从而为西南联大诗人群的探讨和研究奠定一个坚实的基础。

在对西南联大诗人群身份辨识的文学社会学探讨的基础之上，本书对西南联大诗歌创作的分析、阐释落实到新诗自我生成的诗学层面上考察西南联大诗歌创作的价值和意义。关于新诗的种种"主义"阐释似乎已经接近"饱和"，很难再生发出新意，这一方面源于这种阐释框架对新诗特殊的语境压力与诗学构想某种程度上的忽略；另一方面也与

"主义"阐释的不断空洞化、贫乏化不无关联。[①] 在这个意义上，以"现代性"的理论视域考察新诗的生成、演变，不失为一种观念的突破与转换。诚如有论者指出："新诗对现代性的追求——这一宏大的现象本身已自足地构成一种新的诗歌传统的历史"。"现代性"作为一个考察新诗的视域，其切入点在于将新诗的"主题深度和想象力向度设定在它与中国历史的现代性的张力关系上"[②]，侧重于考察新诗与它得以生成的历史性根基的关系。在此向度上，新诗发生于中国由传统社会向现代社会转变的现代性历史进程中，这一现代性历史进程意味着传统社会结构及文化体系的全面瓦解。就诗歌创作而言，这意味着古典诗歌创作背后的士大夫文化秩序及其"天人合一"的独特文化理念已经逐渐分崩离析。当传统的"天人合一"、超然物外的静态的宇宙观念、审美范式破碎之后，面对繁复多变的现代历史经验，古典诗歌的形式和韵律已经难以接纳现代生活中的复杂现象与生活体验。这样，突破古典诗歌格局，从现实生活体验中提取富有诗意的东西就成为一种现代性的历史冲动。

这种历史冲动自晚清"诗界革命"以来一直支配着对一种崭新诗歌的构想。晚清以黄遵宪、梁启超为代表的诗歌变革或"诗界革命"，就是力求打破古典诗歌内容与形式的封闭性，拉近诗歌与现实生活的联系。尽管不论是黄遵宪"旧瓶、新酒"的"新派诗"，还是梁启超的"新意境、旧风格"的"诗界革命"都不成功，也没有真正超越古典诗歌的范畴，但已经呈现了"新名物"、"新意境"与古典诗歌符号、形式的矛盾紧张关系。这种"新名物"与"古风格"的矛盾，体现的是诗歌创作包容现代经验的历史冲动和诗学要求跟古典诗歌体系的深层对

①　姜涛《"中国式"的现代主义诗歌：该如何讲述自己的"身世"》（《新诗评论》2006年第1辑）一文，对"中国式"现代主义诗歌阐释的空洞化、贫乏化有细致、深入的分析。笔者认为，同样的情形也存在浪漫主义、现实主义的诗歌阐释中。并且，现实主义批评范畴容易导致将诗歌阐释泛化为一种简化的文学认知论乃至意识形态论述，引发出相当狭隘的后果，是一种似是而非的阐释框架，其阐释有效性值得怀疑。

②　臧棣：《现代性与新诗的评价》，载现代汉诗百年演变课题组编《现代汉诗：反思与求索》，作家出版社1998年版，第86—89页。

立。可见，突破传统诗美空间，在诗歌创作中开掘新的表意空间，以追求对现代历史经验的包容，是晚清以来的某种普遍性的历史冲动，或者说是诗歌变革现代性追求的体现。

在这种现代性的历史语境中，"'现代'已经把经验和语言放进一个不断分裂的容器中"，新诗"既是这种分裂的承担者，又命中注定是这种分裂的凝聚者"。如此，新诗成为一种"在'现代经验'、'现代汉语'、'诗歌文类'三者的互动中展开凝聚和建构的文类"①。这需要打破古典诗歌语言的封闭结构，使诗歌创作向新的经验和语言开放，关涉着如何用新的感觉、想象方式、语言策略自觉地处理个人与时代经验的关系，把复杂的"现代经验"转化为诗的艺术，从而在诗歌与语言（现代汉语）的良性互动之中，使新诗成为凝聚和想象现代中国经验的形式。在这个意义上，新诗实际上是一场寻求思想和言说方式的现代性运动，与古典诗歌有着质的差异。这样，在"现代性"理论视域的烛照下：

> 新诗的诞生不是反叛古典诗歌的必然结果，而是在中西文化冲突中不断拓展的一个新的审美空间自身发展的必然结果。并且，这个新的审美空间的自身发展，还与中国的不可逆转的现代化进程紧密联系在一起。②

可以说，新诗的现代性追求不是一个简单的继承或者反叛传统的问题，而是指向了传统之外一个新的诗美空间的建构，并且受制于中国社会现代性转变这一历史性进程。在此现代性视域中，新诗的一个中心诗学课题即是如何包容现代经验以拓展一个新的诗美空间，也即"语言和经验如何在诗人的倾力熔铸下而获具现代的诗形"③。正是在这个诗学层面上，我们发现西南联大诗人群的创作，在现代经验的抒写以及现代诗形的建构方面作出了积极的探索与贡献。一方面，依托于一个相对

---

① 王光明：《现代汉诗的百年演变》，河北人民出版社 2003 年版，第 9—10 页。

② 臧棣：《现代性与新诗的评价》，载现代汉诗百年演变课题组编《现代汉诗：反思与求索》，作家出版社 1998 年版，第 89 页。

③ 张桃洲：《现代汉语的诗性空间——新诗话语研究》，北京大学出版社 2005 年版，第 11 页。

自足的学院空间以及一种独立的学院文化，西南联大诗人群占据着文学场的一个有利位置，可以从容地将广阔的文化艺术资源尤其是异域的文学资源内化为自身的精神资源，由此获得了一种鲜明的现代意识与现代体验，拓展了新诗对现实生活经验的包容度以及诗歌表达的深邃性，从而为新诗带来了一种现代诗质；另一方面，在特定场域规则以及惯习逻辑的规约下，身处学院空间中的联大诗人表现出对语言的高度自觉与敏感，从而在现代体验的传达中带来了一种新的美学收获，并推进了现代诗形的建构。当然，并不是所有的西南联大诗歌创作都达到了这个层面，不过，着眼于新诗的现代性追求，正是这个创作层面的存在，使西南联大诗人群构成了新诗发展历程中不可或缺的重要一环。如此，本书对西南联大诗人群创作实践与诗艺成就的探讨，绕开了种种"主义"阐释将"中国现代文学自身的问题往往变成了西方思想、意识乃至文学技巧在中国文学中的投影"①，从而某种程度上挤压掉了新诗特殊的语境压力与诗学构想的研究流弊。本书着力从新诗的现代性追求的诗学层面切入，具体探讨西南联大诗歌创作的现代性体验内涵以及现代诗形的建构，由此凸显其独特的诗学价值和文学史意义。

本书对西南联大诗人群的探讨，是在对既有的研究范式、阐释框架的突破之中，将外部的文学社会学的考察与内部的诗歌形态、创作辨析结合在一起。一方面，从"文学场"的视域切入，在对历史场景的丰富性、复杂性的还原中，最大限度地逼近历史的真实，展示西南联大诗人群丰富而具体的存在；另一方面，引入"现代性"的理论视域，在现代诗学的意义上，把握西南联大的诗歌创作，阐释其真正的诗学价值。本书的探讨、研究力图使西南联大诗人群的存在从被遮蔽的状态之中凸显出来，以重新描绘 20 世纪 40 年代的诗歌版图，深化人们对 20 世纪 40 年代复杂诗歌创作现象的认知。

---

① 张新颖：《20 世纪上半期中国文学的现代意识》，生活·读书·新知三联书店 2001 年版，第 4 页。

三

以上所述，是对诗歌研究领域知识谱系某种症候式的考察、反思、以及本书的研究思路、方法等。由此问题意识出发，下面对本书的研究对象作出具体的界定，并对研究状况进行简要的描述。这也是本书具体论述的一个必要基础。

西南联大诗人群的命名没有得到学界的一致认可，一个重要的原因是，由于诗人群体的庞大以及创作形态的多样，西南联大诗人群并不构成一个有统一美学主张和诗学追求的流派，这在很大程度上导致了注重流派阐释的研究界对西南联大诗人群的整体"失语"，以致连命名也显得异常艰难，因此应该突破流派阐释框架，在具体历史图景的还原中，描述并界定西南联大诗人群的存在。

在 20 世纪 40 年代的战争环境中，西南联大坚持"学术独立、精神自由"的文化理念，从事学术、文化的创造与传播，形成了一个相对自足的学院空间以及一种自由的学院文化。这种独立的学院空间、自由的学院文化的形成与存在，1946 年即被冯友兰道出："联合大学以其兼容并包之精神，转移社会一时之风气，内树学术自由之规模，外来民主堡垒之称号，违千夫之诺诺，作一士之谔谔，此其可纪念者三也"[①]。更重要的是，依凭这自足的学院空间与学院文化，西南联大诗人群占据着 20 世纪 40 年代文学场中一个独特的结构性位置。正是依托于大学的存在及其制度性的条件，西南联大诗人群得以诞生，并通过创作和批评表达着他们的文学或关于文学的想象，而所谓学院文化和文学创作的互动生成，也就体现在他们的文学立场、艺术策略乃至文化心态等各个方面。可以说，西南联大诗人群诗歌创作与西南联大的文化氛围、精神传统、文学传承等文化精神要素密切相关。在这个意义上，可以将西南联大诗人群界定为：在西南联大这个相对自足的学院空间中产生，并且与

---

① 北京大学等编：《国立西南联合大学史料》（第一卷），云南教育出版社 1998 年版，第 284 页。

西南联大自由的学院文化紧密相关的一个校园诗人群体。这种学院文化精神要素在诸多方面构成了西南联大诗人群的独特存在，使其成为 20 世纪 40 年代的一个特殊的诗人群体。

依托于学校的具体存在和独特的文化氛围，西南联大的文学活动异常活跃。从最早的南湖诗社，到后来的高原文学社、南荒文艺社、冬青文艺社、文聚社、耕耘社、文艺社、新诗社，以及叙永分校的布谷社，西南联大的文学社团及文学活动延绵不绝，其中诗歌创作活动尤其突出。联大诗人杜运燮后来回忆道，"联大有过好几个诗社或文艺社，聚集着许多诗歌爱好者，都是由著名诗人当导师，对推动和鼓励诗歌写作，起了重要的作用"，"对于一个文艺爱好者，则是那种爱诗的浓郁文艺气氛，令人永生难忘。当时，确实谈诗成风，写诗成风，老师们（包括小说家沈从文）在写，学生们写的更多。外文系、中文系，以及哲学系、经济系、社会学系等，都有学生醉心于诗。数不清的诗泉在喷涌，出自'联大人'的诗作经常在'大后方'和香港报刊上出现。有些诗还特别引起广泛的关注"①。西南联大诗歌创作状况由此可见一斑，然而由于处于惨烈的战争年代，物质的简陋、发表与出版的艰难，西南联大的诗歌创作或以壁报的形式出现于校园，或散见于各地的报纸副刊，难以得到全面、系统的整理，这在很大程度上导致了西南联大诗人群的整体风貌一直湮没在历史的风尘之中。这需要我们在原始资料的爬梳、整理中厘析西南联大诗人群的具体存在。

1997 年杜运燮、张同道编辑出版了《西南联大现代诗钞》，全书共收集包括冯至、穆旦等师生 24 人的诗作三百余首，其中"教师诗人"为：卞之琳、冯至、沈从文、李广田、闻一多、燕卜荪等 6 人；"学生诗人"为：马逢华、王佐良、叶华、沈季平、杜运燮、何达、杨周翰、陈时、周定一、罗寄一、郑敏、林蒲、赵瑞蕻、俞铭传、袁可嘉、秦泥、缪弘、穆旦等 18 人。这突破了以穆旦、郑敏、杜运燮、袁可嘉等

---

① 杜运燮、张同道编选：《西南联大现代诗钞》，中国文学出版社 1997 年版，第 1—2 页。

人为主体的西南联大诗人群形象，让人们看见了西南联大诗人群原始而庞大的存在。不过，编者依然指出："诗作者远不止这些。限于目前资料，我们只能提供这样的名单。"① 笔者查阅了昆明《中央日报·平明》、重庆《大公报·文艺》、贵州《贵州日报·革命军诗刊》、昆明《文聚》杂志、桂林《明日文艺》等联大诗人发表诗作的副刊、杂志，并翻阅了诸多相关文献，查找出了以往被遗漏的一些联大诗人。具体名单如下：卢静（卢福庠）、马尔俄（蔡汉荣）、田堃（王凝）、刘北汜、辛代（方龄贵）、萧荻（施载宣）、柳波、沈叔平、缪祥烈、靳凡、沙珍、黄福海、因陈、彭允中、赵宝煦、康倪、张源潜、郭良夫、温功智、王景山、李复业、李建武、李恢君、李维翰、叶世豪、赵少伟。这些诗人多为冬青文艺社、新诗社或文艺社成员。当然，在资料收集方面竭泽而渔是一种学术追求和态度，实际上难以真正实现，笔者对联大诗人的查寻也只能尽量搜求相关资料，难以穷尽所有资料，少许遗漏是无以避免的。② 不过，通过以上原始资料的爬梳、整理，西南联大诗人群大体的原始风貌已经得以呈现。这无疑为本书的研究奠定了坚实的资料基石。

通过对以上诗人具体诗作的考察，可以发现，西南联大诗人的诗歌创作形态是丰富多样的，既有早期卢静等人的浪漫之作，也有穆旦等人的新的诗艺探索，冯至等人对自我诗艺的转变与突破，以及后期的新诗社等社团的朗诵诗创作。显然，西南联大的诗歌创作不是任何一种"主义"所能囊括的。这也警示我们，在指认西南联大诗人群整体的学

---

① 张同道：《〈西南联大现代诗钞〉编后》，载杜运燮、张同道编选《西南联大现代诗钞》，中国文学出版社 1997 年版，第 588 页。

② 在某种意义上，可以说是资料的流失和匮乏导致了西南联大诗人群研究的延缓。由于条件的艰难、物质的简陋，西南联大诸多文学社团只能以壁报的形式出版刊物，这种简陋的壁报显然难以有效留存。联大"南湖诗社"的成员赵瑞蕻曾经如此描述诗社的壁报《南湖诗刊》：先抄写在"粗劣的还能用的各种纸头"上，然后"贴在一两张能找到的牛皮纸或一张报纸上，再贴在教室外边墙上或其他人们容易看到的地方"。（赵瑞蕻：《离乱弦歌忆旧游——从西南联大到金色的晚秋（文学回忆录）》文汇出版社 2000 年版，第 131 页）所幸的是，西南联大不少文学社团的学生们同时在校外的正式刊物上投稿、发表作品，也将校内壁报上的一些优秀之作再发表于校外的刊物上。这为今天了解包括诗歌创作在内的西南联大文学创作活动保存了一批珍贵的文学资料。

院文化特征时不要掉进一个本质主义的陷阱，也不要以某种"场域决定论"来考察西南联大诗歌创作。穆旦等人的诗艺探索以及新诗社等社团的朗诵诗创作，都是身处场域中的他们根据各种外在条件主动选择的结果，这涉及文学场的纯粹性、内在分化、规则转化等问题。其实，作为一个生成中的自主性空间，文学场内在差异、分化的出现，本身即是场域性质及逻辑的一种体现，正如布迪厄所述："每一个场域都构成一个潜在开放的游戏空间，其疆界是一些动态的界限，它们本身就是场域内斗争的关键。"① 也是在这个意义上，场域理论有助于我们更好地切入西南联大的诗歌创作。对于穆旦、杜运燮、郑敏、袁可嘉、王佐良、罗寄一、俞铭传、赵瑞蕻、杨周翰、周定一、马逢华、刘北汜、林蒲等人来说，他们的文学观念多是在西南联大时期形成的，西南联大时期的学习尤其是文学教育与文学接受奠定了他们的文学视野与文学品格。他们的诗歌创作与大学的学院文化密切相关，学院文化所蕴含的丰厚的精神、文化资源孕育、滋养了他们的成长与成熟，使他们能够很快地越过其"习作"阶段，创作出成熟的文学之作。不过，学院空间、学院文化从来都不是一种乌托邦式的理想存在，而是一种具体的、现实的存在，并处于生生不息的变动之中，战争环境中的西南联大更是如此。西南联大这一学院空间，本身就是战争的产物，战争的影响以及诸多现实条件的制约显而易见。西南联大后期，随着社会现实的进一步恶化，校园氛围也有所转变，"左"倾思潮日益蔓延。在这日趋激进的社会文化思潮的刺激与影响之下，文艺社、新诗社等文学社团极力主张文学的社会功利性，新诗社更是积极提倡朗诵诗创作。对于何达、萧狄、沈叔平、秦泥、沈季平、柳波等朗诵诗的创作者而言，他们的创作既是社会激进思潮的一种反映，也是西南联大校园环境、文化氛围转变的一个见证，更是文学场内在差异与分化的逻辑体现。这样，对于西

---

① ［法］布迪厄（Bourdieu P.）、［美］华康德（Wacquant L. D.）著：《实践与反思——反思社会学导引》，李猛、李康译，中央编译出版社1998年版，第142页。

南联大朗诵诗的发掘，并非意味着其艺术成就有多大，而是这种写作行为本身及其背后的文学立场，构成了我们理解整体的文学场不可或缺的一部分，这有助于照亮以往为流派研究的简化叙事所遮蔽的层面。

1946 年 5 月 4 日，西南联大宣告结束，作为学校形式的西南联大不复存在。不过，对许多西南联大诗人来说，他们在西南联大这个学院空间所形成、奠定的价值关怀、文学视野、审美追求等依然左右着其诗歌品格。这也即是场域中生成的惯习作为一种内在的心性结构，乃至形塑机制潜在地支配着其诗歌创作，然而任何场域的自主性只是相对的，也与整体意义上的"权力场域"错综相关。中国 20 世纪 40 年代文学场更是深受战争的影响以及现实的诸多制约，并且与特定资本的分配、占有息息相关。诚如有学者指出，1948 年前后，随着人民解放军的节节胜利，在解放区得以实践的"工农兵文学"开始在全国推广开来，开始了一个新的"人民话语"的确立过程。[①] 在这种新的"人民话语"以及"工农兵文学"实践面前，文学场及其特定的惯习已经发生了结构性转变，完整意义上的西南联大诗歌创作也逐渐趋于终止。穆旦 1949 年没有诗歌创作，其后几年的创作也很少，1957 年以后更是丧失了公开发表诗作的权利。杜运燮、郑敏、袁可嘉、王佐良、罗寄一等在 1949 年以后的一段时期，也都创作很少，或者停止了诗歌创作，而冯至发生了走向"工农兵文学"的转变。联大诗人之一的杜运燮在编辑《西南联大现代诗钞》时指出："选诗的时限，起自联大诞生的 1937 年，下限定为 1948 年，因为联大 1946 年结束后，部分学生复员到京津北京大学、清华大学、南开大学才毕业，或留校任教；师生的有些诗作是在昆明写成，而因种种缘故，直到 1947、1948 年才发表或出版；有的是在离开联大后所写，但仍保持在联大时的风格。"[②] 杜运燮详细说明了联

---

① 参见钱理群《1948：天地玄黄》，山东教育出版社 1998 年版，第 23 页。
② 杜运燮、张同道编选：《西南联大现代诗钞》，中国文学出版社 1997 年版，第 3 页。

大结束以后的几种创作情况，但没有说明为何将下限定在 1948 年。在笔者看来，正是 1948 年以后政治、文化环境的转变，导致了场域中各种资本配置与力量对比的重新分配，这背后隐含着某种权力关系，也以一种新的话语霸权终止了西南联大的诗歌创作。这样，本书的论述时限也是自 1937—1948 年。尽管穆旦在 1976 年有过一次"地下写作"的非常爆发，郑敏在新时期迎来了诗歌创作的又一个高峰，这些都是在新的社会环境与文化氛围中的创作，故不在本书的论述范围之内。

依此界定考察西南联大诗人群的研究状况，其不严谨、不严密、零散性等特征显露无遗。多数研究者将西南联大诗人群视为"九叶诗派"或"中国新诗派"的一个组成部分。[①] 这种研究对历史进行了简化，大多只涉及穆旦、杜运燮、郑敏、袁可嘉等几个代表性诗人，并且由于在既定的框架之中展开论述，往往取消了西南联大诗人群的独立存在，使其沦为"九叶诗派"或"中国新诗派"的一个附属性存在。[②] 征诸历史实际，这种研究的不严谨、论述的不严密显而易见。有些论者认可了西南联大诗人群，或从现代性的角度，或从现代诗学的层面，或从大学教育与创作的关系，或从发生学的角度，或从地域特征与诗歌相关性等方

---

① 这种论述目前是研究界的主流，相关著作不少。代表性的有：孙玉石的《中国现代主义诗潮史论》（北京大学出版社 1999 年版）、王泽龙的《中国现代诗潮论》（华中师范大学出版社 1995 年版）、龙泉明的《中国新诗流变论》（人民文学出版社 1999 年版）、蒋登科《九叶诗派的合璧艺术》（西南师范大学出版社 2002 年版）、游友基《九叶诗派研究》（福建教育出版社 1997 年版）等。

② 这种研究的典型如孙玉石的《中国现代主义诗潮史论》。在"40 年代现代派诗潮产生的艺术氛围"的章节中，孙玉石详细描述了西南联大的文化氛围对穆旦等人的影响，也清晰地展现了燕卜荪等外文系教授在引进西方现代主义诗潮方面的突出作用以及意义。但在一种流派叙事的完整追求之中，孙玉石将西南联大诗人群视为"中国新诗派"的起始阶段，认为"'中国新诗'派从不自觉的凝聚到自觉的形成，经历了 1937 年后的民族抗战和 1945 年以后的争取人民民主的解放战争这样两个历史阶段"，而西南联大诗人群属于 1945 年以前的"不自觉的凝聚"阶段。

面阐释西南联大诗人群。① 这些论述有其可取或新颖之处，从不同侧面丰富了西南联大诗歌研究，但是多数论述缺乏对西南联大诗人群原始、具体形态的深入考察，包括朗诵诗在内的西南联大诗歌创作的多样形态并没有进入其视野，依然囿限于现代主义诗歌的阐释层面上，论述主要围绕冯至、穆旦、郑敏等代表性诗人展开，距离描述出西南联大诗人群的整体风貌具有较大差距。就研究的整体规模、系统性而言，这些细化的研究不无零散性特征。

　　西南联大诗人群的研究是不充分也不系统的，尤其相较于其本身的诗歌成就，更是如此。目前，主要有张同道、姚丹、张新颖、李光荣等研究者将西南联大诗人群作为一个独立对象，进行了较为集中的研究。张同道将辛笛等五位诗人命名为上海诗人群，并从现代诗质的多个层面将其与穆旦等西南联大诗人群明确区分开来，瓦解了"九叶诗派"。这

---

　　① 这方面的论述主要有：程波《新诗现代性的特殊生态——西南联大诗人群研究》（《南京师范大学文学院学报》2002 年第 4 期）从中国现代诗歌内在的现代性冲动切入，描述西南联大诗歌现代性特征。王燕《西南联大外文系的文化精神——外文系与联大诗人群》（《廊坊师范学院学报》（社会科学版）2004 年第 1 期）、《再论西南联大外文系的文化精神——外文系与中文系》（《廊坊师范学院学报》（社会科学版）2005 年第 1 期）两篇文章，从联大外文系的文学教育，特别是中外教师对西方文学、诗歌的讲授入手，集中探讨了文学教育怎样介入了当时的文学创造。刘青怡的系列论文《论"西南联大诗人群"诗歌的知性美》（《文教资料》2006 年第 36 期）、《论"西南联大诗人群"诗歌中的意象——一种客观化抒情策略》（《南京林业大学学报》（人文社会科学版）2006 年第 4 期）、《论"西南联大诗人群"诗歌的戏剧化——客观化抒情策略之一》（《电影评介》2008 年第 20 期）从客观化抒情策略的总体角度切入，分别论述了西南联大诗人群"知性化"、"意象化"、"戏剧化"的抒情策略，是对西南联大诗人群具体的诗学表达策略的细化研究。王淑萍《西南联大诗人群的现代主义追求》（《郑州大学学报》（哲学社会科学版）2008 年第 4 期）从"意象的凝定"等方面描述了西南联大诗人群的现代主义品质。杨绍军的《西南联大诗人群体的新诗批评理论及其外来影响——以袁可嘉、王佐良为中心的探讨》（《昆明师范高等专科学校学报》2008 年第 2 期）考察了袁可嘉的"新诗现代化"、"新诗戏剧化"等新诗批评理论，以及王佐良对穆旦诗歌的评价，是对西南联大诗人群诗歌理论的梳理与建构。刘慧敏《试论西南联大现代主义诗群的生成》（《南京农业大学学报》（社会科学版）2006 年第 4 期）则从历史背景、校园环境以及具体的文学活动等方面了论述了西南联大诗人群的发生。曹莉《置身名流：燕卜荪对中国现代派诗歌和诗论的影响》（《外国文学》2018 年第 6 期）、肖柳、王泽龙《燕卜荪与西南联大诗人群的诗艺探索》（《江汉论坛》2019 年第 5 期）等论文集中于燕卜荪对西南联大诗人群的影响研究，是对燕卜荪与西南联大诗人群技艺承续、批评影响方面研究的深化。马绍玺《边地风景体验与西南联大诗歌》（《文学评论》2015 年第 1 期）对西南联大诗歌创作与云南边地风景进行了相关性研究，指出风景体验是联大诗歌的一个重要品质，云南边地风景为联大诗人提供了一个独特的精神空间。

是一次新的命名与区分，突出了西南联大诗人群的独特存在。① 不过，其论述在现代主义诗学的框架之中展开，只是围绕几个代表诗人（冯至、穆旦、杜运燮、郑敏、袁可嘉等五个诗人）展开，有其囿限之处。张新颖将西南联大诗人群作为一个独立的实体来考察，集中论述了其诗歌创作的现代意识。② 张新颖将西南联大诗人群的诗歌创作界定为学院文学，突出了西南联大诗人群的文学特质。不过，由于论述的重点是现代意识，仅从现代意识这个角度切入，也难以整体描述西南联大诗人群，并且在具体的论述中，囿限于其论述框架，张新颖仅涉及冯至、穆旦两位诗人。姚丹的《西南联大历史情境中的文学活动》从校园文化氛围、师承关系、文学渊源等多方面描述西南联大诗人群整体风貌，具有很强的历史现场感。③ 不同于以往的浮光掠影式的概括性叙述，姚丹更多的是通过历史细节的刻画和真实场景的复原来力图接近文学历史的真实。在其笔下，以往不被人们所熟知的陈时、罗寄一、杨周翰、俞铭传等人的诗作得到了细致的分析，朗诵诗创作也进入了其研究视野。这相对于以往的研究是一次突破与超越，西南联大诗人群的整体存在得以呈现出来。这种历史情境的细致描绘与刻画，无疑具有积极的资料价值与方法论的意义，但由于此书是对西南联大文学活动的整体描述，西南联大诗人群的活动及创作只占其中部分章节，关于诗歌创作的论述并不突出。李光荣多年来专注西南联大诗人群研究，尤其在西南联大文学社团研究方面成果显著，其《季节燃起的花朵》（中华书局 2011 年版）、《西南联大文学社团研究》（中华书局 2018 年版）等是对西南联

---

① 张同道《探险的风旗——论 20 世纪中国现代主义思潮》（安徽教育出版社 1998 年版），将西南联大诗人群与上海诗人群相区分，指出上海诗人群"比诸西南联大诗人群，他们的现代主义显得温和，钝化了先锋色彩，诗学常规符码复位"。

② 张新颖《20 世纪上半期中国文学的现代意识》（生活·读书·新知三联书店 2001 年版），在第 8 章以"学院空间、社会现实和自我内外"为标题，阐释了西南联大诗人群的现代意识。认为战争的残酷现实，使西南联大诗人群对西方现代主义诗歌有一种切肤之感，从而实现了中国现代主义诗歌的一次真正转变与突破。

③ 此书从"日常生活"、"中文系、外文系的课程设置与目标"、"文学社团、杂志与期刊"、"新的文学资源、精神空间的开拓"等多方面描述了西南联大的历史情境及其文学活动，西南联大的诗歌活动也在此框架中得到较具体的呈现。

大文学社团活动的全面梳理，资料翔实，透过对相关文学社团的历史沿革、诗学主张以及社团之间的纠葛与论争的考察，从文学社团层面展示并充实了西南联大丰富的诗歌创作状况。另外，李光荣对西南联大的朗诵诗创作有进一步的研究，在某种程度上拓展了西南联大诗歌研究的另一个维度。①

前人的研究与论述为本书的进一步研究提供了必要的基础。在原始资料的爬梳、整理中，通过对既往研究范式的"抵制"或"改写"，突破固化的研究范式对历史的简化与遮蔽，以及由此产生的研究盲点与误区，在复杂的历史语境中勘探、把握西南联大诗人群的整体风貌与独异存在，是本书所力图实现的研究目标。在具体的写作中，本书分为七章。第一章考察西南联大诗人群得以生成的学院文化背景，主要涉及西南联大的教育理念与体制、学术诉求与"象征资本"的积累以及精神传统的确立等方面的考察。正是身处相对自足的学院空间中，在学院文化的浸染、孕育之下，促成了西南联大诗人群的诞生与成熟。其诗歌创作也显示出可贵的学院化品质，在整体上超越了当时为抗战而歌、侧重民族情绪与个人情绪宣泄的诗歌潮流，而走向了生命体验、艺术思考的深处。第二章在文学场视域下，呈现西南联大学院空间中的文学生产机制。具体考察西南联大的师承关系、文学讲授、社团活动等方面如何介入西南联大的诗歌创作。西南联大文学院中文系的古典文学研究、外文系的西方文学介绍，在文学素养的培育与文学视野的开拓等方面影响甚至左右着其诗歌品格的生成。同时，南湖诗社、冬青文艺社、文聚社等众多文学社团的成立及其刊物的创办，有力地促进了西南联大的诗歌创作活动。可以说，文学教育与文学创作的互动关联，以及文学社团对文

① 李光荣这方面的相关论文有：《何谓"全新的诗"？——闻一多的朗诵诗理论试探》（《西南民族大学学报》（人文社会科学版）2017 年第 5 期）、《西南联大与我国朗诵诗的中兴》（《广西师范学院学报》（哲学社会科学版）2017 年第 6 期）、《西南联大的朗诵诗观念——从闻一多到朱自清和李广田》（《中国现代文学研究丛刊》2017 年第 8 期）。在这些论文中，西南联大朗诵诗潮流得以呈现，闻一多、朱自清、李广田等人的朗诵诗理念得到了提炼，并以相关朗诵诗理念对朗诵诗创作进行了评价与定位，丰富了西南联大诗歌创作研究。

学创作的支撑与形塑，构成了西南联大文学生产机制的两个基本层面。在这种文学生产机制中，联大诗人通过学院文化资源的转化，塑造着西南联大诗歌创作的品质与风貌。第三章论述学院背景下的诗学思考，主要对象为穆旦、袁可嘉等人的诗学主张与理论。穆旦"新的抒情"的诗学主张、袁可嘉"新诗现代化"的诗学体系等，是身处学院中的联大诗人诗学构想的具体体现。这种探讨为切入西南联大的诗歌创作提供了必要的理论铺垫。以上所述，大体属于文学社会学的考察，在文学场的总体视域下，考察西南联大诗人群如何占据和凭借场域中的位置与资源，而形成自我的文学立场与文学策略，并发展出独特的文学倾向与诗歌品格。

在此基础之上，四至六章具体探讨西南联大诗人群的代表诗人的创作实践与艺术成就，主要围绕新诗现代性追求的诗学课题进行，具体在两个层面上展开，即诗歌的现代性体验内涵以及现代诗形的建构。第四章论述西南联大诗人群的现代性体验及其抒写。在时代苦难和个体体验的纠合之中，西南联大诗人群将丰厚的文化、文学资源内化为自身的精神资源，获得了一种鲜明的现代意识与现代体验，并且通过将现代体验进行诗意的转化和表达，为现代新诗带来了许多新质。无论是冯至《十四行集》对生命的知性思索，穆旦、罗寄一等对现代个体孤独生存境遇的冷峻逼视，还是郑敏对生命"寂寞"的诗性探究与把握，都传达出一种复杂曲折的现代体验，使新诗在回应独特的历史时代经验的同时获得了一种新的诗歌质地，这也是其诗歌创作的现代性内涵的重要体现。第五章论述西南联大诗人群对现代诗形的探求与建构。在其自觉的诗学观念驱动下，西南联大的诗歌创作表现出对现代诗形的一种积极建构，并通过知性化的诗学策略、戏剧化的表达策略等激活了现代汉语潜在的诗性活力，把新诗的表达推到一个新的水平。这些都表征着一种新的诗艺探索，甚至代表着 20 世纪 40 年代诗歌探索的最前沿。第六章则以个案的深入研究，具体考察、分析代表性诗人的创作特质及其与西南联大学院文化的关联。譬如冯至《十四行集》的艺术成就及其与西南联大文化语境的关联；以穆旦为代表的"学生诗人"的创作特质及其在西南联大的艺术成长历程等，以此进一步突显西南联大诗人群在20世纪40年代诗歌版图中的独特存在。

需要指出的是，作为一个学院诗人群体，西南联大诗人群处于不断的流动、变化之中，这种流动、变化不仅指学生的进出（入学、毕业）造成成员的变化，也指随着校园环境、文化氛围的转变，其诗歌创作形态的变化。西南联大后期朗诵诗的出现，即是这种变化的一个显著例证。尽管这种变化并没有从根本上改变西南联大诗人群在新诗发展历程中的独特地位和价值，但是也警示着我们不要企图以一个"流派"的指认或一种"主义"的命名来概括西南联大诗人群。故此，本书的第七章将从校园文化氛围的整体转变以及学院文化的自身流变等角度切入，探讨朗诵诗的创作形态。这既是对西南联大诗歌创作的整体探讨的一部分，也是在更大范围内的历史脉络和场域结构中考察、把握西南联大诗人群必不可少的一部分。

本书对西南联大诗人群的探讨、研究，是将外部的文学社会学的考察与内部的诗歌形态、创作辨析相结合，在理论、文本及历史间的互动之中，兼采"社会性"与"文学性"的双重视点，把社会历史内容、文本细读等融为一体。这也是在文学审美与政治文化之间的历史纠葛的揭示中，重绘20世纪40年代复杂诗歌版图，以凸显西南联大诗人群的独立存在及其诗学价值。

第一章 西南联大诗人群生成的历史场域

　　20 世纪 40 年代，由于战争的切割、阻隔，包括新诗在内的文学创作更多地呈现出一种共时交错的空间性特征。不同的政治、文化区域，其文学创作面貌迥异，典型的如人们对沦陷区、国统区、解放区等三大区域的文学创作的区分与描述。当然，这种区分与描述或许失之于简略、机械，但大体呈现了 20 世纪 40 年代文学典型的共时交错的空间性特征。西南联大诗人群即出现在这一历史场域中，其具体生成、创作风貌等呈现出明显的空间性地域特征，与昆明的社会政治环境、权力资本配置、西南联大的文化语境等紧密相关。在某种意义上，包括西南联大在内的诸多高校的西迁，使昆明成为战时中国的思想、文化中心，形成了一个以学院知识分子为主体的昆明文化圈。西南联大诗人群即诞生于整体意义上的昆明文化圈与具体的西南联大校园之中，并以特殊的地域文化特征而成为 20 世纪 40 年代一个独特的诗人群体。因此，对西南联大诗人群的考察、研究首先即要突破流派研究历时性的线性叙事，进入具体的地域空间与历史场域中，在地域文化特征的考察中把握西南联大诗人群的真实存在。这种考察与描述既是对以往流派研究范式浮光掠影的概括性描述的突破，也是通过历史细节的刻画和具体场景的展示来接近文学真实的一次尝试和努力。

第一节　地缘政治：西南联大学院文化的生成

诚如有学者指出，新时期以来，在诗歌研究领域"无论是诗学观念的辨析、具体作品的文本分析，还是传统与现代、西方影响与本土特征关系的把握，'内部'的审美研究，一直是新诗探讨的主要着眼点"①。应该说，这一研究思路比较吻合新诗的文体特征，有其合理性，而新诗的独特价值也在某种意义上表现于这一方面，然而不可否认的是，这种研究思路在很大程度上意味着新诗的发生、发展只是一场美学意义上的尝试与变革，是基于个人创作实验的纯粹形式的变化，而复杂的诗歌创作现象在这种审美"收缩"中被简化了，尤其是具体的诗歌创作背后更多的社会性条件被忽略掉了。诗歌研究领域诸多关于"主义"的指认与探究即是这种思路的一个集中体现，在这种"主义"的阐释框架中，新诗复杂的历史进程被简化为一种"主义"替代另一种"主义"的过程，简化为一种美学自身的"更替史"。这是将新诗历史化的进程进行了一种"非历史化"的美学处理，新诗自身复杂的历史存在难以得到有效的呈现。究其实际，在包括诗歌创作在内的文学生产过程中，"社会政治、经济、社会机构等因素，不是'外在'于文学生产，而是文学生产的内在构成因素，并制约着文学的内部结构和'成规'的层面"②。显然，西南联大的诗歌创作并非仅仅是基于个人创作实验的纯粹形式的探索，也并非是一场"纯文学"意义上的美学尝试与变革，我们需要探究影响、制约西南联大诗歌创作的社会性的文学生产要素。

关注西南联大诗歌创作背后的社会性条件及其构成因素，需要切入

---

① 姜涛：《"新诗集"与中国新诗的发生》，北京大学出版社 2005 年版，第 3 页。
② 洪子诚：《问题与方法：中国当代文学史研究讲稿》，北京大学出版社 2002 年版，第192 页。

具体的地域空间与历史场域的社会学辨析。在 20 世纪 40 年代历史场域中考察西南联大诗人群的生成及创作形态，涉及社会文化语境、地缘政治力量配置、象征资本的积累等不同层面，而深入考察西南联大诗人群的创作，可以发现，构成其社会学层面上的最重要因素是包括教育理念、文化追求、精神传统、师承关系等在内的一种学院文化资本的调用与转化。这种学院文化作为一种象征资本，不仅构成西南联大乃至昆明文化圈在战争环境中显著的地域文化标志，而且也在很大程度上制约着西南联大诗歌创作的内在趋向和成规。在 20 世纪 40 年代战争的历史场域中，面对社会政治白热化、知识左翼扩大化、文艺创作大众化等不争的社会现实，西南联大诗人群的创作与"七月诗派"及解放区的诗歌创作等判然有别，正是一种独特的学院文化精神要素使然。从文学场的视域考察，则是西南联大诗人群对学院化精神文化资源进行了有效利用，并将这些资源转化为进入文学场的象征资本，从而抵制了一种大众化的"写实主义"的美学压力。在这个意义上，对西南联大诗人群的考察，也是探讨特定历史时期的学院文化与这一时期的文学发展的关系，"这实际上是要探讨特定时期的集中在大学空间里的时代精英知识分子的学术思想、文化追求、精神风貌等对文学发展的影响与作用，其中既包括了对学院培养的作家的直接影响，也包括通过各种途径（特别是现代传播媒介）对社会文化、文学的间接影响，以及大学文学教育在文学发展中的特殊作用"①。故此，本书对西南联大诗人群的考察、探讨首先从其学院文化资本的生成与转化这个层面切入。

一

在抗战的非常环境中，为使中国的大学教育不因战争而中断，沦陷区的诸多高校纷纷内迁，以保存教育力量。国立西南联合大学（以下简称西南联大）即是在此背景之下，由北京大学、清华大学、南开大

---

① 钱理群：《二十世纪中国文学与大学文化·丛书序》，载姚丹《西南联大历史情境中的文学活动》，广西师范大学出版社 2000 年版，第 2 页。

学共同组建而成。三校先在长沙组建临时大学，后西迁昆明，正式组建西南联大。西南联大的组建，首先是战争时期地缘政治的产物，更具有意义的是，这不仅在残酷的战争环境中保存了中国的教育力量和资源，而且成就了一个教育史上的奇迹。诚如有学者指出，"作为外来文明的大学精神，逐渐在华夏大地生根，形成一种自由知识分子的共同文化。这种积累和生长不期在惨烈的抗日战争中结出了最丰硕的教育之果……迁移至昆明的西南联大综合了三所不同渊源的大学，在极其简陋、艰苦的环境中传薪播火，弦歌不辍……其时其地，大师云集，学术灿然，人才辈出，成为现代教育史上一个辉煌的坐标，一座真正的高峰"[①]。西南联大在简陋甚至恶劣的物质环境中，取得了令今人怀念、向往的成就，一个重要的原因是西南联大在战争的艰难岁月里坚持教育与学术独立以及"自由教育"的教育理念，在严峻的现实环境中保持、生成了一个相对自足的学院空间以及一种独立、自由的学院文化。这种学院文化形塑着西南联大的校品、校格，使其获得了非凡的成就，成为 20 世纪 40 年代最著名的高等学府。在地缘政治的意义上，这种学院文化色彩也是昆明文化圈的核心特质所在。相较于重庆、延安等地显明的政治文化色彩，这在惨烈的战争年代显得尤其突出，并构成了昆明文化圈典型的地域文化特征。

　　征诸历史，在艰难的战争岁月里，这种独立、自由学院文化的生成，首先是三校自身的教育理念与学术传统汇集、融合的结果。北大、清华、南开这三所战前实力雄厚的大学，因战争的缘由而联合在一起，三校自身的传统汇集起来，形成了西南联大新的学风与传统。大体上说，北大的传统主要是"兼容并包"、"思想自由"、"专深学术"等，清华的传统主要表现为"通才教育"、"教授治校"的制度规划等，南开的传统则主要是"允公允能"校训指引下的应用实干。当时即有学者指出，"联大的学风可以概括为教授治校、学术自由、科学民主、着

[①]　杨东平主编：《大学精神》，文汇出版社 2003 年版，第 8 页。

重实干，这些特色继承了三所学校不同的传统。教授治校源于清华，由教授而不是校长来聘请学者；学术自由、兼容并蓄是蔡元培时期的北大传统；注重实干来自南开"①。毕业于西南联大的著名历史学家何炳棣先生认为，"北大、清华、南开虽各有特色，要而言之，三校皆以学术自由、议事依照民主原则与程序闻名全国。战时的西南联大把三校的优良传统更向前推进了一大步"②。尤其可贵的是，这种自由的学术精神与"议事民主"的原则，从精神与制度两个层面保障了一个独立、自足的学院空间，并促生了一种自由自主的学院文化。

北京大学在蔡元培校长的治理之下，奠定了自身的基本品格。蔡元培先生的大学理念及实践，有学者认为主要有三点："第一，'兼容并包'与'思想自由'；第二，外争独立思考，内讲专深学术；第三，以'美育'养成人格。"③ 而其中最具影响力的是"思想自由"、"兼容并包"大学理念的确认。蔡元培先生曾在《大学教育》一文中指出了"思想自由"于教育的重要性：

> 近代思想自由之公例，既被公认，能完全实现之者，厥惟大学。大学教员所发表之思想，不但不受任何宗教或政党之拘束，亦不受任何著名学者之牵制。苟其确有所见，而言之成理，则虽在一校中，两相反对之学说，不妨同时并行，而一任学生之比较而选择，此大学之所以为大也。④

拒绝教会或党派的拘束，是为了从整体上保持教育的相对独立性，而允许教授讲课和学生择课的自由，"背后蕴涵的是对于学海无涯的理解，对于个体选择的尊重，以及对于独立思考的推崇"⑤。这是蔡元培先生建构的北大传统的重要组成部分，也是"大学之所以为大"的一

---

① ［美］易社强著：《战争与革命中的西南联大》，饶佳荣译，九州出版社2012年版，第104页。
② 何炳棣：《读史阅世六十年》，广西师范大学出版社2009年版，第150页。
③ 陈平原：《触摸历史与进入五四》，北京大学出版社2018年版，第140页。
④ 蔡元培：《大学教育》，载《蔡元培全集》（第五卷），中华书局1988年版，第507—508页。
⑤ 陈平原：《触摸历史与进入五四》，北京大学出版社2018年版，第145页。

个基本准则。当然，在近现代中国的特殊语境中，这种个人性的"思想自由"的实现并非易事，其中牵涉到传统思想的影响、民族国家的权威、意识形态的控制等错综复杂的层面。如蔡元培指出"吾国承数千年学术专制之积习，常好以见闻所及，持一孔之论"①，这种"定于一尊"的思维图式即是对"思想自由"的一种压制。同时，近现代中国的动荡不安、政治权威及意识形态管控的蔓延、渗透，也使个人性的"思想自由"理念岌岌可危。这样，才能理解为何蔡元培经常将"思想自由"与"兼容并包"并举，一再强调"兼容并包"的重要性，"对于学说，仿世界各大学之通例，循'思想自由'原则，取兼容并包主义"②，"子民以大学为囊括大典包罗众家之学府，无论何种学派，苟其持之有故，言之成理者，兼容并包，听其自由发展"③ 等。在这里，不无制度性因素的"兼容并包"为不同学说的自由表述提供了一个基本的保障。

更重要的是，无论是个人性的"思想自由"，还是制度性的"兼容并包"，都指向了"专深学术"的层面，使北大将"大学为纯粹研究学问之机关"的理念付诸实践。在蔡元培掌北大之前，北大"前清遗风"气息浓郁，不少学生以大学为升官晋爵之阶梯，无心学术。张申府在《回想北大当年》中提及，蔡元培之前的北大，"是一座封建思想、官僚习气十分浓厚的学府，不少学生以上大学为晋升的阶梯，对研究学问没有兴趣，而是想方设法混资历，找靠山，还有的人打麻将、逛八大胡同"④。而蔡元培到任后，一直强调大学、学生应以研究学术为天职，诸如"大学为纯粹研究学问之机关，不可视为养成资格之所，亦不可

---

① 蔡元培：《〈北京大学月刊〉发刊词》，载《蔡元培全集》（第三卷），中华书局 1988 年版，第 211 页。

② 蔡元培：《致〈公言报〉函并答林琴南函》，载《蔡元培全集》（第三卷），中华书局 1988 年版，第 271 页。

③ 蔡元培：《传略》（上），载《蔡元培全集》（第三卷），中华书局 1988 年版，第 332 页。

④ 张申府：《回想北大当年》，载陈平原、夏晓虹编《北大旧事》，生活·读书·新知三联书店 1998 年版，第 182 页。

视为贩卖知识之所。学者当有研究学问之兴趣，尤当养成学问家之人格"①，"所谓大学者，非仅为多数学生按时授课，造成一毕业生之资格而已，实以是为共同研究学术之机关"② 等论述无不强调大学的主要职能是传播知识与精深学术。这种"专深学术"的理念不仅将现代意义上学术意识引进了中国大学校园，也由此树立了北大的优良学术风气。"思想自由"、"兼容并包"、"专深学术"等这些大学理念的发挥以及成功实践，一方面使外来的西方大学理念与制度在中国真正得以确认与建立；另一方面也使北京大学成为其时知识分子得以自由思想的一个相对自足的学院空间。

北京大学这种以蔡元培为代表的学院式的学术自由和兼容并包教育理念在西南联大得到了继承和贯彻。作为西南联大的实际负责人，梅贻琦先生（联大的最高行政领导机构是由三校校长组成的常务委员会，但北大校长蒋梦麟、南开校长张伯苓，另有要职在身，联大的实际领导者是梅贻琦）在管理这所联合大学之时，也是坚持和贯彻了"兼容并包"的学术自由理念与原则。1945 年 11 月，梅贻琦在日记中写下这么一段话：

> 对于校局，则以为应追随蔡孑民先生兼容并包的态度，以恪尽学术自由之使命。昔日之所谓新旧，今日之所谓左右，其在学校应均予以自由探讨之机会，情况正同。此昔日北大之所以为北大，而将来清华之为清华，正应于此注意也。③

同为大学校长，梅贻琦对蔡元培"兼容并包"、"思想自由"的大学理念是颇有体悟和非常赞同的，尤其考虑到这则日记写于"一二·一"运动前夕，其时校园氛围有所转变，"左"倾思潮迭起，学生日趋激进，更可见梅贻琦对学术自由理念的坚持以及维护一个独立、自足的

① 蔡元培：《北大一九一八年开学式演说词》，载《蔡元培全集》（第三卷），中华书局 1988 年版，第 191 页。

② 蔡元培：《〈北京大学月刊〉发刊词》，《蔡元培全集》（第三卷），中华书局 1988 年版，第 210 页。

③ 黄延复、王小宁整理：《梅贻琦日记：1941—1946》，清华大学出版社 2001 年版，第 184 页。

学院空间的愿望和努力。正是在梅贻琦的这种不懈努力与坚持之下，学院式的自由学术精神与风气在西南联大得以维持和延续。

当然，一个独立、自足的学院空间的存在离不开制度性的具体保障。没有具体制度的约束，所谓独立思考、自由探讨、专深学术等，根本无法实现。在这个意义上，西南联大的"教授治校"体制为联大师生自由的精神活动提供了一个制度的保障。"教授治校"体制最初是蔡元培引进北大的，1917 年蔡元培主持设立了北大评议会，作为全校最高权力机构。评议会的评议员以教授为主体。评议会成为"教授治校"体制的重要保障和体现。后来，蒋梦麟任北大校长，提出"校长治校，教授治学"的主张，设立校务会议，作为学校最高领导机构，以取代评议会，北大的"教授治校"特征不再突出。"教授治校"后来成为清华大学管理体制上的一个传统。清华大学设有教授会，是全校最高权力机构，评议会相当于教授会的常务委员会，是执行机构。评议会是清华大学"教授治校"体制的核心所在和重要体现。梅贻琦 1931 年底开始任清华校长，接受了这一体制，并加以扶植。[①] 清华的"教授治校"体制本来部分地源于早期教授与政客型校长的斗争，并非一个十分稳固的制度，而在梅贻琦的大力扶植下，事实上开创了校长教授互相尊敬、合作无间、共同治校的良好局面。朱自清曾经指出："清华的民主制度，可以说诞生于十八年（1929 年）……但是这个制度究竟还是很脆弱的，若是没有一位同情的校长的话。梅月涵先生是难得的这样一位校长。……他使清华在这七八年里发展成一个比较健全的民主组织。同仁都能安心工作。"[②] 梅贻琦以其持重沉稳的态度与行事方式巩固了清华的"教授治校"制度，这背后是对大学自由精神和兼容并包理念的理解与尊重，诚如清华大学化学系主任张子高所述：

> 独念大学为学术之府，有兼容并包之任，继往开来之责。校长

① 参见西南联合大学北京校友会编《国立西南联合大学校史：1937 至 1946 年的北大，清华，南开》，北京大学出版社 2006 年版，第 2—6 页。

② 朱自清：《清华的民主制度》，《清华校友通讯》第 6 卷第 9 期，1940 年 4 月。

分寄任于诸教授与各执事，诸教授与各执事尽其责于诸学子。至于
因革损益之大端，猝然非常之异变，校长则于教授评议会分别与同
人共商讨之。每有大计，同人既本其识见所可及，尽其意见量而出
之，时或反复辩难，势若不相下，公则从容审夺其间，其定议也往
往各如其意，充然若有得也。于是议克一而事可济，举凡校务巨
细，纷纭多端，公一以策，称安详之度处之，初未尝独标一义，固
执一策，以为非此莫能为也。①

可见，梅贻琦对"教授治校"体制的坚持，赢得了教师们的认同
与尊重，也开创了清华校长与教授合作无间的良好学术文化氛围。在领
导西南联大时，梅贻琦将这一体制引进了联大的管理体制，西南联大的
规章制度，"多以清华为蓝本，如联大的教务通则、教授会组织法和一
些行政管理制度等，基本上是沿用战前清华的章程"②。1938年10月26
日，西南联大第92次常务委员会通过了《国立西南联合大学校务会议
组织大纲》与《国立西南联合大学教授会组织大纲》。联大的校务会议
相当于清华的评议会，其成员以教授为主体，具体讨论、处理的校务包
括大学预算及决算、大学学院及学系之设立与废止、大学各种规程等。
联大教授会审议事项包括教学及研究事项改进之方案、学生导育之方
案、学生毕业成绩及学位之授予、建议于常务委员会或校务会议事项
等。③ 校务会议、教授会的设立，使"教授治校"体制在西南联大得以
确立。这一体制的核心为校务会议，其成员大多数为联大教授，而其决
策内容关乎学校的行政和教学等方面，使教授能够有效参与学校的规划
和管理。正是在"教授治校"体制的保障下，联大内树学术自由、坚
守文化创造，外争思想独立、民主权益等，获得了有效的形式和具体的

---

① 转引自黄延复、钟秀斌《一个时代的斯文：清华校长梅贻琦》，九州出版社2011年版，
第169页。

② 黄延复、钟秀斌：《一个时代的斯文：清华校长梅贻琦》，九州出版社2011年版，第
147页。

③ 参见北京大学等编《国立西南联合大学史料·总览卷》，云南教育出版社1998年版，第
105、110页。

实现途径。

譬如，在西南联大后期的"一二·一"运动中，西南联大的教授会挺身而出，有条不紊地展开工作，一边在道义上支持学生争取民主的运动，一边敦促政府严惩凶手，同时力促学生复课，在此次民主运动中起了重要作用。在整个运动过程中，西南联大教授会共举行了九次会议，态度明确、坚定，且措施得力。如第二次会议决议："同人站在教育立场，对本月廿五日晚军政当局行为，认为重大污辱，应依校务会议决议原则加强抗议"，并"推冯友兰、张奚若、钱端升、周炳琳、朱自清、赵凤喈、燕树棠、闻一多八先生为抗议书起草委员"。"起草委员"阵容之强大可见一斑。随后发表的"抗议书"，明确宣告："近代民主国家，无不以人民之自由为重，而集会言论之自由，尤为重要。无此自由者，应使有之；既有此自由，应保障之、充实之……而地方军政当局，竟有此不法之举，不特妨害人民正当之自由，侵犯学府之尊严，抑且引起社会莫大之不安。兹经同人等于本日集会，全体一致决议，对此不法之举，表示最严重之抗议。"第三次会议决议"推派周炳琳、汤用彤、霍秉权三先生参加死难学生入殓仪式，代表本会同人致吊"，并"接受助教二十八人建议书中关于法律部分，组织法律委员会负责研讨"。第四次会议则决议"委托法律委员会搜集有关本次事件之史料"，同时决议"自即日起本校停课七天，对死难学生表示哀悼，对受伤师生表示慰问，并对地方当局不法之横暴措施表示抗议"①。西南联大教授会在此次运动中的作用非同小可，而以梅贻琦为领导的校方也与教授会紧密合作，一方面支持学生的民主诉求；另一方面安抚学生复课，保证了此次民主运动的有理有节。诚如有学者指出，"在战时特殊环境下，西南联大之所以能坚持'兼容并包之精神'，成为大后方重要的'民主堡垒'，还必须提及由清华大学带入的教授会制度"②。可以说，

① 北京大学等编：《国立西南联合大学史料·总览卷》，云南教育出版社 1998 年版，第237—238 页。

② 陈平原：《中国大学十讲》，复旦大学出版社 2002 年版，第 245 页。

在"教授治校"体制的有力保障下，西南联大得以一以贯之地维持一个相对自足的学院空间以及一种自由的学院文化。

同时，这种自足学院空间的存在以及自由学院文化的生成也与三校合并，大批学院知识分子聚集，从而形成了一个学术共同体密切相关。当时西南联大集中了一批学院精英知识分子，仅以与西南联大诗人群密切相关的文学院为例，其1938年度的主要教师名单如下：

中文系：朱自清　罗常培　胡适（未到任）　罗　庸　魏建功
　　　　杨振声　陈寅恪　刘文典　闻一多　王　力　浦江清
　　　　唐　兰　余冠英　陈梦家

外文系：叶公超　莫泮芹　冯承植　燕卜荪　黄国聪　潘家洵
　　　　陈福田　吴　宓　温　德　陈　铨　吴达元　钱钟书
　　　　陈　嘉　杨业治　傅恩龄　柳无忌　刘泽荣　吴可读
　　　　闻家驷

哲学心理学系：汤用彤　贺　麟　冯友兰　金岳霖　沈有鼎
　　　　　　　孙国华　周先庚　冯文潜　郑　昕　容肇祖
　　　　　　　熊十力（专任讲师）

历史社会学系：刘崇铉　姚从吾　毛　准　郑天挺　钱　穆
　　　　　　　陈受颐　傅斯年（名誉教授）　雷海宗　王信忠
　　　　　　　邵循正　陈　达　潘光旦　李景汉　皮名举
　　　　　　　蔡维藩①

仅从这份名单，即可见西南联大当时囊括了学界多数精英知识分子。无论是上述人文学科的陈寅恪、钱穆、汤用彤、冯友兰、贺麟、金岳霖、潘光旦、吴宓、朱自清、闻一多，还是理工学科的王竹溪、吴大猷、吴有训、华罗庚、陈省身、许宝騄等都是在各自学科领域有重大建树者，西南联大堪称大师云集。更重要的是，这些学院知识分子以学术为业，追求学术独立与精神自由，在战时环境中生成了一个学术共同

———————

①　北京大学等编：《国立西南联合大学史料·教职员卷》，云南教育出版社1998年版，第68—70页。

体。何炳棣先生认为，战时知识分子的紧密聚集在西南联大形成了一个"高知社群"，"联大与战前三校最大的不同是地理环境的巨大改变和生活空间的骤然紧缩"，"联大教职员、家属和学生主要都集中在昆明旧城的西北一隅：东起北门街、青云街，西迄大西门……'联大人'的日常生活半径不会超过 25 或 30 分钟的步行。生活空间如此急剧的紧缩是造成联大高度'我群'意识的有利因素"，尤其是"从 1941 和 1942 年起，持续的恶性通货膨胀，逐渐使一贯为民主自由奋斗的联大，变成一个几乎没有'身份架子'、相当'平等'、风雨同舟、互相关怀的高知社群。达到这种精神意境的高知社群是我国近现代史上的佳话，也是永恒的怅惘，因为它确似一朵昙花，随着战后三校的复员和新中国的诞生而永逝不复现了"①。这种风雨同舟的"高知社群"即是一种现代意义上的学术共同体，而在何炳棣看来，正是在这种"高知社群"的支撑之下，"八年抗战，三校合作，弦歌不辍，培育英才，饮誉寰宇，永垂史册"②。

当然，这种"高知社群"的形成与存在，并不意味着三校教职员之间没有些许人事摩擦，尤其联大草创伊始之际，三校教职员之间亦有各方面的人事摩擦。钱穆曾回忆在蒙自分校发生的人事摩擦事件：

> 一日，北大校长蒋梦麟自昆明来，入夜，北大师生集会欢迎，有学生来余室邀余出席，两邀皆婉拒。嗣念室中枯坐无聊，乃始去。诸教授方连续登台竞言联大种种不公平。其时南开校长张伯苓及北大校长均留重庆，唯清华校长梅贻琦常川驻昆明。所派各学院院长、各学系主任，皆有偏。如文学院长常由清华冯芝生连任，何不轮及北大，如汤锡予（按：汤用彤），岂不堪当一上选。其他率如此，列举不已。一时师生群议分校，争主独立。余闻之，不禁起坐求发言。主席请余登台。余言，此乃何时，他日胜利还归，岂不各校仍自独立。今乃在蒙自争独立，不知梦麟校长返重庆将从何发

---

① 何炳棣：《读史阅世六十年》，广西师范大学出版社 2009 年版，第 150—152 页。

② 何炳棣：《读史阅世六十年》，广西师范大学出版社 2009 年版，第 149 页。

言。余言至此，梦麟校长即起立屬言，今夕钱先生一番话已成定论，可弗再在此题上起争议，当另商他事。群无言。不久会亦散。①

可见，在学校创办的实际历程中，人事纠纷在所难免。何炳棣认为最初三校之间的人事摩擦，"主要是由于北大资格最老，而在联大实力不敌清华"，同时"南开一向奉校长如家长的老职员们不免有受'排挤'之感"②。不过，正如上述事件所示，以钱穆为代表的联大知识分子能够以学术文化的使命感抵制、超越现实的人事纠葛，一种以学术为业的学术共同体在联大得以生成与维持。有学者指出，西南联大珍贵的精神财富之一即是形成了一个西南联大知识分子群，在国家面临危亡的历史时刻，西南联大知识分子群"表现出的吃苦耐劳、团结合作精神，实为中国现代知识分子的楷模"。如此，在西南联大的新环境中，西南联大知识分子群形成了自身的品格，诸如"有派系而无派系之争"、"容忍和民主造成和谐"、"各党各派，兼收并蓄"等。这一切有助于在西南联大形成一个宽容、自由的学术环境，西南联大知识分子群"彼此的意见虽有不同，但总是为了学术的缘故而相互合作"③。如此一个知识分子群体的存在，无疑有力地促成了一个以学术为业、追求学术独立与自由为鹄的的学术共同体。

这种现代意义上的学术共同体的生成对西南联大的存在与发展产生了积极而深远的影响。一个显著的事实是，西南联大没有如同时期的西北联大（国立西北联合大学由北平大学、北平师范大学、北洋工学院组建而成，存在时间不足一年）那样很快沦为私人纠葛与机构纷争的牺牲品，除了上述三校优良传统的有机融合以外，在深层次的精神层面上，是一种学术共同体的精神支撑使然。西南联大正是在这种学术共同体的强有力支撑中，坚韧不拔、和衷共济坚持了八年之久。诚如冯友兰

---

① 钱穆：《八十忆双亲　师友杂忆》，生活·读书·新知三联书店 2005 年版，第 206—207 页。
② 何炳棣：《读史阅世六十年》，广西师范大学出版社 2009 年版，第 149 页。
③ 以上参见谢泳《西南联大与中国现代知识分子》，湖南文艺出版社 1998 年版，第 3—17 页。

在联大纪念碑碑文中所述：

> 文人相轻自古而然。昔人所言，今有同慨。三校有不同之历史，各异之学风，八年之久，合作无间。同无妨异，异不害同，五色交辉，相得益彰，八音合奏，终和且平，此其可纪念者二也。万物并育而不相害，道并行而不相悖，小德川流，大德敦化，此天地之所以为大。斯虽先民之恒言，实为民主之真谛。联合大学以其兼容并包之精神，转移社会一时之风气，内树学术自由之规模，外来民主堡垒之称号，违千夫之诺诺，作一士之谔谔，此其可纪念者三也。①

冯友兰于此指认的西南联大之"可纪念者"，正是西南联大在风雨如晦的时代得以同舟共济的内在精神缘由，碑文中"内树学术自由之规模，外来民主堡垒之称号"之概述亦成为联大精神一个重要面向。在这精神面向背后，即是一种"同无妨异，异不害同"、"兼容并包"、"违千夫之诺诺，作一士之谔谔"的学术共同体的精神支撑。西南联大知识分子由是得以在时代的风暴中抵抗外在权威与干扰，执着于学术的独立，坚持文化的自由创造，致力于"专深学术"，一种以学术为中心的学院文化在西南联大得以保留和延续。

钱穆在《八十忆双亲　师友杂忆》中，曾叙述战前他与马叔平、萧公权、杨树达、闻一多、容肇祖、吴承仕、余嘉锡、赵万里等学者在北平共论学术的情景，"皆学有专长，意有专情。世局虽艰……各自埋首，著述有成，趣味无倦。果使战祸不起，积之岁月，中国学术界终必有一新貌出现"②。钱穆似乎有一种已然成形的学术共同体因战争而解体的忧伤，以及中国学术为战争所毁的惋惜，"诚使时局和平，北平人物荟萃，或可酝酿出一番新风气来，为此下开一新局面。而惜乎抗战军兴，已迫不及待矣。良可慨也"③。显然，战争对学术的损伤、破坏等

---

① 冯友兰：《国立西南联合大学纪念碑碑文》，载北京大学等编《国立西南联合大学史料·总览卷》，云南教育出版社1998年版，第284页。
② 钱穆：《八十忆双亲　师友杂忆》，生活·读书·新知三联书店2005年版，第174页。
③ 钱穆：《八十忆双亲　师友杂忆》，生活·读书·新知三联书店2005年版，第173页。

负面影响是深远的。不过，西南联大的组建以及大批学院精英知识分子的聚集，无疑在惨烈的战争环境中创生了一个新的学术共同体，也在某种程度上使 20 世纪 30 年代的学术传统得以延续、发展。诚如 1942 年度的《国立西南联合大学要览》所说："本校播迁来滇，三校旧教员大多随校南来。虽在颠沛流离之中，并受物价高涨影响，几至饔飧不继，然对于学术研究，仍一本旧贯，不稍懈怠。"① 战争引发的民族危机还促发了西南联大知识分子以学术创造维系民族精神的学术志向，多数联大教授在民族危难的岁月里完成了他们深具影响的学术创作。诸如贺麟《近代唯心论简释》、冯友兰《新理学》等"贞元六书"、金岳霖《论道》、汤用彤《汉魏两晋南北朝佛教史》、陈寅恪《隋唐制度渊源略论稿》《唐代政治史述论稿》、钱穆《国史大纲》、郑天挺《清史探微》、雷海宗《中国文化与中国的兵》、闻一多《周易义证类纂》、《楚辞校补》、王力《中国现代语法》《中国语法理论》等著术均完成于西南联大时期。身处战争的硝烟之中，西南联大学术共同体以执着的学术情怀，延续、拓展着 20 世纪 30 年代的学术路径，中国学术并没有因为战争而中断，西南联大"负其鸡鸣不已之责任，以为国家民族在学术上延一线之命脉"，在战争的非常时期延续着中国学术的传统及其发展，进而使昆明成为当时中国的一个学术、文化中心。

在学术自由理念的浸润之下，在"教授治校"体制的保障之下，在学术共同体精神的支撑之下，西南联大三校良好的学术传统与办学经验得以融合、共生，进而在战乱的非常环境中维持了一个独立、自足的学院空间。在当时战争的残酷环境之中，这种独立学院空间的存在尤其可贵，不仅为身处战乱中的知识分子提供了一个难得的文化空间，也在西南联大促成了一种自由自主的学院文化。

---

① 北京大学等编：《国立西南联合大学史料·第四卷》，云南教育出版社 1998 年版，第 9 页。

二

西南联大在战火硝烟中历经八年，虽然"筚路褴褛"，依然"弦歌不辍"，堪称现代教育史上的佳话。在这一艰难历程中，清华校长梅贻琦先生实际负责西南联大事务，处处顾全大局，自始至终促进三校合作，对于保证联大的长期稳定和发展功不可泯。可以说，西南联大良好学院文化的生成，离不开梅贻琦的大力扶植，并与其坚守的教育理念息息相关。某种意义上，是梅贻琦的有力领导及其教育理念的成功践行，助成了西南联大的学术、文化成就。

作为现代教育史上著名的教育大家，梅贻琦的教育理念主要表现为创造优良环境，寻找并培养大师，以大师影响、感召学生，践行通才教育，以达到"新民"之鹄的。这种鹄的高远的教育理念在其掌清华、西南联大期间得以践行，并在战争的非常时期有力地支撑了西南联大的学风校品。在梅贻琦看来，大学仅仅供给学生寻常书本教育是不够的，还须顾及学生的意志与情绪，将学生培养成具"一般生活之准备"的"通才"，而"意志与情绪二方面，既为寻常教学方法所不及顾，则其所恃者厥有二端：一为教师之树立楷模，二为学子之自谋修养"①。也是在这个意义层面上，梅贻琦十分重视"大师"在大学中的作用与地位。譬如，在清华大学 1932 年的开学典礼上，他以校长的身份申述道：

> 凡一校精神之所在，不仅仅在建筑设备方面之增加，而实在教授之得人。本校得有请好教授之机会，故能多聘好教授来校。这是我们非常可幸的事。从前我曾易"四书"中两语："所谓大学者，非谓有大楼之谓也，有大师之谓也。"现在吾还是这样想，因为吾认为教授责任不尽在指导学生如何读书，如何研究学问。凡能领导学生做学问的教授，必能指导学生如何做人，因为求学与做人必是两相关联的。凡能真诚努力做学问的，他们做人亦必不取巧，不偷

---

① 梅贻琦：《大学一解》，载北京大学等编《国立西南联合大学史料·总览卷》，云南教育出版社 1998 年版，第 21 页。

懒，不作伪，故其学问事业终有成就。①

显然，在梅贻琦的教育理念中，"'大师'之所以至关重要，不只是因其学知渊博，智慧超群，更因其可以为学生提供追摹的目标"②。诚如其在 1931 年的清华大学就职典礼上所述，"我们的智识，固有赖于教授的教导指点，就是我们的精神修养，亦全赖有教授的 inspiration"③。故此，梅贻琦一直践行"以充实师资为第一义"的办学理念。1936 年 4 月，时为清华校长的他在《致全体校友书》中总结道："过去五年，正为大学成长充实的重要阶段。此五年中吾人所努力奔赴之第一事，盖为师资之充实。吾人常言，大学良窳，几全系于师资与设备之充实与否；而师资为尤要。是以吾人之图本校之发展，之图提高本校学术地位也，亦以充实师资为第一义。……总之，师资为大学第一要素，吾人知之甚切，故亦图之至亟也。"④ 掌清华期间，梅贻琦广揽人才，为清华充实了强盛的师资力量。在西南联大时期，面对时代困局，梅贻琦一方面留意延揽人才，更多的是尽职尽责为教师们解决实际生活困难，以安稳师资。诚如时任联大总务长的郑天挺先生所述：

> 抗战期间，物价飞腾，供应缺困，联大同人生活极为清苦。梅校长在常委会建议一定要保证全校师生不致断粮，按月每户需有一石六斗米的食物。于是租车派人到邻近各县购运。这工作是艰苦的，危险的。幸而不久得到在行政部门工作的三校校友的支援，维持到胜利。⑤

作为联大的实际负责人，梅贻琦为教师们的食粮而操劳，其心可鉴，也是在艰难环境中实践"充实师资为第一义"的生动体现。这在梅贻琦发起、组织清华服务社事件中有着更典型的表现。1943 年 8 月，

---

① 梅贻琦：《教授的责任》，《国立清华大学校刊》1932 年 9 月 16 日。
② 陈平原：《中国大学十讲》，复旦大学出版社 2002 年版，第 35 页。
③ 梅贻琦：《就职演说》，《国立清华大学校刊》1931 年 12 月。
④ 梅贻琦：《致全体校友书》，《清华校友通讯》第 3 卷第 1—5 期，1936 年 4 月。
⑤ 郑天挺：《梅贻琦先生和西南联大》，载冯友兰等《联大教授》，新星出版社 2010 年版，第 3 页。

《清华校友通讯》刊登了受梅贻琦委托，由潘光旦先生拟写的《为征募清华服务社股本告全体校友书》，阐述了创办清华服务社的宗旨：

> 国家在艰苦中抗战，学校也在万难中支撑，此中甘苦真是一言难尽，无由缕述。……在战前实支月薪 350 元的一位教授，抗战开始以还，收入最少的月份可以少到九元六角。……大可以用"江河日下"一句话来代表。自三十一年春天起，形势更见得严重。职教同人几于没有一个不靠举债与售卖物品度日。到了今日，大部分的家庭已经是无债可举，无物可卖。……负学校行政之责的人，和学校有渊源关系以至于和他们有过师生或同学关系的校友，能坐视么？不能，惟其不能，所以最近我们有"清华服务社"的组织，想用生产合作的方式，来补助职教同人的生计，使目下艰苦备尝、贫病交加的程度，多少可以减几分。①

创办服务社以纾窘困的行为，即是梅贻琦在战争非常时期安稳师资的一种具体实践与努力。联大三校各自经费有一定独立性，"清华大学利用工学院暂时不需用的设备设立清华服务社，从事生产，用它的盈余补助清华同人的生活。这事本与外校无关"，而"梅校长顾念联大和北大、南开同人同在贫困，年终送给大家相当于一个月工资的馈赠"②。梅贻琦对联大同人的这种关切与安抚，亦是重视教师在大学中的地位与作用的教育理念使然。对梅贻琦而言，"大学精神之所寄，在于教师之树立楷模与学子之自谋修养"③，故而作为联大负责人的他，一方面十分尊重教师；另一方面义不容辞地为联大在艰难时局中的生存、发展尽心竭力。

正是倡导以教师的人格之表率与涵养来引导、感召学生，从而达致"学子之自谋修养"的教育目标，梅贻琦在艰难的现实中尽力安抚教

---

① 清华大学校史研究室编：《清华大学史料选编》第三卷（上），清华大学出版社 1991 年版，第 210—215 页。

② 郑天挺：《梅贻琦先生和西南联大》，载冯友兰等《联大教授》，新星出版社 2010 年版，第 3 页。

③ 陈平原：《中国大学十讲》，复旦大学出版社 2002 年版，第 35 页。

师，以充实师资，并将这实践行为提升为著名的"从游论"教育理念：

> 古者学子从师受业，谓之从游。孟子曰："游于圣人之门者难
> 为言。"间尝思之，游之时义大矣哉。学校犹水也，师生犹鱼也，
> 其行动犹游泳也，大鱼前导，小鱼尾随，是从游也，从游既久，其
> 濡染观摩之效，自不求而至，不为而成。①

"从游论"寄寓着梅贻琦对大学师生关系的一种理想化构想，即建立一种"游于圣人之门"式的师生关系，以达致学生人格之养成，"意志须锻炼，情绪需裁节，为教师者果能于二者均有相当之修养功夫，而于日常生活之中与以自然之流露，则从游之学子无形中有所取法"②。而在战争的艰难环境中，西南联大名师云集，这些学院知识分子以学术为业，不仅以精深的学问指导学生，而且以他们学术研究中体现出的对学术文化人生的态度以及蕴含其中的人格魅力，潜移默化地引导、感召学生。这种"大鱼前导，小鱼尾随"的"从游"之雅成为西南联大一片独异的人文景观，也是西南联大优良学院文化氛围的生动展现。西南联大的诸多学子即是在这优良的学院文化氛围中成长、成熟起来。联大诗人赵瑞蕻多年后如此忆及自己与吴宓教授的交往：

> 在课余，吴（宓）先生时不时地跟同学们在草坪边上散步聊
> 天，我也多次陪先生散步，在他身旁很恭敬地慢慢儿走着，听他亲
> 切漫谈，不但得到很多研究学问方面的启发，而且也了解了一些他
> 过去的生活情趣，愉快的或者苦恼的往事。他确实是一个胸襟坦
> 荡、直爽磊落的人，往往有问必答，毫无保留，甚至引发你去思考
> 有关人生与文学的一些新鲜问题。③

西南联大校园中的"从游"之雅于此可见一斑，或者说，梅贻琦

---

① 梅贻琦：《大学一解》，载北京大学等编《国立西南联合大学史料·总览卷》，云南教育出版社 1998 年版，第 22 页。

② 梅贻琦：《大学一解》，载北京大学等编《国立西南联合大学史料·总览卷》，云南教育出版社 1998 年版，第 21 页。

③ 赵瑞蕻：《离乱弦歌忆旧游——从西南联大到金色的晚秋（文学回忆录）》，文汇出版社 2000 年版，第 64 页。

的"从游论"理念在西南联大获致了部分的实现。这既与梅贻琦的大力倡导与扶植密不可分，也是联大诸多教师共同努力的结果，一种良好的学院文化亦于此见焉。诚如梅贻琦在 1940 年的《抗战期中之清华》所述："经两年来之惨淡经营，校舍既定，设备渐充，学生程度，亦年有进步，三校原有之精神，已潜滋默化融洽于整个联大之中。斯琦于叙述学校情形之余，所至感欣慰者也。"①

　　创作于西南联大时期的《大学一解》既是梅贻琦教育理念的集中阐发，也是其教育实践的归纳、提升，于此可以窥探西南联大的学术传统、文化氛围之一侧面。在《大学一解》中，梅贻琦借用传统经书《大学》中的概念，首先指出大学的功用在于使学生"明明德"，以达到"新民"之功效：

　　　　《大学》一书开章明义之数语即曰："大学之道，在明明德，在新民，在止于至善。"若论其目，则格物，致知，诚意，正心，修身，属"明明德"，而齐家，治国，平天下，属"新民"。……今日之大学教育，骤视之，若与"明明德"、"新民"之义不甚相干，然若加深察，则可知今日大学教育之种种措施，始终未能超越此二义之范围。

　　以此为大学教育之鹄的，则现代的大学体制与传统的教育精神衔接起来，"'明明德'之义，释以今语，即为自我之认识，为自我能力之认识，此即在智力不甚平庸之学子亦不易为之，故必有执教之人为之启发，为之指引，而执教者之最大能事，亦即至此而尽"，而"古人所谓'身教'，所谓'以善先人之教'，所指者大抵即为此"。于此，梅贻琦化用孟子言论进一步阐释道：

　　　　孟子有曰："仁义礼智根于心，则其生于色也，睟然见于面，盎于背，施于四体，四体不言而喻。"曰"根于心者"，修养之实；曰"生于色"者，修养之效而自然之流露。设学子所从游者皆率

———————

　　① 清华大学校史研究室编：《清华大学史料选编》第三卷（上），清华大学出版社 1991 年版，第 23 页。

为此类之教师，再假以时日，则濡染所及，观摩所得，亦正复有其不言而喻之功用。

正是在此认知之下，梅贻琦提出了前述著名的"从游论"，并且以"从游论"理念为参照，指出当前教育于"个人之修养"方面"体认尚有未尽而实践尚有不力"的三个表现："一曰时间不足"，"二曰空间不足"，"三曰师友古人之联系之阙失"。梅贻琦由此疾声指责当前教育之缺失：

> 今日学校环境之内，教师与学生大率自成部落，各有其生活之习惯与时尚，舍教室中讲授之时间而外，几于不相谋面，军兴以还，此风尤甚，即有少数教师，其持养操守足为学生表率而无愧者，亦犹之椟中之玉、斗底之灯，其光辉不达于外，而学子即有切心于观摩取益者，亦自无从问径。……反观今日师生之关系，直一奏技者与看客之关系耳，去从游之义不綦远哉！①

梅贻琦的"从游"之论陈义高远，饱含理想化色彩，也由此得以映照出现实的缺失。不无吊诡的是，在战争的艰难环境中，物质的匮乏与空间的紧缩，无形之中拉近了联大师生的距离，使"从游"之学成为可能。这种"从游"之雅在长沙临时大学时期就已经呈现。组建长沙临时大学时，由于校舍不够，将文学院另设在衡山的圣经学校分校。在堪称恶劣的物质环境中，师生们将圣经学校分校变成了一个古代书院，"师生接触机会较多，关系融洽，在交谈中自然也涉及专业知识、治学方法，因此颇有古代学院的风味。北大有个学生反映：'在南岳一个月学到的东西，比在北平一个学期还多'"②。在昆明时期，面对艰难的生存环境，联大师生共克时艰，风雨同舟，形成了一个平等、自由的"高知社群"，梅贻琦念兹在兹的"从游论"成为一个可触的现实。

在梅贻琦看来，"明德功夫即为新民功夫之最根本之准备"，而

---

① 以上见梅贻琦《大学一解》，载北京大学等编《国立西南联合大学史料·总览卷》，云南教育出版社1998年版，第19—28页。

② 西南联合大学北京校友会编：《国立西南联合大学校史：1937至1946年的北大、清华、南开》，北京大学出版社2006年版，第15页。

"大学新民之效，厥有二端：一为大学生新民工作之准备；二为大学校对社会秩序与民族文化所能建树之风气"，为实现此大学新民之效，梅贻琦倡导"通才教育"：

> 窃以为大学期内，通专虽应兼顾，而重心所寄，应在通而不在专；换言之，即须一反目前重视专科之倾向，方足以语于新民之效。夫社会生活大于社会事业，事业不过为人生之一部分，其足以辅翼人生，推进人生，固为事实，然不能谓全部人生即寄寓于事业也。通识，一般生活之准备也；专识，特种事业之准备也。通识之用，不止润身而已，亦所以自通于人也。信如此论，则通识为本，而专识为末；社会所需要者，通才为大，而专家次之。以无通才为基础之专家临民，其结果不为新民，而为扰民。

倡导"通才教育"，而不是以专门人才为培养目标，这是在根底上追求学生健全品格的养成，从而达致"新民"之教育效果，是一种目标高远、不无超越精神的教育理念，并且梅贻琦认为，"大学机构之所以生新民之效者，盖又不出二途。一曰为社会之倡导与表率，其在平时，表率之力为多，及处非常，则倡导之功为人。……二曰新文化因素之孕育涵养与简练揣摩。而此二途者又各有其凭借。表率之效之凭藉为师生之人格与其言行举止。……新文化因素之孕育所凭借者又为何物？师生之德行才智，图书实验。新民之一部分自身修而始，曰出身者，亦曰身已修，德已明，可以出而从事于新民而已矣"。正是倡导以师生的人格之表率与涵养达到"新民"之目的，梅贻琦特别重视大学自由的学术文化氛围的营造：

> 然大学之新民之效，初不待大学生之学成与参加事业而始见也。大学之设备，可无论矣。所不可不论者为自由探讨之风气。宋儒安定胡先生有曰："艮言思不出其位，正以戒在位者也。若夫学者，则无所不思，无所不言，以其无责，可以行其志也。若云思不出其位，是自弃于浅陋之学也。"此语最当。所谓"无所不思，无所不言"，以今语释之，即学术自由（Academic Freedom）而已

矣。……若自新民之需要言之，则学术自由之重要，更有不言而自明者在。新民之大业，非旦夕可期也。既非旦夕可期，则与此种事业最有关系之大学教育，与从事于此种教育之人，其所以自处之地位，势不能不超越几分现实，其注意之所集中，势不能为一时一地之所限止。其所期望之成就，势不能为若干可以计日而待之近功。职是之故，其"无所不思"之中，必有一部分为不合时宜之思；其"无所不言"之中，亦必有一部分为不合时宜之言。亦正惟其所思所言，不尽合时宜，乃或合于将来，而新文化之因素胥于是生，进步之机缘，胥于是启，而新民之大业，亦胥于是奠其基矣。①

显然，梅贻琦认为，欲达大学新民之效，一不可或缺之因素为"学术自由"，在这背后则是对蕴含其中的教育之超越精神的首肯与推崇，"不尽合时宜，乃或合于将来"。如此，梅贻琦个人信守的教育理念得以清晰表达，即是以"明德"、"新民"为大学教育之鹄的，倡导"从游论"、"通才教育"，并力举"学术自由"。在20世纪40年代战争非常时期，这种理念的坚守不无理想主义色彩，然而某种意义上，正是这种"不能不超越几分现实"的教育理念使联大在艰难时局中"结茅立舍，弦诵一如其平时"，沉潜于学术研究、文化创造。梅贻琦在实际领导联大的过程中，也是事无巨细，一丝不苟，尽心竭力践行个人信守的理念。翻阅梅贻琦1941—1946年的日记，可见其奔波于政府部门、地方机构之间，忙碌于联大校园上下，为联大的自主独立、自由发展保驾护航。在作于1945年的《抗战期中之清华》中，梅贻琦在文章最后写道：

在这风雨飘摇之秋，清华正好像一个船，漂流在惊涛骇浪之中，有人正赶上负驾驶它的责任，此人必不应退却，必不应畏缩，只有鼓起勇气，坚忍前进，虽然此时使人有长夜漫漫之感，但我们

---

① 以上见梅贻琦《大学一解》，载北京大学等编《国立西南联合大学史料·总览卷》，云南教育出版社1998年版，第19—28页。

相信不久就要天明风定，到那时我们把这船好好地开回清华园，到那时他才能向清华的同人校友说一句"幸告无罪"。①

由于联大三校有各自的独立性，梅贻琦一直以清华校长的身份领导联大，这虽然是面向清华校友的陈词，其实也是梅贻琦在艰难时局中为联大保驾护航的生动写照。某种意义上，正是在梅贻琦的坚忍掌领下，西南联大这艘"大船"得以渡越晦暗的时代风浪。在这期间，梅贻琦念兹在兹、尽力维护的即是大学的独立与学术的自由。联大后期，随着政府对教育管控的强化以及社会思潮的激进转变，联大校园内"左"翼思潮迭起，政治文化氛围日趋激进。在 1945 年 10 月 28 日日记中，梅贻琦写道："盖倘国共问题不得解决，则校内师生意见更将分歧，而负责者欲于此情况中维持局面，实大难事。民主自由果将如何解释？学术自由又将如何保持？使人忧惶！深盼短期内得有解决，否则匪但数月之内，数年之内将无真正教育可言也！"② 梅贻琦致力于维护联大的学术自由和独立品格的努力在在可见。

尽管时局维艰，梅贻琦对独立、自由的教育理念的认同与坚守，使联大能够超越几分现实，不为"一时一地之所限止"，在其"无所不思"、"无所不言"的教育实践中，"俨然为一方教化之重镇，而就其声教所暨者言之，则充其极可以为国家文化之中心"③。联大由此承担起"新民"之效用，联大诸多教师也以自身的学知及人格魅力感召并潜移默化地影响着包括联大诗人在内的学生们，使"从游"成为可能，从而在联大营造出良好的学院文化氛围。

三

西南联大的可贵之处，是在战争的严峻环境之中，维持了一个相对

---

① 清华大学校史研究室杨晓娜：《清华大学史料选编》第三卷（上），清华大学出版社 1991 年版，第 47 页。

② 黄延复等整理：《梅贻琦日记（1941—1946）》，清华大学出版社 2001 年版，第 182—184 页。

③ 梅贻琦：《大学一解》，载北京大学等编《国立西南联合大学史料·总览卷》，云南教育出版社 1998 年版，第 26 页。

自足的学院空间，进而成就了西南联大的学术、文化奇迹。当然，这并不意味着西南联大完全独立于社会，或者说与社会是隔绝的。恰恰相反，西南联大这一学院空间，本身就是战争的产物，深受战争的影响以及现实的诸多制约。从场域的视域考察，这种自足学院空间的存在使西南联大在整体的"权力场域"中获得了一个相对独立的地位，也在地缘政治的意义上，与战时国民政府对西南联大的诸多限制与控制形成了有力的对抗。

西南联大诞生于国家危难之际，在其诞生之初，得到了国民政府的扶植和帮助。三校联合办学，本来就是国民政府为了在战争期间维持文化教育事业的存在与发展而作出的决议。在具体的经济援助上，一个典型的事例是联大的学生大多享有国民政府发放的"贷金"。这"贷金"实际是不用偿还的。联大多数学生就是依靠"贷金"在艰难中完成学业的。但是，在一个战争的集权时代里，国民政府对西南联大的限制也很多。1938年1月，陈立夫被任命为国民政府教育部长。陈立夫以CC系首领的身份担任教育部长，力图加强政府对全国教育体制的严格控制，这对于追求独立、自由的高等院校是一个打击。陈立夫管领下的教育部加强教育管控的政策主要有："三民主义教育（也称为党义教育）；导师制、训导处的设置；成立三民主义青年团；《全国精神总动员》令的实行；统一教材和课程；采取教授资格审查制度。"① 教育部这种强化教育管控的政策及其宣传灌输的教育观显然与联大学术自由的教育理念相冲突。面对这些限制与控制，西南联大利用"教授治校"的管理机制，进行了"外争独立思考"的反抗。

譬如，针对具有奴化色彩的党义教育，"西南联大采取极为灵活的方式处理，曾采用讲座的方式，确定10个讲题，由三民主义教学委员会的成员轮流主讲。后改用交读书报告代替。联大对此门课要求不严，实际上有些学生从未听过课，也未交过读书报告，但所有学生成绩单上

---

① 姚丹：《西南联大历史情境中的文学活动》，广西师范大学出版社2000年版，第74页。

这门课程都列为及格"①。国民政府统一大学课程与教材的决议，也遭到了西南联大的抵制。1940 年 6 月 10 日的教务会通过了致常委会的公函，对教育部训令中规定大学课程、统一教材及学生成绩考核办法等作出批评：

> 夫大学为最高学府，包罗万象，要当同归而殊途，一致而百虑，岂可刻板文章，勒令从同。世界各著名大学之课程表，未有千篇一律者；即同一课程，各大学所授之内容亦未有一成不变者。惟其如是，所以能推陈出新，而学术乃可日臻进步也。如牛津、剑桥即在同一大学之中，其各学院之内容亦大不相同。彼岂不能令其整齐划一，知其不可亦不必也。今教部对于各大学束缚驰骤，有见于齐而无见于畸，此同人所未喻者一也。教部为最高教育行政机关，大学为最高教育学术机关，教部可视大学研究教学之成绩，以为赏罚殿最。但如何研究教学，则宜予大学以回旋之自由。律以孙中山先生权、能分立之说，则教育部为有权者，大学为有能者，权、能分职，事乃以治。今教育部之设施，将使权能不分，责任不明，此同人所未喻者二也。教育部为政府机关，当局时有进退；大学百年树人，政策设施宜常不宜变。若大学内部甚至一课程之兴废亦须听命教部，则必将受部中当局进退之影响，朝令夕改，其何以策研究之进行，肃学生之视听，而坚其心志，此同人所未喻者三也。师严而后道尊，亦可谓道尊而后师严。今教授所授之课程，必经教部之指定，其课程之内容亦须经教部之核准，使教授在学生心目中为教育部一科员之不若，在教授固已不能自展其才；在学生尤启轻视教授之念，与部中提倡导师制之意适为相反，此同人所未喻者四也。……盖本校承北大、清华、南开三校之旧，一切设施均有成规，行之多年，纵不敢谓极有成绩，亦可谓为当无流弊，似不必轻

---

①　西南联合大学北京校友会编：《国立西南联合大学校史：1937 至 1946 年的北大、清华、南开》，北京大学出版社 2006 年版，第 34 页。

易更张。①

这封公函从大学的特点、教育的独立性、学术的自由等多方面标举出了联大教授的教育自由、思想自由的大学理念，并坚决维护教育、学术的独立性。这虽然只是一封呈常委会的公函，但联大教授敢于如此立言，正是"外争独立思考"，以维持一个独立学院空间的重要体现。何炳棣认为教育部的训令"目的当然是加强蒋政权对高等教育及高知的思想统治"，而"联大教务会议以致函联大常委会的方式，抵抗驳斥陈立夫的三度训令"，故此文"在力争学术自由、反抗思想统治的联大光荣校史上意义重要"②。

国民政府教育部 1939 年 5 月颁布"关于大学行政组织机构设置"的训令，规定"大学设教务、训导、总务三处，分别设教务长、训导长及总务长各一人，秉承校长分别主持全校教务、训导及总务事宜"，"训导处得分设生活指导、军事管理、体育卫生等组，各组设主任一人，并分别设训导员、军事教官、医士、护士及体育指导员若干人"③。教育部如此明确设置训导处，是为了加强政府对大学的管控，亦是教育部长陈立夫强化大学管控的一个重要手段。西南联大按照部令设立了训导处，不过，在实际运作中，联大训导处本着自由教育的理念，尽可能少介入学生的日常生活和精神生活。据联大化学系学生田曰灵回忆："联大素有'民主堡垒'之称。其气氛是比较自由融洽的。……学校允许学生进行各种组织活动，非常活跃。学校从不举行'总理纪念周'那样的活动。训导长查良钊很少公开过问学生的思想，更多的是关心学校的纪律和生活困难的学生。……学生自由结合组织的社团，不分院系和年级，邀请到指导老师，在学校登记，就可进行活动，成为民间组

---

① 北京大学等编：《国立西南联合大学史料·总览卷》，云南教育出版社 1998 年版，第 18 页。
② 何炳棣：《读史阅世六十年》，广西师范大学出版社 2009 年版，第 191—192 页。
③ 北京大学等编：《国立西南联合大学史料·总览卷》，云南教育出版社 1998 年版，第 101 页。

织，学校不加干预。"① 联大训导长查良钊先生尽管"无意否认其政治职责，但大部分时间都充当联大的'菩萨'。在学生心目中，他是个热心人、施主、倾听告解的神父以及道德规劝者。他花费最多时间照顾学生的需求：吃、住、穿。缺少大米时，他到市里和周边地区仔细搜寻"②。如此，在查良钊、马约翰（体育部主任）等在学生中威望较高人士的管领下，联大训导处更多地成为一个关心学生生活和维护学校纪律的软性组织，关心困苦学生的生活也成为训导处的一个主要职责。据联大校史称，管理贷金事宜后来成为训导处的主要工作之一，"学生每月一次去领贷金条，贷金条上填上姓名、金额，由训导处盖章后就可交给膳团抵充伙食费。有的膳团只允许有甲种贷金的学生搭伙，以免催收膳费的麻烦"③。

　　国民政府强化教育管控的政策与联大学术自由的理念大相径庭，潘光旦当时即撰写《论大学设训导长》一文，批评训导处的设置，"训导处与训导长的创置，教育会议尽管议决，在理论上还是很有问题的"，"主张训教分立的人的基本假定是，学问与做人的艺术不很想干，甚或很不相干，惟其不相干，才有另设官用人专司其事的必要。这对研究学问与传授学问的人，说得轻些，是不认识，说得重些，就是侮辱"。文章最后写道："大学里所有的教师，真能把他的学问和行为联系起来，做学生的表率，那人就是无名的导师，就是不设办公处的训导长。照现在的形势，除非起孔子于九原之下，这训导长是没有人当得起的，勉强当了，他最多也只能举办几次精神训话，多强迫实行几条新生活的戒条，多订几种奖惩功过的条例，如此而已，如此而已。"④ 以独立、自

---

　　① 田曰灵：《回忆西南联大化学系》，载西南联合大学北京校友会编《笳吹弦诵情弥切——国立西南联合大学五十周年纪念文集》，中国文史出版社 1988 年版，第 253 页。

　　② ［美］易社强著：《战争与革命中的西南联大》，饶佳荣译，九州出版社 2012 年版，第 93—94 页。

　　③ 西南联合大学北京校友会编：《国立西南联合大学校史：1937 至 1946 年的北大、清华、南开》，北京大学出版社 2006 年版，第 44 页。

　　④ 潘光旦：《论大学设训导长》，载杨东平编《大学精神》，辽海出版社 2000 年版，第 150—153 页。

由的教育理念为基点，潘光旦对训导处的批评可谓鞭辟入里。

1939 年夏天，国民政府着手改组并加强联大区党部，要求凡联大领导和各学院院长，都应尽快加入国民党。国民党的坚定分子潘公展也连续在昆明《中央日报》上撰文抨击不同政见者，宣称三民主义是唯一的正统思想，必须绝对尊奉。潘公展还力劝教师成为"三民主义革命斗士"，"竭尽全力发展党在学校的事业，并吸收教师入党"。这种强化意识形态管控的党化政策，遭到了联大部分教授的抵抗，如张奚若教授、法商学院院长陈序经等拒绝加入国民党。陈序经表示，宁可辞职，也不加入国民党。① 冯友兰后来回忆，国民政府"1939 年就要求院长以上的教职员都必须加入国民党，并在联大公开设立国民党党部，称为区党部，在各学院设立区分部。这种公开地以党治校，在中国教育史上还是第一次。在学生中还公开设立了三民主义青年团分部。出席联大常委会的人都是国民党党员，而且还要受区党部的'协助'"。作为历史的亲历者，冯友兰认为"从表面上看来，联大成为国民党完全统治的学校了。其实并不尽然。据我所知，联大还是照三校原有的传统办事，联大没有因政治的原因聘请或解聘教授；没有因政治的原因录取或开除学生；没有因政治的原因干涉学术工作；所以在当时虽然有这些表面的措施，但社会上仍然认为联大是一个'民主堡垒'"②。

显然，联大师生不同意教育部集中权力肆意侵犯学术自由和大学独立的原则，并进行了抗争。正如费正清指出，"一方是具有经济后盾、大权在握的国民党和教育部，另一方是决心维护他们所接受的美国学术自由传统的大学教授，双方针锋相对，势均力敌"③。联大与教育部之间的这种紧张关系，关涉到政治与教育、自由与专制等深层次问题。这种思想自由与政治专制的深层矛盾，被联大经济系学生马灿华进一步辩

---

① 参见［美］易社强著《战争与革命中的西南联大》，饶佳荣译，九州出版社 2012 年版，第 94—96 页。

② 冯友兰：《三松堂自序》，人民出版社 2008 年版，第 301 页。

③ ［美］易社强著：《战争与革命中的西南联大》，饶佳荣译，九州出版社 2012 年版，第 98 页。

驳与激化，其在《今日评论》上撰文，公开质疑三民主义教育，认为所有真正的思想都是从怀疑而来，即使三民主义是绝对正确的真理，它也必须在自由的思想市场上自我证明。① 联大师生抵制政治道德规训，维护思想自由的立场可见一斑。联大哲学系教授贺麟于 1941 年写了一篇《学术与政治》的文章，力主学术的独立与自由：

> 学术在本质上必然是独立自由的，不能独立自由的学术，根本上不能算是学术。学术是一个自主的王国，她有她的大经大法，她有她神圣的使命，她有她特殊的广大的范围和领域，别人不能侵犯。每一门学术都有每一门学术的负荷者或代表人物，这一些人，一个个都抱"鞠躬尽瘁，死而后已"的态度，忠于其职，贡献其心血，以保持学术的独立自由和尊严，在必要时，牺牲生命亦在所不惜。因为一个学者争取学术的自由独立和尊严，同时也就是争取他自己人格的自由独立和尊严，假如一种学术，只是政治的工具，文明的粉饰，或者为经济所左右，完全为被动的产物，那么这一种学术就不是真正的学术。②

作为黑格尔研究专家，贺麟的国家观念深受黑格尔哲学理念的影响，在政治上偏于保守主义，贺麟也是国民党联大区党部的创建人之一。即便如此，在维护联大的学术自由与学术自治方面，贺麟于此表达出了对学术独立自由的一种坚定信念。贺麟如此立言，既是西南联大师生维护学术独立与自由的价值理念使然，也是西南联大外争独立、内深学术的有力表征。联大在实践中的抵抗与灵活应对，尤其是梅贻琦与教授们合作无间，依托"教授治校"体制，有力地抵制了外在政治力量对学术、教育自由的干涉与压制，也使其在艰难时局中赢得了"内树学术自由之规模，外来民主堡垒之称号"的赞誉。

同时，西南联大这种外争独立的努力也与云南地方政府的支持分不

---

① 参见［美］易社强著《战争与革命中的西南联大》，饶佳荣译，九州出版社 2012 年版，第 88 页。
② 贺麟：《学术与政治》，《当代评论》1941 年第 1 期。

开。其时，在龙云的管辖下，云南基本上是个独立的王国，国民政府的
政治渗透和军事控制难以抵达云南境内。作为一个比较开明的地方掌权
者，为了促进、加强云南的教育文化力量，龙云对西南联大等高校的西
迁入滇是持欢迎态度的，并且也给予了诸多政治、经济上的实际支持。
据称，当初次获悉联大将搬至昆明时，龙云对此怀有戒心，担心外来势
力影响其维持自己的权力，但在具有现代思想的顾问缪云台、龚自知等
人的敦促下，龙云最终欢迎联大到昆明办学。这些颇具远见的顾问认
为，联大集中了全国最出色的人才，教授们声誉卓著，蕴藏着巨大的影
响力。联大来滇办学，既可以提高当地人的文化和教育水平，也可以借
此巩固提升龙云本人的声望。① 在缪云台、龚自知等人的协助下，龙云
与蒋梦麟、梅贻琦等联大常委建立了良好的合作关系：

> 他邀请教授到部队演讲，关心师生生活。得知联大教授无米下
> 锅，他送来大米；听说他们缺衣少穿，他捐献棉服。1940 年春，
> 他为联大和云南其他高校五百名学生设立奖学金。此外，他的审查
> 机关比蒋介石的更宽松。他不允许戴笠的秘密警察在昆明抓人。在
> 批评重庆政府方面，没有人比云南省主席更坚决拥护言论自由。②

作为一名实力派地方统治者，龙云有能力给予联大学者一定的自
由，也逐步理解这所大学所展示的文化氛围，感知到自由对大学的重要
性，并尽力给予庇护。不可否认，龙云对联大群体的支持和保护，有反
抗重庆当局在军事、政治和经济方面对云南的渗透，以维护其自治的现
实动机，但正是这种相对独立的政治姿态，为联大师生创造了一个相对
自由的言说空间。联大后来获得了"民主堡垒"的赞誉，这背后则是
联大师生对教育自由的维护以及对国民政府的抨击，这一切也与龙云的
庇护紧密相关，尽管在多数联大学生眼里他只是一个相对开明的军阀。
在战争的艰难时局中，龙云地方集团支持了联大的发展，一种精英学院

---

① 参见［美］易社强著《战争与革命中的西南联大》，饶佳荣译，九州出版社 2012 年版，
第 78—81 页。
② ［美］易社强著：《战争与革命中的西南联大》，饶佳荣译，九州出版社 2012 年版，第
79 页。

文化在联大得以延续。诚如有学者指出："昆明不是重庆……它远离意识形态中心，任何政党的意识形态的控制都难以彻底渗透、侵入并控制人的灵魂。云南地方政府与中央政府之间既协调又对抗的关系，其间所形成的张力，为联大师生自由的精神活动提供了一个天然的保障。"①

可以说，西南联大这一学院空间并不是一种理想的乌托邦，而是多种社会力量、政治文化资本相互较量、妥协的产物，其间隐含着各种资本的对抗及权力的配置关系。在这里，三校优良传统的有机融合，梅贻琦的坚忍领导，师生们对政府教育管控的抗争，以及云南地方集团的支持等都是场域结构中权力对抗与资本调控的重要因素。在地缘政治的意义上，这种场域内部的结构性张力，使西南联大师生以拥有的象征资本抵抗时代话语暴力，其自由的精神活动获得了某种程度的保障，也在最终意义上，成就了西南联大的非凡成就。正如云南省商会联合会等社会团体"公送"西南联大北归的序文所写道："西南联合大学，结茅立舍，弦诵一如其平时。留滇九年，凡所以导扬文化，恢弘学术者无不至，一时文教之盛，遂使昆明屹然为西南文化之中心。迨夫胜敌收京，卒共国土以光复焉。视彼宋太学、明东林，随外患兵乱为散灭者，奚可同年语。"② 外争独立、内深学术的西南联大不仅为战争中颠沛流离的知识分子提供了一个真正意义上的栖身之处，而且促成了战乱时期的"文教之盛"，功莫大焉。

西南联大独立的学院空间、自由的学院精神以及丰厚的文化资源，为西南联大诗人的精神活动与艺术探索提供了一个基本的依凭，积极促进了其诗艺的探索与开掘。或者说，正是这种学院文化因素积极地促成了西南联大诗人群的诞生与成熟。西南联大诗人群由"教师诗人"与"学生诗人"组成。对于冯至等"教师诗人"来说，西南联大独立的学院空间为其艺术探索提供了一个天然屏障与基本保障，积极地促成了其

---

①　姚丹：《西南联大历史情境中的文学活动》，广西师范大学出版社2000年版，第66页。
②　北京大学等编：《国立西南联合大学史料·总览卷》，云南教育出版社1998年版，第285页。

艺术的转化与提升。对于穆旦等"学生诗人"来说，他们的文学观念及艺术探索都是在西南联大时期成形并付诸实践的，是西南联大的学院文化孕育、滋养了他们成长与成熟。可以说，这种学院文化背景凸显出西南联大诗人群的独特存在及其品格。正是在西南联大时期，冯至得以沉潜于《十四行集》的创作，进行自我诗艺的突破与升华，从而为现代新诗贡献了一批经典之作。同样，对于穆旦等"学生诗人"来说，西南联大良好的学院文化氛围以及丰厚的精神文化资源，为他们开启了一个宏阔的文化艺术视野，使他们抵达了现代新诗探索的一个新维度。"学生诗人"赵瑞蕻认为联大教授"都是在各自专业中走着一条独立思考，自由探索的道路而取得了各自的成绩"，而"学生就在这许多教授的循循善诱和潜移默化中，尊师爱徒的优秀传统下，受到了亲切的教育"，这种"师生情谊，教学相长"的学院文化氛围也是其"感受最亲切，得益最深的"①。显然，学院文化精神要素有力地促进了"学生诗人"的诗学探索与艺术成长。

在 20 世纪 40 年代的文学场中，西南联大诗人群无疑占据着一个独特的位置，并通过将学院化的知识生产转变为一种象征资本，从而抵制了强制性的时代美学压力，开辟出一种新的诗学探索与诗艺路径。这在整体的历史脉络与社会的"权力场域"中尤其醒目。譬如，面对战争的腥风血雨与政治的白热化，1942 年前后，冯至在杨家山沉潜于《十四行集》的创作，在战争与毁灭的阴影下探索精神重建的可能，并将现代诗艺探索推至一个新的艺术维度。穆旦也创作出了《五月》《赞美》《诗八首》等代表诗作，标志着自我诗艺的成熟。可以说，在战争年代的急风暴雨中，依托于一个独立的学院空间，西南联大诗人群获得了一种精神的自由与超越。无论是冯至《十四行集》对生命的知性思索、穆旦对现代个体生存样态的冷峻逼视，还是他们"文本实验"的自觉，都显示出抗拒时俗的学院文化色彩，在自由的精神活动与创造之

---

① 赵瑞蕻：《离乱弦歌忆旧游——从西南联大到金色晚秋（文学回忆录）》，文汇出版社2000 年版，第 19 页。

中，以一种新的现代诗形传达出了复杂曲折的现代经验，并推进着现代诗艺的成熟。这彰显着西南联大学院空间所蕴含的巨大艺术创造力，而从场域逻辑、资本分布与权力配置等层面考察，则是西南联大独立的学院空间及其象征资本的转化与运作，在社会的"权力场域"中为西南联大诗人维持了一个自主的艺术空间与独立的诗艺探求路径。

第二节　"象征资本"积累：西南联大的文化氛围与精神追求

在整体意义上，西南联大的学院文化精神要素内在地规约着西南联大诗人群的品格，使其成为 20 世纪 40 年代一个独特的诗人群体。与西南联大诗人群紧密相关的另一个重要方面则是西南联大的文化氛围与精神追求。对西南联大精神、文化氛围的探讨，也即探讨学院文化构成因素背后的"精神追求、价值关怀、哲学思潮、历史观念、伦理尺度、学术思想、思维方式与方法、心理特征、情感方式、审美形态等等，这些更为内在的'文化'的精神要素"[1]。在当时艰难的环境中，西南联大诸多知识分子以独立的文化立场与精神追求，孜孜于学术创造与文化传承，有力地促成了西南联大追求学问、涵养性情的良好文化氛围。在西南联大，以学术为业，重视文化传承，师生共克时艰，坐而论道，注重师生间的精神交流，是西南联大精神生活的一个真实写照。西南联大诗人群也受惠于此精神、文化氛围，在诗歌创作上达到了一个新的精神向度，并进而确立了自身的诗歌创作路径与艺术倾向。

西南联大诞生于战争之中，在这国家和民族危难之际，西南联大的师生也以满腔的报国热情，希望能够投入国家和民族的救亡之中。联大八年，共有八百多学生从军，这是联大直接参与民族救亡工作的见证。

---

① 钱理群：《二十世纪中国文学与大学文化丛书序》，载姚丹《西南联大历史情境中的文学活动》，广西师范大学出版社 2000 年版，第 2 页。

闻一多在抗战初期的想法无疑是当时联大师生心态的普遍反映，"多数人心里却怀着另外一个幻想"，"脑子里装满了现代国家的观念，以为这样的战争一发生，全国都应当动员起来，自然我们自己也不是例外。于是我们有的人，等着政府的指示：或上前方参加工作，或在后方从事战时的生产，至少也可以在士兵或民众教育上尽点力"。联大师生承担民族救亡重责的心态由此可见一斑，但是西南联大毕竟只是一座高等学府，这注定了其参与民族救亡的不一样的形式和途径。或许，从事文化的整理和传播，传承民族文化的命脉，才是其有效参与民族救亡的最好方式和途径。正如闻一多所述："事实证明，这个幻想终于只是幻想，于是我们的心理便渐渐回到自己岗位上的工作。我们依然得准备教书，教我们过去所教的书了。"① 闻一多在蒙自时期，非常用功，除上课外从不出门，由此获得"何妨一下楼主人"的雅号，也正是以学术创造与文化传承，参与民族救亡的文化立场和精神追求的体现。这既是联大知识分子象征资本的调用与积累，也构成西南联大诗人群独异的精神文化语境。

一

这种独立的文化立场与精神追求在长沙临时大学时期就已经初步形成与确立。仅以搬迁至南岳圣经学校的文学院为例，"分校教学条件极差，既无图书，也缺教材，开学之初，连小黑板也不能满足供应。教授随身带出的参考书不多，有时须到南岳图书馆寻找必要的资料。讲课时只能凭借原有的讲稿，作些修订补充。英籍教师燕卜荪讲授莎士比亚时，凭记忆把莎翁的作品打印出来发给学生作教材"② 。然而，即使在这种简陋甚至恶劣的物质环境中，钱穆、冯友兰、吴宓、闻一多等教师依然专注学术，诲人不倦。吴宓每天晚上"为预备明日上课抄笔记写

---

① 闻一多：《八年来的回忆与感想》，载《除夕副刊》主编《联大八年》，新星出版社 2010 年版，第 3 页。

② 西南联合大学北京校友会编：《国立西南联合大学校史：1937—1946 年的北大、清华、南开》，北京大学出版社 2006 年版，第 15 页。

纲要，逐条书之，又有合并，有增加，写成则于逐条下加以红笔勾勒"。第二天早晨，"一人独自出门，在室外晨曦微露中，出其昨夜所写各条，反复循诵"。"在此流寓中上课，其严谨不苟有如此"①，令钱穆赞叹不已。闻一多也"勤读《诗经》、《楚辞》，遇新见解，分撰成篇。一人在灯下默坐撰写"，其关于"诗经"、"楚辞"的研究此时已粗具雏形；钱穆自己则"每逢星六之晨，必赴山下南岳市，有一图书馆藏有商务印书馆新出之《四库珍本初集》。余专借宋明各家集，为余前所未见，借归阅读，皆有笔记。其中关于王荆公新政诸条，后在宜良撰写《国史大纲》择要录入"②。冯友兰更是身处南岳山中"所见胜迹，多与哲学史有关者。怀昔贤之高风，对当世之巨变，心中感发，不能自已"③，于是着手其哲学体系的奠基之作《新理学》的写作。这些学者在战乱危亡之际，依然坚守自己的文化使命——学术创造与教书育人，表达的是从事文化的传承以参与民族救亡的文化理念与精神追求。

在这文化理念的背后，是知识分子在战争之际的自我定位与文化选择。其实，作为高等学府的知识分子，西南联大的教师们对国家危难和民族危亡，有着较普通大众更深沉的体悟和焦虑。冯友兰在西南联大纪念碑文中写道："稽之往史，我民族若不能立足于中原，偏安江表，称曰南渡。南渡之人，未有能北返者。晋人南渡其例一也，宋人南渡其例二也，明人南渡其例三也。风景不殊，晋人之深悲；还我河山，宋人之虚愿。吾人为第四次之南渡。"④ 称西迁昆明为第四次"南渡"，表达出对时局的担忧与内心的焦虑。无论是晋人南渡、宋人南渡，还是明人南渡，异族统治最终都成为现实，知识者自然也就成为"遗民"，而这种"遗民"身份与地位是知识者所不甘愿的。现在，"南渡"再次成为事

---

① 钱穆：《八十忆双亲　师友杂忆》，生活·读书·新知三联书店 2005 年版，第 202 页。

② 钱穆：《八十忆双亲　师友杂忆》，生活·读书·新知三联书店 2005 年版，第 200 — 201 页。

③ 冯友兰：《贞元六书》（上册），华东师范大学出版社 1996 年版，第 3 页。

④ 北京大学等编：《国立西南联合大学史料·总览卷》，云南教育出版社 1998 年版，第 284 页。

实，能否"北归"，何时"北归"？自然成为知识分子内心最大的焦虑。
1938 年 7 月 7 日，陈寅恪在蒙自作七律一首《七月七日蒙自作》：

> 地变天荒意已多，去年今日更如何。
>
> 迷离回首桃花面，寂寞销魂麦秀歌。
>
> 近死肝肠犹沸热，偷生岁月易蹉跎。
>
> 南朝一段兴亡影，江汉流哀永不磨。①

此诗传达出一种典型的"南渡"意识，隐含着一种深沉的忧郁情
怀，"南渡"也由此成为知识分子内在的伤痛。那么，面对强敌入侵，
被迫"南渡"的现实，知识分子在忧虑之外，所能做的抗争是什么？
正如纪念碑文所写："惟我国家，亘古亘今，亦新亦旧，斯所谓周虽旧
邦，其命维新者也"②，"周虽旧邦，其命维新"，给一个"旧邦"输入
新的文化生命力，这就是知识分子在民族危亡之际所能做的文化抗争。
这自然让人想起明"遗民"顾炎武所做的文化抗争。通过区分"亡国"
与"亡天下"，顾炎武以文化信仰为最后的根据地，抗争异族的统治。
这种文化抗争的方式似乎也被西南联大的多数知识分子所认同与实践。
他们的文化坚守与学术创造，就是一种具体的文化抗争。诚如梅贻琦指
出，西南联大"在敌人进占安南，滇境紧张之日，敌机更番来袭，校
舍被炸之下，弦诵之声，未尝一日或辍，此皆因师生于非常时期教学事
业即所以树建国之基，故对于个人职守不容稍懈也"③。在民族危亡之
际，从事文化传承和传播的教育事业，以此作为民族复兴以及建国的一
个基础，这就是西南联大的知识分子的自我定位与文化选择。或许，在
他们看来，只要维持民族的文化精神不坠，民族的救亡就有希望。在冯
友兰看来，这也是西南联大在战争中坚持数年之久所具有的文化意义之
所在，"旷代之伟业，八年之抗战，已开其规模，立其基础。今日之胜

---

① 参见赵瑞蕻《南岳山中，蒙自湖畔》，载《离乱弦歌忆旧游——从西南联大到金色的晚秋
（文学回忆录）》，文汇出版社 2000 年版，第 122 页。
② 北京大学等编：《国立西南联合大学史料·总览卷》，云南教育出版社 1998 年版，第
284 页。
③ 刘述礼、黄延复编选：《梅贻琦教育论著选》，人民教育出版社 1993 年版，第 94 页。

利，于我国家有旋乾转坤之功，而联合大学之使命与抗战相终始，此其可纪念者一也"①。这种文化的坚守，具有重要的民族精神象征的意义。任之恭回忆当年的经历时，如此写道：

> 战争时期为保存高等教育而奋斗的主要动机来自于中国传统的对学识的尊重，在以儒家为主的传统中，中国学者被认为是社会中的道德领袖，从某种程度上说，也是精神领袖，那么，从这一观点出发，战时大学代表着保存知识，不仅是"书本知识"，而且也是国家道德和精神价值的体现。②

在战争的非常时期，西南联大的知识分子承担起了"国家道德和精神价值的体现"的重任，在恶劣的物质、生活环境之中"弦歌不断"，进行文化的创造与传承。在这行为的背后，则是对中国学术传统的延续以及知识分子的道义担当。诚如贺麟所述："中国学者有所谓'学统'或'道统'和'政统'或'治统'的分别。各人贡献其孤忠以维系他自己所隶属的'统纪'。有时二者不可得兼，深思忧时之士，宁肯舍弃'政统'的延续，以求'学统''道统'的不坠。"贺麟进一步引用王船山论述道："王船山说：'天下不可一日废者，道也。天下废之，而存之者在我，故君子一日不可废者，学也。……一日行之习之而天地之心昭垂于一日，一人闻之信之，而人禽之辨立达于一人。'足见在一切政治改革，甚至于在种族复兴没有希望的时候，真正的学者，还要苦心孤诣，担负起延续学统道统的责任……'当天下纷崩，人心晦否之日'负延续道统学统的使命就是'独握天枢，以争剥复'的伟业。"③ 在战争的艰难岁月里，西南联大诸多知识分子以此种维护"学统"、"道统"之不坠的信念，专注于学术研究，以担负"独握天枢"、文化建国的使命，从而完成了他们深具影响的学术创造。贺麟即是在联大时期潜心于研究、构建自己的"新心学"思想，将新黑格尔主义和

---

① 北京大学等编：《国立西南联合大学史料·总览卷》，云南教育出版社 1998 年版，第284 页。

② 任之恭：《一个华裔物理学家的回忆录》，山西高教联合出版社 1992 年版，第 101 页。

③ 贺麟：《学术与政治》，《当代评论》第 1 卷第 16 期，1941 年 10 月 20 日。

陆王心学相融合，建构了一套全新的"新心学"哲学体系。这种深邃的哲思结晶于《近代唯心论简释》、《文化与人生》等著作中。在这些著作中，贺麟念兹在兹的是中国哲学与民族文化的复兴，身处民族危亡的战争时代，贺麟认为民族的复兴在根底上是以儒家文化为主流的民族文化的复兴：

> 民族文化的复兴，其主要的潮流、根本的成分就是儒家思想的复兴、儒家文化的复兴。假如儒家思想没有新的前途、新的开展，则中华民族以及民族文化也就不会有新的前途、新的开展。换言之，儒家思想的命运，是与民族的前途命运、盛衰消长同一而不可分的。[①]

这里，以学术创造与文化传承维系民族精神不坠，进而促进民族复兴的文化理念在在可见。同理，冯友兰将自己这个时期重要的著作统称为"贞元六书"，因为"贞元者，纪时也。当我国家民族复兴之际，所谓贞下起元之时也"[②]。"贞元"与《周易》有关，"乾卦"的卦辞是"乾，元亨利贞"。人们一般把"元亨利贞"理解为一年四季的循环，分别代表春夏秋冬。"贞下起元"正是冬去春来之意。在冯友兰看来：

> 抗战时期是中华民族复兴的时期。……日本帝国主义侵略了中国大部分领土，把当时的中国政府和文化机关都赶到西南角上。历史上有过晋、宋、明三朝的南渡。南渡的人都没有能活着回来的。可是这次抗日战争，中国一定要胜利，中华民族一定要复兴，这次"南渡"的人一定要活着回来。这就叫"贞下起元"。这个时期就叫"贞元之际"。[③]

显然，冯友兰认为，面对强敌的入侵，中国正处于一个在苦难中奋起的转折时刻，即一个如"冬去春来"的关键时刻。他更希望以自己的文化创造活动来推动、加速这一转折时刻的到来，此即"贞元六书"

---

① 贺麟：《文化与人生》，商务印书馆 1988 年版，第 4—5 页。
② 冯友兰：《贞元六书》（上），华东师范大学出版社 1996 年版，第 373 页。
③ 冯友兰：《冯友兰学术自传》，人民出版社 1998 年版，第 239—240 页。

所蕴含的深层文化意蕴：

> 中国过去的正统思想既然能够团结中华民族，使之成为伟大的民族，使中国成为全世界的泱泱大国，居于领先的地位，也必然能够借助中华民族渡过大难，恢复旧物，出现中兴。①

这彰显着一种文化自信与使命担当，诚如冯友兰在"贞元六书"之一《新原人》的序言中所述，当此"我国家民族，值贞元之会，当绝续之交"，"岂不可尽所欲言，以为我国家致太平，我亿兆安心立命之用乎？"② 这或许是一种文化理想主义，但这种理想主义表达着一种独立的文化追求，以及一种庄严的文化使命。冯友兰后来如此回忆"贞元六书"的写作："颠沛流离并没有妨碍我写作。民族的兴亡与历史的变化，倒是给我许多启示和激发。没有这些启示和激发，书是写不出来的。即使写出来，也不是这个样子。"③ 作为学院知识分子，冯友兰体悟民族危难和国家兴亡的感受，潜心于学术研究，对中国传统文化进行系统的反思和拓展，力图为"抗战建国"的时代思潮建构一个文化上的理论根基，将自我的学术创造融入了救亡图存、民族复兴的伟业之中。

历史学家钱穆在西南联大时期撰写、出版了《国史大纲》，此书的写作将文化、民族和国家相融合，传达出一种鲜明的文化民族主义历史观。钱穆认为，民族和国家都是文化的产物，只要有文化的演进，就能形成一个民族，创建出一个国家；反之，如果文化演进息绝，则会民族离散，国家消亡。

> 故非国家、民族不永命之可虑，而其民族、国家所由产生之"文化"之息绝为可悲。世未有其民族文化尚灿烂光辉，而遽丧其国家者，亦未有其民族文化已衰息断绝，而其国家之生命犹得长存者。④

---

① 冯友兰：《三松堂全集》（第一卷），河南人民出版社 1985 年版，第 236 页。
② 冯友兰：《贞元六书》（下），华东师范大学出版社 1996 年版，第 515 页。
③ 冯友兰：《冯友兰学术自传》，人民出版社 1998 年版，第 212 页。
④ 钱穆：《国史大纲·引论》，商务印书馆 1996 年版，第 32 页。

依此文化立场，钱穆如此自述《国史大纲》创作鹄的："一者必能将我国家民族已往文化演进之真相，明白示人，为一般有志认识中国已往政治、社会、文化、思想种种演变者所必要之智识；二者应能于旧史统贯中映照出中国种种复杂难解之问题，为一般有志革新现实者所必备之参考。前者在积极的求出国家民族永久生命之泉源，为全部历史所由推动之精神所寄；后者在消极的指出国家民族最近病痛之证候，为改进当前之方案所本。此种新通史，其最主要之任务，尤在将国史真态，传播于国人之前，使晓然了解于我先民对于国家民族所已尽之责任，而油然兴其慨想，奋发爱惜保护之挚意也。"① 钱穆以文化复兴助益民族复兴的良苦用心，于此可鉴。在《国史大纲》中，钱穆也对当时历史研究中的虚无主义倾向进行了批判，指出历史虚无主义者套用西方术语"专制政体"、"封建社会"等一笔抹杀中国社会历史真相，无不"庶乎有瘳"②。真正的历史研究"必确切晓瞭其国家民族文化发展'个性'之所在，而后能把握其特殊之'环境'与'事业'，而写出其特殊之'精神'与'面相'。然反言之，亦惟于其特殊之环境与事业中，乃可识其个性之特殊点"③。显然，钱穆依凭文化自信，期望撰写国史以凝聚民族向心力，重铸民族文化精神。《国史大纲》出版后，即有学者指称此书：

> 寓涵民族意识特为强烈，复在重庆等地作多次讲演，一以民族意识为中心论旨，激励民族感情，振奋军民士气，故群情向往，声誉益隆，遍及军政、社会各阶层，非复仅为黉宇讲坛一学人，为书生报国立一典范，此点非一般史家所能并论。④

钱穆此种文化情怀亦是西南联大在民族危亡之际，以学术创造传承文化薪火，助力民族复兴的精神面向的极致表现。这种"书生报国"

---

① 钱穆：《国史大纲·引论》，商务印书馆1996年版，第8页。
② 钱穆：《国史大纲·引论》，商务印书馆1996年版，第5页。
③ 钱穆：《国史大纲·引论》，商务印书馆1996年版，第9页。
④ 严耕望：《钱穆宾四先生行谊述略》，载李振声编《钱穆印象》，学林出版社1997年版，第13页。

的文化立场与学术追求，既是联大知识分子调用所掌握的象征资本抵抗惨烈现实的体现，也通过象征资本的积累使西南联大成为战争环境中的一块文化和精神的"飞地"，进而形成了坐而论道的良好学风与精神氛围。譬如，由于战时环境以及经费限制，西南联大没有单独成立研究院，由三校各自恢复其研究所。即便如此，深入的学术研究依然有条不紊地展开。据北大文科研究所实际负责人副所长郑天挺回忆："北大文科研究所设在昆明北郊龙泉镇（俗称龙头村）外宝台山响应寺，距城二十余里。考选全国各大学毕业生入学，由所按月发给助学金，在所寄宿用膳，可以节省日常生活自己照顾之劳。所中借用中央研究院历史语言研究所和清华图书馆图书，益以各导师自藏，公开陈列架上，可以任意取读。研究科目分哲学、史学、文学、语言四部分，可以各就意之所近，深入探研，无所限制。研究生各有专师，可以互相启沃。……宝台山外各村镇，有不少联大教授寄寓，研究生还可以随时请益。清华文科研究所在司家营，北平研究院历史研究所在落索坡，都相距不远，切磋有人。附近还有金殿、黑龙潭诸名胜，可以游赏。每当敌机盘旋，轰炸频作，山中的读书作业从未间断。这里确是个安静治学的好地方。"①在艰难时局中，三校师生潜心学术，刻苦钻研，践行学术救国，将战乱中的偏远之地变成了"治学的好地方"，形成了良好的学术文化氛围。陈寅恪不仅在联大时期完成了深具影响的《隋唐制度渊源略论稿》、《唐代政治史述论稿》等论著，而且在坐而论道的学术传播和交流中，凸显出一种笃定的文化情怀与学术使命。陈寅恪"喜欢在家里指导三四位天资聪明的学生，在这几个小时里，他会侃侃而谈。虽然影响限于几位同事和少数学生，但他的存在本身象征了学术的至高境界，而这正是国难时期委托联大予以保护的重任所在"②。

　　这种执着的精神坚守、文化追求，与"学术独立、精神自由"的

---

　　①　冯尔康、郑克晟编：《郑天挺学记》，生活·读书·新知三联书店 1991 年版，第 391 页。
　　②　[美] 易社强著：《战争与革命中的西南联大》，饶佳荣译，九州出版社 2012 年版，第 130 页。

学院精神一脉相通，不仅使西南联大在艰难困苦中恪尽自己所应承担的学术使命，而且这种学术文化追求衍化为一种精神价值旨归，在根底上形塑着西南联大的精神面向。西南联大之为西南联大，在很大程度上，正是这种精神价值使然。在这种精神文化语境中，西南联大的知识分子得以超越恶劣的物质环境，学术成就显著。西南联大时期，陈寅恪完成了自己的代表性论著，冯友兰、金岳霖、贺麟等建构了自己的哲学体系，王力构建了自己的语言学理论，冯至创作了自己最高水平的诗作，沈从文进行着新的小说实验与新的文学理想追求，联大知识分子的学术研究与文化创造举不胜举，表征着一个时代精神探索与创造的巅峰。西南联大诗人群即诞生于此种精神文化语境中，其诗歌创作蕴含的深邃精神维度亦与此息息相关。

二

考虑到当时堪称恶劣的生存环境与物质条件，西南联大这种精神、文化的坚守和追求显得尤其弥足珍贵。当时物质条件的恶劣，在今天看来是令人难以想象的。西迁入滇，搬迁条件与设备极差，200 多名师生组成湘黔滇旅行团，从长沙出发，步行入滇，历时 68 天，"全程 1600 余公里，200 多师生步行约 1300 公里"。联大师生以坚强的毅力完成了"中国教育史上的一次创举"①。整个行程颇为艰辛，教师吴征镒参加了步行，其长征日记描述了艰辛行程的诸多具体场景："次日入常德境，宿石门桥，全程五十里。本日为全程中最感疲乏与脚痛的一天，很多同学脚上都磨起了泡"，"雨不止，过太平铺入沅陵境……宿小村张山冲，阴雨地湿。人挤，宿营甚苦"，"晚宿黄公坪一小村。本日行八十里，疲甚"，"于连宵风雨中出发，二十里至沅陵，宿辰阳驿"，"阴雨中整队入城，草鞋带起泥巴不少，甚为狼狈，曾先生（曾昭抡。——引者注）之半截泥巴破大褂尤引路人注目"，"余等宿山边小村，行李车来

---

① 参见西南联合大学北京校友会编《国立西南联合大学校史：1937—1946 年的北大、清华、南开》，北京大学出版社 2006 年版，第 18 页。

得很迟，恐匪惊动，禁用手电，黑路走细田埂三里多，来回扛行李，甚苦"①。步行的艰辛可见一斑。闻一多也参加了步行，在其一封致父母的信中写道：

> 三月一日自桃源县舍舟步行，至今日凡六日，始达沅陵（旧辰州府）。第一至第三日各行六十里，第四日行八十五里，第五日行六十里，第六日行二十余里。第四日最疲乏，路途亦最远，故颇感辛苦，此后则渐成习惯，不觉其难矣。如此继续步行六日之经验，以男等体力，在平时实不堪想象，然而终能完成，今而后乃知"事非经过不知易"矣。至途中饮食起居，尤多此生未尝过之滋味。每日六时起床（实无床可起），时天未甚亮，草草盥漱，在不能下咽之状况下，必须吞干饭两碗，因在晚七时晚餐时间前终日无饭吃。……六日来惟今日至沅陵有旅馆可住，前五日皆在农舍地上铺稻草过宿，往往与鸡鸭犬豕同堂而卧。②

这次艰难跋涉对诸多师生都是一场心智的考验和历练。联大师生不畏艰辛，跋涉三千里而办学、求学，正是在艰难时世中进行不屈的文化抗争，以维系民族文化薪火赓续的生动体现。这也即是这次"教育长征"的文化意义所在。诚如有学者指出，"从长沙出发的长征对联大精神的塑造至关重要。这是一次艰苦卓绝的长途跋涉。此后是八年患难，因此这次长征就成了中国学术共同体群策群力的缩影，也成为中国高等教育和文化赓续不辍的象征"③。

1940 年以后，随着通货膨胀的加剧，西南联大教师的生活状况迅速恶化。1945 年 5 月的《西南联大概况调查表》之"教职员待遇及生活情况"一栏写道："近来昆明物价飞腾，教职员一般皆入不敷出，负

---

① 吴征镒：《"长征"日记》，载西南联大《除夕副刊》主编《联大八年》，新星出版社 2010 年版，第 13—20 页。

② 闻一多：《闻一多书信选集》，人民文学出版社 1986 年版，第 282 页。

③ ［美］易社强著：《战争与革命中的西南联大》，饶佳荣译，九州出版社 2012 年版，第 50 页。

债借薪度日。"① 为了补贴家用,多数教师一边典卖衣物与书籍,一边
到其他高校或中学去兼课,或教家馆。师范学院的副教授萧涤非就曾先
后到中法大学、昆华中学、天祥中学教课,但生活依旧艰难,忍痛将初
生的第三个孩子送给别人抚养。② 闻一多则于 1944 年 1 月正式挂牌治
印,浦江清为其写了一则启事,启事中"是非博雅君子,难率尔以操
觚,倘有稽古宏才,偶点画而成趣。⋯⋯谈风雅之原始,海内推崇,斫
轮老手,积习未除;占毕余闲,游心佳冻"几句颇有文雅之风,但是
最尾处的"爰缀短言为引,公定薄润于后"之句点明了这绝不是一件
文人雅事,而是一种谋生之道。启事落款处,则有"梅贻琦、蒋梦麟、
熊庆来、冯友兰、杨振声、姜寅清、朱自清、罗常培、唐兰、潘光旦、
陈雪屏、沈从文"③ 等 12 人的签名。一则治印启事惊动了 12 位联大教
授与云南地方名流,可见昆明知识界在艰难时世中已经认同这种不得已
的谋生之路。而就是在这种艰难之中,联大的教师们依然孜孜于学术创
造与文化传播。朱自清妻子后来如此回忆昆明的生活,"生活贫困,饮
食低劣,加上他仍是拼命地工作,就生了胃病,常常呕吐。人也日渐憔
悴了,虽然才是四十多岁的人,但头发已经见白,简直像个老人了",
"1942 年的冬天是昆明十年来最寒冷的一冬。佩弦的旧皮袍已经破烂得
不能穿了,他又做不起棉袍,便趁龙头村的'街子'天,买了一件赶
牲口人披的便宜的毡披风,出门时穿在身上,睡觉时当褥子铺着,仍旧
不断地著书、写文章"④。

1941 年,西南联大诸多学院的教师纷纷联名呈函联大常委会,请
求增加薪金,今天翻阅这些呈函以及常委会的复函,对西南联大的物质

① 北京大学等编:《国立西南联合大学史料·总览卷》,云南教育出版社 1998 年版,第
10 页。

② 西南联合大学北京校友会编:《国立西南联合大学校史:1937—1946 年的北大、清华、
南开》,北京大学出版社 2006 年版,第 59 页。

③ 北京大学等编:《国立西南联合大学史料·教职员卷》,云南教育出版社 1998 年版,第
551 页。

④ 陈竹隐:《追忆朱自清》,载西南联合大学北京校友会编《笳吹弦诵在春城——回忆西南
联大》,云南人民出版社 1986 年版,第 106 页。

艰难以及精神坚守有一种更加贴切的理解。1941 年 1 月，工学院教师
22 人向常委会提出增加津贴要求，其致常委会呈函如下：

> 窃按昆明物价向较他地为高，迨以多次空袭之后，更见飞涨不
> 已。同人等月入先微之数，衣食难备，家室遑论，生活之苦不待详
> 述。惟念国步艰难，财政不裕，但得多吃一日苦、多做一日事，亦
> 即略尽书生报国之微意。是以各就本位，黾勉从事，不愿历历诉
> 苦。乃生活程度咄咄逼人，再四思绪，实有不得已于言之势……特
> 呈请不分等级、不分服务年限，凡薪金在二百元以下者，每月生活
> 津贴增至五十元，俾同人等仍可安于目前工作，无复以米布分心。
> 否则设令衣食所迫，不得不违服务学校之初心，既非同人等之幸，
> 亦非学校之所愿也。同人等不胜恳切待命之至。谨呈。①

面对如此恳切言辞与微薄要求，常委会的复函如下："接准来函，
为物价飞涨，衣食难备，请不分等级、不分服务年限，凡月薪在二百元
以下者，每月生活津贴增至五十元，等由，业经提经第一六九次常务委
员会议议决：'因本校经费拮据，一时碍难照准'……诸同人献身教
育，体会时艰，夙所仰佩，而务望一秉素志，同舟共济。特此函复，诸
希查照为荷。"② 由此来往函件，可见联大教师生活艰难之一斑。无独
有偶，叙永分校 39 名教师也于同月致函常委会，恳求增加津贴。叙永
分校是联大为躲避日军空袭而择地四川叙永创办的分校。1941 年 1 月 6
日，联大 1940 年度一年级学生及先修班学生于叙永分校报到上课。叙
永分校生活环境比昆明更恶劣。1 月 10 日，叙永分校助教 39 人联名呈
函常委会：

> 同仁等在校服务历有年所，律己奉公，幸无陨越。此次奉派来
> 叙，虽间关跋涉，备历艰辛，而爱护学校之诚，转益殷切。无如叙
> 永物价飞涨出人意表，同仁等迫于生事，有不能已于言者……同仁

---

① 北京大学等编：《国立西南联合大学史料·教职员卷》，云南教育出版社 1998 年版，第
539 页。

② 北京大学等编：《国立西南联合大学史料·教职员卷》，云南教育出版社 1998 年版，第
540 页。

等献身教育，自甘清苦，每念国家于财政拮据之日，仍极力筹措经费，维持教育，诚不忍再作琐琐屑屑呼庚呼癸之求。惟是生活迫人，告贷无门，枵腹从公，势所难能。为此，谨请斟情酌理，自一月份起，每人每月增发津贴六十元，以纾窘困，分校荣悴，有赖乎此。①

值得注意的是，联大诗人穆旦（查良铮）、杨周翰当时已留校任教，并被派往叙永分校，均在此致联大常委会呈函上署名。叙永分校主任杨振声亦对此函签呈云："谨呈者：今有分校低薪教职员公函一件，因叙永生活昂贵，请求发给津贴，每人每月 60 元。函中所陈各节，当属实情。伏乞钧会体念艰苦，赐予采纳。并请将卓裁结果，电报示知。俾其生活早定，安心教学，至感公便。谨呈常委委员会"② 联大常委会第一六八次会议（1 月 22 日），否决了此要求："本校叙永分校低薪教职员请求发给津贴每人每月六十元，因本校经费拮据，一时碍难照准。"③ 常委会的复函如下："分校低薪同人所请月加津贴六十元一节，固因校费支绌，不易照办，且一时局部举办，亦虑有其他困难。万不得已，当俟与教部商请增拨经费后再行设法耳。诸同人献身教育，体念时艰，夙所仰佩。务望一秉素志，以卧尝之志，维我校于不隳；艰苦卓绝，期抗战胜利后，再共享升平也。"④ 由此往复函可知联大的物质艰难及其精神坚守。在如此艰难的物质生活条件下，西南联大的教师"体念时艰"，"以卧尝之志"，维校于不隳，"一秉素志，同舟共济"，在毁灭性的战争环境中维持、延续了民族文化的薪火。在这背后，则是一种坚定的学术救亡的文化信念，以及一种执着的人文精神坚守。

---

① 北京大学等编：《国立西南联合大学史料·教职员卷》，云南教育出版社 1998 年版，第537—538 页。

② 北京大学等编：《国立西南联合大学史料·教职员卷》，云南教育出版社 1998 年版，第538 页。

③ 北京大学等编：《国立西南联合大学史料·会议记录卷》，云南教育出版社 1998 年版，第166 页。

④ 北京大学等编：《国立西南联合大学史料·教职员卷》，云南教育出版社 1998 年版，第539 页。

1938 年 9 月日本开始空袭昆明，1939 年、1940 年更是频繁轰炸。"跑警报"从此成为联大师生日常生活、学习中的一部分。轰炸一般在中午进行，为避免空袭，联大把"授课时间改为上午 7 时至 10 时，下午 3 时至 6 时，晚上 7 时至 9 时，每课 40 分钟，课间休息 5 分钟。遇有空袭警报，一律停课疏散，警报解除后 1 小时照常上课。职员办公时间也同样"①。即使在"跑警报"的间隙，联大师生依然是"传道、授业、解惑"不断。联大诗人郑敏回忆道："每当空袭警报拉响时，老师和学生们就会默默地夹起书本，向新校舍后一片野地荒坟散去，但没有什么能打断他们对真理的沉思，即使在敌机从头上飞过，眼见炸弹落下，他们也仍在思考，思考中国的明天。那时的课堂已变成坟堆间的空地，飞机过去后继续看书，讨论。在生活和学术之间几乎没有什么空隙。"②金岳霖每次"跑警报"，都带着正在撰写的《知识论》书稿，视其为自己最珍贵的东西。即便如此，依然在一次"跑警报"中不慎将撰写的《知识论》书稿丢了，只得再写，但是"一本六七十万字的书不是可以记住的，所谓再写只可能是从头到尾写新的"，迟至 1948 年金岳霖才重新完成书稿的写作。③ 如若没有一种"一秉素志"的精神坚守，则难以想象金岳霖会如此专注于学术创造，又用五年的时间完成此书的写作。

1940 年 10 月 13 日，日军对西南联大进行了重点轰炸，此次轰炸以西南联大、云南大学等教育文化机关为主要轰炸目标，意在打击、摧毁昆明的教育文化事业。这次轰炸对联大破坏甚大，对教师学生的心理冲击亦甚大。吴宓 14 日日记载："至新校舍北区。见房屋毁圮，瓦土堆积。难民露宿，或掘寻什物。7—8 上《欧文史》课，仍不惬。""沿文林街而东，备见轰炸之遗迹。文化巷口棺木罗列，全巷几无存屋。宓至联大总办公处及女生宿舍，虽免于难，亦受飞来巨石震击。门窗破倾，

---

① 西南联合大学北京校友会编：《国立西南联合大学校史：1937—1946 年的北大、清华、南开》，北京大学出版社 2006 年版，第 51 页。

② 郑敏：《忆冯友兰先生的"人生哲学课"》，载冯钟璞、蔡仲德编《冯友兰先生百年诞辰纪念文集》，清华大学出版社 1995 年版，第 336 页。

③ 参见姚丹《西南联大历史语境中的文学活动》，广西师范大学出版社 2000 年版，第 120 页。

瓦砾尘土堆积。众人皇皇无所归宿。""晚，乘月明，在新校舍 19 乙室，上《欧洲名著》Plato 课。仅到许渊冲等二生，坐久，即散。"面对如此战争阴影，吴宓 15 日"晚7—9至新校舍大图书馆外，月下团坐，上《文学与人生理想》课。到者五六学生。宓由避警报而讲述世界四大宗教哲学对于生死问题之训示。大率皆主自修以善其生，而不知死，亦不谈"①。吴宓在战争的暴力面前，纵横古今，由现实的空袭而启发学生，坦然讲授对生死等人生终极命题的人文思考。没有一种超越的文化追求与卓然不群的精神，很难想象吴宓可以在生命时时受到威胁、死亡就在眼前的境况中如此坦然地讲授与传播人文理想与精神。这一行为本身既是一种坚定而执着的人文坚守，也是联大在惨烈的战争环境中传承人文薪火的一个极致象征。

梅贻琦在《清华校友通讯》中叙及联大在此次轰炸后的情形："联大翌日照常上课……其他部分，均恢复常态矣。……总之，'物质之损失有限，精神之淬励无穷，仇深事亟，吾人更宜努力'"② 联大在毁灭性的战争时世中"弦歌不断"，传递文化薪火的精神亦由此可见。恶劣的生存物质条件与卓然不群的超越精神两相映照，愈加凸显出联大以学术创造承续民族文化的精神坚守的难能可贵，这也是联大在战争的非常环境中，艰难办学，延续国家教育、民族文化命脉的生动体现。昆明各界对此也感同身受，云南省商会联合会等社会团体在"公送"西南联大北归的序文中慷慨陈述道：

自联合大学南来，亲见其蒙艰难，贞锲而弗舍，举亨困、夷险、祸福，胥不能夺其志。因推阐其本末一贯之理，知夫施诸治学，则为一空倚傍，实事求是；见诸行事，则为知耻适义，独立无惧；反之于身，则富贵不淫，贫贱不移，威武不屈；推之于人，则为直道而行，爱之以德。盖析之则为个人之品格，合之则为一校之

---

① 吴宓：《吴宓日记 1939—1940》，生活·读书·新知三联书店 1998 年版，第 246—247 页。
② 《梅贻琦校长关于清华大学办事处被炸告校友书》，载清华大学校史研究室编《清华大学史料选编》（第三卷上），清华大学出版社 1991 年版，第 352 页。

学风，其不志温饱，特全德表著之一端耳。观联合大学诸先生，类多在事数十年，乃至笃守以终身，是岂菲食恶衣所能尽哉！惟其然也，故能以不厌不倦者自敬其业，而业乃久；以不忧不惑者自乐其道，而道乃尊。夫然后教育事业之神圣，学术思想之尊严，乃有所丽，而可久维于不敝。①

"蒙艰难，贞镂而弗舍"，"不忧不惑者自乐其道，而道乃尊"，正是依凭此笃定的精神坚守，西南联大诸多知识分子在艰难困苦中专注学术创造。这不仅在战乱时代保存了中国学术、文化的资源与力量，也在某种意义上，"维系了民族文化的血脉，保持了民族文化创造的活力"②。西南联大于中国学术、文化的一个重要意义即在于此。

三

尤为可贵的是，在惨烈的战争环境中，联大师生共克时艰，以学术为业，保持了一种蓬勃、昂扬，又有创造力的精神生活，进而形成了一种坐而论道、涵养性情的学院文化氛围。联大的学生、后来著名的哲学家王浩，对联大这种蓬勃、昂扬的精神生活有切身的感触："当时，昆明的物质生活异常清苦，但师生们精神生活却很丰富。教授们为热心学习的学生提供了许多自由选择的好机会；同学们相处融洽无间，牵挂很少却精神旺盛"，"教师之间，学生之间，师生之间，不论年资和地位，可以说谁也不怕谁，做人和做学问的风气都是好的。……教师与学生相处，亲如朋友，有时师生一起学习新材料。同学之间的竞争一般也光明正大，不伤感情，而且往往彼此讨论，以增进对所学知识的了解"③。西南联大师生之间问难质疑、坐而论道的学风可见一斑。

这种坐而论道、涵养性情的文化氛围也体现于联大校园内学术社团

---

① 北京大学等编：《国立西南联合大学史料·总览卷》，云南教育出版社 1998 年版，第286 页。

② 姚丹：《西南联大历史情境中的文学活动》，广西师范大学出版社 2000 年版，第 27 页。

③ 王浩：《谁也不怕谁的日子》，载《清华校友通讯》（第 18 册），清华大学出版社 1988 年版，第 66 页。

的活动之中。西南联大期间，在师生之间先后出现了一百多个社团，涵盖社会社团、政治社团、艺术社团、文学社团、学术社团等各个层面。如此众多社团的出现，本身即是西南联大兼容并包、民主自由传统的反映，而那些较纯粹的学术社团更是西南联大学术自由、坐而论道的优良学风的生动体现与有效载体。谢泳在《大学旧踪》一书中较详细地阐释了西南联大"十一学会"的活动：

> 40 年代初，在西南联大，有一个学会名字叫"十一学会"（"十一"二字合起来是一个"士"字），意谓"士子"学会，这个学会是由教授和学生共同组成的，有学历史的、有学哲学的、有学社会学的、也有少数学自然科学的，其宗旨是士大夫坐而论道，各抒己见。教授有闻一多、曾昭抡、潘光旦等，学生有王瑶、季镇淮、何炳棣、丁则良、王佐良、翁同文等，由丁则良和何炳棣召集，每两周聚会一次，轮流一人（教授或学生）作学术报告。教授报告时，学生听，学生报告时，教授同样去听，听后都要相互讨论。正是在这样的学术环境中，成长起一批批学者……这个"十一学会"中的学生参加者如王瑶、季镇淮、丁则良、何炳棣、王佐良、吴征镒等，后来都成了著名的学者。①

这种描述或许不无理想化色彩，当事人之一的何炳棣曾经指出这"不免把我们当时的学术活动过分'理想化'了"，但由此可以窥见西南联大学术风气之一侧面。何炳棣也回忆了其第一次演讲的情景，"这次讲谈是在清华办事处，听众较多，或许是讲题有吸引力……这次演讲和讨论居然 3 个小时才结束，可能是由于我除了从文学批评的观点讲出陀氏的伟大与深刻，特别从《卡拉马佐夫兄弟》窥探俄罗斯民族复杂、矛盾、多维的性格，甚至涉及俄国的十月革命"②。何炳棣以历史专业的学生身份演讲陀思妥耶夫斯基的小说，且吸引了众多听众，在在体现了西南联大自由的学术文化氛围。这或许只是一段小的学术掌故，但这

---

① 谢泳：《大学旧踪》，江西教育出版社 1999 年版，第 51 页。
② 何炳棣：《读史阅世六十年》，广西师范大学出版社 2009 年版，第 161 页。

背后展现的是包括西南联大在内的旧大学的良好的学术文化氛围，"旧大学里教授和学生的关系不同于今日，那是一种比较单纯的以学术为纽带的关系，旧大学里的师生之间重趣味重性情，而轻利害，当然这只是个一般说法。师生之间的关系融洽，除了彼此的道德水准外，还与大学里的自由空气有关，因为趣味和性情这东西，是伴随着自由而生长的……需要有那么一些气味相投的人在一起为学术而争论的"①。

这种以学术为纽带、重趣味与性情的师生关系，无疑会在学生的知识视野、学术培养、人格养成等多方面产生积极的影响。殷海光晚年谈及自己的人生经历，认为在西南联大受到金岳霖的赏识，对他一生的思想具有决定性作用，"他不仅是一位教逻辑和英国经验论的教授而已，并且是一个道德感极强烈的知识分子。昆明七年的教诲，严峻的论断，以及道德意识的呼吸，现在回想起来实在铸造了我的性格和思想生命"②。在赵瑞蕻眼中，"（吴宓）先生爱憎分明，疾恶如仇，富于正义感，格外强调文学作品的社会意义、教育意义"，而这一切深深地影响着他，"吴先生极富于感染力的讲课，音容笑貌，他的品德和精神，独特的为人风格，以及平日与他接触交谈中所给予我的亲切教益，潜移默化的思想力量，还有他整个形象……仍然淹留在我的心上"③。外文系的李赋宁也深受吴宓的影响，"对我有深远影响的老师是吴宓教授。由于家庭熟知的关系，我经常去拜访吴宓教授。他的教学工作、学术和社会活动都很忙，但是他仍很关心青年的成长和培养……吴宓教授特别强调文学的教育作用，认为文学是对人生的评论，文学具有高度的严肃性，表现高度的真理。吴宓教授推崇古代希腊文学、历史、哲学和艺

---

① 谢泳：《大学旧踪》，江西教育出版社 1999 年版，第 51 页。

② 殷海光、林毓生：《殷海光·林毓生书信录》，吉林出版集团有限责任公司 2008 年版，第226 页。

③ 赵瑞蕻：《离乱弦歌忆旧游——从西南联大到金色的晚秋（文学回忆录）》，文汇出版社2000 年版，第 64—72 页。

术。这一切对我的世界观和学术观都有深远的影响"①。吴宓的授课及日常交流对青年学子性情培养、人格养成方面的影响在在可见。

可见，联大教师不仅潜心学术创造，以维系民族文化精神不坠，而且通过自己的学知和人格魅力，潜移默化地感召、影响学生，在联大形成了注重师生精神交流以涵养性情的良好文化氛围。这种良好的学院文化氛围在长沙临时大学时期即已形成。临时大学时期，文学院设置在南岳分校，分校教学条件极差，"夜晚，菜油灯光线暗淡，无法在灯下看书（学生也无书可看），只好在宿舍议论战争局势"②。重要的是，在恍如世外桃源的南岳分校，师生之间形成了良好的互动，使简陋的分校具有了古代书院的风味。在蒙自时期，偏远、幽静的蒙自成为联大师生学习、交流的理想之地。蒙自城边有个南湖，雨季时期是一个美丽湖泊。联大师生皆喜欢课后环湖闲游，师生于漫步中交流、探讨不辍。学生在漫步中可以遇见陈寅恪、钱穆、冯友兰、汤用彤、贺麟、郑天挺、吴宓、闻一多、朱自清、罗庸等教授，并向他们请教，以致有学生将"晚间湖畔漫步比作古希腊的巡回学校"③。赵瑞蕻将蒙自称为"中国的普洛旺斯"，不仅风景秀丽，而且在那里得以聆听大师的教诲，"时常描画青春的幻想，寻求生命的真实和诗的跫音"④。

这种注重精神交流的人文情怀及其丰富内蕴在罗庸的《鸭池十讲》中有着集大成的体现。《鸭池十讲》1943 年出版，为罗庸在昆明时期的演讲稿及随笔集录，或为在联大社团的演讲，或为刊发于联大《国文月刊》、《文聚》等刊物的随笔，其面向对象均为学生，由此可以窥探

---

① 李赋宁：《回忆我在清华和西南联大的几位老师》，载西南联合大学北京校友会编《笳吹弦诵情弥切——国立西南联合大学五十周年纪念文集》，中国文史出版社 1988 年版，第 131—132 页。

② 西南联合大学北京校友会编：《国立西南联合大学校史：1937 至 1946 年的北大、清华、南开》，北京大学出版社 2006 年版，第 15 页。

③ ［美］易社强著：《战争与革命中的西南联大》，饶佳荣译，九州出版社 2012 年版，第 60 页。

④ 赵瑞蕻：《怀念英国现代派诗人燕卜荪先生》，载《离乱弦歌忆旧游——从西南联大到金色的晚秋（文学回忆录）》，文汇出版社 2000 年版，第 29—30 页。

联大师生交流的精神面向之一斑。《鸭池十讲》大体由三部分组成：一为关于为学做人方面；一为关于诗的；一为关于文学史方面，其中最要紧的为有关为学做人方面。在《我与〈论语〉》篇中，罗庸历数自己接触、探研《论语》的人生经历，其中充满着困惑、挣扎、忏悟等精神煎熬与历练，更可见其赤子之心，"我深切感到儒学要在力行亲证，决不许你徒腾口说。凡在别的子家可以应用的知见言说，到《论语》全用不上。真是一钉一板，毫无走作，全身毕现，直下承当，才许你入得几分。二十岁前后养成的浮华积习，辗转十年，才算又得到一番忏悔。……为了自己习气深厚，根器浅劣，不肯着实向学，因循自误，走了许多冤枉路。到如今愆尤丛集，寡过未能，一部《论语》对于我竟无真实受用，真是惭愧万分"。罗庸于此将其赤子之心毫无遮掩地披露于学生面前，并进而告诫学生曰：

> 儒学是求仁得仁之学。要在力行，才有入处。大家如能在躬行日用上改过迁善，反己立诚，以体验所得，反求之《论语》，那便终身受用不尽。否则入乎耳出乎口，仅作一场话说，纵令不是仰天而谈，也于自身全无交涉。

> 圣人之言，决无偏小，一言一字，当下皆圆。即如"学而时习之"一句，便是彻上彻下，无欠无缺。了得此句，便是一圆一切圆，更无短少。切不可私心摆布，谈什么哲学体系，构画搏量，自塞通途。

> ……大家且先办取一个真切志学的心，以后工夫，自不难水到渠成，迎刃而解。切不可好高骛远，舍己耘人，耽误了切己工夫。①

罗庸言辞之恳切及情怀之古朴于此尽显，这种切己之学对聆听演讲之学生的精神磨砺亦可想而知。在《论为己之学》篇中，罗庸就《论语》"古之学者为己，今之学者为人"之语展开论述，旁征博引，鞭辟

---

① 罗庸：《鸭池十讲》，辽宁教育出版社 1997 年版，第 5—6 页。

入里。文章开篇提纲挈领，"一部《论语》，论其宗趣所归，一仁字足以尽之；论其致力之方，一学字足以尽之"，接着进行条分缕析的论述：

> 学者且各自问：我今日之学，果真为谋道，不为谋食吗？果真不为名利恭敬吗？果真有一段不容己之精神，坦然奔赴，宁以穷饿无闷，死生不变其操吗？如其未然，那便是实在未尝有志于学，入手便错，何问前途？且教洗髓伐毛，将自欺欺人之习，打扫净尽，实见得人之所以异于禽兽，实见得己之所以异于圣贤，如恶恶臭，如好好色，不怙己过，不恋旧习，才可与说为己之学。
>
> ……为己之学只是自知不足，而未尝预拟其止境，这便是下学工夫，至于上达，是不暇计及。……知不足然后能自反，知困然后能自强，都是切实向内的工夫。所谓"反身而诚"，"尽己之谓忠"，实在皆是好学之事。自知不足则其心愈虚，反身而诚则其心愈实。
>
> 真能虚的人必不骄，真能实的人必不吝。真能虚的人必不忮，真能实的人必不求。真能虚则学不厌，真能实则教不倦。而其实则皆是诚之发见处。诚则明，是虚之用，诚则动，是实之用，诚之全，即仁之体。……能触处反求诸己，即是"无终食之间违仁"，能造次颠沛不违于仁，才真是为己之学。①

"为己之学"，一个不无陈旧的话题，被罗庸论述得周密而翔实，一种"修身"、"为仁"的古典人文情怀亦呼之欲出。此文刊发于《国文月刊》，《国文月刊》系联大部分教师为改进国文教学，提升学生人文素养而创办的刊物。罗庸于《国文月刊》刊发此文，亦可视为联大日常教学活动中注重人文情怀培育，以涵养、提升学生心性的一个生动注解。在《国文教学与人格陶冶》的讲演中，罗庸更是直截了当地指出，"教育本来以培养学生自发的向上心为其目的，所以内心的陶冶是

---

① 罗庸：《鸭池十讲》，辽宁教育出版社 1997 年版，第 11—13 页。

教育的基础，而行为的规范和政治的训练乃是外面的工夫"。而"要求青年得到一点真实的内心陶冶，就非从国文教学根本下手不可"，因为"中国文化的根本下手处教人反身而诚，而诗教便是修辞立诚之事"①。将国文教学提升至"诗教"的层面，以学生的"修辞立诚"、人格陶冶为鹄的，这种真挚的人文关切是贯穿《鸭池十讲》的一个核心主题。在这个意义上，《鸭池十讲》是联大注重师生精神交流，以涵养性情、陶冶人格的精神面向的一个形象写照。

在一个物质匮乏的战争年代，西南联大这种坐而论道、涵养性情的人文情怀，以及蕴含其间的人格力量，对于学生的精神世界无疑会产生不可抹却的重要影响。联大很多成才的学生，都是在名师的学术指引及人格之表率与涵养的感召下而成长、成型的。譬如吴大猷之于杨振宁、李政道，金岳霖之于殷福生、王浩，冯至之于郑敏、袁可嘉，吴宓之于赵瑞蕻、穆旦、李赋宁、许渊冲，沈从文之于汪曾祺、林蒲、杜运燮，燕卜荪之于赵瑞蕻、杨周翰、王佐良等，莫不如此。穆旦、郑敏、袁可嘉、杜运燮、赵瑞蕻、王佐良、杨周翰、林蒲等均为西南联大重要的"学生诗人"，可见正是这种良好的学院文化氛围孕育了西南联大诗人。在某种意义上，这种重情趣、砥砺人格的学术文化追求为有志于文学事业的青年学子提供了丰富的精神文化养料，使他们掌握、拥有了一笔可贵的文化资本，进而成就了西南联大诗人。

1939 年秋天转入联大外文系的杜运燮自称进入联大学习是其"最大的幸运"，联大"物质条件虽然很差，精神方面的享受，质量却无疑是第一流的。在联大的那段日子，我一直感到精神上极为富有"，"我是生平第一次有机会见到那么多名人。……也能到名作家的家里请教，作为刚刚开始学习文艺写作的我，想努力理解他们的一段暗示，一句鼓励"。在杜运燮看来，"联大校园里弥漫着一种具有强烈传染力的气体，那就是激发学生从事文艺创作的无形力量。我能沉浸其中尽情享受，觉

---

① 罗庸：《鸭池十讲》，辽宁教育出版社 1997 年版，第 21—28 页。

得也是一大幸福。有那么多作家，言传身教……我能走上文艺创作的道路，起步就在联大"①。可见，西南联大重情趣、涵养心性的学术文化追求不仅为联大诗人提供了文化资本，而且形塑着其性情倾向、身心图式，并积淀为其特有的惯习。在这种知识生产场域与惯习的互动关联中，西南联大诗人展开其艺术探索，形成独特的心性立场与诗学路径。王佐良对这幅性情倾向、诗学探求的心性结构图式有着经典的描述：

> 联大的屋顶是低的，学者们的外表褴褛，有些人形同流民，然而却一直有着那点对于心智上事物的兴奋。在战争的初期，图书馆比后来的更小，然而仅有的几本书，尤其是从外国刚运来的珍宝似的新书，是用着一种无礼貌的饥饿吞下了的……但是这些联大的年青诗人们并没有白读了他们的艾里奥脱（艾略特。——引者注）与奥登。也许西方会吃惊地感到它对文化东方的无知，以及这无知的可耻，当我们告诉它：如何地，带着怎样的狂热，以怎样梦寐的眼睛，有人在遥远的中国读着这二个诗人。在许多下午，饮着普通的中国茶，置身于乡下来的农民和小商人的嘈杂之中，这些年青作家迫切地热烈地讨论着技术的细节。高声的辩论有时伸入夜晚：那时候，他们离开小茶馆，而围着校园一圈又一圈地激动地不知休止地走着。②

在物质的极度匮乏与艰难中，联大诗人保持着"对于心智上事物的兴奋"，执着于艺术的思考，置身于小茶馆，"讨论着技术的细节"。小茶馆的嘈杂与对艾略特、奥登诗学技巧的热情探讨在此构成鲜明而强烈的对照，这强烈的对照正是西南联大诗人精神探索、艺术追求的心性图式的形象而生动的写照。这种精神、艺术的探索与追求既是一种内在心性的体现，也在整体上塑造着西南联大诗歌创作的特质与品格。正是在西南联大潜心学术创造与文化传承，注重涵养性情、砥砺人格，以进

---

① 杜运燮：《幸运的岁月》，载《海城路上的求索：杜运燮诗文选》，中国文学出版社1998年版，第256—260页。

② 王佐良：《一个中国新诗人》，《文学杂志》1947年第2卷第2期。

行文化抗争的学院文化语境的熏染、孕育下，联大诗人进入了一种超越世俗、博广深邃、玄奥灵逸的心性境地。其诗歌创作也呈示出独特的精神与艺术维度，以艺术超越现实与时代，将现实的苦难与时代的灾难，转化为更具形而上色彩的生命体验与思考，同时通过现代诗语的探讨与实验，开辟出新的诗学路径，显示出一种深邃的人性向度与精密的诗学维度，具有一种可贵的学院化品质。整体上，学院化的文学立场使联大的诗歌创作超越了当时为抗战而歌、侧重民族情绪与个人情感宣泄的诗歌潮流，也突破了战时功利性的文学格局，而走向了生命体验、艺术思考的深处。

第二章　西南联大文学生产机制考察

西南联大诗人群的生成跟一个的独立学院空间及自由的学院文化息息相关，浓郁的学院文化色彩塑造着西南联大诗歌创作的基本品格，使其与大众化的主流抗战诗歌拉开了距离，成为战争年代里一个文学上的异数。这也是西南联大诗人群存在的整体文化语境与精神氛围。同时，西南联大诗人群以"学生诗人"为主体，他们的文学观念是在西南联大时期得以形成的，西南联大时期的学习尤其是文学教育与文学接受奠定了他们的文学视野与文学品格。有学者指出，这些"学生诗人"的崛起，"显示了中国新文学发展至此日渐明朗起来的一个新现象，即学院讲授的文学——主要是近现代的西洋文学——对创作界产生了相当大的影响，推动了新文学发生了深刻的变化"①。在这个意义上，可以说他们的文学实践是大学学院文化尤其是大学文学教育的产物。他们的诗歌创作与大学的文学教育构成一种互动生成关系。这批青年学生能够很快地越过其"习作"阶段，创作出成熟的文学之作，既是学院文化熏陶、孕育的结果，也是大学文学教育在文学发展中特殊作用的集中表现。

另外，西南联大校园里文学社团众多。文学社团的成立、刊物的创

---

① 张新颖：《20世纪上半期中国文学的现代意识》，生活·读书·新知三联书店2001年版，第194页。

办，为广大师生的文学活动包括诗歌创作提供了一个有效的交流平台和文学阵地，有力地促进了西南联大包括诗歌创作在内的文学创作活动。在某种意义上，西南联大的文学再生产主要是围绕文学社团而展开，师生尤其是学生们通过文学社团而聚合，形成一种人际网络，借此分享共同的文化资源，从而促成一种相近的文学趣味与文学立场，并以此作为进入文学场的一种有效途径与策略，尤其诸多教师通过文学社团指导、帮助、提携青年学生，提升了青年学生的象征资本积累，使其获得了进入文学场的有效途径。文学教育与文学创作的互动关联，以及文学社团对文学创作的支撑与形塑，构成了西南联大文学生产机制的两个基本层面。这也是大学中有志于文学事业的青年学子，运用其拥有的学院文化资源及人际网络关系，发展出独立的文学策略与艺术路径，以寻求进入文学场的途径的艺术努力。

第一节　文学院的课程设置与文学讲授

西南联大诗人群以学生诗人为主体，这些学生诗人多数出于联大文学院，可以说是联大文学院在最直接的意义上培育了西南联大诗人群。对联大文学院与西南联大诗人群关系的探讨，也是对大学文化尤其是大学文学教育与文学创作关系的一种探讨。当时，西南联大文学院集中了全国最优秀的人文学者，成为全国的一个学术中心与文化重镇。以学术为中心的学院文化氛围与精神气质使多数西南联大诗人具有一种形而上的超越情怀。在具体诗歌创作方面，尤其值得关注的是，中文系的古典文学研究、外文系的西方文学介绍，在文学素养的培育与文学视野的开拓等方面介入了联大学生诗人的诗歌创作，文学教育与诗歌创作构成了鲜明的互动生成关系。在这个意义上，对联大文学院中文、外文系的课程设置与文学讲授的考察，为透视西南联大诗人的创作提供了一个有效的切入点。

一

中国现代文学甫一发生，即与现代大学教育机制及学院文化密不可分。在某种意义上，"创始期的现代文学就是一种校园文学：不仅它的发源地是北京大学，它的早期主要作者与读者大都是大、中学（含师范学校）的教师与学生，它的主要活动阵地——早期文学社团与文学刊物，也都是以校园为主的，发动文学革命的《新青年》及其最有力的鼓吹者的《新潮》都是北大师生的社团所办的刊物"①。中国现代文学在发生学上与现代大学教育的这种紧密关联，自然会影响现代文学的纵深发展。这期间关涉到文学理念的传播、文学社团的创办、读者群的培育、文学与社会运动的互动等诸多文学生产机制层面，其中基础性的一个层面即是，作为知识生产场域的大学，为现代文学的创生与发展提供了怎样的文学理念与文学想象，进而拓展、充实着现代文学的发展资源。在这一精神资源链条上，西南联大文学院的文学课程设置与文学讲授，不仅深刻影响、制约着西南联大的诗歌创作，而且是大学文学教育与现代文学发展复杂关联的一个生动体现。

西南联大文学院由中国文学、外国文学、历史学、哲学心理学 4 个系组成，其中中国文学、外国文学系实力雄厚，云集了朱自清、闻一多、杨振声、陈寅恪、刘文典、罗庸、沈从文、燕卜荪、吴宓、钱锺书、冯承植（冯至）、卞之琳等名家大师，开出了数百门课程。仅中文系，"1937—1946 年的九年中，中文系教师共开出专业课程 107 门，每学年有 20 门左右的课程供学生修习"②。同时，中文系重视文学课程，文学课程约占三分之二，语言文字课程约占三分之一。细查中文系文学课程设置，可以发现，"中国文学史"等史学概述课程仅在二年级或三年级开设，学分为 4 分或 6 分，而中文系文学课程的重头戏则是"历代

---

① 钱理群：《〈二十世纪中国大学与大学文化〉丛书序》，载姚丹《西南联大历史情境中的文学活动》，广西师范大学出版社 2000 年版，第 7 页。
② 西南联合大学北京校友会编：《国立西南联合大学校史：1937—1946 年的北大、清华、南开》，北京大学出版社 2006 年版，第 91 页。

文选"、"历代诗选"、"中国文学专书选读"等课程，一学年同时开设多门，学分均为 4 分。以 1939 年至 1940 年度为例，这一学年开设的"历代文选"等文学课程如表 2-1 所示。

表 2-1　西南联大 1939 年至 1940 年度文学课程

学　　程	必修或选修	学分	教师
历代文选（一）（先秦）	文Ⅱ，Ⅲ	4	许维遹
历代诗选（二）（唐）	文Ⅲ	4	罗　庸
历代诗选（三）（宋）	文Ⅲ	4	朱自清
中国文学专书选读（三）（文选）	文Ⅲ	4	刘文典
中国文学专书选读（三）（温飞卿　李义山）	文Ⅳ	4	刘文典

注：必修或选修栏内，用罗马数码填写者，系表示某年级必修课程。①

由表 2-1 可知，1939 年至 1940 年度，联大中文系共开设"历代文选"等五门文学课程，且都为必修课程，比重远大于"中国文学史"课程（4 学分或 6 学分）。据统计，中文系"历代文选"、"中国文学专书选读"等课程由陈寅恪、朱自清、闻一多、罗庸、刘文典、许维遹、唐兰、杨振声等教授讲授，共开出 25 种，计有"《诗经》、《尚书》、《周易》、《左传》、《国语》、《战国策》、《论语》、《孟子》、《庄子》、《楚辞》、《史记》、《汉书》、《后汉书》、《三国志》、《吕氏春秋》、《水经注》、《文选》、《史通》、乐府诗、韩愈文、杜诗、谢诗、陶谢诗、温李诗、黄山谷诗"②。从《诗经》讲到"黄山谷诗"，这些文学课程几乎囊括了大部分古典文学经典。中文系重"文学"轻"文学史"、追求"文学本位"的课程设置特征显而易见。

有学者指出，伴随着现代教育的兴起，"文学史"课程在大学文学教育中逐渐占据主导地位。或者说，"中国文学史"等课程的出现，从

---

① 北京大学等编：《国立西南联合大学史料·教学科研卷》，云南教育出版社 1998 年版，第 175 页。

② 西南联合大学北京校友会编：《国立西南联合大学校史：1937 至 1946 年的北大、清华、南开》，北京大学出版社 2006 年版，第 92 页。

一开始就与现代学制的建立和发展有着密切的关联。这背后关涉现代学科体制的发轫、知识话语权力的转换等历史课题。某种意义上，"重知识积累、便于课堂讲授的'文学史'，本身就是现代教育体制的产物"①。尽管从学术积累的意义上说，大学文学教育以文学史课程为主导有其合理性，但是"文学史"课程的大行其道，自然会使讲究鉴赏、注重体悟的"文学"课程受到压抑甚而边缘化，进而导致"文学的失语"②。可以说，这种"文学的失语"是现代学科体制一个不可避免的流弊。在 20 世纪二三十年代，以"文学史"为中心的现代学科体制逐步建立并成型，即有人意识到其流弊所在。譬如，吴世昌当时指出，"现在各学校（包括大学中学）为使课程表好看起见，重要的作品本身尽可不研究（如现在大学中就很少以陶诗、李白诗开专班者），文学史一类的空洞课程却不可不有"，而在他眼中，"文学史一类的书，如果没有特殊的理由，可以不必作。读文学，根本就应当浸到作品的本身里去"③。吴世昌洞察到了现代学科体制中"文学史"讲授的弊端，但一味地否定也不符合现代学科体制的发展趋势，更无助于问题的解决。显然，如何在现代学科体制下平衡"文学史"的讲授与"文学"体悟的关系，是关涉现代学科体制完善的一个重要命题。在这个意义上，杨振声 20 世纪 20 年代任清华大学国文系主任时的建议不失为一个有效的途径，"所谓研究者，特别注重于研究文学表现上之艺术"，而体现在课程规划上，则是第一年的"文学史"，主要提供"历史的根底"，"给大家开一个路径"，重要的是二、三年级的"各体研究，如上古文、汉魏六朝文、唐宋至近代文、诗、赋、词、曲、小说以至新文学研究等"④。

---

①　季剑青：《北平的大学教育与文学生产：1928—1937》，北京大学出版社 2011 年版，第 25 页。

②　参见季剑青《北平的大学教育与文学生产：1928—1937》，北京大学出版社 2011 年版，第 24—31 页。

③　吴世昌：《评〈插图本中国文学史〉》（第二册），转引自季剑青《北平的大学教育与文学生产：1928—1937》，北京大学出版社 2011 年版，第 30 页。

④　《清华中国文学会有史之第一页》，载《国立清华大学校刊》第 22 期，转引自季剑青《北平的大学教育与文学生产：1928—1937》，北京大学出版社 2011 年版，第 18 页。

纵观联大中文系的文学课程设置，可以说，杨振声的建议得到了具体的实现。无独有偶，杨振声其时也受聘于西南联大文学院，讲授"现代中国文学"、"现代中国文学讨论及习作"等课程。这种课程设置无疑是对 20 世纪 30 年代逐步建制的重"文学史"轻"文学"，以致"文学失语"的现代学科机制的一种纠偏，自有其意义。朱自清也认同这种课程设置与文学讲授，"学生不但应该多读专书，而且应该多读书。朱（光潜）先生所攻击的'概要'、'学史'、'研究'等科目，毛病似乎不在'偏重常识'……而在学生只听讲，不读参考书，不切实的作报告。这些科目若教者得人，能够诱导学生去切实读书，在成效方面可以和专书选读相得益彰"①。这种超越"文学史"等史学概要课程的空洞，引导学生"浸到作品的本身里去"的文学教育主旨与追求，自然会在联大文学院营造出一种浓郁的文学氛围，进而在"文学"的体悟与赏析中培育学生良好的文学感悟与鉴赏素养。

联大诗人马逢华为经济系学生，由于爱好文学，旁听过文学院的课程，曾忆及旁听闻一多讲授"楚辞"与"唐诗"课程的情形：

> 在联大教室里面的闻一多，是一个善于表达，才华外露的学者。闻一多讲"楚辞"和"唐诗"的方法，是以社会文化背景，甚至神话传说来入手，把作者和作品底时代、地方和环境烘托出来。在讲解的过程中，他往往还把诗里面涉及的古代服饰、家俱等等在黑板上画出来，然后才分析词句，品味诗底本身。……对我而言，这就像是有一扇久闭的大门，忽然有人为我打开了。我儿时学读唐诗，对于父亲的讲解，不甚了了，要我背诵，我很快就能背的滚瓜烂熟，得到大人们的称赞，但是自己并不真懂。中学的几位国文教师，陈陈相因，讲解也都了无新意。直到听了闻一多底课，我才见识大开，方知道原来诗是可以这样来诠释，应该如此去了

① 朱自清：《部颁大学中国文学系科目表商榷》，载朱乔森编《朱自清全集》（第二卷），江苏教育出版社 1996 年版，第 11 页。

解的。①

赵瑞蕻作为外文系的学生旁听过罗庸的课程，对课程的讲授有着刻骨铭心的记忆：

> 我还去听罗庸先生的"杜诗"。罗先生是《论语》、《孟子》和杜诗专家，有精湛的研究。他声音洪亮，常讲得引人入胜，又富于风趣。那天，我去听课，他正好讲杜甫《同诸公登慈恩寺塔》一诗。……我眼前出现这么一个场景：罗先生自己仿佛就是杜甫，把诗人在长安慈恩寺塔上所见所闻所感深沉地一一传达出来；用声音，用眼神，用手势……罗先生也把杜甫这首诗跟岑参的《与高适薛据登慈恩寺浮图》作了比较，认为前者精彩多了，因为杜甫思想境界高，忧国忧民之心炽热，看得远，想得深。罗先生接着问，诗的广度和深度从何而来？又说到诗人的使命等……罗先生说现在我们处于何种境地呢？敌骑深入，平津沦陷，我们大家都流亡到南岳山中……先生低声叹息，课堂鸦雀无声。②

可以看出，这些文学课程的开设对年轻学生文学素养和精神气质的影响与砥砺。尤为可贵的是，这些课程由教师根据自己的专长而开设，在一个匮乏的战争年代，每位学有专长的教师精湛的研究所得的高浓缩的精神产品，无疑会对学生文学素养的培育与精神世界的拓展产生积极的作用。可以说，中文系文学课程的讲授，不仅仅传授了文学知识（这是其最基本的目标），而且营造了文学院整体上浓郁的文学氛围，使学生"浸到作品的本身里去"，进而提升、拓展了学生的文学素养与心灵视界。

即使如"大一国文"这样的通识性基础课程，由于中文系教师注重作品解析，以文学体悟为中心，这种"文学本位"的课程讲授，自

---

① 马逢华：《记西南联大的几位教授》，转引自闻黎明、侯菊坤编《闻一多年谱长编》（下卷），上海交通大学出版社 2014 年版，第 559—560 页。

② 赵瑞蕻：《离乱弦歌忆旧游——从西南联大到金色的晚秋（文学回忆录）》，文汇出版社 2000 年版，第 15—16 页。

然于学生文学趣味的培育、心性视界的拓展影响深远。当年就读于联大外文系的许渊冲，多年后依然对朱自清等先生讲授的"大一国文"课程记忆犹新：

  一九三八年来联大后，居然在"大一国文"课堂上，亲耳听到朱先生（朱自清。——引者注）讲《古诗十九首》，这真是乐如何之！记得他讲《行行重行行》一首时说："胡马依北风，越鸟巢南枝"两句，是说物尚有情，何况于人？是哀念游子漂泊天涯，也是希望他不不忘故乡。用比喻替代抒叙，诗人要的是暗示的力量；这里似乎是断了，实际是连着。又说"衣带日已缓"与"思君令人瘦"是一样的用意，是就结果显示原因，也是暗示的手法；"带缓"是结果，"人瘦"是原因。这样回环反复，是歌谣的生命；有些歌谣没有韵，专靠这种反复来表现那强度的情感。

  其实，这一年度的"大一国文"真是空前绝后的精彩；中国文学系的教授，每人授课两星期。我这一组上课的时间是每星期二、四、六上午十一时到十二时，地点在昆华农校三楼大教室。清华、北大、南开的名教授，八仙过海，各显神通。如闻一多讲《诗经》，陈梦家讲《论语》，许骏斋讲《左传》，刘文典讲《文选》，唐兰讲《史通》，罗庸讲《唐诗》，浦江清讲《宋词》，魏建功讲《狂人日记》等等。真是老师各展所长，学生大饱耳福。①

一门通识性的文学课程，被联大教师讲授得如此精彩纷呈，联大的文学讲授氛围可见一斑。值得一提的是，《大一国文读本》由联大中文系自编，其中引入了语体文，这在当时是一个大胆的举措，也可视为联大中文系重视新文学的一个例证。当时的"部颁大学国文选目"全是文言文，没有一篇语体文。编选会委员之一的朱自清后来感慨道："初选目录中只有三篇语体文，鲁迅先生两篇，徐志摩先生一篇……编选会开会时，既然侧重唐以前文，现代语体文自然就不被大家注意。作者

---

① 许渊冲：《逝水年华》，生活·读书·新知三联书店 2008 年版，第 23—24 页。

（朱自清）曾经提出讨论，但那三篇语体文终于全未入选。大学国文的传统不选语体文，看了部里征集来的各大学的选目就知道。西南联大开始打破这传统，也只是最近三四年的事。"① 至 20 世纪 40 年代，虽然五四新文学已经发生二十多年了，但大学的中文系依然以古典文学为主体课程，新文学难以在文学课堂上占有一席之地，以至于公共课程"大学国文"的"部颁选目"中也没有一篇语体文。可见，当时新文学依然没有获得学院体制的认可。而联大中文系成立了由杨振声主持的大一国文委员会，1938 年开始编选课本，参与编选者有朱自清、闻一多、余冠英、魏建功、罗常培、王力、浦江清等。大一国文选本篇目几经删改，至 1942 年编定，"包含文言文 15 篇，语体文 11 篇，古典诗词 44 首"②。这是一个突破与超越，有学者甚至认为，"这个读本的出现，在中国现代教育史、文学史上具有划时代的意义"，并进而分析道："十一篇语体文与十五篇文言文的数量对比，彰显了编者的文学立场，即语体文与文言文具有同等的文学地位，联大《大一国文读本》使语体文（新文学作品）首次进入大学，成为与古代经典平起平坐的现代经典；这一文学价值标准，依凭 1938—1946 年间'大一国文'的教学，传给每一个联大学生，由此奠定新文学在大学体制内的合法地位。"③ 这个陈述略显夸张，"大一国文"只是面向全校的通识性公共课程，主要是一种语文训练，兼及文化修养训练，引进语体文并不代表现代学科体制对新文学的最终认可，但是在课程设置与文学讲授中引进语体文，无疑为联大校园内的新文学创作营造了必要的文学氛围和道义援助。

对于热爱并有志于新文学创作的青年学生来说，联大《大一国文读本》的编选及其讲授，自有其积极意义。联大的学生、后来的著名

---

① 朱自清：《论大学国文选目》，载朱乔森编《朱自清全集》（第二卷），江苏教育出版社 1996 年版，第 22 页。

② 西南联合大学北京校友会编：《国立西南联合大学校史：1937 至 1946 年的北大、清华、南开》，北京大学出版社 2006 年版，第 90 页。

③ 姚丹：《西南联大历史情境中的文学活动》，广西师范大学出版社 2000 年版，第 136—137 页。

小说家汪曾祺，在 20 世纪 90 年代的回忆文章中把"大一国文"称为使自己"走上文学道路的一本启蒙书"，并具体谈到了所选作品对联大青年学生的影响，"还有一篇李清照的《金石录后序》。一般中学生都读过一点李清照的词，不知道她能写这样感情深挚、挥洒自如的散文。这篇散文对联大文风是有影响的。语体文部分，鲁迅选的是《示众》。选了一篇徐志摩的《我所知道的康桥》，是意料中事。选了丁西林的《一只马蜂》，就有点特别。更特别的是选了林徽因的《窗子以外》。这一本《大一国文》可以说是一本'京派国文'"①。汪曾祺将"大一国文"读成了"京派国文"，自有其个人的文学趣味渗透其中，但也从一个侧面说明了联大《大一国文读本》所具有的文学典范作用及其对联大文学创作的积极影响。

在整体上，联大中文系文学课程的设置并不以助成新文学的创作为主要目标，课程的主体依然是古典文学研究。相对于有着几千年发展历史的古典文学，新文学在文学课程中所占的比例不大，仅有"现代中国文学"（先后由杨振声、沈从文讲授）、"现代中国文学讨论及习作"（杨振声讲授）、"语体文写作"（先后由沈从文、李广田讲授）等课程。不过，重要的是，中文系的课程设置突破了以"文学史"为主导的现代学科体制的流弊，古典文学知识的传授，围绕着文学鉴赏和体悟的中轴而展开，远离了"文学史"概述式的枯燥、空洞，以一种"文学本位"的诉求，在文学院奠基了一座高雅、超迈、经典的文学殿堂。这无疑为有志于文学创作的青年学子提供了广袤的文学视野与丰厚的精神资源。西南联大的诗歌创作整体上呈现出鲜明的学院化特征，而与主流的抗战诗歌迥然有别。在某种意义上，正是这种"文学本位"的课程设置与文学讲授涵养了多数联大学生诗人的文学素养与内在心性。或者说，这种文学讲授形塑着西南联大诗人的惯习，并影响、规约着其诗歌创作的精神内蕴。文学教育与文学创作于此达致了相互契合的互动

---

① 汪曾祺：《西南联大中文系》，载《汪曾祺全集》（第四卷），北京师范大学出版社 1998 年版，第 356 页。

关联。

尤其重要的是，朱自清、闻一多、杨振声、沈从文、李广田、陈梦家等联大教师都是新文学的创造者和参与者，他们都十分关注新文学的发展，也在联大校园积极地鼓励和扶植新文学的创造和发展。朱自清、闻一多在联大虽然以古典文学的研究与讲授为主，但是他们清楚地知道中国文学的创造与发展在新文学。1938 年，朱自清承教育部委托撰拟大学中国文学系科目草案，虽然这个科目表以古典文学为主体，但对"各体文习作"这门课程，朱自清明确主张"文诗词曲选诸科不附习作……我们觉得欣赏与批评跟创作没有有机的关联，前两者和后者是分得开的"①。在朱自清看来，古典文学的开设更多的跟欣赏与批评有关，而跟当下的文学创作没有多大关联。由此，朱自清列出了"现代中国文学讨论及习作"课程，并指出"至于'现代中国文学讨论'附习作，是恐怕埋没了一些有创作才能的学生，并非从欣赏与批评着眼。据现在的环境和青年的修养，有创作才能的学生走现代文学（白话文学）的路子，自然事半功倍"②。显然，朱自清认定现代白话文学才是当下文学创作的正路。1939 年初，朱自清与闻一多一起商谈大一学生课外读物。据朱自清 1 月 13 日日记载："下午在闻家商谈大一学生课外读物事，定书名如下：《鲁迅全集》、《从文选集》、《茅盾选集》、《巴金选集》、《志摩选集》、《日出》、《塞上行》、《欧游杂记》、《蒋百里文》、《汉代学术史略》、《胡适文选》、《人生五大问题》、《诗与真》一集、《人物评述续编》。"③ 由此书目，可知朱自清、闻一多等新文学作家出身的联大中文系教师对语体文的偏重。或者说，对语体文的偏重以及对新文学的关注，是联大诸多新文学作家出身的教师文学讲授的重要内容之一。这自然会对校园内的文学青年产生潜移默化的影响。

---

① 朱自清：《部颁大学中国文学系科目表商榷》，载朱乔森编《朱自清全集》（第二卷）江苏教育出版社 1996 年版，第 12 页。

② 朱自清：《部颁大学中国文学系科目表商榷》，载朱乔森编《朱自清全集》（第二卷），江苏教育出版社 1996 年版，第 12 页。

③ 朱乔森编：《朱自清全集》（第十卷），江苏教育出版社 1996 年版，第 6 页。

　　值得关注的是，沈从文自 1939 年秋天在联大授课，以自己的言传身教影响了诸多联大文学青年。如赵瑞蕻回忆："那时我是联大外文系三年级学生，我选读了杨振声和沈从文两位教授合开的'中国现代文学'课。沈先生主要讲散文，课外有习作，我们写的东西，每篇都经过他仔细指点，用墨笔写了评语……这些对我都是极大的鼓励。"① 联大诗人林蒲亦回忆道："只要我愿意学习写作，那就随时随刻都能得到沈先生的热情帮助。我当时在国内发表的文章，绝大多数都是经沈先生润色过的……慢慢地，我发现了'从师问道鱼千里'之乐。没有沈先生的首肯，我对自己的习作就没有安稳过关的感觉。沈先生不善于给人讲大道理，不太搬弄文艺理论，而以自己创作上的经验来循循善诱给人以启发。"② 而沈从文在"语体文写作"课堂上培养出了小说家汪曾祺，自是一段文学史佳话。

　　特别值得一提的是，闻一多不满意于中文系的课程以古典文学研究为主，甚至指责中文系成了"小型国学专修馆"，不能为新文学的发展提供有效的精神文化资源。着眼于促进新文学的创作和发展，闻一多认为新文学的创作与西方近现代文学思潮和创作更加紧密，在 1946 年 5 月口头提出了合并中文、外文系的建议。由于闻一多不久后不幸遇难，他的意见没有形成完整的书面稿。朱自清后来写了一篇《关于大学中国文学系的两个意见》，认为"新文学既然是对旧文学的革命，是现代化的一环，要传授它，单将它加进旧文学的课程集团是不够的，我们得将它和西洋文学比较着看，才能了解它，发展它"，进而主张中文、外文系的合并会促进新文学的发展，外文系培养的人才"加上中国文学的修养"，"对于沟通中西文学是大有帮助的。学生也迫切需要这种比较的沟通中西的知识来做他们的引导"。朱自清认为这在根底上不仅有

---

　　① 赵瑞蕻：《离乱弦歌忆旧游——从西南联大到金色的晚秋（文学回忆录）》，文汇出版社 2000 年版，第 81—82 页。

　　② 林蒲：《沈从文先生散忆》，载西南联合大学北京校友会编《筚吹弦诵情弥切——国立西南联合大学五十周年纪念文集》，中国文史出版社 1988 年版，第 115 页。

助于新文学的发展，甚至可以加速"新文学和新文化趋向现代化"①。

这篇文章虽然写于 1947 年，但里面的思考很多来自西南联大的教学实践，文中不断提及"西南联合大学中文系曾开过'现代中国文学讨论及习作'课程，每周二小时，全年四学分，是选修科，学生选修的不少"，"（李广田）先生主张'尽可能使（中文、外文）两系沟通'，主张'设置中外文互选课'"等。② 他们的这种思考不无探索性，可以视为"在新文学自身发展到一定阶段面临反思和调整的时机，对于'什么可以构成新文学的资源'这一问题的尝试性的回答"③。面对中文系古典文学研究范式的逐步建立，带来了"文学的失语"的现代学科机制弊端，他们力图为新文学的发展寻求新的文学文化资源，而引入外国文学资源即是他们的一个探索性方案。不过，在外文系已然独立存在的现代学科机制下，他们合并中文、外文系的探索性方案更多地显示出古典文学传统如何与文学现代性诉求相调和的一种困境。在这里，重要的是，这种探索性思考很大程度上来自西南联大的教学实践，体现着闻一多、朱自清等在联大校园对新文学的创造和发展的一种具体关注和扶植。而联大中文系重"文学"轻"文学史"的课程设置与文学讲授，以及对语体文的偏重，无疑为新文学创作与大学文学教育的关系开辟了一种新思路，也有助于在联大文学院乃至整个西南联大形成欣赏、推崇新文学的良好文学氛围。这种文学氛围潜移默化地影响着包括联大学生诗人在内的文学青年，也在文学素养与心性视界的涵养、升华层面上影响乃至规约着西南联大的诗歌创作。

---

① 参见朱自清《关于大学中国文学系的两个意见》，载朱乔森编《朱自清全集》（第二卷），江苏教育出版社 1997 年版，第 113—117 页。

② 朱自清：《关于大学中国文学系的两个意见》，载朱乔森编《朱自清全集》（第二卷），江苏教育出版社 1997 年版，第 115—118 页。

③ 季剑青：《北平的大学教育与文学生产：1928—1937》，北京大学出版社 2011 年版，第 36 页。

二

如果说联大中文系的课程设置与文学讲授面临着日益"史学化"的研究范式与现代学科机制的制约，需要在"史学化"与"文学本位"之间斟酌、平衡，那么联大外文系的课程设置与讲授却没有这种外在的规范与机制制约，是以文学为本位而展开的。联大外文系继承了清华外文系的传统，"以培养'博雅之士'作为本系的任务，要求学生'熟读西洋文学之名著'，'了解西洋文明之精神'"①，因此外文系没有停留在语言学习的层面，相反，开设了大量的西方文学课程，以文学课程的讲授促进学生对西洋文明精神之了解，同时带动、提升语言的学习。吴宓在代清华外文系主任期间，曾明确提出"本系文学课程之编制，力求充实，又求经济……盖先取西洋文学之全体，学生所必读之文学书籍及所应具之文字学知识，综合于一处。然后划分之，而配布于四年各学程中。故各学程皆互相关联，而通体成一完备之组织"②。而吴宓1935年在清华开设的"中西诗之比较"课程，其课程主旨为："本学程不究诗学历史，不事文学考据，惟望每一学生皆好读诗，又善作诗，终成为完美温厚之人而已。"③ 联大外文系继承了这个偏重文学的传统，"外文系的课程以英语和英国文学为主，语言理论课程极少……文学方面的选修课根据教师的专长和当时所从事的研究而开设，门类甚多，为开拓学生视野，丰富学生知识创造了良好条件"④。可以说，外文系的课程开设具有鲜明的"文学本位"特征。以1939年至1940年度为例，外文系的文学课程开设如表2-2所示。

---

① 西南联合大学北京校友会编：《国立西南联合大学校史：1937至1946年的北大、清华、南开》，北京大学出版社2006年版，第103页。

② 吴宓：《外国语文系概况》，转引自黄延复《二三十年代清华校园文化》，广西师范大学出版社2000年版，第160页。

③ 参见季剑青《北平的大学教育与文学生产：1928—1937》，北京大学出版社2011年版，第35页。

④ 西南联合大学北京校友会编：《国立西南联合大学校史：1937至1946年的北大、清华、南开》，北京大学出版社2006年版，第104页。

表 2-2　1939 年至 1940 年度西南联大外文系文学课程

学　程	必修或选修	学分	教师
欧洲文学史	Ⅱ	8	吴　宓
英文散文 A	Ⅱ	6	莫泮芹
英文散文 B	Ⅱ	6	徐锡良
英文诗	Ⅱ	6	谢文通
莎士比亚	Ⅲ	6	陈　嘉
西洋小说	Ⅲ	4	陈福田
西洋戏剧	Ⅳ	4	柳无忌
十八世纪文学	选	4	叶公超
欧洲名著　贰	选	4	杨、闻、温、吴、叶
现代戏剧	选	4	陈　铨
古代文学	选	4	吴　宓
德国抒情诗（注四）	选	4	冯承植

注：修满两年德文者可选修。①

　　由表 2-2 可见，外文系的文学课程设置，文学史类课程并不占据主导地位，很少有课程冠以"史"的名称，多数课程没有走向"史学化"的研究路径，而是以文学作品为中心，偏向对作品本身的研读。这种"文学本位"的课程设置与讲授无疑为提升学生的文学素养与开拓学生的文学视野创造了良好的知识氛围。

　　叶公超 20 世纪 30 年代在清华、北大外文系开设"现代西洋文学"、"近代诗"等课程，使学生接近现代欧美各国著名之诗、戏剧、小说，尤其是"近代诗"课程的讲授，打开了学生认识英美现代诗歌的眼界。闻家驷后来追述道："公超先生在清华执教，以讲授《西方文学理论》

---

　　①　北京大学等编：《国立西南联合大学史料·教学科研卷》，云南教育出版社 1998 年版，第 178 页。

和《英美当代诗人》名重一时。"① 在联大时期，叶公超继续讲授"文学批评"、"英国文学"等课程，深受学生欢迎。在联大诗人赵瑞蕻眼里，叶公超"精通英国语言文学（英文说得那么自然、漂亮、有味儿，听他的课实在是享受）"②，显然，这种美好的课堂享受来自对文学作品的研读。即使如吴宓的"欧洲文学史"课程，也是以具体作品的独到解读而让赵瑞蕻兴趣盎然，受益匪浅，"吴宓先生在西南联大讲授'欧洲文学史'时，主要根据他自己多年的研究和独到的见解，把这门功课讲得非常生动有趣，娓娓道来，十分吸引学生。……还有一个特点，就是把西方文学的发展同我国古典文学作些恰当的比较，或者告诉我们某个外国作家的创作活动时期相当于中国某个作家，例如但丁和王实甫、马致远，莎士比亚和汤显祖等等。他把中外诗人作家和主要作品的年代都很工整地写在黑板上，一目了然"③。可见，吴宓的文学史讲授没有走向历史考据、史学概述等经典研究路径，而是围绕文学作品展开，以文本的解析带给学生兴趣盎然的文学赏析与体悟。

　　1937—1939 学年，燕卜荪在外文系分别开设了"英国诗"、"现代诗"、"莎士比亚"等课程，穆旦、王佐良、赵瑞蕻、杨周翰等联大诗人都听过这些课程。这些课程也是以作品的研读与解析为中心。据王佐良回忆："燕卜荪是位奇才：有数学头脑的现代诗人，锐利的批评家，英国大学的最好产物……他的那门《当代英诗》课，内容充实，选材新颖，从霍甫金斯一直讲到奥登，前者是以'跳跃节奏'出名的宗教诗人，后者刚刚写了充满斗争激情的《西班牙，1937》。所选的诗人中，有不少是燕卜荪的同辈诗友，因此他的讲解也非一般学院派的一

---

　　① 闻家驷：《怀念叶公超先生》，载叶崇德主编《回忆叶公超》，学林出版社 1993 年版，第 14 页。

　　② 赵瑞蕻：《离乱弦歌忆旧游——从西南联大到金色的晚秋（文学回忆录）》，文汇出版社 2000 年版，第 14 页。

　　③ 赵瑞蕻：《离乱弦歌忆旧游——从西南联大到金色的晚秋（文学回忆录）》，文汇出版社 2000 年版，第 63—64 页。

套，而是书上找不到的内情、实况，加上他对于语言的精细分析。"①
杨周翰后来自述道："从 1938 到 1939 年，我完成了大学学业。这一年
对我收获最大、对我以后的工作影响最深的是燕卜荪先生（William
Empson）的现代英诗。他从史文朋、霍普金斯、叶慈、艾略特一直讲
到 30 年代新诗人如奥登。他自己是诗人，朗读诗歌极有韵味。"杨周翰
还叙及其在北大英文系学习情形，"我上过朱光潜先生的欧洲名著。朱
先生这时刚到北大来授课，他从史诗、悲剧一直讲到歌德的《浮士
德》。他不是空讲，而是读作品，用的都是英译本，他也用英语讲
授"②。不同于中文系在学术积累的层面上逐步趋向文学课程的"史学
化"研究范式，某种程度上导致了"文学的失语"，外文系的文学课程
基本上直接切入文学作品，以深入的作品解读与精到的语言分析抵达了
"文学本位"的传授效应。

外文系文学课程的亮点之一是欧洲文学名著选读，课程由九位教授
联合讲授，分别讲授欧洲文学史上的十部名著。据赵瑞蕻回忆："那时
外文系开了一门可以说是丰富多彩的'欧洲名著选读'。这门功课是从
全部西方文学史上，上起希腊，下迄近代，选出十部名著，每个外国文
学的学生一定要读的，西方二千年遗留下来辉煌的文艺经典，由九位教
授分担讲解……这十部名著的分担教授和先后排列，我记得是这样的：
钱钟书先生的《荷马史诗》、吴宓先生的《柏拉图》、莫泮芹先生的
《圣经》、吴可读先生的《但丁》、陈福田先生的薄伽丘《十日谈》、燕
卜荪先生的塞万提斯《唐·吉诃德》、陈铨先生的歌德《浮士德》、闻
家驷先生的卢梭《忏悔录》以及叶公超先生的托尔斯泰《战争与和平》
和陀思妥耶夫斯基《卡拉马佐夫兄弟》。"③ 此课程从古希腊的《荷马史

---

①　王佐良：《穆旦：由来与归宿》，载杜运燮等编《一个民族已经起来——怀念诗人、翻译
家穆旦》，江苏人民出版社 1987 年版，第 1—2 页。

②　杨周翰：《饮水思源——我学习外语和外国文学的经历》，载《忧郁的解剖》，天津人民
出版社 1998 年版，第 290—291 页。

③　赵瑞蕻：《离乱弦歌忆旧游——从西南联大到金色的晚秋（文学回忆录）》，文汇出版社
2000 年版，第 32 页。

诗》、古希伯来的《圣经》这两部公认为西方理性精神与宗教精神主要源头的经典开始，一直讲到被认为是西方现代主义文学发轫之作之一的《卡拉玛佐夫兄弟》，以经典作品讲授带动学生对文学发展历史的理解，这种"文学本位"的文学传授无疑拓展了学生的知识视野与文学视界，也使学生获得了"了解西洋文明之精神"的一条有效途径。赵瑞蕻如此描述此课程对其心灵的激荡：

　　这十一部书（在这里，赵瑞蕻将《荷马史诗》分列为《伊里亚特》和《奥德赛》，故亦可称为十一部书。——引者注）好像十一块色彩、形相、质量都不同的磐石，那么无情的压在我们的心头，整整压了一年。那一段日子，我们过得很沉重，却又很愉快。我还依稀记得起来，多少个深夜，坐在硬板凳上，在摇曳的鹅黄色的烛光下，展读那一部部的文艺经典——那些名著各有一个天地，各有一座精神的深谷。我们仿佛是渺小、苦辛、长途跋涉的香客，向瑰丽的经典宝山，作一番番惊喜的探寻和漫游。荷马史诗是那样神奇和浩瀚；我曾谛听沿长街弹唱漫步的，那个盲诗人的七弦琴音，追随着他永生的诗行，跌落在那个小亚细亚不幸王国的宫墙边；或者想象当年一个金苹果竟闯下那一场涂炭生灵十年的战祸，那个希腊绝代佳人海伦能有多大的魅力使天下英雄，同声齐起，执干戈而效命沙场？而奥德修斯浮沉海浪二十年的漂泊生涯，在我的心灵上引起浪漫的遐想，飘过鲛妖动人的歌声，食莲实人的奇异影子；或者在我的面前，呈现出古希腊欢快的游苑，老年的哲人在琴书、美酒、弦歌之间，款待我们，以那一席席深沉的对话……。①

　　可见，联大外文系"文学本位"的课程设置与讲授，不仅为学生带来了丰富的异域文学资源，而且对学生的内在心性修养影响深远。可以说，以"西洋文学之名著"的研读，使学生"了解西洋文明之精神"，进而影响、熏陶学生的精神气质，达致培养"博雅之士"的教育

----

① 赵瑞蕻：《离乱弦歌忆旧游——从西南联大到金色的晚秋（文学回忆录）》，文汇出版社2000年版，第32—33页。

目标，是联大外文系文学教育的显著特征。这在吴宓的课程讲授中有着集大成的体现。吴宓推崇、信仰白璧德的人文主义，其课程讲授一方面能够"深入浅出地把西方文学优秀代表作品讲出原汁原味"①，一方面将文学作品的研读导向人文主义的精神轨迹，注重学生心性修养和道德情操的培育。吴宓先后于 1938—1939 年度、1939—1940 年度、1940—1941 年度开设《人文主义研究》《文学与人生理想》等课程②，此课程即是其抗战之前在清华开设的《文学与人生》课程的延续。吴宓开设此课程"不止是为了给学生一些知识，而是想通过阅读、理解、讨论一些优美的小说、诗歌、戏剧，使学生能有较好地欣赏文学作品中表现出来的他平生所颂扬的真、善、美的能力，从而提高他们的审美情趣和道德情操"③。吴宓在《文学与人生》课程提纲中对此课程的说明为："本学程研究人生与文学之精义，及二者间之关系。以诗与哲理二方面为主。然亦讨论政治、道德、艺术、宗教中之重要问题。"关于课程之目标与目的，则为："1. 以我一生之所长给予学生——即从我所读过的书记所听所闻者；我曾思考过及感觉过者；从我的直接与间接生活经验得来者。2. 使学生无拘无束、心情愉快地在本课程的亲切讨论中，表达自己的思想感情。3. 使学生阅读每一聪明正直的男人和女人都应当阅读的某些基本好书。4. 提供对过去各历史时期（包括东方与西方）各界人士（包括不同气质、不同性格及不同社会地位）之生活叙述、批评、教训。"显然，此课程蕴含着深广的道德教化的人文内涵，并且此课程要求"凡选修本学程之学生，皆应参加课堂中之讨论。而须先读教授指定之中西文学名著若干篇，以为讨论之根据。其中有文有诗，或为哲理及文艺批评，要之，每篇皆须精细研读"④。此课程的讲授依

① 黄绍湘：《追忆吴宓老师授课、治学、学术思想及为人》，载清华校友总会编《校友文稿资料选编》第 8 辑，清华大学出版社 2002 年版，第 103 页。
② 北京大学等编：《国立西南联合大学史料·教学科研卷》，云南教育出版社 1998 年版，第149—207 页。
③ 王岷源：《在任何文明社会都应受到尊敬的人——深切怀念雨僧师》，载吴宓著《文学与人生》，王岷源译，清华大学出版社 1993 年版，第 244 页。
④ 吴宓著：《文学与人生》，王岷源译，清华大学出版社 1993 年版，第 1—11 页。

然着眼于文学作品本身，在"文学本位"的讲授中导入丰富的道德精神内涵，以此砥砺学生的心性修养，而其对选修学生的人文熏陶与精神砥砺亦可由此窥见一斑。①

吴宓的文学讲授以人文主义为旨归，不无理想化色彩，但是"文学本位"的课堂讲授以及"涵养心性""培植道德"②的精神诉求，无疑为学生提供了广博而深厚的文学与精神资源，由此亦可窥见联大外文系文学教育氛围之一斑。这对于联大包括新诗创作在内的新文学创作不无文学渊源层面上的积极影响。新文学以与古典文学"断裂"的姿态登上历史舞台，一种对抗的"历史意识"横亘其间，在很大程度上封闭了传统文学资源向现代转化的可能性，新文学更多地以西方文学资源为主要的精神养料与艺术借鉴。面对这种吊诡的历史情境，可以说联大外文系"文学本位"的课堂传授正是以"丰富'智识'和深厚'修养'，来与新文学与生俱来的'历史意识'相对抗，从而为新文学提供更为广阔和丰富的资源"③。在这个意义上，联大外文系的文学讲授不仅构成近现代以来异域文学资源输入、精神文化传播链条上重要的一环，而且其学院化的精英认知以及以文学为本位的立场，也为异域文学

---

①　值得关注的是，在白璧德的人文主义中，宗教依然享有崇高的地位，尽管白璧德不是传统的宗教主义者。"内在制约"是白璧德人文主义思想的核心，即人必须内在地服从于某种高于"普通自我"的规则与存在。这种"内在制约"规则与宗教精神有相通之处，都具备对于"普通自我与神性自我"之间深刻的内在分裂意识，而在要求"普通自我"服从"神性自我"或"更高的自我"方面，人文主义的核心诉求与宗教的本质追求并无二致。（参见张源《从"人文主义"到"保守主义"：〈学衡〉中的白璧德》，生活·读书·新知三联书店2009年版，第55—70页）吴宓《文学与人生》讲义中亦多处提及宗教，并专列"论宗教"章节，认为"一切人，一切事，皆可云具有宗教性"，"宗教之三德（信、望、爱）正所以分别救治一般人生活中之三种罪孽（知识欲、权力欲、感官欲）。所谓罪孽（Lust），即人生天性之某一方面，发达过度，放纵至极，漫无节制，失去平均与和谐"，并进而指出"就理论言之，宗教实为道德之根据或基础"，"就一人生活之历程言之，宗教为最后之归宿"。（吴宓：《文学与人生》，第127—131页）吴宓这种人文主义宗教观通过课堂传授以及日常交流自然会对联大学生产生影响，也会对与其过从甚密的联大诗人的创作产生影响。典型如穆旦，穆旦在联大时期与吴宓交往甚密，其部分诗歌创作中充满着一种生命内在分裂、灵魂拯救的宗教情愫。这或许与吴宓人文主义宗教观的传授不无关系，亦可见吴宓的课程讲授对联大诗人的熏陶与影响。

②　吴宓著：《文学与人生》，王岷源译，清华大学出版社1993年版，第59—60页。

③　季剑青：《北平的大学教育与文学生产：1928—1937》，北京大学出版社2011年版，第58页。

与文化资源的转化提供了广阔的空间，并对西南联大的诗歌创作产生了深远的影响。

譬如，燕卜荪在联大的授课带来了西方的前卫诗潮，对穆旦、王佐良、赵瑞蕻、杨周翰等诸多联大诗人影响甚大。杨周翰认为在其求学生涯中，朱光潜、燕卜荪等先生的授课"使我开扩了对西方文学的眼界，同时使我对创作也发生了兴趣"①。赵瑞蕻后来回忆燕卜荪时，"或者想起我们跟他读《莎士比亚》、《英国诗》、《现代诗》与《唐·吉诃德》那些热情而又幸福的日子；或者回味着他一面豪放地啜饮着烈性白酒，一面流泉似地朗诵莎翁商籁体诗那么潇洒的神情"②。周珏良称他和穆旦"首先接触的是英国浪漫派诗人，然后在西南联大受到英国燕卜荪先生的教导，接触到现代派的诗人如叶芝、艾略特、奥登乃至更年轻的狄兰·托马斯等人的作品和近代西方的文论。记得我们两人都喜欢叶芝的诗，他（穆旦）当时的创作很受叶芝的影响。我也记得我们从燕卜荪先生处借得威尔逊（Edmund Wilson）的《爱克斯尔的城堡》和艾略特的文集《圣木》（The Sacred Wood），才知道什么叫现代派，大开眼界，时常一起谈论。他（穆旦）特别对艾略特著名文章《传统和个人才能》有兴趣，很推崇里面表现的思想。当时他（穆旦）的诗创作已表现出现代派的影响"③。可见燕卜荪在知识视野、美学趣味、精神心性等方面对穆旦、赵瑞蕻、杨周翰等联大诗人的重要影响。更重要的是，通过燕卜荪的诗歌讲授，赵瑞蕻等联大"学生诗人"达到了对西方现代诗歌的一种会心体悟：

> 我们一谈起现代英美诗歌，便会马上在眼前浮现一群年轻诗人的微笑或严肃的面影……在他们的前面，走过认真的，象征主义

---

① 杨周翰：《饮水思源——我学习外语和外国文学的经历》，载杨周翰著，刘洪涛选编《忧郁的解剖》，天津人民出版社 1998 年版，第 291 页。

② 赵瑞蕻：《离乱弦歌忆旧游——从西南联大到金色的晚秋（文学回忆录）》，文汇出版社 2000 年版，第 24 页。

③ 周珏良：《穆旦的诗和译诗》，载杜运燮等编《一个民族已经起来——怀念诗人、翻译家穆旦》，江苏人民出版社 1987 年版，第 20 页。

的，富于哲理味的爱尔兰大诗人叶慈——他是那一代诗坛的宗主。在他们的道路上，接着又开展一片广漠而深沉的《荒原》，深刻多思的艾略特在远方闪烁着离奇又飘逝的光影。在艾略特所建筑起来的诗的庙堂里，这一群年轻诗人各自找到了心灵的投宿与诚挚热忱的向往。但是后来，"荒原"到底是辽远了，他们这一代诗人从《荒原》回到社会与现代交织着的种种深刻的矛盾中……裘连·贝尔从中国跑到西班牙，为了正义和人道，为了自由而死在马德里的战场上；奥登和伊修乌德从英国来到战时的中国，而带回去血淋淋的中国现实的掠影。而我们的诗人燕卜荪先生更亲切、深刻、实实在在的看到了战时中国的一切……硫磺火药的气味已加速了诗人的韵律。①

　　这种对西方现代诗歌的体悟是相当到位的。可以说，燕卜荪的诗歌讲授为联大"学生诗人"打开了一个新的诗歌艺术图标，使他们拥有了另类的文学资源，以及开阔的文学视界。在新文学仍然以异域文学为主要精神艺术资源的前提下，这无疑会在资源借鉴、精神熏陶、艺术手法等层面对联大诸多诗人的创作产生显著而重要的影响。如王佐良指出，在燕卜荪的影响下，诸多联大诗人于无形之中"吸收着一种新的诗，这对于沉浸在浪漫主义诗歌中的年轻人，倒是一副对症的良药"，并如此描绘穆旦诗风的转变，"后来到了昆明，我发现良铮的诗风变了……这一切肇源于燕卜荪。是他第一个让我们读《西班牙，1937》这首诗的。穆旦的诗里有明显的奥登的影响……显出燕卜荪所教的英国现代派诗的影响，已经深入到中国青年诗人的技巧和语言中去了。这就表明，在当年的昆明，穆旦和他的年轻诗友，是将欧洲的现代主义，同中国的现实和中国的诗歌传统结合起来了……无论如何，穆旦是到达中国诗坛的前区了，带着新的诗歌主题和新的诗歌语言"②。对于穆旦等

---

　　① 赵瑞蕻：《离乱弦歌忆旧游——从西南联大到金色的晚秋（文学回忆录）》，文汇出版社2000年版，第35—36页。
　　② 王佐良：《穆旦：由来与归宿》，载杜运燮等编《一个民族已经起来——怀念诗人、翻译家穆旦》，江苏人民出版社1987年版，第1—5页。

联大"学生诗人"来说，学院化的"文学本位"的文学讲授为他们提供了可资借鉴、模仿的资源和对象，影响甚至左右着其诗歌品质的生成。恰如联大诗人郑敏所述："40年代由于大学教育在中国与世界文化交流方面起了重要的桥梁作用，大学里的诗歌课、翻译课、诗人、教授们的创作实践对不少诗歌爱好者起了好作用，使他们渴望将中国新诗的发展向20世纪中期推进，而不是停留在19世纪的传统里。"① 正是在这新的文学资源的滋润下，以穆旦为代表的联大诗人的创作走到了20世纪40年代现代诗歌探索的最前沿，文学教育与文学创作的紧密关联亦由此可见。

诚如有学者指出，"'文学教育'作为一种知识生产途径，或直接或间接地影响了一时代的文学走向……大学里的课堂讲授，与社会上的文学潮流，并非互不相干：对文学史的叙述与建构，往往直接介入当下的文学创造"②。这里强调的是文学教育作为一种知识生产对当下文学创作的深远影响。在这个意义上，联大外文系以作品的研读为中心促发学生对文学发展历史的理解与把握，这种"文学本位"的课堂讲授无疑为有志于文学创作的青年学子提供了更为丰富的文学知识和艺术资源，并进而直接介入、促进了其文学创作。联大主要诗人穆旦、杜运燮、王佐良、袁可嘉等均出自外文系，即是文学教育与文学创作互动关联的一个典型例证。或者说，联大外文系的文学教育在很大程度上直接介入了联大诗人的诗歌创作，并规约着其诗歌质地。

郑敏曾经指出，西南联大的诗歌创作有三个文学层面的影响：一是英法诗歌的影响，二是德国诗歌的影响，三是延安革命诗歌的影响。显然，延安革命诗歌的影响主要通过社会思潮而传播，影响于联大后期的朗诵诗创作（详细分析见后），而英法诗歌、德国诗歌的影响均是通过课堂文学讲授而得以传播。正如郑敏所述，英法诗歌的影响主要由燕卜

---

① 郑敏：《诗人与矛盾》，载杜运燮等编《一个民族已经起来——怀念诗人、翻译家穆旦》，江苏人民出版社1987年版，第41页。
② 陈平原：《中国大学十讲》，复旦大学出版社2002年版，第102页。

荪、卞之琳等引入，"燕卜荪是在当时讲课时对王佐良先生、周珏良先生这一辈人有着直接传授的影响。这可以说是英国现代派的影响"。法国方面，"卞之琳先生受很多法国的影响。他翻译的法国诗歌也在国内影响很大，对当时联大的学生肯定也是有很大影响的"。"德国方面，我认为冯至先生对人们的影响最大……我基本上是在我的知识背景和信念方面受到了冯至先生的影响。"① 由此可见，联大诗歌创作的文学渊源，而联大外文系的文学讲授在此扮演和承担了重要的角色与功能。在新文学主要以异域文学为主要借鉴资源的历史情境中，联大外文系课堂讲授对欧美现代诗的介绍、解析，无疑积极促进了新诗（或者说新文学）对异域文学资源的汲取与转化，并提升了联大诗歌创作的精神内蕴与艺术层次。或许，学院化的文学讲授对于新文学的意义，正当从这方面来理解。诚如郑敏的夫子自道：

> 我选修旁听了冯先生（冯至。——引者注）教的关于歌德的课，并读了冯先生翻译的里尔克的《给一个年青诗人的十封信》，这些都对我影响非常大……我从中学时代起就对文学、诗歌、写作有兴趣。我把我的第一本诗稿请教于冯先生。他看了以后给我很大的鼓励，这样，就决定了我此生要走写作和诗歌创作的道路……冯先生对我的影响一方面是他所讲授的文学，另一方面，是他诗歌中的境界……我确实认为，我一生中除了后来在国外念的诗之外，在国内，从开始写诗一直到第一本诗集《诗集：一九四二——一九四七》的形成，对我影响最大的是冯先生。这包括他诗歌中所具有的文化层次，哲学深度，及他的情操。②

可以说，学院化的文学讲授一方面为青年学子提供了丰厚的文学资源；另一方面以深厚的哲思文化情怀形塑着学生的心性结构，并最终积淀为惯习。在文学教育与文学创作的紧密互动中，其文学创作更多地渊源于学院化的文学阅读与接受，也在某种程度上突破了现实经验的限

① 郑敏：《诗歌与哲学是近邻》，北京大学出版社 1999 年版，第 453—454 页。
② 郑敏：《诗歌与哲学是近邻》，北京大学出版社 1999 年版，第 453 页。

制。这一切影响并规约着西南联大的诗歌创作，使其诗歌创作得以超越现实语境的限制，显示出学院化的超迈性质素。穆旦、郑敏、袁可嘉、杜运燮、赵瑞蕻、王佐良、杨周翰等联大诗人即是在此学院文化氛围里逐步成熟起来。

　　值得一提的是，由于联大文学院课程设置的宽松与自由，学生能够根据兴趣自由地旁听课程。譬如，外文系的穆旦、王佐良、赵瑞蕻经常旁听中文系的课程，而哲学系的郑敏也时常旁听外文系的课程。这种选课与旁听的自由，使学生得以互通有无，相辅以行。在更宽泛的意义上，可以说是联大文学院共同营造的整体文化语境哺育了联大"学生诗人"。郑敏后来回忆道："当我考入西南联大时，我进入自己求知道路的第二阶段，我选择了哲学。当时对我影响最大的是冯友兰先生的人生哲学，汤用彤先生的魏晋玄学，郑昕先生的康德和冯文潜先生的西洋哲学史。这些课给予我的东西方智慧深入我的潜意识，成为我一生中创作与思考的泉源。在同一时期我对文学的兴趣也在成熟着，我听了冯至先生的歌德，读了他的诗和翻译，发现了里尔克，这些决定了我此生诗歌写作的重要色调。"[①] 可见，文学院整体的哲学文化情怀造就了联大"学生诗人"开阔的文化胸怀和文学视野。在这里，尤其深具意义的是，联大中文系、外文系的文学教育交错在一起，在一个物质与精神都极度匮乏的时代里，给予了匮乏时代的青年学子以广袤的精神艺术养分，以及一种新的文学想象。从具体的文学生产机制层面切入，可以看出，联大中文系、外文系"文学本位"的学院化文学讲授，在文学视界的拓展、精神素养的培育等方面深入地介入、影响了西南联大"学生诗人"的创作，促进了西南联大诗歌创作的成熟，从而使一种真正意义上的校园文学在惨烈的历史语境中得以延续。在现代校园文学发展的历史链条上，西南联大的诗歌创作无疑占据着重要的一环，其文学水准与精神内蕴均表征着一个时代的艺术高度。西南联大中文系、外文系

---

① 郑敏：《诗歌与哲学是近邻》，北京大学出版社1999年版，第473—474页。

的文学教育对新诗（新文学）创作与发展的积极影响与重要意义亦由此得以凸显。

第二节 西南联大的主要文学社团及其活动

西南联大文学生产机制的另一个重要层面是文学社团的组建与创办。众多的文学社团此起彼伏，贯穿西南联大始末，构成一道独特的文学风景线。考虑到西南联大诗人群以学生为主体，这些文学社团的活动甚至是其创作生涯的开始，对其文学观念及诗歌品格的形成具有举足轻重的作用与意义。同时，联大不少有名望的教师，譬如朱自清、闻一多、沈从文、冯至、卞之琳、李广田等积极地指导、扶植这些文学社团的发展，教师们的提携也有助于青年学子获取更多的象征资本，从而在文学场中占据有利的位置。可以说，社团活动以及体现于其间的师生互动关系，是西南联大文学再生产的主要模式。

据考证，西南联大"先后出现了一百多个关于学术的民间组织——社团"①。众多社团的出现，首先，这是西南联大独立的学院空间自由学风的体现，"西南联大的办学原则是坚持学术独立、思想自由，对不同思想兼容并包，校方不干预教师和学生的政治思想，支持学生在课外从事和组织各种社团活动"②。其次，这也是西南联大学术活力和文化创造力的表现，在战争的非常环境中，这些社团的学术和文化活动跟课堂的教学活动相互辅助，从另一个侧面促进了西南联大的学术氛围与文学、文化氛围。在这些社团中，属于文学社团的主要有南湖诗社、高原文艺社、南荒文艺社、冬青文艺社、布谷文艺社、文聚社、耕耘社、文艺社、新诗社等。这些不同的文学社团相近或相异文学立场与

---

① 李光荣：《西南联大的早期文学社团》，《新文学史料》2005 年第 3 期。

② 西南联合大学北京校友会编：《国立西南联合大学校史：1937 至 1946 年的北大、清华、南开》，北京大学出版社 2006 年版，第 3 页。

姿态，构成文学场中的"众声喧哗"景观，丰富了西南联大的文学创作形态。值得关注的是，诗歌创作是这些文学社团最显著的文学实绩，在这个意义上，可以说是这些文学社团支撑着西南联大的诗歌创作活动。由此，对西南联大文学社团的厘析，也是对西南联大诗人群的丰富形态与整体风貌的一种把握。

一

南湖诗社是西南联大第一个文学社团，也是一个诗歌文学社团。南湖诗社于 1938 年 5 月诞生于西南联大蒙自分校，因位于风景优美的南湖畔，故取名为"南湖诗社"。发起人为刘兆吉、向长清，主要社员有穆旦、赵瑞蕻、林蒲、周定一、陈士林、刘重德、李敬亭、陈三苏、刘绥松等。诗社请闻一多、朱自清两人担任指导老师，开了联大文学社团请著名教师担任导师的先河，形成了教学互长的良好文学氛围。对此，社员之一的赵瑞蕻后来回忆道："由于这个诗社，我们有更多的机会得到闻、朱两位先生的教导，这对于以后做人做学问，从事诗歌创作和研究等方面都起了直接或者潜移默化的作用"①，"诗社开了两次座谈会，有一次闻先生和朱先生都来了……随意聊天似的，谈些关于诗歌创作、欣赏和研究的问题，很引起我们的兴趣，受到真正亲挚的教益。闻先生说话风趣得很，几次说自己落伍了，此调久不弹了，但有时还看看新诗，似有点儿瘾……而朱先生较严肃，说话慢慢的。他说新诗前途是光明的，不过古诗外国诗都得用心学。朱先生总是仔细地看我们送给他看的诗稿，提些意见。"② 可见，诗社的成立为师生的文学交流提供了一个难得的平台。诗社创办了壁报《南湖诗刊》，共出 4 期，由于条件艰难，所谓壁报就是抄写在"粗劣的还能用的各种纸头"上，然后"贴在一两张能找到的牛皮纸或一张报纸上，再贴在教室外边墙上或其他人

---

① 赵瑞蕻：《离乱弦歌忆旧游——从西南联大到金色的晚秋（文学回忆录）》，文汇出版社 2000 年版，第 119 页。

② 赵瑞蕻：《离乱弦歌忆旧游——从西南联大到金色的晚秋（文学回忆录）》，文汇出版社 2000 年版，第 131—132 页。

们容易看到的地方"①。虽然十分简陋，却为这些学生诗人发表"习作"提供了一个珍贵的园地。这不是严格意义上的作品发表，但是也或激励或促进了其后的诗歌创作。

南湖诗社存在的时间不长，其显著的意义在于为偏好诗歌创作的学生们筹建了一个良好的人际网络，在偏僻的蒙自分校开辟了一个独立的文学空间。这种人际网络与文学空间对辗转于战乱中的青年学子尤为重要。据诗社的组织者刘兆吉回忆，当时他和向长清两人"分头邀请同学加入诗社……文学院在南岳衡山时，三校同学曾多次出壁报，也有诗歌专刊，对于哪些人爱好写诗，已经心中有数，很快就组织了20多人的诗社，并同意命名为南湖诗社。同学们多来自沦陷区，经济困难，出诗刊没有经费，只好因陋就简，采用壁报的形式……诗刊共出四期，形式虽然很简陋，但从内容分析，的确有许多好诗，有些诗篇达到了发表的水平。我们选了一部分给闻、朱两位指导教师过目，他俩也称赞是好诗。每次诗刊贴出都有许多同学、也有老师围观，'诗人'们也受到鼓励，暗暗自喜"。可见，简单的出刊形式为诗歌爱好者内心注入了一份创作的欣喜与信心。同时，青年学子以诗社集结，相互砥砺，助长了一种良好的文学氛围，"商量出刊、审稿的小型会，或三五人的碰头会是经常开的。有指导教师参加的诗社全体社员座谈会，开过两次……也谈到新旧诗对比问题，对新旧诗问题有过争论……绝大部分诗社成员的意见，连闻、朱两位指导教师在内，都主张南湖诗社以研究新诗、写新诗为主要方向"②。诗社的学生在相互探讨的良好氛围中形成了相近的文学趣味，进行新诗的创作、研究，这也是一种使其所拥有的学院文化资源得以充分利用的文学策略，并且在共同的文学趣味和文学策略的培育与形成中，一种良性互动的人际网络得以生成。譬如，青年穆旦就是南

---

① 赵瑞蕻：《离乱弦歌忆旧游——从西南联大到金色的晚秋（文学回忆录）》，文汇出版社2000年版，第131页。

② 刘兆吉：《南湖诗社始末》，载《刘兆吉文集》编委会编《刘兆吉诗文选》，西南师范大学出版社2003年版，第65—67页。

湖诗社较活跃的诗人。刘兆吉称，诗社成立之时：

> 我首先征求穆旦的意见，他不只同意，而且热情地和我握手，脸笑得那么甜，眼睛睁得那么亮，至今我仍记忆犹新。他问了办社宗旨，发起人和指导教师等问题，并同意帮我发展社员。以后凡大会小会，他都按时参加，而且积极投稿。……每次出刊，穆旦都带头交稿，有时也协助张贴等烦琐工作。他的作品，是高质量的，多次受到社友和指导教师的赞许……有时也请他帮忙审稿，他水平高，鉴别能力强，他很虚心，不愿动笔修改，对于不该入选的作品，他常常说："请您再看看，这篇这段是否有问题。"我们往往都听取他的意见……问题大的，我们就不选用，竟然也没有引起作者抗议。①

这种良好的人际关系与文学氛围，对于学院中青年学子的文学志业无疑有所助益。穆旦正是在这种自由、宽松的学院氛围里，沉潜于诗歌艺术的孜孜探求中，"有多少次，在课余，在南湖边堤岸上，穆旦独自漫步，或者与同学们一起走走，边走边愉快地聊天，时不时地发出笑声；或者一天清早，某个傍晚，他拿着一本英文书——惠特曼《草叶集》或者欧文《见闻录》，或别的什么书到湖上静静地朗读……自然风光融入心灵，他那么巧妙地描绘了南湖景色……一个充满着希望的年轻诗人面对着大自然在放歌"②。可见，南湖诗社的成立，助成了一个诗歌创作的良好氛围。

由于条件的简陋，南湖诗社的壁报没有留存下来。据刘兆吉称，"南湖诗刊的作品颇多好诗，由于当时的诗人，都是青年大学生，知名度还不够大，也由于经济困难，无力付梓，只好以壁报形式张贴，然后由我和向长清保存。我保存的两期，毕业后我带到重庆，原想整理出来，有机会出版，但终未如愿。直到'文化大革命'……只好忍痛销

---

① 刘兆吉：《穆旦其人其诗》，载《刘兆吉文集》编委会编《刘兆吉诗文选》，西南师范大学出版社 2003 年版，第 130 页。

② 赵瑞蕻：《离乱弦歌忆旧游——从西南联大到金色的晚秋（文学回忆录）》，文汇出版社 2000 年版，第 130 页。

毁了，其中就包括穆旦、赵瑞蕻、周定一、刘重德、李敬亭、林振舒
（述）、陈三苏、向长清和我的作品"①。不过，由于一些社员将壁报上
的诗作在别的刊物发表，我们得以窥见壁报上诗作的大体风貌。如周定
一的《南湖短歌》后来在北平的《平明日报》刊出，全诗如下：

> 我远来是为的这一园花。／你问我的家吗？／我的家在辽远的蓝
> 天下。／／我远来是为的这一湖水。／我走得有点累，／让我枕着湖水
> 睡一睡。／／让湖风吹散我一团梦，／让落花堆满我的胸，／让梦里听
> 一声故国的钟。／／我梦里沿着湖堤走，／影子伴着湖堤柳，／向晚霞
> 挥动我的手。／／我梦见江南的三月天，／我梦见塞上的风如剪，／我
> 梦见旅途听雨眠。／／我爱梦里的牛铃响，／隐隐地响过小城旁，／带
> 走我梦里多少惆怅！／／我爱远山的野火，／烧赤暮色里一湖波，／在
> 暮色里我放声高歌。／／我唱出远山一段愁，／我唱出满天星斗，／我
> 月下傍着小城走。／／我在小城里学着异乡话，／你问我的家吗？／我
> 的家在辽远的战云下。

全诗节奏舒缓，以南湖为情感抒发的依凭，抒唱着对辽远故乡的思
念，一种战争阴影下的漂泊、伤感情怀跃然纸上，不失为一首较成功的
抒情之作。另据学者考证，刘重德所作的一首讽刺诗《太平在咖啡馆
里》当时流行甚广②，诗歌如下：

> 太平在咖啡馆里！／／谁说／中国充满了炮声？／充满了呻吟？／
> 充满了血腥？／／看——／南湖鸬鹚鸟／正在痛饮，／徐徐清风／在平静
> 的水面上／划起无数／悠闲的纹。／／看——／世外咖啡馆／正在宴
> 会，／谈笑风生，／在酸涩的柠檬里，／浸透无数空白的心。／／谁说／
> 中国失去了太平？／失去了舒服？／失去了欢欣？／／太平在咖啡
> 馆里！

诗歌充溢着一种知性的思辨与睿智的嘲讽，精巧的构思、幽默的语

---

① 刘兆吉：《穆旦其人其诗》，载《刘兆吉文集》编委会编《刘兆吉诗文选》，西南师范大
学出版社 2003 年版，第 131 页。
② 李光荣：《南湖诗社及其诗作》，《蒙自师专学报》1994 年第 1 期。

言，不失为一首成功的讽刺诗作。可以看出，虽然处于战争的大背景之下，南湖诗社的创作一开始就带有鲜明的学院特征，即对语言、形式的重视，对诗歌艺术性的追求。穆旦的《我看》、《园》两首诗作均创作于南湖诗社时期，这是诗人1938年仅有的两首诗作，也是诗社壁报中的精品，代表着诗社诗歌创作的一个高度。如《我看》：

> 我看一阵向晚的春风/悄悄揉过丰润的青草，/我看它们低首又低首，/也许远水荡起了一片绿潮；//我看飞鸟平展着翅翼/静静吸入深远的晴空里，/我看流云慢慢地红晕/无意沉醉了凝望它的大地。……//去吧，去吧，O生命的飞奔，/叫天风挽你坦荡地漫游，/像鸟的歌唱，云的流盼，树的摇曳；/O，让我的呼吸与自然合流！/让欢笑和哀愁洒向我心里，/像季节燃起花朵又把它吹熄。

这是一首洋溢着青春激情的浪漫之作，显示着穆旦以简练的现代白话表达内心体验的成功驾驭。这首诗作也显示出浪漫主义诗学对穆旦的影响，赵瑞蕻如此描述穆旦"写这首诗的背景"，"在南岳和蒙自……穆旦有一部很厚的美国教授佩奇（Page）编选的《英国十九世纪诗人》选集（这也就是吴宓先生在清华讲授'英国浪漫诗人'一课时所用的读本）影印本，视为珍品，时常翻阅，反复吟诵，比如其中雪莱哀悼济慈的著名长诗《阿童尼》（Adonais）等，他都背熟了。还有，他那时特别喜欢读华盛顿·欧文的《见闻录》（Sketch Book），他有本英文原著（他说在北平东安市场旧书店找到的），差不多天天翻阅，很入迷。……我多次看见穆旦一早起来在晨光熹微中在湖边大声朗读；他尤其醉心其中《威士敏斯特教堂》（Westminster Abbey）这一篇，都背熟了。……除了《见闻录》外，穆旦也十分喜欢惠特曼，他爱《草叶集》到了一个发疯的地步，时常念，时常大声朗诵；……赞美'带电的肉体'，一生憎恨黑暗，追求光明，反抗强暴，同情人民，为自由和民主斗争到底的美国浪漫主义大诗人，他的新内容，新形式，新的语言，对这时期的穆旦，甚至在以后的岁月中的影响是实实在在的，是深刻的。"① 显然，赵瑞蕻认为穆旦这时期的阅读深刻影响了他的诗歌创作。这也可以视为南湖诗社学生诗人一个普遍的创作路径。

1938 年西南联大蒙自分校搬回昆明，离开了蒙自南湖，"南湖诗社"也就名不副实了。在这种情形下，南湖诗社更名为高原文艺社。高原文艺社是南湖诗社的延续，也是西南联大的第二个文学社团。社员除原南湖诗社成员外，新增加的社员有王佐良、杨周翰、何燕晖、陈登亿、周正仪、杨苡、张定华、李延揆等。高原文艺社的主要活动是出版《高原》壁报，组织文艺讲座等，创办的壁报为《高原》，出刊形式与《南湖诗刊》类似。当年有文章如此描述《高原》壁报："为高原文艺社主编，每两星期出刊一次，内容多诗，亦间有散文，诗及散文中，也有相同（疑为'相当'）成熟的作品，惟内容太偏重为艺术而艺术，一群青年藏在象牙塔内，耳眼忘了注意遍地烽火的时代。"② 此文作者显然更注重文学的社会效应，进而批评了高原文学社艺术性追求的学院化倾向。文艺讲座则主要为邀请联大知名教师讲授文艺问题，如 1939年 1 月 8 日，邀请朱自清讲授"汉语中的隐喻与明喻问题"。据朱自清日记载："为高原文学社成员上课，谈汉语中的隐喻与明喻。未作很好准备，但颇成功。"日记又记载："莘田昨天告诉我他帮助高原文学社出版一份双周刊，是《益世报》的副刊。他曾写信给编委，说叶先生与我是副刊的顾问。"③ 由此则日记可知，朱自清、罗常培、叶公超等诸多联大教师积极帮助、提携高原文学社的发展。学院教师的这种帮助、提携无疑有助于青年学子文化资本的积累，并进而提升其进入文学场域的象征资本。高原文艺社的文学创作活动更多样，不仅创作诗歌，也创作散文、小说、戏剧等。不过，依然以诗歌创作活动最显著。穆旦的《合唱二章》、《防空洞里的抒情诗》等诗作均创作于高原文艺社期

---

① 赵瑞蕻：《离乱弦歌忆旧游——从西南联大到金色的晚秋（文学回忆录）》，文汇出版社2000 年版，第 130—135 页。

② 君竹：《联大壁报》，转引自李光荣、宣淑君《季节燃起的花朵——西南联大文学社团研究》，中华书局 2011 年版，第 70 页。

③ 朱乔森编：《朱自清全集》（第十卷），江苏教育出版社 1997 年版，第 5—6 页。

间。《防空洞里的抒情诗》标题标明为抒情诗，诗人却将自我主体的情感外泄压缩到最低程度，以戏剧化手法的运用，将现时性的戏剧动作和角色化的戏剧声音容纳诗中，获致了"客观化"的诗美效果。此诗可视为穆旦在西方现代派诗歌的影响下对浪漫化抒情的一种超越，亦可视为其诗歌风格转变的一个重要开启。

高原文艺社存在的时间也不长久。有学者考证，大约在1939年5月左右，高原文艺社接受了萧乾的建议，吸收本校以及昆明地区其他高校在《大公报·文艺》上发表过文章的同学，组成南荒文艺社，以为"文艺"副刊提供稿源。南荒文艺社的成立，使联大的学生文艺社团走向了校外，一方面吸收了校外社员；另一方面"作品发表的形式也不再是壁报，而以报纸为主"①。这对提升联大学生文艺创作的质量和层次以及扩大其社会影响有着深远的影响，标志着西南联大文学社团已经走向社会并为社会所认可和接受。这些学生社员为《大公报·文艺》、《中央日报·平明》等副刊写稿，联大的文学社团已经突破早期在校园内出版壁报的初级形态，而将影响扩大至社会范围。南荒文艺社社员以高原文艺社社员为主体，多数来自联大中文系、外文系以及历史社会学系，主要成员有向长清、穆旦、赵瑞蕻、林蒲、王佐良、周定一、杨周翰、杜运燮、方龄贵等。校外学生成员主要有同济大学的庄瑞源、陆嘉，中山大学的方舒春等。萧乾为南荒文艺社的名誉社员。南荒文艺社的负责人为向长清，社员大体每周聚会一次。由于校外刊物发表作品有稿费，故南荒文艺社要求社员在作品末注明"南荒社"或"南荒文艺社"字样，由社里推荐发表，稿费收归文艺社。② 南荒文艺社实际活动时间大约至1940年暑假。

南荒文艺社时期的代表性诗作有穆旦的《从空虚到充实》、《蛇的诱惑》、《玫瑰之歌》、《在旷野上》，林蒲的《乡居》、《羽之歌》等。

---

① 参见李光荣、宣淑君《季节燃起的花朵——西南联大文学社团研究》，中华书局2011年版，第95—98页。
② 参见李光荣、宣淑君《季节燃起的花朵——西南联大文学社团研究》，中华书局2011年版，第98—99页。

穆旦的《从空虚到充实》在《大公报·文艺》副刊发表时，诗末注有"南荒社"。穆旦的《防空洞里的抒情诗》创作于 1939 年 4 月的高原文学社时期，于 1939 年 12 月 18 日刊载于香港《大公报·文艺》副刊，诗末亦注有"一九三九，南荒社"字样。南荒文艺社所开创的与报刊联合的传统为西南联大以后的一些文学社团所继承。校园内的文学社团得以在校外有影响的刊物上发表作品，这一方面鼓励、促进了联大校园内的文学创作；另一方面也扩大了联大文学创作的影响。

　　南湖诗社—高原文艺社—南荒文艺社，这是西南联大早期文学社团的活动轨迹。这三个文学社团有紧密的承继关系，是文学爱好者的自发组织，既是西南联大文学创作活动活跃的体现，又进一步助成了西南联大浓郁的文学创作氛围。这三个早期的文学社团具有显著的学院化倾向与特征，身处学院的青年学子以社团集结，形成一个独立、自主的人际网络，并充分利用其丰富的学院文化资源进行艺术的创造与转化。据穆旦自述，由蒙自回昆明后，"和同学组织文艺社团，先后组织了三个：青鸟社、高原社、南荒社。性质都类似，都不论政治，为文艺而文艺，反对标语口号的政治诗。社中活动为在校中出壁报，并在《中央日报》出过一次副刊，并经常茶会聊天"[①]。穆旦提及的《中央日报》副刊应为昆明《中央日报·平明》副刊，南荒社以及后来的冬青社成员在此发表不少诗作。由此可知这些联大早期文学社团的艺术取向和追求。西南联大诗人也受惠于此文学氛围，穆旦、赵瑞蕻、林蒲、周定一、王佐良、杨周翰等"学生诗人"正是在这些文学社团及其活动中崭露头角，开始了在诗歌领域的积极探求。

二

　　由于社员相继离校他去，南荒文艺社于 1940 年暑假前后无形解散了。据穆旦回忆，联大早期的文学社团"组织也很松散，例如南荒社，

---

　　① 穆旦档案之《历史思想自传》（1955 年 10 月），转引自易彬《穆旦年谱》，中国社会科学出版社 2010 年版，第 45 页。另据易彬考证，穆旦所提及的青鸟社，未见于其他资料，待考。

由于以后大家离开学校，逐渐就没有了"①。紧接其后的是西南联大存在时间最长、影响最深远的文学社团——冬青文艺社。冬青文艺社是群社属下的一个文学社团，关于其成立及活动情况，社员之一的杜运燮有详细的描述：

> 冬青文艺社最初的社员，原都是由中共联大地下党领导的最大的学生社团群社的文艺小组成员。1940 年初，原是群社所属的有的小组成立独立的团体，以便更广泛地团结更多的进步和中间同学，开展更丰富多彩的活动。冬青文艺社就是这时诞生的。我们把新成立的冬青文艺社叫作"冬青"，就是因为当时群社文艺小组的成员讨论成立新的文艺社团时，窗外正有一排翠绿的冬青树……参加冬青社的最初成员，现在我记得的有林元（当时名林抡元）、萧荻（施载宣）、王凝（王铁臣，笔名田堃）、马西林（马健武）、刘北氾、刘博禹（刘恒五）、萧珊（陈蕴珍）、汪曾祺、张定华、巫宁坤、穆旦（查良铮）、卢静（卢福痒）、马尔俄（蔡汉荣）、鲁马等。

> 冬青社成立后，聘请闻一多、冯至、卞之琳为导师（后来又加上李广田），成为联大最活跃的团体之一，组织了多种形式的文艺活动。首先，在联大"民主墙"上出版了壁报《冬青杂文》……随着社员的习作越来越多，壁报容纳不下，不久就编辑手抄本的"杂志"……我们出版的有：《冬青文抄》、《冬青诗抄》、《冬青小说抄》、《冬青散文抄》。这些都陈列在联大图书馆报刊阅览室里，当时吸引了不少读者。杂文一般都发表在墙报上，为的是可在"民主墙"上发挥更有效的战斗作用。以后，我们还出版了《街头诗页》，贴在文林街和其他街道的墙上和路旁的大树上。这主要是为配合一些宣扬抗战的活动，不定期。在寒暑假，我们参加群社下乡宣传活动时，这种诗页也在一些农村粘贴。我们这

---

① 穆旦档案：《我的历史问题的交代》（1956 年），转引自易彬《穆旦年谱》，中国社会科学出版社 2010 年版，第 45 页。

样做，当然是受了解放区文艺活动的影响。当时写在街头的诗，多半也是"马雅可夫斯基体"和"田间体"。

1941 年皖南事变以后……群社等进步学生社团大都停止了活动，但冬青社的部分成员，还在坚持着活动。这时期，冬青社还把活动扩展到校外，出版过铅印的刊物……那就是大约在 1941 年，通过冬青社社员刘北汜的联系，在《贵州日报》(起初叫《革命日报》)上出版了《冬青诗刊》，由刘北汜负责编辑，每月一期，半版，大约出版了一年，于 1942 年 8 月 30 日出版到 11 期时停刊。[①]

与南湖诗社、高原文艺社、南荒文艺社等大体只是文艺爱好者的自由组合不一样，冬青文艺社的组织及活动具有明显的时代政治色彩，追求文学的社会政治效应。《街头诗页》等刊物今天已经无从寻觅，既然《街头诗页》"主要是为配合一些宣扬抗战的活动"而作的，可以推测，宣传的成分要大一些。不过，冬青社的文学创作是多样化的，不仅仅偏重宣扬。公唐《记冬青社》一文如此总结冬青社的文学追求："'冬青'的影响决不止于启蒙作用和教育街头的民众，它还从事深刻的研究工作，用以提高写作的艺术水准。它不是为艺术而艺术，也不认为宣传即等于艺术，它抱定文艺并不超然于政治的观点，而唯有艺术水准愈高的作品愈有政治的作用。因此，以后冬青又发刊一种水准较高的《冬青文抄》，每期有数万字，装订成册，放在图书馆供同学们阅览，内容有论文，小说，散文，诗歌，批评。"[②] 由此可见，冬青社创作的丰富多样性，以及对艺术性的探索与追求。

由朱自清、沈从文等人合编的《中央日报·平明》副刊于 1939 年 5 月 15 日创刊，不少冬青社的社员或联大的学生在此发表作品。笔者翻阅了至 1940 年 10 月 14 日结束的共 290 期的《平明》副刊，发现其中以诗歌作品为最多，主要作者有卢静、陈时、林蒲、穆旦、杜运燮、

---

①　杜运燮：《白发飘霜忆"冬青"》，载西南联大校友会编《笳吹弦诵在春城——回忆西南联大》，云南人民出版社 1986 年版，第 323—325 页。

②　北京大学等编：《国立西南联合大学史料·总览卷》，云南教育出版社 1998 年版，第 639 页。

赵瑞蕻等。这些学生大多为冬青社的社员，他们能够频繁地在《平明》副刊上发表诗作，其中不无朱自清、沈从文等提携的因素。这也是联大教师积极促进学生文学活动的一个表现。而《平明》副刊总体上的"纯文学"品格，也使这些学生的创作大抵是远离宣传而偏重艺术的，尽管其艺术成就不一，大多具有探索、实验的性质。在《平明》副刊上发表诗歌最多的是卢静、陈时，各9首。另外，穆旦的《一九三九年火炬行列在昆明》、赵瑞蕻的《昆明底一个画像——赠新诗人穆旦》为两首极具实验性的长诗，在各自的艺术探索历程中有着重要的意义。这些诗歌大多为联大诗人的佚诗，具体目录如下：

陈时：《四川公路》，1939.7.24

卢静：《诗二首》（"山行"、"上海我问候你"），1939.10.23

卢静：《宿边城》、《呜咽的扬子江》，1939.10.27

林蒲：《乡居》；陈时：《黄果树大瀑布》；卢静：《荒原上》，1939.12.9

陈时：《西安之歌》，1940.1.14

卢静：《秋窗》，1940.1.30

陈时：《老之将至》，1940.3.20

陈时：《天真与梦想》，1940.4.17

卢静：《诗二首》（"野渡"、"梦"），1940.4.30

陈时：《春愁》、《天津记忆》，1940.5.6

卢静：《南京路》，1940.8.18

陈时：《微尘》，1940.8.20

陈时：《星期日的忧郁》，1940.10.3

以上目录表明，卢静、陈时是西南联大早期诗歌创作的重要成员。《西南联大现代诗钞》没有收入卢静的诗歌，目前对卢静诗歌的考察与研究几近于空白。《西南联大现代诗钞》仅收入陈时的一首散文诗《悲剧的金座》，另外闻一多编选的《现代诗钞》收有陈时的一首《标本》，学界对陈时诗歌的考察与研究也不多。由这些诗作，可以进一步了解西南联大早期诗歌创作多样而丰富的具体形态。卢静、陈时的这些诗歌具有校园"青春写作"的特征，以自我情绪的抒发为主，注重追求情感氛围的营造。如卢静的《荒原上》：

> 薄暮了，/我楼宿墓表旁，/看林外的云烟慢慢起落，/听沈睡的乡村发出唱唱。//夜了呢，/放下白日的辛勤睡去；/在荒原上我筑个噩梦，/一颗晶莹露珠滴落了，/是我的泪珠呢！//摸摸傍着的石碑站起身，/听大野秋虫声切切，/我究已行到第几程？

诗歌以明白流畅的语言抒写着自我的情绪，通过情感氛围的营造传达出内心的愁绪，是一种典型的青春浪漫伤感之作。同样是愁怀的抒唱，《秋窗》一诗似乎更加空灵、别致一些：

> 凋落面上春花的影，/萎谢心头昨日的光；/秋日……/把思想缀在窗棂上。//远处织着夕照的霞，/薄寒天该有火炉啦，/迟暮……/看隔窗落叶绕天涯。

这也是一首青春浪漫之作，但语言优雅，结构也较精致，整体上渲染出一种空灵的意蕴。陈时的创作跟卢静大体相似，似乎忧郁感伤的气氛更加浓厚一些。如这首《星期日的忧郁》：

> 今天，我是太忧郁了。/我的口袋带着小手枪到教堂中去做礼拜。/（我本是想到大观楼去打水鸟玩的）/唱赞美诗时，我流泪了。/白色的蜡烛燃烧的是我的忧郁么？/我们歌唱人类的忧郁，世纪的忧郁。……/梦见到上海去/做抗日的秘密工作。一幕惊险的喜剧，我怎样用/手枪指着日阀或汉奸的心胸，看着他们在我手枪前/卑鄙恐惧的情态，而在几秒间，随着我的枪声演完/一个第二天在报纸上登载的喜剧……/今天，我是太忧郁了。

诗歌将个人的忧郁与时代的忧郁纠合在一起，弥漫着一种浓郁的忧伤，并追求着一种浪漫的情调，如后半部分叙事性的梦幻。这些都显示出"青春写作"的典型特征。这种浪漫情调的营造既是大学校园学生写作的一种普遍反映，也是西南联大早期诗歌创作形态多样化的一个表现。

作为一个校园诗人群体，联大"学生诗人"的创作一开始具有较浓厚的浪漫化情调、色彩。不过，这只是事实的一个方面，更重要的一个事实是，西南联大所蕴含的丰厚的学院文化资源为这些"学生诗人"提供了更多的可资借鉴、模仿的艺术对象，他们也得以展开新的艺术探索、实验。穆旦、赵瑞蕻在《平明》副刊发表的两首诗歌都具有强烈的探索性、实验性，是对浪漫化情调的一种超越。这两首诗作通过戏剧化手法的运用，力图包容、占有更广泛的社会现实内容，并达致一种客观化的诗学效果。在某种意义上，可以由《平明》副刊的这些诗作见出西南联大"学生诗人"成长的足迹。这些"学生诗人"大多为冬青社的成员，冬青社对西南联大诗歌创作的积极促进作用可见一斑。同时，朱自清、沈从文等对学生诗歌创作的扶持作用在此也不容忽视。正是这种社团、刊物、教师等方面的相互促进，不仅形成了一个良好的文学创作氛围，也促进了穆旦等"学生诗人"的成长、成熟。

刊于 1941—1942 年的《贵州日报》上的"革命军诗刊"即为刘北汜编辑的"冬青诗刊"，其上的诗作不仅不是宣传性的作品，而且脱去了早期《平明》副刊上比较浓厚的浪漫气息，是艺术水准相当高的作品。具体目录如下①：

第 1 期：无联大师生作品。

第 2 期（1941 年 6 月 9 日）

冯至：《十四行一首》（"看这一队队的驮马"）；卞之琳：《译奥登》（诗一首）；杜运燮：《风景》；穆旦：《在寒冷的腊月的夜里》。

第 3 期（1941 年 7 月 21 日）

穆旦：《五月》；杜运燮：《我们打赢战回来》；刘北汜：《消息》；冯至：《十四行一首》（"是一个旧日的梦想"）；闻家驷：《错误的印象》（译法国魏伦诗）。

---

① 感谢姚丹为笔者寄来了"冬青诗刊"复印件，使笔者得以了解"冬青诗刊"的全貌。

第 5 期（1941 年 10 月 6 日）

冯至：《有加利树》；穆旦：《我向自己说》；辛代：《夜行的歌者》。

第 6 期（1941 年 11 月 27 日）

穆旦：《潮汐——给运燮》；杜运燮：《天空的说教》。

第 8 期（1942 年 2 月 27 日）

李广田：《光尘》；穆旦：《伤害》；杜运燮：《诗两首》；刘北汜：《幸福》；罗寄一：《角度之一》、《黄昏》。

第 9 期（1942 年 5 月 26 日）

穆旦：《春》；罗寄一：《犯罪》；杜运燮：《机械士》；冯至、卞之琳译：《里尔克诗两首》。

第 10 期（1942 年 7 月 13 日）

冯至：《译盖欧尔格诗一首》；刘北汜：《旷地》；穆旦：《黄昏》；杜运燮：《在一个乡下的无线电台里》。

这个目录表明，冬青社诗歌创作的艺术成就显著。凭借着文学社团的交流平台以及一个作品发表阵地，联大师生教学相长，相互促进（在《革命军诗刊》上发表作品的教师，除闻家驷外均为冬青社的指导教师），创作出了一批现代诗歌的优秀之作。如穆旦的《五月》、《在寒冷的腊月的夜里》、《春》，杜运燮的《机械士》、罗寄一的《角度之一》、刘北汜的《旷地》，冯至的"十四行诗"等，这些作品都是优秀之作，有些更堪称现代诗歌史上的经典之作。这么多优秀之作于一年左右的时间在不到十期的刊物上集中发表出来，也从一个侧面说明冬青社极大地促进了西南联大的诗歌创作活动，甚至将其提升至文学经典的层面。穆旦、杜运燮、罗寄一等自此走向成熟，表明冬青社在西南联大诗歌创作中具有举足轻重的地位。

文聚社是一个较松散的文学社团，发起人为林元。多年之后，林元如此回忆文聚社的创办历程：

我是读中文系的，平日爱写点散文、小说，不甘寂寞，便在十月间和马尔俄（蔡汉荣）、李典（李流丹）、马蹄（马杏垣）等商量办一个文学刊物。穆旦（查良铮）、杜运燮、刘北汜、田堃（王铁臣、王凝）、汪曾祺、辛代（方龄贵）、罗寄一（江瑞熙）、陈时（陈良时）等同学不但自己积极写稿支持，还出主意和帮助组织稿件，这也就成为文聚社的一分子了。这些人中，多数是群社成员，或参加过群社的活动，有的是冬青文艺社的成员……文聚社与冬青社、群社，可以说是一脉相通的……马尔俄还在昌生园当会计，他认识的生意人就更多，我们就通过这些人的关系，为《文聚》拉广告。有广告费，刊物才得以办成。

经费问题解决后，我们便向一些搞文学的老师请求支持。他们满口答应，都说昆明文坛太沉寂了，应该有一个刊物。《文聚》便以"昆明西南联大文聚社"的名义出版，于1942年2月16日问世。初为半月刊，24开本；后改为月刊，16开本；再后改为不定期丛刊，32开本；到1945年我和马尔俄办《独立周报》，便成为该报副刊。刊头沿用期刊"文聚"二字字体。

《文聚》从1942年出版到1946年。这四年中，在《文聚》发表过文章的老师有朱自清、冯至、沈从文、李广田、卞之琳、罗莘田（罗常培）、王了一（王力）、闻家驷、余冠英、吴晓玲、孙毓棠、王佐良、杨周翰等。①

以上的描述表明，通过广告费用，文聚社能够独立出版正式刊物，完全告别了早期文学社团在校园出版壁报的不成熟形态，而且文聚社的作者阵容相当强大，众多教师的加盟，从整体上提升了刊物的文学质量与水平。《文聚》创刊号标示为"半月刊"，但由于战争的原因，从没有按时出版，每期间隔大多在两个月以上。1943年12月8日出版第二卷第一期以后即告暂停，直到1945年才恢复。据笔者考证，在1942年2月至1945年6月（《文聚》第二卷第三期出版）的近三年半时间里，

---

① 林元：《一枝四十年代文学之花——回忆昆明〈文聚〉杂志》，《新文学史料》1986年第3期。

《文聚》杂志不定期出版，断断续续地共出版两卷八册。① 就刊发的作品而言，文聚社的创作水准与文学成就已相当成熟。以下为第 1 期目录：

第一卷　第一期（1942 年 2 月 15 日）

赞美	穆　旦
新诗杂话	佩　弦
青城枝叶	李广田
悲剧的金座	陈　时
滇缅公路	杜运燮
待车	汪曾祺
怀远三章	马尔俄
新废邮存底	上官碧
一月一日·角度	罗寄一
王孙（大学生类型之二）	林　元
静静的山路（木刻）	李　典
云南山歌（木刻）	马　蹄
忆马来亚（木刻）	李　典

从这份目录可以看出文聚社创作的水准与分量。诗歌方面，穆旦的《赞美》、杜运燮的《滇缅公路》、罗寄一的《一月一日》、《角度》等均为优秀之作乃或经典之作。陈时的《悲剧的金座》是一篇充满现代气息的散文诗。汪曾祺的《待车》则是一篇"意识流"手法的探索之作，显示出年轻作者在小说领域的一种新尝试。李广田的《青城枝叶》、上官碧（沈从文）的《新废邮存底》、马尔俄的《怀远三章》等都是优秀的散文篇章。佩弦（朱自清）的《新诗杂话》则是新诗评论

---

① 笔者考证：《文聚》第一卷第一期于 1942 年 2 月 16 日出版，第一卷第二期于 1942 年 4 月 20 日出版，第一卷第三期于 1942 年 6 月 10 日出版，笔者目前没有找到《文聚》第一卷第四期即"文聚丛刊"《子午桥》的详细资料。《文聚》第一卷第五、六期合刊即"文聚丛刊"《一棵老树》出版于 1943 年 6 月。《文聚》第二卷第一期于 1943 年 12 月 8 日出版，第二卷第二期于 1945 年 1 月 1 日出版，第二卷第三期于 1945 年 6 月出版。

的典范之作。一本薄薄的《文聚》却蕴含着如此之多的文学精品，可见《文聚》刊物是坚持少而精的编辑原则，注重的是对文学性的不懈追求。整体考察，《文聚》刊物以诗歌创作成就最高。尤为可贵的是，文聚社后来还出版了"文聚丛书"，计有3种：卞之琳的译诗集《〈亨利第三〉与〈旗手〉》、沈从文的《长河》、穆旦的诗集《探险队》，其中《探险队》为穆旦的第一本诗集，这对年轻诗人穆旦无疑具有非凡的意义。《文聚》第二卷第一期刊有《探险队》的介绍，文字如下：

> 最大的悲哀在于无悲哀。以今视昔，我倒要庆幸那一点虚妄的自信。使我写下过去这些东西，使我能保留一点过去生命痕迹的，还不是那颗不甘变冷的心么？所以，当我翻阅这本书时，我仿佛看见了那尚未灰灭的火焰，斑斑点点的灼炭，闪闪地、散播在吞蚀一切的黑暗中。我不能不感到一点喜。

根据行文语气，此介绍应为穆旦本人所撰，亦是20世纪40年代穆旦唯一在公开出版物上发表的谈论自己创作的文字。多数研究者将此段文字的出处标注为1945年1月1日出版的《文聚》第二卷第二期[①]，其实此段文字已于《文聚》第二卷第一期刊出，较第二期早一年余。

与南湖诗社、高原文艺社、冬青文艺社等文学社团有所区别的是，文聚社因《文聚》杂志而得以生成。辛代的回忆可以与此相印证，"记得'文聚'之名就是沈从文先生起的。当时以'文'为名的刊物较多，如《文学》、《文丛》、《文摘》、《文献》……沈先生仿照这些名称，为我们的刊物起名《文聚》，社团相应叫'文聚社'"。冬青文艺社等文学社团有集会、演讲、文艺演出等丰富的社团活动，而深入考察文聚社，可以发现文聚社无甚社团活动，仅是围绕《文聚》杂志的组稿、编辑进行一些出版类活动。文聚社的参与者辛代亦叙说道，文聚社

---

① 据笔者所见，姚丹《西南联大历史情境中的文学活动·大事记》（2000）、《穆旦诗文集（二）》（2007）、易彬《穆旦年谱》（2010）等均视此段文字的出处为《文聚》第二卷第二期。另，黄菊《〈文聚〉研究》（西南师范大学硕士论文，2005年），李光荣、宣淑君《季节燃起的花朵——西南联大文学社团研究》（2011），均指出此段文字出处为《文聚》第二卷第一期，似没有引起研究界的注意。

"没开过会，没聚会过，像地下党单线联系，没什么集体活动，仅写文章、办刊物"①。可以说，文聚社是服务于《文聚》杂志出版的一个社团，主要负责人为林元、马尔俄。林元统筹组稿、编辑、出版等事宜，而马尔俄协助之，通过拉广告等以助成《文聚》杂志的出版。文聚社以如此形态存在，与当时的政治文化氛围有关联。据林元回忆，"1941年'皖南事变'后，突然刮来一片黑云压在昆明西南联大上空。白色恐怖，从校门口那两扇灰色的门板缝里，悄悄地钻进了民主堡垒。根据党'隐蔽精干'的指示，地下党和群社的骨干同志纷纷撤退。……校园显得一片荒凉、寂寞：昔日高昂的抗日歌声消失了，读书会、时事报告会、辩论会没有了，琳琅满目的墙报不见了"②。在此严峻的政治文化氛围中，林元等人以文聚社的名义低调地从事《文聚》的编辑、出版，也在情理之中。林元声称穆旦、杜运燮、刘北汜、汪曾祺、罗寄一等为文聚社的一分子，征诸历史实际，穆旦、杜运燮先后从军，刘北汜、汪曾祺、罗寄一等亦很快毕业，他们不怎么可能参与文聚社的活动，尤其是穆旦，1942 年 2 月即参加中国远征军，远赴缅甸，后来也一直没有再回联大，其与文聚社的关系应是相当疏远。当然，穆旦不断在《文聚》刊发诗作，这更多的是一种作者与刊物的关系。除了编辑、出版《文聚》杂志，文聚社也没有什么文学活动。

在这个意义上，多数研究者将文聚社视为西南联大乃至 20 世纪 40 年代一个重要的文学社团，似乎有违基本的历史事实。与南湖诗社、冬青文艺社等真正意义上的校园文学社团有所不同，文聚社的活动主要围绕《文聚》的编辑、出版而展开，联大师生与《文聚》的关系更多的是一种作者与刊物的关系。究其实际，文聚社只是《文聚》杂志一个对应的出版实体而已，并不是一个严格意义上的校园文学社团。不过，从文学场视域考察，《文聚》杂志的出版、发行，为战争语境中的联大

---

① 参见李光荣、宣淑君《季节燃起的花朵——西南联大文学社团研究》，中华书局 2011 年版，第 214—233 页。

② 林元：《一枝四十年代文学之花——回忆昆明〈文聚〉杂志》，《新文学史料》1986 年第 3 期。

师生构筑了一个难得的文学交流空间，促发、提升了包括诗歌创作在内的联大文学创作。尤为可贵的是，文聚社及《文聚》杂志坚守着文学性的诉求：

> 《文聚》创刊，我们就宣称是一个"纯文学"的刊物，意思是说不是政治性的。所以这么说，是由于当时革命正处在低潮，白色恐怖隐藏在社会的阴暗角落……还有一个原因，是当时的有些文学作品艺术性不强，特别是有些诗歌，就只有"冲呀"，"杀呀"的口号。这在抗战初期，是起过动员民众的历史作用的，到了抗战中后期，光是口号就不行了。我们认为应有艺术性较强的文学，再说人们的精神生活也需要艺术滋养，于是《文聚》便比较注意艺术性。①

这种文学性的坚守以及艺术性的探索，使《文聚》杂志发表了不少的经典诗作，如冯至的《十四行六首》，穆旦的《赞美》、《诗》（《诗八首》）、《春的降临》，杜运燮的《滇缅公路》、《马来亚》，罗寄一的《诗六首》、《一月一日》等，均为联大诗人的代表之作。可见，《文聚》杂志不仅为联大诗人提供了一个发表作品的平台，亦使联大诗人创作风格和艺术水准得以集中展现。更重要的是，《文聚》刊发这些作品，本身即是学院精英文学艺术追求的体现。冯至、穆旦等联大诗人充分利用丰厚的学院文化精神资源，创作出堪称精美的艺术作品，并借助《文聚》杂志刊发出来。在这里，高质量的文学刊物与学院文化资源的艺术转化形成了良性互动，生成了一个自足的文学场，文聚社及《文聚》杂志也成为西南联大学院文化艺术结晶的一个典型例证。

三

文艺社、新诗社等为西南联大后期的文学社团，也是联大后期校园政治文化氛围转变的产物。文艺社的前身为《文艺》壁报社，诞生于

---

① 林元：《一枝四十年代文学之花——回忆昆明〈文聚〉杂志》，《新文学史料》1986 年第 3 期。

1943 年 10 月 1 日。1943 年前后，西南联大的校园文化氛围有所转变，"左"倾思潮日益在学校蔓延，《文艺》壁报社即是在此日益激进的思潮背景下诞生，也是在与《耕耘》壁报的论争之中产生。据张源潜回忆，《文艺》壁报的发起者为张源潜、程法伋、何孝达、杨淑嘉、王汉斌、林清泉等。在训导处登记时，登记在表的负责人为张源潜和程法伋，导师为李广田。壁报半个月出版一期，每期"有小说、散文、诗歌、文艺评论等栏，两万字左右。法伋（马亚）写评论文章，何孝达（何达）专门写诗，王汉斌提供一些杂文的稿件"。《文艺》壁报诞生后不久，与《耕耘》壁报展开了论争，"看到《耕耘》壁报的那种带着唯美主义的作品（主要是诗歌），总感到不是味儿，这分明是'为艺术而艺术'的具体表现。我们多读了一点鲁迅的书，一向认为文艺是应该'为人生'的……我们写了几篇批评《耕耘》的那种唯美主义、象征手法和颓废情绪的作品的文章……《耕耘》自然有反响，他们认为《文艺》壁报上的诗歌，充满了标语口号，根本算不上诗。论争持续了两三期"①。由《文艺》壁报与《耕耘》壁报的论争，可见西南联大政治文化的样态纷呈以及日趋激进。

《耕耘》壁报是由邹承鲁、袁可嘉、陈明逊等人组织的耕耘文艺社出版的一份纯文学刊物。袁可嘉称："当时校内各类学生社团很多，我只参加系里许芥昱主持的英文壁报《回声》以及西洋戏剧学会的活动。另外，我和同宿舍的陈明逊，经济系的马逢华，以及南开的校友邹承鲁合办一个名为《耕耘》的壁报（双周刊），政治上标榜中间路线，强调学术研究。"②《耕耘》壁报及耕耘文艺社主要是在袁可嘉等人的强烈的创作冲动中产生的。据杨天堂回忆，袁可嘉"到了大学三年级，由于大量阅读诗作和评论，再加上好学深思，他觉得自己的见解要发表出来，就借别人一架破旧的英文打字机，根本不需要手稿，直接从脑子里

① 参见张源潜《回忆联大文艺社》，载西南联合大学北京校友会编《笳吹弦诵在春城——回忆西南联大》，云南人民出版社 1986 年版，第 365—367 页。

② 袁可嘉：《自传：七十年的脚印》，《新文学史料》1990 年第 3 期。

打到纸上，一篇篇文章就这样举重若轻地产生了"，耕耘文艺社的袁可嘉等人"当时反对'为人生而文学'，反对'文以载道'，主张为艺术而艺术，主张文学不能急功近利，为政治服务，而是应当写'永恒的主题'"①。耕耘社的这种文学理想与艺术追求遭到了《文艺》壁报的反对，将其指认为"唯美主义、象征手法和颓废情绪"。由此可以看到西南联大后期文学思潮与氛围的转变，严酷的社会现实已经冲击着学院式的文学理想与追求。当然，所谓学院空间从来就不是世外桃源式的存在，西南联大更是在战争的炮火中诞生的，时时刻刻感应着战争的神经，不过，西南联大后期校园氛围日趋激进却是不争的事实。在此思潮与氛围的影响之下，《文艺》壁报著文批判耕耘社袁可嘉等人的纯文学追求也就并非不可理解。

　　文艺社正式成立于1945年3月26日。据张源潜叙述，"《文艺》壁报继续按期出版，作者队伍逐渐扩大，李明、邱从乙、叶传华、刘晶雯、刘治中等经常给我们写稿。原先办《新苗》的王景山、赵少伟也停下了自己的壁报，加入了我们的行列。为了进一步发挥互相切磋的作用，我们决定成立文艺社。1945年3月26日晚间举行了包括壁报的发起者和写稿者（23人）的茶话会就是文艺社的成立大会。大家商定把10月1日（《文艺》创刊号出版日期）作为'社庆'"②。不过，文艺社的实际活动时间是从1943年《文艺》壁报创刊开始的。自那时起，文艺社活动频繁，先后主办"五四"文艺晚会，曹禺、纪德、斯坦贝克、鲁迅、高尔基等五个作家研讨会，以及罗曼·罗兰与阿·托尔斯泰的追悼大会等，其中1944年《文艺》壁报社策划的"五四"文艺晚会，影响深远。据张源潜回忆，《文艺》壁报社筹备这次文艺晚会，"先同李广田先生商量，确定晚会（实际上是晚上举行的报告会）的中心是'五四'以来新文学成就的回顾"，"邀请朱自清、李广田先生讲

---

　　① 杨天堂：《西南联大时期的袁可嘉》，载西南联合大学北京校友会编《笳吹弦诵情弥切——国立西南联合大学五十周年纪念文集》，中国文史出版社1988年版，第141页。

　　② 张源潜：《回忆联大文艺社》，载西南联合大学北京校友会编《笳吹弦诵在春城——回忆西南联大》，云南人民出版社1986年版，第371页。

'五四'以来的散文，闻一多、冯至、卞之琳先生讲'五四'以来的诗歌，杨振声、沈从文先生讲'五四'以来的小说，另外请罗常培先生讲'五四'新文学运动的总貌"，"时间定在 5 月 4 日晚 7 时，地点在南区十号教室"。不过，因为听众太多，教室容纳不下，秩序较乱，此次文艺晚会临时取消，后改在 5 月 8 日晚举行。"讲演的除原先邀请的八位教授外，还请闻家驷先生讲'五四'以来的翻译，孙毓棠先生讲'五四'以来的戏剧。到会听众更加踊跃，几千人席地而坐，秩序特别好。"① 应和着联大后期激进文化思潮，《文艺》壁报不间断地出了 36 期，在校园内颇具影响。文艺社也成为一个参与、组织诸多社会活动的综合性文学社团，社员一度"达到了六十余人，成了联大当时最大的学生社团之一"②，而以文艺社、新诗社为代表的朗诵诗创作亦是这种校园政治文化氛围的集中体现。

新诗社于 1944 年 4 月 9 日成立，指导教师为闻一多。据回忆文章《闻一多先生和新诗社》叙述，4 月 9 日当天，联大十二位同学何孝达（何达）、沈叔平、施载宣（萧荻）、唐倪、赵宝煦（白鹄）、黄福海（黄海）、周纪荣、赵明洁、段彩楣、施巩秋、王永良、万绳楠前去司家营闻一多家，请闻一多担任其准备成立的诗社导师：

> 闻先生非常认真直率地评讲了大家带来的习作。他非常支持我们组织诗社的愿望，兴奋地为我们讲述了他对诗的见解。从批判中国传统的所谓"诗教"，讲到写诗和做人的道理，谈他在现实生活中的感受，更坦诚地谈他对我们诗社的期望。他说："我们的诗社，应该是'新'的诗社，全新的诗社。不仅要写新诗，更要做新的诗人。你们当然比我懂得更多，在这年头，你们会明白究竟应该做一个什么样的诗人。"这就是我们所以把酝酿成立的诗社命名为"新诗社"的由来。后来，我们把闻先生这次讲话的精神，归

---

① 张源潜：《回忆联大文艺社》，载西南联合大学北京校友会编《笳吹弦诵在春城——回忆西南联大》，云南人民出版社 1986 年版，第 370 页。

② 北京大学等编：《国立西南联合大学史料·学生卷》，云南教育出版社 1998 年版，第 647 页。

结成新诗社的四条纲领，那就是：

　　一、我们把诗当作生命，不是玩物；当作工作，不是享受；当作献礼，不是商品。

　　二、我们反对一切颓废的、晦涩的、自私的诗；追求健康的、爽朗的、集体的诗。

　　三、我们认为生活的道路，就是创作的道路；民主的前途，就是诗歌的前途。

　　四、我们之间是坦白的、直率的、团结的、友爱的。

　　虽然在一周之后，我们又在联大南区教学区旁的学生服务处小会堂，开了一个有更多同学参加的新诗社成立大会，但是我们仍然把司家营和闻先生一起的聚会作为新诗社成立的纪念日。①

　　新诗社的成立是联大后期校园政治文化思潮在文学层面上的一个表征，自此朗诵诗创作逐步成为联大校园的一个诗歌潮流，与穆旦、王佐良、罗寄一、郑敏、杜运燮、袁可嘉等在西方现代主义艺术文化资源影响下的诗歌创作迥然有别。闻一多既是这种校园政治文化转变的见证者、参与者，也是朗诵诗创作一个重要的引发者、指导者。新诗社提倡朗诵诗创作，宣称："诗歌工作者对人民大众，有所号召有所宣告，必然地要通过诗朗诵，同时，诗朗诵是一个很好的尺度，来测量诗创作的集体性人民性，和它的健康与力量。"② 诗朗诵亦是新诗社活动的主要方式，"大约每周或两周都要聚会一次，朗读、讨论大家的习作。……闻先生也经常来参加我们的集会。我们的习作大多取材于现实生活的感受，大家都感到亲切。在讨论时也都能各抒己见，坦率地、无拘束地争论……闻先生总是叼着烟斗和大家坐在一起倾听着，在最后才发表他中肯的评语。集会上也经常朗诵大家读到的新的中外诗作，马耶可夫斯基的、普希金的、尼古拉索夫的、惠特曼的……冯至、艾青、田间、臧克

---

　　① 史集：《闻一多先生和新诗社》，《云南师范大学学报》（哲学社会科学版）1987 年第 2 期。按："史集"为沈叔平、闻山、康倪、赵宝煦、黄海、萧荻等人的集体笔名。

　　② 《除夕副刊》主编：《联大八年》，新星出版社 2010 年版，第 180 页。

家、绿原、SM 等各种流派的诗"①。

新诗社主要的诗人有何达、叶华（叶传华）、闻山（沈季平）、秦光荣（秦泥）、缪弘、沈叔平、萧获（施载宣）、赵宝煦、康倪、黄福海、张源潜、缪祥烈、郭良夫、王景山、李复业、沙珍（尹落）、因陈等。新诗社成员中，何达的创作成就最高，为新诗社的代表性诗人，代表性诗作有《我们开会》、《过昭平》、《图书馆》等。新诗社的成立助成了联大后期朗诵诗的风行，"举办过许多大规模的朗诵大会（一九四五年'五四'纪念周朗诵大会，同年九月间为胜利民主团结而歌朗诵大会和校庆纪念周诗朗诵大会），听众每次都在千人以上"②。朗诵诗的风行是联大后期整体校园环境、文化氛围转变的结果，新诗社在其间起了推波助澜的作用，尤其是"一二·一"运动中，新诗社更是积极创作朗诵诗，以投入现实的斗争。新诗社及朗诵诗的出现，说明了西南联大诗歌创作的多样化形态。尽管朗诵诗集中出现在西南联大后期，并不构成西南联大诗歌创作的主流，而且即使在这期间仍然有杜运燮、王佐良、袁可嘉等人极具个体色彩的现代诗质的探求，这一现象的出现却使任何以"浪漫主义"或"现代主义"单一视角来审视西南联大诗歌创作的努力都捉襟见肘。朗诵诗这一新诗歌形式的出现，是联大后期学院文化氛围转变的产物。

西南联大的文学社团还有一些，如布谷文艺社、边风社、新河文艺社、十二月文艺社等。布谷文艺社成立于叙永分校，据何扬、秦泥等人回忆，布谷文艺社主要成员有学生何扬、秦泥、赵景伦、贺祥麟、彭国涛、韩明谟等，穆旦作为外文系助教也被邀请参加，"按照学校组织学生社团的规定，用何扬的名字注了册，并聘请国文系教员李广田先生为导师"。文艺社办了一个壁报，"取名《布谷》——含有催人耕耘，带

---

① 史集：《闻一多先生和新诗社》，《云南师范大学学报》（哲学社会科学版）1987 年第2 期。

② 北京大学等编：《国立西南联合大学史料·学生卷》，云南教育出版社 1998 年版，第657 页。

来春的消息之意","《布谷》的绝大多数成员都是靠学校发放贷金过活的学生,何扬是归国华侨,每月有海外的家庭接济,生活较宽裕。每有集会,都是他出钱略备茶点,边喝茶,边议论的。《布谷》每半月出版一期,出版前集会一次,讨议当期壁报的内容及写作分工。内容有评论、小说、诗歌、散文等。为了吸引读者,壁报不强调直接简单地配合当前的政治斗争,比较注意艺术性及装潢,每期都有一幅设计精美的刊头画和插图(化学系的徐京华参加了这一工作)"。"分校撤销,同学们都转到昆明以后,《布谷》还在联大新校舍出了二、三期。成员中增加了于产(立生)、曹绵之(和仁)、黄伯申、李金锡等。"文艺社后来另在《柳州日报》上出刊了半个版面的《布谷》文艺副刊,每周一期,大约出刊了十多期。后来布谷文艺社多数成员加入了冬青文艺社,布谷文艺社就自动解散,终止了活动。①

　　布谷文艺社等文学社团规模较小,影响也不大,但如此众多的文学社团的出现,既是西南联大文学创作活力的表现,也在一定程度上促进了西南联大的文学创作与发展,尤其是前期的文学社团注重于文学性的探索与追求,营造了一个有助于文学创作与发展的良好人际网络和文化氛围。联大诗人以"学生诗人"为主体,多数"学生诗人"能够越过其"习作"阶段,很快地成熟起来,跟这种良好的文学创作氛围紧密相关。穆旦、杜运燮、罗寄一等许多联大诗人即是在此环境、氛围里成长、成熟起来。在这期间,最典型的是穆旦。在西南联大前期的文学社团如南湖诗社、高原文艺社、南荒文艺社、冬青社等都能看见穆旦的身影。穆旦活跃地投身于这些社团,不断地创作出优秀的诗作。固然,穆旦的成功有多方面的原因,个人的天赋与才华也是其中的一个重要因素,但无疑这些文学社团在穆旦走向成熟的过程中有着重要的促进作用,尤其是教师的提携与帮助对穆旦诗艺的提升以及象征资本的积累与转化助益甚多。穆旦这种创作经历在很大程度上就是西南联大的文学社

---

① 参见何扬、秦泥等《七月〈流火〉和〈布谷〉催春》,载西南联合大学北京校友会编《笳吹弦诵在春城——回忆西南联大》,云南人民出版社 1986 年版,第 363—364 页。

团积极促进文学创作的一个缩影。在某种意义上，这些文学社团的活动以及体现于其间的师生互动关联，也成为西南联大文学再生产的一个主要模式，并在学院文化资源的转化与象征资本的积累、调用中，形成了场域和惯习的良性互动，在深层次上形塑着西南联大诗歌创作的品质与风貌。

第三章　西南联大诗人群诗学叙论

　　学院空间的文化氛围与文学渊源孕育了西南联大诗人群，学院文化背景成为西南联大诗人群的一个显著特征。学院文化背景作为一种整体的历史语境与文化氛围，显然是西南联大文学创作一个重要的社会性条件，并规约着西南联大诗歌创作的内在品质。在此，值得进一步追问的是，这种学院文化背景为西南联大诗人群提供了怎样的一种身份认知，使其在文学场中占据了怎样的位置，进而发展出独立的文学立场与诗学认知。更重要的是，这种诗学认知与其诗歌创作构成怎样的互动关联，而其诗学建构在中国现代诗学发展链条上又居于什么地位，价值与影响如何，这是从现代诗学建构的层面上考察西南联大诗人群的诗学贡献，亦是整体探究西南联大诗人群一个必要的诗学侧面。可以说，西南联大诗人群立足于学院空间，在风云变幻的战争年代里，直面时代的苦难与社会的需求，追求社会担当和诗艺精进的相协调、相统一，形成了一种不无张力的诗学认知，将中国现代诗学建构推至一个新的诗学维度，尤其考虑到 20 世纪 40 年代战争语境下政治话语对文学的强有力规训，这种独立的诗学认知与建构显得尤为可贵。这也是将西南联大诗人群置于 20 世纪 40 年代知识左翼扩大化、大众化诗学兴起的整体历史场域中，考察其诗学认知与诗学建构，在文学场的分化中辨识其诗学建构的价值与意义。

第一节　20 世纪 40 年代的诗学场域分化

20 世纪 40 年代，面对救亡图存的严酷现实，文学创作的目标和任务在很大程度上被规约为民族认同与政治动员，知识左翼扩大化是不争的现实。在诗歌创作领域，大众化诗歌运动兴起，朗诵诗、抗战歌谣、街头诗、传单诗等大众化诗歌风起云涌，积极地承担起民族认同与政治动员的社会功用。穆木天、艾青、茅盾、胡风、阿垅、蒲风、王亚平等人也大力宣扬大众化诗学。在这种大众化诗学认知中，"人们对诗歌惯常意义上的理解（优雅的语言游戏、美的创造、想象力的结晶）至此遭到彻底的颠覆。诗歌的写作和阅读被有意识地规划成一种'组织行为学'，试图获得最大程度地唤起读者的感情反应与意识行动、从而有力地改造外在现实世界的能量"[①]。这种大众化诗学是对 20 世纪 30 年代现代派"纯诗化"诗学的反拨，将诗歌从"审美自主性"与"艺术自足论"的"纯诗"诗学框架中剥离出来，植入政治指涉与集体经验而转向大众化趋向，强调战争语境中诗歌的民族动员和政治教育的功能。大众化诗学在 20 世纪 40 年代的蓬勃兴起是在动态的历史关系中把握"抗战诗"出现的一个诗学结果，也成为时代的主流诗学话语。在大众化诗学框架中，诗歌的语言、形式与技巧等方面已经严重地政治化和意识形态化。这与"纯诗"诗学将诗歌视为独立存在、封闭自足的语言结构与意义空间，在艺术至上的美学维度中论说诗的语言、形式与审美等层面判然有别。大众化诗学的政治化诉求也遭到了梁宗岱、孙毓棠等"纯诗"诗学坚守者的反驳与批评，梁宗岱《谈抗战诗歌》、孙毓棠《谈抗战诗》等均是从"纯诗"诗学诉求批驳大众化诗学。可以说，在战争的影响与规约下，大众化诗学与"纯诗"诗学的对峙、纠缠，

---

　　①　张松建：《现代诗的再出发：中国四十年代现代主义诗潮新探》，北京大学出版社 2009 年版，第 130 页。

是 20 世纪 40 年代现代诗学的一个显著面向，这也是 20 世纪 40 年代诗学场域分化的一个表征。尤为重要的是，这种场域分化以及大众化诗学占据了时代的主流位置，并不仅仅是一种美学形式的消长更替，场域中汇集着社会政治、历史文化、集体经验等时代内容，交织着知识、权力、意识形态的运作与纠缠，具有丰富的时代历史内蕴。我们可以在 20 世纪 40 年代诗学场域的分化中，去把握现代诗学发展的内在肌理，并由此凸显西南联大诗人群诗学建构的重要价值。

一

大众化诗学成为 20 世纪 40 年代的主流诗学，虽然是一种话语的建构，却不是一种空洞缥缈的诗学神话，而是有其深厚的现实根基和强盛的时代诉求。在其兴起、壮大的历史过程中，隐含着中国现代诗学从审美到政治、从现代性主体到政治化主体的转换、过渡的历史踪迹。在这个转换过程中，现代主体的自我转变是其重要的一个诗学层面。近在眼前的惨烈战争使诸多诗人从沉溺于个人情绪抒发的诗学世界中突围出来，寻求诗歌介入现实的有效途径和政治能量。20 世纪 30 年代"现代派"诗人何其芳的自我转变即是这方面的典型。战争环境中满目疮痍的社会现实，使何其芳自觉"对于人间的不幸与苦痛我的骄傲却只有低下头来变成了愤怒和同情的眼泪。最近一年我从流散着污秽与腐臭的都市走到乡下，旷野和清洁的空气和鞭子一样打在我身上的事实使我长得强壮起来，我再也不忧郁的偏起颈子望着天空或者墙壁做梦。现在我最关心的是人间的事情"①。何其芳的这一认知转变，无疑是当时多数知识分子在战争的冲击下心态转变历程的生动写照。在《〈夜歌〉后记》中，何其芳写道：

抗战以前，我写我那些《云》的时候，我的见解是文艺什么也不为，只为了抒写自己，抒写自己的幻想、感觉、情感。后来由

_____

① 何其芳：《我和散文》（代序），载《还乡杂记》，文化生活出版社 1949 年版，第 5—6 页。

于现实的教训，我才知道人不应该也不可能那样盲目地、自私地活着，我就否定了那种为个人而艺术的错误见解……我明白我的情感还相当旧，对于新的生活又不深知，写诗也仍然有困难……这个时代，这个国家，所发生的各种事情，人民，和他们的受难，觉醒，斗争，所完成着的各种英雄主义的业绩，保留在我的诗里面的为什么这样少呵。这是一个轰轰烈烈的世界，而我的歌声在这个世界里却显得何等的无力，何等的不和谐！①

作为20世纪30年代"现代派"诗人的主将之一，何其芳的这种自我反思与转变心迹无疑具有典型性。何其芳进一步指出，诗人只有真正与劳动群众在思想情感上打成一片，才能创作出无愧于时代的诗歌：

知识分子，最重要是的思想上的教育与行动上的实践，使他的思想感情得到改造，达到和劳动群众打成一片，那他就会忧国忧民，而不忧己忧私了……我们民族的灾难是如此深重，她底每一个忠实的儿女都应该担负起双倍的担子。一个人不能成天只是唱歌。许多事情我都要去学习做。我过去的生活、知识、能力、经验，都实在太狭隘了。而在一切事情之中，有一个最紧急的事情则是思想上武装自己。就是写诗吧，要使你的歌唱不是一种浪费或多余，而与劳动人民的事业血肉相连，成为其中的一个部分。②

何其芳的这种思想认知转变有个人的真诚性，也有其时代性。诚如有学者指出："民族生死存亡的现实改变了诗人心中艺术的天平。一些诗人放弃了原来固守的现代派的艺术原则，如表现自我，表现内在，象征方法的运用，传达的朦胧与隐藏等，改变了过去那种'小处敏感，大处茫然'的艺术姿态，转而认同强调诗的现实社会功能的美学观念，以诗歌为武器，加入了抗日战争的神圣的大合唱中。"③ 从诗学层面考

---

① 何其芳：《〈夜歌〉（初版）后记》，载何其芳著，蓝棣之主编《何其芳全集》（第一卷），河北人民出版社2000年版，第517—518页。

② 何其芳：《〈夜歌〉（初版）后记》，载何其芳著，蓝棣之主编《何其芳全集》（第一卷），河北人民出版社2000年版，第520页。

③ 孙玉石：《中国现代主义诗潮史论》，北京大学出版社1999年版，第267页。

察，在这种大众化诉求的背后，是个人抒情话语的被排斥和被否定，集体的经验和大众的情感受到膜拜，凸显的是集体化的政治主体的存在。而从诗学主体的维度，指责个人主体的脱离大众，个体情感抒发脱离时代需求也是大众化诗学批评"纯诗"诗学的不二法门。依循着这种诗学认知路径，初期象征主义诗人穆木天批判象征主义诗歌"在朦胧，飘渺的世界中，去寻求官能的颓废的陶醉，在每个诗人的心理，所存在的，只是资本主义的没落期的小市民的烟雾般的悲哀了。……现时代的诗歌，是民族解放斗争的呼声，并不是几个少数的人待在斗室中的喷云吐雾的玄学的悲哀的抒情诗。那种没有现实性的个人抒情小诗，早已失掉他的存在理由，而只好同木乃伊为伍了"①。陈残云甚至将这种批评提升至时代政治的高度，"新的时代需要新的情感！在现阶段的战争底中国，如果仍抱住其'寂寞呀'，'苦恼呀'的个人主义的颓废抒情诗篇，无疑的，这个人是有意识蒙昧了铁血的现实，这不仅是近代诗坛上的罪人，而且是中华民族的罪人！"②

可见，将现代个体的自我情感抒发视为小资产阶级情绪在诗歌文本中的投射，指责其与时代情绪和大众生活的脱节，进而从政治哲学的层面呼吁诗人与大众的生活实践相融合，是大众化诗学批评一个基本的诗学切入点。这样就不难理解，在另一篇檄文中，穆木天呼吁道："现在，民族解放运动的阵线，是越发地扩大了。民族的存亡，已更到了千钧一发的危机了。在这种客观形势之下，诗人的任务是要一天比一天地重大起来了。真正的伟大的诗人，必须是全民族的代言人，必须是全民族的感情代达者。他的诗歌，必须是民族的怒吼。他的诗歌，必须是民族解放的进行曲。""诗人，须是传达全民族的感情的一个洪亮的喇叭。诗人的任务，是重大的，因之，诗人是应有他的骄傲，应有以中国民族解放的喇叭手自任的骄傲。"③ 显然，穆木天在此呼吁诗人"抛弃自己

---

① 穆木天：《关于抗战诗歌运动》，《文艺阵地》第 4 卷第 3 期，1939 年 12 月 1 日。
② 陈残云：《抒情的时代性》，《文艺阵地》第 4 卷第 2 期，1939 年 11 月 16 日。
③ 穆木天：《目前新诗运动的展开问题》，《开拓者》1937 年 8 月。

的个人主义的残滓"①，投身抗战诗歌创作的洪流。

在这里，大众化诗学的倡导者将"美学"问题转化为主体的"身份"问题，强调诗人主体改造的重要性，倡导诗人不再将自己视为经营着一种复杂精微的艺术形式的独立创作者，而是突破个人的自足性和有限性从而与大众打成一片，进而参与到现实的社会进程之中，以诗的抒写去理解和承担历史进程的意义与任务。如此，追求诗歌对现实世界的直接突入，瓦解诗与时代的界限，使诗与时代、诗人与大众融为一体，最大限度地发挥出诗的政治潜能，成为大众化诗学一个显著的诗学维度。这种大众化的诗学路径既是对"纯诗"诗学日趋褊狭的美学困境的一种突破，也有其美学的和现实的依据与合理性，"突破了审美自主论、为艺术而艺术、纯诗化的方向而迈向了大众化的广阔空间……成功地把新诗从个人情绪、主观体验和神秘幻想当中解放出来，寻获了新的生长点"②。从这个角度看，大众化诗学的兴起，有其广泛的社会基础。

正如同时代诗人艾青所宣示："属于这伟大和独特的时代的诗人，必须以最大的宽度献身给时代，领受每个日子的苦难像是那些传教士之领受迫害一样的自然，以自己诚挚的心沉浸在万人的悲欢、憎爱与愿望当中。"③"国民生活通过真实的诗人的眼，心，与嘴，披露了它的内容，千百年来被凌辱的痛苦，解放的渴求，今天的抗争的奋发，与明天的胜利的预期的狂喜……一个民族，借信实的诗人的眼，看清它自己。"④ 感应着时代需求，艾青在此鼓励诗人克服知识分子习气，与大众一起感受、承担民族的苦难，将诗人主体的转变与民族主义价值关联起来。可以说，将诗歌创作与抗战建国的历史任务相关联，以民族主义作为一个普遍性价值把诗人与大众整合起来，致力于抗战建国的宏伟蓝

---

① 穆木天：《关于抗战诗歌运动》，《文艺阵地》第 4 卷第 3 期，1939 年 12 月 1 日。
② 张松建：《抒情主义与中国现代诗学》，北京大学出版社 2012 年版，第 71 页。
③ 艾青：《诗与时代》，载《艾青论创作》，上海文艺出版社 1985 年版，第 369 页。
④ 艾青：《论抗战以来的中国新诗》，载《艾青论创作》，上海文艺出版社 1985 年版，第 106 页。

图的实现，是大众化诗学的鹄的所在。

<h2 style="text-align:center">二</h2>

　　大众化诗学的兴起表征着一种新的诗学趋向，诚如朱自清在《抗战与诗》一文中所概述："抗战以来的诗，注重明白晓畅，暂时偏向自由的形式。这是为了诉诸大众，为了诗的普及。抗战以来，一切文艺形式为了配合抗战的需要，都朝普及的方向走，诗作者也就从象牙塔里走上十字街头"，"一般诗作者所熟悉的，努力的，是在大众的发现和内地的发现。他们发现大众的力量的强大，是我们抗战建国的基础。他们发现内地的广博和美丽，增强我们的爱国心和自信心。"① 大众化诗学在此甚至被提升至助力民族国家建构的层面上，凸显出重要的社会效能。作为一个历史的见证者，朱自清在某种意义上也扶植、倡导大众化诗学。譬如，1939 年 1 月，路过昆明的茅盾在文协云南分会作讲演，朱自清主持会议，亦在致辞中倡导发展包括朗诵诗在内的大众文学。据朱自清日记记载，"参加文学界反日联盟会议，做简短讲话，强调发展大众文学。……雁冰作《从反面观点看问题》的演讲"。日记详细记载了茅盾演讲的内容："1. 战时文学的质量和数量。2. 文学的大众化——他认为可从民间文学中发展新的民族风格……3. 读诗运动。他指出诗人必生活在民众中并为民众而写作，这样他就以自己的诗来影响民众。4. 活报据。他认为一些人以舞台剧的原则批评活报剧，这是不公平的。他坚持认为，活报剧对文盲的影响远较舞台剧为大。"② 可见，茅盾、朱自清等文艺界人士都强调发展大众文学，呼吁创作朗诵诗、活报剧等，这既是文学直接呼应时代的反映，也可见大众化诗学流布之广。

　　显然，大众化诗学在 20 世纪 40 年代流布甚广，有其得以产生的历史土壤与美学依据。在迫切的民族战争背景下，诗歌社会功利性的追求

---

　　① 朱自清：《抗战与诗》，载朱乔森编《朱自清全集》（第二卷）江苏教育出版社 1997 年版，第 346—347 页。

　　② 朱乔森编：《朱自清全集》（第十卷），江苏教育出版社 1997 年版，第 3 页。

压倒了对语言、形式的艺术雕琢与美学经营，诗歌创作不再仅仅被视为个人性的纯粹的艺术经营，而是被镶嵌于现代民族国家建构的社会图景之中，成为维系民族主义价值体系的一种文化助力。可以看出，大众化诗学与"纯诗"诗学有天渊之别，两者在诗歌的出发点与归宿、诗人主体性、诗与时代、美学规划、诗歌阅读以及背后蕴藏的文化政治等方面有着根本性的差异和分歧。"纯诗"诗学所蕴含的文学信念、知识分子习气、艺术至上主义以及象征化、反讽、知性化等具体艺术探索，在此被否定、被抛弃。大众化诗学力图以通俗易懂、大众喜闻乐见的形式普及与推广诗歌，在诗歌普及中发挥其改造现实的诗性潜能与社会效力。大众化诗学根基于一种普遍主义的诗学立场，而"纯诗"诗学坚守者正是从反普遍主义的精英主义立场出发，指出大众化诗学社会功利性诉求背后的艺术溃败与美学偏颇：

> 诗叫大众都能懂是无妨的，然而这一点本身却并不足以称为优点。白居易的诗好处不在老妪能解的皮毛讽刺，也不在自弄豪富的风流闲适诗，而在他那些从心而发的感叹，长者如《长恨歌》和《琵琶行》，短者如《忆旧游》、《燕子楼》等。新诗努力去求大众"化"，在我看起来是一种非常可笑而毫无理由的举动。大众应该来迁就诗，当然假设诗是好的值得读的，大众应当"新诗化"；而诗不应该磨损自己本身的价值去迁就大众，变成"大众化"。在这眼看就要把诗忘却的世界中，诗人的责任就是教育大众，让他们睁开眼睛来看真、美和善，而不是跟着他们喊口号，今天热闹一天，不管明天怎样。①

这种对大众化诗学的指责与批判，是20世纪40年代诗学场域分化的一个显著表征。显然，坚守艺术的精英主义立场，"纯诗"诗学倡导者质疑新诗大众化的意义。孙毓棠也在《谈抗战诗》、《谈抗战诗（续）》等文中认为新诗大众化既不可能也无甚意义，"拿诗来作宣传，

---

① 吴兴华：《现在的新诗》，北平《燕京文学》第3卷第2期，1941年。

简直是白费力，不可能。诗在今天的世界上本已走到了末路，成了少数人的东西了，（我不承认诗能大众化；即使能大众化，也没有什么好处或价值，因为即使大众化了，大众也不会喜欢读诗）"。这种艺术至上的精英主义诉求，无疑有其美学的合理性，但其对时代需求的忽视，以及对抗战诗社会性诉求的漠视，也显示出一种诗学的傲慢与美学的偏见。以此观之，孙毓棠在"纯诗"诗学框架中提升抗战诗素质的美学"药方"，也就不无陈义过高，失之迂阔：

> 好的抗战诗，常产生于真实地"表现"时代。产生于忍住情感过分的激动，去实践，注视，观察，感受，深思；产生于新形式新技巧新辞藻的练习，试验，研究，冒险，创造；产生于不怕失败，继续尝试；产生于诗人们大家努力求进步……如此大家多写，多想，多讨论，这新时代不会不产生新的"时代的诗情"。等到这新的"时代的诗情"，像罗马末年的基督教一样，渐渐普及一般而终被承认了，那时好作品自然会应运而大量地产生出来。①

这里，对抗战诗不无同情的理解，但这种理解依然根植于"纯诗"诗学框架，也就难以形成真正有效的诗学对话。在这个意义上，20 世纪 40 年代"纯诗"诗学与大众化诗学的对峙、纠缠，并不是一个简单的对与错的美学话题，其背后关涉诗与时代、个人与集体、审美与政治、本体论与工具论等多层面的辩驳与对抗。在此，重要的不是做出一个简单化的美学判断，而是透过知识、权力、意识形态之间的角逐与对抗，审视 20 世纪 40 年代诗学场域的运作规则，进而把握 20 世纪 40 年代现代诗学的内在肌理。很大程度上，对于大众化诗学而言：

> 诗歌不是一种孤立封闭的、自足自在的语言实体或者意义结构，亦非可以放纵个人情绪的"幻想的秩序"，而是主体的一种社会行为，一个重建个人与公众世界之联系的载体，它呼请审美与政治、个人与大众、诗歌写作与生活世界之间展开更密切的对话

---

① 见孙毓棠《谈抗战诗（续）》，香港《大公报》"文艺"副刊第 642 期，1939 年 6 月 15 日。

(尽管有时也不乏张力的存在)，以参与历史变革，从而为新型的文化与政治奠基，再造现代中国人的主体性。①

这种诗学抱负不仅与"纯诗"诗学理念相抵触，也不是"纯诗"诗学框架所能包容，尤其考虑到大众化诗歌运动呼应时代需求，最终参与了现代民族国家的政治实践与文化创制，大众化诗学与"纯诗"诗学之间的美学张力显然不仅仅是结构性的，也是历史性的。在这个意义上，"纯诗"诗学虽然正确地指出了大众化诗学的一些美学缺陷与艺术失误，却无以对大众化诗学成为时代的主流诗学作出信服的历史性辩析，流于一种不无陈义高远的美学批评。

大众化诗学与"纯诗"诗学的分化、对峙，是 20 世纪 40 年代诗学场域的一个症候性表征。两者各有其自身的理论依据和合乎逻辑的发展轨迹，它们之间的竞争和互动，不仅构成 20 世纪 40 年代现代诗学发展的基本动力机制，也造就了一种内在的美学张力与诗学肌理，这种诗学肌理与美学张力既是历史性的，也是创造性的，推进着现代诗学的演进。西南联大诗人群的诗学认知与建构亦发生于此诗学场域中，并在对大众化诗学的辩驳中彰显出其学院化的诗学立场。西南联大诗人群的诗学认知一方面突破了"纯诗"诗学不无狭隘的艺术至上主义，导向一种更加开放、更加包容的诗学视野；另一方面直面风云突变的时代现实，接纳了大众化诗学所蕴含的社会责任与历史意识，而在诗学内部亦与意识形态的宣传保持了美学距离，对大众化诗学的艺术缺陷与不足进行了批驳。追求社会历史的参与跟诗艺的精进提升之相得益彰，是西南联大诗人群的诗学底色，这在袁可嘉"现实、象征与玄学"的诗学建构中有着集中的体现。当然，西南联大诗人群的诗学建构也有其驳杂的一面，冯至、穆旦、袁可嘉等从不同的诗学层面切入与时代诗学话语的对话，以一种理性、宽容的学院化价值立场参与现代诗学的建构，在跟主流的大众化诗学的对话与辩驳中凸显出其自身的诗学价值与意义。

---

① 张松建：《抒情主义与中国现代诗学》，北京大学出版社 2012 年版，第 114 页。

第二节 诗与公众世界：史诗时代的"抒情"诗学建构

身处战争背景下的学院空间，西南联大诗人群感应着文学大众化风潮对诗歌创作的冲击和影响，他们的诗学认知也突破了"纯诗"诗学艺术至上的美学困顿，导向一种开阔的诗学视界，更加关注诗与公众世界的关联。对于他们而言，社会责任和历史担当已经深植心中，诗与公众世界的关联是其诗学认知与建构的基点，重要的是个人经验与社会历史、担当情怀与诗艺精进如何转化、融合。这种诗学认知既是在大众化诗学与"纯诗"诗学分化、对峙的文学场中发生，也在与大众化诗学的辩驳中提供了一个新的诗学生长点。

一

这种诗学认知首先体现在联大教师朱自清身上。作为一位学院批评家，朱自清 20 世纪 30 年代的诗学批评不无"纯诗化"倾向，而在战争的 20 世纪 40 年代，朱自清显然以其诗学的敏感察觉到了时代氛围与文学趋向的转变。其创作于 20 世纪 40 年代的《抗战与诗》、《诗与建国》、《诗的趋势》、《论朗诵诗》等诗评无不突破了"纯诗化"的桎梏，表达出对诗与公众世界的思考与探究。朱自清还特意翻译了麦克里希《诗与公众世界》一文，以期为这一文学趋向做理论注解：

> 在大战（第二次世界大战。——引者注）以前的年代，政治是外面的事情，在人们生活里不占地位……公众世界是公众世界；私有世界是私有世界。那时候诗只与私有世界发生交涉……但到了今天，这两种情形并不因此还靠得住……政治的生活和社会的生活是人的生活的部分；它们属于人的问题的全体，必得放进那整个儿里……和我们同在的公众世界已经"变成"私有世界了，私有世界已经变成公众的了。我们从我们旁边的那些人的公众的多数的生

活里，看我们私有的个人的生活；我们从我们以前想着是我们自己的生活里，看我们旁边那些人的生活。这就是说，我们是活在一个革命的时代；在这时代，公众生活冲过了私有的生命的堤防，像春潮时海水冲进了淡水池塘将一切都弄咸了一样。私有经验的世界已经变成了群众、街市、都会、军队、暴众的世界。众人等于一人、一人等于众人的世界，已经代替了孤寂的行人、寻找自己的人、夜间独自呆看镜子和星星的人的世界。①

麦克里希在此精辟地分析了时代语境的变化，并由此得出了一个结论："没有一种批评的教条，可以将人们的政治经验从诗里除外。"② 在这里，麦克里希指出在战争革命时代，诗歌已经与公众世界紧密关联，诗歌写作不再是个人行为而具有一种社会"公共性"。朱自清翻译此文，显然是有意为之，也表明其信服文中论断。朱自清 20 世纪 40 年代的诗学批评趋向也与此吻合。在《爱国诗》一文中，朱自清批评五四时期的新诗缺乏对"国家"的关注："这是发现个人发现自我的时代。自我力求扩大，一面向着大自然，一面向着全人类；国家是太狭隘了，对于一个是他自己的人。于是乎新诗诉诸人道主义，诉诸泛神论，诉诸爱与死，诉诸颓废的敏锐的感觉——只除了国家。"③ 朱自清进而在《诗与建国》中呼吁创作反映抗战建国的"现代史诗"，并将联大诗人杜运燮的《滇缅公路》作为粗具"现代史诗"规模的力作加以分析与赞赏。朱自清对"现代史诗"的呼吁，显然是将大开大合的 20 世纪 40年代视为一个史诗时代，而其诗学理念已然从审美自足论与艺术至上的信条中脱离开来，转而倡导诗歌创作与公众世界的密切对应，以创造真正意义上的民族"现代史诗"。朱自清不是严格意义上的西南联大诗

---

① 麦克里希：《诗与公众世界》，朱自清译，载朱乔森编《朱自清全集》（第二卷），江苏教育出版社 1997 年版，第 415—416 页。

② 麦克里希：《诗与公众世界》，朱自清译，载朱乔森编《朱自清全集》（第二卷），江苏教育出版社 1997 年版，第 414 页。

③ 朱自清：《爱国诗》，载朱乔森编《朱自清全集》（第二卷），江苏教育出版社 1997 年版，第 356 页。

人，却以教师的身份对诸多联大诗人有着深远的影响，他的这种诗学认知转变无疑深深地影响了穆旦、杜运燮、袁可嘉等联大"学生诗人"，有助于我们从一个侧面窥探联大诗人的诗学认知图景。

面对一个抗战建国的史诗时代，朱自清无疑认同麦克里希的说法，冀望诗人"做现在所必需做的新的建设工作的诗"，"用归依和凭依的态度将我们这样的经验写出来，使人认识"，非如此"诗是不会占有我们所生活的、公众的然而私有的世界的，是不会将这世界紧缩起来，安排起来，使人认识的"①。用"归依"的态度将"经验"写出来，显然是强调个人体验与时代经验的相互融合，唯如此才能真正将私有世界与公众世界紧缩、包容起来。在《诗的趋势》一文中，朱自清以《再别怕了》这本英国现代诗选集为例，指出与公众世界密切对应的诗歌形态应如此：

> 这种诗没有劝告，没有标语；只有自觉的路子。诗人在写作的时候，他们是自己的一贴解药，可以解掉群众心理（的影响）；他们将孤注押在自己这个人身上，这个自觉的人身上，这个正视自己的人身上。这样做时，他们就表显怎样为人类作战。②

这里，重要的是个人体验与公众世界的包容、融合。也是在这个意义上，朱自清指出"我国抗战以来的诗，似乎侧重'群众的心'而忽略了'个人的心'，不免有过分散文化的地方。《再别怕了》这本诗选也许是一面很好的借镜"③。这显然是针对 20 世纪 40 年代大众化诗歌的迷失有感而发。艾青也曾指出抗战诗等大众化诗歌的缺陷，"我们依然可以在一般的作品里，看到隐藏在里面的相当普遍的缺点：单纯的爱国主义与军国民精神的空洞叫喊，常用来欺骗读者的那种比较浮嚣的青

---

① 麦克里希：《诗与公众世界》，朱自清译，载朱乔森编《朱自清全集》（第二卷），江苏教育出版社 1997 年版，第 423 页。

② 朱自清：《诗的趋势》，载朱乔森编《朱自清全集》（第二卷），江苏教育出版社 1997 年版，第 367 页。

③ 朱自清：《诗的趋势》，载朱乔森编《朱自清全集》（第二卷），江苏教育出版社 1997 年版，第 370 页。

感；……普遍的诗人，把抗战诗单纯地作为战争诗而制作，却不能在鼓舞抗战意识之外，在作品上安置一定的革命因素，与对于这事件作正确的瞭望；普遍的诗人，不能把这次抗战是中国革命的一个经程这一观念恰当地融合在他们的创作热情一起；普遍的诗人，对政治只能作消极的反映，却不能由一定的历史条件的需要去批判与帮助政治的发展"①。不过，大众化诗歌的这些缺陷，也不是固守"审美自主性"、"艺术自足性"等"纯诗"诗学理念与立场即可有效解决。这里更为关键的是身处战争的史诗时代，诗人在与公众世界的关联、融合中，如何将参与历史变革的激情深化为个人内在体验，化身为新的历史主体，从而以主体经验的拓展提升诗歌内涵。

　　在这个意义上，冯至介绍、阐述里尔克"诗是经验"诗学理念，强调主体经验的深化，无疑是对大众化诗歌主体迷失的一种纠偏，也是对大众化诗学偏颇一次深具意义的诗学辩驳。冯至在 20 世纪 30 年代留学德国期间深受里尔克影响，信服里尔克"诗是经验"诗学理念，"诗并不像一般人所说是情感（情感人们早就很够了），——诗是经验"②。正是在这种诗学理念的启悟下，冯至告别了早期不无感伤的浪漫化抒情，以主体经验的扩展与深化，创作了《十四行集》。而在诗学层面上，冯至 20 世纪 40 年代对里尔克"诗是经验"理念的介绍、阐述，并不是一种单向度的理论移植，而是在与大众化诗学话语的对话、互动中展开的一种诗学探索与建构。在 1941 年发表于昆明《当代评论》的诗论《新诗蠡测》③ 中，冯至从时代盛行的有关自由与形式、情感与理智、个人与大众等诗学话题切入，阐释了自己的诗学认知与主张。面对 20 世纪 40 年代突出的文学与大众关系问题，冯至在文中鲜明地指出：

---

　　① 艾青：《抗战以来的中国新诗》，《中苏文化》第九卷第一期，1941 年 7 月 25 日。

　　② 冯至：《〈给一个青年诗人的十封信〉译者序》，载冯至、韩耀成编《冯至全集》（第十一卷），河北教育出版社 1999 年版，第 282 页。

　　③ 《新诗蠡测》是冯至 1941 年发表于昆明《当代评论》上的一篇诗论文章，《冯至全集》（第五卷）仅收录该文头两节及第三节的开头。近年王家新、方邦宇两位研究者发掘出此文全文，使笔者得以一窥此文全貌。此处论述得益于王家新、方邦宇对此文的考辨。参见王家新、方邦宇《〈新诗蠡测〉意义之蠡测》，《中国现代文学研究丛刊》2019 年第 3 期。

一个伟大的诗人，在青年期以后，除去自己的哀乐外，眼前每每横着两个更大的问题：宇宙和人生。把宇宙和人生中种种的问题担在肩上的人，就是无时无刻不在为大众工作，无时无刻不把自己牺牲在大众的面前。[①]

在此，冯至肯定了诗歌创作与大众的关联，并没有沉溺于个人情感的天地而与大众世界相隔离，同时又从驱逐青春感伤化抒情的层面提升大众化抒情的品质。显然，从扩充、深化主体生命体验的诗学基点出发，冯至对个体与公众世界的融合提出了更高的要求，担当"宇宙和人生"。对于冯至而言，"宇宙和人生中种种的问题"即是人间"切身的问题"，而这在一个愤怒、悲壮的史诗时代，却"容易被人忽略，忽略得像是世界以外的事件一般"。正因为被忽略，才更加需要关注和重视，冯至进一步指出了这种忽略所带来的诗学认知偏颇，"若有一二深思之士，不放松这几件最切身的事，要对于生有所探讨，对于爱和死有所阐明，便常常被人含着贬义称作'神秘派'"。这里，冯至击中了大众化诗学倡导者的一个痼疾，"只就文字的通俗与否，大众了解与否，流行与否，来判断一首诗是否大众的，是一种皮相的见解"。这种皮相化的认知阻碍了大众化诗学的拓展和提升，也在自由与形式、情感与理智等方面产生了诗学偏颇，冯至由此高屋建瓴地呼吁道：

我们仔细寻索，渐渐觉得形式、理智，和社会不但不与自由、情感、个人相冲突，反倒是在美的形式里才有高尚的自由，透过明睿的理智才能澄清，个人生命的根源无时不与大众汇通。

冯至在此没有回避大众化的诗学风潮，而是以一种理性而睿智的立场与认知，指出"个人生命的根源无时不与大众汇通"。由此，冯至进一步指出"怎样创造新的形式，培养深切的情感，个人融在大众中而不沦为盲群"，这是"新诗人所应有的努力"。"融在大众中而不沦为盲群"，这种保持主体的开放性又不丧失主体的独立性的诗学立场，既与

---

① 转引自王家新、方邦宇《〈新诗蠡测〉意义之蠡测》，《中国现代文学研究丛刊》2019 年第 3 期。以下引文均出自此文，不再另行注释。

大众化诗学重建个体与公众世界的关联、再造现代中国人的主体性的诗学追求有相契之处，又规避了社会政治话语对个体的过分掠夺与淹没，无疑具有积极的诗学意义。这样，冯至认为"诗人采用大众的语言，是些'生'的材料，要加以炮制，加以锻炼，使语言变得高贵些，转回来影响大众"，既是在情理之中，也凸显出可贵的学院化价值立场。顺理成章的，冯至在全文最后对新诗发展的前途总结如下：

> 关于新诗，我总结一句话：我们从自由，从情感，从个性出发，我们辛苦的努力如果有成功的一天，所得到的必定是完美的形式，透过理智的深情，和大众生命的根源。

这种诗学辩证，是对大众化诗学主体认知迷失的一种纠偏，也是在与大众化诗学的辩驳中对现代诗学的一种推进。冯至将文章题为"新诗蠡测"，不无谦虚之意，却充满了诗学的真知灼见。以此为基点，我们可以将冯至对里尔克"诗是经验"诗学理念的推介与阐述放置在更大的历史语境中加以考察与辨析。20世纪40年代，"纯诗化"论者依然着眼于艺术层面的修辞革新，囿限于技术诗学领域，大众化诗学倡导者尽管追求主体性的重塑，却简单地将主体性重塑与政治化改造相对应，片面地强调社会视野的拓展。而在冯至看来，新诗的主体性重塑和深度品质的追求，并不仅仅是一个单纯的技术诗学革新或社会视野拓展问题，而是诗人必须深化自己的经验，如里尔克那样"观察遍世上的真实，体味尽人与物的悲欢，达到了与天地精灵相往还的境地"①，才渴望使诗获得广阔的现实关怀与真正的史诗品质。这即是冯至阐述的"诗是经验"理念的真正意涵。"诗是经验"理念一方面是对主体生命体验的扩充与深化；另一方面也将诗歌创作贯穿到生活世界，拓展了诗歌的现实关怀维度。这种诗学认知与阐述不无学院化气息，但也有效地参与了时代诗学话语的对话，丰富了20世纪40年代现代诗学的内在肌理。冯至也在这种诗学认知下，创作了经典的《十四行集》。这种诗学

---

① 冯至：《里尔克——为十周年祭日作》，载冯至、韩耀成编《冯至全集》（第四卷），河北教育出版社1999年版，第84页。

认知及《十四行集》的创作对穆旦、郑敏、袁可嘉等联大"学生诗人"影响深远，冯至对"诗是经验"诗学理念的阐述与建构的重要意义亦由此得以彰显。

二

作为西南联大诗人群的代表诗人，穆旦在 20 世纪 40 年代创作的诗论文章并不多，为人们所熟知的是创作于 1940 年的两篇诗评：《〈慰劳信集〉——从〈鱼目集〉说起》、《他死在第二次》。近年来，人们发现了穆旦分别于 1941 年 2 月和 11 月在香港《大公报》连载的两篇诗学译作：《诗的晦涩》、《一个古典主义者的死去》。① 这些诗学译作与诗论文章显示着穆旦对西方诗学资源的借鉴、考察，以及对中国新诗的评判和思考，虽然数量不多，却有着重要的诗学价值，将其放置在 20 世纪 40 年代诗学语境中，尤其表征着一种深入的学院化诗学考量。可以说，依凭着丰厚的诗学资源与宽广的艺术视界，穆旦在大众化诗学潮流中提出了独到的诗学见解，并致力于"新的抒情"之诗学建构。

大众化诗学看重的是诗歌作为民族认同与政治动员的一种工具所具有的政治潜能，将诗歌的社会功利性追求推至极端。在这种诗学认知中，诗歌创作苟若与民族救亡的政治需求没有勾连，便是毫无价值的，是应该受到谴责的。于此，一种不无诡异的诗学现象发生了，一方面是大量抗战诗歌不无煽动性的抒情；另一方面是对抒情主义进行谴责的诗学主张。这在徐迟"放逐抒情"的诗学主张中有着集中的表达，在徐迟看来，战争的炮火已经彻底地"炸死了抒情"：

> 千百年来，我们从未缺乏过风雅和抒情，从未有人敢诋辱风雅，敢对抒情主义有所不敬。可是在这战时，你也反对感伤的生命了。即使亡命天涯，亲人罹难，家产悉数毁于炮火了，人们的反应也是忿恨或其他的感情，而决不是感伤，因为若然你是感伤，便尚

---

① 李怡：《认识"新诗现代化"的重要文献——关于穆旦翻译的两篇西方现代诗论》，《新诗评论》2010 年第 2 辑。

存的一口气也快要没有了，也许在流亡道上，前所未见的山水风景使你叫绝，可是这次战争的范围与程度之广大而猛烈，再三再四地逼死了我们抒情的兴致。你总觉得山水虽如此富于抒情意味，然而这一切是毫没有道理的。所以轰炸已炸死了许多人，又炸死了抒情。①

徐迟立足于具体的时代语境，指出现实的战争摧毁了人们对抒情主义的迷信，这里的抒情主义是指沉溺于个人情感的抒情。这背后的诗学焦点是，面对战争的历史危机，个人化抒情是否可行？20 世纪 40 年代中国充满战争的暴力与历史的野蛮，堪称一个史诗的时代。在这样一个史诗的时代，抒情何为？徐迟对此作出了否定性回答："这世界这时代这中日战争中我们还有许多人是仍然在鉴赏并卖弄抒情主义，那末我们说，这些人是我们这国家所不需要的。至于这时代应有最敏锐的感应的诗人，如果现在还抱住了抒情小唱而不肯放手，这个诗人又是近代诗的罪人。在最近所读到的抗战诗歌中，也发见不少是抒情的，或感伤的，使我们很怀疑他们的价值。"显然，面对一个大开大合的史诗时代，徐迟倡导"放逐"抒情，正如文章最后所述："这篇文章的意思不过说明抒情的放逐，在中国，正在开始的，是建设的。而抒情反是破坏的。"在徐迟笔下，抒情等同于个人主义的、感伤化的风雅抒情，而在一个战争的史诗时代，这种个人主义抒情因为于民族救亡的伟业无所助益，因而应该被否定、被排斥。

徐迟的论述充斥着显著的社会功利性诉求，而细读文本，可以发现文本内部有裂隙，前后两部分并不能融合一体。在文中前半部分，徐迟指出了艾略特、刘易士等现代主义诗人对抒情的放逐，指认现代诗（文中用"近代诗"一词）的趋向是放逐抒情，进而将西方现代主义诗歌的认知移植入中国的战争历史语境，倡导"放逐抒情"。这种理论的旅行并没有经过本土化的"正名"，也与中国的现实无法接榫，不过表

---

① 徐迟：《抒情的放逐》，《顶点》第 1 卷第 1 期，1939 年 7 月 10 日。

明徐迟借现代主义理论支撑其大众化诗学主张，而这种追求诗歌的现实政治效应的大众化诗学在根底上与西方现代主义诗学格格不入。徐迟将两者强行嫁接在一起，反而凸显出一种诗学的困境。对于"放逐抒情"之后的诗歌又该是怎样，徐迟则语焉不详，只是含糊地设问道："而炸不死的诗，她负的责任是要描写我们的炸不死的精神的，你想想这诗该是怎样的诗呢。"① 这设问的背后似乎隐含着对诗歌"史诗"品格的追求。如果说在一个史诗时代，追求诗歌的"史诗"品格是一个正当的诗学诉求，那么这与"放逐抒情"的西方现代主义诗学并无什么关联。

　　某种程度上，20 世纪 40 年代诗学突破"纯诗化"的一个重要方面，即体现在强调诗与公众世界的关联，进而追求诗歌的"史诗"品格。或许，正如黑格尔所指出："一般地说，战争情况中的冲突提供最适宜的史诗情境，因为在战争中整个民族都被动员起来，在集体情况中经历着一种新鲜的激情和活动，因为这里的动因是全民族作为整体去保卫自己……这种心灵状态和活动既不宜于抒情诗的表现，也不宜于用作戏剧的情节，但特别宜于史诗的描绘。"② 正是在这个意义上，穆木天将"建立民族革命的史诗"当作抗战时代诗歌创作的当务之急。当然穆木天的史诗拟想是与大众化诗学紧密融合的，或者说，新的史诗是大众化诗歌实践的具体体现与最终结晶：

　　　　新的史诗，在我认为，必须是有大众性的东西。新的史诗，必须是能经过朗读的工作，成为大众的日常的食粮，而能代替大鼓词，道情之类的演唱……通过朗读，把那种东西提供给革命大众之前……也许在一切朗读的朗读诗中，史诗会最能获取得多的听众或读众。个人主义的抒情主义的作品，感伤主义的作品，除非在少数人的沙仑中读，是得不到成功的……我们的民族革命的史诗里边，自然地，不能是个人主义的。

相比徐迟简单地宣扬"放逐抒情"，穆木天倡导以史诗的创作服务

---

① 见徐迟《抒情的放逐》，《顶点》第 1 卷第 1 期，1939 年 7 月 10 日。
② ［德］黑格尔著：《美学》（第三卷下），朱光潜译，商务印书馆 1997 年版，第 126—127 页。

于时代，自然显得现实而有力。虽然反对"个人主义的抒情主义"，穆木天却并不反对抒情，"而且诗歌的本质，是抒情的；但是，在我们的以大众为对象而朗读的民族革命的史诗里边，是要包含着抗战建国的大众的感情，是要包含着一些抒发着革命的大众感情的抒情诗"①。以大众化的抒情创造民族革命的史诗，穆木天的诗学方案无疑切合了时代需求，也是大众化诗学追求诗歌与公共世界的密切互动，进而追求诗歌的政治能量的典型体现。不过，这里的问题是，新史诗在祛除了个人主义抒情以后如何保持艺术的创造性想象？个人主义抒情在一个史诗时代真的毫无用处？诗人在放逐了个人主义抒情以后，真正能发出"大众"的声音，进而完成新的历史主体身份建构？这无不显示着一种诗学的困境，这里的诗学焦点依然是，在一个史诗的时代，抒情何为？

在这个意义上，穆旦"新的抒情"诗学主张是对大众化诗学困境的一种突破。作为一位学院诗人，穆旦拥有丰富的西方诗学资源，也熟知西方现代主义诗歌"放逐抒情"的倾向，不过穆旦反对新诗简单地跟随西方"放逐抒情"的诗学倾向。在《〈慰劳信集〉——从〈鱼目集〉说起》一文中，穆旦指出西方现代主义诗歌"放逐抒情"，"这一个变动并非偶然，它是有着英美的社会背景做基地的。……诗人们是不得不抱怨他们所处在的土壤的贫瘠的，因为不平衡的社会发展，物质享受的疯狂的激进，已经逼使着那些中产阶级掉进一个没有精神理想的深渊里了。在这种情形下，诗人们并没有什么可以加速自己血液的激荡，自然不得不以锋利的机智，在一片'荒原'上苦苦地垦殖"②。穆旦在此对"放逐抒情"进行了"正名"，指出了其得以发生的社会基础，而这一切与中国社会现实相距甚远，因为抗战已使中国发生了巨大的变动，中国已进入一个堪称史诗的时代，"无论是走在大街、田野、或者

---

① 见穆木天《建立民族革命的史诗问题》，重庆《文艺阵地》第 3 卷第 5 期，1939 年 6 月 16 日。

② 穆旦：《〈慰劳信集〉——从〈鱼目集〉说起》，载《穆旦诗文集》（二），人民文学出版社 2007 年版，第 53 页。

小镇上，我们不都会听到了群众的洪大的欢唱么？这正是我们的时代"①。在穆旦笔下，抗战的中国无疑是一个充满躁动与活力的史诗时代，于此，穆旦发出了诗学追问："在新生起来的中国里，我们的诗运又该采取哪个方向呢？"穆旦拒绝了徐迟"放逐抒情"的诗学方案，并且以卞之琳从《鱼目集》到《慰劳信集》的创作为例，指出面对一个新生的沸腾的中国，诗人们需要创造一种"新的抒情"：

> 从《鱼目集》中多数的诗行看来，我们可以说，假如"抒情"就等于"牧歌情绪"加"自然风景"，那末诗人卞之琳是早在徐迟先生提出口号以前就把抒情放逐了。……如果放逐了抒情在当时是最忠实于生活的表现，那么现在，随了生活的丰富，我们就应该有更多的东西。一方面，如果我们是生活在城市里，关心着或从事着斗争，当然旧的抒情（自然风景加牧歌情绪）是仍该放逐着；但另一方面，为了表现社会或个人在历史一定发展下普遍地朝着光明面的转进，为了使诗和这时代成为一个感情的大谐和，我们需要"新的抒情"。②

显然，穆旦认为"放逐抒情"是对时代和历史的一种逃避，是不当的，诗歌应该以"新的抒情"去表现抗战这样一个大转折的史诗时代，"使诗和这时代成为一个感情的大谐和"。可见，穆旦并没有站在精英主义立场上，简单地否定大众化诗学对时代内容的诉求，反而强调以抒情去表现、拥抱一个史诗的时代。同时，穆旦对抒情进行了区分与界定，排斥了"自然风景加牧歌情绪"的"旧的抒情"，指出"新的抒情"应以"理性"作为根基。"这新的抒情应该是，有理性地鼓舞着人们去争取那个光明的一种东西。我着重在'有理性地'一词，因为在我们今日的诗坛上，有过多的热情的诗行，在理智深处没有任何基点，

---

① 穆旦：《〈慰劳信集〉——从〈鱼目集〉说起》，载《穆旦诗文集》（二），人民文学出版社 2007 年版，第 57 页。

② 穆旦：《〈慰劳信集〉——从〈鱼目集〉说起》，载《穆旦诗文集》（二），人民文学出版社 2007 年版，第 54 页。

似乎只出于作者一时的歇斯底里，不但不能够在读者中间引起共鸣来，反而会使一般人觉得，诗人对事物的反映毕竟是和他们相左的。"① 穆旦在此强调"理性"，无疑是对大众化浮夸的抒情的指责与否定。当"大众"泛化为一个匀质性的空洞符号，大众化抒情也就失却了个人扎实的理性基点，抒情难免沦为表层化的浮夸与感伤，无以真正表现时代的内蕴。穆旦强调通过"理性"来强化抒情，即是使抒情回到个体立场，以个体的理性为基点去感受、体验时代风云，进而将广阔的时代内容纳入诗歌表达。在这里，个人主义的抒情与诗歌的史诗性表达并不矛盾，相反，只有通过诗人个人的能动作用，才能有效地将生活现实、时代内蕴带入诗歌领域。在这个层面上，穆旦"新的抒情"诗学主张，与胡风"主观战斗精神"诗学强调诗人与世界的不断磨合的理念不无相契之处。针对大众化诗学偏颇地排斥个人主义抒情，忽视了诗人个体与世界不断磨合的过程，胡风分析道：

> 如果不把"个人主义"和对待现实生活的诗人个人的精神动态，也就是伟大的哲人所说的"个人的倾向"，个人的"思考与幻想"混为一谈，如果不把"感伤主义"和现实生活反映在诗人底主观上的苦恼，仇恨，兴奋，感激……等等的搏战精神混为一谈……那战争以来的诗的主流就不能诬为"个人主义抒情主义"，或"个人主义感伤主义"；批评如果是要暴露残缺现象，那么，那些空洞的叫喊，灰白的叙述，恰恰和孤独地沉溺在个人意识里面的"个人主义"……和"感伤主义"相反，而是没有通过诗人个人情绪底能动作用地，对于思想概念的抢夺和对于生活现象的屈服。②

这种个人主义抒情与诗歌内涵的扩展，以及诗歌创作与时代需求的呼应的辩证认知，也内在于穆旦"新的抒情"诗学构想之中。穆旦以艾青的《吹号者》为例证，具体而清晰地阐述了"新的抒情"的诗学

---

① 穆旦：《〈慰劳信集〉——从〈鱼目集〉说起》，载《穆旦诗文集》（二），人民文学出版社 2007 年版，第 54 页。

② 胡风：《今天，我们的中心问题是什么？》，重庆《七月》第 5 集第 1 期，1940 年 1 月。

内涵：

> 从这首诗中我们知道，自然风景仍然是可以写的，只要把它化进战士生活的背景里，离开了唯美主义以及多愁善感的观点，这时候自然风景也就会以它的清新和丰满激起我们朝向生命和斗争的热望来。所以，"新的抒情"应该遵守的，不是几个意象的范围，而是诗人生活所给的范围。他可以应用任何他所熟悉的事物，田野、码头、机器，或者花草；而着重点在：从这些意象中，是否他充足地表现出了战斗的中国，充足地表现出了她在新生中蓬勃、痛苦、和欢快的激动来了呢？对于每一首刻画了光明的诗，我们所希望的，正是这样一种"新的抒情"。①

这是一种新的诗学建构，不是简单地从精英主义立场出发，鼓吹"放逐抒情"的"非个人化"诗学倾向，进而否弃大众化诗学对时代内容的呼应，而是强调脱离唯美主义与多愁善感的倾向，将生活溶解在诗中，在广阔的现实经验的占有、包容之中扩展诗歌的表达内涵。这里关键的是，遵守"生活所给的范围"，以"表现出战斗的中国"。也是在这个意义上，穆旦一方面肯定卞之琳放弃《鱼目集》中"非个人化"的"放逐抒情"的诗学表达，在《慰劳信集》尝试新题材，追求诗歌大众化的艺术努力；另一方面又指出《慰劳信集》中多数诗，"'新的抒情'成分太贫乏了。这是一个失败"②。在穆旦看来，"新的抒情"是致力于民族史诗建构的一种艺术努力：

> 强烈的律动，洪大的节奏，欢快的调子——新生的中国是如此，"新的抒情"自然也该如此。③

可见，穆旦"新的抒情"诗学构想不是学院化玄思的产物，而是

---

① 穆旦：《〈慰劳信集〉——从〈鱼目集〉说起》，载《穆旦诗文集》（二），人民文学出版社 2007 年版，第 55 页。

② 穆旦：《〈慰劳信集〉——从〈鱼目集〉说起》，载《穆旦诗文集》（二），人民文学出版社 2007 年版，第 56 页。

③ 穆旦：《〈慰劳信集〉——从〈鱼目集〉说起》，载《穆旦诗文集》（二），人民文学出版社 2007 年版，第 55 页。

直面时代需求的一种诗学回应与建构，同时对大众化诗学的偏颇有着清醒的认知，也是对大众化诗学困境的一种突破与超越。这中间蕴含着一种可贵的诗学品质，既有个人艺术立场的坚持，又有对时代内涵的回应和拥抱，有力地应答了在史诗时代，抒情何为的话题，具有积极的诗学意义。正是在这个意义上，穆旦指认艾青为"新的抒情"的一个现实例证，认为其诗集《他死在第二次》是"抗战以后新兴的诗坛上"一个"可珍贵的收获"。这诗集"几乎全是一幅一幅图画的组成。但他们不是涂着空想的色彩的图画，而是透着生活的，显得特别亲近、逼真"，由是"我们可以想见许许多多疲弱的、病态的土地都随着抗战的到来而蓬勃起来了"，而"这只能是以博大深厚的情绪，在复生的土地上，才能涂出来的真实的画面"①。这样，在穆旦看来，艾青 20 世纪 40 年代的诗歌创作成为其"新的抒情"诗学构想的一个积极的现实回应与典型的诗学例证，艾青的诗歌创作所着意的是生活所给的范围，并由此充分地展现出了战斗的中国：

　　做为一个土地的爱好者，诗人艾青所着意的，全是苗生于我们本土上的一切呻吟，痛苦，斗争和希望。他的笔触范围很大，然而在他的任何一种生活的刻画里，我们都可以嗅到同一"土地的气息"。这一气息正散发着芳香和温暖在他的诗里。从这种气息当中我们可以毫不错误地认辨出来，这些诗行正是我们本土上的，而没有一个新诗人是比艾青更"中国的"了。

　　读着艾青的诗有和读着惠特曼的诗一样的愉快。他的诗里充满着辽阔的阳光和温暖，和生命的诱惑。如同惠特曼歌颂着新兴的美国一样，他在歌颂新生的中国。……这里，我们可以窥见那是怎样一种博大深厚的感情，怎样一颗火热的心在消溶着牺牲和痛苦的经验，而维系着诗人的向上的力量。②

----

① 穆旦：《〈他死在第二次〉》，载《穆旦诗文集》（二），人民文学出版社 2007 年版，第 50 页。

② 穆旦：《〈他死在第二次〉》，载《穆旦诗文集》（二），人民文学出版社 2007 年版，第 48 页。

　　在此诗学层面上，穆旦已然指认艾青为民族史诗的创造者，"《他死在第二次》正是为这些战士们所做的一首美丽的史诗"①。穆旦对艾青的不吝赞扬，显然是因为艾青的诗歌创作在某种程度上符合了其"新的抒情"的诗学构想，这也表明穆旦的诗学构想有着显著的时代特征。在具体的创作实践中，穆旦创作了《赞美》、《在寒冷的腊月的夜里》、《出发——三千里步行之一》等诗作，正是以"新的抒情"抒写时代的痛楚与希望，将广阔的生活范围纳入诗歌的表达，承载着丰厚的历史内蕴。这既是"新的抒情"的艺术例证，也重构了新诗的抒情形象和抒情意境，将新诗的抒情带入一个新的境界。

　　历来人们多是强调穆旦的诗学认知以及诗歌创作跟艾略特等西方现代主义诗歌的关系，甚至将其表述为一种"单向度"的诗学影响。从以上分析可以见出，穆旦"新的抒情"诗学构想对"抒情"的确认，以及对时代内涵的强调，表明其跟以艾略特为代表的偏重"机智"的英美现代派诗学有着明显的距离。在某种意义上，穆旦"新的抒情"诗学构想是对"非个人化"的现代主义诗歌的一种反思，相对于现代主义冷峻、机智的诗风，穆旦更强调以个人理性为基点来强化抒情，突破狭隘的个人感伤化抒情，将"生活所给的范围"都纳入抒情的领域，使诗和时代"成为一个感情的大谐和"。可以说，"新的抒情"是穆旦立足于时代语境的一种诗学思考，主张在更广阔的时代经验的包容、占有之中拓展诗歌的抒情领域，追求诗歌的"史诗"品格。这既是对徐迟"放逐抒情"的诗学主张的一种回应，也需放置于20世纪40年代诗学场域分化、对峙的时代背景中才能得到更好的理解。正是在对大众化诗学的回应与纠偏之中，显示出"新的抒情"诗学构想可贵的诗学自觉与学院化品质。

---

　　① 穆旦：《〈他死在第二次〉》，载《穆旦诗文集》（二），人民文学出版社2007年版，第52页。

第三节　袁可嘉"新诗现代化"诗学建构

袁可嘉是西南联大诗人中诗学思考最深邃，对诗学建构最执着的一位。大学期间，袁可嘉就积极为耕耘文艺社写稿，"主张文学不能急功近利，为政治服务，而是应当写'永恒的主题'"①，与追求文学的社会功利性效应的《文艺》壁报、文艺社进行论争。这凸显出其重视文学的自主性和独立价值，从艺术本体的维度思考文学的价值立场与诗学向度。毕业后不久，袁可嘉于 1946—1948 年在北平、上海、天津等地的报刊上，集中发表了二十余篇诗学文章，致力于"新诗现代化"的诗学建构，既有高屋建瓴的诗学方案构想，也有具体精微的诗歌评判，精辟的论点与细致的分析相结合，构筑起一个宏大而缜密的诗学体系。这组文章虽然发表于其自西南联大毕业之后，却是其在西南联大期间诗学训练与思考的延续，凸显出鲜明且一贯的学院化诗学立场，既是 20 世纪 40 年代一个重要的诗学收获，在今天也显出其独到的价值与深远的影响，堪称西南联大诗人群诗学建构的一个重要表征。

一

作为一名学院派诗人与诗学理论家，袁可嘉拥有丰富的西方诗学资源，尤其与西方现代诗学保持着一种同步对话关系，宽广的诗学视野使其能够锐利地诊断出新诗的流弊与缺失，显示出一种可贵的学院化品质。同时，袁可嘉又具有现实的本土关怀，其诗学建构是在与大众化诗学的对话中展开的，对大众化诗学既有同情的理解，又有精准的评判，并在此基础上斟酌损益，发展出具有个人创见的学说。袁可嘉认识到诗与社会、政治的关联性，并不反对大众化诗学的政治性诉求，而是反对

---

① 杨天堂：《西南联大时期的袁可嘉》，载西南联合大学北京校友编《箫吹弦诵情弥切——国立西南联合大学五十周年纪念文集》，中国文史出版社 1988 年版，第 141 页。

大众化诗学的一个显著流弊——"政治感伤性"：

> 这儿所指的是"政治的感伤性"而非"政治性"；因为诗的政治性是它的社会性的一面，它在今日获得显著的重视，完全适应当前政治的要求；无论从文艺与人生的关系或文艺史的发展看，都毫无非议的余地，我们辩护不暇，何论指责；但是"政治的感伤性"便呈现了绝对不同的问题……

> 今日诗中的政治感伤性是属于观念的，这并不是说，作者所要表达的政治观念本身含有感伤的成分，他们常常极为庄严，伟大；而是说承受与表达那些观念的方式显示了极重的感伤……基此而生的最显著的病态便是借观念做幌子，在它们高大的身影下躲避了一个创造者所不能回避的思想与感觉的重担；一套政治观念被生吞活剥的接受，又被生吞活剥的表达。①

袁可嘉在此肯定了诗歌的政治性，但是反对诗歌对政治观念进行生吞活剥的接受与表达的"政治感伤性"。在他看来，"政治感伤可怕地缺乏个性，这类作者借他人的意象而意象，继他人的象征而象征；一种形象代替了千万种形象，我们怵目于创造的贫乏"②。袁可嘉进而分析，产生这种政治感伤的一个重要缘由是"以技巧的粗劣为有力"，"不少诗作者不幸地以诗艺的粗劣代替了力。任意的分行，断句，诗行排列的忽上忽下，字体的突大突小，成林的惊叹号的进军，文字选择的极度大意，组织的松懈，意象的贫乏无力，譬喻的抄袭，不确，都足以说明这些急欲显示伟力的诗作奇异地无力的原因"③。透过这种细致的勘定与分析，袁可嘉进一步指出：

> 政治感伤还诱导了另一个严重的后果：艺术价值意识的颠倒。

---

① 袁可嘉：《论现代诗中的政治感伤性》，载《论新诗现代化》，生活·读书·新知三联书店1988年版，第52—54页。

② 袁可嘉：《论现代诗中的政治感伤性》，载《论新诗现代化》，生活·读书·新知三联书店1988年版，第54页。

③ 袁可嘉：《论现代诗中的政治感伤性》，载《论新诗现代化》，生活·读书·新知三联书店1988年版，第55页。

由于政治感伤性日益扩大加深的传染，在许多诗读者，诗作者，与诗批评者之间，有形无形地构成一个纯粹以所表达的观念本身来决定作品价值高下的标准。并非因为它是一首"政治好诗"而后是好"诗"，而是仅仅因为它是一首政治诗，而后是"好诗"……这种价值观念颠倒的危害是不难想象的。①

可见，袁可嘉对大众化诗学的"政治感伤性"流弊有着清醒的认知。在另一篇文章中，袁可嘉认为，诗歌的"政治感伤性"在根底上缘于人们对"诗是宣传"的主题迷信："相信'诗是宣传'的人们极端重视诗之主题的价值，认为主题所表现的作者意识，特别在狭窄定义圈内的政治意识，将充分决定诗的价值……心中既有如此极端而坚强的信仰，笔下自然就以直截了当的捧出观念了事，于是十分简捷便当中创作者所要经历的痛苦考验都一一避去，随之而去的是创作的真义，艺术的精华。于是观念因泛滥而重染感伤。"② 正是对于"诗是宣传"的主题迷信，使人们执着于文学的工具论，进而将诗歌创作简化为观念的演绎，由是因观念的泛滥而陷入感伤的泥沼。

在另一场合，袁可嘉将迷信文学工具论的大众化诗学归属于"人民的文学"范畴，犀利地指出"人民文学"的一个内在缺憾是："'人民'的论者在扩展的外衣下进行了对人，对生命，对文学极度的抽空、压缩、简化的工作……他们无异以'人民'否定了人，以'政治'否定了生命；到最后人被简化为一部大的政治机器中的小齿轮，只许这样地配合转动，文学也被简化为一个观念的几千万次的翻版说明，改头换面的公式运用。"③ 而这归根结底在于"人民文学"的工具本位论，强调"文学是，而且必须是政治斗争的工具；必须使它服从政治的领导

---

① 袁可嘉：《论现代诗中的政治感伤性》，载《论新诗现代化》，生活·读书·新知三联书店 1988 年版，第 56 页。

② 袁可嘉：《诗与主题》，载《论新诗现代化》，生活·读书·新知三联书店 1988 年版，第70 页。

③ 袁可嘉：《"人的文学"与"人民的文学"》，载《论新诗现代化》，生活·读书·新知三联书店 1988 年版，第 118 页。

而引致行动；它必须尽宣传的功用；它必须是战斗的"①。这一工具本位论带来了一种文学的偏执与迷信，乃至文学的迷失。对此，袁可嘉辩证地指出：

> "人民的文学"不能片面地过分迷信文学的工具性及战斗性，它必须适度地尊重文学作为艺术的本质：在正确的意义里，一部分优秀的文学作品必然发生说服、感化、开导的影响，使读者对是非、善恶、美丑增加鉴别的能力，因此也就具有广义的工具的性质；但过分强调这种影响是会产生——实际已经产生——令人遗憾的恶果的；人民的作者必须在急于求治的热诚里保持几分冷静，不要夸张地认为一首反抗暴虐诗印出去，所有的人就会奋身而起，直接参加对暴虐的搏斗……否则如作者不尽本分徒然苛求读者，对文学是有所损害，对读者是有所勒索，在作者本人则显然是偷懒取巧，不负责任。我们清楚地认识只有通过艺术，才能有效地表现文学的工具性、战斗性。②

袁可嘉并不断然反对文学的工具性诉求，而是强调文学的生命、艺术本体关怀，认为"人民文学"与"人的文学"可以和解共生，"在服役于人民的原则下我们必须坚持人的立场、生命的立场；在不歧视政治的作用下我们必须坚持文学的立场，艺术的立场"③。袁可嘉立论公允，注意到文学与人生、社会、政治的有机关联，同时不忘坚守文学本体论的认知立场，如其在《我的文学观》一文中所述：

> 一件作品的产生，一方面有它的社会条件，一方面也有它的心理条件，这也即是说，文学一方面是社会的产物，一方面也是个人的产物，抹煞任何一方面都是不理智的，不符合实际的庸俗的见

---

① 袁可嘉：《"人的文学"与"人民的文学"》，载《论新诗现代化》，生活·读书·新知三联书店 1988 年版，第 116 页。

② 袁可嘉：《"人的文学"与"人民的文学"》，载《论新诗现代化》，生活·读书·新知三联书店 1988 年版，第 121—122 页。

③ 袁可嘉：《"人的文学"与"人民的文学"》，载《论新诗现代化》，生活·读书·新知三联书店 1988 年版，第 124 页。

解。有一点认识尤其值得我们强调：我们无论采取社会学或心理学的观点，我们的目的是在对具体的作品有更深的理解与领会，而决不是为了去注释社会学的信条或心理学的临床诊断。无论在什么情况之下，我们不谈文学则已，如果还想谈谈的话，我们最后目的显然是在接近具体的文学作品，而不在盲目接受别的学科所包含的理论体系。因此，无论是从社会学或心理学出发，我们的目的地应该是文学，而非其他。①

在大众化诗学、"人民的文学"将文学对社会现实的关注上升至工具本体论的 20 世纪 40 年代后期，袁可嘉这种文学本体论立场的坚守显得尤其可贵。正是依凭着这种价值立场，袁可嘉批评了未能着眼于诗的本体，将诗简化为其他知识的附庸，从而远离了诗之本质的诸多误解：

> 因为相信诗能供给命题，而命题有真假之分，于是诗被驱与科学争"真"；因为命题或为抽象观念，于是诗与哲学争哲理的渊深；因为命题或者包含信仰，于是诗与宗教竞作上帝的使徒；因为命题或是道德的启示，于是诗与伦理学攀亲；因为命题或叙个人，集体的事实，于是诗被改头换面做传记的注脚，或与历史对簿公庭；因为命题或者能悦目赏心，于是诗被比作美于醇酒妇人；因为命题或能号召革命，于是诗被借来代替传单，手榴弹；由此而来种种妖言邪说，真是不一而足，却一样远离诗的本体，使诗沉沦为某种欲望的奴隶，工具。②

祛除这些远离"诗的本体"的无谓纷争，袁可嘉指出："在正确的意义里，诗可以看作一个扩展的比喻，一个部分之和不等于全体的象征，一个包含姿势，语调，精神的动作，一曲接受各部分诸因素的修正

---

① 袁可嘉：《我的文学观》，载《论新诗现代化》，生活·读书·新知三联书店 1988 年版，第 109 页。

② 袁可嘉：《诗与意义》，载《论新诗现代化》，生活·读书·新知三联书店 1988 年版，第 85—86 页。

补充的交响乐，更可看作一曲调和种种冲突的张力的戏剧。"[1] 这种"诗的本体"的认知立场显然受西方现代诗学的影响，尤其是新批评的"张力说"等诗学思辨的影响，彰显出一种学院派批评的底色。不过，在 20 世纪 40 年代的历史语境中，袁可嘉对新批评等诗学见解的膺服与运用，并不是一种学院化知识的简单移植，而是有着现实的针对性，即是对大众化诗学以现实的、政治的名义挤压乃至吞噬诗歌自身艺术审美空间的一种抵抗，并由此去探索新诗的发展路径。正是在这个意义上，袁可嘉提出了"新诗现代化"的诗学方案，并在《新诗现代化》这篇宏文中，首先明确归纳出几个基本诗学原则："绝对肯定诗与政治的平行密切联系，但绝对否定二者之间有任何从属关系"，"绝对肯定诗应包含，应解释，应反映的人生现实性，但同样地绝对肯定诗作为艺术时必须被尊重的诗底实质。"[2] 这些诗学原则有着鲜明的现实针对性，表明尽管拥有、征用了西方现代诗学资源，袁可嘉的诗学建构并非一次简化的"理论旅行"，而是立足于中国历史语境的一种批评实践，是面对 20 世纪 40 年代纷乱复杂的诗歌格局的一次积极诗学回应。这样即不难理解袁可嘉对新诗"现代化"与"西洋化"的辨析：

> 我所说的新诗"现代化"并不与新诗"西洋化"同义：新诗一开始就接受西洋诗的影响，使它现代化的要求更与我们研习现代西洋诗及现代西洋文学批评有密切关系，我们却绝无理由把"现代化"与"西洋化"混而为一。从最表面的意义说，"现代化"指时间上的成长，"西洋化"指空间上的变易；新诗之不必或不可能"西洋化"正如这个空间不是也不可能变为那个空间，而新诗之可以或必须现代化正如一件有机生长的事物已接近某一蜕变的自然程

---

[1] 袁可嘉：《诗与意义》，载《论新诗现代化》，生活·读书·新知三联书店 1988 年版，第 86 页。

[2] 袁可嘉：《新诗现代化》，载《论新诗现代化》，生活·读书·新知三联书店 1988 年版，第 4—7 页。

序，是向前发展而非连根拔起。①

在袁可嘉看来，新诗"现代化"并不等同于"西洋化"意义上的横向空间移植，而是新诗自我发展的纵向时间序列上的一个自然结果。正是纵观新诗近三十年的发展路径，直面20世纪40年代新诗复杂矛盾的现实，袁可嘉提炼出了如下"新诗现代化"诗学方案：

> 这个新倾向纯粹出自内发的心理需求，最后必是现实、象征、玄学的综合传统；现实表现于对当前世界人生的紧密把握，象征表现于暗示含蓄，玄学则表现于敏感多思、感情、意志的强烈结合及机智的不时流露。②

这里，"象征"、"玄学"显然是来自西方的诗学理论资源，是为了祛除大众化诗歌的"政治感伤性"以及由此而来的诗艺的缺失，而将"现实"一词置于"象征"、"玄学"的前列，则表明袁可嘉意识到真正的诗学建构不是简单地移植西方诗学资源，而是必须具备一种清醒的诗学本土立场与批评主体意识。与大众化诗学强调诗歌的宣传工具功能，进而将"现实"窄化为"政治现实"不一样，袁可嘉笔下的"现实"在更深广的意义上，指称诗歌创作与社会现实处境以及历史文化情境有着密切的关联，表现为"现代诗人作品中突出于强烈的自我意识中的同样强烈的社会意识，现实描写与宗教情绪的结合，传统与当前的渗透"。在诗学层面上，这是主张在更广阔的现实经验的占有、包容之中扩张诗歌的表达内涵，进而提升诗歌的深度品质。诚如有学者指出，在袁可嘉的诗学建构中，"'现实、象征、玄学'这一三维结构及其密不可分性质的整体，形成了一个新的独特的现代诗学范畴。它以诗人强烈关注的社会的和心理的现实为生命，以多种形式的象征为营造意象和传达情绪的手段，以抽象的哲理沉思与具象的敏锐感觉呈现为诗的

---

① 袁可嘉：《新诗戏剧化》，载《论新诗现代化》，生活·读书·新知三联书店1988年版，第21页。

② 袁可嘉：《新诗现代化》，载《论新诗现代化》，生活·读书·新知三联书店1988年版，第7页。

智性基础，在'放弃单纯的愿望'的'现代文化的复杂性和丰富性'中，建造一种新的'大踏步走向现代'的诗的世界"，而放置于新诗的发展历程中，这一诗学方案的出现，则表明"中国现代主义诗歌美学原则的追求与构建的趋于成熟"①。从场域的视角考察，这是袁可嘉对大众化诗学的一种美学抵抗与纠偏，并以学院化的诗学建构拓展、丰富了新诗的诗学维度及内涵。

二

"现实、象征、玄学的综合"作为一个整体诗学方案，具有高度的概括性，可以看出袁可嘉立足于学院化诗学立场，调和诗与时代、诗与政治、艺术与宣传等多重关系，在坚守与突破之中谋求、维护新诗发展的良苦用心。更重要的是，在袁可嘉笔下，不仅有着"现实、象征、玄学的综合"的宏观诗学构想，而且有着丰富的微观诗学考察，并以微观诗学的缜密分析，充实着宏观的整体诗学方案。在微观诗学层面上，袁可嘉主要考察了"新诗戏剧化"、"诗与意义"、"诗与晦涩"、"诗境的扩展与结晶"等诗学课题，这些诗学课题既可视为独立的诗学范畴，又相互关联，共同支撑起袁可嘉的诗学构想。从微观诗学层面考察，袁可嘉一针见血地指出：

> 新诗的毛病表现为平行的二种：说明意志的最后都成为说教的，表现情感的则沦为感伤的，二者都只是自我描写，都不足以说服读者或感动他人。……在极多数的例子里，意志只是一串认识的抽象结论，几个短句即足清晰说明；情绪也不外一堆黑热的冲动，几声呐喊即足以宣泄无余的。

> 从这个角度来看，当前新诗的问题既不纯粹是内容的，更不纯粹是技巧的，而是超过二者包括二者的转化问题。那么，如何使这

---

① 孙玉石：《中国现代主义诗潮史论》，北京大学出版社 1999 年版，第 332 页。

些意志和情感转化为诗的经验？①

　　显然，袁可嘉对新诗的流弊有着敏锐的认知与判断，并在此基础之上提出了对应的诗学表达策略"新诗戏剧化"。在袁可嘉看来，这两类诗的通病或者说新诗的一个致命结症，"在把意志或情感化作诗经验的过程"，"而诗的唯一的致命的重要处却正在过程"②。在这个意义上，"戏剧化"的表达策略是对新诗这一致命结症的一种克服，可以"设法使意志与情感都得着戏剧的表现，而闪避说教或感伤的恶劣倾向"。这首先要求诗人"尽量避免直截了当的正面陈述而以相当的外界事物寄托作者的意志与情感"，进而追求"表现上的客观性与间接性"③。"戏剧化"手法的运用，是在诗歌的表达中淡化抒情而突出"客观对应物"的暗示性以及戏剧情境的张力，以此承载诗人强烈、丰富的意志与情感。这也是对新诗直白化的表达结症的一个深刻的诗学反思：

　　　　无论想从哪一个方向使诗戏剧化，以为诗只是激情流露的迷信必须打破。没有一种理论危害诗比放任感情更为厉害，不论你旨在意志的说明或热情的表现，不问你控诉的对象是个人或集体，你必须融合思想的成分，从事物的深处，本质中转化自己的经验，否则纵然板起面孔或散发捶胸，都难以引起诗的反应。④

　　可见，袁可嘉对"新诗戏剧化"的阐释是在具体的微观诗学层面上，抵制、纠偏新诗"激情流露"的浪漫化表达的一种诗学努力。与这种诗歌创作的"戏剧化"表达策略相对应，袁可嘉深入阐释、分析了"戏剧主义"诗歌批评体系，在诗学的意义层面上真正将"戏剧化"原则发展为一个批评范畴，进而将"戏剧主义"视为一个独立的批评

---

　　① 袁可嘉：《新诗戏剧化》，载《论新诗现代化》，生活·读书·新知三联书店 1988 年版，第 24 页。
　　② 袁可嘉：《新诗戏剧化》，载《论新诗现代化》，生活·读书·新知三联书店 1988 年版，第 24 页。
　　③ 袁可嘉：《新诗戏剧化》，载《论新诗现代化》，生活·读书·新知三联书店 1988 年版，第 25 页。
　　④ 袁可嘉：《新诗戏剧化》，载《论新诗现代化》，生活·读书·新知三联书店 1988 年版，第 28—29 页。

系统，从多个层面辩驳了浪漫主义诗学的一些基本信条。在从现代心理学、美学、文字学等三个层面探析了现代诗歌的戏剧性因素之后，袁可嘉归纳道：

> 诗的语言是象征的语言，它的意义随时接受其他诸因素（如意象、节奏、语气、态度等等）的修正和补充，所以整个诗创作的过程可以称为一种象征的行为。诗中不同的因素都分别产生不同的张力，诸张力彼此修正补充，推广加深，而蔚为一个完整的模式。此中显然包含立体的，戏剧的行动……我们便不难把握戏剧主义的真实面目：人生经验的本身是戏剧的（即是充满从矛盾求统一的辩证性的），诗动力的想象也有综合矛盾因素的能力，而诗的语言又有象征性、行动性，那么所谓诗岂不是彻头彻尾的戏剧行为吗？①

这种"戏剧主义"批评范畴与体系的阐释，无疑确立起一种新的内在的诗批评标准："戏剧主义评诗的准则，在理论上，至少包含两个部分：一方面决定于诗经验本身的质量，一方面也决定于表现上的成败，前者属于素材价值的估定，后者则有关艺术手腕的高低，而贯通二者的则是戏剧的合适性。"② 在这种批评标准之下，袁可嘉指出了浪漫主义诗歌与现代戏剧性诗歌的重要区别：

> 抒情的诗旨在描写喜怒哀乐的状态，往往只止于直线的运动；写悲哀的诗从头至尾永远表现悲情的波动，多主题底重复而绝无辩证的发展。这在一方面是浪漫诗底性质使然（它底排斥性），一方面更是十九世纪人类唯情的意识形态底天然限制。现在的戏剧性的诗，恰巧相反，十分着重复杂经验底有组织的表达，因为每一刹那的人生经验既然都包含不同的，矛盾的因素，这一类诗的效果势必依赖表现上的曲折、暗示与迂回。创作这样的诗篇无异是做一件富

---

① 袁可嘉：《谈戏剧主义》，载《论新诗现代化》，生活·读书·新知三联书店1988年版，第34页。

② 袁可嘉：《谈戏剧主义》，载《论新诗现代化》，生活·读书·新知三联书店1988年版，第35页。

有戏剧性的（即是从矛盾求统一的）工作。[1]

在此基础之上，袁可嘉借鉴瑞恰慈的"包含的诗"、"排斥的诗"等诗学范畴，认为现代戏剧性诗歌是一种"包含的诗"，而与浪漫化的"排斥的诗"判然有别，"十九世纪底抒情的诗是单纯的，是排斥的，因为它本质地要求一种强烈情绪底独占，而绝不允许别种因素的存在与出现……而现代的戏剧诗，是包含的，多方面的"[2]。在诗学意义上，这也是对浪漫主义直线性抒情、排斥性表达的诗学规则的反抗与突破，或者说，"从浪漫主义到现代主义的诗底发展无疑是从抒情的进展到戏剧的"。当然，这并不是说现代诗歌已经完全放逐了抒情，而是：

> 抒情的方式，因为文化演变的压力，已必须放弃原来的直线倾泻而采取曲线的戏剧的发展。造成这个变化的因素很多（如现代文化的日趋复杂，现代人生的日趋丰富，直线的运动显然已不足应付这个奇异的现代世界），最基本的理由之一是现代诗人重新发现诗是经验的传达而非单纯的热情的宣泄。热情可以借惊叹号而表现得痛快淋漓，复杂的现代经验却决非捶胸顿足所能道其万一的。诗底必须戏剧化因此便成为现代诗人的课题。[3]

显然，立足于"戏剧主义"批评体系，袁可嘉认为"戏剧化"是现代诗歌的一个内在命题。在这种戏剧张力的认知模式中，袁可嘉指出现代诗歌是在语言、意象、节奏等各种因素交互作用中生成的一种"戏剧化"结构模式："诗是许多不同的张力（tensions）在最终消和溶解所得的模式（pattern）；文字的正面暗面的意义，积极作用的意象结构，节奏音韵的起伏交锁，情思景物的振荡渗透都如一出戏剧中相反相成的种种因素，在最后一刹那求得和谐；戏剧是行动的艺术，因此现代

---

[1]　袁可嘉：《诗与民主》，载《论新诗现代化》，生活·读书·新知三联书店1988年版，第47—48页。

[2]　袁可嘉：《诗与民主》，载《论新诗现代化》，生活·读书·新知三联书店1988年版，第48页。

[3]　袁可嘉：《诗与民主》，载《论新诗现代化》，生活·读书·新知三联书店1988年版，第47页。

人眼中的诗也是，他们同样分担从矛盾中求统一的辩证的性格。"① 这是一种新的"戏剧主义"诗学认知与批评范畴的建构，显然有别于以往的浪漫主义诗学信条。袁可嘉还进一步从微观诗学的角度阐述了"戏剧主义"的几个批评术语，如机智、悖论、反讽、辩证等，指出现代戏剧性诗歌的这些特质，使"诗篇意外地生动，意外地丰富"，能够"从一致中产生殊异，从矛盾中求得统一"②。正是依凭着这种诗学批评体系，袁可嘉对徐志摩与穆旦的诗进行了比较分析：

> 徐（志摩）诗底特质是分量轻，感情浓，意象华丽，节奏匀称，多主要情绪的重复，重抒情氛围的造成，换句话说，即是浪漫的好诗；穆旦底诗分量沉重，情理交缠而挣扎着想克服对方，意象突出，节奏突兀而多变，不重氛围而求强烈的集中，即是现代化了的诗。前者明朗而不免单薄，后者晦涩而异常丰富。③

也是在这个意义上，袁可嘉将穆旦、杜运燮等西南联大诗人的创作视为一次新的感性革命，"他们的实验在一切涵义穷尽以后，有力代表改变旧有感性的革命号召……目前的感性改革者则显然企图有一个新的出发点，批判地接受内外来的新的影响，为现代化这一运动作进一步的努力"④。而袁可嘉的诗学批评以及"戏剧主义"批评体系的建构，正是力图为这一新的感性革命实践提供理论支点、诗学规则以及具体的技术运用，以更好地促进"新诗现代化"这一终极目标的实现。于此，可见袁可嘉作为一个学院化批评家的理论抱负与批评担当。这样，我们就不难理解，袁可嘉在提出"现实、象征、玄学的综合"这一整体的"新诗现代化"方案的同时，又从"新诗戏剧化"、"诗与主题"、"诗

---

① 袁可嘉：《对于诗的迷信》，载《论新诗现代化》，生活·读书·新知三联书店1988年版，第66页。

② 袁可嘉：《谈戏剧主义》，载《论新诗现代化》，生活·读书·新知三联书店1988年版，第38—39页。

③ 袁可嘉：《诗与民主》，载《论新诗现代化》，生活·读书·新知三联书店1988年版，第48页。

④ 袁可嘉：《新诗现代化》，载《论新诗现代化》，生活·读书·新知三联书店1988年版，第4页。

与意义"、"诗境的扩展与结晶"等多个层面展开诗学阐释与批评，以具体而微的诗学阐释与 20 世纪 40 年代主流的大众化诗学进行对话、辩驳、批评。这种阐释与批评的努力，也是在文学场的分化中，凭借、征用学院化的精神资源与象征资本，呼唤回归诗本体，以促进新诗健康发展的一种批评尝试。在《对于诗的迷信》一文中，袁可嘉对于种种偏执的诗的迷信进行了辩驳，文末理性地呼吁道：

> 无论哪一类对于诗的迷信都起于有同一称谓的价值观念在不同的价值体系中实质的混淆，都远离诗作为一种文字艺术的本质，而有强烈的歪曲诗，代替诗的坏倾向；我们如果真正爱诗，尊重诗，我们必须凭借理智的分析，保持若干重要的区分：我们必须记得在情绪里有人的情绪与艺术情绪，在信仰里有抽象的与感觉的，在意识里有逻辑本文与诗本文，在现实里有人生现实与诗现实，在生活里有生活经验与诗经验，在行动里有具体行动与象征行动等等分别；尤其重要的是，这种必需的界限的划分，目的不在使诗孤立绝缘，而在使它独立配合，不在窒息诗，而在唤它返回本体，重获新生。[①]

面对 20 世纪 40 年代纷乱的现实，以及种种对诗的歪曲乃至剥夺诗本体的行为，袁可嘉的这种呼吁显得异常珍贵，可见其在复杂多变的现实中迂回突破，以求长远发展的艺术抱负与良苦用心。在另一篇文章中，袁可嘉严肃地论述道：

> 我们自无须企图穷尽地列举诗艺的构成因素，我们只要想及诗中意境创造、意象形成、辞藻锤炼、节奏呼应等极度复杂奥妙的有机综合过程，就不难了解诗艺实质所包含对作者的强烈反叛、抵抗的意味，及一位诗作者在遭遇这些阻力时所必须付与的耐心与训练，诚挚与坚毅；如果我们根本否认诗艺的特质或不当地贬低它的作用意义，则在出发基点，作者已坦白接受击败自己的命运；其作

---

① 袁可嘉：《对于诗的迷信》，载《论新诗现代化》，生活·读书·新知三联书店 1988 年版，第 67—68 页。

品之不成为作品既在意中，其对人生价值的推广加深更是空中楼阁，百分之百骗人欺己的自我期许。①

这对于那些借着时代需求之名义，忽略乃至放弃诗艺的追求与经营的诗歌创作，可谓一语中的，既有入木三分的批判，也有语重心长的劝导。这在根底上也传达出一种庄严的诗歌理念，即诗歌创作需要心智的努力与技艺的经营。在这个诗学意义上，袁可嘉认真地区分了表现与创造，"表现只是原来经验的翻版，有哀则哭，有喜则笑，水到渠成，无须历经挑选，综合，糅合的艺术过程，而创造的行为则必须包含经验的转化，心智选择的戏剧动作，及从矛盾到统一的辩证曲线。表现仅有主观的发泄的价值，创造则舍此之外更有客观存在的独立意义"②。这里，表现与创造的一个重要区分即在生活经验的艺术转化，这种艺术转化最终表现为"诗境的扩展与结晶"。袁可嘉借用艾略特"客观联系物"概念，对诗境的扩展做出了阐释：

　　诗的扩展到了今日，经过艾略特底"可联系物"的阐释，可说已发展到极致。如果你想表达一种诗思诗情，你必须避免直接的叙述或说明，而采取旁敲侧击，依靠与这种情思有密切关连的客观事物，引起丰富的暗示与联想……那就是增加了诗底戏剧性，扩大并复杂化了人类的感觉能力。在平铺直述或痛哭怒吼的抒情诗里，由于那类诗底性质的限制，我们只能经验一种感觉方式，一种情绪的熏染。"客观的联系物"彻底粉碎了这种迹近自杀的狭窄圈子，吸收一切可能的相关感觉方式，平行或甚至相反的情绪都可融在一起。③

可以说，通过借鉴西方现代诗学资源，袁可嘉关于新诗的诗学思考

---

①　袁可嘉：《新诗现代化》，载《论新诗现代化》，生活·读书·新知三联书店1988年版，第5—6页。

②　袁可嘉：《我们底难题》，载《论新诗现代化》，生活·读书·新知三联书店1988年版，第183页。

③　袁可嘉：《论诗境的扩展与结晶》，载《论新诗现代化》，生活·读书·新知三联书店1988年，第131页。

已经相当的深入、细致，标志着中国现代诗学的一种整体性突破与超越。诚如有学者指出，袁可嘉"在 40 年代后期创作的一系列关于'新诗现代化'的诗歌理论与批评文章，标志着现代诗歌理论在 40 年代所能达到的限度"，并且"预示着中国现代诗歌理论向具体化细部描述与微观诗学发展的可能性"①。在大众化诗学主张喧嚣不已的 20 世纪 40 年代，袁可嘉的诗学考量与理论建构显示出一种可贵的学院化价值立场，并以缜密的思辨、严谨的分析表征着西南联大诗人诗学思考的独立性、创造性。

---

① 吴晓东：《象征主义与中国现代文学》，安徽教育出版社 2000 年版，第 205 页。

第四章　学院空间中的现代体验及其抒写

　　作为一个学院诗人群体，西南联大诗人拥有丰富的学院文化资源，这使其占据着文学场的一个独特位置，也使他们的写作整体上抵挡了一种时代性的"写实主义"压力，回避了大众化诗学的缺陷，进而形成了独立的学院化诗学立场与写作策略。当然，这并不意味着西南联大诗人的创作是自我封闭，是与时代现实隔绝的。事实的另一面的是，虽然身处一个相对自足的学院空间，惨烈的民族战争与沉痛的时代灾难是西南联大诗人所必须面对的现实情境与特殊压力，而此情境对个人的冲击与震撼，以及由此而来的心理冲突、独异的生命体验等，则构成了其诗歌创作的内在张力。可以说，在时代苦难和个体体验的纠葛之中，西南联大诗人将丰厚的学院文化资源内化为自身的精神资源，获得了一种鲜明的现代体验与现代意识，而这种学院空间中的现代体验的传达及艺术转化，也成为其诗歌质地的一个突出表征。

　　诚然，置身于学院空间，西南联大诗人获得了丰富的文化、文学资源，尤其是西方现代主义文学的传授与接收，开阔、提升了其文学视野，西南联大的诗歌创作深受西方现代主义诗歌影响是一个不争的事实。不过，更重要的是，西南联大的诗歌创作如何回应了中国新诗自身的问题。对西南联大诗人而言，"真实发生的情形并不是西方现代主义手法和中国现实内容的'结合'"，而是"西方现代主义诗歌击中了他们的切肤之痛，并且磨砺着他们对于当下现实的敏感，启发着他们把压抑着、郁积着的对于现实的感受充分、深刻地表达出来"①。在某种意义上，可以说正是在"全民族的灾难和单个人的精神磨难之间，在共同的压力下和个人独特的生命感受之间，在异域的文学启迪和中国自身的现实境遇之间"②，在这诸多因素的相互激发、磨砺之间崛起了西南联大诗人群。对于西南联大诗人来说，最具有价值和意义的是，在战争的残酷环境之中，他们如何将异域的文学资源内化为自身的精神资源，从而在如何开掘一个新的表意空间以包容、表达复杂曲折的现代经验方面，为现代新诗带来了诸多新质。从现代诗学层面考察，这是一个如何在新诗表达中捕捉、包容复杂曲折的现代经验，从而传达出历史剧变中的崭新事物和切己生命体验的新诗现代性命题。正是在这个现代性诗学层面上，西南联大诗人做出了卓有成效的实绩，并且通过将现代体验进行诗意的转化和表达，为现代新诗拓展了一个新的诗美空间。这些都凸显出其于现代新诗的真正诗学价值。

第一节 学院中的"现代认同"：生命存在的形而上追思

身处战争中的学院空间，毁灭性的战争、饥寒流离的生命考验、日益恶化的日常生活和生存环境，是西南联大诗人无法回避的现实生存处境。不过，现实的残酷并没有摧毁内心深处的自由生命意志，相反，在时代的生死考验与学院化精神思考的碰撞中，"如何抵抗群体对个体的虐杀而保持'存在的本真'？如何承受时代的危难并且从破碎的生活中寻回生命的意义和尊严？如何肉搏身内身外无穷的黑暗、为一颗孤寂的

---

① 张新颖：《20 世纪上半期中国文学的现代意识》，生活·读书·新知三联书店 2001 年版，第 206 页。

② 张新颖：《20 世纪上半期中国文学的现代意识》，生活·读书·新知三联书店 2001 年版，第 195 页。

灵魂寻找托身的屋宇?"① 这种寻求"现代认同"的心灵渴求成为多数联大诗人的一个自觉创作追求。在某种意义上，正是这种学院空间中的"现代认同"以及执着的艺术思考，使西南联大的诗歌创作既有厚重的个体体验，又有形而上的玄奥。个体的真实体验使形而上的玄学思考不至于蹈空，心智上的深邃思考又使个体不沉滞于现实的一己的苦难，而走向伤感的宣泄。在感性与知性交织、个体与世界融会的精神境地和心性惯习中，联大诗人将战争的惨烈体验、生活的沉重和苦难转化为形而上的精神思索与精湛的艺术表达。不同于青春哀怨的感伤抒写，也不同于为抗战而歌、侧重民族主义情怀的激情抒唱，西南联大诗人将学院化的"现代认同"转化为形而上的生命体验和思考，对生命存在的形而上追思由此成为其诗歌创作的一个重要主题。这种生命存在的形而上诗性诘问在罗寄一、穆旦、冯至等人的诗作中有着最突出的表达。

一

1943 年毕业于西南联大经济系的罗寄一，为西南联大诗人群的重要一员，其诗歌创作量并不大，迄今也没有得到研究界应有的重视。不过，细读其诗作，可以发现，对灵魂皈依的质询，对生命存在的拷问等构成其诗作的一个母题，为数不多的诗作成为他对现代个体命运的一种诗性诘问。在诗作《一月一日》中，罗寄一首先展示出一幅残破、愚妄的生命图景：

无组织的年月就这样流，
从睡梦到睡梦，
多少细胞伸了懒腰，虽然是
死亡到诞生，潜伏希望，
当列车穿过痛苦的山洞。

---

① 张松建：《现代诗的再出发：中国四十年代现代主义诗潮新探》，北京大学出版社 2009 年版，第 234 页。

> 停一停：褪色的旗帜的世界，
>
> 浮在云雾里的笑，被动员的
>
> 传统的温情，婚礼的彩车
>
> 装载自动封锁的
>
> 幸福，向天空的灰色驰奔。

诗作是对于元旦的随想，也是在一个新的时间节点对生命的思索，诗人一反人们惯常的喜庆色调与激情感怀，而是冷峻地呈现出一幅暗淡的生命存在景观。无论是伴随着岁月的无情流逝，生命的行程犹如"列车穿过痛苦的山洞"，还是"婚礼的彩车装载自动封锁的幸福"，都彰显出一种生命的萧索与悖论。于是，一种生命的困境在诗人笔端显露：

> 欺骗自己说开始的开始，
>
> 好心的灵魂却甘愿躲进
>
> 装作的无知，然而逃不了
>
> 见证，多少次艰难而笨拙地
>
> 描画圆圈，却总是开头到结尾
>
> 那一个点，羁押所有的眼泪和嗟叹。

元旦是一个新的开始，然而这"开始的开始"于已然破碎的生命无甚意义，一切陷入生命的自欺与怯懦中而无法自拔，犹如"圆圈"式的虚妄循环，一种生命的困顿与虚无于此诗化地呈现出来，"那一个点，羁押所有的眼泪和嗟叹"。一种生命的无望与存在的困境得以突显，从诞生到死亡的生命历程即是"痛苦的行列"穿行在"自辟的里程"，而生命趋向最终的死亡，犹如"垃圾车匆匆载到霉烂的坟场"。这是一首关于元旦的献诗，诗人却抽去了惯常的亮丽色彩，呈现出深邃的生命诘问的精神向度。这种生命存在意义的精神叩问贯穿罗寄一的多数诗作，在《序——为一个春天而作》中有着极致的表达。诗篇共四节，篇幅宏大，涉及新与旧、生与死、个人与群体、堕落与反抗等，共同编织出现代个体特有的生命困惑及心灵症结。诗篇第一节从春天的复苏着笔，勾勒出一幅繁荣的春景，然而与这欣欣向荣的自然景观相对应的却是现实生命存在的污秽、无奈与困顿：

> 一切的存在溅满了泥污，这是一节不能逃避的
> 噩运：丑陋的眼睛——人的，兽的，
> 充血的，烟黄的，某一种饥渴，失神的疯癫……
> 魔术棒指着东一点西一点的懊丧，
> 不知道呼吸的理由，迫害与被迫害的理由，
> 也茫然于狞笑着牵引我们的"死亡"，
> 可是爬起来了，从一只羔羊的哀怨里，
> 年青，而且在历史的夹缝里看见光，
> 每一个取火者都退隐到黑暗里，而我们
> 惊醒了，（从一个冬日的潮湿的恶梦）
> 是在褴褛的小屋里，为一个信号，
> 一个可祝福的使者照花了眼睛……

这即是诗人笔下惨淡的生命图景，生活现实的逼压使个体处于"饥渴"乃至"疯癫"的生命状态，一切是命定般的难以改变，个体成为哀怨的"羔羊"，即使"在历史的夹缝里看见光"，也犹如在噩梦中为"祝福的使者照花了眼睛"。在这里，现实生活的沉重与哀怨中纠结着形而上的生命焦虑。诗篇第二节着重描绘了中产阶级表面奢华的生活所表征的资产阶级现代性对个人的压抑，以及个人在与群体的抗争中所丧失的生命本真。在诗人笔下，中产阶级看似奢华、荣耀的生活背后却是一种生命的敷衍与虚妄：

> 检查一下被封锁的自己，准备好各色的
> 面具，在一个悲喜剧里保证安全，
> 就这样熟练地做了，每一次拜访以前。
> 一样的是昨天的节目和打扮，
> 一样的是全副武装的行进，
> 一样的是维护一个可疑的存在，

> 一样的是法律，庄严而可笑的条文……
>
> 脚底下，永远不能平坦的道路，在伤害里沉默，
>
> 牌坊，门脸，狰狞的市招，一根坚固而冰冷的绳索。

这里，诗人穷形尽相地描绘出了中产阶级虚伪、无聊的生活方式与生命状态，并且诗人进一步戳破了资产阶级现代性的虚伪性，道出了在资产阶级现代性的压抑之下，现代个体丧失了生命存在的本真状态：

> 从每一座高楼，每一辆轿车，每一扇
>
> 耀目的门窗炯炯地眈着眼，
>
> 不能够理解一个季节的转换。
>
> 而你们，你们为生活而喘息的，
>
> 压扁了自己，就在厌倦中听候凋零，
>
> 一阵轰炸像一段插曲，卷去一堆不知道的
>
> 姓名，一片瓦砾覆盖着"家"的痕迹，
>
> 透过失落了泪水的眼睑，让唯一的真理
>
> 投影：敌人，自己，和否定怜悯的世纪……

击碎资产阶级现代性的神话，诗人发觉了现代社会的一个存在真相，"敌人，自己，和否定怜悯的世纪"，现代个体与群体的隔绝以及社会性的冷漠在此表露无遗。现代个体被囚禁在孤绝的社会处境中，生命几近窒息，何以追寻生命的升华及存在的意义？而作为第三世界的知识分子，诗人更是感觉到了现代中国人艰难的生存处境，"坚持一个瘘弱的传统，一杯/殖民地的咖啡，溅满了脱页的史篇。/就这样笑，这样耸一耸肩，这样/在干涩的舞台上践踏别人和自己"。身处如此的历史境遇，一种破败、黯淡的生命样态在诗人笔下呈现，"肮脏的街道，死亡奴役的生命，/被玷污的灵魂在酷刑下晕倒，/不幸的尖刀杀戮着各样的年龄"。这样一幅惨淡生存图景的刻画，使诗篇具有了内省的气质，诗人在生命存在的形而上追问中表达出一种清醒的生命痛楚，在批判社会秩序混乱的同时传达出一种生存决断的艰难。

罗寄一的不少诗作集社会反思与精神内省于一体，在沉痛的社会批

判中呈现出形而上的生命追思。诗篇《在中国的冬夜里》将现实的苦难与生命的痛楚凝结成一幅幅诗化的画面："城市满布着凌乱的感伤，/躲避在摇摇欲坠的阁楼里，风吹打他们战栗，那无辜的血液/正泛滥着庞大历史中渺小而真实的课题"，"当雪花悄悄盖遍城市与乡村，/这寒冷的国度已埋葬好被绞死的人性。/只有黑暗的冬夜在积聚、凝缩、起雾，/那里面危险而沉重，是我们全在的痛苦"。诗篇将乡村与城市、自然与生命、历史与个体纠结在一起，并以冬天的残酷、凄凉表征现实的残破、历史的无情与个体的无奈。冬天的寒冷、黑暗在此成为个体生命存在的一个症候，喻指着生命的惨痛、荒芜，一种内在的生命的无助力透纸背，"我们已不再能哭泣，反应这弥天的灾害"。《月·火车（之一）》描述在清朗的月夜里奔驰的火车，月色的秀丽与火车所经之处的荒凉形成对照，在充满诗性张力的景物描绘中，诗人将生命的迷茫、存在的追问等悄然糅入，拓展了诗境：

> 废墟，坟地，荒野，废墟，坟地，荒野，
> 怎么能解脱这激怒的冲动，沉重的
> 古代的烟火正弥漫着静谧的大谎，
>
> 枪弹刺刀在多重幻想外沸腾，
> 静静地沁入我不幸的运命，夜，
> 深沉，高大的实体从多度空间奔来，
> ……
> 久旱，五月的温暖，田园龟裂，
> 风正柔，一片不能凝结的
> 乐章，洞穿我全部感情。

火车所经之处景物的荒凉及其快速转换，与"我"内心感受契合一体，生命的"冲动"、激情的"沸腾"，在现实的暴力与残酷之中最终化为无所适从的迷茫，一切是茫然而无从把握，就如车窗外永远是"废墟、坟地、荒野"一样。这里，火车是短暂人生的象征，象征着人

生之旅在匆忙中孤独地行进，弥漫着一种生命的迷惘与虚无，"死，是寂静的羽毛，从远方来，向远方飘，/废墟，坟地，荒野的连绵，什么也不多，不少"。这种生命的诗化沉思在《月·火车（之二）》中得到延续，诗人在月亮的永恒之美与个体的短暂之在间结构诗篇，构成一种饱满的诗性张力，"我忘记沁血的内伤，然而你太优美，/你太冷酷，千百万疑问的脚步移过，/一寸寸黄土，为一个契约而牺牲，/你的苍白渗透被迫害的青春，沉重的/传统压下来，劫夺去这热血，这红润，/撕碎期待完成的美，我们有限的天真"。在月亮的永恒反衬之下，是个体生命的破碎与迷乱：

> 你只有奇怪地亮，千万个世纪
>
> 有一种心情，是抱歉，沉醉，同情？
>
> 听，远处火车的笛声，割裂了
>
> 长夜的朦胧：一个寓言，一个暗讽，
>
> 然而我要怎样？在透明的自觉里疯狂？
>
> 飞翔又跌下，跌下来，粉碎地不再有悲伤，
>
> 还是封闭在艰涩的梦里，
>
> 你温柔的手指带来无奈的迷乱？

诗篇在孤寂、忧郁的旋律里夹杂着跌宕起伏的心理张力，一种对个体存在意义根据的追索以及由此而来的生命困惑与决断的艰难得以凸显出来。这种形而上生命追思的"现代认同"精神内蕴也构成了罗寄一诗歌创作的一个重要艺术质地。这也是罗寄一对现代诗歌品质的一种诗学贡献与艺术推进。在这个意义上，罗寄一是一个被遗忘的诗人，其诗歌创作的诗学品质与艺术价值并没有得到应有的承认与公正的评判，尤其考虑到罗寄一诗歌创作主要发生于西南联大时期，以一个"学生诗人"的创作而能超越一般的"习作"阶段，达致堪称"经典"的艺术层面，这也是西南联大所蕴藏的巨大诗歌创作力的一个有力例证。尽管毕业后不再从事诗歌创作，对于罗寄一等诸多西南联大诗人而言，重要的是，学院空间中的文化思索与"现代认同"的追问，启迪着其诗歌

创作，并在个体真实生命体验的艺术表达与转化中，达致了一种刻骨而深邃的现代体验与现代意识，从而为现代新诗带来一种形而上生命追思的诗学质地。

二

穆旦，作为西南联大代表性的"学生诗人"，其诗歌创作熔铸了自我生命的尖锐感受，甚至自身的血和肉也撕裂、扭转在诗歌当中。诚如王佐良所述，"对于穆旦，现代主义的重要性在于它多少能看到表面现象以下，因此而有一种深刻性和复杂性。……他开始写得不同，常把肉体的感觉和玄学的思考结合起来"①。可以说，西南联大学院文化的滋养、西方现代主义文学的借鉴，磨砺着穆旦对于当下生命境遇的敏感，激发着他穿透历史的表象，而把个体内在的生命感受立体、深刻地传达出来。在这里，重要的是异域的精神、文学资源内化为自身的生命感知与精神淬炼，而"用肉体思考"也使穆旦的诗中纠缠着现实生命的律动，从而展示出现代个体多向度的生命存在。这种纠结着生命的空虚与充实，挣扎着命运的希望与绝望的生命感受，使穆旦的诗歌不再有朦胧情调和迷离情境营造，而是对生命存在的一种诗性叩问。在《出发》一诗中，穆旦借用"上帝"的视角，铺陈出现代个体"丰富的痛苦"的生命存在样态，"而我们是皈依的/你给我们丰富，和丰富的痛苦"。这种"丰富而痛苦"的生命体验表达，使穆旦的诗歌创作显得独树一帜。在诗作《蛇的诱惑——小资产阶级的手势之一》中，穆旦以"伊甸园"的典故为原型，抒写人们面对诱惑而失却自我，灵魂无所皈依的生命境地：

> 那时候我就会离开了亚当后代的宿命地，
>
> 贫穷，卑贱，粗野，无穷的劳役和痛苦……
>
> 但是为什么在我看去的时候，

① 王佐良：《论穆旦的诗》，载李方编《穆旦诗全集》，中国文学出版社1996年版，第5页。

我总看见二次被逐的人们中，

另外一条鞭子在我们的身上扬起：

那是诉说不出的疲倦，灵魂的

哭泣……

人类已经从"伊甸园"被放逐，而在诗人眼中，现代人们的虚无生活无异于"第二次被逐"。在这种生命境地里，人们活着只是"为了第二条鞭子的抽击"。这是一种精神虚无的现代生存困境，是在"两条鞭子的夹击中"承受"阴暗的生的命题"。抛却了浪漫的感伤，诗人以犀利的眼光洞穿了人们失却信仰的焦灼、痛苦的内心世界，诗作亦弥漫着迷惘、虚无的气息。在这种生命的焦灼中，诗人从"心的旷野里"发出呼喊："我从我心的旷野里呼喊，/为了我窥见的美丽的真理，/而不幸，彷徨的日子将不再有了，/当我缢死了我的错误的童年"（《在旷野上》）。"心的旷野"喻示着一种生命的荒凉，而这种荒凉来自童年与成年的比照，童年执拗的深情映照出成年的"真理"的苍白，生命的成长带来的是生命的"不幸"。这种生命的悖论里蕴含着难以言说的生命痛楚，诗人只得向"死神"祈求：

然而我的沉重、幽暗的岩层，

我久已深埋的光热的源泉，

却不断地迸裂，翻转，燃烧，

当旷野上掠过了诱惑的歌声，

O，仁慈的死神呵，给我宁静。

面对生命的沉重、迸裂与诱惑，或许只有"仁慈的死神"才能给予生命的宁静。以"仁慈"限定"死神"，语言的悖离背后是一种无法逃避的生命的悖论与无奈。诗人在《不幸的人们》中也勾勒出一幅惨淡、残酷的生命图景："像一只逃奔的小鸟，我们的生活/孤单着，永远在恐惧下进行，/如果这里集腋起一点温暖，/一定的，我们会在那里得到憎恨。"这里，生命的主调是痛苦与不幸，穆旦也以"一种猝然，一种剃刀片似的锋利"① 揭示出生命本真的存在困境：

> 我常常想念不幸的人们，
>
> 如同暗室的囚徒窥伺着光明，
>
> 自从命运和神祇失去了主宰，
>
> 我们更痛地抚摸着我们的伤痕，
>
> 在遥远的古代里有野蛮的战争，
>
> 有春闺的怨女和自溺的诗人，
>
> 是谁的安排荒诞到让我们讽笑，
>
> 笑过了千年，千年中更大的不幸。

生命是"荒诞"的存在，数千年来如此，我们只能"抚摸我们的伤痕"，"讽笑"生命的"不幸"，一种生命的无助感与虚无感跃然纸上。这种由于丧失了存在的终极意义之源而产生的生命焦虑与绝望，在《控诉》一诗中有着醒目的表达："生命永远诱惑着我们/在苦难里，渴寻安乐的陷阱，/唉，为了它只一次，不再来临……/终于合法地/自己的安乐践踏在别人心上/的蔑视，欺凌，和敌意里。"面对现实的迷乱与生命的诱惑，现代个体无所适从，所谓的安乐不过是自欺欺人的陷阱，一种因为丧失了存在的根基感和实在感而来的生命痛楚力透纸背。诗人由是发出了对生命意义的诘问，但诗行间更多的是一种痛苦而无奈的"控诉"：

> 但不能断定它就是未来的神，
>
> 这痛苦了我们整日，整夜，
>
> 零星的知识已使我们不再信任
>
> 血里的爱情，而它的残缺
>
> 我们为了补救，自动地流放，
>
> 什么也不做，因为什么也不信仰，

① 王佐良：《一个中国新诗人》，《文学杂志》1947 年第 2 卷第 2 期。

> 阴霾的日子，在知识的期待中，
> 我们想着那样有力的童年。
>
> 这是死。历史的矛盾压着我们，
> 平衡，毒戕我们每一个冲动。
> 那些盲目的会发泄他们所想的，
> 而智慧使我们懦弱无能。

诗人于此刻画出现代个体的生存困境。伴随着信仰的丧失，身外的一切无法为孤寂的、悠忽的自我提供意义之源和信仰支撑，"什么也不做，因为什么也不信仰"，自我临于存在的深渊，任何的挣扎呼叫也无济于事。这种生存的无意义状态也无法简单地通过重拾历史文化碎片而得以改变，"历史的矛盾压着我们/平衡，毒戕我们每一个冲动"，诗行之首的"这是死"更是沉痛地"控诉"着失却信仰依凭，空虚茫然的生命存在境况。这种对现代个体生存处境的冷峻逼视，以及由此而来的对存在意义的诘问，使穆旦的多数诗作具有了形而上的存在抉择的知性品质。

在诗篇《神魔之争》中，穆旦通过构设"神"与"魔"之间的三次交锋，传达出对现代文明与现代人类行为的精神性拷问。这种精神性拷问以戏剧性角色对白的形式展开，"神"代表着和谐、正义，"魔"则代表着破坏、罪恶，它们之间的交锋隐喻着传统善恶观、价值观面临冲击、崩溃的境况中人类普遍的生存境遇，并由此表达出对生命价值和意义之源的一种深刻质问与追寻。诗篇中，"神"首先表达出对"魔"的破坏性的否定：

> 不。它不能破坏，一如
> 爱的誓言。它不能破坏，
> 当远古的圣殿屹立在海岸，
> 承受风浪的吹打，拥抱着
> 多少英雄的血，多少歌声

　　　　　流去了，留下了膜拜者，

　　　　　当心心联起像一座山，

　　　　　永远的生长，为幸福荫蔽

　　　　　直耸到云霄，美德的天堂，

　　　　　是弱者的渴慕，不屈的

　　　　　恩赏。

　　　　　你不能。

　　"神"在此以"和谐"的维护者抨击、否定"魔"的破坏性行为，并且这种抨击、否定落实至心灵的层面，是心灵对英雄的膜拜、对幸福的追求以及对美德的渴慕等超越性的精神诉求，为人类构筑起防范破坏性的"魔"入侵的道德精神之墙。然而，"魔"争辩道，精神性的道德之善只是人类的美好向往与理想，在实际的人类行为中却充斥着凶险、贪婪、毁灭，以及精神的空茫与耻辱：

　　　　　在寒冷的山地，荒漠，和草原，

　　　　　当东风耳语着树叶，当你

　　　　　启示了你的子民，散播了

　　　　　最快乐的一年中最快乐的季节，

　　　　　他们有什么？那些轮回的

　　　　　牛、马、和虫豸。我看见

　　　　　空茫，一如在被你放逐的

　　　　　凶险的海上，在那无法的

　　　　　眼里，被你抛弃的渣滓，

　　　　　他们枉然，向海上的波涛

　　　　　倾泻着疯狂。

　　　　　……

　　　　　不，这样的呼喊有什么用？

　　　　　因为就是在你的奖励下，

　　　　　他们得到的，是耻辱，灭亡。

　　这里，在"自由"、"正义"等"神"性之善的标榜下，我们看到的却是人类行为的机械、疯狂，以及生命的枉然。在此，"魔"以人类行为的纷争与疯狂斥责"神"的存在。"神"于是申辩道：

> 我是谁？在时间的河流里，
>
> 一盏起伏的，永远的明灯。
>
> 我听过希腊诗人的歌颂，
>
> 浸过以色列的圣水，印度的
>
> 佛光。我在中原赐给了
>
> 智慧的诞生。在幽明的天空下，
>
> 我引导了多少游牧的民族，
>
> 从高原到海岸，从死到生，
>
> 无数帝国的吸力，千万个庙堂
>
> 因我的降临而欢乐。
>
> 现在，
>
> 我错了吗？当暴力，混乱，罪恶，
>
> 要来充塞时间的河流。一切
>
> 光辉的再不能流过，就是小草
>
> 也将在你的统治下呻吟。
>
> 我错了吗？所有的荣誉，
>
> 法律，美丽的传统，回答我！

　　在一种历史的回顾与言说中，"神"肯定了创造出人类文明的"神"性之善。从希腊、以色列、印度到中国，世界各地的人们正是在对"神"性之善的向往与追求中，得以确立起人类行为的善恶价值准则，进而促进了各地文明的发展。然而，面对传统善恶观、价值观遭受冲击乃至崩溃的"现在"，"神"亦陷入困惑之中。这里，诗人借用"神"的发言，表达出对价值崩溃的境况中人类生存境遇的关注，这也是诗人面对传统价值分崩离析的 20 世纪的内心困惑与祈求。在这里，"魔"成为"神"的天敌，是秩序混乱、价值瓦解的现代罪恶的化身，并散发出一种恐怖性的力量，遮蔽乃至吞噬着"神"性之善的存在，也在深层次上喻指着现代个体精神无所依托的生存困境，一种现代性精神悖论得以凸显。失却了"神"性之善的引导，人类将走向何方？生命如何获得精神的拯救？诗人借用"神"与"魔"之间的争斗，从人性善恶的两极对立中逼问生命的价值和意义，在一个价值失序的时代里追问生命存在的德性之源。诗人透过"神魔之争"而发出了深邃的精神性"天问"，诗篇也充溢着形而上意义质询的精神张力。

三

冯至是西南联大"教师诗人"的代表，1942 年出版了《十四行集》，以对生命、存在等根本性问题的深邃诗思而成为诗歌史上的经典之作。《十四行集》是中年冯至对生命存在的本然思考的艺术结晶，表达着对现代自我存在状态的睿智认知，也为新诗带来一种冷峻的哲理内涵。《十四行集》围绕什么是"我们的实在"，如何正视"我们生命的暂住"，这些生命本体命题而展开诗思，是对如何把握个体生命本真存在的诗性追问，并由此引发出蜕变、领受、决断、担当等生命理念，成为诗人在特定历史境遇下对生命存在境况的诗化呈现。

身处西南联大学院空间，在西南联大独立的文化语境中，冯至沉入对自然万物、现实人生、时代命运的形而上思索，倾听、领受万物存在的内在声音，在《十四行集》的创作中达致对个体生命本真存在的一种诗性追问，并由此创造了一个独特的诗歌文本世界。《十四行集》由27 首十四行诗组成，27 首十四行诗虽然是各自独立的诗篇，但是又构成一个浑然的艺术整体，共同承担起诗人对生命本真存在的思索与拷问。诗集的首篇即是整部诗集的一个统领，传达出"领受"的生命理念：

> 我们准备着深深地领受
> 那些意想不到的奇迹，
> 在漫长的岁月里忽然有

　　　　彗星的出现，狂风乍起

　　领受生命中的"奇迹"，犹如等待"彗星的出现，狂风乍起"，表达的是一种泰然的生命之思。生命匆匆，岁月无情，面对如此的生命境遇，我们需要坦然地去领受生命中的一切，知晓、领会生命的呢喃嘘气，追随、承受生命存在的踪迹。这是一种心平气和的领会与凛然的承受，犹如漫长的岁月里静候"彗星的出现"。正是这种领会和承受将个人的生存与广阔的存在之域联系起来，进而将个人带入存在的澄明之境，这既是生命中"奇迹"的彰显，亦是本真的存在意义的出场：

　　　　我们的生命在这一瞬间，

　　　　仿佛在第一次的拥抱里

　　　　过去的悲欢忽然在眼前

　　　　凝结成屹然不动的形体。

　　"第一次的拥抱"喻示着生命的美好时刻。在这一时刻，个人以整个身心与世界相拥，内心被一种全新的体验所充盈，而"过去的悲欢"亦在这一瞬间，"凝结成屹然不动的形体"，生命的悲欢成败于此获得显现与意义。这是在生命的领受中与本真存在的不期而遇，也是隐蔽的存在意义之敞开。在这种存在的敞开之境，诗人的诗思得以克服超越生命存在的有限性：

　　　　我们赞颂那些小昆虫，

　　　　它们经过了一次交媾

　　　　或是抵御了一次危险，

　　　　便结束它们美妙的一生。

　　"死亡"是生命存在有限性的一个表征，而"小昆虫"短暂的一生却以死亡换取生存的美妙，在一种"向死而生"的庄严中生命获得存在的意义，并得以超越死亡。在这里，生命的自然结束并不意味着生命的真正终结，而是一次辉煌的生命完成，包蕴着新的生命开端。"死亡"成为一次生命的自我"蜕变"，是一种走向更高的生命的历程。诗人"赞颂"这种生命行为，也是以"直面死亡"、生命的"蜕变"去抗衡生命有限性的困境，进而追寻生命的超越与存在的意义。在这背后依然是一种生命的承受与担当、一种主动的迎纳和承担，"我们整个的生命在承受/狂风乍起，彗星的出现"。诗篇末尾与起首构成形式与内涵的双重呼应，交融着坦然担当生死的生命情怀。这种超越生死以抵达存在的澄明之境的生命领受行为，蕴含着蜕变、担当等生命理念，既表现出诗人直面存在境遇的胆识，也体现着诗人独特的诗思行为，即在诗歌创作中"聚敛起全部智慧和心性，去与不期然的存在相遇"①。作为《十四行集》的首篇，诗篇以"十四行诗"的恰当形式承载起一个深邃的哲思命题，以下的诗篇可以视为对这一哲思命题的展开与回应。

《十四行集·二》是紧随着首篇生命"领受"的哲思而展开，进一步凝视生命中的"死亡"。"什么能从我们身上脱落，/我们都让它化作尘埃"，"脱落"在此意味着生命在日常生活中一点点地消逝，并最终趋向死亡，而面对这个走向死亡的生命历程，诗人泰然处之，让过去的生命"化作尘埃"，显示出诗人对生命有限性的清醒认知。在这种清醒认知中，不再有对死亡焦虑与恐惧，而是"像秋日的树木"，"像蜕化的蝉蛾"一样坦然"安排"我们的生命：

> 我们安排我们在这时代
> 像秋日的树木，一棵棵
> 把树叶和些过迟的花朵
> 都交给秋风，好舒开树身
> 伸入严冬；我们安排我们
> 在自然里，像蜕化的蝉蛾
> 把残壳都丢在泥里土里

"秋日的树木"落下树叶，"蜕化的蝉蛾"丢掉残壳，都是为了更好的生长，走向更高的生命层面，如此死亡与生命相衔接、相融合，死亡成为生命"蜕变"的一个自然环节，暗含着生命的新生。就是这样，

---

① 张桃洲：《现代汉语的诗性空间》，北京大学出版社 2005 年版，第 151 页。

诗人以克服生命有限性、实现生命超越的自觉姿态直面死亡，"安排"
死亡：

> 我们把我们安排给那个
>
> 未来的死亡，像一段歌曲，
>
> 歌声从音乐的身上脱落，
>
> 归终剩下音乐的身躯
>
> 化作一脉的青山默默。

　　如此从容地"安排"死亡，表明诗人已超越生命终有一死的事实
性界限，以一种生存的勇气和智慧来担当死亡，进而完成了对死亡忧惧
的抚慰、悲悯和超越。从容自得的生命担当将死亡的一瞬间定格为生命
的一个完美时刻，恰似"歌声从音乐的身上脱落"，"化作一脉的青山
默默"。这种对死亡的担当是从死亡的维度观照生命的存在，进而承担
起生命的沉重，在存在本体的意义上体现出生命的庄严，传达出一种存
在的勇气与良知，并以此支撑起生命存在的意义。诗篇在"十四行诗"
的形式中，以质朴的语言将包括"死亡"在内的完整生命的理解、承
受，了无痕迹而又内敛饱满地传达出来，一种泰然的生命之思获得了可
触可感的凝定之形，并在洗尽铅华之后达到了澄澈明净的智慧境地。

　　《十四行集·十五》是对生命"实在"的追问，也是对存在意义的
深层求索。这种追问和求索从日常事物的关联切入，在万物的关联与转
化中深入生命的本源，以敞开生命的本真存在：

> 看这一队队的驮马
>
> 驮来了远方的货物，
>
> 水也会冲来一些泥沙
>
> 从些不知名的远处，
>
> 风从千万里外也会
>
> 掠来些他乡的叹息：
>
> 我们走过无数的山水，

> 随时占有，随时又放弃

驮马驮来"远方的货物"，水冲来远处的泥沙，风掠来"他乡的叹息"，万事万物无不处在相互关联之中，正是在这种内在的关联中奔涌着不息的生命之流，或者说，生命存在寄寓于宇宙万物千丝万缕的关联中。诗人的思绪也由此穿透现实的迷雾而触及更为根本性的存在本真命题，人类亦是在与自然万物的密切关联中展开自我的生命，"我们走过无数的山水，/随时占有，随时又放弃"，自然空间的转换寓含着时间的矢量流逝，在这关联转化的时空中生命的本真存在得以敞开。"占有"与"放弃"的悖论式关联，即是生命的一种本真存在状态。诗篇以诗化的意象呈现出这种本真的存在状态：

> 仿佛鸟飞翔在空中，
>
> 它随时都管领太空，
>
> 随时都感到一无所有。

鸟飞翔于空中，仿佛"占有"整个太空，但这"占有"同时也是一种"放弃"，鸟不能停留于太空，不停地飞翔是其本真的存在状态，而在这本真的存在中"随时都感到一无所有"。精妙的诗思传达出浓厚的存在虚无感，生命的"占有"以"放弃"为逻辑前提，一无所有的虚空是生命存在的本真。这是对最终的生命"本然之物"的思考，而对存在的虚无的探求亦是对存在的终极意义的追问：

> 什么是我们的实在？
>
> 从远方什么也带不来，
>
> 从面前什么也带不走。

诗人从形而上的哲思高度反思生命的存在，立足于存在的虚无，诗人对生命的反思深入存在的本真层面，发现的是生命存在的有限性，而感受、把握存在的意义即在于认知、守护生命的有限性，"从远方什么也带不来，/从面前什么也带不走"。这是直面生之有限性、存在之虚无，而以心性的沉静、坦然来守护存在的意义。诗篇生命哲思的纯粹性、超越性力透纸背。

《十四行集·十六》亦是在世间万物的关联转化中思索生命的存在，在对世间万物的接纳以及生命自身的敞开中，传达出一种洞见生命存在的直观力量：

　　　　我们站立在高高的山巅

　　　　化身为一望无际的远景，

　　　　化成面前的广漠的平原，

　　　　化成平原上交错的蹊径。

这里，空阔旷远的山巅、平原与生命具有内在关联的共生性，在"物我合一"的冥想中生命化身为无边的远景，物的恢宏性、质朴性敞开了生命的存在，呈现出一种原初而阔大的心灵视野，生命存在的境界亦被扩充、提升。如此，人与自然、过去与未来都在物化的存在中相互统一、相互沟通：

　　　　哪条路，哪道水，没有关连，

　　　　哪阵风，哪片云，没有呼应：

　　　　我们走过的城市、山川，

　　　　都化成了我们的生命。

存在的根底之处，万物处处相关联、相呼应，生命亦于此得以恣意地展开，"走过的城市、山川"既是我们生命的展开，也是我们生命的印痕，最终化为我们生命的一部分，彼此关联和呼应，凝结为我们生命的存在。在这种生命与自然的交汇中，外在丰富的物象世界与内在深邃的生命之思达成了相互对应、相互契合：

　　　　我们的生长，我们的忧愁

　　　　是某某山坡的一棵松树，

　　　　是某某城上的一片浓雾

我们的"生长"、"忧愁"与大自然的"松树"、"浓雾"相互关联，自然贴切地表达出一种生命存在的融洽无间。"某某山坡"、"某某城上"既与前面的"山川"、"城市"相对应，又是一种泛指，指称生命深处无处不在的生命关联，而在生命与自然万物的存在关联中，自然物性蕴含着存在的一切秘密，生命的本真存在由是得以敞开、澄明：

> 我们随着风吹，随着水流，
>
> 化成平原上交错的蹊径，
>
> 化成蹊径上行人的生命。

这里，物我交融合一，达致一种纯粹的物性境界，生命在自然物性中拓展、消融，并且在物我的呼应转化之中，存在之限的阀门被打开，诗人对生命存在的洞察超越存在之限，克服了个体生命存在的暂时性、隔绝性，将生命包容于自然物性的存在奥秘之中，抵达了存在的核心。诗篇呈现出一种里尔克式的"物诗"境界，使形而上的生命之思在具体可感的物性存在之中获得了深沉的凝定、包容。

这种物性的回归蕴含着存在的奥秘，亦是对存在意义的还原和守护。在冯至的笔下，朴素无华的"有加利树"，"在我的面前高高耸起，/有如一个圣者的身体，/升华了全城市的喧哗"，而诗人也感受到灵魂的悚然，意愿将"有加利树"视为自我生命的一个引导，"愿一步步/化身为你根下的泥土"（第3首）。诗人在此将高高耸立的有加利树视为超越性的"圣者"，是对生命存在的一种提升与守护，在这种生命的守护之中，诗人超脱无谓的尘嚣迷障而去追索生命的真正意涵。正是在这种物性的回归中，生命的本真存在得以完全敞开：

> 这里几千年前/处处好像已经/有我们的生命；/我们未降生前//一个歌声已经/从变幻的天空，/从绿草和青松/唱我们的运命。//我们忧患重重，/这里怎么竟会/听到这样歌声？//看那小的飞虫，/在它的飞翔内//　时时都是新生。

> ——第 24 首

这是在生命存在的敞开中对生命的一种泰然领受。整部《十四行集》即是穿透尘世的喧嚣与生命的晦暗不明，在物性的回归中，对生命本真存在的一次诗性勘定和领受。这种生命的坦然领受与担当恰如诗人所呼吁："四围这样狭窄，/好像回到母胎；/我在深夜祈求//用迫切的声音：/'给我狭窄的心/一个大的宇宙！'"（第22首）。以"狭窄的心"承担、包容整个"大的宇宙",这即是体现在《十四行集》中的极致诗思。同时,这也是冯至直面中国的现实,将现实生活的沉重和苦难、战争的毁灭性体验转化为人类本位的、形而上的本体论思考,进而传达出繁复幽微的生命体验。《十四行集》对生命的知性思考祛除了尘世的繁杂与喧嚣,是对生命存在的本体之思,显示出一种深邃的精神向度。

第二节　现代"自我"的审视

现代新诗的一个突出表征,是以"自我"为出发点的诗歌话语机制的确立,这在诗学层面上则是对中国传统诗歌表达机制的一种突破与扬弃。中国传统诗歌的一个突出特征是:

> 没有人称代词如"你"如何"我"如何。人称代词的使用往往将发言人或主角点明,而把诗中的经验或情境限指为一个人的经验和情境;在中国诗里,语言本身就超脱了这种限指性(同理我们没有冠词,英文里的冠词也是限指的)。因此,尽管诗里所描绘的是个人的经验,它却能具有一个"无我"的发言人,使个人的经验成为共有的经验、共有的情境。①

这种"物我两忘"的表达特征背后是一种"天人合一"的独特文化理念,以及超然物外的静态的宇宙观念与审美范式。这里没有主体/客体的分裂与对立,亦没有主体性的凸显,这既使传统诗歌具有一种凝练、含蓄之美,也使其形成一个日趋封闭的抒情机制,并且这种抒情机制对应于其背后的士大夫文化秩序,而新诗得以发生的一个现代性历史语境,即是士大夫文化秩序及其"天人合一"文化理念的分崩离析。在此现代性语境中,"物我"不再具有天然的交融性,一个不无内在心

---

① 叶维廉:《叶维廉文集》(第三卷),安徽教育出版社 2002 年版,第 64 页。

理深度的现代性主体得以凸显出来。由此，新诗的一个根本性改变，就是放弃了古典诗歌"以物观物"的构思方式，而是以现代自我为中心，全景式地展开对世界和自我情感的描绘与表达。这是对传统诗歌表达机制的突破与改变，也是新诗包容个体的现代经验的现代性冲动的重要体现。现代新诗人首先需要考虑的"不是在'言不尽意'的宿命中，面对语言与事物亲和与疏离的辩证，如何言说事物，如何进入、分辨诗歌的'有我之境'或'无我之境'"①，而是在现代"自我"的体认中，突破传统诗歌的表达机制，确立一种新的诗歌言说机制，以达到对现代经验的广泛占有与包容。这也是新诗得以发生的根本缘由所在。

在这个意义上，可以说，对"自我"的体认、言说，关涉对现代历史经验的认知、开掘乃至提炼。不过，脱离了传统的语境与言说机制，在现代"自我"的体认与言说方面，现代新诗走得异常艰难。早期的新诗写作，推崇目击式的诗歌言说，重视"思想"的表达，并且为了追求"思想"的重大，突出的是诗歌言说主体的直接出场和参与，以"自我"的视野去限制世界，以因果逻辑的法则去分割生命的感觉和情趣。这种"自我"主体的强行干预和因果逻辑的单线追寻，导致早期新诗议论说理之风盛行，而忽视了一个具有内在心理深度的现代抒情主体的开掘与建构。现代"自我"的体认与言说在新诗的表达中一开始就陷入了困境。更有甚者，在当时的历史情境中，关于诗歌与"自我"的关系轻而易举地完成了与时代精神的换喻，"诗歌是抒发（或表现）感情的，情感的核心就是'自我'，而区别于'旧文学'的新'自我'，就是解放、自由的化身，时代精神的化身"②。郭沫若的激情狂放的"天狗"式"自我"是这种认识视界的一个典型表征，在这种认识视界之中，现代"自我"的多向度存在及其复杂的现代体验无以得到正视与表达。这种无限制自我扩张意识既是对现代主体的一种肤浅的表层认知，也带来一种浮夸的浪漫化诗风。这种认知和诗风一直是

① 王光明：《现代汉诗的百年演变》，河北人民出版社 2003 年版，第 96—97 页。
② 王光明：《现代汉诗的百年演变》，河北人民出版社 2003 年版，第 136 页。

现代新诗发展和深化的障碍之一。

在现代"自我"的体认、审视方面，西南联大诗人群达到了一个新的维度。一方面是战争的阴影和现实的残酷，生与死的考验随时撞击着心灵；另一方面是学院空间里的精神坚守与文化思考，尤其是包括西方现代主义文学在内的西方现代文化思潮的传播、接受，打开了一个新的文化、文学视界；现实境遇和精神状况两者相激发、相磨砺，现实的感受、思考与文化思考、文学意识相融合，无疑带来了一种新的"自我"认知，从而达到一种对现代"自我"的新的体认、审视。

一

1943 年 11 月，西南联大诗人杨周翰在《明日文艺》第 2 期发表了一篇长文《现代的玄学诗人——燕卜荪》。此文是对燕卜荪诗歌的解读，阐释了燕卜荪诗歌的"晦涩"，认为燕卜荪诗歌"晦涩"的一个重要原因"也许是我们的意识情趣根本不现代，那么，敏感的诗人表现他的现代的情意的象征也不能在我们心里引起反响"。文章亦以 Eliot 为例，阐释何为现代的意识情趣，指出在 Eliot 以前，人们认为"外界是恶的、不公正的，诗人或我总为它所虐待。诗人攻击的对象是世界"，"Eliot 所攻击的已不是世界而是自己了。他的态度最显著的特点就是自嘲。这是由于对自我的冷酷的分析的结果。经过一番极严格极无情的自我分析后，我们就发现了自己的无能、怯懦、愚妄、犹豫和可怜"，而承认"这些罪恶都是现代人特有的"，"这在听惯了世界对我们不起的老调子的耳朵，却是新鲜而有力"。这是在异域的文化、文学思潮启迪下对现代"自我"的一种重新思考，也是面对中国自身的现实境遇而产生的一种现代体验与现代意识，而且引发了一种新的文学表达方式，"而我们发现了这些之后，要表达它们所出的态度只有戏剧的嘲讽"①。燕卜荪将艾略特、奥登等西方前卫诗人引介入联大校园，对穆旦、王佐

① 杨周翰：《现代的玄学诗人——燕卜荪》，《明日文艺》第 2 期，1943 年 11 月。

良、袁可嘉、杨周翰、赵瑞蕻等联大诗人影响深远，杨周翰的这种诗学认知在西南联大诗人中无疑具有普泛性。与"五四"时期诗歌浪漫化的自我扩张，以及20世纪30年代"现代派"诗歌的朦胧、迷离等追求不一样，西南联大诗人群笔下出现了一种现代意义上的生命自觉意识以及由此而来的对现代"自我"的严格审视。

　　这种现代"自我"的审视，在西南联大诗人郑敏的笔下表现为对"寂寞"生命状态的体认与传达。对于"有一个十分寂寞的童年"，因为寂寞而"比一般少年更多的思考一些问题"① 的郑敏来说，学院内的知识传授与哲学训练，更使她达到了一种"诗歌与哲学是近邻"的诗学认知。由此，自我的生命体验与学院文化视野相融合，"寂寞"的体认与抒写成为郑敏诗歌的一个基本主题。《寂寞》一诗便是对浸透了丰富内心体验的"寂寞"的表达与思考。诗人没有囿于寂寞的感伤咏叹，而是立足于寂寞，透视世间的万物万事，进而认识到寂寞是生命的本然，人独自面对着这个世界，有谁能触摸他人内心的恐怖、憧憬？

　　　　世界上有哪一个梦

　　　　是有人伴着我们做的呢？

　　　　……

　　　　伴着他同

　　　　听那生命吩咐给他一人的话，

　　　　看那生命显示给他一人的颜容，

　　　　感着他的心所感觉的

　　　　恐怖、痛苦、憧憬和快乐吗？

　　"寂寞"在这里被表达为一种无法超越的本然存在，是生命存在的一个根本性状态。体认到这一点后，诗人也不再焦虑不安，反而坦然直面"寂寞"，将其视为自我生命的忠实伴侣：

　　　　有一天当我正感觉

———————————

① 郑敏：《诗歌与哲学是近邻》，北京大学出版社1999年版，第480页。

"寂寞"它啮我的心像一条蛇

忽然，我悟道：

我是和一个

最忠实的伴侣在一起

这很容易让人联想起鲁迅在《呐喊·自序》中"寂寞如一条大毒蛇"的比喻。不过，与鲁迅在寂寞中痛苦地咀嚼生命，进而进行生命的抗争不一样，诗人在此消除了鲁迅式的生命紧张，将"寂寞"视为生命的本然状态，并欣喜由此可以更好地审视世界与"自我"。诗人也透过"寂寞"的审视达到了对生命的一种新的体认，"我欢喜知道他在那儿/撕裂，压挤我的心，/我把人类一切渺小，可笑，猥琐/的情绪都掷入他的无边里，/然后看见：/生命原来是一条滚滚的河流"。《寂寞》一诗堪称郑敏对现代"自我"存在境遇的诗性审视与反思。

这种对"寂寞"的体认，既是郑敏的一种自我现代体验，也是郑敏诗歌创作的一个真正诗学起点。郑敏的诸多诗作中都有着对"寂寞"生命体验的精致传达。诗篇《诗人和孩童》从诗人、孩童的一个日常生活视界切入，开篇描述了一幅寥廓、孤寂的生命图景："我们都从狭小的窗口里/向外眺望，眺望，眺望——/着远远的田野的动静/和更远的旷野里的景象/那里有疾驰的风/一夜长高的茂草。"在这不无萧索、荒凉的图景背后，是诗人对生命深处的"寂寞"的体认，"我们的寂寞是一个/我们的渴望相同，那/都是从生命里带来的/如今是白鸥的飞离了海洋/独自回忆着晴空和波浪/这城市却只让灯光刺伤"。在《静夜》一诗中，诗人甚至在情人拥抱的场景刻画中依然传达出空虚、寂寞的生命体验：

屋顶的下面，自认为幸福的情人

在自觉的幸福里暗暗体味到空虚

他们紧紧拥抱，想要压碎横在彼此间的空隙

"我们没什么不满，上帝，除了觉得有些茫然……"

正是这种刻骨铭心的"寂寞"体认，使郑敏的诗歌创作具有了一种不可多得的知性气质，并走向了对现代个体生命存在的终极意义的追问。在诗作《生命》中，诗人如此探寻、追问生命的存在："我们被投入时间的长河/也许只为了一霎的快乐/创造者在生命的地图上轻轻一点，/对于旅行者早已是千山万水的峻险。//人们，以被鞭策的童年为开始/每一分钟带来的前进却更是一个难结/从每一次以痛苦和眼泪换得的解决/里，人们找到自我意识的一丝觉醒。""生命"在这里被表达为一个充满了困惑、痛苦的过程，诗作由是呈现出一种疲乏、困顿、空虚的生命存在境遇："早年的热望在冗长的等待里/滋长出怀疑的鲜苔，信仰/动摇了，四肢在片刻里失去气力/哦，看那些彷徨的人，沉入生的波浪。"在这种个体生命的审视中，郑敏给我们展示出一幅别样的"求知"历程：

> 没有一条路比这更望不见尽头
>
> 有的疲倦了，长眠在路边的松树下
>
> 那些壮年和儿童继续走着，朝向
>
> 呵，什么地方？是果园？是荒冢？……
>
> ……
>
> 而颤栗的儿童，他在剥着宇宙的果壳，你可曾怀疑
>
> 他没有能尝到最后的果实，就夭逝？
>
> 或者，绝望的死去，因为发现一切只是恶意的玩笑。

——《求知》

在这里，"求知"即是追索生命存在的根据与意义，然而在诗人的笔下，这是一个困惑无解的生命历程。智慧，"像那不朽的'微笑'，/永远只停留在画框里"，而求知的最终结局是"发现一切只是恶意的玩笑"。在睿智的洞察中，诗作表达出一种疑虑、虚无的生命感悟。可以说，在冯至、里尔克等诗学认知的影响下，郑敏对现代"自我"的审视已进入不无存在主义色彩的哲理沉思层面。

在罗寄一的笔下，现代个体的命运是："我们是创世纪的子孙，/放逐不值价的灵魂，/到处是十字架，眼球，/灰色的和正在变灰的，钉

死的门窗，/到处是生命膜拜，/是行列，捧着每一个'自己'/寂寞地向祭坛进行"（《角度之一》），一种无法摆脱的生命"寂寞"于此跃然纸上，这也是对现代"自我"的严酷审视。诗人的笔端不是朝向外在世界，而是转向"自我"的内在灵魂，这样的审视"角度"，带来的是一种惨淡、虚妄的生命图景：

> 从此没有了响亮的山歌，/锄头镰刀驮负了千年沉重，/年青的关在网里跳不出，/徒然地望穿命运的残破/落日下山了，用它那诡奇的步伐/踏碎一片灰心像灰色的云……

——《草叶篇》

这是对现代"自我"一种全新的生命审视，也是以自嘲的笔调抒写着现代"自我"的怯懦、无力和可怜。祛除了浪漫主义"自我"的浮夸，这里呈现的是一种孤独无助的生命存在：

> 我只沉迷于你的喇叭悠长的音响，
> 环抱我的是绵绵记忆的忧愁的波纹。
>
> ……
>
> 在搁浅的腐朽了的大船上，看啊：
> 太阳和生命的幌子一齐跌进了
> 碧绿的死水，我们梦想的安乐幸福
> 正在脆弱易碎的劣等玻璃杯里
> 震响。

——《狂想》

这是对现代"自我"繁复生命存在的冷峻而深入的开掘。这种现代"自我"的审视，在穆旦的诗歌创作中有着集大成的体现，诗化地呈现出现代个体"丰富而痛苦"的生命存在。1940年，穆旦创作了诗篇《我》：

> 从子宫割裂，失去了温暖，
> 是残缺的部分渴望着救援，
> 永远是自己，锁在荒野里，

> 从静止的梦离开了群体，
> 痛感到时流，没有什么抓住，
> 不断的回忆带不回自己，
>
> 遇见部分时在一起哭喊，
> 是初恋的狂喜，想冲出藩篱，
> 伸出双手来抱住了自己，
>
> 幻化的形象，是更深的绝望，
> 永远是自己，锁在荒野里，
> 仇恨着母亲给分出了梦境。

　　这里，诗人是在探究生命的本真存在，也是一种全新的生命审视。诗篇首句"从子宫割裂"在给人震撼的同时，也宣示着生命残缺的开始，并且这种残缺的生命存在无以改变，"不断的回忆带不回自己"，所有的努力得到的只是"幻化的形象，是更深的绝望"。生命在此呈现为一种分裂、残缺、孤独而痛苦的存在。诗作末尾沉痛地抒写出一种生命的无望与自嘲，"仇恨着母亲给分出了梦境"。诗作整体上呈现出一种生命的撕裂感，一种意识与潜意识中的恐惧与渴望，以及寻求生命超越的挣扎与无助。这种残缺、孤独的生命意识，是一种典型的现代意识与现代体验，是对五四浪漫化的英雄主义"自我"的否弃，也是一种艾略特式现代"自我"的审视。这犀利的"自我"剖析与自嘲，突破了浪漫主义不无虚妄的"自我"迷梦，也使现代"自我"的多向度存在及其复杂的现代体验得到正视与表达。在深层的诗学意义上，可以说《我》的出现，也是对五四浪漫主义诗风的有力突破。

　　这种对现代"自我"生存处境的冷峻逼视在穆旦诸多诗作中有着醒目的表达，这是在现代生存困境的体认中一种刻骨的生命体验抒写。在诗作《春》中，我们看到："蓝天下，为永远的梦迷惑着的／是我们二十岁的紧闭的肉体/一如那泥土做成的鸟的歌/你们被点燃，却无处归依/呵，光，影，声，色，都已经赤裸/痛苦着，等待伸入新的组合。"这里，我们看不到传统的美丽春景的描绘，看到的只是"被点燃"的炽热的青春生命欲望，"无处归依"，只能在痛苦中等待，在自我分裂中表达出一种痛苦的生命焦灼感。在这种现代体验的抒写中，穆旦"还原"了现代个体的生存面向，"八小时的工作，挖成一颗空壳"，朋友的通信也只是"联起了一大片荒原"，一切都是"变形的枉然"，"无边的迟缓"（《还原作用》）。在这知性的洞察之下，穆旦发现了现代"自我"破碎、孤立的存在，现代"自我"无所依归，漂流于时间之河，空虚而茫然。如此，在《三十诞辰有感》中，穆旦决然抒写道：

> 是不情愿的情愿，不肯定的肯定，
>
> 攻击和再攻击，不过酝酿最后的叛变，
>
> 胜利和荣耀永远属于不见的主人。
>
>
> 然而暂刻就是诱惑，从无到有，
>
> 一个没有年岁的人站入青春的影子：
>
> 重新发现自己，在毁灭的火焰之中。

在传统观念中，"年已三十"表征着一个充满希望、踌躇满志的人生阶段的开启。而在这里，穆旦以悖论式的语言运用表达出一种无所适从、茫然失措的生命感受，语言的纠结、缠绕背后蕴含着生命的困顿与挫折，以及不无自我折磨的深沉的内省。这种孤独的自省在"不见的主人"（上帝）与"自我"的映照中展开，上帝视角的引入，更加凸显出现代个体生存意义的缺失，一种痛彻心扉的生命荒凉感贯穿诗篇，"在过去和未来两大黑暗之间，以不断熄灭的/现在，举起了泥土，思想和荣耀，/你和我，和这可憎的一切的分野。//而在每一刻的崩溃上，看见一个敌视的我，/枉然的挚爱和守卫，只有跟着向下碎落，/没有钢铁和巨石不在它的手里化为纤粉"。诗人在过去、现在、未来之间展开诗思，冥想生命的存在，并力图重建生存的秩序和意义，然而面对生命的已然破败不堪，个体的抗争挣扎也无法改变这一切，置身荒败、孤寂的精神荒原成为现代"自我"命定的劫数。在这里，诗人借自己的"三十诞辰"引发出对现代"自我"生存境遇的深邃反思，由此而生的内心的挣扎、焦虑乃至绝望呈现出一种广袤的生命痛楚与悲怆。在《不幸的人们》中，诗人更是直接呈现出一种生命存在的愚妄与困顿：

> 诞生以后我们就学习着忏悔，
>
> 我们也曾哭泣过了为了自己的侵凌，
>
> 这样多的是彼此的过失，
>
> 仿佛人类就是愚蠢加上愚蠢——
>
> 是谁的分派？一年又一年，
>
> 我们共同的天国忍受着割分，
>
> 所有的智慧不能够收束起，
>
> 最好的心愿已在倾圮下无声。

诗人以敏锐的心智洞穿了人们生活的不幸，在这背后是对现代"自我"灵魂的深沉逼视与拷问。在诗人的笔下，这种丧失了存在的终极意义之源的生命困顿，使现代"自我"最终处于一种"被围者"的生存困境。在《被围者》中，穆旦写道：

> 一个圆，多少年的人工，
>
> 我们的绝望将使它完整。
>
> 毁坏它，朋友！让我们自己
>
> 就是它的残缺，比平庸更坏：
>
> 闪电和雨，新的气温和希望
>
> 才会来骚扰，也许更寒冷，
>
> 因为我们已是被围的一群，
>
> 我们消失，乃有一片"无人地带"。

"一个圆"，表征着平庸的圆满，也是世俗、庸常的日常生活的象征，正是在这种日常生活的敷衍中，人们丧失了终极的生命意义之源，表层的庸常、圆满掩饰不了生存的无意义状态，使人们陷入内在的生命绝望中，"我们的绝望将使它完整"。这也是对现代"自我"无所皈依、庸常而破败的生命境况的诗性揭示，而诗人执着于个体生存意义的诘问，对"被围者"的生存境遇进行了突围，"毁坏它，朋友！让我们自己/就是它的残缺"。这是对现代个体的生存境遇一种深邃反思与新的体认，突破庸常而空虚的生活状态，在"自我"的破碎乃至残缺中重新追寻存在的意义之源。在这里，我们可以看到，穆旦以"走出和谐"的现代姿态，直面现代个体的残缺存在和生命困境，在对生命残缺存在的哲理体认之中，进行生命的反抗与存在意义的追问。可以说，穆旦对现代"自我"的审视与拷问已经非常深入，其间夹杂着自我折磨的痛楚的内省，以及一种撕心裂肺的生命悲怆感。诚如有学者指出："在穆旦诗中，自我破碎在某一种意义上成为了迈向更高层面的自我整合的前提条件，因为只有打碎'我'的幻影，才能在某一种超越性存在中找到'我'的根据。这是穆旦重新确立自我的独特方式。"①

在《十四行集》中，冯至亦将对现代"自我"的审视提升至哲理反思的层面。创作《十四行集》，步入中年的冯至已然脱离了《北游》时期的惶惑、幻灭的生命感受，而对现代个体的生存境遇有了一种新的体认。这是冯至个人生命的一次升华，也带来对现代"自我"的一种全新审视。诗人由此思索、追问个体生命的本真存在，并将这一切转化为一个诗化的艺术世界。诗集第 21 首即是在林中居住的"暴雨"之夜生发出对个体生命存在的追索：

　　我们听着狂风里的暴雨，
　　我们在灯光下这样孤单，
　　我们在这小小的茅屋里
　　就是和我们用具的中间

　　也有了千里万里的距离：

① ［韩］吴允淑：《穆旦的诗歌想象与基督教话语》，《中国现代文学研究丛刊》2000 年第 1 期。

　　　　　铜炉在向往深山的矿苗

　　　　　瓷壶在向往江边的陶泥，

　　　　　它们都象风雨中的飞鸟

　　　　　各自东西。我们紧紧抱住，

　　　　　好象自身也都不能自主。

　　　　　狂风把一切都吹入高空，

　　　　　暴雨把一切又淋入泥土，

　　　　　只剩下这点微弱的灯红

　　　　　在证实我们生命的暂住。

　　在"暴雨"之夜，诗人感受到人在自然力量面前的脆弱、孤单，"狂风把一切都吹入高空，/暴雨把一切又淋入泥土"，而诗人的诗思在对生命脆弱的体悟中，走向一种物性的回归，"铜炉在向往深山的矿苗/瓷壶在向往江边的陶泥"。在这种物性回归中，生命的存在得以敞开，一点"微弱的灯红"证实着"生命的暂住"。在伟岸的物性面前，生命只是一个暂时的存在，这种清醒的对个体生命的认知亦是《十四行集》一个诗思起点。"生命的暂住"凸显出生之有限性，也使对个体生存意义的追索愈加显得迫切。诗集第 26 首，诗人由日常的林间小路引发出对存在意义的寻求与发现：

　　　　　我们天天走着一条熟路

　　　　　回到我们居住的地方；

　　　　　但是在这林里面还隐藏

　　　　　许多小路，又深邃，又生疏。

　　　　　走一条生的，便有些心慌，

　　　　　怕越走越远，走入迷途，

　　　　　但不知不觉从树疏处

忽然望见我们住的地方
象座新的岛屿呈在天边。
我们的身边有多少事物
向我们要求新的发现：

不要觉得一切都已熟悉，
到死时抚摸自己的发肤
生了疑问：这是谁的身体？

"这是谁的身体"即是对"我是谁"的追问，关涉对自我生命存在的终极意义的探寻，也是对"生命的暂住"有限性的克服与超越，而这种克服与超越就在于不断地去"发现"，"不要觉得一切都已熟悉"，"我们的身边有多少事物/向我们要求新的发现"。正是在不断地"发现"中，人们得以打开生命的未知空间，逐步领受到存在的意义。在第20首诗中，诗人以"梦"为题，抒写个体生命的裂变以及在裂变中对生命的把握：

有多少面容，有多少语声
在我们梦里是这般真切，
不管是亲密的还是陌生：
是我自己的生命的分裂，

可是融合了许多的生命，
在融合后开了花，结了果？
谁能把自己的生命把定
对着这茫茫如水的夜色，

谁能让他的语声和面容
只在些亲密的梦里萦回？
我们不知已经有多少回

> 被映在一个辽远的天空，
>
> 给船夫或沙漠里的行人
>
> 添了些新鲜的梦的养分。

面对"自己的生命的分裂"，诗人发出了"谁能把自己的生命把定"的质询，既然认定分裂、蜕变是自我生命的本真存在状态，诗人坚信生命的分裂亦是生命存在的印痕与证明，并且自有其意义，"被映在一个辽远的天空，/给船夫或沙漠里的行人/添了些新鲜的梦的养分"，这种自我生命的坦然领受最终回归至自然物性，从而体验到生命的真谛并支撑起生命存在的意义。在这个意义上，可以说《十四行集》表征着中年冯至对个体生命的冷静思考，与穆旦纠结着血肉撕裂感的痛苦诘问不一样，冯至对现代"自我"存在状态的认知睿智而透彻，达到了纯粹的哲理沉思的境界。

如果说新诗的现代性冲动主要表现为对现代个体复杂多变的现代体验的包容、捕捉，那么新诗的现代性追求内在地与现代"自我"的体认的维度和深度密切相关。这既是以"自我"为内核建立新的诗歌言说话语据点，突破传统的言说与表达机制的一个前提，也是新诗广泛占有、包容曲折复杂的现代历史经验的一个重要保证。在很大程度上，正是现代"自我"的认知意识的匮乏乃至缺失造成了新诗发展的坎坷。有学者指出："自五四开始，强烈的自我中心感和表现欲，便成了新诗人普遍特征。郭沫若《女神》是那时代的最强音，'我'被无限放大，在《天狗》等诗中每一行都占据着主语的位置。康白情也认为：'我觉得"我"就是宇宙底真宰'，'为了生活，我们怎么可以不唱诗底高调呢？'20 年代中后期，自我不再被如此高扬，但情感的表现仍是诗人们的第一需要。徐志摩为爱'袒露我的坦白的胸襟'（《我有一个恋爱》），闻一多为美'呕出一颗心来'（《发现》），可为代表。30 年代，诗人们的抒情主体依然突出。"① 这种描述或许失之简略,然而不可否认这种对现代"自我"的表层化认知以及由此而来的浪漫化的自我扩张意识遮蔽了广阔的现代历史经验,窄化了新诗的抒写内涵。即使在20世纪30年代戴望舒对古典意境、情调的回归,卞之琳的趣味化的思辨之中,我们也依然可以感觉到现代"自我"的深层审视、开掘的缺失以及由此而来的对现代历史经验的有意或无意的窄化、忽略。

正是在透过现代"自我"的认知、审视以开掘、扩张现代历史经验的层面上,西南联大诗人群迈出了重要的一步。在其笔下,出现了现代"自我"的严格审视以及"自我"生存境遇的深层开掘,表征着在惨烈的战争环境中对个体生命存在的深邃诘问与反思。在现代诗学建构的意义上,这突破了对西方现代主义诗学技巧、手法简单挪用的层面,而是以现代体验的抒写回应了中国新诗自身的问题。诚如有学者指出,当传统的"天人合一"、超然物外的静态的宇宙观念、审美范式破碎之后,面对繁复多变的现代历史经验,"狂暴和可怖的存在的荒谬感所造成的梦魇的、肢解的现实",中国新诗和中国诗人"弃这些变化万千的经验而不顾乃是一种罪过……诗人的责任(几乎是天职)就是要把当代中国的感受、命运和生活的激变与忧虑、孤绝、乡愁、希望、放逐感(精神的和肉体的)、梦幻、恐惧和怀疑表达出来"②。这既是新诗现代性追求的重要意涵,也是新诗面临的一个重要挑战。而通过现代"自我"的深邃审视,西南联大诗人得以将现代个体孤绝、梦幻的多向度生命存在呈现出来。在这个意义上,西南联大诗人对现代"自我"的审视,不但是以"自我"为内核建立起了新的诗歌言说的话语据点,而且成功地回应了新诗包容广阔的现代历史经验的诗学课题。

二

西南联大诗人对现代"自我"的审视在爱情诗作中也有着突出的

---

① 江弱水:《卞之琳诗艺研究》,安徽教育出版社 2000 年版,第 72 页。
② 叶维廉:《叶维廉文集》(第三卷),安徽教育出版社 2002 年版,第 219—220 页。

表达。西南联大诗人以"学生诗人"为主体，对于这些年轻诗人来说，爱情是他们的生命体验与诗歌抒写的应有之义，然而迥异于一般青春爱情诗对爱情或缠绵、或幽婉的抒写，西南联大诗人的爱情抒写也是冷峻而生涩。这自然跟他们现代意义上的"自我"审视密切相关。在一种孤独、寂寞、残缺、虚无的现代生命意识中，爱情早已褪去了亮丽的色彩，爱情的出现不但无助于弥补现代"自我"的分裂以及由此而来的灵魂的挣扎与痛楚，反而强化了这种体认。在他们笔下，爱情诗作不是"风花雪月"的吟唱，而是现代生存困境的体认中一种刻骨的生存体验抒写。可以说，他们的爱情抒写，跟现代意义上的"自我"审视是一脉相通的，或者说，是这种自审意识的延伸与深化。透过爱情诗作的考察，可以对西南联大诗人的现代"自我"意识与生命体验有更加透彻的理解和认知。

对于视"寂寞"为生命存在的一个根本性状态，"在'寂寞'的咬啮里/寻得'生命'最严肃的意义"（《寂寞》）的郑敏来说，爱情在她笔下从一开始就脱去了一般青春女生抒发爱情时的缠绵与婉丽，而是浸透着一种无法捉摸的无边的孤寂，以及由此而生的心灵的隔膜与生命的痛楚。在《怅怅》一诗中，诗人以客观冷峻的笔调抒写出情人因相互隔膜而生的内心惘怅，"原来一个岸上，一个船里，/那船慢慢朝着/那边有阳光的水上开去了"，一种无边的孤寂与内心的怅惘在诗篇中荡漾开来。正是这种对现代"自我"孤寂生命存在的体悟，使诗人对情感、生命契合一体的现代爱情神话产生了质疑，"这站在你面前的也就是/昨儿里你所怀念的我呢?"（《云彩》），并由此捕捉到因生命的孤寂而来的爱的迷惘与无助，"我们并肩坐在这秋天的窗下，/缄默在我们之间是一汪白水/冷静的港上我们如两只小船/我知觉着你/像是那浮在远远的海上的一片阳光"（《无题》）。于是，爱情的"来到"在诗人笔下展现为如此一幅图景:

　　他们听不见彼此的心的声音
　　好像互相挽着手

> 站在一片倾逝的瀑布前
>
> 只透过那细微的雾珠
>
> 看见彼此模糊了的面影。
>
> ——《来到》

在这里，爱情的面影是模糊不清的，所谓心灵的相契永不可及。在诗篇《Fantasia》中，诗人更是在自我生命的纠结中对爱情的存在发出了诘问："这时是那比死更/静止的虚空在统治着/而我投身入我的感觉里/好像那在冬季的无声里/继续的被黑绿的海洋/吞食着的雪片。"在这里，爱情既不浪漫，也不优雅，带来的是"比死更静止的虚空"，突显着现代爱情的艰难，在深层次里也是诗人"寂寞"的生命体认在爱情体验中的延伸与扩展。在《永久的爱》中，我们看到的却是"爱"的短暂、易逝，"黑暗的暮晚的湖里，/微凉的光滑的鱼身/你感觉到它无声的逃脱/最后只轻轻将尾巴/击一下你的手指，带走了/整个世界，缄默的"。在诗人笔端，"爱"如"光滑的鱼身"一样难以把握。即使是面对"爱的复活"，诗人也只是"觉得丰富而贫穷，/丰富，因为我所看见的仿佛是一整/个春天的大地，贫穷，因为纵/然看见，看见而不能占有"（《爱的复活》），这是一种爱情的悖论，而其背后交织的是现代自我的一种生命困顿与存在困境。

杜运燮对爱情的体察更多了一份知性的调侃，组诗《不是情诗》的标题就表明这不是浪漫主义意义上的爱情诗作，"不是情诗"的矛盾对立所蕴含的内在张力，无情地消解了人们对爱情的浪漫期待，展现的是世俗生活对爱情的侵蚀、挤压，以及爱情中的相互对立、欺骗。"让我们像那细白的两朵云，/更远更轻，终于消失/在平静的蓝色里，人们再不能/批评他们的罗曼史"（《不是情诗（一）》），表达的是世俗生活对爱情无处不在的侵蚀与挤压，以及一种爱的逃避。"他们整齐地围住白桌布/和无叶的花和戴花的点心，/都有所计算，有所防备，/都还有笑声，用眼角迷人，/都无心看我们，像邻桌的牙签"（《不是情诗（二）》），则是对爱情中的做作、虚伪的描述。"我懊悔我曾经懊悔/感谢你关切的眉毛/欣赏我绞肠的折磨//我懊悔我曾经懊悔/你玩弄狡猾的暗示/而我掏出所有眼泪"（《不是情诗（三）》），"懊悔的懊悔"、"关切的眉毛"、"绞肠的折磨"等充满张力的语言交错、对比，表达着爱情中深层的对立、冲突与欺骗。这种独特的爱情体验及其抒写，使浪漫的"情诗"表现为"不是情诗"的矛盾、对立。

一个有意思的现象是，西南联大诗人创作了不少"不是情诗"的"情诗"。杜运燮的《不是情诗》共3首，王佐良的《异体十四行诗八首》、罗寄一的《诗六首》、穆旦的《诗八首》等都是以组诗的形式抒写的爱情诗作。联大诗人这么集中地创作爱情组诗，这个现象值得深究。深入考察这些组诗，可以发现，这些爱情诗作与一般意义上的"情诗"相去甚远，甚至消解、颠覆了传统意义上的"情诗"。在这些组诗中，现代爱情的复杂存在及驳杂内涵得到了立体化的审视与抒写，并进而凸显出一种悖论的生命困境与深邃的存在拷问。

王佐良的《异体十四行诗八首》首尾对应、自成一体，表达了丰富、复杂的爱情体验，有爱的欢欣、爱的苦痛，更有日常生活的凡庸对爱情的侵蚀，而最终演绎成一种"烦腻"的爱情体认。在组诗中，世俗的琐碎、无聊压抑了爱的欢欣与梦想，爱情的优雅、美好只是一个遥不可及的梦想。诗作的前三首表达出一些爱的欢欣，以及爱对世俗生活的抵抗，如"但是时间的把戏却使我们快乐：/应该是流泪却换来秘密的欣喜"（之一），"今夜这野地惊吓了我。唯有/爱情像它一样的奇美，一样的/野蛮和原始。我要找着你，/让你的身子温暖了我的"（之二），"我曾在所有的图书里看见你。/幻觉更纯净，加了你胸膛的热，/在我冷冷的饥饿里，安慰了/我在尘土里失去的一切"（之三）。这些抒写着爱的欣喜、奇美、快乐等。同时，诗作将爱情置于日常生活的背景中，表达出对日常生活的凡庸、琐碎的不屑与超越，如"或者窘迫，我们上菜市场去/任受同样的欺凌。我们回来/又同样地胜利——因为我们已经超越"（之一），"我们任性而又骄傲，扬着头/走过这些拘束的羊群人群"（之二），"但是我们都不愿走进这车马，/看那些粗脖子的母亲们，争吵/在菜市，或者高兴于多偷的洋芋"（之三）。然而，诗作第一首的第一节，却预示了爱与日常的凡庸对抗的结局：

> 让我们扯乱头发，用冰冷的颊
>
> 证明我的瘦削，你的梳双辫的日子
>
> 远了。让我们说：从前的眼睛，
>
> 从前的腰身曾经是怎样的细。

这是在时间的对比中揭示爱的改变、爱的流逝，而且这一切无法挽救。将这一节置于整体组诗的开始，也就奠定了整体组诗的基调，即爱的无法挽救的流逝乃至消失。或许可以说，这是亘古的时间对爱的抹却，但诗作对爱的思考更多的是在与日常生活的凡庸性的对峙中展开，这里的时间不是抽象意义上的时间，而是指代日常世俗生活的展开，由此，我们看到了日常生活的世俗性、凡庸性对爱的销蚀：

> 我们同要踏出这座门，
>
> 而同时踌躇。顾虑如蛇。
>
> 你抱了孩子无言地退回，
>
> 而我逡巡在陈腐的比喻里。
>
>
>
> 你的身体要粗要胖，而我
>
> 也要戴上眼镜，贴紧了火炉，
>
> 伤风又发脾气，在长长的下午
>
> 拉住客人，逼他温我五十次的过去。

在日常的世俗生活中，我们"顾虑如蛇"，只能"无言地退回"，或"逡巡在陈腐的比喻里"，这就是爱在生活中的展开、表现，毫无优雅可言。在这种审视中，爱情自然与"烦腻"相去不远。于是，我们看到了对"烦腻"的触目惊心的描述："烦腻是过分的敏感，那等于/都市将一切的商品和太太的脸，/用灯光照在大的窗里，让乞丐瞧"（之五）。这是一个十分形象的比喻，让乞丐瞧那被灯光夸张了商品和女人，只会使其陷入被勾起欲望却不能获致的状态，这种状态带给人的是一种痛苦、压抑甚或无奈。而在爱情诗作中出现如此异质、怪诞的描述，可以说，是诗人对爱情的一种独特体认与表达。我们在此看到随着凡庸性不断地渗透爱情生活，痛苦、压抑、无奈的"烦腻"感油然而生。在第七首我们看到了一种爱的"造作"与"痛苦"，"我的三分虚假完成了你的爱娇，/完成了你的胜利。你却在/生长和春秋的回旋里，/张着痛苦的惊惧的眼"。"我和你"之间"烦腻"的感觉、关系愈加清晰、定型，而第八首的描述与表达也就呼之欲出了：

> 我们的爱情决不纯洁。天和地，
> 草木和雨露，在迷人的抒情过后，
> 就是那泥土的根。你如水的眼睛，
> 我却是鱼，流入了你生物学的课本。
>
> 但孩子并不算是惩罚。一种胜利，
> 我们在感伤的哭泣里忽然亮了闪了。
> 过去的，要求的，交会在产床上，
> 但拒绝了不朽，我们拥抱在烦腻里。

"我们的爱情决不纯洁"，这是描述，更是一种判决，所有爱情的欢乐、美好，"在迷人的抒情过后，/就是那泥土的根"，是"产床"上最后的血污的形象。所谓"孩子并不算是惩罚"，只是一种反讽，表征着日常凡庸性的胜利，而爱的最后结局是"我们拥抱在烦腻里"，触目惊心地表达出日常生活的凡庸、琐碎对爱情的侵蚀、挤压乃至驱逐。这就是《异体十四行诗八首》所展示的"烦腻"的爱情图景。这与浪漫化的"情诗"无甚共同之处，给新诗的爱情诗作增添了一种异质。在深层次上，这也是一种刻骨铭心的现代生存体验的抒写。

罗寄一的《诗六首》则是对爱情的一种整体观照，通过远距离的俯瞰手法呈现爱情的丰富形态。在第一首诗中，首先是一种俯瞰姿态的描述，"阳光又一次给我慈爱的提携。/要是能用敏感多血的手掌，/抚摸一下皱折的山峦，起伏与光暗，/有如人类全部波涛的凝固；//要是能摹拟鹏鸟的轻盈，／也将振翼而起，在无穷广远的／高空，凝视地球的整体，／它底欢笑与泪水的纵横"，这种拟想中的超越带来的是对万事万物一种新的观照，自然也带来了对爱情新的审视与思考。接下来，我们看到了对爱情的复杂多样形态的表达，"我们有一滴水的浑圆，／欢乐与哀愁在不时地旋转"，"这其间有无穷的焦灼，／渴求着烟雾中梦底颜色"，"无始无终滚过霉臭的泥土，／空有绝望的火星在夜空飞舞"，这是对爱恋过程中的欢乐、哀愁、焦灼、绝望等复杂情感的抒写，由于是远距离的俯瞰，诗人获得了一种超越性的支点，因此不是直抒胸臆的浪漫感伤抒写，而是冷静、客观的描述。于是，一种冷静乃至冷漠的对爱情的剖析与审视出现了：

> 冲不破时空严酷的围困，
> 头上有繁星引来心碎，
> 岂不有无望的倾慕在寂静里，
> 当我们包裹在寒冷中，褴褛而屈辱。
>
> 啊，多少次可怕的厌倦，
> 世间哀乐都如雪花点点，
> 消溶进一个朦胧的命运，
> 当列车匆忙地没入无边的阴暗。

"严酷的围困"、"褴褛而屈辱"、"无边的阴暗"等这些充满冷漠色彩的词汇，无不表达出一种爱的困惑与艰难。而在第四首诗中，这些复杂多变的情感幻化为"五月风"这一独特的意象：

> 如果我，我和你并合，
> 海上去，掠过成熟的波涛，
> 无往不在的整体，磅礴的
> 五月风，飘散开而沉落。
>
> 如果我，梦如一只小蜉蝣，

> 夜来昼去外有庞大的寂寞，
>
> 这些幻象都如白云的美丽丰满，
>
> 吹啊，高速率，占有与抛弃的电闪。
>
> 如果有匍伏的蜕化的躯壳，
>
> 伟大的祭坛正烟火缭绕，
>
> 五月风悲痛而轻盈，它渐渐
>
> 没入天与水与无边的宁静……

在这里，"五月风"表征着一种"高速率"，"占有与抛弃的电闪"，爱情的展开，如幻象般无法把握，一切都"没入天与水与无边的宁静"。整首诗抒写的是爱的幻象的破灭，而在最后一首，我们读到的只是一种爱的渴望，"让我们时时承受人类的尊严"，让"所有缺欠的爱情都完成在我们紧闭的唇边"。在远距离的俯瞰中，罗寄一客观、冷漠地呈现了爱恋中的生命形态。

显然，西南联大诗人的这种"情诗"不是通常意义上的浪漫"情诗"，而是现实泥泞中一种刻骨的生存体验的抒写。将这种生存体验的抒写推向顶端的是穆旦的《诗八首》。整组诗结构严谨，表达了经由"丰富的痛苦"生命体验而提炼出的一种独立的爱情体验，自成一体，展现了一个较完整的爱情历程，以及其中曲折复杂的情感状态。通过独特的爱情体验的表达，穆旦思考着爱情、生命、自然、宇宙的存在，追问着蕴藏在这一切背后的生命之道、自然之道，体现出冷峻、深邃的理性思辨色彩与形而上的哲理内涵。第一首诗如下：

> 你底眼睛看见这一场火灾，
>
> 你看不见我，虽然我为你点燃；
>
> 哎，那燃烧着的不过是成熟的年代，
>
> 你底，我底。我们相隔如重山！
>
> 从这自然底蜕变底程序里，

　　我却爱了一个暂时的你。

　　即使我哭泣，变灰，变灰又新生，

　　姑娘，那只是上帝玩弄他自己。

　　这描述的是爱情的开始，"我"为"你"点燃了爱的激情，然而由于情感的陌生，这爱的激情在"你"眼里却是可怕的，如"一场火灾"。"火灾"一词突兀地出现在诗的第一行，在给人震撼的同时，也预示着现代爱情的艰难。这样，虽然那燃烧的是成熟年代应有的爱的激情，而"我们相隔如重山！"诗的第二节是对爱的艰难的理性审视，在穆旦"丰富而痛苦"的生命体验之中，蕴含着一种典型的现代生命意识，即现代"自我"孤独、无助、残缺的生命意识。这种残缺、孤独的生命境遇从生命的开始就已经注定，即使爱情的出现也无法改变这种状态。由此，爱恋也只是"从这自然底蜕变程序里/我却爱了一个暂时的你"，彼此的相爱不过是永恒时间之流中一个偶然而短暂的相遇，根本无法改变自身残缺、孤独的生命存在。"即使我哭泣，变灰，变灰又新生，/姑娘，那只是上帝玩弄他自己。"在这里，穆旦又由爱情推及至宇宙万物，借用上帝来指称自然界和一切生物的创造者，或者说指称万事万物背后生生不息、无可抗拒的自然之道。正是在这自然之道面前，生命的残缺包括爱情的残缺都是不可逃避的必然。于是，我们看到了穆旦对爱情的进一步思考：

　　水流山石间沉淀下你我，

　　而我们成长，在死底子宫里。

　　在无数的可能里一个变形的生命

　　永远不能完成他自己。

　　我和你谈话，相信你，爱你，

　　这时候就听见我底主暗笑，

　　不断地他添来另外的你我

　　使我们丰富而且危险。

"水流山石间沉淀下你我"，是对生命历程开始的描述，"水流山石"喻指自然万物，而"沉淀"一词暗指生命开始的偶然性，"你""我"只是自然万物之中一个偶然的存在。"而我们成长，在死底子宫里"，则暗示出一种残缺的生命形态。"你""我"的生命只是"在无数的可能里一个变形的生命/永远不能完成他自己"，这是对生命残缺的进一步体认，"你""我"永远不能达致生命的完满。带着这份生命的残缺投入爱情，"这时候就听见我底主暗笑"。"我底主"等同于上首诗中的"上帝"，是万事万物的创造者，也表征着人类无法抗拒的自然之道。无法完成自己的"你""我"在遭遇爱情时，自然也无法达致爱情的完满，由此引来"我底主暗笑"。同时，"你""我"处于一个未完成形态，在爱恋过程中，一切的创造者"我底主"又可以"不断地""添来另外的你我"，这既指在爱恋中生命的无数可能性的充分敞开，也暗示在生命的无数可能性中爱情的难以把握，而这一切"使我们丰富而且危险"。诗人接着从言语的层面审视爱情：

> 静静地，我们拥抱在
> 用言语所能照明的世界里，
> 而那未成形的黑暗是可怕的，
> 那可能和不可能的使我们沉迷。
>
> 那窒息着我们的
> 是甜蜜的未生即死的言语，
> 它底幽灵笼罩，使我们游离，
> 游进混乱的爱底自由和美丽。

我们在言语的层面展开爱情，现代爱情尤其重视以语言的交流、对话，达成相互的了解乃至心灵的契合，从而成就完满的爱情。然而，我们那些最内在的切己生命体验恰恰是语言无法言说的，正如穆旦在《我歌颂肉体》中所抒写："自由而活泼的，是那肉体。/……因为我们还没有把它的生命认为我们的生命，/还没有把它的发展纳入我们的历史，/因为它的秘密远在我们所有语言之外。"如此，"我们拥抱在/用言语所能照明的世界里"，爱情只能在言语所触及的外在的生命层面进行，而言语层面之下是无法触及的内在的切己生命体验，是"未成形的黑暗"，这一切只会"使我们沉迷"。这样，所谓爱情的完满也就是一个不可企及的目标，而且即使言语自身也是"未生即死"，窒息、游离着爱情，"它底幽灵笼罩，使我们游离"，由此爱情更成为一个无法把握的存在。一个现代的爱情悖论在穆旦笔下出现了，"相同和相同溶为怠倦/在差别间又凝固着陌生"，过近与过远的距离都无法维持爱情，不即不离的状态使爱情异常艰难，"他底痛苦是不断的寻求/你的秩序，求得了又必须背离"（第六首）。最终，所谓完满的爱情只是一个乌托邦的神话，"那里，我看见你孤独的爱情/笔立着，和我底平行着生长"（第七首）。这样，穆旦抵达了对现代爱情的深刻反思：

> 等季候一到就要各自飘落，
>
> 而赐生我们的巨树永青，
>
> 它对我们的不仁的嘲弄
>
> （和哭泣）在合一的老根里化为平静。

"赐生我们的巨树"在这里相当于前面的"上帝"、"我底主"，在这宇宙万物的创造者面前，"我们"的爱情是"季候一到就要各自飘落"，最终"化为平静"，而这一切都只是上帝"对我们不仁的嘲弄"。由于穆旦的上帝并不具有西方宗教意义上的色彩，所谓上帝"不仁"是对中国经典"天地不仁，以万物为刍狗"的化用。"天地不仁"是一种麻木、无所知觉，也是不以人的意志为转移的自然之道，在这自然之道面前，万物的摧残、破败是不可逃避的必然，爱情也一样。爱情的艰难、残缺、痛苦等既是上帝"不仁"的嘲弄，也是人类的宿命。

祛除了浪漫化的"牧歌情绪"，一种充满着分裂、焦虑、痛苦乃至绝望的爱情抒写出现于穆旦的笔端。这是在残缺、孤独的生命意识之下对现代爱情的观照和反思。生命的残缺注定了人永远是孤独的个体，而爱情的出现也无法改变这一切，甚至更加强化了人们对生命残缺、孤独的体认。这种对现代爱情体验的刻骨抒写，使《诗八首》超越了历来浪漫的爱情诗学传统。

可以说，联大诗人的爱情抒写是异常独特的，而他们的爱情抒写是表达其现代生活感受与生命体验的一个焦点。迥异于传统的或美好、或优雅的浪漫爱情，一种充满着分裂、焦虑、痛苦、虚无乃至绝望的爱情抒写，既体现着联大诗人自我生命体验的广度与深度，也为新诗带来了一种全新的品质。

第三节 震惊体验：战争的深层反思

对于西南联大诗人而言，战争是身边一个可以触摸的生活现实。战争的惨烈、残暴无疑带给了联大诗人一种震惊体验，这自然会在其诗歌创作中得到表达。联大诗人由是创作了不少有关战争的诗作，纵观这些诗作，可以发现其战争诗作更接近于西方"一战"前后所诞生的"战争诗"，而与当时国内风起云涌的"抗战诗"有别。"战争诗"的产生更多的是基于对战争的审视与反思，"抗战诗"则是抗战时期一场特殊的诗歌运动。这场诗歌运动的主旨、内涵、形式等方面的特征在高兰笔下有着清晰的描述：

> 诗人是有着更大的任务。他的诗歌应该是战斗的诗歌，他对诗歌音乐，是和所有的战斗的音响相配合，他应该和进步的人群一同迈进，他不再是自我的吟哦自我的表现了，而是反抗者与战斗者的歌声，我们要用这犀利的文艺的武器，向未觉醒的人们呐喊，我们要靠它去感动那冥顽不灵的人，我们要用它歌颂着悲壮伟大旷古绝今的场面，我们要用它记录下这火与血中算作惊天地泣鬼神的史实，一个诗歌工作者假如他不能正视这个现实，这不但是诗歌发展的障碍，同时也是民族的罪人。换言之，我们就是要用诗来号召大众、教育大众、组织大众，使他们每一个人都向着这民族解放的战

争，而贡献出他们所有的力量，所以现时代的诗在内容方面应当是
战斗的、现实的、前进的、教育的。在形式方面应当是通俗的、音
乐的、戏剧的、宣传的、口语的，而贯穿以革命的热情与全民族同
一呼吸的新的诗歌。①

　　这是一种激进的，要求直接将战争经验转化为文字、描述战争、抒
写民族情怀的战时功利性的文学诉求，有其得以产生的现实土壤，也有
其历史合理性。不过，身居学府的联大诗人以其丰厚的学院文化精神资
源为凭借，对战争的抒写超越了"抗战诗"的形态，直面战争所带来
的震惊体验，既有民族情怀的抒发，也在民族情怀抒写与民族主义讴歌
的满腔正义之外多了一份生命的反思、一份超越性的人类关怀。这既是
占据文学场不同位置而导致的不同抒写策略，也是 20 世纪 40 年代文学
场分化的一个症候。

一

　　尽管身处大后方昆明，西南联大师生依然感觉到了战争的近在眼前
及其毁灭性的破坏力。1938 年 9 月 28 日，日军首次空袭昆明，自此日
本军机轰炸昆明成为常态，"跑警报"也成为西南联大师生日常生活的
一部分。西南联大在空袭中时常遭到破坏或人员伤亡，战争带来的破坏
与死亡对联大师生的内心触动异常深刻。1940 年 10 月 13 日，日军出动
军机 27 架轰炸昆明，此次轰炸以西南联大、云南大学等教育文化机关
为主要目标，联大在此次空袭中损失惨重。吴宓在日记中记载道："云
大及联大师院已全毁，文化巷住宅无一存者。大西门城楼微圮，城门半
欹。文林街及南北侧各巷皆落弹甚多"，"至玉龙堆寓舍，则见院中一
片瓦砾，盖十余丈外若园巷即落一弹，毁数宅……宓室中之窗洞开，玻
扇已毁。墙壁之木片灰屑纷然剥落，室中满覆尘土。"② 这种近在眼前
的战争毁坏与死亡威胁显然对吴宓触动颇深。在其后几天的日记中，吴

---

　　① 高兰：《诗的朗诵与朗诵的诗》，《时与潮文艺》第 4 卷第 6 期，1945 年 2 月。
　　② 吴宓：《吴宓日记 1939—1940》，生活·读书·新知三联书店 1998 年版，第 245 页。

宓依然写道："宓所居楼室，窗既洞开，屋顶炸破处风入。壁板坠，壁纸亦吹落。弥觉寒甚。"吴宓随即"枕上作一诗，题曰《昆明近况》"：

> 三年好景盛昆明，劫后人稀市况清。
>
> 入夜盲鸡栖密架，凌晨队蚁涌空城。
>
> 梦疑警笛鸣锣响，途践土堆瓦砾行。
>
> 缘会难期生死讯，归依佛理意难平。①

吴宓的记叙及旧诗抒写，传达出对死亡近在眼前的空袭的一种震惊性体验。同样，费孝通也记载了对这次空袭的感受：

> 当我们进城时一看，情形确是不妙。文化巷已经炸得不大认识了。我们踏着砖堆找到我们的房子，前后的房屋都倒了。推门进去，我感觉到有一点异样：四个钟头前还是整整齐齐一个院子，现在却成了一座破庙……整个房屋已经动摇，每一个接缝都已经脱节，每一个人也多了这一层取不去的经验：一个常态的生活可以在一刹那之间被破坏，被毁灭的。这是战争。歌颂战争就是在歌颂一件丑恶的事。
>
> 哭声从隔壁传来，前院住着一家五口，抽大烟的父亲跑不动，三个孩子，一个太太，伴着他，炸弹正落在他们头上，全死了。亲戚们来找他们，剩下一些零碎的尸体。在哭。更坏的一件一件传来。对面的丫头被锁在门里，炸死了。没有人哭，是殉葬的奴隶。我鼓着胆子出门去看，几口棺材挡着去路，血迹满地……天黑了。没有了电灯，点着一支洋蜡，月亮特别好，穿过了屋里的窟窿，射进来，我见了，身上发冷，赶急上床，可是老是不容易入睡，穿过屋顶看月亮。②

空袭对费孝通的触动是巨大的，战争的毁灭性破坏力及其带给联大师生的内心触动可见一斑。而"歌颂战争就是在歌颂一件丑恶的事"

---

① 吴宓：《吴宓日记 1939—1940》，生活·读书·新知三联书店 1998 年版，第 251 页。
② 费孝通：《疏散》，载《除夕副刊》主编《联大八年》，新星出版社 2010 年版，第 70—71 页。

的慨叹，则表达出一种鲜明的学院化立场。可以说，战争的毁灭性力量是西南联大诗人一个触手可及的现实，对战争的抒写自然是西南联大诗歌创作的一个重要内容。联大诗人创作了不少有关战争与死亡的诗歌，既是这种惨烈的战争氛围中震惊生命体验的抒写，也表达出对战争的反思与生命的审视。整体上，西南联大诗人对战争的描述、反思一方面夹杂着个体自我的切身体验，没有被"时代需要"的"抗战诗"潮流所裹挟，显示出一种学院化的文学立场与艺术坚守。同时，他们的诗歌创作也没有隔绝于时代与民族，而是直面战争的震惊性体验，诗作中蕴含着深广的民族悲愤以及对民族抗争与新生力量的讴歌，抒写着"战斗的中国"在"新生中的蓬勃、痛苦和欢乐的激动"①，具有丰厚的时代内蕴。抗战伊始，身处南岳山中避难求学的穆旦以诗作《野兽》坚实地传达出民族生生不息的"复仇"、抗争的力量：

　　　黑夜里叫出了野性的呼喊，
　　　是谁，谁噬咬它受了创伤？
　　　在坚实的肉里那些深深的
　　　血的沟渠，血的沟渠灌溉了
　　　翻白的花，在青铜样的皮上！
　　　是多大的奇迹，从紫色的血泊中
　　　它抖身，它站立，它跃起，
　　　风在鞭挞它痛楚的喘息。

　　　然而，那是一团猛烈的火焰，
　　　是对死亡蕴积的野性的凶残，
　　　在狂暴的原野和荆棘的山谷里，
　　　像一阵怒涛绞着无边的海浪，
　　　它拧起全身的力。

---

　　①　穆旦：《〈慰劳信集〉——从〈鱼目集〉说起》，载《穆旦诗文集》（二），人民文学出版社 2007 年版，第 54—55 页。

　　　　在黑暗中，随着一声凄厉的号叫，

　　　　它是以如星的锐利的眼睛，

　　　　射出那可怕的复仇的光芒。

　　这里，受伤的"野兽"射出"复仇的光芒"即是民族不息抗争的顽强力量的象征，诗作以意象的清新与丰满构造出诗作坚实的质地，诗化地传达出民族的痛楚与抗争的希望。这种对战争苦难中民族的不屈力量与坚韧生命力的描述、讴歌贯穿穆旦的诸多战争诗作，并且对民族不息的抗争力量的抒写，在穆旦等联大诗人笔下首先表现为对农民兵"愚笨"艺术形象的提炼。穆旦的《农民兵》开篇勾勒出一种"愚笨"的艺术形象，"不知道自己是最可爱的人，/只听长官说他们太愚笨/当富人和猫狗正在用餐/是长官派他们看守着大门"，这是一种反差性的描述。在这强烈的反差中，诗作凸显出"愚笨"形象背后一种沉默而坚韧的力量，"不过到城里来出一出丑，/因而抛下家里的田地荒芜，/国家的法律要他们捐出自由：/同样是挑柴，挑米，修盖房屋"，"在这一片沉默的后面，/我们的城市才得以腐烂，/他们向前以我们遗弃的躯体/去迎受二十世纪的杀伤"。诗作在冷峻、客观的描述中透露出一种时代的悲愤感与历史的厚重感。

　　不少联大诗人对农民兵的描述都出现了"愚笨"的字眼，或者关于"愚笨"的描述。王佐良的《诗两首·一》同样从农民兵身上提炼出"愚笨"的艺术形象：

　　　　于是你的兄弟和我的丈夫

　　　　愚笨而强壮的男人，昨天

　　　　还穿了蓝布褂去叩头，今天

　　　　给虫蛀，人咬，给遗忘在长途，

　　　　背负着走不完的山，和城镇的咒骂，

　　　　给虱子和疥疮，给你我吞没。

　　在这"愚笨"形象描绘的背后是一种生命的惨淡，然而也正是这惨淡的生命以沉默而顽强的力量支撑起民族的抗争，诗人由是发出对农民兵"愚笨"的讴歌：

> 那点愚笨却有影子，有你我
> 脆弱的天秤所经不住的
> 重量。那愚笨是土地，
> 和永远受城里人欺侮的
> 无声的村子。那点愚笨
> 是粗糙的儿女和灾难。
> ……
>
> 然而他没有生命，没有享受，
> 也就没有死。愚笨是顽强
> 而不倒的……

　　诗人对农民兵"愚笨"的体恤、赞叹在在可见，"愚笨"在这里表征着一种伟岸的抗争力量。杜运燮的不少诗作虽然没有出现"愚笨"字眼，但对士兵（主要为农民兵）的描述依然具有"愚笨"的特征，并由此表达出一种坚韧的民族抗争力量。《草鞋兵》为杜运燮描绘农民兵的代表诗作，在对中国士兵（入缅作战的中国军队被称为"草鞋兵"，以区别于英印军队的"皮鞋兵"）"愚笨"的生存状态的呈现中，传达出一种深厚的同情、悲悯乃至赞颂：

> 你苦难的中国农民，负着已腐烂的古传统，
> 在历史加速度的脚步下无声死亡，挣扎：
> 多少种权力升起又不见；说不清"道"怎样变化；
> 不同的枪，一样抢去"生"，都仿佛黑夜的风
>
> 不意地扑来，但仍只好竹杖一般摸索，
> 任凭拉夫，绑票、示众，神批的天灾……
> 也只好接待冬天般接受。终于美丽的转弯到来，
> 被教会兴奋，相信桎梏的日子已经挨过，

> 仍然踏着草鞋，走向优势的武器，
>
> 像走进城市，在后山打狼般打游击，
>
> 忍耐"长期抗战"像过个特久的雨季。

诗人以冷静超然的笔触刻画出农民兵卑微、屈辱的生存状态以及沉默而坚韧的性格，农民兵卑微的存在使其无法掌握自己的命运，只能被历史的大潮所裹挟，以单薄的生命去挑战、迎接"死亡"，在残暴的战争面前付出生命的所有。然而诗人坚信，在这不无"愚笨"的生命背后蕴藏着打破奴役、桎梏的深沉力量，诗作没有流于英雄主义的浪漫、浮夸，而是在不动声色的描绘中传达出一种凄厉悲怆的历史感。这种对农民兵的关切及对其抗争力量的赞叹贯穿杜运燮的诸多诗作。在《无名英雄》中，诗人抒写道：

> 你们被认出在人类胜利的
>
> 史页里，在所有的心灵深处：
>
> 被诚挚地崇敬，一天天
>
> 为感激的眼泪所洗涤，而闪出
>
>
> 无尽的光芒，而高高照见
>
> 人类有一个光明的未来：
>
> 建造历史的要更深地被埋在
>
> 历史里，而后燃烧，给后来者以温暖。

诗篇对士兵的付出、牺牲及其历史意义，表达了深切的赞美。这在诗作《给我的一个同胞》中有着同样的表达：

> 不知道你是英雄的模范，
>
> 也不觉你的担子重得惊人，
>
> 你的"人"的威仪，竟如麻木了一般，
>
> 你的沉默却大过一切的声音。
>
> ……
>
> 虽然你并不了解政治的潮流，

给一个问题，还会闹大笑话，

但完成"人"的意义，竟是这么自然。

可见，杜运燮对农民兵的关切与赞颂跟穆旦、王佐良等有关农民兵"愚笨"的艺术刻画异曲同工。在这里，"愚笨"不再具有五四启蒙意义上的批判色彩，更多地蕴含着同情、悲悯以及景仰、赞颂等情感内涵。对士兵的关注是战争诗作的应有之义，而面对中国士兵以农民兵为主体的现实，联大诗人提炼出了"愚笨"这一艺术形象，以表征一种沉默而坚韧的民族抗争力量。值得一提的是，联大诗人对农民兵"愚笨"形象的提炼，与奥登的十四行诗作《在战时》不无艺术关联。1938年春季，奥登与衣修伍德共同奔赴中国，考察中国的抗战情形，奥登后来以此为题材创作了27首总题为《在战时》的十四行诗。在这些诗作中，奥登以冷峻、客观的笔调刻画了他视野中的中国士兵或中国农民的"朴实"、"笨拙"、"无知"、"坚韧"等形象，也赞颂了其背后蕴藏的沉默而不屈的力量，在中国诗坛产生了一定影响。1943年，卞之琳选译了其中6首，影响较为广泛，尤其对西南联大的年轻诗人影响深远。有研究者考证指出，联大诗人是在奥登的影响下（包括部分的误读），"即中国士兵'无知'的层面上，去理解奥登所谓'不知善'。农民似乎还没有开化，没有基本的文化知识，自然就不会有能力去理解'善'，选择'善'，因而发明了一个词汇'愚笨'"，"而将士兵与农人合体，却的确是联大这些诗人们的首创"①。可见，学院化的文学接受也是联大诗人创作的一个重要的艺术路径，异域的艺术借鉴在此提升了联大诗人的文学视界。当然，联大诗人对农民兵"愚笨"形象的刻画与认同，既有异域文学资源的诗学启发，也是个人的生命体验使然。严酷的战争把广大的民众（主要是农民）推到了历史的前台，学府里的学子也由此看到了中国现实的另一面。他们一方面感受到了农民兵的卑微、屈辱乃至麻木的生命存在；另一方面也目睹了他们在民族抗战中

———————

① 参见姚丹《误读与传承——奥登〈在战时〉与1940年代中国诗歌》，《新诗评论》2012年第1期。

的付出、牺牲以及不屈的抗争。感受着时代的风云，融合着自我的生命体验，联大诗人对农民兵"愚笨"艺术形象的提炼，既是对独特历史经验的包容，也是对民族复苏、新生力量的讴歌。

　　更重要的是，这种"愚笨"艺术形象的提炼，使联大诗人的创作具有广袤的时代经验与厚重的历史内蕴，既饱含着个体的真实体验，又不沉滞于一己的苦难，而是将现实的苦难、战争的体验转化为深邃的历史考量，在民族力量的诗化开掘中走入了历史的深处。穆旦的《赞美》即是在"愚笨"形象的诗化开掘中传达出一种厚实的历史沧桑。《赞美》跟穆旦"三千里步行"的战争体验息息相关，正是在被迫由长沙迁徙至昆明的"教育长征"中，穆旦目睹了中国广阔土地上的深重灾难，诗作直面现实的苦难，"赞美"民族顽强的抵抗力以及新生的希望。诗作开篇描绘出一幅荒凉、忧郁的自然风景：

　　　　走不尽的山峦和起伏，河流和草原，

　　　　数不尽的密密的村庄，鸡鸣和狗吠，

　　　　接连在原是荒凉的亚洲的土地上，

　　　　在野草的茫茫中呼啸着干燥的风，

　　　　在低压的暗云下唱着单调的东流的水，

　　　　在忧郁的森林里有无数埋藏的年代。

　　这里，自然风景的描绘祛除了唯美主义的审视，凝重而厚实，是时代灾难的一个象征，以丰满的意象呈现出一种厚重的无以言说的现实苦痛，蕴含着深沉的民族悲愤。面对这厚重的现实苦痛，诗人不是逃离，而是去承接、"拥抱"：

　　　　当不移的灰色的行列在遥远的天际爬行；

　　　　我有太多的话语，太悠久的感情，

　　　　我要以荒凉的沙漠，坎坷的小路，骡子车，

　　　　我要以槽子船，漫山的野花，阴雨的天气，

　　　　我要以一切拥抱你，你，

　　　　我到处看见的人民呵，

在耻辱里生活的人民，佝偻的人民，

我要以带血的手和你们一一拥抱，

因为一个民族已经起来。

诗人在现实的灾难里，看见了"在耻辱里生活的人民，佝偻的人民"，一种无言的痛苦在诗中弥漫。同时，诗人坚信在这普通的民众中蕴藏着民族抗争与新生的真正力量和希望，这里的"民众"形象与农民兵的"愚笨"形象是相通的，而诗人意愿"拥抱"民众，"以带血的手和你们一一拥抱"。"带血的手"凸显出诗人对时代灾难的担当，热烈的情感抒发具有了坚实的时代内涵，这是贫瘠土地上的艰难抗争，然而厚实而有力量。诗作第二节通过营造出"一个农夫"意象，将对现实苦难的关注和民族坚韧生存的讴歌首先转化为"农夫"日常生活场景的呈现：

一个农夫，他粗糙的身躯移动在田野中，

他是一个女人的孩子，许多孩子的父亲，

多少朝代在他的身边升起又降落了

而把希望和失望压在他身上，

而他永远无言地跟在犁后旋转，

翻起同样的泥土溶解过他祖先的，

是同样的受难的形象凝固在路旁。

这里对"农夫"的描绘依然是一种"愚笨"的艺术形象提炼，"农夫"在此是广大普通民众的象征，在艰难的生活中默默劳作，并以此承担生活的一切苦难，而在这苦难的担当中又蕴含着坚强的生活意志。"农夫"既是一个受难者的形象，也成为民族坚韧生命力的一个象征。诗作接着在生和死的切换中，再次"赞美""农夫"所表征的顽强生命力以及不屈的民族力量：

……他只放下了古代的锄头，

再一次相信名词，溶进了大众的爱，

坚定地，他看着自己溶进死亡里，

　　而这样的路是无限的悠长的

　　而他是不能够流泪的,

　　他没有流泪,因为一个民族已经起来。

　　诗人在此将生和死抒写得分明生动,既蕴藏着强烈的悲愤情感,同时也蕴含着坚定的民族抗争希望。诗作第三节沿此诗思进一步描绘现实的深重苦难以及广大民众对苦难的无悔承担:

　　在群山的包围里,在蔚蓝的天空下,

　　在春天和秋天经过他家园的时候,

　　在幽深的谷里隐着最含蓄的悲哀:

　　一个老妇期待着孩子,许多孩子期待着

　　饥饿,而又在饥饿里忍耐,

　　在路旁仍是那聚集着黑暗的茅屋,

　　一样的是不可知的恐惧,一样的是

　　大自然中那侵蚀着生活的泥土,

　　而他走去了从不回头诅咒。

　　诗作依然围绕着"农夫"意象而展开描绘,在自然景观的抒写中隐含着"最含蓄的悲哀",在生活场景的呈现中聚集着"不可知的恐惧",而面对着"侵蚀着生活的泥土",以"农夫"为表征的底层民众无言而无悔地承担着生活的苦难。这种对苦难的生存的坚韧担当,既使诗人认知到民族坚韧不屈的力量源泉,也使诗人感知到其间包含着巨大的牺牲与悲痛。诗人的笔触再次由自然风景抒写时代的苦难与民族的悲痛:

　　一样的是这悠久的年代的风,

　　一样的是从这倾圮的屋檐下散开的

　　无尽的呻吟和寒冷,

　　它歌唱在一片枯槁的树顶上,

　　它吹过了荒芜的沼泽,芦苇和虫鸣,

　　一样的是这飞过的乌鸦的声音。

自然风景的描绘蕴含着深沉的凄凉与苦痛，成为民族的不幸与悲伤的诗化象征。面对这广大土地上"无尽的呻吟和寒冷"，诗人将自我融入历史与时代，痛苦然而坚定地抒唱道：

> 当我走过，站在路上踟蹰，
>
> 我踟蹰着为了多年耻辱的历史
>
> 仍在这广大的山河中等待，
>
> 等待着，我们无言的痛苦是太多了，
>
> 然而一个民族已经起来，
>
> 然而一个民族已经起来。

"我们无言的痛苦是太多了"，朴实的言说蕴含着饱满的悲怆力量。诗人直面现实的沉重苦难与生命的深沉痛楚，抒情没有走向空洞的感伤宣泄，而是在"农夫"意象的刻画中获得了坚实的依托，走进了历史与时代的深处。在这里，"农夫"意象饱含着"愚笨"的诗学内蕴，诗人也从以"农夫"为表征的底层民众身上感知到民族坚韧的生命力与不屈的抗争力量，坚毅地抒唱出抗争的希望与光明，诗作堪称一首表达民族抗争的"史诗"。这种对战争中底层民众力量的讴歌，在杜运燮《滇缅公路》中也有着突出的表达：

> 不要说这只是简单的普通现实，
>
> 试想没有血脉的躯体，没有油管的
>
> 机器。这是不平凡的路，更不平凡的人：
>
> 就是他们，冒着饥寒与疟蚊的袭击，
>
> （营养不足，半裸体，挣扎在死亡的边缘）
>
> 每天不让太阳占先，从匆促搭盖的
>
> 土穴草窠里出来，挥动起原始的
>
> 锹镐，不惜仅有的血汗，一厘一分地
>
> 为民族争取平坦，争取自由的呼吸。

朴实的描绘中蕴藏着坚韧而蓬勃的生命力量，诗人以坚实而有力的笔触抒唱出民族的痛楚与希望。诗作也被朱自清称为一首表现民族抗争力量和希望的"现代史诗"①。可见，西南联大诗人通过"愚笨"形象的诗化提炼，对战争的抒写包蕴着广袤的时代内涵，在丰富的现实经验与切己体验的包容、转化中，诗化地传达出民族抗争的不息力量，部分诗作几近达致"现代史诗"的诗学维度。

二

西南联大诗人群对战争的抒写不仅体现于对民族抗争力量的抒写与讴歌，而且直面战争的震惊性体验，在民族情怀的抒发之外，更表达出对战争的反思与个体生命的审视。联大诗人对战争的深层反思突出地表现在他们从人类整体命运的角度思考战争，他们的战争诗作在民族情感、民族正义之外增添了一份对人类命运的悲悯，对生命存在的普遍关怀。这有别于那种停留于宣扬民族情感层面的"抗战诗"，从而抒写着严酷的战争环境中的一种独特的生命体验。

郑敏创作的《时代与死》、《一九四五年四月十三日的死讯》、《死难者》、《死》（共2首）、《墓园》等诗作均与战争相关。在郑敏笔下，战争中的"死亡"是一种触手可及的真实，或者说，"死亡"是战争最显著的本质之一，这些诗作也都涉及"死亡"的描述与思考。不过，面对战争的这种震惊性体验，郑敏对战争、"死亡"的描述不再仅仅停留于具体的战争经验本身，而是经由战争思考人类的生命存在形态，在生与死的纠合之中将诗歌抒写提升至对人类命运的哲理沉思。在《死》中，我们看到了对战争中"死亡"的描述：

> 他们冷静的忍受着死亡，/并且将死亡投掷给敌人。/当那巨大的声音传来，/是一座山峰的崩裂，/一棵巨树的倾倒，/一个战士，在进行中的突然卧下/黑暗与死亡自他的伙伴/的心坎爬过……/只留下一个沉默的祷告/在被黑夜淹没的战野里。

诗人以冷峻的笔调诉说着战争对生命的无情吞噬，战争留给战士的

---

① 朱自清：《诗与建国》，载朱乔森编《朱自清全集》（第二卷），江苏教育出版社1997年版，第352页。

只是一个巨大的"死亡"阴影，战争的残暴于此得到醒目的表达。不过，诗人没有停留于战争残暴本身，而是透过战争的残暴，在"死亡"的观照下思索生命的存在与意义，"自人性的深渊，高贵的热情/将无限量生命的意义/启示给忠勇的理性"。在诗篇《时代与死》中，诗人以诗化的笔触描述出一个与战争、"死亡"紧密关联的"时代"面影，进而由人类命运的层面展开对生与死的思索，战争阴影下的"死亡"也获得了自身的意义，"是一颗高贵的心/化成黑夜里的一道流光，/照亮夜行者的脚步。/当队伍重新行进，/那消逝了的每一道光明，/已深深融入生者的血液，/被载向人类期望的那一天"。在这种"生与死"哲理观照中，诗人对战争的"死难者"、"墓园"等有了另一种审视与思考：

　　安静，安静，你可曾看见/他比现在睡得更安宁？/好像一只被遗弃的碎舟/无需再装载旅客的忧愁/自在的浮沉在风浪里。/好像一只自枝梢跌落的果实/虽然碎裂在地上等候检拾/却无需再担忧风雨的吹击。

　　　　　　　　　　　　　　　　　　　　——《死难者》

　　你不会更深的领悟到生的完全/若不是当它最终化成静寂的死/这小小洒落着秋叶的墓园/和记载了历史的整齐碑石//生命在这里是一首唱毕的歌曲/凝成了松柏的苍翠，墓的静寂/它不是穷竭，却用"死"做身体/指示给你生命的完整的旨意。

　　　　　　　　　　　　　　　　　　　　　　——《墓园》

这里既有对生命的怜悯，也有对"死亡"意义的深邃凝视，一种深入骨髓的生命体恤情怀显露无遗，"死亡"在此已经是生命的一种超越，而战争本身也很大程度上被超越了。正如诗人在《战争的希望》中抒唱道："自己的，和敌人的身体，/比邻地卧在地上，/看他们搭着手臂，压着/肩膀，是何等的无知亲爱，/当那明亮的月亮照下/他们是微弱的阖着眼睛/回到同一个母性的慈怀，/再一次变成纯洁幼稚的小孩。"可见，郑敏通过生命的沉思带来的关于战争的思考，已经达到了生命存在的形而上哲思境界。

杜运燮是联大诗人中对战争给予很多关注的一位，创作了一系列的战争诗作，多数诗作是从人类命运的角度表达着对战争的思考。在《悼死难的"人质"》中，诗人抒写道："我们都是痛苦的见证者：/又一次人类在被迫扮演/热闹的悲剧，又一次万千/善良的心灵整体被撕裂。"标题中的"人质"表明在战争中人们只是战争的"人质"，在这样的视野之下，战争是"热闹的悲剧"，是心灵的"整体被撕裂"，诗篇由此表达出对战争中生命的关注与一种普遍的怜悯，一种超越性的普遍关怀。在《林中鬼夜哭》中，杜运燮从一个日本兵的角度反思战争的罪恶，"樱花还是最使我伤感的眼睛，/还有富士山的白发，/它们曾教我忘记地狱。/它们已看不见我；而我只能哭；/它们还继续鼓励我的妻子儿女。//他们仍然都要活着，等待耻辱，/为一天最后的审判来临"，这是从个体生命存在的层面反思战争摧残生命的罪恶，在一定意义上已经超越了敌我双方的简单对立，而表达出对同为人类的日军的某种怜悯。正是以这种超越性的情怀观照战争，杜运燮的笔下多了一份对战争中脆弱生命的悲悯之情。在《一个有名字的兵——轻松诗（Light verse）试作》中，杜运燮以看似轻松的笔调传达出对生命的深沉悲悯：

> 有一天排长请吃茶，说，
> 　"现在你可以回家娶老婆。"
> 麻子的眼前忽然变得漆黑：
> 　这是第一次他真正想到"老婆"。
> ……
> "胜利"转眼过了三个月，
> 　他梦见回过两次家乡，
> 第二次到那里就没有回来，
> 　有人奇怪他为什么要死在路旁。

在看似轻松的描述中，一种对战争风暴中弱小生命的同情和怜悯却力透纸背。在《被遗弃在路旁的死老总》中，杜运燮以几近反讽的手法写道：“给我一个墓，/黑馒头般的墓，/平的也可以，/像个小菜圃，/或者像一堆粪土，/都可以，都可以，/只要有个墓，/只要不暴露，/像一堆牛骨，/因为我怕狗，/从小就怕狗，/我怕痒，最怕痒，/我母亲最清楚。”这是以一种调侃甚或反讽的手法表达出战争对生命的无情摧残以及对遭摧残的生命的深切悲悯。

与杜运燮尝试以“轻松诗”表达对战争的反思以及对战争中生命的关怀不同，对战争的描述、反思在穆旦那里更具有一种内敛的气质。在诗作《野外演习》中，穆旦穿透战争的外衣，洞察出战争“风景”对人性的深层伤害，“我们看见的是一片风景：/多姿的树，富有哲理的坟墓，/那风吹的草香也不能伸入他们的匆忙，/他们由永恒躲入刹那的掩护，//事实上已承认了大地的母亲，/又把几码外的大地当作敌人，/用烟幕掩蔽，用枪炮射击，/不过招来损伤：永恒的敌人从未在这里”。诗人以冷峻的笔调抒写出战争的残暴对生命的摧残，一种深切的人性反思力透纸背。这种战争阴影下的人性反思在诗作《森林之魅——祭胡康河谷上的白骨》中亦有着突出的体现。这首诗作是穆旦依据自己1942年参加中国远征军的经历而创作，是对“野人山撤退”中牺牲的将士的诗化祭奠。“野人山”亦称“胡康河谷”，缅语意为“魔鬼居住的地方”，位于中、印、缅交界处。这是一个树木遮天，藤草弥漫，终年不见天日，猛兽成群，毒蛇、疟蚊、蚂蟥遍地，并且传说有野人出没，充满死亡气息的地带。由于作战失利，中国远征军1942年5月被迫从“野人山”撤退。在“野人山撤退”行动中，中国远征军损失惨重，堪称一场惨烈的“死亡之旅”。一些穿越了“野人山”的士兵留下了这场“死亡之旅”的诸多场景：

> 战马吃光以后，大家就开始吃皮鞋，吃皮带，就连手枪套也成了他们的食物。当这些东西都吃光以后，大家就只能够靠树皮和草根来维持生命了。

越往里走，尸体越多，有的整齐地排放在一起，腐烂的程度却有不同，不少已成骷髅，被雨水冲刷得白骨嶙峋，凹陷的眼窝，紧合的牙关，黑洞洞的鼻孔。见得多了，并不觉得狰狞可怕，只令人觉得莫名的悲哀。

到处都是尸体。有时半夜爬到路边窝棚睡觉，早上起来看到自己睡在整整齐齐一排一排的死人中间。尸体发酵膨胀把军装撕开一个个大口子，在尸体上蠕动的蛆、苍蝇、蚂蚁不计其数，也大得出奇。在跨过一个一个尸体时，看到是自己认识的人，有时也找一些树叶把脸遮挡起来。①

穆旦作为第五军参谋部的翻译，经历了这次惨绝人寰的"野人山"大撤退。穆旦在 20 世纪 50 年代自述道："至同年五月，作战失败，退入野人山大森林中，又逢雨季，山洪暴发；在森林中步行四月余始抵印度，曾有一次七八日未食，又一次五日未食，死人很多。"② 直面这种震惊性的战争体验，穆旦拒绝了"一种虚假的英雄主义的坏趣味"，"他并没有说"，"只有一次，被朋友们逼得没有办法了，他才说了一点，而就是那次，他也只说到他对于大地的恐惧，原始的雨，森林里奇异的，看了使人害病的草木怒长，而在繁茂的绿叶之间却是那些走在他前面的人的腐烂的尸身，也许就是他的朋友们的"③。对"虚假的英雄主义"的拒绝，使穆旦在《森林之魅》中抒写出一种源自"大地的恐惧"，超越具体的战争层面，将生和死写得分明生动，诗化地传达出对生和死的生命追问。诗作以虚拟的"森林"与"人"的对话（对白）形式展开，最后以"葬歌"结束。"森林"在这里是死亡的象征，代表着战争的原始、野蛮、残酷。"人"置身于"森林"之中，所感受的就是战争带给人的恐惧、绝望、死亡。这在"森林"对"人"的回答中

---

① 见李立《中国远征军：滇印缅参战将士口述全记录》，中国大百科全书出版社 2012 年版，第 131—177 页。

② 穆旦：《历史思想自传》，转引自易彬《穆旦年谱》，中国社会科学出版社 2010 年版，第 70 页。

③ 王佐良：《一个中国新诗人》，《文学杂志》1947 年第 2 卷第 2 期。

有着醒目的表达：

> 这不过是我，设法朝你走近，
>
> 我要把你领过黑暗的门径；
>
> 美丽的一切，由我无形的掌握，
>
> 全在这一边，等你枯萎后来临。

冷漠的回答显示出战争中死亡之神无形而强大的威慑力量，死亡之神对生命的掌控与吞噬进一步凸显出战争的残酷与恐怖，而战争对"人"脆弱生命的摧残亦得以显现：

> 树和树织成的网
>
> 压住我的呼吸，隔去我享有的天空！
>
> 是饥饿的空间，低语又飞旋，
>
> 像多智的灵魂，使我渐渐明白
>
> 它的要求温柔而邪恶，它散布
>
> 疾病和绝望，和憩静，要我依从。
>
> 在横倒的大树旁，在腐烂的叶上，
>
> 绿色的毒，你瘫痪了我的血肉和深心！

这恐怖性的对白，既是"野人山"原始森林对中国将士生命的吞噬的具体而形象的刻画，也在深层次上昭示着战争狰狞而残酷的面目。冷峻的述说中蕴含着一种窒闷的恐怖性的情感与力量，而这一切"血液里的纷争"最终在"葬歌"中化为平静：

> 静静的，在那被遗忘的山坡上，
>
> 还下着密雨，还吹着细风，
>
> 没有人知道历史曾在此走过，
>
> 留下了英灵化入树干而滋生。

"祭歌"是对战争所带来的恐怖性情感的纾解，也是在对战争的毁灭性力量的正视之中，表达出对牺牲的英灵的深沉哀思与祭奠。诗篇在生和死的分明对比中，将战争对生命的无情摧毁具象而生动地呈现出来，在哀思中寄寓着一种深广的悲悯情怀。这里，一种无以言说的生命痛楚穿透历史遗忘的积习，横亘于人们眼前，并由此抵达对战争的深层反省。在这个意义上，穆旦对战争的抒写有着前后期的转变。在战争初期，穆旦将骤然而至的抗日战争视为涤荡社会痼疾、实现民族振兴的一次历史机遇，尽管这个过程艰难而痛苦。穆旦由此激情地宣示道：

> 七七抗战以后的中国则大不同前。"灰色的路"现在成了新中国的血管，无数战士的热血，斗争的武器，觉醒的意识，正在那上面运输，并且输进了每一个敏感的中国人的心里。七七抗战使整个中国跳出了一个沉滞的泥沼，一洼"死水"。自然，在现在，她还是不可避免地带着一些泥污的，然而，只要是不断地斗争下去，她已经站在流动而新鲜的空气中了，她自然会很快地完全变为壮大而年青。①

作于 20 世纪 40 年代的这段檄文，是战争初期穆旦对战争认知的鲜明表达，凸显的是历史"胜利"的整体逻辑。穆旦同时期创作的《野兽》、《赞美》等诗作也对战争苦难中民族的不屈力量与坚韧抗争进行了讴歌。然而，经历了 1942 年"野人山撤退"的惨痛生死历程，穆旦对战争的认知发生了转变。穆旦由整体的民族历史的立场更多地转向个体的"人"的立场，立足个体的生存感受和存在境遇来审视、反思战争。战争的历史逻辑不再牢不可破，而个体的生死经历和生命感知才是根本性的，穆旦也由此穿透笼罩于战争之上的历史迷雾，反思战争泥沼中个体严峻的生存境遇。在某种意义上，"野人山撤退"的惨痛经历堪称穆旦心灵史的一个精神性事件，而《森林之魅》亦是由战争的震惊性体验生发出的对现代个体生存境遇的拷问与人性诘问。长诗《隐现》的创作也可以作如是观。

---

① 穆旦：《〈慰劳信集〉——从〈鱼目集〉说起》，载《穆旦诗文集》（二），人民文学出版社 2007 年版，第 54 页。

长诗《隐现》最初创作于 1943 年①，亦源起于 1942 年"野人山撤退"震惊性的战争体验。在这里，穆旦不是直接地抒写战争体验，而是由残酷的战争经验切入对战争的反思与质疑，进而生发出对现代人困惑茫然的生存境遇的叩问，以及对精神价值的不懈追问与生命存在的终极关怀，蕴含着强烈的救赎情怀。由此，穆旦在诗作开篇即向形而上的超越性存在"主"诉说生命的迷惑与痛苦：

> 我们来自一段完全失迷的路途上，
>
> 闪过一下星光或日光，就再也触摸不到了，
>
> 说不出名字，我们说我们是来自一段时间，
>
> 一串错综而零乱的，枯干的幻象，
>
> 使我们哭，使我们笑，使我们忧心
>
> 用同样错综而零乱的，血液里的纷争，
>
> 这一时的追求或那一时的满足，
>
> 但一切的诱惑不过是诱惑我们远离

这是诗人经历了残酷的战争之后的痛定思痛，并由此发出的对生命存在的逼问。在这种生命存在的逼问中，诗人得以超越现实的战争层面，而抵达对战争的深层反省以及对生命的终极性拷问。诗作由是转入对生命"历程"的审视，并在第二章节之"情人自白"中叙写道：

> 一切都在战争，亲爱的，
>
> 那以真战胜的假，以假战胜的真，
>
> 一的多和少，使我们超过而又不足，
>
> 没有喜的内心不败于悲，也没有悲
>
> 能使我们凝固，接受那样甜蜜的吻

---

① 《隐现》曾刊载于 1947 年 10 月 26 日天津《大公报》，标明写作时间为"1947 年 8 月"。据解志熙教授考证，此应为《隐现》的修改稿，而《隐现》实际创作时间为 1943 年 3 月，并初刊于 1945 年 1 月的《华声》半月刊第 1 卷第 5—6 期合刊号。如此，《隐现》应该视为穆旦"表现其 1942 年惨痛经验的典型诗篇"，诗中"'我终于从战争归来'之'战争'，应即是令穆旦'最痛苦'的 1942 年缅甸之役，而《隐现》乃正是穆旦战场归来后痛定思痛的长吟"。（参见解志熙《一首不寻常的长诗之短长——〈隐现〉的版本与穆旦的寄托》，《新诗评论》2010 年第 2 辑）

　　　　不过是谋害使我们立即归于消隐。

　　　　那每一驻足的胜利的光辉

　　　　虽然胜利，当我终于从战争归来，

　　　　当我把心的疲倦呈献你，亲爱的，

　　　　为什么一切发光的领我来到绝顶的黑暗，

　　　　坐在崩溃的峰顶让我静静地哭泣。

　　这里的"战争"所指即是穆旦 1942 年参加远征军在缅甸经历的战争，诗人由惨痛的战争经历切入对个体生命的思索，并将其与爱情嫁接，面对战争惨烈的生死切换审视爱情及生命的存在。"坐在崩溃的峰顶让我静静地哭泣"，战争的惨烈映照出生命的脆弱与无助，一种无以言说的生命痛楚得以彰显。如此，诗人在第二章节之"合唱"中抒唱出对超越性存在"主"的呼求：

　　　　在我们的前面有一条道路

　　　　在道路的前面有一个目标

　　　　这条道路指引我们又隔离我们

　　　　走向那个目标，

　　　　在我们黑暗的孤独里有一线微光

　　　　这一线微光使我们留恋黑暗

　　　　这一线微光给我们幻象的骚扰

　　　　在黎明确定我们的虚无以前

　　　　如果我们能够看见他

　　　　如果我们能够看见……

　　这里的"他"即超越性的"主"，这种对"主"的神性呼求，使诗人得以站立在一个形而上的超越性层面上审视战争，审视人类命运。诗人也由此祈求神性的救赎：

　　　　主呵，因为我们看见了，在我们聪明的愚昧里，

　　　　我们已经有太多的战争，朝向别人和自己，

太多的不满，太多的生中之死，死中之生，

我们有太多的利害，分裂，阴谋，报复，

这一切把我们推到相反的极端，我们应该

忽然转身，看见你

诗歌最终在对人类行为的愚昧与生命价值的虚无的审视、拷问中，走向人性的回归与神性的救赎，具有深邃的精神向度。诚如有研究者指出：

贯穿全诗的咏思有两条线索：一是人类世界之显然的表象及隐蔽其后的真相；二是超验的神性之对人类的隐藏与显现。这两条线索是交织在一起的——芸芸众生总是执迷于世界的表象和世俗的价值，不论是群体还是个人，是在战争中还是在和平中，都自以为是在追求真善美的永恒价值，往往盲目不知其存在的历史性、有限性及其行为的愚昧和价值的虚无，而亲身体验了战争之浩劫、亲眼见证了人类之愚行的诗人，则在痛定思痛的反思之后幡然觉悟，"发现"了超越性的存在之全与美、神性的真理之普遍与永恒，于是"忽然转身"祈求神的显现和引导。这或许就是穆旦把这首长诗命名为《隐现》的初衷吧。①

在《隐现》的创作中，穆旦直面震惊性的战争体验，以战争中的惨痛经历和人性挣扎为基点，通过引进不无宗教内涵的神性因素，成为对人类存在的有限性及生命价值的虚妄性的一种诗性透视，达致人性诘问的精神层面，其深广的内涵由此可见。以穆旦、郑敏、杜运燮等为代表的西南联大诗人在震惊性的生命体验中，对战争的深层反思亦可见一斑。

面对20世纪40年代血腥的战争现实，新诗作出了应有的艺术回应，在这种战争与文学的纠结中，有了"抗战诗"运动的出现。尽管"抗战诗"的出现有其现实的土壤与历史合理性，这种战时功利性的文

---

① 解志熙：《一首不寻常的长诗之短长——〈隐现〉的版本与穆旦的寄托》，《新诗评论》2010年第2辑。

学诉求无疑有着内在的缺陷，显著的缺陷之一即是"普遍的诗人，没有能力在情绪的激动下，去对抗战作政治的或哲学的思考"①。而透过上述的分析，我们发现，西南联大诗人关于战争的抒写已经超越了这种充满着战时功利性的"抗战诗"范畴，而进入了"战争诗"范畴。联大诗人的"战争诗"创作，既是他们立足于学院空间对严酷的战争事实的艺术回应，也是他们在惨烈的战争氛围中自我生命体验的抒写。无论是对战争中一种坚韧民族抗争力量的描述与赞颂，还是对战争残酷性的反思以及对战争中生命存在的关注与悲悯，都使新诗在回应独特历史时代经验的同时获得了一种新的诗歌质地。

在战争的残酷环境中，西南联大诗人群依托于学院空间，获得了对现代经验一种新的体认。这种体认是在现实的战争、民族的灾难和个人的精神苦难的纠合之中，所产生的一种现代体验与现代意识。当他们将这份现代体验与现代意识带入诗歌的抒写之中，他们的诗歌创作超越了当时主流的将生活经验（主要是战争经验）直接转化为文字、抒写战争情绪的文学样态，在民族主义、民族感的满腔正义中添入了一些异质、一些曲折复杂的现代经验。在一个喧嚣的战争年代，这尤其显得特别。近在眼前的战争的苦难、民族的危亡，非但没有阻止联大诗人对现代"自我"的审视，反而加深了他们对现代"自我"生存困境的体认。或者说，身处相对独立、自由的高等学府，一种学院空间中的"现代认同"使他们没有在"抗战的需要"这一时代主题面前丧失自我的存在，而是将现代个体的生命体认推到一个新的精神向度。他们独特的爱情体验与抒写，甚至已经成为新诗爱情诗作中一个难以逾越的存在。这自然是异域的文化艺术资源跟中国的现实境遇相碰撞、相融会的结果，也跟西南联大的精神传统相契合。尤其重要的是，对现代新诗而言，这种现代体验、现代意识的抒写，为新诗带来了一种新的质地，不仅突破

---

① 艾青：《抗战以来的中国新诗》，载《艾青全集》（第三卷），花山文艺出版社1991年版，第161页。

了直接的、简单的对应战争甚至服务战争的文学创作格局，而且在对现实经验的包容之中，留下了特殊时代的最深邃的个人心灵记录，从而成功地回应了新诗包容现代经验的现代性追求这一重大的诗学课题。这也正是西南联大诗歌创作中的现代体验、现代意识的抒写于新诗的重要价值与意义所在。

第五章　现代诗形的探求与建构

　　对西南联大诗人而言，学院文化资本的积累，培养、形塑了其独特心性图式，也即体现其性情倾向、意义世界的"惯习"。也正是这种惯习与场域之间的互动，使联大诗人的创作突破了直接的、简单的对应战争、服务战争的战时功利性文学格局，而是在对现实经验、战争体验的占有、包容之中，将现代个体的生命体认推至一个新的精神维度，刻画出战争年代深邃的个体心理图式，为新诗带来了一种新的诗歌质地。更重要的是，这种惯习支配下的诗歌书写改变了场域的结构性质素，进而重塑了文学场的生态，具有积极的诗学价值。从诗学的层面上考察，这种结构性的变化表征着一种新的诗思方式及书写模式，从而带来一种新的文本形式探求，或者说一种新的现代诗形的建构。

　　现代诗形的建构是新诗一个重要的诗学课题。新诗的发生基于一种现代性的历史张力，也是对传统典范模式的全面突破与颠覆，深刻地改变了文学场的内在规则，这关涉对诗歌、诗人的根本性重新思考和定义，改变了诗歌的想象、书写、阅读、批评等多个层面。在这里，文本与文学场亦构成互动关系，具体的文本实践创造新的规则，改变场域的秩序等级，最终带来新的诗美空间与美学典范的建立，以及新的阅读规则的接受。可以说，现代诗形的建构并不是一个简单的形式问题，在深层次上关涉文本和场域之间的互动互涉的内在关联，不是一朝一夕所能完成的。

在最终的文本实践层面上，这关涉如何以现代汉语将现代经验付诸表达，并建构起一种新的诗歌文类。新诗也在这个诗学层面表现得非常曲折、坎坷。新诗形式探求或者说现代诗形建构的艰难、曲折，一方面是新诗自身的原因。当新诗从传统的格律、平仄等诗歌形式之中解放出来以后，并不意味着新诗从此不再需要形式，恰恰相反，为新诗寻求一种新的形式成为现代诗人的一个重要责任。诚如有学者指出：

> 形式仿佛是诗人与读者之间一架共同的桥梁，拆去之后，一切传达的责任都落在作者身上。究其实际，自由诗并没有替诗人争得自由，反而加重了诗人的负担，使他在用字的次序上，句法的结构上，语言的运用上，更直接、更明显地对读者有所交代。①

可见，在取消了传统形式与技巧的限制之后，现代新诗（自由诗）的写作困难依然有增无减。现代新诗并不能以不讲形式为形式，而是需要诗人从现代汉语中探求一种新的诗歌语言的组织和规律，以建立起写作与阅读的共同桥梁，从而使新诗成为真正意义上的诗。这给新诗创作提出了新的挑战，现代诗形的建构绝不是"诗体大解放"等简约主张所能涵盖的，而是一个在现代汉语的自由与约束的张力之中展开的艰难探索过程。

另外，现代中国严峻的社会现实，往往使诗人注重传达，急于向社会发言，而无暇顾及诗歌形式的提炼、建构。且不说五四时期对"自由、解放"的浪漫化理解所带来的伪浪漫主义诗风、20 世纪二三十年代革命化"红色诗歌"的风行等对诗歌形式的忽略乃至伤害，在抗战的 20 世纪 40 年代，诗歌又增添了一份现实的沉重与紧张，大众化诗学成为时代的主流思潮，在这种诗学认知中，诗歌形式的艺术探求似乎已经无关紧要。在这种历史语境的压力之下，西南联大诗人以具体的文本创作支撑起一种新的诗歌书写方式，改变了 20 世纪 40 年代文学场的生

---

① 林以亮：《论新诗的形式》，转引自王光明《现代汉诗的百年演变》，河北人民出版社 2003 年版，第 156 页。

态，为现代诗形的探求与建构提供了一种新的思考，并将现代诗形的建构提升至新的美学实践层面。

第一节　"抒情主义"的扬弃：戏剧化表达策略

新诗形式探求或者说现代诗形建构，也是一个从"现代经验"到"诗歌表达"的过程。显然，从"经验"到"表达"，其间有着巨大的间隙，远非一句"作诗如作文"所能轻易概括。这关涉在对古典诗歌语言特殊性的废黜中，"现代经验"与"诗歌文类"之间微妙复杂的对话，是一种弥合工具语言与现代感性的分裂，重新调整诗歌的想象机制，更新诗歌表意方式的整体构想，从而建构新的象征体系的艺术追求与实践。由于现代中国的历史语境、社会文化等多重因素，在解构、颠覆传统文学规则与典范模式，探求、建构现代诗形的历史进程中，新诗一个突出的诗学症候是抒情主义诗学本体论的建构。在现代诗学话语实践和竞争中，抒情主义诗学最终成为中国现代诗学的一个基础性构造。抒情主义诗学"从普遍主义的思维和立场出发，指认个人主体的'情感'为诗之起源、动力、本质和内容，把抒情当作超越历史时空、具备普遍性和永恒性的审美质素，认定现代诗是这种个人主体的情感载体"①。这种抒情主义诗学的建构是现代中国的历史经验、知识分化、个体意识等多重因素作用的结果，有其深厚的历史土壤，"在这个场域中，汇集着知识、权利、意识形态的运作、对抗和斡旋的踪迹。抒情主义虽是一种话语建构，却不是虚幻空洞的神话而是活生生的现实"②。不过，抒情主义的诗学弊端也十分明显，诚如有学者指出，抒情主义诗学本体论的内在缺陷是：

　　独尊情感乃至神化情感，有时漠视了深化生命体验或者开阔社

---

① 张松建：《抒情主义与中国现代诗学》，北京大学出版社 2012 年版，第 16 页。
② 张松建：《抒情主义与中国现代诗学》，北京大学出版社 2012 年版，第 75 页。

会视野的必要性。有时执迷于神秘灵感、个人天才之类的古老信仰，对诗歌作为一门"手艺"的认识不足，意识不到语言组织能力、技术历练以及知识积累的重要。在技术运用上，抒情主义忽视了节制内敛、艺术规范与形式约束，有出现感伤主义之虞。[①]

抒情主义诗学的泛滥使新诗的表达跌入了文学感伤的旋涡，现代诗形的建构也举步维艰，异常坎坷、曲折。在抒情主义诗学笼罩之下，多数诗人的创作"没有把主体的生活经验成功转化为艺术经验，未能为主体情感寻找恰当的客观对应物，于是，走向了情感浮泛，缺乏节制和裁剪经营，沦为政教宣传和感伤自恋"[②]。抒情主义诗学这种显著的缺憾在某种程度上成为现代诗形建构的一个主要障碍。抗战初期，一方面有感于抒情主义的诗学流弊；另一方面有感于时代语境的转变，徐迟提出了"抒情的放逐"著名口号。不过，徐迟的"放逐抒情"要求诗人放逐个人自我的抒情，而去抒写民族国家层面的情感，提倡大众化的抒情主义，是战时文学功利性追求的体现，也没有从根本上超越抒情主义的诗学窠臼。在这个意义上，闻一多在20世纪40年代将戏剧化表达策略视为克服抒情主义诗学的感伤化这一功能性缺陷的一种特殊诗学构想，显得尤为可贵：

> 除非它（新诗）真能放弃传统意识，完全洗心革面，重新做起。但那差不多等于说，要把诗作得不像诗了。……而像小说戏剧，少像点诗。……在一个小说戏剧的时代，诗得尽量采取小说戏剧的态度，利用小说戏剧的技巧……新诗所用语言更向小说戏剧跨近了一大步，这是新诗之所以为"新"的第一个也是最主要的理由。[③]

闻一多以诗人的直觉和敏感，指出了戏剧化表达策略于新诗现代诗形建构的积极价值。这是对抒情主义诗学的一种扬弃，也是在对新诗感

---

① 张松建：《抒情主义与中国现代诗学》，北京大学出版社2012年版，第6页。
② 张松建：《抒情主义与中国现代诗学》，北京大学出版社2012年版，第4页。
③ 闻一多著，孙党伯、袁謇正主编：《闻一多全集》（第一卷），生活·读书·新知三联书店1982年版，第205页。

伤化、散漫化的修正之中，建构现代诗形的一种积极有效的诗学策略。也是在这个意义上，卞之琳于 20 世纪 30 年代积极地将戏剧化表达作为一项重要的诗学策略引入新诗，使新诗的表达从浪漫扩张的外显性走向凝缩的内敛性，拓展了新诗现代诗形的建构。

作为一个学院诗人群体，西南联大诗人依凭其占据文学场位置以及场域所形塑的惯习，对抒情主义将"虚伪、肤浅、幼稚的感情，没有经过周密的思索和感觉而表达为诗文"① 的文学感伤有着清醒的认知。诚如袁可嘉所指出，20 世纪 40 年代的诗歌在情绪的感伤之外又增添了一种"政治感伤性"，在这种"政治感伤"中，"说明意志的作者多数有确切不易的信仰，开门见山用强烈的语言，粗粝的声调呼喊'我要……'或'我们不要……'或'我们拥护'，'我们反对……'，表现激情的作者也多数有明确的爱憎对象作赤裸裸的陈述控诉"②。这样，在诗歌创作中"口号化，公式化，长吁短叹，捶胸顿足，种种奇怪现象便层出不穷，不一而足"③。而戏剧化策略则成为对这种浮夸感伤的诗歌表达的一种纠偏和超越，也是在根本上对抒情主义流弊的一种彻底廓清，进而指向了一种新的诗学构想。袁可嘉指出："现代诗人重新发现诗是经验的传达而非单纯的热情的宣泄"，"诗底必须戏剧化因此便成为现代诗人的课题。"④ 显然，在袁可嘉的理论视域中，戏剧化的表达策略是在现代经验与诗歌表达的互动生成中，使诗歌与现实本身的戏剧性对接起来，以接纳复杂矛盾的现代经验，从而使诗歌的表达与繁复多变的现代世界经验图式相吻合。在现代诗形建构层面上，这是以戏剧化手法管控抒情，使新诗的表达摆脱浪漫感伤、泛滥无形的泥沼。恰如

---

① 袁可嘉：《论现代诗中的政治感伤性》，载《论新诗现代化》，生活·读书·新知三联书店 1988 年版，第 53 页。

② 袁可嘉：《新诗戏剧化》，载《论新诗现代化》，生活·读书·新知三联书店 1988 年版，第 23 页。

③ 袁可嘉：《对于诗的迷信》，载《论新诗现代化》，生活·读书·新知三联书店 1988 年版，第 62 页。

④ 袁可嘉：《诗与民主》，载《论新诗现代化》，生活·读书·新知三联书店 1988 年版，第 47 页。

袁可嘉所言："无论想从哪一个方向使诗戏剧化，以为诗只是激情流露的迷信必须打破。"① 这从诗学根底上打破了诗歌写作是个人情感随意挥洒的产物的"抒情主义"神话，表征着一种清醒的诗学认知，即"诗不是即兴而作或泛滥无形的结果，而是需要心智和技艺的经营；……需要不断节制或控制突如其来的激情，让激情得到充分的酝酿、沉淀和凝缩，只有这样诗歌才能获得更宽广的辐射力和更强大的穿透力"②。可见，以袁可嘉为代表的西南联大诗人对戏剧化表达策略的认知，是对抒情主义诗学的扬弃和超越，从诗学本体论上廓清了抒情主义，也是对现代诗形建构的一种深入的诗学考量。更重要的是，西南联大诗人在创作实践中通过戏剧化表达策略的广泛运用，表现出对现代诗形建构的一种积极探索。

一

戏剧化表达策略被西南联大诗人广泛运用，成为他们在现代诗形建构层面上一种整体性的美学策略。在赵瑞蕻、罗寄一、袁可嘉、王佐良、杜运燮、郑敏、穆旦等人的诗歌创作中均有戏剧化手法的显著运用。这种戏剧化手法的普泛性运用，无疑是一个值得关注的现象。对于西南联大诗人而言，丰厚的学院文化资源使他们与世界的诗歌潮流保持同步，这与解放区的文学创作由于强调民间资源的利用，因而几乎与西方的现代文学资源处于隔绝状态形成明显的对照。西方以艾略特等为代表的现代主义诗歌创作，表现出一种明显的戏剧化倾向，这种异域的文学资源无疑影响了西南联大诗人的诗学认知与创作实践。不过，身处20 世纪40 年代特殊的历史语境与文学场中，联大诗人戏剧化表达策略的运用，并不能仅仅视为西方现代诗歌潮流的"单向度"影响的结果，更应该视为直面新诗自身问题的一种特殊诗学构想与写作策略。在某种

---

① 袁可嘉：《新诗戏剧化》，载《论新诗现代化》，生活·读书·新知三联书店 1988 年版，第 29 页。

② 张桃洲：《现代汉语的诗性空间——新诗话语研究》，北京大学出版社 2005 年版，第 56 页。

意义上，戏剧化表达策略作为联大诗人独立的写作策略之一，一个最直接的现实缘由即是对抒情主义流于激情宣泄的表达结症进行纠偏，也是探索现代诗形建构的一种艺术努力。

戏剧化表达策略在西南联大诗人群笔下具体表现为以下几种戏剧化手法的运用：通过设置特定的戏剧性情境或场景，以戏剧化的动作、情节等承载、传达诗歌内蕴，抑制诗歌表达的夸饰和空洞；挪用对白、独白等戏剧声部，以戏剧化的声音掩藏、分解诗人主体"自我"情思的直接传达；综合运用各种戏剧性手段，创作拟诗剧或诗剧，在精微的戏剧结构中构建极具包容性的丰富深邃的大诗。这些戏剧化手法的运用，是对新诗表达的感伤与形式的泛滥等弊病的一种抵制和超越，在诗歌表达的客观性与间接性的追求中，淡化抒情而凸显出情境的戏剧性张力，使诗的抒情性表达获得了具体、客观的诗美效果。

西南联大诗人群戏剧化表达的一种基本策略是，通过戏剧情境的设置、并置，"或以戏剧场景的营造代替说明性，或用戏剧场景的变换来推移经验的转折与飞跃"①，达致表达的客观性与间接性。在《露营》、《月》等诗作中，杜运燮以戏剧情境的巧妙设置、营造，使情感与意志的表达得到外界物象的依托。《露营》一诗营造了诸多的情境，譬如："叶片飘然飞下来，/仿佛远方的面孔，/一到地面发出'杀'，/我才听见絮语的风"，"风从远处村里来，/带着质朴的羞涩；/狗伤风了，人多仇恨，/牛群相偎着颤栗。"诗中戏剧情境的呈示，最终导向内心的沉痛的表达，"夜深了，心沉得深，/深处究竟比较冷，/压力大，心觉得疼，/想变做雄鸡大叫几声"。这是"以与思想感觉相当的具体事物来代替貌似坦白而实图掩饰的直接说明；……完成感觉曲线的优美有致"②。《月》则截取了月下的几个场景，多向度地再现了形形色色的生活样态与生存感受：

---

① 叶维廉：《中国诗学》（增订版），人民文学出版社 2006 年版，第 283 页。
② 袁可嘉：《新诗现代化的再分析》，载《论新诗现代化》，生活·读书·新知三联书店1988 年版，第 16—17 页。

　　　　一对年青人花瓣一般

　　　　飘上河边的草场，唱

　　　　好莱坞的老歌，背诵

　　　　应景的警句，苍白的河水

　　　　拉扯着垃圾闪闪而流；

　　　　……

　　　　异邦的兵士枯叶一般

　　　　被桥栏挡住在桥的一边，

　　　　念李白的诗句，咀嚼着

　　　　"低头思故乡"、"思故乡"，

　　　　仿佛故乡是一颗橡皮糖。

　　诗篇中场景的设置、描绘跟泛滥全诗的月光的波动极有关系，以场景的不断变换来推动经验的转折或飞跃，自然地传达出诗人身处"月夜"场景中的内心体验，"我像满载难民的破船/失了舵在柏油马路上/航行，后面已经没有家，/前面不知有没有沙滩，/望着天，分析狗吠的情感"。与传统"望月思乡"的情感抒写遥相呼应，诗篇在不动声色的描述中表达出孤凄、怀乡的生命情思。可以看出"作者如何用心地以相当的外界景物为自己情思下个定义；这种定义的本意自不在徒予限制，而在间接的标明情绪的性质"①。这是以戏剧性情境的具体呈现，突破了"平铺直叙"或"痛哭怒号"的抒情方式，达致表达上的间接性。这两首诗作甚至被袁可嘉认为"代表一个现实、象征、玄学的新的综合传统"，是"新诗现代化"的一个表征。

　　袁可嘉的《岁暮》、《冬夜》、《进城》等诗作均是通过戏剧情境的设置，具体场景的呈现，传达出现实的生存感受。《岁暮》仅由几个具体场景构成，全诗如下：

---

　　① 袁可嘉：《新诗现代化的再分析》，载《论新诗现代化》，生活·读书·新知三联书店1988年版，第17页。

庭院中秃枝点黑于暮鸦,

（一点黑，一分重量）

秃枝颤颤垂下；

墙里外遍地枯叶逐风沙,

（掠过去，沙沙作响）

挂不住，又落下；

暮霭里盏盏灯火唤归家,

（山外青山海外海）

鸟有巢，人有家；

多少张脸庞贴窗问路人:

（车破岭呢船破水？）

等远客？等雪花？

在看似不动声色的场景描述中，一种"岁暮"的苍凉感油然而生，而叙写、对白与场景的描述相呼应、相对照，以及括号中的戏剧化穿插，均在戏剧性的呈现中进一步扩展了诗的内涵。在《冬夜》中，我们看到了对城市场景的戏剧呈现，"商店伙计的手势拥一海距离，／'我只是看看'，读书人沉得住气；／十分自谦里倒也真觉希奇，／走过半条街，这几文钱简直用不出去"。一种生活的荒诞感自然显现，无声的讽刺在字行间流露。《进城》则在戏剧性场景的穿插、拼贴中，刻画出一种空虚茫然的生命失重感：

踏上街如踏上轻气球,

电线柱也带花花公子的轻浮；

街上车，车上人，人上花,

不真实恰似"春季廉价"的广告画

……

转过身，三轮车夫打量你的脚步,

你只好低头打量脚踢起的尘土,

"啊，我如今真落得无地自处！"

两旁树叶齐声喊："呜呼！呜呼！"

在场景、画面的"蒙太奇"式组贴之中，诗作冷静超然地将现实世界的动荡荒诞，日常生活的失去了存在的根基和实在感，以及由此而来的生命的恍惚、乏味等一一显露出来，亦可见出诗人机智的反讽、活泼的想象与精巧的构思。穆旦不少诗篇的艺术效应也来自几组情境的刻画、对比，使复杂的生命感受得到客观化呈现。《在寒冷的腊月的夜里》以戏剧化手法结构全诗，通过几组戏剧画面的呈现，传达出一种现实的厚重感、历史的沧桑感。诗歌开篇抒写道：

在寒冷的腊月的夜里，风扫着北方的平原，

北方的田野是枯干的，大麦和谷子已经推进了村庄，

岁月尽竭了，牲口憩息了，村外的小河冻结了，

在古老的路上，在田野的纵横里闪着一盏灯光，

　一副厚重的，多纹的脸，

　他想什么？他做什么？

在这轻切的，为吱哑的轮子压死的路上。

以戏剧画面的具体呈现，表达着苦难现实的沉重感。接下来，是又一组戏剧画面的呈现：

火熄了么？红的炭火拨灭了么？一个声音说，

我们的祖先是已经睡了，睡在离我们不远的地方，

所有的故事已经讲完了，只剩下了灰烬的遗留，

在我们没有安慰的梦里，在他们走来又走去以后，

　在门口，那些用旧了的镰刀，

　锄头，牛轭，石磨，大车，

　静静地，正承接着雪花的飘落。

这是不动声色的戏剧化呈现，而一种历史的沧桑感却力透纸背。"镰刀，锄头，牛轭，石磨，大车"这些最平常不过的生活资料在这里成为历史的一种见证，也成为民族顽强生命力的象征。在这种远距离的

客观化描述中，诗歌抵达了戏剧化的美学境界。

郑敏的诸多诗作也是以戏剧情境的并置，具体场景、画面的呈现、刻画而获得表达上的成功。《静夜》巧妙地将戏剧性场景并置，呈现了广阔的生活场面。这是诗的前两节：

> 柜台后面追求实际的人们
> 在结算一天的实际盈余，而后怀着
> 不稳定的欣喜和难动摇的惆怅睡去，让实际
> 在他疲惫的体内变成了虚幻，变成了怀疑
>
> 屋顶的下面，自认为幸福的情人
> 在自觉的幸福里暗暗体味到空虚
> 他们紧紧拥抱，想要压碎横在彼此间的空隙
> "我们没有什么不满，上帝，除了觉得有些茫然……"

通过两个具体场景的描述，生意人的惆怅、情人的空虚等都得到了展现，而第二节一句戏剧对白的插入，更是将情人的焦灼、爱的虚无等展露无遗。接下来，诗歌以两个场景描述了"回旋在酒纹里的难题"中的外交家，在"怀疑上称着今天的物质和精神"的知识分子，诸多场景的具体展现，使诗人以含蓄的笔致撩开了"静夜"的遮幕，呈现了社会众生诸相。《人力车夫》开篇就刻画了一个形象画面，"举起，永远地举起，他的腿/在这痛苦的世界上奔跑，好像不会停留的水，/用那没有痛苦的姿态，痛苦早已经昏睡，/在时间里，仍能屹立的人/他是这古老土地的坚忍的化身"，一种生命的隐痛与人性的悲悯隐含于这具体画面中。诗作《小漆匠》的前两节是两组凝定的画面：

> 他从围绕的灰暗里浮现
> 好像灰色天空的一片亮光
> 头微微向手倾斜，手
> 那宁静而勤谨的涂下；辉煌
> 的色彩，为了幸福的人们。

　　　　他的注意深深流向内心，

　　　　像静寂的海，当没有潮汐。

　　　　他不抛给自己的以外一瞥

　　　　阳光也不曾温暖过他的世界。

　　这两组画面将一个寂寞、孤独的形象呈现出来，也自然将作者内心的震撼引申出来，"那里没有欢喜，也没有忧虑／只像一片无知的淡漠的绿／野，点缀了稀疏的几颗希望的露珠／它的纯洁的光更增加了我的痛楚"。诗篇的震撼效果也就存在于这几组情境的刻画与对比之中。

　　在郑敏的笔下，这种情境的设置、画面的刻画在客观的呈现之中抵达了里尔克式的咏物诗境界。在对寻常物体的静观中，以细致入微的工笔描绘，通过画面的直观呈现，最终获得一种造型艺术般的凝定的静态美，而诗人的沉思默察、精微的生命体验也了无痕迹地移情、镶嵌其间。诗人创作的《荷花（观张大千氏画）》、《兽（一幅画）》、《垂死的高卢人》、《一瞥》等诗作均是这种客观化的咏物诗。诗作《荷花（观张大千氏画）》前两节即是画面的工笔刻画：

　　　　这一朵，用它仿佛永不会凋零

　　　　的杯，盛满开花的快乐才立

　　　　在那里像耸直的山峰

　　　　载着人们忘言的永恒

　　　　那一卷，不急于舒展的稚叶

　　　　在纯净的心里保藏了期望

　　　　才穿过水上的朦胧，望着世界

　　　　拒绝也穿上陈旧而褪色的衣裳

　　丰富细节的描绘，展现出一种绽放于开阔空间中的物象美，而诗人的生命体悟也自然地蕴含其间，"一枝荷梗，把花朵深深垂向／你们的根里，不是说风的摧打／雨的痕迹，却因为它从创造者的／手里承受了更多的生，这严肃的负担"。诗人于"荷花"的静观中，体认到生命孕育的艰辛与忍耐，传达出生命存在的承担的深邃哲思。《兽（一幅画）》的创作构思也是如此：

> 在它们身后森林是荒漠的城市
> 用那特殊的风度饲养着居民
> 贯穿它的阴沉是风的呼吸
> 那里的夜没有光来撕裂，它们
>
> 是忍受一个生命，更其寒冷恐惧
> 这渗透坚韧的脉管，循环在咸涩
> 的鲜血里直到它们忧郁
> 的眼睛映出整个荒野的寂寞
> ……

这里没有浪漫化的煽情感伤和浮华词句，在节制从容的雕琢之下，"兽"被物化为静止的客体，诗人的静观默想也由是而生，诗作达到了客观呈现与移情体验的契合一体。这种凝神观照，以具体情境的描绘承载"物"的存在，在超然静观中再现物象，使生命情思得到物象的依托的戏剧化手法，在罗寄一的不少诗作中也有体现，典型如《音乐的抒情诗》、《"月亮的夜"乐曲主题》等。在《"月亮的夜"乐曲主题》中，诗人抒写道："意识世界里美丽的花朵，她们/在银色的荣光下徐徐飘过，当我/在寂寞中缓步徘徊，那一片缠绵里/征服的芳香正缭绕你轻轻的款步。"这是以戏剧化的情境刻画使抽象的"乐曲"获致具象的传达。

另外，戏剧独白、对白等戏剧化手法在西南联大诗歌创作中也有着普遍的运用。杜运燮的《林中鬼夜哭》、《被遗弃在路旁的死老总》、《追物价的人》等均运用了戏剧独白的形式，通过塑造一个戏剧化角色，以"拟我"的自言自语来结构诗篇。《林中鬼夜哭》以一个日本兵的独白结构全篇，作者不作任何主观评论，而是借角色化声音客观地展示了战争的另一面，即战争中的敌方也是战争的牺牲品，从而间接地传达出作者对同为人类的日本兵的某种怜悯之情。《被遗弃在路旁的死老总》通过暴露在路旁的一具尸骨的一段独白，不动声色地表达出战争对人性的摧残，而作者对战争摧残人性的指控以及对遭摧残的生命的深切悲悯也获致了醒目、客观的传达。《追物价的人》以一个"拟我"的独白结构诗篇，在反讽的语调中呈现出物价飞涨、民不聊生的图景："物价已是抗战的红人/……但我得赶上他，不能落伍，/抗战是伟大的时代，不能落伍。/虽然我已经把温暖的家丢掉，/把好衣服厚衣服，把心爱的书丢掉，/还把妻子儿女的嫩肉丢掉，/而我还是太重，太重，走不动……啊，是我不行，我还存有太多的肉，/还有菜色的妻子儿女，她们也有肉，/还有重重补丁的破衣，它们也太重，/这些都应该丢掉。为了抗战。"这是通过戏剧独白的巧妙设置，获得了表达上间离的艺术效果，从而寓谐于庄，寓庄于谐，在机智、戏谑的表达中，反讽了现实世界的荒诞，也进一步强化了诗篇的讽刺力度。诗篇没有如抗战诗歌那样，流于英雄主义的浮夸或抒情主义的造作，而是以戏剧性的戏拟在冷峻超然中调侃、嘲讽了现实世界的混乱不堪。在驱逐浪漫化、感伤化的抒情的同时，扩充了诗的表达张力。

穆旦的《防空洞里的抒情诗》，标题特别标明为"抒情诗"，却不同于浪漫化的感伤抒情诗作，是诗人对戏剧化手法的一次娴熟运用，也标示着诗人对以往不无浪漫化的抒情方式的成功突破与转型，值得重点细读。在诗中，诗人充分调用戏剧独白与对白、戏剧性动作与戏剧性穿插等因素，在一个个戏剧性场景的再现中，立体而客观地呈现出战争环境下人们的生命样态。诗作开篇即是一句戏剧对白："他向我，笑着，这儿倒凉快"，这里，"他"、"我"都是戏剧性角色，并由此引发出一个戏剧性场景：

> 当我擦着汗珠，弹去爬山的土，
> 当我看见他的瘦弱的身体
> 战抖，在地下一阵隐隐的风里。

这是对人们在战争环境中躲避空袭的无奈生存状态的客观呈现，"擦着汗珠，弹去爬山的土"等动作性描述在不动声色中传达出战争威胁下生命的狼狈与无助。诗作接着以一组戏剧对白表达人们在防空洞里的行为、动作，"他笑着，你不应该放过这个消遣的时机，/这是上海的申报，唉这五光十色的新闻，/让我们坐过去，那里有一线暗黄的光"，人们躲避空袭的无聊于此得到自然而醒目的表现。这种打发无聊时光的行为隐含着一种生命的凡庸，诗人与此生命状态保持着清醒的距离，而以戏剧性独白对战争阴影下人们仓皇逃奔的生命形态进行了描绘：

> 我想起大街上疯狂的跑着的人们，
>
> 那些个残酷的，为死亡恫吓的人们，
>
> 像是蜂拥的昆虫，向我们的洞里挤。

这独白背后包含着一种怜悯的审视视野，也使戏剧性角色"我"得以凸显出来，"我"由此以旁观者的姿态对人们凡庸、琐碎的生命状态进行戏剧性的客观描述：

> 谁知道农夫把什么种子洒在这地里？
>
> 我正在高楼上睡觉，一个说，我在洗澡。
>
> 你想最近的市价会有变动吗？府上是？
>
> 哦哦，改日一定拜访，我最近很忙。

这里，通过将琐碎的日常对话错乱无序地并置在一起，冷峻地呈现出防空洞里人们独特的生命形态，百无聊赖的对话暗含着一种生活的浮躁与内心的空虚，战争的残酷将生命的无意义进一步彰显出来，不动声色地戏剧化呈现蕴含着无声的嘲讽与批判。面对这种战争状况下人们惨淡、虚无的生命存在，诗人巧妙地以戏剧性穿插呈现出一个阴森恐怖的地狱世界：

> 炼丹的术士落下沉重的
>
> 眼睑，不觉坠入了梦里，
>
> 无数个阴魂跑出了地狱，

悄悄收摄了，火烧，剥皮，

听他号出极乐国的声息。

O 看，在古代的大森林里，

那个渐渐冰冷了的僵尸！

这是一个怪诞、恐怖的想象性场景，这个离奇而悚惧的想象情境是防空洞里人们的存在样态的一个极致象征，人们躲藏在地下的防空洞里有如置身于乱象丛生、诡异无比的地狱世界，映射出战争威迫下生命个体的凄惨、惶恐与虚无。这种戏剧性的穿插使诗人与现实拉开距离，获得一个审视现实的全新支点与视角，从而在远距离的透视中传达出对现实的冷静观照乃至批判。诗作接着从诡异的想象性场景回归至现实情境，依然以戏剧性角色"我"对现实"发言"：

我站起来，这里的空气太窒息，

我说，一切完了吧，让我们出去！

但是他拉住我，这是不是你的好友，

她在上海的饭店结了婚，看看这启事！

我已经忘了摘一朵洁白的丁香花挟在书里，

我已经忘了在公园里摇一只手杖，

在霓虹灯下飘过，听 Love Parade 散播，

O 我忘了用淡紫的墨水，在红茶里加一片柠檬。

这里有两组戏剧性情景的比照，身在防空洞里的"我"得知了"好友"结婚的信息，这凸显出战争环境下的距离阻隔与艰难生存已经使"我"无法享有正常的生活，"我"由此陷入对以往生活的想象，两相对比，映衬出战争阴影下生活的单调与生命的枯燥。接着诗作进行戏剧性角色的转换，由"我"转换为"你"，"你""我"在此可以互通，但第二人称的"你"超越了第一人称"我"的主观限制，以更客观的视角审视战争情境中人们的生存状况："你看见你再也看不见的无数的人们，/于是觉得你染上了黑色，和这些人们一样"，"黑色"与防空洞

的黑暗以及想象中的地狱世界的昏黑相对应，喻指战争中灰暗的生活。于是，"你"（或者"我"）在困苦的生存挣扎中，和人们一样陷入生活的凡庸之中。诗人的诗思由是再次跃入想象性的地狱情境：

> 那个僵尸在痛苦的动转，
>
> 他轻轻地起来烧着炉丹，
>
> 在古代的森林漆黑的夜里，
>
> "毁灭，毁灭"一个声音喊，
>
> "你那枉然的古旧的炉丹。
>
> 死在梦里！坠入你的苦难！
>
> 听你既乐得三资多么洪亮！"

这个情境承接着上个情境而来，两者构成一个整体，喻示着现实生存境遇的晦暗、惨淡。诗人有意将其分割成两节，进行戏剧性穿插，既保证了诗歌结构的相对匀称，也在现实与想象之间来回跳跃之中使诗思层次与肌理变得更加繁复，让阴森恐怖的想象性情境与现实境遇反复相互印证，从而凸显出现实境遇的凄惨、荒诞，并且诗人在这个情境中插入一个戏剧化的第三者的声音，呼喊道："毁灭，毁灭"，"死在梦里！坠入你的苦难！"悲怆的呼喊进一步映照出战争对现实世界毁灭性的肆虐与摧毁。在这悲催的生存图景中，诗人甚至将戏剧性角色"我"自我分裂，审视自我的存在。在诗作末尾，我们看到：

> 我是独自走上了被炸毁的楼，
>
> 而发见我自己死在那儿
>
> 僵硬的，满脸上是欢笑，眼泪，和叹息。

这是自我的戏剧性分裂，分裂出两个独立的"我"，相互分离、相互审视。死亡的"我"是躲避空袭的"我"的另一个镜像，折射出战争环境下生死相差毫厘、几近同一的生存真相。戏剧化的镜像呈现，于此传达出一种震撼性的艺术力量。诗作虽然标明为"抒情诗"，却将自我主体的情感压缩至最低程度，以戏剧化的抒情策略将战争状况下人们惨淡、凡庸乃至虚无的生命样态客观地呈现出来，逼视出战争阴影下生命个体的渺小无助。诗作不仅迥异于传统的浪漫化抒情诗，标题与内容的错位、对立使诗作具有强烈的反讽意味，而且以戏剧性角色的设置消解了浪漫化的抒情主体，抑制了自我主体的极度张扬，在戏剧场景的客观呈示中，获致了戏剧性的间离效果。在这个意义上，诗作堪称是对传统浪漫抒情诗的一种无情戏谑与艺术超越。

诗作《华参先生的疲倦》亦是混合了戏剧对白、独白、动作和背景描绘等因素，呈现出一幕颇具戏剧意味的爱情场景。诗作开篇即是一个具体的恋爱情景的戏剧化呈现：

> 这位是杨小姐，这位是华参先生，
> 微笑着，公园树荫下静静的三杯茶
> 在试探空气变化自己的温度。
> 我像是个幽暗的洞口，虽然倾圮了，
> 她的美丽找出来我过去的一个女友，
> "让我们远离吧"在蔚蓝的烟圈里消失。

诗篇首句为第三者的戏剧旁白，在他人的介绍下，杨小姐与华参先生一场爱情的角逐由此开启。然而，有别于传统的关于爱情的浪漫抒写，爱情的展开在此显得沉闷、犹疑、艰涩。诗作由此切入华参先生的内心，以戏剧独白的形式传达出其内心的犹疑与焦虑。"让我们远离吧"，这戏剧性旁白喻指着现代爱情的难以把握。诗作接着穿插入一个远焦距的戏剧性背景：

> 春天的疯狂是在花草，虫声，和蓝天里，
> 而我是理智的，我坐在公园里谈话。

"春天的疯狂"在此既是一个背景性描述，也在深层次上喻示着爱的激情与冲动，而华参先生的独白"我是理智的，我坐在公园里谈话"，显示出一种强作镇定的姿态，构成一种反讽的张力。在这戏剧性的反讽中，华参先生如同艾略特笔下的"普鲁弗洛克"，内心惶惑而胆怯，始终游离在"谈话"之外，游走于漫无边际的飘忽思绪之中，内心充溢着对爱情的疑惑：

> 在树荫下，成双的人们散着步子。
>
> 他们是怎样成功的？
>
> 他们要谈些什么？我爱你吗？
>
> 有谁终于献出了那一献身的勇气？
>
> （我曾经让生命自在地流去了，
>
> 崇奉，牺牲，失败，这是容易的。）

诗人在此采用了普鲁弗洛克式的独白，以华参先生敏感而怯弱的内心呈现出一种做作，且充满犹疑与困惑的现代爱情体验。如此，面对正在眼前展开的恋爱行为，华参先生机械地敷衍着：

> 然而我看见过去，推知了将来，
>
> 我必须机智，把这样的话声放低：
>
> 你爱吃樱桃吗？不。你爱黄昏吗？
>
> 不。
>
> 诱惑在远方，且不要忘记了自己，
>
> 在化合公式里，两种元素敌对地演习！

这里，戏剧独白、对白的混合与穿插，呈现出一幅虚伪甚至荒诞的爱情图景。爱情在这里演绎成无话找话的尴尬、敷衍做作的虚伪以及内心的空虚与焦虑。华参先生只得故作姿态，试图"表现出一个强者"，以结束这尴尬而空虚的恋爱行为：

> 表现出一个强者，这不是很合宜吗？
>
> 我决定再会，拿起了帽子。
>
> 我还要去办事情，会见一些朋友，
>
> 和他们说请你……或者对不起，我要……
>
> 为了继续古老的战争，在人的爱情里。

机械做作的动作，断断续续、欲盖弥彰的对话，将华参先生对爱情的困惑乃至恐惧细腻地表现出来。诗歌通过普鲁弗洛克式戏剧性角色的设置，依凭戏剧动作、独白、对白的运用，将现时性的戏剧动作与角色化的戏剧声音巧妙地纳入诗歌，一种沉闷、空虚乃至"疲倦"的现代爱情体验亦在戏剧化情境中得到客观的呈现。这戏剧性地颠覆了传统浪漫化甚或感伤化的爱情抒写，穆旦娴熟的戏剧化手法运用亦可见一斑。某种意义上，《华参先生的疲倦》是一首至今没有得到人们足够重视的重要的戏剧化诗作。

叶维廉认为在诗的表达中，戏剧化手法的运用具有一种"在场"的亲临性。这种"在场"的亲临性是古典诗词中"隔"与"不隔"的关键所在。对于新诗的表达而言，同样需要"还给它一个经验在发生时的实质……要顾及读者在接触诗的时候，怎样可以被置于经验实质发生的当时"，而新诗充满"说教和感伤"的浪漫化表达，是"将其要义抽出来，再把抽象了的经验说给你听，枯燥如道德论，这是另一种隔"[1]。在这个意义上，西南联大诗人戏剧对白、独白的运用，以及戏剧情境的设置等，以一种"在场"的亲临性，使经验得到可触可感的戏剧性呈现，能够与读者直接照面而"不隔"，也在深层次上突破了抒情主义浪漫化、感伤化的诗学流弊。

二

西南联大诗人对戏剧化手法更加出色地运用体现在拟诗剧、诗剧的创作上。袁可嘉认为："诗剧形式给予作者在处理题材时，空间、时间、广度、深度诸方面的自由与弹性都远比其他诗的体裁为多，以诗剧为媒介，现代诗人的社会意识才可得到充分表现……使作者面对现实时有一不可或缺的透视或距离，使它有象征的功用，不至于粘于现实世界，而产生过度的现实写法。"[2] 显然，拟诗剧、诗剧是戏剧独白、对白、情境、场景等诸种戏剧性技巧的集大成，其将"经验的程序与实质——即可触可感的经验戏剧地呈现"[3] 的艺术效果远较其他的诗体裁为多。

---

① 叶维廉：《中国诗学》（增订版），人民文学出版社 2006 年版，第 284 页。

② 袁可嘉：《新诗戏剧化》，载《论新诗现代化》，生活·读书·新知三联书店 1988 年版，第 28 页。

③ 叶维廉：《中国诗学》（增订版），人民文学出版社 2006 年版，第 284 页。

　　王佐良的《异体十四行诗八首》、罗寄一的《诗六首》、穆旦的《诗八首》等都是以组诗的形式抒写的"情诗",也是有着精微的戏剧性结构的拟诗剧创作。在这些组诗中,诗人均设置了一个拟想的"我"、"你",即戏剧化的男女主人公角色,并以他们之间戏剧性的矛盾推动、展现一个较完整的爱情历程。对爱恋过程中的欢乐、哀愁、焦灼等复杂情感的抒写,不是直抒胸臆的浪漫感伤,而是在拟诗剧的形式中使曲折复杂的情感状态获得冷峻、客观的描述。现代爱情的复杂内涵及其幽微体验由此在他们笔下得到了细腻、立体化的呈现。譬如《异体十四行诗八首》在时间的戏剧性对比中,对爱的改变,爱的流逝的揭示,"你以变化惊讶了我。你笑,/你哭,你有转身的衣裙曳地,/你又穿了我的长裤在马头前/拆着鞭子,或者系上围腰下厨房。//但我的格式却只有一个。我永远分心/在你和你的影子之间,因为你的/影子便是愚蠢的我"。这是以冷峻的笔调抒写日常生活的凡庸对爱情的侵蚀,以及亘古的时间对爱的抹却。《诗六首》在拟诗剧的结构中,通过戏剧性对话情境的穿插,弥漫着一种诗性张力,冷峻地表达出深沉的爱的焦灼。譬如第五首:

> 告诉我水中倒影的我的颜色,
> 你底眼睛将为我设榻安卧,
> 监护我梦中陨落的怔忡,
> 倦而渴,虽然水不足以救我,
>
> 你底丰姿绰约的形影,
> 直趋我燃烧而弥漫的灵魂,
> 最高的完美在一切成形以前,
> 让我底烟溶入水里。
>
> 在一瞬的狂喜中荡漾,
> 我们底拥抱吸引全宇宙的荣光,

纯洁的意志正起落奔腾，

你我渐消逝就完成半面信仰。

穆旦《诗八首》更是在戏剧性结构中注入冷峻的理智审视和哲学思辨，而具有了深邃的理性辩驳色彩与形而上的哲思内蕴（具体论述见前章）。可以说，通过拟诗剧的形式，西南联大诗人的爱情抒写也是冷峻而生涩，超越了历来浪漫化的爱情诗学传统。

将诗剧创作推向巅峰的是穆旦，穆旦先后创作了《森林之魅》、《隐现》、《神魔之争》等拟诗剧或诗剧。在这些诗作中，穆旦综合运用各种戏剧性手段，在精微、宏大的戏剧结构设置中，以戏剧体的形式祛除了主观情绪流泻的感伤色彩，在客观化的艺术间离中承载起厚重的生命情思与深邃的精神追问。《森林之魅——祭胡康河谷上的白骨》是穆旦依据自己惨痛的战争经历而创作，诗人拒绝了"一种虚假的英雄主义的坏趣味"，在诗歌创作中超越了浪漫化甚或感伤化的抒情，以拟诗剧的形式将惨痛的战争经验付诸表达。诗作设置了"森林"、"人"两个戏剧化角色，以其直接对白的形式构架诗歌，最后配置一个"祭歌"结束全诗。在这里，"森林"显然易见喻指"野人山"那充满死亡气息的原始森林，亦表征着战争的原始、野蛮、残酷。"人"则是中国远征军的艺术化身。而战争的野蛮、残酷以及恐怖在"森林"与"人"的两次对白之中得以自然地展示。诗作首先是"森林"的一段自我独白：

我的容量大如海，随微风而起舞，

张开绿色肥大的叶子，我的牙齿。

没有人看见我笑，我笑而无声，

我又自己倒下去，长久的腐烂，

仍旧是滋养了自己的内心。

从山坡到河谷，从河谷到群山，

仙子早死去，人也不再来，

那幽深的小径埋在榛莽下，

我出自原始，重把秘密的原始展开。

　　这里，"森林"获得了独立的生命形态，在一种客观而冷漠的述说中蕴含着毁灭性的力量，成为死亡的象征。在这样一个充溢着死亡威迫的背景上，"人"出现了，并抒唱道：

　　　　在青苔藤蔓间，在百年的枯叶上，

　　　　死去了世间的声音。这青青杂草，

　　　　这红色小花，和花丛中的嗡营，

　　　　这不知名的虫类，爬行或飞走，

　　　　和跳跃的猿鸣，鸟叫，和水中的

　　　　游鱼，路上的蟒和象和更大的畏惧，

　　　　以自然之名，全得到自然的崇奉，

　　　　无始无终，窒息在难懂的梦里，

　　　　我不和谐的旅程把一切惊动。

　　这是对中国远征军进入"野人山"情景的诗化描绘，将远征军抽象、升华为戏剧性角色"人"，亦是在形而上的人类层面上思索战争与"人"的关系。而对"森林"不动声色的描绘中氤氲着死亡的威胁，末句"我不和谐的旅程把一切惊动"，喻示着战争对"人"的摧残以及死亡的降临。由是，"森林"与"人"展开了相互间的对白，"森林"宣示道："欢迎你来，把血肉脱尽。"简短的一句道尽了战争的毁灭性力量，而"人"在战争的威迫之下，陷入了生命的恐慌、痛苦、绝望之中：

　　　　是什么声音呼唤？有什么东西

　　　　忽然躲避我？在绿叶后面

　　　　它露出眼睛，向我注视，我移动

　　　　它轻轻跟随。黑夜带来它嫉妒的沉默

　　　　贴近我全身。

　　诗作在冷静客观的述说中蕴含着一种源自"大地的惧怕"，在戏剧性的间离中无言地传达出"人"在战争的包裹之下渺小而脆弱的生命存在。最后，诗人跳出这窒闷情感氛围，以"祭歌"的形式，舒缓地吟唱出对英灵的祭奠以及对战争的反思：

在阴暗的树下，在急流的水边，
逝去的六月和七月，在无人的山间，
你们的身体还挣扎着想要回返，
而无名的野花已在头上开满。

那刻骨的饥饿，那山洪的冲击，
那毒虫的啮咬和痛楚的夜晚，
你们受不了要向人讲述，
如今却是欣欣的树木把一切遗忘。

过去的是你们对死的抗争，
你们死去为了要活的人们的生存，
那白热的纷争还没有停止，
你们却在森林的周期内，不再听闻。

静静的，在那被遗忘的山坡上，
还下着密雨，还吹着细风，
没有人知道历史曾在此走过，
留下了英灵化入树干而滋生。

　　诗歌的创作来源于诗人一场"九死一生"的生命经历，诗人摒弃了激情呼吁式的感伤抒情，以拟诗剧的形式承载起浓烈而厚重的情感，在戏剧性的间离中抑制了情感的张扬，并凭借戏剧性角色的冷峻述说，将战争的残酷以及对战争的反省客观而醒目地呈现出来。

　　长诗《隐现》在诗歌构架上，诗人以"宣道"、"历程"、"祈神"三个戏剧式标题结构诗篇，戏剧主义要素渗透于诗的内在结构之中，诗篇堪称一首志趣宏大深远的诗剧。诗篇第一章节为"宣道"，以戏剧性角色"我们"（人类的角度）向"主"祈求、诉说的形式展开对生命存在的追问：

> 主呵，我们摆动于时间的两极，
>
> 但我们说，我们是向着前面进行，
>
> 因为我们认为真的，现在已经变假，
>
> 我们曾经哭泣过的，现在已被遗忘。
>
> ……
>
> 我们和错误同在，可是我们厌倦了，我们追念自然，
>
> 以色列之王所罗门曾经这样说：
>
> 一切皆虚有，一切令人厌倦。
>
> 那曾经有过的将会再有，那曾经失去的将再被失去。
>
> 我们的心不断地扩张，我们的心不断地退缩，
>
> 我们将终止于我们的起始。

这里，诗人以戏剧性角色"我们"发言，获得了一个独立而超迈的诗学支点。"一切皆虚有，一切令人厌倦"等戏剧对白的穿插，无不渲染出一种生命的困惑与痛苦。这种戏剧性的冷峻诉说提升了诗作的精神向度，在一种广袤而深邃的思索中抵达对生命存在的终极叩问。同样，在一种戏剧性的张力结构中，诗人在第二章节之"爱情的发见"中，自然切入对爱情艰难与生活困苦的呈现：

> 生活是困难的，哪里是你的一扇门？
>
> 我们追求繁茂，反而因此分离。
>
> 我曾经爱过，我的眼睛却未曾明朗，
>
> 一句无所归宿的话，使我不断悲伤：
>
> 她曾经说，我永远爱你，永不分离。
>
> （在有行为的地方，就有光的引导。）
>
> 虽然她的爱情限制在永变的事物里，
>
> 虽然她竟说了一句谎，重复过多少世纪，
>
> 为什么责备呢？为什么不宽恕她的失败呢？
>
> 宽恕她，因为那与永恒的结合

　　　　她也是这样渴求却不能求得！

　　这里，诗人转入对生活缺失和爱情困惑的逼问，戏剧化的设问、戏剧性角色的设置、括号中戏剧独白的引入、宗教性文本的穿插，无不扩张着诗作的精神性拷问的力度。在诗作第三章节"祈神"中，诗人获得了一个间离性的透视维度，对人类文明尤其是现代文明展开了深入反思：

　　　　我们站在这个荒凉的世界上，

　　　　我们是廿世纪的众生骚动在它的黑暗里，

　　　　我们有机器和制度却没有文明

　　　　我们又复杂的感情却无处归依

　　　　我们有很多的声音而没有真理

　　　　我们来自一个良心却各自藏起

　　在一种戏剧性的观照中，诗作呈现出一幅惨淡的生存图景。这是诗人对现代文明与现代人类行为反思的结晶，诗人由是趋向于寻求一个超越性的存在，以达致精神的救赎，诗作亦在戏剧性独白中祈求神性的救赎：

　　　　这是时候了，这里是我们被曲解的生命

　　　　请你舒平，这里是我们枯竭的众心

　　　　请你揉合，

　　　　主呵，生命的源泉，让我们听见你流动的声音。

　　这神性救赎的祷告使《隐现》蕴含着浓郁的宗教情怀，是对新诗内涵的一个深度拓展，而这一切在诗剧的形式中得到恰切的呈现。戏剧性结构的设置、戏剧化声部的运用等，使诗人深邃的精神性寄托得以承载、包容。《隐现》堪称穆旦以精巧的戏剧结构创作的一首重要的长诗。诚如有学者指出，"《隐现》在现代派诗的戏剧化实践中具有典范意义……由于象征意象、思辨语言通过戏剧对话的手段加以表述和传达，使得本来就存在的神秘和幽深，更多了一些间接的和冷峻的色彩，更多了一些矛盾两极性的生命体验构成的抒情的张力。戏剧化的外壳消散了情绪主观流泻的感伤色彩，人们在接受对话中同时也就接受了距离带来的冷峻客观"①。可见，《隐现》的创作是对戏剧化手法的综合运用与深度推进，在诗歌传达的客观性和间接性的诗美追求中，拓展了新诗的表达内涵。

《神魔之争》是穆旦综合运用各种戏剧化手段而创作的一曲极具包容性的内涵繁复的诗剧。诗作设置了"东风"、"神"、"魔"、"林妖"、"林妖甲"、"林妖乙"等多个戏剧角色，并穿插了一个反复的"林妖合唱"。诗作带有《浮士德》中上帝与魔鬼论争以及《失乐园》中上帝与撒旦之争的痕迹。"神"代表"一切和谐的顶点"，"魔"则代表"永远的破坏者"，它们之间的三次交锋构成诗剧的主体，象征着人性的两极善与恶的深层对立。诗剧的体裁形式使诗人获得了一不可或缺的透视距离，冷峻地审视人性两极的深层矛盾，诗作获得了一种客观性的间离艺术效果。

诗剧开篇是"东风"的出场，"东风"象征着宇宙的伟岸力量，正是宇宙的伟岸力量催生了世界和生命，而世界的纷争与生命的善恶也由是得以展开。"东风"的出场亦戏剧化地拉开了生命的善恶较量的序幕：

> 来自虚无，我轻捷的飞跑，
> 哪里是方向？方向的脚步
> 迟疑的，正在随我而扬起。
> ……
> 在山谷，河流，绿色的平原，
> 那最后诞生的是人类的乐声，
> 因我的吹动，每一年更动听，
> 但我不过扬起古老的愚蠢：
> 正义，公理，和时代的纷争——

---

① 孙玉石：《中国现代主义诗潮史论》，北京大学出版社 1999 年版，第 443 页。

这里的"东风"代表着诞生世界和生命的神秘力量，诗人亦是从最根本的源头探索世界和生命的存在，并且站立在形而上的超越性层面上审视人类的生存样态。这种超越性的视野也使得诗人以平和超然的姿态透视人类的纷争，诗剧由是戏剧性地展开人类善恶行为的纷争，象征着"一切和谐的顶点"的"神"与"永远的破坏者"的化身"魔"分别登场。诗篇中，"神"与"魔"的三次交锋均以戏剧对白的形式展开，在冷峻的述说中展开文明和罪恶的理性思辨与诗化诘问，层层递进，在戏剧性张力中传达出对现代文明与现代人类行为的精神性叩问。譬如，经历了"神"的两次质询以后，"魔"继续怒吼道：

> 黑色的风，如果你还有牙齿，
> 诅咒！
> 暴躁的波涛也别在深渊里
> 滚转着你毒恶的泛滥，
> 让狡诈的，凶狠的，饥渴的死灵，
> 蟒蛇，刀叉，冰山的化身，
> 整个的泼去，
> 在错误和错误上，
> 凡是母亲的孩子，拿你的一份！

这种戏剧性独白是对充塞着"暴力、混乱、罪恶"的价值崩溃的生存境遇的诗化诉说，在不动声色的描绘中凸显出深沉的戏剧性张力。依凭着戏剧性张力，"神魔之争"以螺旋式上升方式不断地推进，一种内在的精神性叩问得以戏剧化的呈现。为进一步凸显这种精神性叩问的戏剧张力，诗剧穿插了"林妖甲"、"林妖乙"、"林妖合唱"等角色的登场，不断质询生命的存在意义：

> 白日是长的，虽然生命
> 短得像一句叹息。我们怎样
> 消磨这光亮？亲爱的羊，
> 小鹿，鼹鼠，蚯蚓，告诉我。

> 深入羞怯的山谷，我们将
>
> 换上她的衣裳？还是追逐
>
> 嗡营里，蜜蜂的梦？或者，
>
> 钻入泥土听年老的树根
>
> 讲它的故事？

"林妖甲"的这段吟唱中蕴藏着深沉的生命困惑与内在的生命紧张，一种深邃的生命本真之思在看似舒缓的戏剧独白中得以呈现。而通过"林妖甲"、"林妖乙"、"林妖合唱"等戏剧角色的不断穿插，不仅扩充了诗篇繁复的戏剧结构，而且在戏剧张力的深化中，另辟蹊径地承载起对生命本真存在的深沉思索。诗篇中反复出现两次的"林妖合唱"即是对生命本真存在的诗化追问：

> 谁知道我们什么做成？
>
> 啄木鸟的回答：叮当！
>
> 我们知道自己的愚蠢，
>
> 一如树叶永远的红。
>
>
> 谁知道生命多么长久？
>
> 一半是醒着，一半是梦。
>
> 我们活着是死，死着是生，
>
> 呵，没有谁过的更为聪明。
>
> ……
>
> 这里是红花，那里是绿草，
>
> 谁知道它们怎样生存？
>
> 呵没有，没有，没有一个，
>
> 我们知道自己的愚蠢。

这里反复的穿插既是对"神魔之争"尖锐的戏剧对立的一种缓解，也在戏剧冲突的延宕中升华了诗篇的精神内蕴，对生命本真存在的追问充溢着浓郁的虚无气息。这是诗人直面传统善恶观分崩离析、价值失序的现代生存处境，对现代个体生命存在状态的深邃洞察。在宏阔、繁复的戏剧结构中，诗人获得了一个远距离的透视焦点，得以从形而上的超越性层面透视生命的存在，诗篇最终以"东风"的戏剧性独白宣示道：

> 我的孩子，虽然这一切
> 由我创造，我对我爱的
> 最为残忍。我知道，我给了你
> 过早的诞生，而你的死亡，
> 也没有血痕，因为你是
> 留存在每一个人的微笑中，
> 你是终止的，最后的完整。

"东风"作为创造世界和生命的原初力量戏剧性角色，在此以平和的语气宣告，"我对我爱的/最为残忍"，一种世界的无常、生命的脆弱以及历史的虚无弥漫诗篇。在饱满的戏剧张力中，诗篇传达出对现代生存境遇的深邃精神性叩问。

《神魔之争》篇幅宏大，充满戏剧性张力。诗作以"东风"的抒唱开启序幕，由是展开"神"与"魔"之间的交锋、争斗，又在"东风"的平和宣示中将"神魔之争"（对人性善恶的考察）化为一种生命的平静与虚无，深邃的生命存在之思在戏剧化构架中得到客观化的凝定与呈现。诗作结构繁复，"神"、"魔"、"林妖"等戏剧性角色来回穿插，戏剧性对白、独白反复交替，在戏剧性的间离诗学效应中，诗人得以穿透世界纷扰的表象，而对蕴藏在历史深处的人性善恶进行鞭辟入里的审视与拷问，这种超越性的精神追问使诗作成为一首极具包容性的丰富而深邃的大诗，堪称新诗的一个重要收获。穆旦对戏剧化表达策略的娴熟运用，以及戏剧化手法对新诗内涵的有力扩展、对现代诗形的积极建构亦由此可见。

戏剧化的表达策略在西南联大诗人的创作中具有一定的普遍性，西南联大诗人无疑是20世纪40年代"新诗戏剧化"实践的真正主体，并且取得了较为显著的成就，是对现代诗形建构的一种积极的美学探索。

诚如叶维廉指出，戏剧化表达策略是"在用叙述说理的唤起行动的诗中把说理的冲动减到最低，让戏剧化的、视觉性强的事件在读者眼前演出它们命运的弧线。事实上戏剧化、近乎电影的视觉性的呈露方式是抵消枯燥而跛扈的说理性重要的策略"①。在这个意义上，西南联大诗人戏剧化的表达策略是对抒情主义情感泛滥书写机制的一种扬弃，是一种"反抒情"的诗学策略，在抒情主体的抑制乃至退场中，对新诗流于直接陈述和激情宣泄的表达结症进行了一次有力的纠偏。这样，戏剧化表达策略作为联大诗人一个普遍性的诗学策略，代表着在诗学本体论层面上对抒情主义诗学理念的廓清和超越。这既扩展了诗歌的表达内涵，也有力地推进了现代诗形的探求、建构。

第二节　日常经验的深度抒写与语言张力：
知性化诗学策略

抒情主义诗学的浪漫化表达过多依赖激情的径直宣泄，导致粗糙肤浅的生活感受漫溢，并且在不无感伤化、理想化的抒写中，沉迷于宏大的历史话题与时代情怀的抒发，回避、远离了日常生活经验，缺乏对日常生活经验的诗性开掘。这种诗学缺憾在 20 世纪 40 年代的抗战诗歌里，突出地表现为侧重讴歌血与泪、剑与火，一任民族情感激情宣泄，在表面的波澜壮阔中难掩实际的疲弱空洞，艺术的经营与诗性的匮乏都显而易见。正是面对这种诗学困境，穆旦提出了"新的抒情"诗学主张，认为"新的抒情应该是，有理性地鼓舞着人们去争取那个光明的一种东西"，而强调"有理性地"，是因为"在我们今日的诗坛上，有过多的热情的诗行，在理智深处没有任何基点，似乎只出于作者一时的歇斯底里"。穆旦进而主张"'新的抒情'应该遵守的，不是几个意象

① 叶维廉：《中国诗学》（增订版），人民文学出版社 2006 年版，第 285 页。

的范围，而是诗人生活所给的范围。他可以应用任何他所熟悉的事物，田野、码头、机器，或者花草"①。显然，摆脱个人浮躁的感伤情绪，以理性为基点，在日常生活经验的开掘中，抒写"战斗的中国"在"新生中的蓬勃、痛苦、和欢快的激动"，这即是穆旦"新的抒情"的诗学内涵，也是对在宏大题材的激情抒写中远离了日常生活经验的抗战诗歌的一种反拨。冯至也在 20 世纪 40 年代翻译了德国诗人盖奥尔格的一段诗学认知与判断，含蓄地表达了对忽视日常经验的深入开掘而满足于表层激情倾泻的诗歌创作的不满：

> 艺术品里人们必须当心力的过于剧烈的爆发……在它们后边常常简直没有感觉的真与深，却只是脓溃的不成熟或是勉强由于自己的叫喊鼓动一些不存在的事物。由于克制这些爆发才显出真的力。尼采的"用血写"被许多人误解为"毫无羞怯指出你的斑痕和你的狂欢的激动，使人把你当作真实的"，但是我们简直不要看这些，因为艺术不是痛苦也不是狂欢，而是对于痛苦的胜利与狂欢的净化。最深的痛苦也不由于在公共市场上哀号的发作而显示：灵魂的识者但是听着它化为从一个幽深的寂寞里发出的叹息是感人无限。最深的狂欢给人认识也不是由于运用热烈的字句与图像，却是由于一个微笑，由于异地压碎了的泪珠，由于一个战栗。从胜利与净化的伟大里人们感到兴奋的伟大与真实。②

穆旦、冯至的这种诗学认知代表着西南联大诗人的一种诗学自觉，也是他们独立文学立场的体现。那么，如何摆脱浅层的喷发式的抒情，进行日常经验的深度开掘与诗性抒写？西南联大诗人的回应是，对其拥有的丰厚学院文化资源进行创造性的汇聚和吸收，借鉴、转化包括知性诗学在内的异域文学资源，而发展出知性化诗学策略，以此抵抗当时为抗战而歌、侧重民族情绪与个人情感宣泄的诗歌潮流。知性化诗学策略

---

①　穆旦：《〈慰劳信集〉——从〈鱼目集〉说起》，载《穆旦诗文集》（二），人民文学出版社 2007 年版，第 54—55 页。

②　冯至：《关于诗的几条随想与偶译》，北平《经世日报》副刊"文艺周刊"第 14 期，1946 年 11 月 17 日。

亦成为联大诗人进行现代诗形探求、建构的又一种整体性的美学策略。

一

在西方，作为一个诗学概念，"知性"的源头可以追溯至 18—19 世纪的英国诗人兼批评家柯尔律治，而集大成者则是 20 世纪的 T. S. 艾略特和瑞恰慈。柯尔律治尽管身为颇具影响的浪漫主义诗人，却对华兹华斯"诗是强烈情感的自然流露"的浪漫主义诗学著名论断并不十分赞同，而是强调诗歌创作中想像的作用：

> 理想中的完美诗人能将人的全部身心都调动起来……他身上会散发出统一性的色调和精神，能借助于那种善于综合的神奇力量，使它们彼此混合或（仿佛是）融化为一体。这种力量我专门用了"想像"这个名字来称呼，它……能使对立的、不调和的性质达到平衡或变得和谐……①

据此，"柯尔律治在其批评中，对于不一致的或对立的审美特性加以想像的综合，并以此替代华兹华斯的'自然'而作为诗歌最高价值的判断标准"②。更重要的是，由此，柯尔律治"把一个重要概念引进了英国批评，这个概念在我们这个时代（20 世纪前半叶。——引者注）的批评著述中再次出现，并起了主导作用。这就是以诗的容量之大小来衡量其优劣——以一首诗中'各种对立的，不调和的性质'能否共存作为衡量标准，看它们是否能够被柯尔律治称为想像的那种综合性力量融合或'调和'为一个整体"③。可见，柯尔律治通过"想像"这个概念提出了一个重要的诗学原则，并且对 20 世纪西方诗歌批评产生了积极影响。T. S. 艾略特在论述"玄学派诗人"的一系列论文中，提炼了

---

① 转引自［美］M. H. 艾布拉姆斯著《镜与灯：浪漫语义文论及批评传统》，郦稚牛等译，王宁校，北京大学出版社 2004 年版，第 138—139 页。

② ［美］M. H. 艾布拉姆斯著：《镜与灯：浪漫语义文论及批评传统》，郦稚牛等译，王宁校，北京大学出版社 2004 年版，第 140 页。

③ ［美］M. H. 艾布拉姆斯著：《镜与灯：浪漫语义文论及批评传统》，郦稚牛等译，王宁校，北京大学出版社 2004 年版，第 139 页。

柯尔律治"想像"概念的诗学内涵，并将其提升为以"机智"（Wit）为主要特征的现代"知性"（Intellect）诗学概念。艾略特认为，英国诗歌在 17 世纪开始出现了一种情感分离现象，即诗歌的思想与感情的相互脱离，而通过"机智"，"玄学派诗人的贡献在于他们把这些材料组合起来成为新的统一体"①。在艾略特看来，玄学派诗人通过"机智"将思想与感觉平衡，将复杂的感受与经验融合在完整的诗行里，达到了"各种对立的，不调和的性质"的均衡、包容。

艾略特通过柯尔律治"想像"概念而提炼的诗歌中"各种对立的，不调和的性质"均衡、共存的美学原则是现代知性诗学的一个重要内涵，它强调的是对日常经验的深度开掘，从而使日常经验中各种对立、矛盾因素的冲突、综合和平衡。在这个意义上，艾略特反对感伤的浪漫主义抒情，认为：

"在平静中被回忆的感情"是一个不准确的公式。那是因为诗歌既不是感情，又不是回忆，更不是平静，除非把平静的含义加以曲解。诗歌是一种集中，是这种集中所产生的新东西。诗歌把一大群经验集中起来……诗歌的集中并不是有意识地或经过深思熟虑而进行。这些经验并不是"回忆起来的"。②

可见，知性诗学的兴起是对浪漫主义抒情的彻底反叛，是一种"反抒情"的写作策略。这写作策略的背后蕴含着一个重要的诗学趋向，即对浪漫化抒情主体的抑制。艾略特的著名论断："诗歌不是感情的放纵，而是感情的脱离；诗歌不是个性的表现，而是个性的脱离"③，也即是在此意义上而言的。这种"非个人化"诗学原则不仅仅是一种写作技巧，更是一种写作姿态和写作策略，在抒情主体的退场中，强调

----

① ［英］托·斯·艾略特：《玄学派诗人》，载［英］托·斯·艾略特著《艾略特文学论文集》，李赋宁译，百花洲文艺出版社 1994 年版，第 19 页。

② ［英］托·斯·艾略特：《传统与个人才能》，载［英］托·斯·艾略特著《艾略特文学论文集》，李赋宁译，百花洲文艺出版社 1994 年版，第 10 页。

③ ［英］托·斯·艾略特：《传统与个人才能》，载［英］托·斯·艾略特著《艾略特文学论文集》，李赋宁译，百花洲文艺出版社 1994 年版，第 11 页。

的是日常经验的集中和化合。相对于浪漫主义显著的抒情主体的自我表达来说，"非个人化"注重对广阔的传统文化资源的吸收和转化，诗人也以此获得对繁复的日常经验的占有、包容。在《玄学派诗人》一文中，艾略特进一步指出了现代诗歌表现出知性化倾向的文化缘由及其具体的表达策略：

> 在我们当今的文化体系中从事创作的诗人们的作品肯定是费解的。我们的文化体系包含极大的多样性和复杂性，这种多样性和复杂性在诗人精细的情感上起了作用，必然产生多样的和复杂的结果。诗人必须变得愈来愈无所不包，愈来愈隐晦，愈来愈间接，以便迫使语言就范，必要时甚至打乱语言的正常秩序来表达意义。……因此我们就得到了很象"玄学派诗人"的奇特的比喻的东西——的确，我们获得了一种特别类似"玄学派诗人"所运用的方法……①

在艾略特看来，面对现代文化的多样性和复杂性，"非个人化"立场为广阔的文化资源和丰富的文学经验的吸收和转化提供了前提与可能性，现代诗人也需要变得无所不包，以精粹、细腻的自我心智和精微复杂的艺术形式实现日常经验与诗歌经验的转化。这既是对浪漫主义表层的、感伤抒情的反拨，也是现代诗歌的知性化倾向或者说知性特征的内在文化根源。在具体的表达策略上，现代诗人可以借鉴、运用17世纪的玄学派诗人的方法，使诗歌具有机智的品质，往往表现为充满机智感、或富于反讽、悖论等，在语言层面上甚或打破语言规范，极具语言的张力效果。可以说，艾略特有关"玄学派诗人"的论述与其"非个人化"理论相得益彰，是对滥情化的浪漫主义诗学观的反拨，也由此建构起"反抒情"、具有机智品质的知性诗学理论。

知性诗学理论的另一个重要建构者为瑞恰慈。作为英国20世纪二三十年代颇具影响的批评家，瑞恰慈为新批评理论重要的奠基者之一。瑞恰慈的批评理论跨越语义学、心理学、美学等多个学科领域，力图以

---

① ［英］托·斯·艾略特：《玄学派诗人》，载［英］托·斯·艾略特著《艾略特文学论文集》，李赋宁译，百花洲文艺出版社1994年版，第25页。

心理学为基础，关注作品传达的日常经验及其价值判断，从而为文学批评提供一个更为坚实的科学基础。尽管瑞恰慈批评理论的心理学目标后来大多为新批评理论所抛弃，但其语义学的分析以及"细读"式方法等却成为新批评的基石。更重要的是，瑞恰慈对作品传达日常经验的关注，以及对含混不清的语言、批评术语的澄清，突破了浪漫主义诗学的诸多成规陋见。瑞恰慈重视诗人捕捉和组织经验的能力，以此作为评判具体诗歌文本价值高下的重要依据，这在某种意义上也是对廉价的、感伤的浪漫主义抒情的反叛与弃绝。瑞恰慈重要的"包容诗"（Poetry of inclusion）、"排他诗"（Poetry of exclusion）等诗学概念即建立在诗歌经验论与冲动平衡论的基础之上。在瑞恰慈看来，只有"包容诗"才能在日常经验的开掘中，使对立的因素取得平衡，而"对立冲动的平衡是最有价值审美反应的基础"[1]。这也即是"包容诗"优越于"排他诗"的内在缘由。"包容诗"概念是对柯尔律治"对立的均衡"思想的发挥。瑞恰慈的"综感论"、"反讽论"也大体与此相关。"综感"（Synaesthesis）即指艺术作品所最终产生或达到的不同冲动的协调，对立情感的和谐。"反讽论"是瑞恰慈对传统反讽手法的进一步发挥，认为"反讽性观照"（Ironic contemplation）是现代诗歌创作的必要条件之一，"通常互相干扰、冲突、排斥、互相抵销的方面在诗人手中结合成一个稳定的平衡状态"[2]。瑞恰慈的"包容诗"、"综感论"、"反讽论"等诗学概念是柯尔律治"想像的综合"思想的进一步发挥，积极促进了知性诗学理论的建构。这些诗学主张对新批评理论产生了积极的影响，如新批评的"反讽论"、"张力论"等诗学概念都与之相关，知性诗学理论对西方 20 世纪诗歌创作及批评的影响由此可见一斑。

西南联大诗人对西方 20 世纪现代诗歌创作并不隔膜，燕卜荪在西南联大的讲学更是把一些西南联大诗人带到了西方诗坛的最前沿，他们

---

① ［英］艾·瑞恰慈著：《文学批评原理》，杨自伍译，百花洲文艺出版社 1994 年版，第 228 页。

② ［英］艾·瑞恰慈著：《文学批评原理》，杨自伍译，百花洲文艺出版社 1994 年版，第 160 页。

的诗歌创作也深受艾略特、奥登等西方现代派诗人的影响。显然，西南联大诗人对西方现代诗歌的知性化倾向并不陌生。其代表性诗人穆旦如此概括艾略特等英美现代派的诗学主张，"在20世纪的英美诗坛上，自从艾略特（T. S. Eliot）所带来的，一阵17、18世纪的风掠过以后，仿佛以机智（Wit）来写诗的风气就特别流行起来。脑神经的运用代替了血液的激荡"①。其代表性理论家袁可嘉即是借鉴知性诗学理论而建构起自己的诗学体系。袁可嘉"现实、象征、玄学"的诗学构想中，"玄学"的诗学见解就基本来自对西方现代诗歌知性化倾向的考察，将其归纳为："玄学则表现于敏感多思、感情、意志的强烈结合及机智的不时流露。"② 在《现代英诗的特质》一文中，袁可嘉进一步将"玄学"技巧描述为："矛盾语言的应用（Paradoxes），机智的流露，讽刺（Irony）的形成，尖锐的对照及诗情发展的突兀多变，玄学的激刺（Metaphysical shook）"③ 等方面。这些都可以看出西方现代诗歌知性化倾向或者说"知性"作为一个诗学概念对西南联大诗人的深远影响。

当然，西方现代诗歌的知性化倾向是其现代文化转变的产物，有其具体的历史文化语境，不能简单地将西南联大诗人对知性诗学的接受视为一种"单向度"的影响论、移植论。这种简单的横向移植论，在很大程度上遮蔽了中国新诗自身特殊的语境压力与诗学构想。正如有论者指出"现代汉语诗歌在现代性寻求过程中有它自己要解决的基本问题，因此它虽然积极向西方世界寻求解决问题的方案，但由于有自己的问题，就不会也不可能完全跟着别人的思潮走"④。穆旦对西方现代诗歌的知性化倾向有着清醒而理性的认知，"这一个变动并非偶然，它是有着英美的社会背景做基地的……诗人们并没有什么可以加速自己血液的

---

① 穆旦：《〈慰劳信集〉——从〈鱼目集〉说起》，《大公报》（香港版）1940年4月28日。
② 袁可嘉：《新诗现代化》，载《论新诗现代化》，生活·读书·新知三联书店1988年版，第7页。
③ 袁可嘉：《现代英诗的特质》，《文学杂志》1948年第2期。
④ 王光明：《现代汉诗的百年演变》，河北人民出版社2003年版，第271页。

激荡，自然不得不以锋利的机智，在一片'荒原'上苦苦地垦殖"①。作为一个学院诗人群体，西南联大诗人对诗歌的语言与形式有着高度的敏感，对新诗的发展状况有着独到的认识、理解，他们接受、借鉴包括知性诗学在内的西方现代诗学资源，在很大程度上是面对新诗自身诗学课题而作出的一种诗学选择。

现代新诗是转型时期中国的"现代经验"、"现代汉语"、"诗歌文类"三者之间微妙复杂的对话，这也即是"如何在相当混乱和模糊的语言背景中，形成、显示汉语的开放性和特殊魅力，使诗与语言产生良性的互动，成为凝聚和想像现代中国经验的形式"②。正是在对这个诗学课题的回应上，新诗走得异常艰难。在胡适激进的诗学主张的规约与影响之下，新诗也在很大程度上掉进了语言、形式层面上的"诗体大解放"的"自由"陷阱。当"不拘格律，不拘平仄，不拘长短；有什么题目，做什么诗；诗该怎样做，就怎样做"③ 的"自由"原则成为新诗创作的"金科玉律"，新诗也在很大程度上陷入一片泛滥无形的泥沼，"非诗化"、"散文化"的指责也一直伴随着新诗的整个历程。这在很大程度上是由于人们对"现代经验"、"现代汉语"、"诗歌文类"三者之间复杂微妙的对话关系存在着认知上的不透彻和把握上的偏差，从而阻碍了新诗的健康发展，或者说造成了新诗的诸多弊病。抒情主义诗学的盛行即是对这三者关系把握偏差而导致的一个显著弊病。在知性诗学的启发下，袁可嘉认为，"当前新诗的问题既不纯粹是内容的，更不纯粹是技巧的，而是超过二者包括二者的转化问题"，即是"如何使这些意志和情感转化为诗的经验?"④ 显然，袁可嘉的思考涉及的是"现代经验"、"现代汉语"、"诗歌文类"之间的互动生成关系。从这个层面看，袁可嘉对知性诗学的接受、借鉴首先针对着新诗自身的诗学课题

---

① 穆旦：《〈慰劳信集〉——从〈鱼目集〉说起》，《大公报》（香港版）1940 年 4 月 28 日。
② 王光明：《现代汉诗的百年演变》，河北人民出版社 2003 年版，第 10 页。
③ 胡适：《谈新诗》，《星期评论》1919 年 10 月。
④ 袁可嘉：《新诗戏剧化》，载《论新诗现代化》，生活·读书·新知三联书店 1988 年版，第 25 页。

及其诸多弊病。

对"现代经验"或者说日常经验的捕捉、传达是新诗的一个重要诗学课题。当传统的"天人合一"、超然物外的静态的宇宙观念、审美范式破碎之后,面对复杂多变的现代历史经验,传统的表现手法已经捉襟见肘。正如叶维廉指出:

> 中国旧诗中至为优异的同时呈现的手法固然是我们应该努力的目标,然而中国旧诗,也有其围限。这种诗抓住现象在一瞬间的显现,而其对现象的观察,由于是用了鸟瞰式的类似水银灯投射的方式,其结果往往是一种静态的均衡。因此,它不易将川流不息的现实里动态组织中的无尽的单位纳入视象里。这种超然物外的观察也不容许哈姆雷特式或马克白式的狂热的内心争辩的出现——然而,由于传统的宇宙观的破裂,现实的梦魇式的肢解,与可怖的存在的荒谬感重重地敲击之下,中国现代诗人对于这种发高烧的内心争辩正是非常的迷惑。①

中国现代诗人的紧要职责就是"驯服凌乱的破碎的现代中国的经验"②。这既是新诗现代性追求的体现,也是新诗面临的一个基本的挑战。正是在这个诗学层面上,现代新诗的表达不尽如人意。诚如袁可嘉所述,"说明意志的最后都成为说教的,表现情感的则沦为感伤的"。针对新诗此种流弊,袁可嘉认为新诗可以在日常经验的深度开掘中,提升自身结构的戏剧性张力,以包容繁复多变的现代历史经验。袁可嘉指出,"诗是许多不同的张力(Tensions)在最终消和溶解所得的模式(Pattern);文字的正面暗面的意义,积极作用的意象结构,节奏音韵的起伏交锁,情思景物的振荡渗透都如一出戏剧中相反相成的种种因素,在最后一刹那求得和谐"③。"张力"说的引入,使诗歌成为语言、意象、节奏等各种因素在交互作用中生成的一种戏剧性结构模式,从而将

---

① 叶维廉:《叶维廉文集》(第三卷),安徽教育出版社 2002 年版,第 214 页。
② 叶维廉:《中国诗学》(增订版),人民文学出版社 2006 年版,第 314 页。
③ 袁可嘉:《对于诗的迷信》,载《论新诗现代化》,生活·读书·新知三联书店 1988 年版,第 66 页。

日常经验转化为诗的经验。这种戏剧性张力的诗歌认知模式，深受知性诗学的启发，指向了"现代经验"与"诗歌文类"的互动生成关系的考察，即面对日趋复杂的现代日常经验，现代诗歌如何改变表达策略，从而使诗歌的表达与矛盾复杂的现代世界经验图式相吻合。在这个意义上，知性诗学强调各种对立、矛盾因素综合、均衡的美学原则，与新诗占有、包容广阔复杂的现代经验的历史性课题在诗学层面上有相契之处。中国现代诗人可以追求知性对日常经验的穿透，使各种对立的、不调和的性质达到均衡或能够共存，从而将繁复的现代历史经验传达、呈示出来。

新诗另一个重要的诗学层面关涉现代汉语的自身特质。有研究者指出，相对于古典汉语而言，现代汉语发生了根本性的变化，这导致了现代汉语一些基本性的新质地：

其一，与古典汉语的运用倚重书面语有别，现代汉语强调以口语为中心和"言文一致"，这一方面导致了现代汉语书面语虚词成分的激增，另一方面导致了汉语单音节结构的瓦解，而现代汉语语音及词汇的构成则以双音节、多音节为主。其二，由于受到西方语法的浸染，现代汉语越来越趋向于服从语义逻辑的支配，从而改变了古典汉语的超语法超逻辑的特性……①

现代汉语的这种根本性变化与新的质地，对运用这种语言材料的文学创作尤其是诗歌创作提出了新的挑战。中国古典诗歌艺术成就的取得正是依据古典汉语的特质，诗歌创作与语言材料相契合，形成了一套完整的表达机制和表现形式。叶维廉指出的古典诗歌的"超脱分析性、演绎性，事物直接、具体地演出"、"语意不限指性或关系不决定性。多重暗示性"② 等美学特征都与古典汉语的超语法、超逻辑的特性相关。通过充分利用古典汉语的这些特性，古典诗歌获得了超越分析性语法、对情景的直接呈现等含蓄、精炼、弦外之音等美学特质，而现代汉

---

① 张桃洲：《现代汉语的诗性空间——新诗话语研究》，北京大学出版社 2005 年版，第 8 页。
② 叶维廉：《叶维廉文集》（第三卷），安徽教育出版社 2002 年版，第 118 页。

语恰恰突破了古典汉语的这些特性，这对于新诗的表达或者说现代诗形的建构无疑是一个新的挑战。随着现代汉语语言质地的转变，新诗很难再达到古典诗歌的超越分析性语法，以及由此而来的含蓄凝练和表达上的圆融性。新诗的表达或者说现代诗形的建构，"必须建立在从单音的'字'的思维向多音的'词'的思维转变的基础之上，必须面对'语'与'文'（口语与书面语）互相吸纳转化的语言现实"①。

从现代汉语的特质出发，一个显著的事实是："在现代汉语的句子成分（关系词等的介入）日见完备的情形下，当一句诗要表达一个完整的文义时，句式必然拉长，句法也必然趋于繁复化，这样就大大刺激了新诗的句式结构，使得新诗出现了大量长短不一、参差错落的自由句式，也使得新诗的口语化、散文化不可避免。"② 而问题的关键是，如何在"口语化"、"散文化"的句式之中留存诗的成分，或者说如何使"口语化"、"散文化"成为一种诗的创造？诚如袁可嘉指出，"事实上诗的'散文化'是一种诗的特殊结构，与散文的'散文化'没有什么关系"③。对于新诗而言，最要紧的是，"从现代汉语出发，又不断回到现代汉语解构与建构双重互动的诗歌实践中去，顾及外在形式与内在形式的共同要求，寻找最切近现代汉语特质的形式与表现策略"④。这关涉在音节、词汇、语法等语言因素发生了整体性的转换之后，如何有效地增强现代汉语的语言弹性以及扩展语言的内部张力，从而激活现代汉语潜在的诗性活力，使新诗的表达更加从容、缜密与曲折，成为一种真正意义上的诗性表达。在这一过程之中，以知性对语言进行重构，增强诗歌文本的包容性与语言的张力效果，显然是一个可行的选择与有效的表达策略。诚如有学者指出：

古代汉语的单字单音和语法上的高度灵活，形成了中国古典诗

---

① 王光明：《现代汉诗的百年演变》，河北人民出版社 2003 年版，第 392 页。

② 张桃洲：《现代汉语的诗性空间——新诗话语研究》，北京大学出版社 2005 年版，第 8 页。

③ 袁可嘉：《对于诗的迷信》，载《论新诗现代化》，生活·读书·新知三联书店 1988 年版，第 67 页。

④ 王光明：《现代汉诗的百年演变》，河北人民出版社 2003 年版，第 145 页。

歌高度形式化（建立在平仄、对仗、押韵，以及字数、行数的均齐的基础上）和长于抒情的传统。而以"白话"为基础的现代汉语，由于双音词汇的大量增加，语法也在西方文法的影响下趋于严密，更具有语义的连续性、思维过程的抽象性和意识上的时间性等方面的特色，因而也能响应现代诗潮强调"知性"的倾向。①

正是在这个层面上，袁可嘉借鉴知性诗学理论，从微观诗学的角度阐述了新诗表达的几种具体语言策略：

（一）机智（Wit）——它是泛指作者在面对某一特定的处境时，同时了解这个处境所可以产生的许多不同的复杂的态度，而不以某一种反应为特定的唯一的反应。……

（二）似是而非，似非而是（Paradox）——现代诗人和玄学诗人都同样喜欢用。……因为它本身至少就包含两种矛盾的因素，在某种行文次序中，它往往产生不止两种的不同意义……而使诗篇丰富。

（三）讽刺感（Sense of irony）……它是指一位作者在指陈自己的态度时，同时希望有其他相反相成的态度而使之明朗化的欲望与心情。它与机智不同：机智只是消极的承认异己的存在，而讽刺感则积极地争取异己，使自己得到反衬烘托而更为清晰明朗。这儿所谓"异己"，在诗中便是许多不同于诗中主要情绪的因素。②

这既是对知性诗学语言层面上富于机智感、反讽、悖论等诗学特征的接受、借鉴，也是针对现代汉语特质提出的建设性语言策略，关涉"现代汉语"与"诗歌文类"之间微妙复杂的互动生成。由于现代汉语语言质地的转变，新诗不再能够依赖平仄、押韵以及字数、行数的均齐等固定的形式获得诗美特质，但现代汉语亦有其长处，由于句子成分日渐完备、语法日趋严密，新诗可以容纳更多的知性因素与成分，以知性

---

① 王光明：《现代汉诗的百年演变》，河北人民出版社 2003 年版，第 459 页。
② 袁可嘉：《谈戏剧主义》，载《论新诗现代化》，生活·读书·新知三联书店 1988 年版，第 38—39 页。

重构经验、语言，依靠扩展语言的弹性与张力以及内部深层结构的营造，突破"口语化"、"散文化"的粗糙浅显、缺乏韵味等表层特征，获得自身的诗美特质。

可见，在对日常经验的广泛占有与深度开掘，使对立因素相互包容、平衡而具有戏剧性张力，以语言的反讽、悖论扩展语言的弹性与张力等方面，知性诗学理论与中国新诗的诸多诗学课题有着契合之处。在这个意义上，袁可嘉的诗学思考深受知性诗学理论的启发，但并不是西方诗学理论的简单移植，而是在"现代经验"、"现代汉语"、"诗歌文类"的复杂互动生成中，纠偏新诗表达"非诗化"等诸多流弊的一种诗学努力，也是对抒情主义诗学的一种整体突破。

二

知性化诗学策略在西南联大诗人的创作中有着出色的运用，主要表现为日常经验的诗性开掘、反讽的强化、语言的悖论与张力等几个层面，在整体上呈现出反抒情主义的诗艺特质。这使他们的写作规避了抒情主义感伤化、理想化的缺陷，而又与主流的抗战诗歌创作判然有别，并且将新诗的表达或者说现代诗形的建构推至一个新的艺术层面。

在日常生活经验中发掘诗意，抗拒一味地追逐新奇性与夸饰性，注重以知性穿透、重构日常经验，进而拓展新诗的内容题材、思想深度，这在冯至的诗歌创作中有着突出的体现。《十四行集》的诸多诗篇即是在日常经验的开掘中诗化地传达出精微深邃的生命哲思。《十四行集》第二首至第八首，是一组揭示生命存在状态的诗篇，诗人从日常事物出发，由蜕化的蝉蛾、挺拔的有加利树、静默的鼠曲草、寂寞的威尼斯孤岛、哭泣的农妇等自然景象与生活琐事引发形而上的生命之思，透露出诗人对生命存在的一种洞见。在其他一些诗篇中，诗人也是由人与自然、人与人之间的种种关联、呼应等生存关系切入，在日常经验的捕捉中，向自然事物敞开自我的心扉，并由此获得一种睿智的生命认知与哲理沉思。《十四行集》第三首、第四首分别是对朴素无华的"有加利树"、"鼠曲草"的抒写，诗人由自然事物的存在引发出对生命存在的一种比照。面对高耸、挺拔的有加利树，诗人感到一种超越性的生命神圣感；在低微、渺小的鼠曲草身上，诗人发现了"高贵和洁白"的生命存在。在第六首诗作中，诗人更是从村童、农妇哭号的琐碎生活场景中，体味到了一种生命的卑微与存在的绝望：

　　　　我时常看见在原野里
　　　　一个村童，或一个农妇
　　　　向着无语的晴空啼哭，
　　　　是为了一个惩罚，可是

　　　　为了一个玩具的毁弃？
　　　　是为了丈夫的死亡，
　　　　可是为了儿子的病创？
　　　　啼哭得那样没有停息，

　　　　像整个的生命都嵌在
　　　　一个框子里，在框子外
　　　　没有人生，也没有世界。

　　　　我觉得他们好像从古来
　　　　就一任眼泪不住地流
　　　　为了一个绝望的宇宙。

　　诗人从人生琐碎的事象中洞见深远的意义，在对平常细微的日常生活的诗性开掘中，一种知性的穿透力蕴含其间。在第二十三首诗作中，诗人由晒太阳的小犬领悟到生命经验的拓展与存在的意义：

　　　　太阳光照满了墙壁，
　　　　我看见你们的母亲
　　　　把你们衔到阳光里，

让你们用你们全身

第一次领受光和暖，
等到太阳落后，它又
衔你们回去。你们没有

记忆，但这一幕经验
会融入将来的吠声，
你们在深夜吠出光明。

这里没有浪漫化的空洞夸饰，朴实无华的表达中蕴藏着深邃的哲思，诗人以日常经验入诗的能力可见一斑。正如朱自清所言，"日常的境界太为人们所熟悉了，也太琐屑了，它们的意义容易被忽略过去；只有具有敏锐的手眼的诗人才能把捉住这些。"[①] 而这种在日常生活中发现诗意，追求知性对日常经验的穿透、捕捉，从而将日常经验转化为诗歌经验的诗性开掘，无疑是对新诗表达内涵的一种深度拓展。

郑敏的不少诗作也是由身边的日常事物切入，在日常经验的调用中，发掘出深沉的诗性内蕴。诗作《寂寞》即是由家门前的一棵小树的孤独存在而扩展为对生命孤凄存在的哲思。诗人的名篇《金黄的稻束》也是在日常事物的捕捉中，传达出精微深入的生命情思。由田野里的稻束，诗人"想起无数个疲倦的母亲/黄昏的路上我看见那皱了的美丽的脸/收获日的满月在/高耸的树巅上/暮色里，远山是/围着我们的心边/没有一个雕像能比这更静默"。诗人将立在田野的稻束视为母性的坚忍与沉默的表征，指向了对人类的不息劳作以及坚韧的人性光辉的赞颂，"历史也不过是/脚下一条流去的小河/而你们，站在那儿/将成了人类的一个思想"。诗作融会知性成分，物的描写与情的抒发切换自然，融洽无间，堪称力作。

---

① 朱自清：《诗与哲理》，载朱乔森编《朱自清全集》（第二卷），江苏教育出版社 1996 年版，第 334 页。

　　在这种日常经验的捕捉中，西南联大诗人的诗歌写作强化了反讽意识。在这里，反讽的强化不是一个单纯的修辞学问题，而是涉及如何看待自我和公共世界的关联。多数西南联大诗人以反讽的姿态反观政治现实与社会空间，诗作中充满着一种反讽气质，某些诗作甚至成为冷峻机智的反讽叙事。杜运燮机智、戏谑、调侃的诗风即是反讽意识的集中体现与表达，其诗作没有"流于英雄主义的浮夸造作、浪漫主义的煽情感伤，而是表现出一种奥登式的反崇高、反浪漫、冷静超然的现代气质"①。《悼死难的"人质"》、《一个有名字的兵》、《被遗弃在路旁的死老总》、《追物价的人》等诗作均是充满机智、戏谑的反讽力作。袁可嘉的《上海》、《南京》等诗作也以语言的机智运用，构成一种诗性的张力，获得了反讽的诗美效果。《上海》对梦魇的都市生活的描述机智而犀利：

> 贪婪在高空进行；
> 一场绝望的战争扯响了电话铃，
> 陈列窗的数字如一串错乱的神经，
> 散布地面的是饥馑群真空的眼睛。
>
> 到处是不平。日子可过得轻盈，
> 从办公房到酒吧间铺一条单轨线，
> 人们花十小时赚钱，花十小时荒淫。
>
> 绅士们捧着大肚子走进写字间，
> 迎面是打字小姐红色的哈欠，
> 拿张报，遮住脸：等候南京的谣言。

　　卞之琳在《实行空室清野的农民》中插入了一段叙述："谁说忘记了一张小板凳？/也罢，让累了的敌人坐坐吧，/空着肚子，干着嘴唇

---

① 张松建：《现代诗的再出发——中国四十年代现代主义诗潮新探》，北京大学出版社 2009 年版，第 278 页。

皮，/对着砖块封了的门窗，/对着石头堵住了的井口，/想想人，想想家，想想樱花。"在这里，诗歌语言不但充满机智，而且具有强烈的反讽意味。穆旦的诗作《五月》更是在不同文类的对比之中，形成了诗性的张力，在异质的、不调和因素的包容、共存中，构成对现实的反讽：

> 五月里来菜花香
> 布谷流连催人忙
> 万物滋长天明媚
> 浪子远游思家乡
>
> 勃朗宁，毛瑟，三号手提式，
> 或是爆进人肉去的左轮，
> 它们能给我绝望后的快乐，
> 对着漆黑的枪口，你就会看见
> 长历史的扭转的弹道里，
> 我是得到了二次的诞生。
> 无尽的阴谋：生产的痛楚是你们的，
> 是你们教了我鲁迅的杂文。
>
> ……

模仿的七言古诗表达的是五月的美景以及游子的思乡情怀，是古典的浪漫感伤抒情，而白话新诗表达的现实却残酷、恐怖，"爆进人肉去的左轮"、"扭转的弹道"、"鲁迅的杂文"这些具体物象的出现，不但戏拟了古典的浪漫感伤，而且传达出对残酷现实的批判与反讽。古典的和现代的语言及形式之间的张力，形成了诗歌文本的一种结构性反讽，增强了诗篇的反讽力度。

在具体的语言表达策略层面上，西南联大诗人对诗歌语言的放任、形式的散漫有着自觉的警惕，强化了语言的悖论与张力。这主要表现为：创造悖论式的语言结构以表达现代个体复杂的感觉世界，在诸多矛盾、对立因素的均衡、共存中扩张诗歌的包容性；在语言的纠结、碰撞之中拉伸语言的弹性，在语言张力的扩展中提升现代汉语的表现力。这是马逢华《诀别——给死难者》中的描述：

　　　　一如平日，度过了最后的夜晚，/你们还带着祝福的心看见/一个新的早晨，再也不信/死亡就要迫临，如一朵灰云。//你们是羊，不是豺狼，/在混乱的烟雾里你们献上/无辜的身体；却使徒然的浪费/也滋生了丰富的意义。

看似平淡的描述中，通过对立词汇的交替使用，伸展了语言的弹性与张力，从而赋予了诗歌文本丰厚的诗韵。王佐良的《异体十四行诗八首》通过语言的机智、语意的深层转折，将爱恋中矛盾、犹豫的心态诗化地传达出来："但我的格式却只有一个。我永远分心/在你和你的影子之间，因为你的/影子便是愚蠢的我。/批评家，你读进了你自己！"，"草木和雨露，在迷人的抒情过后，/就是那泥土的根。你如水的眼睛，/我却是鱼，流入了你生物学的课本"，这是以语言的对立扩展了诗歌内部张力，也传达出一种强烈的反讽。俞铭传的《拍卖行》是一首充满机智的诗：

　　　　来自不同的门第的/一群失宠的尤物。/以往的日子乃是潘彼得的梦……王昭君还在依恋汉宫吗？……/汽车，脂粉与香水/以及梅毒的细菌/酿造着都市的氛围……/且听门楣上的收音机：/吉卜赛的女人替它们算命了。

语言的巧妙运用、突兀的转折、深层的对立等无不显示出机智的品质，也将"拍卖行"所代表的荣辱衰败形象的描绘出来。罗寄一的诸多诗作也具有机智的品质，譬如：

　　　　不是否定。命定的/牺牲也点滴承受了/历史的启明，不用歌唱，/痛苦的行列终于望穿/自辟的里程，谁能说"这样远，这样远"，/就痛哭在阴险的街头，让垃圾车/匆匆载到霉烂的坟场？

　　　　　　　　　　　　　　　　——《一月一日》

　　　　你瞧理智也终于是囚徒，/感情早腐烂了，当市场里/挤满人的商品，各色的小调/编好了噩梦的节目。//有炸弹使血肉开花，也有/赤裸的贫穷在冰冷里咽气，/人类幸福地摆脱/彼此间的眼泪，听候/死亡低低地传递消息。

——《角度之一》

这是通过语言的对立、悖论拉伸了语言的弹性与张力，在多种对立、不调和因素的包容中扩张了诗歌的内蕴。联大诗人中将知性化的表达策略推向极致的当属穆旦。穆旦在诗歌创作中将"所尝到的各种矛盾和苦恼的滋味，惆怅和迷惘，感情的繁复和强烈形成诗的语言的缠扭，紧结。……穆旦的语言只能是诗人界临疯狂边缘的强烈的痛苦、热情的化身。它扭曲，多节，内涵几乎要突破文字，满载到几乎超载，然而这正是艺术的协调"①。穆旦以语言的缠绕、扭曲、纠结，将生命的感受、存在的叩问转化为凝练而富有弹性的诗化语言，以悖论式的语言张力表达出自我复杂的生命体验，将现代汉语的表现力带入一个新境界。如《出发》一诗：

> 告诉我们和平又必需杀戮，
> 而那可厌的我们先得去欢喜。
> 知道了"人"不够，我们再学习
> 蹂躏它的方法，排成机械的阵式，
> 智力体力蠕动着像一群野兽，
> ……
> 给我们善感的心灵又要它歌唱
> 僵硬的声音。个人的哀喜
> 被大量制造又该被蔑视
> 被否定，被僵化，是人生的意义……

诗人以语言的对立、纠结、缠绕而结构诗篇，有意地对语言加以反常规的使用，把逻辑上不相关甚至对立的词语组接在一起，在语言的相

---

① 郑敏：《诗人与矛盾》，载杜运燮编《一个民族已经起来——怀念诗人、翻译家穆旦》，江苏人民出版社 1987 年版，第 33 页。

互纠结、碰撞中营造出"似是而非、似非而是"的悖论语言效果。诗篇以悖论式语言的运用揭示出现实生存世界的虚伪以及由此而来的生命之痛楚。可以说，相悖而又相成的语言既扩充了诗句的含义与容量，也增强了诗篇的厚度和密度。在诗篇《他们死去了》中，诗人依然以语言的对立、缠绕传达出一种惨淡、绝望的生命图景：

> 死去，在一个紧张的冬天，
> 像旋风，忽然在墙外停住——
> 他们再也看不见这树的美丽，
> 山的美丽，早晨的美丽，绿色的美丽，和一切
> 小小的生命，含着甜蜜的安宁，
> 到处茁生，而可怜的他们是死去了，
> 等不及投进上帝的痛切的孤独。

这里，语言扭曲、缠绕，内涵饱满、复杂，充盈着诗性的张力，然而也是一种艺术的协调，以内敛而凝重的语言表达生命的复杂情思，在语言的坚实碰撞中拓展诗的表现力度，这种以语言的对立、纠结、悖论而扩充诗句的含义与容量，在对立的、不调和的因素的包容中增强诗篇的厚度和密度的知性诗美效果，在穆旦的诸多诗作中都有表现。譬如：

> 我要回去，回到我已失迷的故乡，/趁这次绝望给我引路，在泥淖里，/摸索那为时间遗落的一块精美的宝藏，//虽然它的轮廓生长，溶化，消失了，/在我的额际，它拍击污水的波纹，/你们知道正在绞痛着我的回忆和梦想。
>
> ——《阻滞的路》

> 扭转又扭转，这一颗烙印/终于带着伤打上他全身，/有翅膀的飞翔，有阳光的/滋长，他追求而跌进黑暗，/四壁是传统，是有力的/白天，扶持一切它胜利的习惯。……/谁顾惜未来？没有人心痛：/那改变明天的已为今天所改变。
>
> ——《裂纹》

　　这无不显示出穆旦对语言的纯熟运用，通过语言的辩证对立以及相互缠绕，不仅扩展了语言自身的弹性与张力，也扩充了诗歌的容量与内蕴。在爱情诗作中，穆旦也以语言的悖论与张力，隐晦、艰涩地传达出现代爱情的刻骨体验。这是《诗八首》的第四、六首：

> 静静地，我们拥抱在/用言语所能照明的世界里，/而那未成形的黑暗是可怕的，/那可能和不可能的使我们沉迷。//那窒息着我们的/是甜蜜的未生即死的言语，/它底幽灵笼罩，使我们游离，/游进混乱的爱底自由和美丽。

——《诗八首·四》

> 相同和相同溶为怠倦，/在差别间又凝固着陌生；/是一条多么危险的窄路里，/我制造自己在那上面旅行。/他存在，听从我底指使，/他保护，而把我留在孤独里，/他底痛苦是不断的寻求/你底秩序，求得了又必须背离。

——《诗八首·六》

　　在这里，整个爱恋过程表达得十分隐晦，语言的对立、纠结使诗歌具有了冷峻、艰涩的风格。诗歌一方面以语言的内在张力、矛盾对立将爱恋中错综、犹疑的心态传达出来；另一方面以深层语意、逻辑的对立产生诗歌结构的内在张力以及整体的陌生化效果。

　　尤其可贵的是，知性化的语言表达策略在穆旦笔下没有沦为一种表层的语言智力游戏，而是"以散文化的分析、逻辑性因素瓦解'意象展示'的审美呈现，以表达复杂曲折的现代经验"[①]，为现代新诗拓展了一片新的表现天地。《时感四首》在 20 世纪 40 年代即被袁可嘉特意拈出作为"新诗现代化"的一个模板，其中最后一首如下：

> 我们希望我们能有一个希望，
>
> 然后再受辱，痛苦，挣扎，死亡，

---

① 姜涛：《"新诗集"与中国新诗的发生》，北京大学出版社 2005 年版，第 131 页。

因为在我们明亮的血里奔流着勇敢，

可是在勇敢的中心：茫然，

我们希望我们能有一个希望，

它说：我们并不美丽，但我们不再欺骗，

因为我们看见那么多死去人的眼睛，

在我们的绝望里闪着泪的火焰，

当多年的苦难为沉默的死结束，

我们期望的只是一句诺言，

然而只有空虚，我们才知道我们仍旧不过是

幸福到来前人类的祖先，

还要在这无名的黑暗里开辟起点，

而在这起点却积压着多年的耻辱；

冷刺着死人的骨头，就要毁灭我们一生，

我们只希望有一个希望当作报复。

　　诗歌以悖论式语言结构全篇，以语言的对立、纠结、张力扩充了诗句的含义与容量。恰如袁可嘉所分析："作为主题的'绝望里期待希望，希望中见出绝望'的两支相反相成的思想主流在每一节里都交互环锁，层层渗透；……而这一控诉的沉痛、委婉也始得全盘流露，具有压倒的强烈程度；……这样的诗不仅使我们有情绪上的感染震动，更刺激思想活力；在文字节奏上的弹性与韧性更不用说是现代诗的一大特色。"① 可以说，穆旦诗歌创作的知性化语言策略，通过诗歌语言的选择、提炼，以现代汉语承载现实生存感受的诗意传达，突破了传统诗歌的表意空间，不但提升了现代汉语的表现力，而且真正激活了现代汉语

---

　　①　袁可嘉：《新诗现代化》，载《论新诗现代化》，生活·读书·新知三联书店 1988 年版，第 9 页。

的诗性潜能。

　　可见，穆旦等西南联大诗人的知性化语言表达策略十分突出。与传统诗歌超越分析性语法、对情景直接呈现的表现手法不一样，通过引入知性的、逻辑分析性的因素，这种知性化的语言策略不但瓦解了传统"意象展示"的审美呈现，而且扩展了现代汉语的语言弹性与张力，也由此扩充了新诗的表达内涵，推进了现代诗形的建构。这或许也是面对语言与现实的双重转变，新诗提升自身表现力的一个有效途径。

　　西南联大诗人群知性化的诗学策略体现了其作为学院诗人群体的一种诗学自觉，是对充满着"说教和感伤"的诗歌表达的一种主动纠偏和超越，即以"非个人化"的诗学追求，摆脱喷发式的抒情，在复杂、异质经验的占有、包容中，在诗歌结构及语言张力的扩张中，使诗歌的表达摆脱浪漫感伤、泛滥无形的泥沼。这不仅是对抒情主义诗学浪漫化、感伤化表达症结的一次整体突破，也是对现代诗形建构的一种积极探索。叶维廉认为，知性诗歌"和传统诗作中以诗人与外物合一为开始的做法是不同的。但，我们也一定要了解，唯有如此，面对着焦虑的存在的现代中国诗人始可以产生一种无所不包的动态的诗，以别于传统诗中单一的瞬间的情绪之静态美"①。通过知性化的诗学策略，西南联大诗人也创作了一种充满诗性张力的动态诗。这既是西南联大诗歌创作重要的艺术价值之一，也是其对现代诗形建构的一个重要诗学贡献。

------

　　①　叶维廉：《叶维廉文集》（第三卷），安徽教育出版社 2002 年版，第 224 页。

第六章　文学场域与诗歌创作的互动考察：
以冯至、穆旦为中心

20世纪40年代，依凭着相对自足的学院空间与独立的学院文化，西南联大诗人群占据着文学场中一个独特的结构性位置，并通过创作和批评表达着他们的文学想象。这种场域结构与文学创作的互动关联，体现在他们的文学立场、艺术策略乃至文化心态等各个方面。前文所述，即是从此视域切入，整体地探讨了西南联大诗人的现代体验、诗学思考以及现代诗形的建构等方面。可以说，在西南联大这个学院空间所奠定、形成的价值关怀、文学视野、审美追求等左右着西南联大诗人的诗歌品格。这也即是场域中生成的惯习作为一种内在的心性结构、形塑机制潜在地支配着其诗歌创作。当然，这种场域、惯习、创作的互动互涉是一个复杂的动态过程，需要进一步深入而精微的考察。本章选取西南联大"教师诗人"冯至、"学生诗人"穆旦为个案，深入考察西南联大独立、自由的学院空间及学院文化与其诗歌创作的互动生成，以期全面、立体地再现这一动态的历史过程。

第一节　冯至：学院中的生命沉思

作为西南联大"教师诗人"的代表，冯至在西南联大时期创作、出版了《十四行集》。在喧嚣的战争年代，《十四行集》的出现堪称一个艺术的奇迹。《十四行集》的出现看似偶然，实则与 20 世纪 40 年代冯至自身的精神性体验息息相关，是冯至 20 世纪 40 年代心路历程的诗化呈现，也与冯至西南联大的生活历练及生命体验紧密关联。显然，对《十四行集》的诞生及其文本内蕴的深层解读，需要我们深入探讨冯至的心路历程与诗歌创作的互动关联，及其背后蕴含的场域、惯习、创作的互动互涉这一诗学话题。

一个显著却经常被人们所忽略的事实是，在创作《十四行集》之前，冯至已经近十年不怎么创作新诗了。冯至早期的诗歌创作成绩不俗，甚至为其赢得了"中国最为杰出的抒情诗人"①的赞誉。作为早期新诗创作的一个优秀诗人，冯至在 20 世纪 30 年代几近停止了诗歌创作，而后在 1941 年突然动手创作《十四行集》，其间显然蕴含着丰富的文化—心理信息。20 世纪 40 年代是全民抗战的时代，也是诸多作家面临精神抉择与重新定位的时代，抗战还是继续创作，创作什么面貌的作品，成为作家们的一场精神考验。尽管《十四行集》没有直接涉及战争的主题，但是冯至在这个时间节点创作《十四行集》，无疑是其在战争与毁灭的阴影下探索自我精神重构的一次诗性书写。我们需要进一步追问，这其间蕴含着一种怎样的心路历程？这种精神重构如何与西南联大的生活历练相互关涉？这一切又如何影响乃至促成《十四行集》的创作？如此，方能呈现《十四行集》诞生的历史缘由，并在文化—心理结构的深层剖析中，彰显《十四行集》的重要诗学价值与意义。

一

探讨《十四行集》的创作与冯至西南联大生活历练的重要关联，首先需要深入文化—心理结构的剖析，对冯至 20 世纪 30 年代诗歌创作停滞进行溯因。冯至早期创作、出版了《昨日之歌》、《北游及其他》

---

① 鲁迅：《〈中国新文学大系〉小说二集序》，载《鲁迅全集》（第六卷），人民文学出版社 1981 年版，第 243 页。

两个诗集，以个人化的抒情为主要内涵，并以情感的哀婉、凄迷，以及结构的匀称和节律的流畅，在20世纪20年代的诗人中显得别具一格。忧郁的青春、孤独的情怀、凄迷的生命，构成冯至早期诗歌的重要主题。这种哀婉而凄迷的情调既是冯至个人哀愁的外化，也分享了同代诗人所共有的感伤格调及其背后的浪漫诗学规则。从创作上看，冯至这时期的诗歌创作量不小，似乎要借助浪漫诗学的抒情主义将青春期的哀伤、忧郁乃至惶惑一一倾泻出来。不过，这种浪漫主义的抒写在根底上并没有纾解冯至内心的孤独与虚空，诸多诗歌反而突显出一种无法摆脱的孤寂而忧伤的幽微体验，"我也随着海潮漂漾，/漂漾到无边的地方；/你那彩霞般的影儿/也和幻散了彩霞一样！"（《我是一条小河》）；"续了又断的/是我的琴弦，我放下又拾起/是你的眉盼"（《在郊原》）；"如果你是一片淡淡的情绪，/它哀诉的声音便充满了凄清——/它说旧日也散布过爱的种子，/可是希望的嫩叶都已凋零"（《听——》）。这种生命的悲凉与哀戚体验交织、贯穿于冯至早期诗歌中，渲染出一种本体意义上的生命孤独感。诗人甚至让孤独化身为"蛇"，给人一种惊悚的感觉：

> 我的寂寞是一条蛇，/静静地没有言语。/你万一梦到它时，/千万啊，不要悚惧！/它是我忠诚的侣伴……
>
> ——《蛇》

这化身为"蛇"的孤独影像，难免不让人联想起鲁迅在《呐喊·自序》中构造的"蛇"的意象，内心的寂寞大如"毒蛇"，缠住了灵魂。可见，鲁迅当年欲罢不能的生命孤独感再次传染给冯至青年一代诗人，而这种孤独是冯至借浪漫主义诗歌抒写无法摆脱的。在《饥兽》一诗中，冯至将内心的孤寂、空虚外化为一头"饥兽"，在迷惘中苦苦挣扎：

> 我寻求着血的食物，/疯狂地在野地奔驰。/胃的饥饿、血的缺乏、眼的渴望，/使一切的景色在我的面前迷离。//我跑上了高山，/尽量地向着四方眺望；/我恨不能化作高空里的苍鹰，/因为

它的视线比我的更宽更广。//我跑到了水滨，/我大声地呼叫；/水的彼岸是一片沙原，/我正好到那沙原上边奔跑。//我跑入森林里迷失了出路，/我心中是如此猜疑：/纵使找不到一件血的食物，怎么/也没有一枝箭把我当做血的食物射来？

这四处奔跑而迷离的"饥兽"无疑是冯至迷惘、惶惑内心的诗化象征，这是一种深入骨髓的生命孤寂与迷惘，诗人甚至渴望"有一枝箭把我当做血的食物射来"。恰切的象征、内敛的语调，使诗作具有冷峻、沉静的品性，《饥兽》可谓冯至早期的代表诗作，而就在如此冷峻的作品中，依然传达出一种无可逃离的内在生命惶惑感。创作于1928年的长诗《北游》更是集中体现了冯至茫然、焦虑的内心。《北游》长达五百余行，立体地刻画了诗人身处异地哈尔滨的孤寂感，并由此引发出诸多生命感触：自我的确认、人生的抉择、生命的追问等，一种惶惑、幻灭乃至绝望的生命感受贯穿诗作。诗人在诗中不断地呼吁道："一切都模糊不定，隔了一层，/把'自然！'呼了几遍，/把'人生！'叫了几声。/我是这样地虚飘无力，/何处是我生命的途程？"，"生和死，是同样的秘密，/一个秘密的环把它们套在一起，/我在这秘密的环中，/解也解不开，跑也跑不出去"，"望着市上来来往往的人们，/人人的肩上担着个天大的空虚，/此外便是一望无边的阴沉，阴沉"。一种阴沉的基调充斥诗篇，突显出诗人内心的茫然、困顿，诗人急迫地自我拷问道：

我生命的火焰可曾有几次烧焚？/在这几次烧焚里，/可曾有一次烧遍了全身？/二十年中可有过真正的欢欣？/可经过一次深沉的苦闷？/可曾有一刻把人生认定，/认定了一个方针？/可真正地读过一本书？/可真正地望过一次日夜星辰？/欺骗自己，我可曾真正地认识/自己是怎样的一个人？

这种急切的生命追问，显示出诗人对自我确认的深切关注和内在困惑，实则关涉一种深沉的人性之痛。正如诗人在《北游及其他·序》中所言："自己好像是一个无知的小儿被戏弄在一个巨人的手中，不知怎样求生，如何寻死"，"油一般地在水上浮着，魂一般地在人群里跑着"①。这样不难理解，冯至为何征引鲁迅所译《小约翰》中的文句作为诗篇的题词："他逆着凛冽的夜风，上了走向那大而黑暗的都市，即人性和他们的悲痛之所在的艰难之路。"② 显然，这句题词引发了冯至的生命感触和心灵共鸣，而诗篇人性之痛的抒写在深层次上喻示着青年冯至的精神危机。同时，在诗歌表达上，这种精神危机所蕴含的生命惶惑、幻灭感受无疑阻碍了诗思的深化。尽管《北游》堪称诗人20世纪20年代末期的一曲心灵史诗，却不无情绪的泛滥、语言形式的散漫，并非一首精湛的成功诗作。《北游》是冯至早期个体化自我抒情的突出表达，其内在缺陷也是这种抒情方式的典型症候。在这里，主体的困惑、情感的泛滥和形式的散漫等纠缠一体，阻碍了对内在生命体验的诗性勘定。

历来的研究者多强调冯至早期诗歌没有与同时期诗人一样沉溺于浪漫的感伤，而是以较为内敛的语调传达出对生命的沉思，并在同时期诗人中显得独树一帜。这或许也是冯至得到鲁迅盛赞的缘由所在。然而，冯至并没有在根底上超越浪漫主义的感伤桎梏，一种深沉的生命忧伤、哀戚氤氲于冯至早期诗作之中。恰如鲁迅所指出：

> "沉自己的船"还要在绝处求生，此外的许多作品，就往往"春非我春，秋非我秋"，玄发朱颜，却唱着饱经忧患的不欲明言的断肠之曲。虽是冯至的饰以诗情……还是不能掩饰的。③

鲁迅在此敏锐地抓住了青年作家悲凉的心境与哀婉的文体格调，不管其创作的是小说还是诗歌。对冯至而言，浪漫、哀伤、唯美的诗歌抒写背后是无以逃离的生命孤独与内心苦闷。在早期致友人杨晦的信中，

---

① 冯至：《北游及其他·序》，载冯至、韩耀成编《冯至全集》（第一卷），河北教育出版社1999年版，第123—124页。

② 冯至：《北游及其他》，载冯至、韩耀成编《冯至全集》（第一卷），河北教育出版社1999年版，第153页。

③ 鲁迅：《〈中国新文学大系〉小说二集序》，载《鲁迅全集》（第六卷），人民文学出版社1981年版，第243页。

冯至直截了当地诉说着自我的困惑与生命伤痛："处处感到绝对的无聊，人世真是浮萍般的漾来漾去！无论到什么地方，得不到一点'说明'——更不用说慰藉！可怜我不是一个强者，但是弱者所需以生的东西，我一点都没有。上帝啊，怎样能给我换一个铁石的心肠，一个人稳稳地，走上孤独的路呢?"① "一人徘徊院中，或是月夜，望着自己窗内的灯光，自己真说不出是怎样的一种情怀，自己的血肉都似乎腐烂了一般，在阵阵的夜风里。"② 冯至在此向友人诉说着感受着孤独，又难以忍受孤独的内心苦闷，而在创作《北游》的哈尔滨时期，冯至不断地在致杨晦的信中写道："我在这里真是同死亡一样，不复有人生意义"③，"我时而正式同（陈）炜谟谈到'死'的事情，他说，无论如何总要留下一点东西给人间，然后再死去。但是眼前的路又是这样的死绝!"④ 杨晦是冯至早期重要的挚友乃至精神导师，冯至在信中向其倾诉的是内心真实的生命感悟，凸显出一种充满生命惶惑的人性伤痛与精神困顿。更重要的是，这种不无伤痛的生命体悟跟浪漫主义诗学纠缠在一起，甚至互为因果，使冯至陷入更深的精神危机而不能自拔。冯至似乎也意识到了这一点，在1924年11月致杨晦的信中写道：

> 我近来新感觉着两种精神是不合于我，而且于我或者有害的。一种是拜伦一类的。一种是阿尔兹巴绥夫一类的。我情愿在我的梦境里多流连些天。现实的悲哀我是怎样地不敢受，而且不堪受呵!⑤

作为新诗早期重要的浪漫主义诗人，冯至在此却透露出对浪漫主义

---

① 冯至：《书信·致杨晦》，载冯至、韩耀成编《冯至全集》（第十二卷），河北教育出版社1999年版，第61页。

② 冯至：《书信·致杨晦》，载冯至、韩耀成编《冯至全集》（第十二卷），河北教育出版社1999年版，第72页。

③ 冯至：《书信·致杨晦》，载冯至、韩耀成编《冯至全集》（第十二卷），河北教育出版社1999年版，第90页。

④ 冯至：《书信·致杨晦》，载冯至、韩耀成编《冯至全集》（第十二卷），河北教育出版社1999年版，第91页。

⑤ 冯至：《书信·致杨晦》，载冯至、韩耀成编《冯至全集》（第十二卷），河北教育出版社1999年版，第39页。

精神内蕴的质疑，浪漫主义的自我抒写并没有将诗人从"不堪受"的"现实悲哀"中解救出来，反而彰显出一种不可调和的精神困境。在创作《北游》几个月后，冯至致信杨晦，如此总结哈尔滨近一年的生活："这一年的哈尔滨，弄得心情腐烂已极，毫无长进；思前思后，只是没有出息地哭泣着……任什么也不能享受，任什么也不能把住，任什么也不能皈依，任什么生活都没有，归终是任什么也不是。"① 一种无以言说的生命痛楚力透纸背。如果说《北游》所呈现的是冯至深陷自我精神危机而触碰到的人性之痛，是人性之痛的浪漫抒写，那么自我的深层精神困顿也使冯至对浪漫主义诗歌抒写产生了怀疑。在致杨晦的一封信中，冯至不无感触地写道："浪漫派的东西，太爱人了，但它总是一世纪以前的东西。"② 而自创作《北游》以后，冯至早期的诗歌创作也逐步停歇，接下来是长达十余年的创作停滞。可以说，《北游》集中呈现了冯至所遭遇的精神危机与创作困境，甚至喻指着一种深层的诗学危机：浪漫化的自我抒情消耗、穷尽了生命的激情，却无法提供一个厚实的精神家园，使诗人得以凝神静气地勘定生命的本真存在。这样就不难理解，当冯至几年后身处德国，沉迷于里尔克、歌德的世界时，他对以往的诗歌创作进行了全面的否定：

> 我不承认我从前做的诗是诗，我觉得那是我的侮辱，尤其是像《北游》里边《黄昏》那样的油腔滑调，——我渐渐地认识了我自己；在我认识了我自己的时候，我很痛苦，因为既无法自慰，也没有理由原谅自己。③

这种彻底的自我否定，显然是冯至在里尔克、歌德的精神世界映衬之下，对自我精神世界与诗歌创作深邃反思的结果。这既是冯至一种痛

---

①　冯至：《书信·致杨晦》，载冯至、韩耀成编《冯至全集》（第十二卷），河北教育出版社1999年版，第101页。

②　冯至：《书信·致杨晦》，载冯至、韩耀成编《冯至全集》（第十二卷），河北教育出版社1999年版，第39页。

③　冯至：《书信·致杨晦》，载冯至、韩耀成编《冯至全集》（第十二卷），河北教育出版社1999年版，第137页。

苦的心路历程，也喻指着一种新的诗学觉悟与认知：忧郁、孤独的生命体验与感伤的浪漫主义诗学纠结于一体，无论是自我生命的惶惑、空虚，还是哀切、凄迷的浪漫主义诗歌抒写，都无助于自我生命的敞开，一种透彻的生命领悟与内在的生命自由在此遥不可及。浪漫主义诗学的内在贫瘠与限度于此显露无遗。在这个意义上，正是一种不无生命惶惑感的精神危机，以及一种内在的诗学危机使冯至在 20 世纪 30 年代放弃了诗歌创作。可以说，自我的精神危机将冯至从早期不无哀伤、唯美的诗歌世界中抛却出来，而浪漫主义诗歌世界的坍塌引发了创作危机，并阻延了冯至在 20 世纪 30 年代的诗歌创作。诗人自此沉默了十年之久，而在 20 世纪 40 年代突然爆发，创作了《十四行集》，这背后蕴含着诗人怎样的精神性体验与诗学转变，显然是一个极具诗学意义的话题，值得深入探究。

早期的自我精神困顿以及浪漫主义诗学的内在危机阻延了冯至在 20 世纪 30 年代的诗歌创作，而这在某种程度上又构成了冯至接纳里尔克、歌德的精神契机。1930 年冬天冯至前往德国留学，留学期间冯至接触到了里尔克、歌德的大量作品，经受了一次心灵的洗礼，也开启了一场自我的精神历练。20 世纪 30 年代，冯至在致杨晦的信中，不断提及里尔克："我现在完全沉在 Rainer Maria Rilke 的世界中。上午是他，下午是他，遇见一两个德国学生谈的也是他……他的诗真是人间的精品——没有一行一字是随便写出的。我在他的著作面前本应惭愧，但他是那样可爱，他使我增了许多勇气。"[1] "现在我因为内心的需要，我一字不苟地翻译他（里尔克）的十封致一位青年诗人的信。在这十封信里我更亲切地呼吸着一个伟大的诗人的气息。"[2] 正是在阅读《给一个青年诗人的十封信》的过程中，冯至"觉得字字都好似从自己心里流出来，又流回到自己的心里，感到一种满足，一种兴奋，禁不住读完一

---

① 冯至：《书信·致杨晦》，载冯至、韩耀成编《冯至全集》（第十二卷），河北教育出版社 1999 年版，第 117 页。

② 冯至：《书信·致杨晦》，载冯至、韩耀成编《冯至全集》（第十二卷），河北教育出版社 1999 年版，第 120 页。

封，便翻译一封"①。里尔克在这些信中谈及艰难、寂寞、爱等人生问题，而对寂寞的描述则一以贯之，如第六封信如此叙说寂寞：

> 寂寞在生长；它的生长是痛苦的，像是男孩的发育，是悲哀的，像是春的开始。你不要为此而迷惑。我们最需要却只是：寂寞，广大的内心的寂寞。"走向内心"，长时期不遇一人——这我们必须能够做到。居于寂寞，像人们在儿童时那样寂寞。②

在里尔克笔下，寂寞不仅是一种情绪，更是人的本真存在状态，而面对无法逃脱的寂寞状态，人只有忍耐寂寞、孤独，并在寂寞中完成自我。身陷寂寞而不堪苦闷的冯至甚为信服里尔克这种对寂寞的描述，以及对担当的赞颂，在为《给一个青年诗人的十封信》所作的译者序中，冯至坦然写道：

> 他（里尔克）告诉我们，人到世上来，是艰难而孤单。……人每每为了无谓的喧嚣，忘却生命的根蒂，不能在寂寞中、在对于草木鸟兽（它们和我们一样都是生物）的观察中体验一些生的意义，只在人生的表面上永远往下滑过去。这样，自然无所谓艰难，也无所谓孤单，只是隐瞒和欺骗。隐瞒和欺骗的工具，里尔克告诉我们说，是社会的习俗。……它成了人们的避难所，却不是安身立命的地方。——谁若是要真实的生活，就必须脱离开现成的习俗，自己独立成为一个生存者，担当生活上种种的问题，和我们的始祖所担当过的一样，不能容有一些儿代替。③

在里尔克的启发下，冯至达成了一种新的生命认知：寂寞是生命存在的一种基本形态，而直面、担当个体的寂寞，击破"隐瞒和欺骗"，是个体获得生存的独立性和完整性的唯一途径。如果说冯至早期的精神

---

①　冯至：《〈给一个青年诗人的十封信〉译者序》，载冯至、韩耀成编《冯至全集》（第十一卷），河北教育出版社 1999 年版，第 283 页。

②　［德］里尔克（Rilke, Rainer Maria）著：《给青年诗人的信》，冯至译，上海译文出版社 2005 年版，第 33 页。

③　冯至：《〈给一个青年诗人的十封信〉译者序》，载冯至、韩耀成编《冯至全集》（第十一卷），河北教育出版社 1999 年版，第 282—283 页。

危机"主要表现为对冷漠、孤独和无所依凭的生存环境的厌恶和畏惧"①，那么里尔克这种在寂寞中自我担当，以观察、体验生命意义的生存态度，无疑作为一种精神养分疏导、化解了冯至青春期的自我困惑和生命孤独感。1926 年冯至致信杨晦，诉说自我的寂寞与精神困惑："没有到了炉火纯青的境界，大半是很难安于长久之寂寞的……只是在四面楚歌中，听候着可怕的命运的宰割罢了。我预觉着，自己的世界比胰子泡还薄弱，轻轻的一件外界的事体便会将它触破。"② 而 1931 年冯至自德国致信杨晦，坦言道："自从读了 Rilke 的书，使我对于植物谦逊、对于人类骄傲了。现在我再也没有那种没有出息'事事不如人'的感觉。同时 Rilke 使我'看'植物不卑不亢，忍受风雪，享受日光，春天开它的花，秋天结它的果，本固枝荣，既无所夸张，也无所愧恶……所以我也好好锻炼我的身体、我的精神，重新建筑我的庙堂。"③ 显然，对于身处精神和创作危机境遇的冯至而言，里尔克在此作为一种精神引渡，逐步将其引渡至一个全新的精神境界。

同时，在诗学层面上，冯至尤其为里尔克在寂寞的生命中不断"观看"、"等待"、"体验"的诗学理念所折服。1932 年，冯至摘译了里尔克的《马尔特·劳利兹·布里格随笔》，里尔克在此文中强调了等待、观察和体验之于诗歌创作的重要性：

> 我们应该一生之久，尽可能那样久地去等待，采集真意与精华，最后或许能够写出十行好诗。因为诗并不像一般人所说的是情感（情感人们早就很够了），——诗是经验。为了一首诗我们必须观看许多城市，观看人和物。我们必须认识动物，我们必须去感觉鸟怎样飞翔，知道小小的花朵在早晨开放时的姿态……我们必须回忆许多爱情的夜，一夜与一夜不同，要记住分娩者痛苦的呼喊和轻

---

① 贺桂梅：《转折的时代——40—50 年代作家研究》，山东教育出版社 2003 年版，第 153 页。
② 冯至：《书信·致杨晦》，载冯至、韩耀成编《冯至全集》（第十二卷），河北教育出版社 1999 年版，第 76 页。
③ 冯至：《书信·致杨晦》，载冯至、韩耀成编《冯至全集》（第十二卷），河北教育出版社 1999 年版，第 121 页。

轻睡眠着、翕止了的白衣产妇。但是我们还要陪伴过临死的人，坐在死者的身边，在窗子开着的小屋里有些突如其来的声息……等到它们成为我们身内的血、我们的目光和姿态，无名地和我们自己再也不能区分，那才能以实现，在一个很稀有的时刻有一行诗的第一个字在它们的中心形成，脱颖而出。①

"诗是经验"，需要我们用漫长的一生去等待、去观察，从而遍察万物的生长和存在，体味人世的生死和悲欢，以凝定、呈现纯粹的生命之思和深邃的诗思，这即是里尔克带给冯至的一种现代诗学理念。这种凝神观照宇宙万物、深化生命体验，以拓展诗歌维度的诗学理念，是对偏重情感抒发的浪漫主义诗学理念的一种纠偏与突破，显然对冯至触动甚深。相较于冯至在创作《北游》之后，因为内心的焦虑、惶惑几近扼杀了早期那种浪漫化的自我抒情，而终止了诗歌创作，里尔克"诗是经验"的诗学理念无疑是对冯至一种新的诗学启发和精神拯救。正是在里尔克这种诗学理念启发下，冯至逐步体会了在对自然万物的观看、静候、分担中，从容、谦逊地直面生命存在，守护、滋养自我内心的生存方式和诗思路径。1934 年，冯至致信德国朋友鲍尔，坦然诉说道：

> 我想起了里尔克的一句诗："我们陌生地度过的一天，已决定在将来化为赠品。"让我们把所经历的一切都保存好！也许将来会有一个适当的时候，那时我们所保存的东西会在我们心里萌芽，并长成一棵大树。②

可以说，里尔克成熟的生命观和诗学理念作为一种精神养分已经沉淀于冯至的内心。正是在这种精神资源的陶冶、启发下，冯至经过 20

---

① 冯至：《马尔特·劳利兹·布里格随笔》（摘译），载冯至、韩耀成编《冯至全集》（第十一卷），河北教育出版社 1999 年版，第 331—332 页。

② 冯至：《书信·致鲍尔》，载冯至、韩耀成编《冯至全集》（第十二卷），河北教育出版社 1999 年版，第 185 页。

世纪 30 年代漫长的等待，如里尔克那样"居于幽暗而自己努力"①，在 20 世纪 40 年代新的历史语境中，促成了《十四行集》的创作。《十四行集》即是冯至在自我的心灵原野上长出的一棵诗性"大树"。在这个意义上，对里尔克的接受构成了冯至创作《十四行集》重要的精神性因素之一。

与此同时，歌德也出现在冯至的精神世界中。留学德国期间，冯至在致友人的信中，时常论及歌德："现在我面前出现了歌德。德国历史上最丰富的世纪现在渐渐为我打开了"②，"歌德的一封信使我深受感动。我几乎每天都把这封信读一遍，作为祈祷，在这空虚的时间里来安慰自己"③，"我数月以来，专心 Goethe（歌德）。我读他的书，仿佛坐在黑暗里望光明一般。他老年的诗是那样地深沉，充满了智慧。"④ 在沉迷于里尔克世界的同时，冯至也深深地为歌德的精神世界所吸引。歌德对冯至影响至深的生命理念为"断念"与"蜕变"。在创作于 1941 年的《歌德的晚年》一文中，冯至如此述说歌德的"断念"生命理念：

　　（歌德）深深领悟到"断念"在生活中的意义。歌德的一生，是那样丰富……可是在他丰饶的生活的背面，随时都隐伏着不得已的割舍和甘心愿意的断念。……歌德用这涩苦的智慧，度过许多濒于毁灭的险境，完成他灿烂的一生。……断念、割舍这些字不管是怎样悲凉，人们在歌德文集里读到它们时，总感到有积极的意义：情感多么丰富，自制的力量也需要多么坚强，二者都在发展，相克相生，归终是互相融和，形成古典式的歌德。⑤

---

　　① 冯至：《工作而等待》，载冯至、韩耀成编《冯至全集》（第四卷），河北教育出版社 1999 年版，第 96 页。
　　② 冯至：《书信·致鲍尔》，载冯至、韩耀成编《冯至全集》（第十二卷），河北教育出版社 1999 年版，第 162 页。
　　③ 冯至：《书信·致鲍尔》，载冯至、韩耀成编《冯至全集》（第十二卷），河北教育出版社 1999 年版，第 177 页。
　　④ 冯至：《书信·致杨晦》，载冯至、韩耀成编《冯至全集》（第十二卷），河北教育出版社 1999 年版，第 137 页。
　　⑤ 冯至：《歌德的晚年》，载冯至、韩耀成编《冯至全集》（第八卷），河北教育出版社 1999 年版，第 73—74 页。

　　这种摒弃、割舍外界事物，返回自我内心，在内在世界扩张、提升自我的"断念"理念，与里尔克在寂寞的生命中自我担当的理念有相契之处，对 20 世纪 20 年代在现实的威逼下怯于行动、内心孤苦的冯至甚有触动。1932 年，冯至致信鲍尔，深有感触地写道："一个人在某些时候必须把自己特别喜爱的事情放在一边，去同陌生人、甚至去同敌人打交道。假如一个人在陌生人中间学到了很多东西并且在经历了长时间的清贫生活之后回到家乡，那么他也许会在熟悉的事物中、在他自己的事情中发现特殊的意义。"① 这种在世界的喧嚣中返求诸己，从而在日常事物中发现特殊意义的"断念"生命理念是青年冯至所匮乏的，因而在接触歌德之后，冯至感觉"身体和精神都得到了净化"，进而觉得"对于美好的、崇高的、属于巨大幸福的事物总是心存畏惧"②。可见，"断念"理念在此成为冯至抵抗生命孤独的又一精神利刃。

　　同时，在歌德的精神世界中，"断念"的精神历程蕴含着生命的"蜕变"，正是在抵制、拒绝乃至割舍外界事物的诱惑，回归、守护自我内心的精神历练中，自我主体得以升华，一种真正意义上的生命"蜕变"得以发生、完成。冯至在阅读歌德的过程中体悟到了歌德的"蜕变"生命理念。在致友人鲍尔的信中，冯至不时提及《幸运的渴望》一诗，"我曾经向您提到过歌德《幸运的渴望》这首诗，和那时一样，现在我依然认为这是探索和表现灵魂深处的一首最美好的诗。在我的想象中，蛇蜕皮和毛虫化蝶这两个古老的象征是非常生动和富有教益的。"③《幸运的渴望》是歌德晚年诗集《西东合集》中的一首诗作，诗中抒写道：

　　　　　没有远方你感到艰难，/你飞来了，一往情深，/飞蛾，你追求

① 冯至：《书信·致鲍尔》，载冯至、韩耀成编《冯至全集》（第十二卷），河北教育出版社 1999 年版，第 169 页。

② 冯至：《书信·致鲍尔》，载冯至、韩耀成编《冯至全集》（第十二卷），河北教育出版社 1999 年版，第 184 页。

③ 冯至：《书信·致鲍尔》，载冯至、韩耀成编《冯至全集》（第十二卷），河北教育出版社 1999 年版，第 181 页。

着光明，/最后在火焰里殉身。//只要你还不曾有过/这个经验：死和变！/你只是个忧郁的旅客/在这阴暗的尘寰。①

这首表达出深沉的生命蜕变体验的诗作，是晚年歌德对于生命的一种深邃领悟。在这里，变动不居的生命被编织进充满活力的"死和变"的"蜕变"历程中，既保证了获得重生的生命活力，也达致了一种超越偶然的生命豁然。这对因生命的困惑而几近放弃诗歌创作的冯至触动甚大，在致鲍尔的一封信中，冯至坦然宣称："我自己的经历既让我背上负担又使我感到幸运。'死和变'是我至高无上的格言。"② 这是冯至在阅读了歌德《幸运的渴望》等晚年诗歌后一种新的生命认知和体悟。无疑，对歌德的阅读为冯至打开了另一个新的诗歌图景和精神世界。

更重要的是，冯至对歌德"断念"、"蜕变"生命理念的接受，与其对里尔克的接受构成了互补关联。如果说冯至从里尔克的精神世界里懂得了人需要在寂寞的生命中忍耐和担当，那么歌德的"断念"、"蜕变"等理念为里尔克式的"忍耐和担当"注入了活力和动力。诚如有批评家指出："冯至从里尔克那里了解到主体的孤独真实状态，而歌德提供给他一种新的能动性，使得蜕变可以发生，重生成为可能。"③ 对于因自我困惑、迷茫而在20世纪30年代终止了诗歌创作的冯至而言，与里尔克、歌德的精神相遇，无异于一种精神引渡，使其逐步摆脱了内心的迷茫和焦虑，在体味生命悲欢的"忍耐和担当"中，在以"死和变"突破生存困顿的生命"蜕变"期待中，重构了新的自我主体性，达致一种澄明的精神境地。这个主体既能忍耐里尔克式孤独，又能以歌德式"蜕变"突破、超越存在的孤绝与偶然，而与世界万物相互关联。如此，对里尔克、歌德的接受成为冯至20世纪30年代心路历程的一个

---

① 冯至：《歌德的〈西东合集〉》，载冯至、韩耀成编《冯至全集》（第八卷），河北教育出版社1999年版，第69页。

② 冯至：《书信·致鲍尔》，载冯至、韩耀成编《冯至全集》（第十二卷），河北教育出版社1999年版，第188页。

③ 王德威：《梦与蛇：何其芳、冯至与"重生的抒情"》，《中国现代文学研究丛刊》2017年第12期。

重要事件。尽管冯至在 20 世纪 30 年代依然没有全力投入诗歌创作，但是这种文化—心理结构的重塑，必将成为影响、左右冯至此后诗歌创作的重要精神性因素。在某种意义上，《十四行集》的创作即是冯至在战争的促发下，在西南联大的文化语境中，对此种精神性因素的一种诗性演练和艺术结晶。

二

20 世纪 40 年代毁灭性的战争，以及西南联大的学院化生活体验成为促发冯至创作《十四行集》的重要缘由。1938 年 12 月，冯至取道河内乘滇越铁路抵达昆明，1939 年 8 月正式受聘于西南联大。自此，在战争中漂泊不定的冯至得以安定下来。冯至后来如此回忆在昆明西南联大时期的生活：

> 如果有人问我，"你一生中最怀念的是什么地方？"我会毫不迟疑地回答，是"昆明"。如果他继续问下去，"在什么地方你的生活最苦，回想起来又最甜？在什么地方你常常生病，病后反而觉得更健康？什么地方你又教书，又写作，又忙于油、盐、柴、米，而不感到矛盾？"我可以一连串地回答："都在抗日战争时期的昆明。"①

冯至对昆明时期生活的深切怀念在在可见。生活艰难困苦，冯至依然怀念不已，无疑是西南联大所保障、所提供的自由精神空间使然。恰如有学者指出，"从精神气质而言，冯至并不适宜学院以外的社会生活"②。西南联大独立、自足的学院空间，无疑为冯至的精神活动与艺术探索提供了一个天然屏障与基本保障。如果说，《北游》时期的冯至

① 冯至：《昆明往事》，载冯至、韩耀成编《冯至全集》（第四卷），河北教育出版社 1999 年版，第 341 页。
② 贺桂梅：《转折的时代——40—50 年代作家研究》，山东教育出版社 2003 年版，第 143 页。

纠结于"从来不能接受自然的抚育","怎样地需要从混乱的境地里跳出来"①，现在身处西南联大学院空间，冯至得以摆脱青年时期的惶惑、焦虑，而步入一种泰然、澄澈、敞亮的心灵状态。在这里，西南联大的学院化生活是一个重要的精神节点。一方面是战争的暴虐、死亡的触手可及；另一方面是相对清静的学院中的阅读与沉思、时代的生死考验与深广的精神思考相融合，这特殊的历史语境激发、调动了冯至20世纪30年代从里尔克、歌德精神世界中汲取、累积的精神性因素，使其得以远离、超越时代的风暴与现实的浮华，潜心观察、体验生命的细微波动，洞察、领受生命的存在，进而创作十四行诗。尤其是1940年10月，为躲避空袭，冯至迁往昆明城外的杨家山林场茅屋居住，此次茅屋居住生活，对冯至的写作尤其是《十四行集》的写作助益甚大。冯至后来回忆道：

> 我在那茅屋里越住越亲切，这种亲切之感在城里是难以想象的。在城市人们忙于生活，对于风风雨雨、日夜星辰好像失去了感应，它们被烦琐的生活给淹没了。在这里，自然界的一切都显露出来，无时无刻不在跟人对话，那真是风声雨声，声声入耳，云形树态，无不启人深思。

> 我最难以忘却的是我们集中居住的那一年多的日日夜夜，那里的一口清泉，那里的松林，那里林中的小路，那里的风风雨雨，都在我的生命里留下深刻的印记。我在40年代初期写的诗集《十四行集》、散文集《山水》里个别的篇章，以及历史故事《伍子胥》都或多或少地与林场茅屋的生活有关。换句话说，若是没有那段生活，这三部作品也许会是另一个样子，甚至有一部分写不出来。②

正是在这战争环境中相对清静的一隅，冯至得以如里尔克一般观看、静听自然间的万物，思索、担当生命的独立存在；如歌德一样撷

---

① 冯至：《书信·致杨晦》，载冯至、韩耀成编《冯至全集》（第十二卷），河北教育出版社1999年版，第85页。

② 冯至：《昆明往事》，载冯至、韩耀成编《冯至全集》（第四卷），河北教育出版社1999年版，第350—355页。

弃、超越世俗事物的困扰，在整体上洞穿、把握个体与世界万物的本质关联，捕捉生生不息的生命更生的力量，创作了后来收集于《十四行集》中的一首首诗篇。诚如诗人所述：

> 1941 年我住在昆明附近的一座山里，每星期要进城两次，十五里的路程，走去走回，是很好的散步。一人在山径上、田埂间，总不免要看、要想，看的好像比往日格外多，想的也比往日想的格外丰富。那时，我早已不惯于写诗了，——从 1930 到 1940 十年内我写的诗总计也不过十来首，——但是有一次，在一个冬天的下午，望着几架银灰色的飞机在蓝得像晶体一般的天空里飞翔，想到古人的鹏鸟梦，我就随着脚步的节奏，信口说出一首有韵的诗，回家写在纸上，正好是一首变体的十四行。①

这是冯至创作十四行诗的开始。可见，正是在里尔克、歌德的启发下，在西南联大相对静谧的文化语境中，步入中年的冯至脱离了《北游》时期惶惑、幻灭的生命感受，得以虚心以待和静观默察生命的存在，进而从事诗歌创作。恰如诗人自述："有些体验，永远在我的脑里再现，有些人物，我不断地从他们那里吸收养分，有些自然现象，它们给我许多启示。我为什么不给他们留下一些感谢的纪念呢？由于这个念头……凡是和我的生命发生深切的关联的，对于每件事物我都写出一首诗。"② 诗人自此突破了长达十余年的沉寂，在半年多时间里完成了《十四行集》的创作，"十年的沉默和痛苦在这时都得到升华"③。

在这个意义上，《十四行集》的创作堪称冯至一种内在而本己的生命行为，关涉自我的重生与精神的重构。在《十四行集》的创作中，冯至超越了早期的自我感伤和主体困惑，《十四行集》亦成为冯至在战

---

① 冯至：《十四行集·序》，载冯至、韩耀成编《冯至全集》（第一卷），河北教育出版社1999 年版，第 213 页。

② 冯至：《十四行集·序》，载冯至、韩耀成编《冯至全集》（第一卷），河北教育出版社1999 年版，第 214 页。

③ 冯至：《工作而等待》，载冯至、韩耀成编《冯至全集》（第四卷），河北教育出版社 1999年版，第 98 页。

争毁灭性的阴影下精神重构的一种艺术见证。在这种心路历程的转变中，重要的是西南联大相对自足的学院空间为冯至提供了皈依之所，使其得以在战争的纷乱中思考、审视自我与万物的存在。可以说，西南联大学院化的生活涵养着冯至的身心情怀，升华了其生命体悟与精神认知，使其得以在对自然万物的观望中，超越尘世的纷扰，深邃思索生死之变以及生命的担当，并将这种思索凝结于《十四行集》中。在这里，学院化的生活及其精神空间成为《十四行集》创作一个必要的社会性条件，也展现出西南联大学院文化与诗歌创作互动生成的一个诗学侧面。在这精神重构的诗化抒写背后，关涉新的抒情主体建构的重要诗学命题，其间饱含着丰富的诗学内蕴。

冯至早期诗歌创作深受抒情主义诗学的影响，其诗歌创作一开始就分享了浪漫化的抒情主义诗学规则。这种抒情主义的浪漫抒写并没有纾解冯至内心的孤独与虚空，青春期的困惑与感伤化的浪漫诗学相纠合，阻隔了一个强健的抒情主体的生成，既无以达致对生命本真存在的诗性勘定，也在很大程度上阻延了冯至在 20 世纪 30 年代的诗歌创作。在这个意义上，当冯至在 20 世纪 40 年代的学院化生活中，在里尔克虚心侍奉世间万物、担当生命存在的诗学理念，以及歌德追求个体的丰盈与万物之间的聚合的诗思行为影响下，从容创作《十四行集》，既是一种自我精神的重构，也是对早期抒情主义诗学的突破，在新的抒情主体的生成中标示着一种新的诗学建构。在深层的诗学机制层面上，这表征着一种新的主体认知"装置"的建构，并进而发现、创造出一种文学"风景"。

诚如柄谷行人所指出，所谓新的文学"风景"乃是从前人们没有看到的，或者更确切地说是没有勇气去看的"风景"。如此，"风景不仅仅存在于外部。为了风景的出现，必须改变所谓知觉的形态，为此，需要某种反转"。这种"反转"即是一种认知装置的"颠倒"，其背后关涉着新的认知主体的建构，也即一个反思性"内在的人"的出现，"只有在对周围外部的东西没有关心的'内在的人'（inner man）那里，风景才能得以发现"①。可见，新的文学"风景"的呈现与一个反思性认知主体的建构紧密关联。在《十四行集》的创作中，冯至将自我沉潜于自然万物之间，祛除了尘世的繁杂与喧嚣，对自我的反思达致了纯粹哲思的精神境地，一个反思性的"内在的人"在此得以登场。更为重要的是，在这种诗思行为中，伴随着"内在的人"的出现，一个新的抒情主体从抒情主义抒写机制中裂变、生成出来，一种新的抒情"风景"亦得以呈现出来。

　　显然，这种新的抒情主体的生成有其社会性条件，西南联大相对优裕的精神空间以及杨家山特殊的生活经历即是冯至主体认知转变的重要历史场域。恰如冯至在《山水》集"后记"中自叙道：

　　　　昆明附近的山水是那样朴素，坦白，少有历史的负担和人工的点缀，它们没有修饰，无处不呈露出它们本来的面目：这时候我认识了自然，自然也教育了我。在抗战期中最苦闷的岁月里，多赖那质朴的原野供给我无限的精神食粮，当社会里一般的现象一天一天地趋向腐烂时，任何一棵田埂上的小草，任何一棵坡上的树木，都曾给予我许多启示，在寂寞中，在无人可与告语的境况里，它们始终维系住了我向上的心情，它们在我的生命里发生了比任何人类的名言懿行都重大的作用。我在它们那里领悟了什么是生长，明白了什么是忍耐。②

　　正是在西南联大静谧的文化语境中，在杨家山幽静的自然环境中，冯至得以静心细察万物，聆听天籁之音，昆明四周的小草、树木、原野等给予诗人巨大的心灵启示与抚慰，为诗人敞开了一个澄明的精神世界。冯至从自然万物之间获得丰厚的精神滋养，生长出一个泰然而笃定的自我主体。这种泰然、笃定主体的生成，一种"内在的人"视界以及由此而发现的文学"风景"，在诗人同时期创作的散文《一个消逝了

的山村》中亦有着清晰而透彻的表达。《山水》集抒写的是诗人从自然界得到的启迪，也与杨家山小屋的居住经历相关，可视为《十四行集》的姊妹篇。透过《山水》集，可以更加清晰地审视这种抒情主体的生成及其认知"装置"。譬如在《一个消逝了的山村》中，诗人由"鼠曲草"的默默生存而参悟到一种超越性的纯净生存状态：

　　（鼠曲草）这种在欧洲非登上阿尔卑斯山的高处不容易采撷得到的名贵的小草，在这里每逢暮春和初秋却一年两季地开遍了山坡。我爱它那从叶子演变成的，有白色茸毛的花朵，谦虚地掺杂在乱草的中间。但是在这谦虚里没有卑躬，只有纯洁，没有矜持，只有坚强。有谁要认识这小草的意义吗？我愿意指给他看：在夕阳里一座山丘的顶上，坐着一个村女，她聚精会神地在那里缝什么，一任她的羊在远远近近的山坡上吃草，四面是山，四面是树，她从不抬起头来张望一下，陪伴着她的是一丛一丛的鼠曲从杂草中露出头来。这时我正从城里来，我看见这幅图像，觉得我随身带来的纷扰都变成深秋的黄叶，自然而然地凋落了。这使我知道，一个小生命是怎样鄙视了一切浮夸，孑然一身担当着一个大宇宙。①

　　在这里，冯至以"内在的人"视界观望自然，朴实无华的"鼠曲草"在此成为生命本真存在的一种映照，在"谦虚"中担当生命的完成，在自然的"凋落"中远离世俗的浮夸，呈现出一种诗化的文学"风景"。在这背后，则是诗人一种超然而明澈的主体认知与生命体认。正是依凭这种抒情主体以及认知"装置"的建构，冯至得以跨越了《北游》时期的惶惑和幻灭，《十四行集》的创作也在个体自我的回归与生命的扩充中，如里尔克般以"原始的眼睛"观看并体验宇宙的本真存在，传达出一种幽微澄明的生命体验。这样，在《十四行集·四》中，诗人在"鼠曲草"默默的"死生"中领受到生命存在的坦然与高傲：

---

　　① 冯至：《一个消逝了的山村》，载冯至、韩耀成编《冯至全集》（第三卷），河北教育出版社 1999 年版，第 48 页。

但你躲避着一切名称，/过一个渺小的生活，/不辜负高贵和洁白，/默默地成就你的死生。//一切的形容、一切喧嚣/到你身边，有的就凋落，/有的化成了你的静默：//这是你伟大的骄傲/却在你的否定里完成。

——第 4 首

在这里，朴实无华的"鼠曲草"在"静默"中超越世俗的喧哗，在"否定"中完成生命的担当，在从容的"死生"中净化存在的焦虑，如此坦然的生命存在成为存在本真的一种诗化映照。这是由自然事物的存在引发出对生命存在的一种比照，并进而还原出对存在意义的领受与守护。在这种生命存在的领受中，蕴含着生命的"蜕变"，并在"蜕变"中步入新的生命。于是，诗人在诗集第 19 首、第 13 首分别抒唱道：

啊，一次别离，一次降生，/我们担负着工作的辛苦，/把冷的变成暖，生的变成熟，/各自把个人的世界耕耘，//为了再见，好像初次相逢，/怀着感谢的情怀想过去，/像初睡面时忽然感到前生。

——第 19 首

从沉重的病中换来新的健康，/从绝望的爱里换来新的营养，/你知道飞蛾为什么投向火焰，//蛇为什么脱去旧皮才能生长；/万物都在享用你的那句名言，/它道破一切生的意义："死和变。"

——第 13 首

这其间蕴含着生命的生长、蜕变，"一次别离"既是对过去的告别，也意味着一次新的发现与新的生命开始，有如"一次降生"。诗人也在生命的发现与蜕变中逐步回归生命的原初，最终导向对意义的召唤与发现，恰如歌德所言，"一切生的意义：死和变"。诗篇第 13 首是冯至献给歌德的一首致敬诗，可见歌德对诗人的深远影响。认知到生命的意义在于"死和变"，诗人也就坦然面对生命中的变故，并由此领受、担当生命的存在。这即是《十四行集》呈现出的抒情"风景"：一种生命的坦然领受最终回归至自然物性，在纯然的自然万物里得以落实、承载。杨家山附近的树木、原野不再仅仅是自然的存在，亦成为诗人的心灵"原野"：

> 我们常常度过一个亲密的夜/在一间生疏的房里，它白昼时/是什么模样，我们都无从认识，/更不必说它的过去未来。原野//一望无边地在我们窗外展开，/我们只依稀记得黄昏时/来的道路，便算是对它的认识，/明天走后，我们也不再回来。//闭上眼吧！让那些亲密的夜/和生疏的地方织在我们心里：/我们的生命像那窗外的原野，//我们在朦胧的原野上认出来/一棵树，一闪湖光；它一望无际/藏着忘却的过去，隐约的将来。

——第 18 首

诗篇由日常的自然物象切入，在朴实亲切的娓娓道来中铺陈开一幅阔远的原野景象，原野的空旷辽远、粗犷的原始气息给人一种心灵的释放与精神的提升，使人逃离尘世的喧嚣与桎梏。诗人由是在与自然的亲近中敞开生命的存在，进而在丰盈的心灵"原野"上展示出一幅别样的生命图景："一棵树，一闪湖光"，"藏着忘却的过去，隐约的将来"，诗人在此将自我融化于原野，在自然的包容中抵达自然物性，领受生命的本真存在。这里重要的是，这种诗思行为背后蕴含着一个丰盈而自足的主体，坦然接受自然的抚育，并在从容自得中敞开一个恢宏的心灵世界。正如诗人在《山水》集"后记"中所述："真实的造化之工却在平凡的原野上，一棵树的姿态，一株草的生长，一只鸟的飞翔，这里边含有无限的永恒的美。……这里，自然才在我们面前矗立起来，我们同时也会感到我们应该怎样生长。"① 这种澄澈的主体认知与睿智的精神境界既是《十四行集》的诗思起点，也是从诗学根底上对抒情主义浪漫、浮夸主体的一次彻底清除与超越。诗人由此领受、担当生命的存在，在

---

① 冯至：《山水·后记》，载冯至、韩耀成编《冯至全集》（第三卷），河北教育出版社 1999年版，第 72—73 页。

《十四行集》的创作中为人们敞开了一个澄明的精神世界，并将这一切转化为一个诗化的艺术世界，从而超越了抒情主义感伤化的文学图景。

从诗学层面考察，这种诗思行为既表征着冯至在战争阴影下的一种自我精神重构，更标示着一种新的诗学建构。如前所述，在创作《十四行集》之前，冯至深陷创作的困境，一个重要的缘由即是自我主体的困惑与茫然，正是这种生命的紧张、困顿使冯至在 20 世纪 30 年代几乎放弃、终止了诗歌创作。《十四行集》的创作，既是冯至对早期精神危机的一种自我克服，也是在里尔克、歌德的启发下，使寂寞的个体获得一个完整世界的一种诗思探索。这种诗思综合了里尔克式的存在主义思想与歌德超越生命偶然的"蜕变"世界观，是对生命存在的本体之思，20 世纪 30 年代获取的精神性因素在此升华为诗化哲思之境界。如果说抒情主义的浪漫化主体表征着对现代自我一种肤浅的表层认知，也带来一种浮夸的、感伤化的诗风，是现代新诗发展和深化的障碍之一，那么冯至在《十四行集》的创作中超越了抒情主义浪漫化、浮夸化的主体认知，以一笃定而自在的主体俯身领受生命的存在，由自然万物的存在引发出对生命存在的深邃诗思，则是对抒情主义诗学的一次深层突破，而这一切离不开西南联大相对自足的学院空间和静谧的文化语境。西南联大为战乱中的冯至提供了一个相对优裕的精神空间，冯至借此获得了个体自我的一份精神充裕和从容，在《十四行集》中以笃定而内敛的抒情主体的生成克服了感伤化的浪漫主体，在一种新的抒情"风景"的呈示中，完成了对抒情主义诗歌格局的一次艺术超越。这种新的诗学建构表征着现代新诗的一个诗学高度，也是《十四行集》一个重要的诗学价值所在。在文学创作的深层机制上，这是场域与惯习互动关联的一个生动体现，西南联大文学场形塑着冯至的性情倾向、身心图式，并积淀为惯习，而惯习作为一种内在的文化—心理结构，在深层次上影响并规约着《十四行集》的创作。西南联大文学场与诗歌创作的互动生成的一个诗学侧面亦由此得以凸显。

第二节　穆旦：学院认知与受难的品质

如果说身处学院空间中的冯至在惨烈的战争年代获得了一份精神的从容，从而依凭着象征资本的积累与调用，抵挡了时代语境的巨大压力，在《十四行集》的创作中完成了自我诗艺的转变与提升，那么对于以穆旦为代表的"学生诗人"而言，在其精神生长、历练过程中，西南联大的文化资源形塑着其内在的心性结构，并最终左右着其诗歌品质的生成。在这里，惯习的生成与诗歌创作构成紧密的互动互涉。本节即以穆旦为个案，深入探讨这种学院认知影响、左右其诗歌品质生成的历史肌理。

一

作为一位青年诗人，穆旦早期的诗歌创作浪漫主义气息浓郁。不过，穆旦的抒情诗作并没有流于浪漫化的感伤，而是以宏阔的想象、丰富的意象支撑起情感的抒发。譬如《合唱二章》中，诗人激情地抒唱道："让我歌唱帕米尔的荒原，／用它峰顶静穆的声音，／混然的倾泻如远古的熔岩，／缓缓并涌出坚强的骨干，像钢铁编织起亚洲的海棠。／O让我歌唱，以欢愉的心情，／浑圆天穹下那野性的海洋，／推着它倾跌的喃喃的波浪，／像嫩绿的树根伸进泥土里，／它柔光的手指抓起了神州的心房。"这里，情感抒发热烈，但并没有流于空洞的呼吁，而是有着坚实的质地。然而，在西南联大的学习与历练，以及对西方文学艺术资源的吸收、借鉴，深刻地影响并最终形塑着穆旦的诗歌品质。诚如王佐良指出：

> 后来到了昆明，我发现良铮的诗风变了……一位英国青年教师也到了昆明。我们已在南岳听过他的课，在蒙自和昆明，我们又听了他足足两年的课，才对他有点了解。这位老师就是威廉·燕卜

苏……无形之中我们在吸收着一种新的诗，这对于沉浸在浪漫主义诗歌中的年轻人，倒是一服对症的良药。①

显然，王佐良认为在西南联大学院文化的熏陶之下，穆旦的诗歌创作发生了由浪漫主义向现代主义的转变。这里，重要的是不纠缠于表层的"主义"之争，须知所有的"主义"范畴有其自身的限度，而是去探知在这种诗风的转变中，穆旦为中国新诗带来了什么新的诗歌质地。这也即是王佐良所述的穆旦的"谜"：

> 穆旦真正的谜却是：他一方面最善于表达中国知识分子的受折磨而又折磨人的心情，另一方面他的最好的品质却全然是非中国的。在别的中国诗人是模糊而像羽毛样轻的地方，他确实，而且几乎是拍着桌子说话。在普遍的单薄之中，他的组织和联想的丰富有点近乎冒犯别人了。这一点也许可以解释他为什么很少读者，而且无人赞誉。然而他的在这里的成就也是属于文字的。现代中国作家所遭遇的困难主要是表达方式的选择。旧的文体是废弃了，但是它的辞藻却逃了过来压在新的作品之上。穆旦的胜利却在他对于古代经典的彻底无知。甚至于他的奇幻都是新式的。那些不灵活的中国字在他的手里给揉着，操纵着；它们给暴露在新的严厉和新的天候之前。他有许多人家所想不到的排列和组合。②

之所以不厌其烦地将王佐良的这段经典论述完整地摘抄，因为这段论述经常为人误解。"非中国的"、"对于古代经典的彻底无知"，甚至被有些论者作为"穆旦未能借助本民族的文化传统以构筑起自身的主体，这使得他面对外来的影响即使想作创造性的转化也不再可能"③的佐证。细读全文可以发现，王佐良所说的"非中国的"指涉的主要是诗歌文字表达方面，这与"受折磨而又折磨人的心情"的诗歌内涵构成对应关联，接下来才有"那些不灵活的中国字在他的手里给揉着，

---

① 王佐良：《穆旦：由来与归宿》，载杜运燮等编《一个民族已经起来——怀念诗人、翻译家穆旦》，江苏人民出版社 1987 年版，第 1—2 页。
② 王佐良：《一个中国新诗人》，《文学杂志》第 2 卷第 2 期，1947 年。
③ 江弱水：《伪奥登风与非中国性：重估穆旦》，《外国文学评论》2002 年第 3 期。

操纵着"、"他有许多人家所想不到的排列和组合"的表述。显而易见，王佐良从诗歌内涵、文字表达两方面论述了穆旦在西南联大经历的诗歌创作转变以及最终诗歌品质的生成。

尤其值得关注的是，王佐良这篇文章最初发表于英国 *Life and Litters*（《生活与文学》）杂志的 1946 年 6 月号，面对的是英语世界的读者。这样，王佐良在"一个中国新诗人"的题目之下突出穆旦的"非中国性"，首先不无策略性考虑，可以视为期待在"世界诗歌"的范畴中更好地介绍穆旦。[①] 可以说，文章得以发表的历史语境在某种程度上决定了王佐良会凸显穆旦的"非中国性"。不过，作为共同在西南联大学院空间成长起来的诗友，王佐良对穆旦的诗学资源、创作路径无疑有着透彻的了解，其"非中国性"的判断也不仅仅是一种策略性考虑，而是有着现实的内容与具体的诗学考量，其间蕴含着"中国性"与"非中国性"、中国现实与学院化资源、新诗"现代性"追求等丰富而驳杂的诗学内涵。

可以说，作为 20 世纪 40 年代成长起来的一位学院诗人，穆旦的诗歌创作与联大的文学教育构成了紧密的互动关联。不过，如前文所述，在现代学科建制的压力下，中文系偏重于古典文学研究，文学教育与新文学创作之间存在某种错位，尤其新文学以与古典文学"断裂"的姿态登上历史舞台，一种对抗的"历史意识"横亘其间，这在很大程度上封闭了传统文学资源向现代转化的可能性。朱自清在 20 世纪 40 年代对古典文学欣赏与新文学创作的相关思考、闻一多对联大中文系成了"小型国学专修馆"的批评，都反映着传统文学资源现代转化的内在艰难，以及古典文学教育的一种现实困境。面对这种吊诡的历史情境，新文学无疑更多地以外国文学资源为主要精神养分与艺术借鉴。在这个意义上，联大外文系"文学本位"的课堂传授显然构成了近现代以来异域文学资源输入、精神文化传播链条上重要的一环，也为异域文学与精

---

① 参见程振兴《"世界诗歌"视野中的穆旦》，《天府新论》2008 年第 1 期。

神资源的转化提供了广阔的空间。对于穆旦等联大"学生诗人"来说，由于没有对抗性"历史意识"的压力，联大外文系对欧美近现代文学的引入与讲授，为他们提供了可资借鉴、模仿的资源和新的文学想象，影响甚至左右着其诗歌品质的生成。熟知这一文学传播、文学接受过程的王佐良，在评判穆旦诗歌创作时，得出"他的最好的品质却全然是非中国的"、"穆旦的胜利却在他对于古代经典的彻底无知"的判断，无疑既有现实所指，也是对新诗（新文学）创作的资源借鉴、转化的一种清醒认知。当中文系古典文学研究范式逐步建立，"史学化"的学科建制带来了"文学的失语"，不能为新文学的发展提供有效的精神文化资源，王佐良指出穆旦的"胜利"在于对"古代经典"的无知，是一个自然而然的评判。

　　显然，王佐良的评判是从文学接受与文学创作的层面切入，对穆旦诗歌创作的一种溯源性描述，并不意味着穆旦在知识层面上对"古代经典的彻底无知"。如此，所谓"穆旦未能借助本民族的文化传统以构筑起自身的主体"也就无从谈起。同样，指认穆旦"最好的品质却全然是非中国的"，也是从诗歌创作的资源借鉴、转化的层面而言，在艺术表达方面的一种诗学概述。从新诗自身的发展历程来看，联大外文系对欧美当代诗潮的课堂传授可谓恰逢其时。时至20世纪30年代末，主要取法于西方19世纪浪漫主义的新诗已成强弩之末，新诗亟待一种新的调整与转换。在这样一个新诗调整的窗口期，联大外文系的课堂传授为青年学子带来了西方现代主义的诗学资源，无疑为新诗的创作提供一种新的文学想象，与新诗自身发展趋势的转变在某种程度上互为表里。正是在这种新的文学资源与文学想象的滋润、熏染之下，以穆旦为代表的联大诗人突破了浪漫主义、象征主义的诗学囿限，将现代新诗的探索推进到了时代的最前沿。

　　可见，对于王佐良有关穆旦"非中国性"论述的考察，首先需要回归至具体的历史语境，这是对穆旦等联大"学生诗人"艺术成长历程的一种现实描述。如果抽离具体的历史语境，陷入"中国性"、"非中国性"的抽象论争，反而遮蔽了这一论断所蕴含的敏锐认知。对于穆旦而言，"非中国的"西方现代诗潮的传播与接受，为其打开了一个新的诗歌艺术图景，促发并提升了其诗歌创作。然而，这不意味着穆旦的诗歌创作脱离中国的社会现实与诗歌现实，是"非中国的""伪奥登风"①。恰恰相反，穆旦诗歌的显著特质是扎根于本土经验的抒写，在现代意识的烛照下将西方现代性技巧与中国现实相结合，在现代中国经验的深入开掘中，以诗艺的精进抵达了时代的腹地。这也是王佐良同时强调穆旦诗歌的受难品质的缘由所在："他的焦灼是真实的……主要的调子却是痛苦……这一种受难的品质使穆旦显得与众不同。"②

这种受难的品质使穆旦的诗歌在"非中国性"的表达形式中熔铸了最具"中国性"的情感和体验，饱含着现代中国人灵魂深处的躁动以及民族的现代苦难，穆旦亦以"受难者"的个体去直面、承担这一切，在诗歌创作中以自我的"良心"去见证个体的生存处境与时代苦难的深沉内蕴。正如穆旦1944年致友人的信中所述，"不是先有文学趣味而写作，而是内中有物，良心所迫，不得不写一点东西"③。这种本于内心的写作，使穆旦的诗歌创作没有流于对西方现代性技巧的表演性运用，而是以此为窥镜，观照并抒写现代中国最真实的生存样态。穆旦在艾略特、奥登等西方诗人影响下的创作转变及其实践，更深层的诗学意义在于，通过对繁复的现代生活和感情经验的广泛占有、转化，穆旦的诗歌中纠缠着现实生命的律动，在现代自我生存处境的冷峻逼视中，在时代苦难的广博包容中，呈示出现代个体"丰富而痛苦"的生命存在以及民族的深沉痛楚。正是在对个人浪漫化感伤情绪的抛却中，穆旦的诗歌表达着"受折磨而又折磨人的心情"，而具有了一种受难的品质。

诗作《赞美》是对战争苦难中民族的不屈力量与坚韧生命力的

---

① 江弱水：《伪奥登风与非中国性：重估穆旦》，《外国文学评论》2002年第3期。
② 王佐良：《一个中国新诗人》，《文学杂志》第2卷第2期，1947年。
③ 唐振湘、易彬：《由穆旦的一封信想起……》，《新文学史料》2005年第2期。

"赞美"，诗作超越了浮面的感伤情绪，直面现实的苦难，把哀歌与赞歌结合为一体，是对民族灾难与悲愤的诗化承接。在强烈的悲愤情感背后是诗人对时代苦难的担当情怀，以及内心的沉痛与焦灼，具有鲜明的受难的品质，并由此得以超越个人化的哀伤，把一种民族的忍受和牺牲上升至命运悲剧的高度。诗作在形式表达上有着对叶芝《1916 年复活节》的借鉴，在内涵层面却是中国土地上深沉苦难的具象而饱满的艺术传达，获致了深厚的时代内蕴。创作于同时期的诗作《在寒冷的腊月的夜里》，诗人亦是低沉地吟唱出中国土地上的苦痛与无声的抗争。诗作开篇是枯干而荒凉的自然景物描写，喻指着这片土地上生活的艰辛，"一副厚重的，多纹的脸"镶嵌于这荒漠的风景中，突兀而醒目地传达出一种生命的沉重感。诗作接着转入生命形态的刻画，在无情的岁月侵蚀下，这广漠土地上生命的成长包裹于生活的惨淡之中，于因袭的生活轨迹中悄然展开，生命形态亦无所变更，儿郎的"哇"声很快地变成为"一样地打鼾"之声音。面对这贫瘠的土地、悠久的岁月、凝重的生命，诗人感觉"所有的故事已经讲完"，一种历史的沧桑感力透纸背。然而，诗人依然以一种苦难的担当情怀穿透岁月的沧桑，走进历史的腹地深处，在日常生活的坚忍中发掘出民族顽强的生命力。在《出发——三千里步行之一》中，穆旦也是以凝重而欢快的语调抒唱民众的艰苦生存及新生的梦想，朴实的描绘中蕴藏着民族的深沉痛楚以及不屈的生命力量。在这些诗作中，穆旦在广阔社会现实的收纳中，以深广的苦难意识与厚实的担当情怀抒唱出最真实的中国经验。

　　这种受难的品质尤其凸显于穆旦对现代个体生存境遇的审视，在别人"模糊而像羽毛样轻的地方"，穆旦"几乎是拍着桌子说话"。在诗作《诗》中，穆旦以冷峻的笔调抒写出中国知识分子身陷精神"荒原"而进退两难的生命境地，"幸福，我们把握而没有勇气，／享受没有安宁，克服没有胜利，／我们永在扩大那既有的边沿，／才能隐藏一切，不为真实陷入"。语言的纠结、缠绕喻示着一种生命的悖论与困顿，诗人于此感知到了一种存在的荒谬与悲凉，诗人发觉现代个体处于"被围者"的存在困境："过去的都已来就范，所有的暂时/相结起来是这平庸的永远……我们的神智：一切的行程/都不过落在这敌意的地方。/在这渺小的一点上：最好的/露着空虚的眼，最快乐的/死去，死去但没有一座桥梁。"（《被围者》）一种生活的凡庸对生命的侵蚀以及生命存在的虚无于此在在可见。诗人由此痛苦地发现了中国知识分子惨淡的生命境地，"从此便残酷地望着前面，/送人上车，掉回头来背弃了/动人的忠诚，不断分裂的个体//稍一沉思听见失去的生命，/落在时间的激流里，向他呼救"（《智慧的来临》）。面对生命的流逝以及生存的无意义状态，知识分子拥有"智慧"亦于事无补，甚至反而强化了对生命存在虚无的痛楚体认：

> 那些盲目的会发泄他们所想的，
> 而智慧使我们懦弱无能。
> 我们做什么？我们做什么？
> 呵，谁该负责这样的罪行：
> 一个平凡的人，里面蕴藏着
> 无数的暗杀，无数的诞生。
>
> ——《控诉》

穆旦对知识分子"受折磨而又折磨人的心情"的表达可谓淋漓尽致，这是穆旦调用学院文化资源，对现代个体生存境遇深邃反思的艺术结晶。在这种学院认知中，穆旦的诗歌创作通过对现代主义的借鉴，祛除了浪漫化的牧歌情调，并且熔铸了自我生命的深层体验，在深沉的自我逼视乃至自我分裂中传达出一种"丰富的痛苦"的生命焦灼感。这既使其诗歌具有一种与众不同的受难的品质，也使其诗歌创作在开掘、捕捉现代个体生命体验的层面上，甚而表征着20世纪40年代诗艺探索的最前沿。在这种纠结着深入骨髓的生命痛楚体验的诗艺探索中，"诗人的皮肉和精神有着那样的一种饥饿，以至喊叫着要求一点人身以外的东西来支持和安慰。大多数中国作家的空洞他看了不满意……在中国式极为平衡的心的气候里，宗教诗从来没有发达过。我们的诗里缺乏大的

精神上的起伏……但是穆旦，以他的孩子似的好奇，他的在灵魂深处的
窥探，至少是明白冲突和怀疑的"①。这种精神上的"饥饿"，对"支持
和安慰"的诉求，以及"灵魂深处的窥探"，使穆旦创作了不少具有宗
教内蕴的诗作。在诗作《我向自己说》中，穆旦即借上帝的视角，来
审视自我的存在：

> 我不再祈求那不可能的了，上帝，
> 当可能还在不可能的时候，
> 生命的变质，爱的缺陷，纯洁的冷却
> 这些我都承继下来了，我所祈求的
>
> 因为越来越显出了你的威力，
> 从学校一步就跨进你的教堂里，
> 是在这里过去变成了罪恶，
> 而我匍匐着，在命定的绵羊的地位

　　这首诗充满着一种自我的深层怀疑与焦虑，甚而对上帝产生了质问
与抗拒。正如有学者指出，"对上帝的抗拒，对上帝不存在的祈愿，以
及向无神论的逃遁正是深刻的宗教思想的元素，在这些元素的基础上，
宗教方始获得意义和力量"②。对穆旦而言，这种宗教意蕴所表达的是
个体自我的深沉的生存焦虑及存在困惑，既是惨烈的战争语境中个体生
存体验的深邃开掘，也使穆旦获得了超越时代苦难的一个精神支点。由
此，穆旦的诗歌创作既纠结着惨痛的生存体验，深入时代的腹地，也在
对苦难的接受中升华出一种超越性的形而上精神维度。这在诗篇《出
发》中有着突出的表达，诗篇的主体部分是对惨淡的生存境遇的描绘，
沉痛的生存现实无情地挤压乃至碾碎了生命，诗人于重重挤压中进行着
精神的挣扎，转向了对上帝的呼吁，从而获得一种神性的生存。诗人在

---

① 王佐良：《一个中国新诗人》，《文学杂志》第 2 卷第 2 期，1947 年。
② ［韩］吴允敏：《穆旦的诗歌想象与基督教话语》，《中国现代文学研究丛刊》2000 年第
1 期。

诗篇的最后抒写道：

> 被否定，被僵化，是人生的意义；
>
> 在你的计划里有毒害的一环，
>
> 就把我们囚进现在，呵上帝！
>
> 在犬牙甬道中让我们反复
>
> 行进，让我们相信你句句的紊乱
>
> 是一个真理。而我们是皈依的，
>
> 你给我们丰富，和丰富的痛苦。

这里蕴含着一种神义论的认知视域。在神义论的视域中，现实的苦难是对精神和信仰力量之强大的一个验证，而成为一种有意义的神性生存体验，由此沉重的生存现实与苦难转变成了上帝"计划里有毒害的一环"。诗人也坦然接受自我在社会历史领域中遭遇的破碎而痛苦的生存经验，"弥漫在人类社会历史领域中的'句句的紊乱'，变成了上帝安排的'真理'"[1]。沉重而痛苦的生存现实在神义论的视域中成为一种有意义的存在体验，诗人借此在受难中得以获取神性的抚慰，在对上帝的"皈依"中，领受生命的"丰富的痛苦"。"丰富的痛苦"既是一种语言的纠结与悖论，也是对生命苦难的一种坦然接受与超越。如果说，在《赞美》等诗作中，穆旦也表达了对现实苦难的忍受与承担，但是这种苦难的承担是从民族国家的层面切入，"其承受苦难的动力来自于对民族国家之新生的确信"[2]。而在这里，穆旦从社会历史之域中脱身而出，径直追问个体存在之终极性意义，在神义论的认知中使个体苦难的承担成为有意义的生存行为。

这种超越性的宗教意蕴使穆旦的不少诗作能够洞穿人类行为的愚妄与价值的虚无，而在神性生存的召唤中揭示出一种精神的救赎，拓展、提升了诗作的精神内蕴。长诗《隐现》源起于诗人惨痛的战争体验，也蕴含着一种神性的救赎。诚如有学者指出，"亲历了现代战争的残

---

① 段从学：《论穆旦诗歌中的宗教意识》，《内江师范学院学报》2005 年第 3 期。

② 段从学：《论穆旦诗歌中的宗教意识》，《内江师范学院学报》2005 年第 3 期。

酷，目睹了现代文明的荒凉，洞察到人类行为的愚妄，穆旦的确满怀着
深刻的痛苦和绝望的情绪，这促使他去寻求精神的寄托和神性的救
赎"，而诗中的"主"乃是"其超越性追求（神学的也是玄学的）的
象征和返归仁慈的大爱之寄托"①。在诗篇结构上，《隐现》的"宣
道"、"历程"、"祈神"的结构模式，对应着典型的"神谕"、"受难"、
"解放"的宗教文学模式，最终导向对神谕的确信。诗人在《隐现》中
穿插的两段"合唱"，即是诗人以前创作的《祈神二章》，诗人对神性
救赎的呼唤亦历历可见：

> 如果我们能够挣脱
>
> 欲望的暗室和习惯的硬壳
>
> 迎接他，
>
> ……
>
> 他正等我们以损耗的全热
>
> 投回他慈爱的胸怀。

　　在这里，诗人渴求挣脱社会历史之域"欲望的暗室和习惯的硬
壳"，走进上帝的神性之域的热切愿望在在可见。在神性救赎的视域
下，诗人发觉现代人从内在精神到外在行为均失去了可以依凭的价值和
意义之源，"我们生活着却没有中心/我们有很多中心/我们的很多中心
不断地冲突，/或者我们放弃/生活变为争取生活，我们一生永远在准备
而没有生活"。这是诗人绝望于人类的社会历史行为之后，以神性为尺
度对社会历史之域的个体生命存在的彻底否定，诗人亦在"受难中确
认神性之光所引导的超越虚无之路"②。由此，在第三章"祈神"中，
诗人直接向神性的"主"吁求道：

> 在无法形容你的时候，让我们忍耐而且快乐，
>
> 让你的说不出的名字贴近我们焦灼的嘴唇，

---

① 解志熙：《一首不寻常的长诗之短长——〈隐现〉的版本与穆旦的寄托》，《新诗评论》
2010 年第 2 辑。

② 段从学：《论穆旦诗歌中的宗教意识》，《内江师范学院学报》2005 年第 3 期。

> 无所归宿的手和不稳的脚步，
>
> 因为我们已经忘记了
>
> 我们各自失败了才更接近你的博大和完整，
>
> 我们绕过无数圈子才能在每个方向里与你结合。

诗人在此向神性的"主"发出了救赎的祷告，也是直面人类行为的愚妄与价值的虚无，而走向了一种超越性的神性救赎。诗篇充溢着浓郁的宗教气息，堪称一首主旨深远的宗教诗。《神魔之争》亦蕴含着浓郁的宗教情怀，诗篇中，"神"与"魔"作为戏剧性角色表征着善和恶的争斗，一种形而上的生命存在之思亦围绕着善恶的行为纷争而得以戏剧化地展开。透过"神魔之争"，诗人体察到，面对现代文明的纷争与混乱，现代个体失去了古典的德性之源，没有了"神"性之善的引导，现代个体执迷于生活的表象和世俗的价值，在"魔"的诱惑之下投入现实的争斗，而自以为在追求生命的实现。诗人由此领悟到现代文明的悖论与困境，发觉了现代个体存在的历史性、有限性及其行为的愚妄与意义的虚无，并借用"东风"的独白宣示道：

> 没有地方你能够逃脱，
>
> 正如我把种子到处去播散，
>
> 让烈火烧遍，均衡着力量，
>
> 于是岩石上将会得到
>
> 温煦的老年。然而现在
>
> 既然在笑脸里，你看见
>
> 阴谋，在欢乐里，冷酷，
>
> 在至高的理想里隐藏着
>
> 彼此的杀伤。你所渴望的，
>
> 远不能来临。你只有死亡，
>
> 我的孩子，你只有死亡。

在神性力量面前，有限的个体之生命是渺小而无助的存在，永远无法抵制社会历史领域中残酷现实的痛苦挤压与无情吞噬。更为悲哀的是，在"神"性之善缺失、价值失序的时代，人们陷入"彼此的杀伤"，"所渴望的，/远不能来临"。这是"魔"性扩张的时代恶果，还是人类无以摆脱的历史宿命？诗篇充溢着宗教性的精神张力。

　　这种深邃的精神性探求以及宗教意识的表达，使穆旦的诗歌创作超越了以文学创作直接回应时代主题的文学模式，而是将战争年代中惨痛的个体生存体验转化为意旨宏阔的诗性精神追问。在对现实苦难的直面与承担中，个体获得了一个超越性的精神支点，走向了神性存在之域。在现代诗学层面上，这既是对社会现实苦难的诗化吸纳与艺术转化，也在一种宗教性受难意识的抒写中，拓展、提升了新诗的表达内蕴，使新诗获得了一种新的诗歌质地。

二

　　对于穆旦的诗歌创作而言，这种新的诗歌质地不仅体现在宏阔、深邃的精神内涵层面，也凸显于语言运用层面，即王佐良所说的"在这里的成就也是属于文字的……他有许多人家所想不到的排列和组合"，这也正是穆旦诗歌的"非中国性"内涵所在。作为一位学院诗人，穆旦的诗歌创作无疑更多地渊源于学院化的文学阅读与接受，对艾略特、奥登等西方现代主义大师的艺术借鉴也是穆旦诗歌的一个显在特征。然而，指认穆旦诗歌艺术技巧层面的"非中国性"特征，并非意味着将"中国性"与"非中国性"作简单化的二元对立。如前所述，穆旦的诗歌创作在"非中国性"的表达形式中熔铸了最具"中国性"的情感和体验。在新诗创作中也不存在先验的本质化的"中国性"，只有不断变化、拓展因而丰富多样的"中国性"。在这个意义上，新诗的"中国性"并非简单地与"西方"、"现代"对立，也不是"民族文化传统"的简单指代，而是充满了诸多驳杂的现代性异质因素。突破"中国性"与"非中国性"这种简化的二元对立认知，我们才有可能认知穆旦诗歌创作"非中国性"的真正内涵及价值所在。

　　现代新诗以与传统诗歌割裂的姿态诞生于文学的舞台上，这种坚决的割裂既解放了现代新诗，也使新诗的发展缺乏必要的艺术传统的支撑，尤其在语言的运用、表达方式的选择、诗体的开创等方面，新诗更是举步维艰。古典诗歌语言遵循"因境造语"的原则，融会自然，构设意境，力求以精致、完美的意象，以纯度极高的诗语来营造氛围、境界。相对于古典诗歌语言的纯粹、精致、优雅与富有韵味来说，现代新诗语言很难再达到古典诗歌语言的含蓄凝练和内涵上的包容性，现代新诗在语言资源、传达方式、审美形式等方面都发生了重大变化，甚至与古典诗歌分道扬镳。同时，古典诗歌语言背后有着丰厚的文化积淀，它们相互指涉，互文性极强，构成了一个深厚博大的古典诗歌意境和语境。在某种意义上，这种诗歌语言已经走向了完成，失去了原创的新鲜感与爆发力，容易蜕化为精巧滑腻的程式化语言。诚如有学者指出，自晚清以来，古典诗歌由于"形式的僵化和语言的板结现象问题，长时间的作茧自缚使它已经无法接纳和展望正在变化的生活现实与语言现实"①。

这样，开创新的语言资源、表达方式、审美形式等任务也就落到了新诗人身上，而正是在这些诗学层面，新诗的发展不尽如人意，对新诗的"非诗化"、"散文化"的指责伴随着新诗的发展进程。正是在抒情方式和语言艺术的层面上，穆旦表现出与古典诗歌以及"五四"白话新诗的质的差异，既不同于古典诗歌追求圆融的"天人合一"的美学境界，也不同于"五四"时期新诗语言的简单白话化与感情的浪漫泛滥，以及早期现代派或晦涩离奇、或朦胧迷离的诗美追求，穆旦在抒情方式与语言运用层面上以感觉向理智凝聚而发生诗情，在感情和理性，感性和玄理等既对立又关联的艺术空间中扩展语言的诗性张力。穆旦的语言内敛而深沉，凝重而厚实，沉静而近于冷酷，扭曲而近于艰涩，将语言坚实的质地发挥到了极致，在语言的坚实碰撞之中延伸了语言的弹性，真正激活了现代汉语的诗性潜力。穆旦诗歌抒情方式上戏剧化的表

---

① 王光明：《现代汉诗的百年演变》，河北人民出版社 2003 年版，第 55 页。

达策略以及语言层面上的知性化追求,前文已有所论述。这里,再从意象的创造、使用方面,论述穆旦诗歌的表达艺术技巧。

穆旦笔下的意象新鲜、离奇,在以新奇刺激读者的同时,使情思在意象的承载中获得复杂内蕴。当然,与戏剧化手法、知性化策略更多的是从西方借鉴、移植不一样,意象似乎具有传统诗学的渊源与背景。在某种意义上,意象可以说是传统诗学的一个核心概念与范畴,意象所具有的含蓄蕴藉、暗示间接的美学效果也是古典诗歌的一个典型特征。叶维廉所指出的古典诗歌"视觉事象共存并发。空间张力的玩味、绘画性、雕塑性"、"蒙太奇(意象并发性)——叠象美"[1] 等美学特征都与古典意象的运用紧密相关。不过,值得一提的是,古典诗歌中意象的成功运用及其美学效果的生成与一种"文化情境"(A civizational situation)相关,即与传统的"天人合一"的宇宙模式和文化思维休戚相关。所谓"任无我的'无言独化'的自然作物象本样的呈现"、"使物象有强烈的视觉性和具体性及独立自主性"[2] 等古典诗歌中意象的含蓄蕴藉、言有尽而意无穷的美学特质都与传统的"天人合一"、超然物外的静态的宇宙观念、审美范式息息相关。当然,这既使古典诗歌具有一种含蓄的意境之美,也在一定程度上使其形成一个日趋封闭乃至僵化的抒情机制。在现代,随着"天人合一"的静态的"文化情境"的失去,传统意象于现代新诗表达的价值与意义,显然需要一种谨慎的分析、考量。不少研究者出于对传统意象的含蓄性、意境化等美学特质的留恋与向往,力图使西方现代诗歌的表现手法与传统意象相融合,甚至将此视为诗歌评判的一个最高理想与准则。对此,有研究者认为:

> 但并不是说,只要皮相地了解西方诗的语言方式和形式构造,并随意沾取旧诗的某些意境,便可制作一种新的诗歌形式。这恰恰是"中西融合"倡导者的理想诗歌模式,这一模式的根本缺陷在于,其诗中过于厚重的古典意绪淹没了本应支撑和推动新诗发展的

---

① 叶维廉:《叶维廉文集》(第一卷),安徽教育出版社 2002 年版,第 118 页。
② 叶维廉:《叶维廉文集》(第一卷),安徽教育出版社 2002 年版,第 118 页。

现代意识，免不了重蹈"旧瓶装新酒"的覆辙。①

可见，新诗的发展或者说一种新的诗歌形式的建构，并不是仅仅依凭向传统意象、古典意境的回归就可以达到、完成的。新诗要面对繁复的现代世界"发言"，抒写一种现代意识，在某种程度上恰恰需要突破传统意象、意境的诗美空间，另辟一个新的表意空间。这也是诸多趋向于古典意象、意境回归的新诗创作并不十分成功的内在缘由。即使如戴望舒对古典意象、意境的化用，也给人一种诗歌格局并不阔大的感觉。显然，由于语言工具的转变（从文言转向白话），面对诗意的匮乏和诗美的放逐（这是新诗表达上的一个结症），新诗并不能简单地寻求向古典意象、意境的回归，而是需要寻求新的表达策略。对此，穆旦有着一种较清醒的诗学自觉。也是在这个诗学层面上，穆旦强调："要排除传统的陈词滥调和模糊不清的浪漫诗意，给诗以 hard and clear front"②，"深刻的生活体会，不能总用风花雪月这类形象表现出来。"③ 并且，在"新的抒情"诗学主张中，明确指出"'新的抒情'应该遵守的，不是几个意象的范围，而是诗人生活所给的范围"④。这些都明显地表达出一种诗学的自觉，即新诗应该突破传统的风花雪月的意象，创造出具有现代内涵的意象。

在这个意义上，可以说穆旦的意象观依然更多地来自西方的现代意象诗论，而与中国古典意象理论有所区别。现代西方以庞德为首的意象主义运动是对浪漫主义诗歌的滥情主义倾向的纠偏，力图寻求一种更为有力和凝练的诗歌表达方式。西方有研究者认为，"意象主义也许最好被看作一种关于'坚实'的学说，这一运动的词汇中最常用的涵盖最广的概念就是'坚实'……'坚实'适用于风格、节奏和情感。从意象主义者的声明判断，诗歌可通过许多途径变得坚实起来：（1）削除

---

① 张桃洲：《现代汉语的诗性空间》，北京大学出版社 2003 年版，第 93 页。
② 穆旦：《穆旦诗文集》（第二卷），人民文学出版社 2007 年版，第 145 页。
③ 穆旦：《穆旦诗文集》（第二卷），人民文学出版社 2007 年版，第 145 页。
④ 穆旦：《穆旦诗文集》（第二卷），人民文学出版社 2007 年版，第 55 页。

一切虚饰，使它臻于简练；（2）接近日常用语，传达日常生活的某些坚实性；（3）倾向具体的客观事物，避免感情泛滥；（4）在提供主题的准确报道时，采取类似科学家的'坚实'方法，对事实细节作严密的观察"①。这样，有别于传统的对意象的界说所呈现的一种大而化之的含糊、混沌（由于传统"天人合一"文化思维的影响，以及与中国古典文论的整体风格相关，传统的对意象的界说也呈现出一种大而化之的混沌性，当然，亦有一种含糊的丰富性），穆旦对意象的理解更多的是在情感传达的具体性、坚实性这个诗学层面上展开。在这里，重要的是以意象来捕捉、呈现瞬间感觉的具体性，使情思在意象的承载中获得复杂内蕴。在晚年涉及自己创作方法的一封信中，穆旦写道："这首诗（指《还原作用》）是仿外国现代派写成的，其中没有'风花雪月'，不用陈旧的形象或浪漫而模糊的意境来写它，而是用了'非诗意的'辞句写成诗。这种诗的难处，就是它没有现成的材料使用，每一首诗的意思，都得要作者去现找一种形象来表达；这样表达出的思想，比较新鲜而刺人。"② 这即是突破传统"浪漫而模糊的意境"，在精准、坚实、新奇的意象创造中，达致"新鲜而刺人"的陌生化诗学效应，拓展新诗的表意空间。

在穆旦的笔下，意象的创造与使用新奇、独特，时常冒出同时期诗人的诗中不曾或极少出现的意象。譬如穆旦的笔下出现了"子宫"的意象："从子宫割裂，失去了温暖"（《我》）、"水流山石间沉淀下你我，/而我们成长，在死底子宫里"（《诗八首》之二）。诚如王佐良指出，"子宫"二字"在英文诗里虽然常见，中文诗里却不大有人用过。在一个诗人探问着子宫的秘密的时候，他实在是问着事物的黑暗的神秘。性同宗教在血统上是相联的"③。"子宫"意象富有神秘性，表征着对生命起源的一种追问，也具体地传达出诗人对个体生命存在的思索和

① 马·布雷德伯里、詹·麦克法兰著：《现代主义》，胡家峦等译，上海外语教育出版社1992年版，第214页。

② 穆旦：《穆旦诗文集》（第二卷），人民文学出版社2007年版，第190页。

③ 王佐良：《一个中国新诗人》，《文学杂志》第2卷第2期，1947年。

探究。另一个在穆旦诗中反复出现的独创性意象是"八小时","八小时工作，挖成一颗空壳"（《还原作用》）、"从中心压下挤在边沿的人们，/已准确地踏进八小时的房屋"（《裂纹》）、"我想要离开这普遍而无望的模仿，/这八小时的旋转和空虚的眼"（《我想要走》）。"八小时"这个独特的意象表达出诗人对现代人在工业文明中的生存方式的洞察、反思、乃至批判。可以说，这是以一个具体而独特的意象承载了一种深邃、玄妙的智性思考，诗歌的表达也获得了一种简练、坚实而新奇的艺术效果。诗作《春》的开篇首句："绿色的火焰在草上摇曳"，意象新奇而富有动感与活力，也是对数千年来"伤春"意象的有力突破，具有一种锋利的现代主义语言质感。而在《五月》中，穆旦以戏仿的五首古典七言诗嘲弄、解构了传统的"布谷"、"荷花"、"飞絮"、"秋月"、"墓草"、"扁舟"、"碧江"、"晚霞"、"炊烟"等诸多意象，同时在并置的新诗中创造了"勃朗宁"、"左轮"、"弹道"、"总枢纽"、"炮火"等现代意象，在古典的和现代的语言及形式之间构成诗性张力，凸显出严酷的现实面前，古典优雅意象的苍白无力。穆旦对传统意象的驱逐以及创造新奇意象的良苦用心与艺术抱负于此历历可见。同样，在爱情诗的创作中，穆旦也有着意象的巧妙运用：

> 你底年龄里的小小野兽，
> 它和春草一样地呼吸，
> 它带来你底颜色，芳香，丰满，
> 它要你疯狂在温暖的黑暗里。
>
> 我越过你大理石的理智殿堂，
> 而为它埋葬的生命珍惜；
> 你我底手底接触是一片草场，
> 那里有它底固执，我底惊喜。
>
> ——《诗八首》之三

这里表达的是爱恋过程中生命激情与冲动，穆旦拒绝了传统吟唱酬和的抒写方式，通过独特的意象而把爱恋中的冲动、激情、犹豫等具体而传神地表达出来。"野兽"、"春草"、"大理石"、"殿堂"、"草场"等组成了一个"意象群"，凝定了整个爱恋中生命潜在冲动打开的过程。"野兽"、"春草"表示着爱的冲动和生命的激情，暗示在爱恋过程之中青春激情的勃发，而带来爱的美丽，"颜色，芳香，丰满"，自然地表达出爱恋中生命的一种自我敞开，而以"大理石"的冰冷、坚硬形容"理智"的冷峻，以"埋藏的生命"指称爱的冲动与内心激情，诗句将越过理性的栅栏而抵达爱的冲动的生命敞开过程表述得深沉而内敛。"你我底手底接触是一片草场"，既跟前面的"春草"对应，也是对自《圣经》开始的诸多经典文本都使用的"草场"隐喻的借用，暗指生命的本能冲动或者说"性"的冲动。这似乎是对两情相悦的爱的欢乐的描述，然而显示着一种理性的冷峻，整个爱恋过程表达得凝练而隐晦。整首诗将"丰富而且危险"的爱的体验化入新奇、可触的意象之中，获得了具体、坚实的诗美效果，也是"诗八首"中结构最严谨、完美的一首。

可以说，穆旦在意象的创造、运用方面颇为独特、精妙。这种意象的营造法则，袁可嘉称为意象营造的现代法则，"现代诗人在十分厌恶浪漫派意象比喻的空洞含糊之余，认为只有发现表面极不相关而实质有类似的事物的意象或比喻才能准确地、忠实地，且有效地表现出自己；根据这个原则而产生的意象便都有惊人的离奇，新鲜和惊人的准确，丰富"。如此创造的意象，一方面以新奇刺激读者，"使读者在突然的棒击下提高注意力的集中，也即是使他进入更有利地接受诗歌效果的状态"；另一方面读者会在"稍稍恢复平衡"之后，"恍然于意象及其所代表事物的确切不移，及因情感思想强烈结合所赢得的复杂意义"①。这样，意象的创造在表达和接受方面以一种精确、新奇而获得了陌生化的诗美效应。

---

① 袁可嘉：《论新诗现代化》，生活·读书·新知三联书店 1988 年版，第 18 页。

　　这是穆旦对传统意象的一种有意反抗与突破，也使意象的创造具有陌生化艺术效果。穆旦笔下的意象离奇、新鲜、精确，不再仅仅是对古典意象的简单回归或化用，而是突破传统的诗学成规，对现代瞬间感觉的一种具体捕捉，并通过"发现表面极不相关而实质有类似的事物"的联系，以突兀新奇的意象营造达到对情思的具体承载。在这里，奇特的意象，超常的想象力等融合在一起，由此形成诗歌结构的内在张力以及整体的陌生化的新奇效果。这种陌生化效果在某种程度上也是穆旦诗歌的"非中国性"特征之一。然而，这种意象的陌生化艺术追求不仅是新诗不断发展、再生的一个内在动力，使新诗呈现出新的活力和可能性，而且也与戏剧化的表达策略以及知性化的语言策略共同构成穆旦特殊的诗学构想与创作实践。更重要的是，这些诗学构想与艺术技巧使穆旦真正获得了对现实"发言"的能力和力量，并通过揭示"一个现代心灵的全部敏感性、矛盾复杂性及其对意义的执着寻求"①，给现代新诗带来了一种尖锐的思辨性，以一种"非中国性"的突破，将现代新诗的表现力带入一个新的境界。这当然是借镜西方现代艺术资源的一个诗学结果，也是西南联大学院文化资源熏陶、滋润的艺术产物。在这里，场域与惯习的互动关联最终影响、左右着穆旦诗艺的转变与诗歌品质的生成。

　　作为一位学院诗人，穆旦在一种学院化的诗学认知与诗歌实践中，使现代新诗摆脱了情感的浪漫感伤与语言形式的泛滥无形，超越了抒情主义的诗学图景，无论是苦难生命意识的表达以及宗教情怀的凸显，还是抒情方式上戏剧化的努力，语言层面上诗性张力的追求，以及新奇意象的创造，都使现代新诗真正具有了现代品格。诚如有学者指出，"在穆旦这里，我们不无激动地看到，现代汉语承受着较古典式'含蓄'更意味丰厚也层次繁多的'晦涩'；……诗也可以写得充满了思辨性，充满了逻辑的张力，甚至抽象，抛开了士大夫的感伤，现代中国的苦难

────────────

① 王家新：《穆旦与"去中国化"》，《诗探索》（理论卷）2000 年第 3 辑。

意识方得以生长，抛开了虚静和恬淡，现代中国诗人活得更真实、更不造作，抛开了风花雪月的感性抒情，中国诗照样还是中国诗，而且似乎更有了一种少见的生命的力度。总之，穆旦运用现代汉语尝试建立的现代诗模式，已经拓宽了新诗的自由生长的空间"①。可见，在苦难意识的承受中，在"非中国性"的技巧借鉴与艺术传达中，穆旦以现代汉语坚实的语言质地承载起现实生存感受的诗意传达，从而突破了古典诗歌的固有格局。这既是穆旦诗歌品质的集中体现，也显示出新诗的真正艺术生命力。

---

①　李怡：《论穆旦与中国新诗的现代特征》，《文学评论》1997 年第 5 期。

第七章　西南联大校园文化氛围的
转变与朗诵诗的兴起

在战争的非常环境中，依托于一个自由、独立的学院空间，以冯至、穆旦为代表，包括杜运燮、郑敏、袁可嘉、王佐良、罗寄一等在内的西南联大诗人群，无论在生存体验的开掘、表达，还是抒情方式、语言运用层面的诗学实验等方面，都处于时代诗艺探索的最前沿。他们的诗歌实践及艺术成果无疑构成了新诗发展历程中重要的一环，甚而改变了20世纪40年代文学场的结构性质素，亦重塑了文学场的生态，使20世纪40年代的诗歌创作呈现出丰富的面相。在这个意义上，正是这个创作层面的存在，使人们今天无法忽视西南联大诗人群。

不过，西南联大诗人群的创作形态是丰富多样的，祛除对历史的本质主义认知，可以发现，西南联大后期，随着社会现实的恶化，"左"倾思潮在校园日益蔓延。在日趋激进的社会文化思潮的刺激与影响之下，文艺社、新诗社等文学社团极力追求文学的社会功利性，新诗社更是积极提倡朗诵诗创作。可以说，朗诵诗创作及其背后的文学立场，构成了我们理解、把握西南联大诗人群不可或缺的一部分。在这个意义上，多数研究者在一种本质化的认知中，先在地将西南联大诗人群视为一个学院派现代主义诗人群体，从而将联大后期何达等新诗社诗人的朗诵诗创作排斥于研究范畴之外，无疑是对历史的一种暴力切割。西南联大朗诵诗创作是联大后期校园文化氛围在艺术层面上的一个症候，也是何达等后期联大诗人根据各种外在条件主动选择的结果，涉及文学场的内在分化、规则转化等问题。这背后隐含着某种资本分布及权力配置关系，这种权力关系是特定历史条件的产物，与 20 世纪 40 年代社会政治形势的变化紧密相关。我们需要将朗诵诗创作纳入西南联大诗歌创作的整体研究中，以期突破本质化研究对历史的遮蔽，呈现出历史本身的丰富肌理。这也是将西南联大诗人群放置于 20 世纪 40 年代的历史场域中，在更大范围内的历史脉络和整体的场域结构中考察、把握西南联大诗人群。

第一节　学术与政治：联大校园文化氛围的转变

在战争的艰难岁月中，西南联大逐步生成了一种师生风雨同舟、潜心学术的学院文化氛围，成就了一个教育奇迹。这与诸多联大教师身处逆境，依然孜孜于学术追求密切相关。这背后则是一种知识分子与国家患难与共、砥砺抗战的情怀。在此情怀砥砺之下，联大师生同甘共苦，克服贫困，形成了一种风雨同舟、坐而论道的良好学院文化氛围。不过，1943 年前后，随着经济形势的进一步恶化，以及社会越发严重的贪腐和不公，联大知识分子群体心态出现了转变的征兆，"关注的焦点已不再局限于学术领域……他们对通货膨胀、吏治腐败、经济萧条、社会不公等问题极为敏感"①。据西南联大经济系教授杨西孟统计，至 1943 年下半年，昆明物价为抗战初期的 404 倍，联大教职员薪金实值仅相当于战前薪金 8.3 元，为抗战以来最低点。1944 年至 1945 年上半年薪金实值也一直盘桓于 10 元左右。如此，"在抗战后期大学教授以战前八元至十元的待遇怎样维持他们和他们家庭的生活呢？这就需要描述怎样消耗早先的储蓄，典卖衣物及书籍，卖稿卖文，营养不足，衰弱，

---

①　[美] 易社强著：《战争与革命中的西南联大》，饶佳荣译，九州出版社 2012 年版，第 279 页。

疾病，儿女夭亡，等等现象。换句话说，经常的收入不足，只有消耗资本，而最后的资本只有健康和生命了"①。联大教师李树青回忆道："由于通货过于膨胀，物价暴涨，国民经济已濒于崩溃边缘。因而公教人员的生活真是鹑衣百结，典当俱空，贫困不堪。1944—1945 年间，当每月发薪之日，我们都用洗衣袋到会计处去盛装崭新的一袋钞票。这袋钞票（法币）的实际价值约合美金 10 元左右。即须用作一家数口的仰事俯蓄的用度，实在不足。家口多的人家尤为困难。经济上的拮据，导致了思想上的激化。"② 这种日益恶化的生存环境、社会政治的腐败，以及政府对思想的管控等，对联大诸多教师认知立场的日趋激进不无推波助澜之功用。

在社会政治思想层面，1943 年 3 月 10 日，国民政府出版了蒋介石《中国之命运》一书。据费正清叙述，联大不少学者称《中国之命运》为一派胡言，既讥讽它，又为它感到可耻，而国民党出版《中国之命运》，也导致了其自身意识形态的基本瓦解，尤其失去了联大多数自由主义知识分子的尊重和信任。由此，费正清认为 1943 年可视为联大知识分子群体"心理上的转折点"，"各系的教授们声明他们对当局已没有义务可履行。为了活下去，有什么办法，就用什么办法"③。费正清的描述或许略显夸张、偏颇，但联大知识分子群体心理上的转折已逐步酝酿是不争的事实。时任联大常委的蒋梦麟在给胡适的一封信中亦写道：

> 联大苦撑五载，一切缘轨而行，吾辈自觉不满，而国中青年仍视为学府北辰，盛名之下，难副其实。图书缺乏，生活困苦（物价较战前涨百倍以上），在此情形之下，其退步非人力所可阻止。弟则欲求联大之成功，故不惜牺牲一切，但精神上之不痛快总觉难

①　北京大学等编：《国立西南联合大学史料·教职员卷》，云南教育出版社 1998 年版，第561 页。

②　李树青：《"民主的堡垒"》，载西南联大北京校友会编《笳吹弦诵情弥切——国立西南联合大学五十周年纪念文集》，中国文史出版社 1988 年版，第 40 页。

③　费正清：《费正清自传》，天津人民出版社 1993 年版，第 316—318 页。

免，有时不免痛责兄与雪艇、孟真之创联大之议。

作为联大的领导者之一，蒋梦麟 1943 年前后的灰心丧气可见一斑。并且，这种心灰意冷在联大教师那里有着广泛的共鸣。罗常培亦描绘了一幅惨淡的画面：

> 在昆明住了六年，颇有沉闷孤寂之感！……偶尔写一点东西，错处没人修正，好处没人欣赏……我渐渐失去了学术重心，专以文科而论，如锡予、如觉明，都是想做些事的，一则限于经费，一则限于领导者的精力，处处都使工作者灰心短气。①

从这些书信可以窥探联大知识分子群体心态转变的一些征兆。联大历史系教授孙毓棠后来回忆道："当时人人都在经历某种转变。原来不反国民党的变为要反国民党了，原来不问政治的变为激进的人了（如闻一多），也有原来是纯学者而后来变为很反动的。这些转变主要是由于国民党徇私舞弊、腐败堕落、社会不满所致。"② 显然，这种转变对联大影响深远，诚如有研究者所指出，这标志着"部分师生对政治、社会和经济现状越来越不满，使联大变为唤醒民众的策源地"③。在这个意义上，1943 年可以视为联大校园文化氛围转变的一个分水岭。在这种日趋激进的文化氛围中，联大早期那种师生风雨同舟、潜心学术的学院文化氛围逐步瓦解、消散，联大不少师生的知识立场与社会认知发生了很大的转变，"左"倾思潮也逐步在校园蔓延。

譬如，践行学术自由、坐而论道的学术团体"十一学会"1943 年以后在政治文化层面也发生了某种转变，"在一次聚会上，潘光旦提出会员参加中国民盟的问题。大家争论得不可开交……在闻一多加入社团后，聚会变得纷乱起来。1945 年初，十一学会和《自由论坛》杂志联

---

① 见《胡适来往书信选》，转引自［美］易社强著《战争与革命中的西南联大》，饶佳荣译，九州出版社 2012 年版，第 253—254 页。

② 转引自［美］易社强著《战争与革命中的西南联大》，饶佳荣译，九州出版社 2012 年版，第 295 页。

③ ［美］易社强著：《战争与革命中的西南联大》，饶佳荣译，九州出版社 2012 年版，第 303 页。

合举办了一系列公共论坛，参与者既有燕树棠之类的保守分子，也有罗隆基、张奚若和潘光旦这样的激进派。这些讨论激发了大家对时事的热情。……最后这个社团越来越多地参与政治，学术活动则用来装饰门面，其实是在讨论时政"①。由"十一学会"的活动及其后来的转变，可窥探联大后期政治文化氛围转变之一端。

与此同时，联大校园的学生运动也日趋激进。1944 年 5 月 8 日，联大《文艺》壁报社等学生社团组织筹划了"五四"文艺晚会，数千人参会。闻一多等学者做了演讲，其激进立场与言论在学生中引发了广泛的共鸣。《云南日报》如此报道此次晚会："有什么能够代表联大吗？记者认为就是今天这个晚会。你不见，在傍晚的时候，昆北街上，公路两头，就像潮涌般的人都向着新校舍奔去。这时可以用一句俗话形容：'山阴道上，络绎不绝。'真的他们有着远道朝山的行僧一般的虔诚与热望，而这会也真可以比喻做一座香火旺盛的圣地。过去有人说联大像一潭止水，而现在则是止水扬波，汹涌壮阔。"② 此次"五四"文艺晚会可视为联大学生运动自"皖南事变"以后，逐步复苏的一个症候。《联大八年》亦记载道："那一天真可以说是联大学生精神复兴的一天，每一个都那样精神勃勃的，仿佛他们在那时已经看出：在今后两年之内，他们要负担起重大的责任；也仿佛他们已经看到：从今天起，他们不必再沉溺于苦闷与消沉之中了。"③ 由此可见联大后期激进文化思潮之一斑。

1944 年 12 月 25 日，联大学生自治会联合云大等校学生举行"护国纪念"大会，会后并举行游行。据联大学生自治会成员程法伋所述，"自治会决定在这一天扩大纪念，联合地方势力，利用地方和中央的矛

---

① ［美］易社强著：《战争与革命中的西南联大》，饶佳荣译，九州出版社 2012 年版，第 295—296 页。

② 《浪漫的道路——记联大的文艺晚会》，《云南日报》1944 年 5 月 9 日。转引自闻黎明、侯菊坤《闻一多年谱长编》（下卷），上海交通大学出版社 2014 年版，第 622 页。

③ 资料室：《三十三年五四在联大》，载《除夕副刊》主编《联大八年》，新星出版社 2010 年版，第 29 页。

盾，冲破国民党控制，喊出要求民主、反对法西斯统治的呼声，出版联合壁报，举行纪念集会。……这是昆明学生沉默多年后第一次上街游行，也是联大学生自治会新生后第一次和云大等校一起组织游行，同学们兴奋极了。从此，这座宁静的山城和它的居民多次看到学生队伍上街"①。据易社强考察，筹备、组织这次纪念大会的民盟成员既有中共地下党员楚图南和周新民，也有政治上活跃的知名教授，如联大的潘光旦、闻一多、曾昭抡、吴晗等。潘光旦、闻一多、曾昭抡等知识分子的加入，表明国民政府已经失去了诸多知识分子原有的尊重和信任，这一行动本身代表了一个新的里程碑。而联大学生自治会等学生团体参与其中，亦表明联大学生已投身社会运动，准备扮演历史角色，充当唤醒大众的先锋。② 1945 年 4 月 6 日，联大学生自治会发表"国是问题"宣言。这是联大学生自治会第一次发表政治性宣言，亦表征着联大学生政治步入一个新时代，全面地卷入社会的民主政治运动。

　　显而易见，在联大后期，随着经济的萧条、政治的腐败、社会的不公等现象的加剧，联大师生亦日趋激进，逐步分化，激进主义思潮在联大风起云涌。在严酷的现实面前，联大尽力营造安宁的学院氛围，以从事自由的学术研究已经变得异常艰难。如果说，联大早期形成了一个风雨同舟、相互砥砺的高知社群，这种同人社群意识使联大在战争侵扰、空袭威迫的艰难困苦中依然承担起文化传承的使命，那么在联大后期，随着国内环境的恶化，激进主义思潮的兴起使联大社群意识逐渐瓦解，联大早期那种师生潜心钻研学术的学院文化氛围也逐步消散。而"一二·一"惨案的发生，表征着西南联大学院空间在社会暴力面前不堪一击。惨案的发生显然是当局蓄意为之，是可怖的官方恐怖主义，这"表明在动荡的环境中联大无法维持安宁。在暴力面前，联大的'民主堡垒'被证明毫无防御能力"，联大在官方恐怖主义面前显得脆弱无

　　① 程法伋：《联大后期学生自治会理事会的活动》，载西南联合大学北京校友会编《笳吹弦诵在春城——回忆西南联大》，云南人民出版社 1986 年版，第 457—459 页。
　　② ［美］易社强著：《战争与革命中的西南联大》，饶佳荣译，九州出版社 2012 年版，第292—293 页。

力。作为一所在艰难的战争年代里坚持文化传承与学术创造的高等学府，联大在八年里"完成了保持知识之灯常明的使命"，而随着"教师和学生趋于政治化，学术群体的关系日益松散，象征着这所大学即将瓦解"①。惨案的发生，标示着西南联大独立、自主的学院空间已不复存在。

冯友兰亦认为"一二·一"运动以后，"联大在表面上平静无事了，其实它所受的内伤是很严重的，最严重的就是教授会从内部分裂了，它以后再不能在重大问题上有一致的态度和行动了。从五四运动以来多年来养成的教授会权威丧失殆尽了。原来三校所共有的'教授治校'的原则，至此已成为空洞的形式，没有生命力了"②。这也表征着梅贻琦致力于守护的不受战争摧残和政治影响的自由大学之理念的破灭。作为联大的主要领导者，梅贻琦一直费尽心力维护安宁的校园氛围，然而外界势力不断地侵入校园。比战争更具有破坏力的是，联大后期激进主义的风起云涌使联大社群意识瓦解裂散，学术与政治的纠葛、对峙使梅贻琦奋力守护的独立、自由的学院文化理念最终被社会暴力所击碎。梅贻琦内心深处亦不无失望、悲愤，1946 年 3 月 11 日日记载："下午再整理花草，甚感兴趣，惜对于园艺无多研究。以后有暇当更致力。从事教育逾卅年，近来颇感失望。他日倘能如愿，吾其为老圃乎!"③ 4 月 14 日亦记载："下午昆明联大校友会有'话别'会，余因恶其十二月强梁改组之举动，故未往。晚，勉仲来告开会情形，更为失望。会中由闻一多开谩骂之端，起而继之者亦即把持该会者。对于学校大肆批评，对于教授横加侮辱，果何居心必欲如此乎？民主自由之意义被此辈玷污矣。然学校之将来更可虑也。"④ 这种心灰意冷与悲愤，以及梅贻琦与闻一多等人的分歧正是联大社群分化、裂散的一个典型症

---

① 参见［美］易社强著《战争与革命中的西南联大》，饶佳荣译，九州出版社 2012 年版，第 311—312 页。

② 冯友兰：《三松堂自序》，人民出版社 2008 年版，第 305 页。

③ 黄延复等整理：《梅贻琦日记 1941—1946》，清华大学出版社 2001 年版，第 206—208 页。

④ 黄延复等整理：《梅贻琦日记 1941—1946》，清华大学出版社 2001 年版，第 213 页。

候，无不表明在联大后期的政治纷争中，那种坐而论道、砥砺情怀的良好学院文化氛围已经一去不返。

第二节　闻一多的政治转变与联大朗诵诗的发生

联大后期校园文化氛围的激进转变是一个不争的事实，并且这种政治文化氛围的转变对包括诗歌创作在内的联大文艺活动影响深远，联大后期朗诵诗创作的兴起即是此种政治文化思潮的产物。当然，从激进的政治文化思潮到具体的朗诵诗创作，其间的历史肌理亦缠绕、复杂，远非社会思潮与文学创作的一种简单对应，而是关涉一种政治的诗学在联大的悄然发生。因此，我们需要深入历史的丰富肌理，揭示西南联大朗诵诗的兴起及其诗学意义。

在这一政治的诗学运动的兴起、发展中，闻一多无疑是一个重要的中介。一方面，在联大后期政治文化的转变中，闻一多的政治转变尤为显著；另一方面，作为联大的知名学者，闻一多的政治转变及其文学立场的转向，在学生中产生了深远的影响。身为诸多文学社团的导师，闻一多后期也身体力行地支持、引导朗诵诗创作，对西南联大朗诵诗创作的兴起、发展不无促发、推引作用。在某种意义上，朗诵诗创作在西南联大的兴起与闻一多后期的政治转变及其身体力行的指导紧密相关。这样，以闻一多后期的政治转变为切入点，来探讨联大朗诵诗的发生及其诗学路径，不失为一个有效的研究途径。

一

在惨烈的战争环境中，西南联大"负其鸡鸣不已之责任，以为国家民族在学术上延一线之命脉"，诸多联大教师孜孜于学术追求，以传承民族文化为己任。闻一多在联大早期亦潜心于学术研究。在长沙临时大学南岳分校期间，据同室的钱穆所述："室中一长桌，入夜，一多自燃一灯置其座位前。时一多方勤读《诗经》《楚辞》，遇新见解，分撰成篇。一人在灯下默坐撰写。"① 在战争的简陋条件下，闻一多依然潜心学术、著述不断。据郑天挺回忆，在蒙自分校期间，闻一多"非常用功，除上课外从不出门。饭后大家都去散步，闻总不去。我劝他说，何妨一下楼呢？大家都笑了起来，于是成了闻的一个典故，也是一个雅号，即'何妨一下楼主人'"②。由此雅号，可见闻一多心无旁骛地专注于学术。闻一多在同时期致张秉新的信中写道："蒙自环境不恶，书籍亦可敷用，近方整理诗经旧稿，素性积极，对国家前途只抱乐观，前方一时之挫折，不足使我气沮，因而坐费其学问上之努力也。"③ 张秉新为清华一毕业学生，任教于香港华侨中学，当时闻一多家眷即将远赴蒙自，闻一多希望张能够在家眷途经香港时，予以照顾，故有此信。此信前半段言及照顾事宜，在后半段闻一多对昔日的学生畅谈了自己的境况，不愿"坐费其学问上之努力也"，闻一多在艰难时局中的自我学术坚守亦由此可见。

闻一多的这种学术坚守在 1938 年 1 月 26 日致顾毓琇信中有着集中的表达。本月闻一多自长沙临时大学回家省亲，在武汉遇见昔日老友顾毓琇，顾时在教育部任次长，力邀闻一多到新组建的战时教育委员会任职。闻一多拒绝了此邀请，并致信顾毓琇：

　　一樵兄：承嘱之事，盛意可感。惟是弟之所知，仅国学中某一部分，兹事体大，万难胜任。且累年所蓄著述之志，恨不得早日实现。近甫得机会，恐稍纵即逝，将使半生勤劳，一无所成，亦可惜也。老友中惟我辈数人，不甘自弃，时以事业相砥砺，弟个人得兄之鼓励尤多，每用自庆。但我辈作事，亦不必聚在一处，苟各自努

---

　　① 钱穆：《八十忆双亲·师友杂忆》，生活·读书·新知三联书店 2005 年版，第 200—201 页。

　　② 郑天挺：《滇行记》，载西南联合大学北京校友会编《笳吹弦诵情弥切——国立西南联合大学五十周年纪念文集》，中国文史出版社 1988 年版，第 329 页。

　　③ 闻一多：《闻一多书信选集》，人民文学出版社 1986 年版，第 297 页。

力，认清方向，迈进不已，要当殊途同归也。①

"累年所蓄著述之志，恨不得早日实现"，为了学术事业，闻一多拒绝了顾毓琇的邀请。闻一多的此种学术兴趣与追求，无疑是西南联大诸多在艰难时局中专注学术的学者的形象写照。而在这种学术坚守的背后，则是生活的颠沛流离、困顿不堪。抵达长沙临时大学几日后，闻一多致信妻子，描述了其在长沙的生活状况：

> 到这里来，并不像你们想的那样享福。早上起来，一毛钱一顿的早饭，是几碗冷稀饭，午饭晚饭都是两毛一顿，名曰两菜一汤，实只水煮盐拌的冰冰冷的白菜萝卜之类，其中加几片肉就算一个荤。加上这样一日三餐是在大食堂里吃的，所以开饭时间一过了，就没有吃的。……我述了这种情形并非诉苦，因为来到这里，饭量并未减少，并且这样度着国难的日子于良心甚安。听说南开大学校长张伯苓先生还自己洗手巾，袜子，我也在照办。讲到袜子，那双旧的，你为什么不给我补补再放进箱子里？②

闻一多等学府知识分子与国家患难与共、砥砺抗战的情怀于此可见。正是在此情怀砥砺之下，联大师生同甘共苦，克服困难，保持了一种蓬勃、昂扬、富有创意的精神生活，并营造出一种良好的学院文化氛围。1943 年前后，随着国内环境的恶化，联大校园文化氛围逐步发生转变。而闻一多此后的显著转变，则是联大后期政治文化的一种典型症候。

1943 年前后，昆明物价暴涨不已，闻一多为解决家庭生活问题，于 1944 年 1 月挂牌治印。闻一多后来在致兄长信中写道："弟之经济状况，更不堪问。两年前时在断炊之威胁中度日，乃开始在中学兼课，犹复不敷，经友人怂恿，乃挂牌刻图章以资弥补。最近三分之二收入，端

---

① 转引自闻黎明、侯菊坤编《闻一多年谱长编》（上卷），上海交通大学出版社 2014 年版，第 456—457 页。

② 闻一多：《闻一多书信选集》，人民文学出版社 1986 年版，第 255 页。

赖此道。"① 这种恶化的生存环境，以及政治层面的思想管控等，对闻一多政治立场的日趋激进不无催生、推引作用。蒋介石《中国之命运》一书出版后，据闻一多自述："《中国之命运》一书的出版，在我一个人是一个很重要的关键。我简直被那里面的义和团精神吓一跳，我们的英明的领袖原来是这样想法的吗？五四给我的影响太深，《中国之命运》公开的向五四宣战，我是无论如何受不了的。"② 在这种社会政治环境中，闻一多的自我认知、行动抉择等发生了转变。闻一多后来在致兄弟的信中，如此叙及自己的认知转变：

> 囊岁耽于典籍，专心著述，又误于文人积习，不事生产，羞谈政治，自视清高。抗战以来，由于个人生活压迫及一般社会政治上可耻之现象，使我恍然大悟，欲独善其身者终不足以善其身。③

正是在这种认知转变中，闻一多逐渐步出书房，投身社会民主运动。1944 年 9 月 25 日，闻一多致堂弟闻亦博信，叙及中国的社会现实以及自己投身社会民主运动的诉求：

> 今日之事，百孔千疮，似若头绪纷繁，而夷考其实，则一言可以尽之，无真正民主政治是也。惟纵观各国之享有民主者，莫不由其人民努力争来，今日我辈之无思想言论自由，正以我辈能思想能言论者，甘心放弃其权利耳。且真正民主之基础，即在似若无足轻重之每一公民。由每一公民点点滴滴获得之自由，方为真正自由。故享自由若为我辈之权利，则争自由即为我辈之义务。明乎权利义务之不可须臾离，则居今之世，我辈其知所以自处矣。④

闻一多由学院学者转向社会"民主斗士"的心迹于此表露无遗。在这种行动抉择中，闻一多的政治文化立场、见解言论也日趋激进。1944 年 5 月 3 日西南联大历史学会举行纪念"五四"二十五周年座谈

---

① 闻一多：《闻一多书信选集》，人民文学出版社 1986 年版，第 325 页。
② 闻一多：《八年来的回忆与感想》，载《除夕副刊》主编《联大八年》，新星出版社 2010 年版，第 10 页。
③ 闻一多：《闻一多书信选集》，人民文学出版社 1986 年版，第 325—326 页。
④ 闻一多：《闻一多书信选集》，人民文学出版社 1986 年版，第 321 页。

会。周炳琳、张奚若、闻一多、潘光旦、雷海宗、吴晗等二十位教师，以及近三百名学生与会。雷海宗的发言认为学生的本职是学习，坚守学业。闻一多则从自己的经历谈起，主张大家"里应外合"打倒孔家店：

> 学生是国家的主人，有权过问国家的大事，认为一个国家要学生耽误学业去过问政治，就是"不幸"的事情。那么，我要问问：为什么要发生这种"不幸"的事情呢？我不懂历史（注：此语针对雷海宗而言），我只知道，这还不都是因为没有民主！……如今我才明白我们过去究竟干了些什么！过去，我总以为国家大事专门有人去管，无需自己去问，长期脱离了现实。但是，一二十年来和古董打交道，今天也总算得到结论了。……我要重喊打倒孔家店，我也相信我现在有资格说这句话。……我在那故纸堆里钻了很久很久，古董消蚀了我多少生命！我总算摸清了一点底细，其中有精华，但也有许多糟粕，我总算认识了那些反动糟粕的毒害……我们愿意和你们联合起来，把它一起拆穿，和大家里应外合地来彻底打倒孔家店，摧毁那些毒害我们民族的思想。[1]

闻一多这种激进的政治文化立场在致臧克家信中，亦有显明的表达："在你所常诅咒的那故纸堆内讨生活的人原不只一种，正如故纸堆中可讨的生活也不限于一种。你不知道我在故纸堆中所做的工作是什么，它的目的何在……近年来我在联大的圈子里声音喊得很大，慢慢我要向圈子外喊去，因为经过十余年故纸堆中的生活，我有了把握，看清了我们这民族，这文化的病症，我敢于开方了。……你想不到我比任何人还恨那故纸堆，但正因恨它，更不能不弄个明白。你诬枉了我，当我是一个蠹鱼，不晓得我是杀蠹的芸香。虽然二者都藏在书里，他们的作用并不一样。"[2] 由"累年所蓄著述之志，恨不得早日实现"而潜心钻研古籍，到"我是杀蠹的芸香"，闻一多的激进主义政治文化立场在在

---

① 闻黎明、侯菊坤编：《闻一多年谱长编》（下卷），上海交通大学出版社2014年版，第618页。

② 闻一多：《闻一多书信选集》，人民文学出版社1986年版，第315—316页。

可见。在这激进的立场背后，则是一种政治担当以及对知识阶层的自我反叛。1944 年 7 月 7 日，联大壁报协会与云南大学等学校学生自治会在云大至公堂举行抗战七周年时事座谈会。熊庆来、闻一多、潘光旦、杨西孟等十五位教授参会。潘光旦后来在《说学人论政》中叙述道："纪念会的一夕谈里引起的问题很多。其中最有兴趣的一个是：从事于学问的人同时应否有政治的兴趣。" 熊庆来先生发表了否定的议论，认为"我辈做师生的人就应当每人守住他的讲求学术的岗位，孜孜矻矻以赴之，而不应当驰心于学术以外的事务，例如政治、商业之类。"① 据王康记载，闻一多批驳了熊庆来的观点，闻在发言中云：

> 今天在座的先生，谁不是曾经埋头做过十年、二十年的研究的？谁不希望能够继续安心地做自己的研究？……现在，不用说什么研究条件了，连起码的人的生活都没有保障。请问，怎么能够再做那自命清高，脱离现实的研究？

> 国家糟到这步田地，我们再不出来说话，还要等到什么时候？我们不管，还有谁管？有人怕青年"闹事"，我倒以为闹闹何妨？"五四"是我们学生"闹"起来的，"一二·九"也是学生"闹"起来的。请问有什么害处？现在我们还要闹！有人自己不敢闹，还反对别人闹；自己怕说，别人说了，呵，又怕影响了自己的地位和自己的前程。……这就是这些知识分子的态度！②

熊庆来为闻一多的多年老友，闻一多不顾情面的批驳，似不应理解为个人之间的恩怨，而是政治转变后的闻一多对知识阶层的整体警示。这种心迹在 1944 年 7 月 1 日致张奚若信中，有着集中的表达："奚若兄：听说你曾在某处受过一次包围，并奋勇的从重围中杀出。可惜我没资格参加那会议的余兴，否则你知道我是会属于那条阵线的。……久已想找你谈谈，老没机会，话闷在心里，再加上周来疟魔的高温的力量，

---

① 潘光旦：《说学人论政》，载杨东平编《大学精神》，辽海出版社 2000 年版，第 170—173 页。

② 转引自闻黎明、侯菊坤编《闻一多年谱长编》（上卷）上海交通大学出版社 2014 年版，第 642—643 页。

思想发酵了，整十五年没写诗，今天为你张奚若破戒了，就恕我拿你开刀吧。计划是要和教授阶级算账，除你外，还有潘光旦、冯友兰、钱穆、梁宗岱、沈从文、卞之琳和闻一多自己等七个冤家，题名曰八教授颂。"① 当时，张奚若在宪政讲演会上指责国民政府声称准备实行宪政不过是愚弄人民的又一个骗局，由此受到围攻。闻一多此信是对这一事件的回应，并对张奚如的斗争精神表示钦佩。闻一多还特别提及将写作《八教授》一诗，以便"和教授阶级算账"。《八教授》一诗闻一多没有最终完成，只创作了"序"和"政治学家"。诗中写道：

> 二千五百年个人英雄主义的幽灵啊！/你带满了一身发散霉味儿的荣誉，/甩着文明杖，/来到这廿世纪四十年代的公园里散步；/你走过的地方，/是一阵阴风；/你的口才——/那悬河一般倾泻着的通货，/是你的零用钱，/你的零用钱愈花愈有，/你的通货永远无需兑现。
>
> ……
>
> 请回吧，/可敬爱的幽灵！/你自有你的安乐乡，/在藐姑射的烟雾中，/在商山的白云中，/在七里濑的水声中，/回去吧/这也不算败兴而返！

闻一多在诗中将教授视为"二千五百年个人英雄主义的幽灵"，只是"替'死的拉住活的'挽救了五千年文化遗产"，这与之前埋首于学术可谓泾渭分明。转变后的闻一多背叛了自己所属的知识阶层。1944年 10 月 19 日，联大冬青文艺社、新诗社等文艺社团举行鲁迅逝世八周年纪念晚会，闻一多在发言中坦诚地道出了自己对鲁迅的认知转变：

> 还有一种自命清高的人，就像我自己这样的一批人。从前我们住在北平，我们有一些自称"京派"的学者先生，看不起鲁迅，说他是"海派"……现在我向鲁迅忏悔：鲁迅对，我们错了！……我们自命清高，实际上是做了帮闲帮凶！如今，把国家弄到这步田

---

① 闻一多：《闻一多书信选集》，人民文学出版社 1986 年版，第 318—319 页。

地，实在感到痛心！现在，不是又有人在说什么闻（一多）在搞政治了，在和搞政治的人来往啦，以为这样就能把人吓住，不敢搞了，不敢来往了。可是时代不同了，我们有了鲁迅这样的好榜样，还怕什么？①

这是闻一多自我反叛与自我忏悔心迹的真诚表达，其由"何妨一下楼主人"转变而为社会"民主斗士"的心理轨迹亦由此可见。1946年2月22日，闻一多致信闻家骝，叙及自己近两年来的心迹转变及政治担当：

两年以来，书本生活完全抛弃，专心从事政治活动（此政治当然不指做官，而实即革命）。关于此事，重庆报纸时有报导，不知兄处见及否？此处殊不便多谈。总之，昔年做学问，曾废寝忘餐，以全力赴之，今者兴趣转向，亦复如是。近年上课时间甚少（每周只四小时），大部分时间，献身于民主运动，归家后，即捉刀刻章，入夜，将一日报纸仔细读完，已精疲力竭矣。古人云"匈奴未灭，何以家为"，今之为祸于国家民族者有甚于匈奴。在此辈未肃清以前，谈不到个人，亦谈不到家。②

此信可以视为闻一多转向激进主义、投身民主政治的真诚内心表白。正是在这种心迹转变与政治抉择中，闻一多于1944年9月以个人身份加入中国民主同盟。据称，吴晗受组织委托，正式邀请闻一多加入民盟，闻一多表示可以加入后，说道："国事危急，好比一幢房子失了火，只要是来救火，不管什么人都是一样，都可以共事。"③ 闻一多用"救火"来形容社会政治形势的危急，这是其由中立的自由主义立场转向激进主义立场之心态的典型表达。闻一多也以一种"救火"心态投入民盟的政治工作。据吴晗回忆："民盟是没有钱的，请不起人，有文

---

① 转引自闻黎明、侯菊坤编《闻一多年谱长编》（下卷），上海交通大学出版社2014年版，第689页。

② 闻一多：《闻一多书信选集》，人民文学出版社1986年版，第326页。

③ 转引自闻黎明、侯菊坤编《闻一多年谱长编》（下卷），上海交通大学出版社2014年版，第669页。

件要印刷时，往往是他（闻一多）自告奋勇写钢板，不管多少张，从头至尾，一笔不苟。昆明那时还没有公共汽车，私家也无电话，任何文件要找人签名，跑腿的人一多一定是一个。要开会，分头个别口头通知，他担任了一份，挨家挨户跑，跑得一身大汗，从未抱怨过半句"，另外，"宣言、通电的润色"等也是闻一多"在深宵，在清晨，执笔沉吟，推敲一个字，每一句，每一段"①。闻一多"民主斗士"的行动抉择与政治担当亦由此可见。

对闻一多等联大后期激进派教师而言，因生活的艰难、严重的政治腐败和显著的社会不公而趋向政治化，他们迈出大学象牙之塔，直率地批判社会现实，投身于争取民主的社会政治活动。在他们的这种自我转变与政治抉择中，闻一多前后期的政治转变尤为显著，可以视为联大后期激进主义文化思潮兴起的一个典型个案。当然，对这种转变人们也有不同的认知和理解，譬如梅贻琦认为："（闻）一多实一理想革命家，其见解、言论可以煽动，未必切实际，难免为阴谋者利用耳。"② 不过，一个显然的事实是，闻一多政治文化立场激进转变的背后，是文学立场的悄然位移，并且对一种政治的诗学在联大的兴起影响深远。1944 年夏，闻一多在联大冬青文艺社作《诗与批评》演讲。在演讲中，闻一多将重视"诗的宣传内容"称为"诗的价值论者"，将注重"诗的语言美"称为"诗的效率论者"，并指出：

> 我以为不久的将来，我们的社会一定会发展成为 Society of Individual, Individual of Society（社会属于个人，个人为了社会）的，诗是与时代共同呼吸的，所以，我们时代不单要用效率论来批评诗，而更重要的是以价值论诗了，因为加在我们身上的将是一个新时代。……从目前的情形来看，一般都只讲求效率了，而忽视了价值，所以我要大声疾呼请大家留心价值。有人以为着重价值就会忽

---

① 转引自闻黎明、侯菊坤编《闻一多年谱长编》（下卷），上海交通大学出版社 2014 年版，第 671 页。

② 黄延复等整理：《梅贻琦日记 1941—1946》，清华大学出版社 2001 年版，第 190 页。

略了效率，就会抹煞了效率。我以为不会。……社会价值是重要的，我们要诗成为"负责的宣传"，就非得着重价值不可，因为价值实在是被"忽视"了。……诗是社会的产物，若不是于社会有用的工具，社会是不要他的。①

闻一多在此主张诗与时代同呼吸，重视"诗的价值论"，强调的是诗歌的社会政治关怀，这是其激进的政治文化立场在诗学（文学）领域的延展，也与其早期对诗的"效率论"的强调迥然有别。在创作于1939 年初的《宣传与艺术》一文中，闻一多一针见血地指出抗战的宣传不得法，主张宣传要讲究艺术技巧：

> 我们所有的宣传似乎大部分还不离口号标语，文字的宣传固然是放大的口号标语，即音乐图书戏剧各部门亦何莫非变相的口号标语？……结果只有宣（或竟是喧）而无传，于是多数的宣传品便成为大家压惊壮胆的咒语符篆，……我所谓宣传，在文字方面，是态度光明而诚恳的文艺作品，在形式上它甚至可以与抗战无大关系，但实际能激发我们敌忾同仇的情绪，它的手段不是说服而是感动，是燃烧，——它必须是一件艺术作品。②

由强调宣传"必须是一件艺术作品"到突出"诗的价值论"，闻一多文学立场的显著转变在在可见。无独有偶，在一次文艺界聚会上，闻一多依然以"救火"来譬喻文艺家从事政治活动，指出："搞艺术的人现在搞政治等于救火。并且，不是邻家火起了，一听见锣响，丢下笔推开琴谱提着脸盆干起来。而应该是：是自家房子起火了，并且烧到自己的眉毛。这时还不赶快救火，还等什么……在最危急的时候，你不能说你写个音乐号召别人来救火，你写幅油画来记下火灾的损害，最危急的

---

① 闻一多：《诗与批评》，载闻一多著，孙党伯、袁謇正主编《闻一多全集》（第二卷），湖北人民出版社 1993 年版，第 221 页。
② 闻一多：《宣传与艺术》，载闻一多著，孙党伯、袁謇正主编《闻一多全集》（第二卷），湖北人民出版社 1993 年版，第 190 页。

时候，就应该挑起水桶来。"① 正是在这种急迫的"救火"心态下，伴随着诗学立场与美学趣味的改弦更张，闻一多转而在联大积极倡导朗诵诗创作。一个显著的标志性事件是：1943 年 10 月 27 日，闻一多在"历代诗选（唐诗）"课堂突然上讲解田间的诗。据联大经济系学生程耀德描述：

> 在唐诗课上，闻一多先生讲了一个题目，名叫"鼓手时代"。他讲：我国古代的诗篇都是依着鼓的节奏所写成的。鼓的声音是原始的、单调的、粗犷的、沉重的、男性的、雄壮的、振奋的，以及战斗的。……作为一个二十世纪健全的人，我们不但要能欣赏"余音绕梁"及"响切云霄"的、出世的、高雅的、清沁的诗篇，我们并且需要同时欣赏入世的、激动的、争斗的、鼓韵的诗篇。……我们又是大地的儿子，我们无论如何离不开大地的怀抱，尤其是我们中国人，正遇着生死存亡的紧急关头。因此，我们更应该多多欣赏鼓声的诗。用这种诗的神韵来激励我们这些迟钝了的、脆弱了的心血，使我们有勇气向这世界的路上迈步向前，破除一切障碍，创造一切自下而上的滋料，在人的世界中光荣地活着。②

闻一多在此以鲜明的政治担当情怀而倡导、赞颂一种现实的、粗犷的力的美学，田间没有"余音绕梁"的朗诵诗因其介入现实的战斗性而被闻一多所赞赏。在此，闻一多重视、欣赏的是诗歌对社会政治的介入。闻一多对田间的赞赏在日趋激进的联大学生中引发了广泛影响。联大的朗诵诗人何达、因薰等听讲了闻一多在课堂上对田间的赞赏，因薰在《鼓的感动》一文中如此记叙自己听讲的过程：

> 平静了几个月的血又突然地激动起来，我从人墙中挤进去，把头伸进了教室。一位教授正在继续地朗诵，长须像通了强电流的铁

① 赵沨：《闻一多先生底回忆》，香港《光明报》新 4 号，1946 年 10 月 18 日；转引自闻黎明、侯菊坤编：《闻一多年谱长编》（下卷），上海交通大学出版社 2014 年版，第 669 页。

② 程耀德：《闻一多老师在"唐诗"课上讲"鼓手时代"》，《国立西南联合大学一九四四级通讯》第 4 期，1999 年 12 月。

丝一样弹动，眼睛里像在做着"放电现象"的实验……

黑板上写着两个大字：田间。……"我们沉醉在软弱的弦调太久了，我们需要鼓的音乐！鼓的敲击使我们想到战斗。什么是鼓的时代？战争的时代！……这堂课，我介绍这时代的诗。他（田间）有着不同于旧时代的韵律，你可以看见他活动的，健全的姿态。文学和时代要跑得一般快……我们要使我们的耳朵习惯于他，了解于他。"

……

我想告诉他，我们已经流着汗，已经落到那种境界里去了。①

可见，闻一多对田间粗犷的、力的美学的赞颂，在不少学生中产生了共鸣。此后，闻一多在多个场合表达出对文学政治效应和社会功用的重视，强调诗歌（文学）与公众世界的关联，并积极倡导朗诵诗创作。1944年5月8日，联大国文学会主办"五四"文艺晚会，闻一多作"新文艺与文学遗产"的发言，指出：

我们要知，新文学运动之所以为"新"，它是与政治、社会思想之革新分不开的，不是仅仅文言、白话的问题。……我们要把文学和政治打成一片，要出塔。我们要知道，所谓"遗产"，就是什么"国粹"，死文学、贵族文学、山林文学……不必故意在嚷什么遗产不遗产。……如是，便不知不觉又走进旧的象牙塔去了。所以我们不能忽略破坏。最重要的，是打倒孔家店；再则摧毁象牙塔。②

"要把文学和政治打成一片"，"再则摧毁象牙塔"，闻一多对文学政治效应的诉求在此醒目而显著。这表征着一种政治诗学的兴起，与闻一多后期的政治文化立场相吻合，也体现着一种不言而喻的激进性。在深层次上，这蕴含着闻一多对自己所属的知识阶层审美趣味的一种彻底

①　转引自闻黎明、侯菊坤编《闻一多年谱长编》（上卷），上海交通大学出版社2014年版，第592—593页。

②　转引自闻黎明、侯菊坤编《闻一多年谱长编》（下卷），上海交通大学出版社2014年版，第625页。

反叛。这在闻一多《艾青与田间》的演讲中有着集中的表达：

> 我们的毛病在于眼泪啦，死啦。用心是好的，要把现实装扮出来，引诱我们认识它，爱它，却也因此把自己的狐狸尾巴露出来了。

> 这一些，田间就少了，因此我们也就不大能欣赏。

> 胡风评田间是第一个抛弃了知识分子灵魂的战争诗人，民众诗人。他没有那一套泪和死。但我们，这一套还留得很多，比艾青更多。我们能欣赏艾青，不能欣赏田间，因为我们跑不了那么快。今天需要艾青是为了教育我们进到田间，明天的诗人。……有人谩骂田间，只是他们无知。①

在这里，我们看到了闻一多一种彻底的自我否定。同时，作为身处学府的知名学者，闻一多在联大学生中有着广泛的影响，是联大引领风气的重要人物。闻一多对自我知识阶层审美趣味的反思，对诗歌与公众世界关联的强调以及对诗歌政治效应的追求，可以视为联大后期激进政治文化氛围的一个症候，亦表征着一种激进的政治诗学在联大的发生。在这个意义上，正是闻一多对以田间为代表的朗诵诗的大力倡导以及联大后期激进政治文化的孕育，促成了朗诵诗创作在联大的兴起，而新诗社、文艺社的成立及其朗诵诗创作则是对此直接的文学回应。

二

闻一多后期政治立场及诗学理念的转变显著而醒目，并且在联大学生中产生了深远的影响。新诗社的成立及其对朗诵诗的倡导，即是这一文学影响的一个结果和艺术见证。新诗社酝酿成立之时，即邀请闻一多为导师，"组织学生社团，必须向训导处登记，而且一定要有一位教师担任导师。大家自然而然地想到《红烛》、《死水》的作者、一九四三年秋天在唐诗课上满怀激情地介绍解放区诗人田间的《给战斗者》，誉

---

① 闻一多：《艾青与田间》，载闻一多著，载孙党伯、袁謇正主编《闻一多全集》（第二卷），湖北人民出版社 1993 年版，第 233 页。

之为'时代的鼓手'的闻一多教授"①。显然，闻一多对田间粗犷的、力的美学的赞颂，在日趋激进的联大学生中引发了共鸣，而新诗社的成立是联大后期政治文化在文学层面上的一个表征，闻一多既是这种政治的诗学的一个重要倡导者、参与者，也促发了朗诵诗创作在联大的兴起。新诗社由是成为联大后期力推朗诵诗创作的一个重要文学社团，另一个积极倡导朗诵诗创作的文学社团为文艺社。

新诗社的成立，标志着一种"健康的、爽朗的、集体的诗"，即朗诵诗在联大的兴起，诗朗诵亦成为新诗社活动的主要方式。1944年7月9日，新诗社举行诗歌朗诵晚会，闻一多就朗诵诗发表了自己的看法："朗诵诗的对象，是大家，是许多人在一起，这样就能互相认识和团结，单是这一点已经应提倡朗诵诗了，而且朗诵诗尤其应该朗诵给人民大众听，应该是他们的，今天，尤其要强调这一点，所以更该强调朗诵诗。"② 据称，闻一多的谈话进一步坚定了新诗社对朗诵诗的倡导。显然，闻一多对朗诵诗的倡导，旨在追求诗歌对现实政治的介入及其社会价值的实现，推崇一种激进的政治的诗学。

1945年5月2日，新诗社举办诗歌朗诵晚会。据称此次诗歌朗诵晚会到会者近两千人，闻一多、朱自清、何达、郭良夫、张光年、常任侠等出席。闻一多首先发言，指出："用诗歌朗诵来纪念'五四'是极有意义的。我们为什么要朗诵诗？文学必然有功利性，诗必然是政治的工具，人类无法脱离团体的社会生活，也就离不开政治，而政治乃是诗的灵魂。"闻一多并且呼吁道："我们要唤醒农民，农民是不识字的，语体文已不适用，因此我们需要通俗的秧歌剧、街头剧、接近土地的音乐、为任何人所了解的朗诵诗。"③ 闻一多的发言后被整理成《五四与

---

① 史集：《闻一多先生和新诗社》，《云南师范大学学报》（哲学社会科学版）1987年第2期。

② 王志华：《一个诗歌朗诵晚会》，转引自闻黎明、侯菊坤编《闻一多年谱长编》（下卷），上海交通大学出版社2014年版，第644页。

③ 闻黎明、侯菊坤编：《闻一多年谱长编》（下卷），上海交通大学出版社2014年版，第743—744页。

中国新文艺》，刊载于联大、云大等校学生自治会编辑的《五四特刊》
（1945.5.4），闻一多在文中指出："中国新文艺运动应该随着中国社会
发展而发展，或者说，中国新文艺应该彻底尽到它反映现实的任务。目
前我们需要崭新的文艺形式和内容，我们要让文艺回到群众那里去，去
为他们服务。目前我们要求'民主'下乡、进工厂，我们的文艺也要
这样。因此，在我看来，目前最恰当的文艺形式是朗诵诗和歌剧。"[1]
一种激进的政治诗学主张于此显露无遗。正是在这种诗学主张的诉求
中，新诗社追求诗歌介入现实政治的可能性及其力量，积极从事朗诵诗
创作，也多次举办诗歌朗诵会。譬如 1944 年中秋节举行赏月诗歌朗诵
会，1945 年 4 月 21 日举办马雅可夫斯基逝世 15 周年纪念会，1945 年 5
月 2 日举办诗歌朗诵晚会，1945 年 5 月 5 日新诗社等文艺团体举行第一
届文艺晚会，1945 年 6 月 14 日举办诗人节晚会，1945 年 9 月中旬举办
庆祝抗战胜利大型诗歌朗诵会等。据称这些诗歌朗诵会反响不俗，多次
听众达千人以上，并由此吸引了广大联大学生参与朗诵诗创作。

　　新诗社朗诵诗创作对社会政治的介入，对文学社会效应的诉求，得
到了闻一多的赞赏。在新诗社成立半周年之际，他特地为新诗社刻了一
枚社章，并且刻下了如下的边款："本社才成立半周年，参加的分子，
已由联大发展到昆明全市。古人论诗的功能说：可以兴，可以观，可以
群，可以怨，我们正做到了这里最重要的一个群字，这是值得庆幸的。
三十三年十月半周年之前夕闻一多印并识。"[2] 新诗社侧重"诗可以群"
的诗学效应，重视的是诗歌与现实政治的关联，朗诵诗创作也成为其参
与社会活动的有效方式。譬如 1944 年上半年，中华全国文艺界抗敌协
会发起援助贫病作家募集基金活动，在闻一多的建议与支持下，新诗社
参加了募集基金活动。并且，新诗社为此举行了"声援贫病作家及讨
论诗歌的前途"大会，闻一多在会上宣读了大会给贫病作家的慰问信。

---

　　[1]　闻黎明、侯菊坤编：《闻一多年谱长编》（下卷），上海交通大学出版社 2014 年版，第
749 页。

　　[2]　史集：《闻一多先生和新诗社》，《云南师范大学学报》（哲学社会科学版）1987 年第
2 期。

慰问信写道：

> 无论你们怎样的受欺负，受迫害，你们的血泪却滋养着我们对强暴的愤恨和对自由的渴望。今天，你们不再是孤立的，你们的语言，将被我们举起，当作进军的旗帜。
>
> 人民的呼声是最响亮的，让那些死者也站在我们的行列中一齐叫喊吧！当千万声音合成一个声音，那就会把黑暗震塌的，这——就展开了你们的前途和我们的前途！①

显然，对新诗社、文艺社等联大后期文艺社团而言，朗诵诗创作已经成为其投身社会运动的一种手段与武器，这背后蕴含着一种鲜明的政治诗学诉求。这种政治诗学诉求与表达在"一二·一"运动中有着集中的体现。据新诗社成员回忆："新诗社的社友在运动中创作了大量的战斗诗歌……他们写的诗，有的张贴在作为四烈士灵堂的大图书馆里，不少前来吊唁烈士的群众，含着泪来抄录、传诵。在罢委会组织的许多宣传队中，朗诵诗是宣传的形式之一，新诗社的社友不仅自己朗诵，还把诗印发给宣传队，作为宣传队朗诵的材料。""新诗社和阳光美术社还用诗传单、街头诗画的方式，把战斗诗、讽刺诗、漫画贴上街头，成为动员群众向反动派坚决斗争的匕首和投枪。"② 何达《图书馆》、《四烈士大出丧》，沈叔平《悼潘琰》、《欺骗》，缪祥烈《妈妈，要是你今天还活着》、《给慰劳我的人们》，彭允中《潘琰，我认识你》、《灵前祭四烈士》，萧荻《绕棺》、《我们的死者、伤者》，沙珍《血的种子诗不死亡的》，因蕖《守卫者》、《我们还要赶路》，黄海《争回失去的太阳》等新诗社、文艺社成员创作的这些诗歌均为"一二·一"运动期间著名的朗诵诗。据称，"一二·一"运动的朗诵诗"不是发表在刊物上，而是发表在烈士灵堂的墙上，发表在路祭的喇叭筒上，发表在十字

---

① 史集：《闻一多先生和新诗社》，《云南师范大学学报》（哲学社会科学版）1987 年第 2 期。

② 史集：《闻一多先生和新诗社》，《云南师范大学学报》（哲学社会科学版）1987 年第 2 期。

街头的壁报上：整个昆明就是它的发表园地，昆明成为一个巨大的诗刊"①。联大朗诵诗创作与"一二·一"运动形成了紧密互动，如李广田所述："诗歌方面由于'一二·一'运动的鼓舞，也空前活跃，以反内战争民主为内容的朗诵诗从教室走向街头，悼词、挽联、祭文都诗歌化了。这种新的形式感动了无数群众，给诗歌开辟了一条新路，闻一多教授便是当时的领导者。"② 朗诵诗创作追求文艺的政治效应，"一二·一"运动作为一场学生政治运动，亦将此种文艺的政治性追求推向了极致。

在这个意义上，朗诵诗创作可以视为联大后期政治文化的一种文学呈现与艺术见证，表征着一种政治的诗学在联大的兴起。对现实政治的介入亦成为朗诵诗的一个显著特质，诚如朱自清在《论朗诵诗》一文中所指出：

> 有些批评家认为文艺是态度的表示，表示行动的态度而归于平衡或平静；诗出于个人的沉思而归于个人的沉思，所以跟实生活保持着相当的距离，创作和欣赏都得在这相当的距离之外。所谓"怨而不怒"，"乐而不淫"，"哀而不伤"，所谓"温柔敦厚"以及"无关心"的态度，都从这个相当的距离生出来。有了这个相当的距离，就不去计较利害，所以有"诗失之愚"的话。朗诵诗正要揭破这个愚，它不止于表示态度，却更进一步要求行动或工作。行动或工作没有平静与平衡，也就没有了距离；朗诵诗直接与现实生活接触，它是宣传的工具，战斗的武器，而宣传与战斗正是行动或者工作……这正是朗诵诗的力量，它活在行动里，在行动里完整，在行动里完成。这也是朗诵诗之所以为新诗中的新诗。③

可以说，以新诗社为代表的朗诵诗创作正是在联大后期激进的政治

---

① 参见龚纪一编《一二·一诗选》，人民文学出版社 1983 年版，第 106 页。
② 李广田：《重庆文协举行欢迎晚会》，转引自姚丹《西南联大历史情境中的文学活动》，广西师范大学出版社 2000 年版，第 381 页。
③ 朱自清：《论朗诵诗》，载朱乔森编《朱自清全集》（第三卷），江苏教育出版社 1997 年版，第 256—257 页。

文化氛围里，以诗歌作为介入社会政治的手段与路径，打破诗创作与现实生活距离的产物。在抗战救亡的 20 世纪 40 年代，诗与现实政治的关系成为一个凸显的诗学话题。如果说 20 世纪 30 年代以戴望舒、卞之琳、何其芳等为代表的现代派诗人可以遁入个体的私有世界，尽情展开个人生命况味的幽思与诗艺的探索，那么，在战争的 20 世纪 40 年代这一切都变得难以为继。卞之琳、何其芳的诗歌创作转变即是一个鲜明的例证。朱自清曾经敏锐地指出："抗战以来的诗，注重明白晓畅……这是为了诉诸大众，为了诗的普及。抗战以来，一切文艺形式为了配合抗战的需要，都朝普及的方向走，诗作者也就从象牙塔里走上十字街头。"① 显然，诗与社会现实的关联在战争的时代语境中变得紧密起来。以何达、叶华等为代表的联大后期朗诵诗创作也需放置于这一整体的文学趋向转变的历史语境中考察，是对这一文学趋向的一种激进推进。朱自清进而循此指出了朗诵诗的特征：

> 朗诵诗是群众的诗，是集体的诗。写作者虽然是个人，可是他的出发点是群众，他只是群众的代言人。他的作品得在群众当中朗诵出来，得在群众的紧张的集中的氛围里成长。……朗诵诗要能够表达出来大家的憎恨、喜爱、需要和愿望；它表达这些情感，不是在平静的回忆之中，而是在紧张的集中的现场，它给群众打气，强调那现场。②

为了达到鼓动、宣传的效果，朗诵诗在诗歌语言的选择上亦有自身的特点。大体上说，朗诵诗的诗歌语言浅白易懂，比较夸张，也多用重复语言。浅白易懂是期待于听众的认同，而夸张、重复是为了渲染、表达强烈的情绪。譬如新诗社成员缪弘的《血的灌溉》：

> 没有足够的粮食，/且拿我们的鲜血去；/没有热情的安慰，/且拿我们的热血去：/热血，/是我们唯一的剩余。//你们的血已经

---

① 朱自清：《抗战与诗》，载朱乔森编《朱自清全集》（第二卷），江苏教育出版社 1997 年版，第 346 页。

② 朱自清：《论朗诵诗》，载朱乔森编《朱自清全集》（第三卷），江苏教育出版社 1997 年版，第 256 页。

浇遍了大地，／也该让我们的血，／来注入你们的身体；／自由的大
地是该用血来灌溉的。／你，我，／谁都不曾忘记。

全诗语言浅白易懂，也比较夸张，同时通过语言的重复使用，共同
渲染、营造出一种强烈的情绪。联大后期朗诵诗创作的代表人物是何
达，他的《我们开会》、《不怕死——怕讨论》两首诗被朱自清在课堂
上当作朗诵诗的样板朗诵、分析。这是《我们开会》：

　　　　我们开会
　　　　　我们的视线
　　　　　象车辐
　　　　　　　集中在一个轴心

　　　　我们开会
　　　　　我们的背
　　　　　都向外
　　　　　　　砌成一座堡垒

　　　　我们开会
　　　　　我们的灵魂
　　　　　紧紧的
　　　　　　　拧成一根巨绳

　　　　面对着
　　　　　共同的命运
　　　　　我们开着会
　　　　　　　就变成一个巨人

这首诗节奏短促，结构紧凑，充满着田间式的"鼓点"，不追求弦
外之音，直白的语言、复沓的结构以及"楼梯体"形式等共同渲染、
传达出强烈的情绪。这里，集体情绪的传达是最重要的，以此朗诵诗才

能够实现对社会政治的关注和介入。作为一种集体的艺术，朗诵诗的这些特征在"一二·一"运动中得到淋漓尽致的展现。朗诵诗在"一二·一"运动中的风行一时，积极助力于"一二·一"运动，并成为现实政治运动的一个组成部分。何达的《图书馆》在当时广为流传，成为"一二·一"运动中朗诵诗名篇：

> 图书馆作了灵堂
> 灵堂也就是图书馆
> 收起"历史家"的黄花
> 学者的空谈——没有人看
> 千万人来阅读
> 　　　来抄写
> 千万人
> 在挽联的阵营里
> 　　　　行进
>
> 这是最真实的教育
> 这是最强烈的政治
> 这是最明显的社会问题
> 这是最感人的艺术
> 这是最惊心动魄的现实
> ……
> 都进来，
> 认识一下自己的道路，
> 这是为反内战而死的
> 　　烈士的棺材；
> 这是斑斑点点的
> 　　为争民主而流的血。

诗歌语言粗犷、有力，传达出一种集中而强烈的情绪。由于诗歌也是一首祭文，似乎更获得了一种打动人心的力量，将诗歌的政治效应与社会功用发挥得淋漓尽致。"一二·一"运动中朗诵诗创作的繁荣以及获得广泛的认同等，大抵都可以作如此观。这是沈叔平的《奠与控告》：

> 都是有这么美丽的青春，
> 都是有这么幸福的理想，
> 都是有这么可爱的灵魂。
>
> 可是，今天，
> 在我们一块念书的图书馆，
> 你们已经静静地躺下，
> 永久安眠。
> ……
> 你们在控告！
> 是的，你们在控告：
> 用未闭的眼睛来控告，
> 用血来控告，
> 用死来控告；
> 控告屠杀人民的军阀，党棍，
> 控告摧残民主的独裁者。

诗歌语言热烈、激情，不失为一首有力的朗诵诗。沙珍的《血的种子是不死亡的》也是以平铺直叙的呼喊传达出热切的感情：

> 你们死了，你们的尸体证明给我们：
> 自由与民主是一切可爱中最可爱的，
> 　　一切珍贵中最珍贵的，
> 　　一切高尚中最高尚的，
> 　　一切应该争取中最应该争取的。
> ……

　　象亲人呼唤你们的名字，

　　我们永远要呼唤着，永远要呐喊着

　　不再离开你们。

　　你们的血灌溉在我们心内，

　　培育了我们心内自由的苗芽。

　　你们的血没有死。

　　你们的血就是开在我们心中的自由，

　　我们的血也将流出来灌溉，

　　灌溉在无数人的心内。

　　血的种子是不死亡的，

　　大地上自由之树将成为森林。

　　诗歌依然通过语言的夸张、重复等传达出强烈的情绪。可见，朗诵诗有其特殊的诗歌用语规则，朗诵诗更多的是一种集体的艺术、一种听觉的艺术，诚如朱自清所述："这种朗诵诗大多数只活在听觉里，群众的听觉里；独自看起来或在沙龙里念起来，就觉得不是过火，就是散漫，平淡，没味儿。对的，看起来不是诗，至少不像诗，可是在集会的群众里朗诵出来，就确乎是诗。这是一种听的诗，是新诗中的新诗。"作为一种"听的诗"，对朗诵诗而言"更重要的是那氛围，脱离了那氛围，朗诵诗就不能成其为诗"①。在这个意义上，"一二·一"运动中朗诵诗创作的繁荣以及获得广泛的认同，正是联大政治文化氛围与诗歌创作互动、转化的一个典型例证。

　　朗诵诗创作是西南联大后期一个重要的文学现象，其在"一二·一"运动中风行一时，正是朗诵诗介入社会政治、打破创作与现实生活距离的艺术力量的显现。对于这种艺术力量，诚如朱自清在《诗的趋势》中所引述："人要诗，如饥者之于食，不为避开环境，是为抓住环境。因为诗是生活的路子的一个例子。人要的是例子……是切于现时

---

　　① 朱自清：《论朗诵诗》，载朱乔森编《朱自清全集》（第三卷），江苏教育出版社1997年版，第253—256页。

代的事例和实证——这事例和实证表显人类用来测量并维持那些精神标准的权力。"① 或许，这也是西南联大朗诵诗创作的诗学意义所在。

　　在诗学层面上，联大的朗诵诗创作既是社会激进思潮的一种反映，也是联大后期政治文化氛围转变的一个文学症候，表征着一种政治诗学的兴起。这种写作行为及其背后的诗学立场，既是理解西南联大政治文化氛围的一个组成部分，也是深入考察西南联大诗人群不可或缺的一个重要部分。这也警示我们，在指认西南联大诗人群整体的学院文化特征时不要掉进一个本质主义的陷阱。祛除对历史的本质主义认知，可以发现，西南联大的诗歌创作路径是异质而多维，远非学院化的现代主义诗歌所能概括。对于西南联大朗诵诗的发掘，并非意味着其艺术成就有多大，而是如此可以突破固化的知识范式对历史复杂性的简化、遮蔽，在20世纪40年代整体的历史脉络与场域结构中审视西南联大诗人群的整体性存在。这不仅有助于照亮以往为本质化的简化叙事所遮蔽的历史层面，也有助于呈示一幅立体而丰富的20世纪40年代诗歌创作图式，并进而凸显中国新诗特殊的诗学压力及其具体而复杂的创作实践。

---

　　① 朱自清：《诗的趋势》，载朱乔森编《朱自清全集》（第二卷），江苏教育出版社1997年版，第366页。

余论 20世纪40年代历史场域中的
西南联大诗人群

20世纪40年代的战争现实对文学的冲击是巨大的。战争的惨烈、残酷，民族的灾难、危亡，这一严酷的现实给本已充满现代性焦虑的中国现代文学又增添了一份现实的沉重与紧张。在诗歌创作领域，严酷的战争现实又一次将诗人抛进诗艺追求与现实关怀的艰难抉择之中。伴随着抗争救亡的大众化诗学风起云涌，诗艺的普遍衰微是20世纪40年代一个不争的事实，尽管这种介入现实的政治诗学自有其积极的社会意义。在这种特殊的时代语境压力中，依托于西南联大相对独立自足的学院空间与自由自主的学院文化，生成并崛起了一个独异的西南联大诗人群。

着眼于20世纪40年代整体的历史场域，我们可以在战争的现实环境、政治的白热化、知识左翼扩大化、文艺大众化论争等多重历史脉络与时代语境的考察中，发觉西南联大诗人依凭着学院空间的制度性条件与学院文化的丰厚精神资源，并在与其他时代话语纠葛、抵抗的历史进程中展现出自己的独特形态。在某种意义上，西南联大诗人群占据着20世纪40年代文学场中一个有利的结构性位置，并通过场域内各种象征资本的调用，最终完成了其代表性诗人自觉、前卫的诗艺探索。整体上，西南联大诗人的创作与"七月诗派"及解放区的诗歌创作等判然有别，正是由于他们身处场域的不同的位置空间，占据和拥有着不同的文化资本，并发展出不同的文学立场与文学策略。在这不同的文学策略选择的背后，隐含着某种资本分布及权力配置关系，这种权力关系既是特定历史条件的产物，也会形塑出不同的惯习，改变了场域的结构性质素，进而重塑了文学场的生态。相较于20世纪40年代特殊的语境压力之下诗艺的普遍衰微的历史事实，西南联大代表性诗人通过独立、自觉的诗艺探索，在新诗包容现代经验、拓展独立的诗美空间层面上，做出了卓有成效的实绩。在诗艺追求与现实关怀之间如何保持一种"平衡"，从而面对时代语境压力诗歌如何"发言"方面，拓展出一种学院化的诗歌图景。

在历史场景的空间性、丰富性的重构中考察西南联大诗人群，可以发现，其学院化的诗艺探索是自足的场域、特定的惯习、丰富的文化资本三者之间互动互涉的结果。在这一动态历史进程中，对于冯至等"教师诗人"来说，西南联大这个学院空间的存在，为其精神活动与艺术探索提供了一个自由的空间与基本的保障，从而促进了其诗艺的转变与提升。对于穆旦等"学生诗人"来说，西南联大的文学传承、文学讲授等为他们提供了可资借鉴、模仿的资源和对象，影响甚至左右着其诗歌品格的生成。在这个意义上，西南联大诗人的诗歌创作与西南联大独立的学院文化构成了一种互动生成关系，在学院化象征资本的积累、调用中，抵抗着时代的现实主义美学潮流，以独立、前卫的诗艺探索，成为20世纪40年代文学的喧哗之中一个独特的存在。

当然，肯定西南联大诗歌创作的学院文化背景，并不意味着西南联大诗歌创作隔绝于社会之外，形成了一个绝缘于社会的封闭的艺术空间。恰恰相反，在战争的残酷环境之中，面对时代的灾难以及个体的生命体验，把这种种信息进行学院形式的转化，并最终将其化为艺术的生命力，是西南联大诗歌创作所必须面对的一个艺术主题。而正是在学院形式转化的层面上，西南联大诗歌创作显示出自身的丰富多样性。早期卢静等人的浪漫之作，更多的具有校园"青春写作"的特征。后期的新诗社等社团的朗诵诗创作，是社会激进思潮的直接反映，基本上无暇顾及学院形式的转化，更多的是西南联大后期政治文化氛围转变的一个见证。西南联大诗人群的创作形态是丰富多样的，这也警示着我们不要把西南联大的学院文化、诗歌创作等作简单的本质化处理。在面对历史和时代的压力，诗歌如何"发言"即如何进行艺术形式转化方面，冯至、卞之琳等人对自我诗艺的转变与突破，以及穆旦、郑敏、杜运燮、罗寄一等人的新的诗艺探索，作出了富有启示意义的回答。他们立足于诗歌自身，以开放的艺术视野和宏阔的文化胸怀，将广阔的现实经验与深邃的生命体验共同纳入诗歌的表达，在包容现代历史经验的同时，积极进行诗歌艺术的学院形式的转化，带来了诗歌新的美学收获。着眼于新诗自身的发展历程，显然是以冯至、穆旦等为代表的新的诗艺的突破与探索，在真正的诗学意义上，凸显着西南联大诗人群的独特地位和价值。

以冯至、穆旦等为代表的西南联大诗人，依托于学院空间，将广阔的文化资源尤其是异域的文学资源内化为自身的精神资源，由此获得了一种鲜明的现代意识与现代体验。他们的诗歌创作对生命存在的形而上追思，对现代"自我"的深邃审视，使他们得以把现代中国的命运和生活的激变以及忧虑、孤绝、放逐感等感受表达出来。这不但以"自我"为内核建立起了新的诗歌言说的话语据点，而且成功地回应了新诗包容广阔的现代历史经验的诗学课题。他们对爱情的独特体验，成就了一种充满着分裂、焦虑、痛苦乃至绝望的爱情抒写，既体现着一种现代生命体验的广度与深度，也为新诗带来了一种全新的品质，表征着新诗在包容、扩张现代历史经验的层面上一个新的拓展。联大诗人对战争的描述在震惊性的体验中，更多了一份对战争的深层反思，以及一种超越性的普遍关怀。这既是他们立足于学院空间对严酷的战争事实的艺术回应，也是他们在惨烈的战争氛围中自我生命体验的抒写，使新诗在回应独特的历史时代经验的同时获得了一种新的诗歌质地。

同时，他们表现出对语言的一种高度自觉与敏感，从而在现代体验的传达中带来了一种新的美学收获。其诗歌表达中戏剧化表达策略的运用，是对新诗流于直接陈述和激情宣泄的表达结症的一次有力纠偏，在诗歌传达的客观性和间接性的美学追求之中，带来了一种具体、客观的诗美效果，容纳了更加丰富、驳杂的经验和厚重、稠密的信息，扩展了诗歌的表达内涵。而其知性化的诗学策略是立足于现代汉语的自身特质的一种诗学选择与实践，由此增强了现代汉语的语言弹性以及语言内部的张力，真正激活了现代汉语潜在的诗性活力。这些都表征着一种新的诗艺探索，甚至代表着 20 世纪 40 年代诗歌探索的最前沿。这种诗艺探索在战争的 20 世纪 40 年代尤其显得突出，不仅超越了为抗战而歌、侧重民族情绪与个人情感宣泄的诗歌潮流，也突破了战时功利性的文学格局，为新诗的发展拓展了另一个维度，并推动着新诗走向成熟。无论是冯至《十四行集》对生命存在的形而上追思，还是穆旦、郑敏等对现代个体生存样态的冷峻逼视，都是抵挡了时代的写实主义的大众化诗学压力，以现代白话承载了现实生存感受的诗意传达，以一种新的现代诗形传达出了复杂曲折的现代经验。这不仅堪称物质与精神都极度贫困的战争年代的一个文学奇迹，也进一步凸显出西南联大诗人群在新诗发展历程中的独特地位和价值。

在以往线性的流派研究范式之中，人们很容易从抗战前的"现代派"过渡到战后的"九叶诗派"，从而忽略乃至遮蔽了西南联大诗人群的存在。突破固化的流派研究范式对历史自身复杂性的简化、遮蔽，可以发现西南联大诗人以其自觉、前卫的诗艺探索与实践，在 20 世纪 40 年代的文学场中构成了战争年代文学喧嚣中的一个独异的文学存在，与所谓的"九叶诗派"无甚关联。究其实际，作为一次事后的命名，"九叶诗派"是新时期以来流派研究范式操作下的一个知识话语产物，并不具有真实的历史发生学上的意义。即是说，"九叶"从"集"到"流派"的过程是一种"书写权力的产物，而不是历史存在"①。或许，重要的是"叙述"的年代，而不是"被叙述"的年代，"叙述"年代的历

---

① 邱雪松：《历史与想象——关于"九叶诗派"的思考》，《四川师范大学学报》2008 年第 2 期。

史肌理更值得关注、考辨。"九叶诗派"阐释框架是 20 世纪 80 年代社会思想解放的产物，在当时的历史语境中解放了曾经遭压抑的文学创作现象，由此成为当下诗学阐释话语的一个内在肌理与组成部分。如此，仅从历史发生学的层面考辨、质疑"九叶诗派"的存在与否（这种考辨很容易做到），显然并不具有突出的学术意义。在这里，重要的是对人们何以如此阐释的话语机制进行深层剖析，不再仅仅是对一个具体诗歌流派的考察、审视，而是上升为对一种研究范式与话语机制的反思与突破，由此透视话语机制内在的痼疾。流派研究范式依然是一种外在的知识话语框架，并不等同于新诗发展的本然，在一种大而化之的诗学概括中，模糊甚至忽略了新诗复杂的诗学构想以及具体诗人的写作实践，也在一种不无本质化的学术追求中，简化乃至压缩了新诗特殊的语境压力以及历史自身的复杂存在。在这个意义上，本书借鉴场域理论关系性的、历史化的、动力学的分析方式与范畴，是为了纠偏固化的知识话语谱系对历史空间丰富性的简化与压缩，在历史自身的多重面相中呈现西南联大诗人群生成与演变的复杂缠绕的动力学机制。不同于流派研究范式大而化之的本质化追求，本书在历史场域的整体性中考察西南联大诗人群，以凸显西南联大诗人群真切的时代语境压力及其特殊的诗学构想与具体的创作实践流变。这种整体性不仅体现在宏观的权力配置、资本转化、场域规则等层面，也体现在主体认知、诗学转变等微观动力学层面。

譬如，对现代"自我"的深邃审视、反思构成联大诗人主体认知的一个重要层面，这种主体认知深刻影响着联大诗人的创作实践与诗学建构。通过考察《十四行集》，可以发现《十四行集》的创作表征着冯至在毁灭性战争环境中的一次生命的沉潜，也是现代主体一次诗性的升华，并以一种新的诗学建构将现代新诗推至一个全新的诗学维度。显然，《十四行集》的抒情召唤意在以"内在的人"的视野超越现实的残酷与历史的偶然，在个体内在体验的诗性勘定中印证生命的本真存在。这种对生命意志和真实存在的诗化阐释与呈示，以独立、超然的抒情主体为诗学前提，然而在毁灭性的战争历史境遇中，这种绝对的抒情主体存在着深刻的生存危机。或者说，历史的暴力最终会击溃"内在的人"的独立世界。这样，诗人创作的转变也就不可避免。征诸历史，在创作完《十四行集》、散文集《山水》以后不久，冯至即发生了创作转变：

> 但是自从三十一年（1942年）以后，我就很少写《山水》这类的文字了。当时后方的城市里不合理的事成为常情，合理的事成为例外，眼看着成群的士兵不死于战场，而死于官长的贪污，努力工作者日日与疾病和饥寒战斗，而荒淫无耻者却好像支配了一切。我写作的兴趣也就转移，起始写一些关于眼前种种现实的杂文，在那时成为一时风尚的小型周刊上发表。①

在严酷的现实面前，冯至在《十四行集》、《山水》中建构的独立、超然的主体世界依然避免不了坍塌的命运，诗人也从"内在的人"的世界退身而出，转而投入现实批判的杂文创作。新中国成立后，冯至的诗歌抒写也融入了时代的大合唱之中，与《十四行集》的创作迥然有别。这种创作路径的转变表明在动荡的20世纪，社会历史留存给中国诗人的自我主体空间异常狭小。在这个意义上，《十四行集》是不可重复的，这种不可重复性既凸显出《十四行集》弥足珍贵的诗学价值与意义，也显示出在整体的"权力场域"中，主体认知与诗学转变之间的微妙作用与历史关联。这种微观动力学的考察是对不无本质化趋向的话语谱系的内在突破，有助于在错综的历史场域中把握具体诗人的创作以及中国新诗特殊的诗学压力与实践。

显然，任何场域的自主性只是相对的，也与整体意义上的"权力场域"错综相关。中国20世纪40年代文学场更是深受战争的影响以及现实政治的诸多制约。在抗战救亡的年代，大众化诗学已经挟裹着历史正当性而显示出强大的政治能量。20世纪40年代末期，随着政治形势的变化，在解放区得以实践的"工农兵文学"开始在全国推广开来。

---

① 冯至：《山水·后记》，载冯至、韩耀成编《冯至全集》（第三卷），河北教育出版社1999年版，第73页。

在这种新的"工农兵文学"实践面前,大众化诗学获得了先在的政治先进性与历史合理性,完成了对其他诗学话语的超越。自此,大众化诗学话语一统天下,通俗易懂、集体主义的诗歌抒写成为诗歌创作的主潮。直至 20 世纪 80 年代,在一个新的历史场域中,新的诗艺探索才逐步展开。在这个意义上,西南联大诗人群可以称为现代诗歌史上最后的学院诗人群,并以其丰厚的艺术遗产而成为 20 世纪 80 年代诗艺探索一个重要的精神艺术资源。这进一步例证了西南联大诗人群在新诗发展历程中不可或缺的重要诗学价值和史学意义。

参考文献

A

艾青：《艾青论创作》，上海：上海文艺出版社，1985 年。

［英］艾·瑞恰慈著：《文学批评原理》，杨自伍译，南昌：百花洲文艺出版社，1992 年。

［美］埃德蒙·威尔逊著：《阿克瑟尔的城堡：1870 年至 1930 年的想象文学研究》，黄念欣译，南京：江苏教育出版社，2006 年。

［英］安东尼·吉登斯著：《现代性与自我认同》，赵旭东、方文译，北京：生活·读书·新知三联书店，1998 年。

B

包亚明译：《文化资本与社会炼金术——布尔迪厄访谈录》，上海：上海人民出版社，1997 年。

北京大学党组织史编写小组：《中共南系地下党组织史：补充材料》，内部资料，1988 年。

北京大学等编：《国立西南联合大学史料》（第 1—6 卷），昆明：云南教育出版社，1998 年。

［美］贝斯特（Best, S.）、［美］凯尔纳（Kellner, D.）著：《后现代理论——批判性的质疑》，张志斌译，北京：中央编译出版社，

2004年。

［英］彼德·琼斯：《意象派诗选》，裘小龙译，桂林：漓江出版社，1986年。

卞之琳：《卞之琳文集》，合肥：安徽教育出版社，2002年。

［法］波德莱尔著：《1846年的沙龙——波德莱尔美学论文选》，郭宏安译，桂林：广西师范大学出版社，2002年。

［法］布迪厄（Bourdieu, P.）、［美］华康德（Wacquant, L. D.）著：《实践与反思——反思社会学导引》，李猛、李康译，中央编译出版社，1998年。

C

蔡元培：《蔡元培全集》，北京：中华书局，1988年。

蔡仲德：《冯友兰先生年谱初编》，郑州：河南人民出版社，1994年。

陈安湖主编：《中国现代文学社团流派史》，武汉：华中师范大学出版社，1997年。

陈伯良：《穆旦传》，杭州：浙江人民出版社，2004年。

陈平原：《北大精神及其他》，上海：上海文艺出版社，2000年。

陈平原：《触摸历史与进入五四》，北京：北京大学出版社，2005年。

陈平原：《大学何为》，北京：北京大学出版社，2015年。

陈平原：《抗战烽火中的中国大学》，北京：北京大学出版社，2015年。

陈平原：《老北大的故事》，北京：北京大学出版社，2015年。

陈平原：《中国大学十讲》，上海：复旦大学出版社，2002年。

陈太胜：《象征主义与中国现代诗学》，北京：北京大学出版社，2005年。

陈旭光：《中西诗学的会通——20世纪中国现代主义诗学研究》，

北京：北京大学出版社，2002 年。

陈子善编：《叶公超批评文集》，珠海：珠海出版社，1998 年。

D

邓招华：《西南联大诗人群史料钩沉汇校及文学年表长编》，北京：人民出版社，2016 年。

邓招华：《现代新诗文本细读与诗学阐释》，北京：人民出版社，2018 年。

董洪川：《"荒原"之风》，北京：北京大学出版社，2004 年。

杜运燮、袁可嘉等编：《一个民族已经起来——纪念诗人、翻译家穆旦》，南京：江苏人民出版社，1987 年。

杜运燮、张同道主编：《西南联大现代诗钞》，北京：中国文学出版社，1997 年。

杜运燮：《海城路上的求索——杜运燮诗文选》，北京：中国文学出版社，1998 年。

杜运燮等编：《丰富和丰富的痛苦——穆旦逝世 20 周年纪念文集》，北京：北京师范大学出版社，1997 年。

F

废名：《论新诗及其他》，沈阳：辽宁教育出版社，1998 年。

费正清：《费正清自传》，天津：天津人民出版社，1993 年。

冯尔康、郑克晟编：《郑天挺学记》，北京：生活·读书·新知三联书店，1991 年。

冯友兰：《冯友兰学术自传》，北京：人民出版社，1998 年。

冯友兰：《三松堂自序》，北京：人民出版社，2008 年。

冯友兰：《贞元六书》，上海：华东师范大学出版社，1996 年。

冯至：《冯至全集》，石家庄：河北教育出版社，1999 年。

冯钟璞、蔡仲德编：《冯友兰先生百年诞辰纪念文集》，北京：清华大学出版社，1995年。

[美]弗雷德里克·R.卡尔著：《现代与现代主义：艺术家的主权1885—1925》，陈永国、傅景川译，北京：中国人民大学出版社，2004年。

G

高秀芹、徐立钱：《穆旦：苦难与忧思铸就的诗魂》，北京：文津出版社，2007年。

龚纪一编：《一二·一诗选》，北京：人民文学出版社，1983年。

H

何炳棣：《读史阅世六十年》，桂林：广西师范大学出版社，2009年。

何其芳：《何其芳全集》，石家庄：河北人民出版社，2000年。

贺桂梅：《转折的时代——40—50年代作家研究》，济南：山东教育出版社，2003年。

贺麟：《文化与人生》，北京：商务印书馆，2002年。

贺麟：《五十年来的中国哲学》，北京：商务印书馆，2002年。

[德]黑格尔著：《美学》，朱光潜译，北京：商务印书馆，1997年。

洪子诚：《问题与方法——中国当代文学史研究讲稿》，北京：生活·读书·新知三联书店，2002年。

胡风：《胡风全集》（第二、三卷），武汉：湖北人民出版社，1999年。

胡经之、张首映主编：《西方二十世纪文论选》，北京：中国社会科学出版社，1989年。

黄延复、马相武主编：《梅贻琦与清华大学》，太原：山西教育出版社，1995年。

黄延复、钟秀斌：《一个时代的斯文：清华校长梅贻琦》，北京：九州出版社，2011年。

黄延复：《二三十年代清华校园文化》，桂林：广西师范大学出版社，2000 年。

黄延复等整理：《梅贻琦日记 1941—1946》，北京：清华大学出版社，2001 年。

J

季剑青：《北平的大学教育与文学生产：1928—1937》，北京：北京大学出版社，2011 年。

季进、曾一果：《陈铨：异邦的借镜》，北京：北京出版社出版集团，2005 年。

江弱水：《卞之琳诗艺研究》，合肥：安徽教育出版社，2000 年。

江弱水：《中西同步与位移——现代诗人丛论》，合肥：安徽教育出版社，2003 年。

姜涛：《"新诗集"与中国新诗的发生》，北京：北京大学出版社，2005 年。

蒋登科：《九叶诗派的合璧艺术》，重庆：西南师范大学出版社，2002 年。

金丝燕：《文学接受与文化过滤：中国对法国象征主义诗歌的接受》，北京：中国人民大学出版社，1994 年。

金岳霖：《金岳霖的回忆与回忆金岳霖》，成都：四川教育出版社，1995 年。

姜建、吴为公：《朱自清年谱》，北京：光明日报出版社，2010 年。

L

蓝棣之：《现代诗的情感与形式》，北京：华夏出版社，1994 年。

蓝棣之：《现代诗歌理论：渊源与走势》，北京：清华大学出版社，2002 年。

李方编：《穆旦诗全集》，北京：中国文学出版社，1996 年。

李光荣、宣淑君：《季节燃起的花朵——西南联大文学社团研究》，北京：中华书局，2011 年。

李光荣：《西南联大文学社团研究》，北京：中华书局，2018 年。

李广田：《诗的艺术》，上海：开明书店，1946 年。

李洪涛：《精神的雕塑：西南联大纪实》，昆明：云南人民出版社，2001 年。

李立：《中国远征军：滇印缅参战将士口述全记录》，北京：中国大百科全书出版社，2012 年。

李欧梵：《现代性的追求：李欧梵文化评论精选集》，北京：生活·读书·新知三联书店，2000 年。

李怡、易彬：《穆旦研究资料》，北京：知识产权出版社，2013 年。

李怡：《现代：繁复的中国旋律——现代的诗、现代的文学与现代的文化》，北京：中央编译出版社，2001 年。

李怡：《中国现代新诗与古典诗歌传统》，重庆：西南师范大学出版社，1994 年。

梁宗岱：《诗与真·诗与真二集》，北京：外国文学出版社，1984 年。

刘继业：《新诗的大众化和纯诗化》，北京：北京大学出版社，2008 年。

刘克敌：《百年文学与大学》，北京：中国文联出版社，2004 年。

刘述礼、黄延复：《梅贻琦教育论著选》，北京：人民教育出版社，1993 年。

刘扬烈：《诗神·炼狱·白色花——七月诗派论稿》，北京：北京师范学院出版社，1991 年。

刘兆吉：《刘兆吉诗文选》，重庆：西南师范大学出版社，2003 年。

龙泉明：《诗歌研究史料选》，成都：四川教育出版社，1989 年。

龙泉明：《中国新诗流变论》，北京：人民文学出版社，1999 年。

陆耀东：《冯至传》，北京：十月文艺出版社，2003 年。

罗庸：《鸭池十讲》，沈阳：辽宁教育出版社，1997 年。

罗振亚：《中国现代主义诗歌史论》，北京：社会科学文献出版社，2002 年。

吕周聚：《中国现代主义诗学》，北京：人民文学出版社，2001 年。

K

［美］卡林内斯库著：《现代性的五副面孔》，顾爱彬、李瑞华译，北京：商务印书馆，2002 年。

M

［美］M. H. 艾布拉姆斯著：《镜与灯：浪漫语义文论及批评传统》，郦稚牛等译，北京：北京大学出版社，2004 年。

马·布雷德伯里、詹·麦克法兰编：《现代主义》，胡家峦等译，上海：上海外语教育出版社，1992

穆旦：《穆旦诗文集》，北京：人民文学出版社，2007 年。

穆木天：《穆木天诗文集》，长春：时代文艺出版社，1985 年。

穆木天：《穆木天文学评论选集》，北京：北京师范大学出版社，2000 年。

Q

钱理群：《1948：天地玄黄》，济南：山东教育出版社，1998 年。

钱穆：《八十忆双亲·师友杂忆》，北京：生活·读书·新知三联书店，2005 年。

钱穆：《国史大纲》，商务印书馆，1996 年。

清华大学校史研究室编：《清华大学史料选编》，北京：清华大学出版社，1991 年。

裘小龙：《现代主义的缪斯》，上海：上海文艺出版社，1989 年。

R

任之恭：《一个华裔物理学家的回忆录》，太原：山西高教联合出版社，1992 年。

S

［美］萨义德（Said. E. W.）著：《知识分子论》，单德兴译，北京：生活·读书·新知三联书店，2002 年。

沈从文：《沈从文文集》，长沙：湖南人民出版社，2013 年。

苏光文：《抗战诗歌史稿》，成都：四川教育出版社，1991 年。

孙玉石：《中国现代诗歌艺术》，北京：人民文学出版社，1992 年。

孙玉石：《中国现代主义诗潮史论》，北京：北京大学出版社，1999 年。

T

唐湜：《新意度集》，北京：生活·读书·新知三联书店，1990 年。

［英］特雷·伊格尔顿著：《二十世纪西方文学理论》，伍晓明译，北京：北京大学出版社，2007 年。

［英］托·斯·艾略特著：《艾略特文学论文集》，李赋宁译注，南昌：百花洲文艺出版社，1994 年。

W

汪曾祺：《汪曾祺全集》（第 4 卷），北京：北京师范大学出版社，1998 年。

王光明：《现代汉诗的百年演变》，石家庄：河北人民出版社，2003 年。

王圣思：《"九叶诗人"评论资料选》，上海：华东师范大学出版社，1995 年。

王毅：《中国现代主义诗歌史论 1925—1949》，重庆：西南师范大学出版社，1998 年。

王元培:《抗战时期的延安鲁艺》,桂林:广西师范大学出版社,2000年。

王泽龙:《中国现代主义诗潮论》,武汉:华中师范大学出版社,1995年。

王佐良:《王佐良文集》,北京:外语教学与研究出版社,1997年。

王佐良:《英诗的境界》,北京:生活·读书·新知三联书店,1991年。

［美］韦勒克著:《近代文学批评史》(第五卷),杨自伍译,上海:上海译文出版社,2002年。

［美］韦勒克著:《批评的概念》,张金言译,杭州:中国美术学院出版社,1999年。

闻黎明、侯菊坤:《闻一多年谱长编》,上海:上海交通大学出版社,2014年。

闻黎明:《抗日战争与中国知识分子》,北京:社会科学文献出版社,2009年。

闻一多著,孙党伯、袁謇正主编:《闻一多全集》,武汉:湖北人民出版社,1993年。

吴宓:《文学与人生》,北京:清华大学出版社,1993年。

吴宓:《吴宓自编年谱》,北京:生活·读书·新知三联书店,1995年。

吴宓:《吴密日记》(5—7册),北京:生活·读书·新知三联书店,1998年。

吴世勇:《沈从文年谱》,天津:天津人民出版社,2006年。

吴晓东:《临水的纳蕤思》,北京:北京大学出版社,2015年。

吴晓东:《象征主义与中国现代文学》,合肥:安徽教育出版社,2000年。

X

［美］奚密著：《现代汉诗——1917 年以来的理论与实践》，奚密、宋炳辉译，上海：上海三联书店，2008 年。

西南联大《除夕副刊》主编：《联大八年》，昆明：西南联大学生出版社，1946 年。

西南联合大学北京校友会、校史编辑委员会：《笳吹弦诵在春城——回忆西南联大》，昆明：云南人民出版社，1986 年。

西南联合大学北京校友会编：《国立西南联合大学校史：1937—1946 年的北大、清华、南开》，北京：北京大学出版社，2006 年。

西南联合大学北京校友会：《笳吹弦诵情弥切——国立西南联合大学五十周年纪念文集》，北京：中国文史出版社，1988 年。

萧超然：《北京大学校史：1898—1949》，北京：北京大学出版社，1988 年。

谢泳：《大学旧踪》，南昌：江西教育出版社，1999 年。

谢泳：《西南联大与中国现代知识分子》，长沙：湖南文艺出版社，1998 年。

解志熙：《生的执着：存在主义与中国现代文学》，北京：人民文学出版社，1999 年。

许纪霖：《二十世纪中国思想史论》（上、下卷），上海：东方出版中心，2000 年。

许渊冲：《逝水年华》，北京：生活·读书·新知三联书店，2008 年。

Y

燕卜荪：《朦胧的七种类型》，周邦宪等译，杭州：中国美术学院出版社，1996 年。

杨东平编：《大学精神》，上海：文汇出版社，2003 年。

杨立德：《西南联大的斯芬克司之谜》，昆明：云南人民出版社，

2005 年。

　　杨周翰：《攻玉集》，北京：北京大学出版社，1983 年。

　　杨周翰：《忧郁的解剖》，天津：天津人民出版社，1998 年。

　　姚丹：《西南联大历史情境中的文学活动》，桂林：广西师范大学出版社，2000 年。

　　姚可崑：《我与冯至》，桂林：广西教育出版社，1994 年。

　　叶维廉：《叶维廉文集》（第 1—3 卷），合肥：安徽教育出版社，2002 年。

　　叶维廉：《中国诗学》，北京：人民文学出版社，2006 年。

　　易彬：《穆旦年谱》，北京：中国社会科学出版社，2010 年。

　　易彬：《穆旦评传》，南京：南京大学出版社，2012 年。

　　［美］易社强著：《战争与革命中的西南联大》，饶佳荣译，北京：九州出版社，2012 年。

　　殷海光、林毓生：《殷海光·林毓生书信录（重校增补本）》，长春：吉林出版集团有限责任公司，2008 年。

　　游友基：《九叶诗派研究》，福州：福建教育出版社，1997 年。

　　余英时：《钱穆与中国文化》，上海：上海远东出版社，1994 年。

　　余英时：《中国思想传统及其现代变迁》，桂林：广西师范大学出版社，2004 年。

　　袁可嘉：《半个世纪的脚步——袁可嘉诗文选》，北京：人民文学出版社，1994 年。

　　袁可嘉：《卞之琳与诗艺术》，石家庄：河北教育出版社，1990 年。

　　袁可嘉：《论新诗现代化》，北京：生活·读书·新知三联书店，1988 年。

　　袁可嘉：《欧美现代派文学概论》，桂林：广西师范大学出版社，2003 年。

　　袁可嘉：《现代派论·英美诗论》，北京：中国社会科学出版社，1985 年。

袁可嘉等：《九叶集》，南京：江苏人民出版社，1981年。

［美］约翰·克罗·兰色姆：《新批评》，王腊宝、张哲译，南京：江苏教育出版社，2006年。

Z

张松建：《抒情主义与中国现代诗学》，北京：北京大学出版社，2012年。

张松建：《现代诗的再出发：中国四十年代现代主义诗潮新探》，北京：北京大学出版社，2009年。

张桃洲：《现代汉语的诗性空间——新诗话语研究》，北京：北京大学出版社，2005年。

张同道：《探险的风旗——论20世纪中国现代主义思潮》，合肥：安徽教育出版社，1998年。

张新颖：《20世纪上半期中国文学的现代意识》，北京：生活·读书·新知三联书店，2001年。

赵罗蕤：《我的读书生涯》，北京：北京大学出版社，1996年。

赵瑞蕻：《离乱弦歌忆旧游》，上海：文汇出版社，2000年。

赵毅衡：《新批评文集》，天津：百花文艺出版社，2001年。

郑敏：《诗歌与哲学是近邻》，北京：北京大学出版社，1999年。

郑敏：《英美诗歌戏剧研究》，北京：北京师范大学出版社，1982年。

郑敏：《郑敏诗集：1979—1999》，北京：人民文学出版社，2000年。

郑天挺：《郑天挺西南联大日记》，北京：中华书局，2018年。

朱自清：《朱自清全集》，南京：江苏教育出版社，1997年。

邹荻帆：《诗的欣赏与创作》，北京：生活·读书·新知三联书店，1986年。

跋

2006 年邓招华考取了山东师范大学中国现当代文学专业的博士研究生，报考的指导教师是我。眼下读着他即将出版的博士论文书稿《“文学场”视域中的西南联大诗人群研究》，与 13 年前他准备提交答辩的博士论文相比，我强烈地感受到了他巨大的学术进步。我从邮箱里调出 2009 年他发给我的博士论文最后一稿（实际上是他的倒数第二稿，后来他又改了一遍），与现在的书稿做了比对。为方便起见，把当年的论文简称“2009 版”，现在的书稿简称“2022 版”。

首先看到的是字数大大增加了，增加了 10.8 万余字。这增加的 10 万多字，主要增加在哪儿呢？经过比对，绪论、第一章、第二章都是在 2009 版基础上修改，2022 版增加了 37700 多字。在 2009 版第三章和第四章的基础上，经过修改和调整，形成了 2022 版的第三章、第四章和第五章，增加了 22700 多字。2022 版另外增加了第六章和第七章，合计 48000 多字。

我先读了新增加的第六章和第七章，非常兴奋。较之于 2009 版论文实现了学术深化和学术拓展的双丰收。

第六章主要是以“点”的深入，增强了整个论文“面”上的说服力。邓招华 2009 年提交答辩论文时，对自己论文最大的不满就是“面”上的工作做得还可以，缺少“点”上的深入。“面”指的是他对西南联大诗人群的整体研究，"点"指的是对代表诗人做深入的个案分析。2022版弥补了这一不足。第六章选了两个代表诗人，一个是"教师诗人"冯至，一个是"学生诗人"穆旦。以这两个典型的代表诗人为个案，既能深入西南联大独立、自由的学院空间与个体诗人之间的互动联系，又能深入这一独特文化场域生成的惯习如何化为内在的心性结构、形塑机制潜在地支配着诗人的诗歌创作。有了第六章"点"的深入，不仅使原来"面"显得血肉丰满，更重要的是增加了整个论文的说服力。

新增加的第七章开拓了一个新的学术领域。此前研究成果对西南联大诗人群的研究，基本上把这一研究对象看作学院派现代主义诗人群体，忽视了20世纪40年代后期何达等新诗社诗人的朗诵诗创作，甚至忽视了闻一多对西南联大朗诵诗的重大影响。2022版的第七章，展示了西南联大诗人群在20世纪40年代后期的发展变化，尤其是现代主义思想及诗歌艺术探索之外的另一种面相——面对国民党独裁和政治高压在西南联大兴起的以朗诵诗为代表的反抗现实的诗歌潮流。这是一种学生运动催生的诗歌运动。国民党的专制主义统治与西南联大兴起的激进主义反抗，导致学校原有的独立、自主的学院空间及其文学场域都难以维系。其中，闻一多的政治转变及其文学立场的转向，在学生中产生了深远的影响。朗诵诗在西南联大成为新的潮流与闻一多的政治转变及身体力行的指导有密切关联。第七章既弥补了2009版论文的这一缺憾，也是对此前研究缺失的一种补救。

除了增加的这两章，2022版对2009版原有的内容的修改增加了5万多字。这其中有不少可圈可点之处，以绪论的修改为证。

关于"西南联大诗人群"名称的界定，这一部分2022版比2009版增加了3000多字。这新增的3000多字内容主要分为两个部分。一是更充分地校正了此前多数研究成果对这一群体冠名的失准：将西南联大诗人群视为"九叶诗派"或"中国新诗派"的一个组成部分，遮蔽了这一诗人群体更多的成员、更丰富的时空内涵和多元的艺术价值。这一部分内容在 2009 版里只有几百字，到了 2022 版通过对"九叶诗派""中国新诗派"的细致辨析，充分阐明"九叶诗派""中国新诗派"与"西南联大诗人群"虽有重合的部分，但各有不同的内涵和外延，而且差别很大。如果从"九叶诗派"和"中国新诗派"的视角来看，所看到西南联大诗人群只有四个诗人：穆旦、杜运燮、郑敏、袁可嘉。2022 版论文复原的"西南联大诗人群"是由 50 多人组成的一个风格不同、形态多样、前后变化的诗人复合体。其中既有穆旦一类的现代主义诗艺追求，也有冯至一类的自我否定型的精神探索，又有卢静一类的新型的浪漫之作，还有何达一类的朗诵诗。由此可见，此前把西南联大诗人群当成"九叶诗派"或"中国新诗派"的一个组成部分，这是多么大的研究偏狭。

与之相关的第二个内容同样重要，那就是邓招华颇有像发掘出土文物一样的贡献。2009 版里没有，到了 2022 版里多了 26 个"西南联大诗人"。1997 年以前，在研究者笔下的"西南联大诗人"不超过 10 人。1997 年《西南联大现代诗钞》（杜运燮、张同道编）的出版，收集了西南联大师生 24 人的诗作 300 余首。其中，教师诗人有卞之琳、冯至、沈从文、李广田、闻一多、燕卜荪 6 人；学生诗人有马逢华、王佐良、叶华、沈季平、杜运燮、何达、杨周翰、陈时、周定一、罗寄一、郑敏、林蒲、赵瑞蕻、俞铭传、袁可嘉、秦泥、缪弘、穆旦 18 人。这其中有 14 人是西南联大诗人群中的新面孔。这已经让人看到了西南联大诗人群原来是一个如此庞大的文学集体。邓招华不满于此，他经过长期艰苦的"田野调查"，仔细翻阅昆明的《中央日报》副刊《平明》、重庆的《大公报》副刊《文艺》、贵州的《贵州日报》副刊《革命军诗刊》、昆明的《文聚》杂志、桂林的《明日文艺》等，找到了西南联大诗人发表的大量诗作，并借助于相关的文献史料，"打捞"出了以往被遗漏的 26 位西南联大诗人：卢静（卢福庠）、马尔俄（蔡汉荣）、田堃（王凝）、刘北汜、辛代（方龄贵）、萧荻（施载宣）、柳波、沈叔平、缪祥烈、靳凡、沙珍、黄福海、因陈、彭允中、赵宝煦、康倪、张源潜、郭良夫、温功智、王景山、李复业、李建武、李恢君、李维翰、叶世豪、赵少伟。当然，这些诗人的发现不是邓招华一个人的功劳，但在别人那里只是某一个或某几个诗人的"出土"，经过邓招华的发掘和汇总，这 26 人是在这部《"文学场"视域中的西南联大诗人群研究》中第一次集体"亮相"。邓招华发掘出的西南联大新"出土"诗人的佚作，也是在这本书中第一次面世。

2022 版绪论的研究综述部分比 2009 版增加了 1700 多字。主要是增加了 2009 年以后的一些新成果，如曹莉的论文《置身名流：燕卜荪对中国现代派诗歌和诗论的影响》（《外国文学》2018 年第 6 期）、肖柳和王泽龙的论文《燕卜荪与西南联大诗人群的诗艺探索》（《江汉论坛》2019 年第 5 期）、马绍玺的论文《边地风景体验与西南联大诗歌》（《文学评论》2015 年第 1 期）李光荣的论文《何谓"全新的诗"？——闻一多的朗诵诗理论试探》（《西南民族大学学报》2017 年第 5 期）、《西南联大与我国朗诵诗的中兴》（《广西师范学院学报》2017 年第 6 期）、《西南联大的朗诵诗观念——从闻一多到朱自清和李广田》（《中国现代文学研究丛刊》2017 年第 8 期）等；还有新增的著作，如李光荣的《季节燃起的花朵》（中华书局 2011 年版）、《西南联大文学社团研究》（中华书局 2018 年版）等。研究综述所增加的部分，提高了书稿的前沿性水准，也提高了 2022 版的学术起点。

绪论中关于对既有的研究范式、阐释框架的突破，2022 版比 2009 版增加了 1800 多字，论述得更加充分了。如前所说，此前研究西南联大诗人群，几乎都是运用流派研究的范式和框架，无论从"九叶诗派"，还是从"中国新诗派"的视角，所看到的西南联大诗人只有穆旦、杜运燮、郑敏、袁可嘉四人。而邓招华 2022 版复原的"西南联大诗人群"50 多人，而且是一个风格不同、形态多样、前后变化的复合交错型诗人群体。若要问"西南联大诗人群"的本质特征，邓招华的答案是否定的，因为在他看来"西南联大诗人群"没有"本质"。非要用所谓的"本质"去概括它，邓招华认为是对历史的暴力切割。祛除了"本质论"，邓招华还挑战了此前某些研究的简单化的线性"逻辑"。他告诉我们，那种从抗战前的"现代派"直接过渡到战后"九叶诗派"的研究如何不符合历史事实，而西南联大诗人群的出现"与其说是一种时间上的线性必然，不如说是一种空间上的偶然"。此前的研究尤其忽视了这一诗歌现象在特定空间里的"交错性存在"。如果说 1981 年陈咏华、丁芒编《九叶集》的出版，让学界逐渐知道了西南联大这样四个诗人是"九叶诗派"的一部分；1997 年杜运燮、张同道编《西南联大现代诗钞》的出版，让学界知道了有一个"西南联大诗人群"，这是一个比"九叶诗派""中国新诗派"更大的诗歌流派；那么，2022 年邓招华著《"文学场"视域中的西南联大诗人群研究》的出版，将让学界知道："西南联大诗人群"不是一个流派，而是在诗歌内涵与传达方式的美学追求方面有着不小差异的非流派诗人群体，依托于西南联大相对独立自足的学院空间而存在。这将开启属于"西南联大诗人群"自己的研究范式，既是邓招华对西南联大诗人群研究的突破性贡献，也将对中国现代文学史研究具有重要的启示意义。

以上谈的仅是这部书稿新增加的部分内容，相对于 2009 版论文，这些都属于外在的变化。其实，这十几年邓招华最大的进步是他"内功"大增，文献史料的功力获得了极大的提升。这种提升主要体现在他的另一部著作《西南联大诗人群史料钩沉汇校及文学年表长编》①中。2016 年我收到这本书的时候，震惊程度超过了读眼下这部书稿的震惊。邓招华把 2009 版论文中不到两千字的大事记，扩展成了 41 万字的一部著作。这部著作"从最原始最琐碎的材料入手，在大量的第一手材料的爬梳、整理中，力图使西南联大诗人群的生成、流变等丰富多样的原始样貌呈现出来"②。他的这部书时间跨度近十年，始于抗战全面爆发前夕的 1937 年 1 月，终于 1946 年 5 月西南联大宣告结束。《西

---

① 邓招华：《西南联大诗人群史料钩沉汇校及文学年表长编》，人民出版社 2016 年出版。
② 邓招华：《西南联大诗人群史料钩沉汇校及文学年表长编》，人民出版社 2016 年出版，第 2 页。

南联大诗人群史料钩沉汇校及文学年表长编》把这期间西南联大诗人群的有关史料按时间线索汇编成册。与同类著作的一个明显区别在于，这部书中加了大量的按语。他的按语有的是对这一事件的详细说明或补充，有的是为这一事件注明资料出处或提供史料依据，有的是对这一事件做必要的资料的延伸，有的是有关史料的汇校，也有的是对这一事件进行学术阐释，还有的就像为这一事件的有关资料做的短小的考证文章。这样的按语使得书中的事件及其原始资料不同程度地立体化了，保存并展示了极为丰富的历史信息。也正是通过这些按语的写作，邓招华完成了对这些第一手资料的爬梳、钩沉、整理、汇校和消化工作。由此，西南联大的历史、西南联大文学的历史、西南联大诗歌创作的历史，在邓招华面前由陌生到模糊，由模糊到逐渐清晰。建立在这些史料越来越多、越来越准确、越来越富有学术联系的基础上，2022 版的《"文学场"视域中的西南联大诗人群研究》浮出水面。可以这样说，没有《西南联大诗人群史料钩沉汇校及文学年表长编》，就没有《"文学场"视域中的西南联大诗人群研究》所达到的学术高度。

从完成论文答辩，到论文出版，经历了 13 年，这也是邓招华博士论文修改的 13 年。尽管这 13 年邓招华不是只做这一件事，但他完全可以用这些精力再写一本新书，甚至不止一本新书。他为什么没有这样做？邓招华博士毕业后，对博士论文做了三次大的修改。曾经有一次已经交稿给出版社了，因为发现新的史料，有了新的想法，他又撤稿了。对此，很多人不能理解，我却很理解他。这些年来邓招华一直与我交流的话题是：怎么才能把博士论文修改好。这十几年，我见证了邓招华在学术上跨过了三个台阶。跨上第一个台阶的标志是博士学位论文质量的跨越式提高，这反映了他对博士学位的尊重，对自己学术成果的尊重；跨上第二个台阶的标志，是他学术"内功"的跨越式提升，这反映了他对自己学术能力的高标准、严要求；跨上第三个台阶的标志，是他 13 年没有放弃对一项学术成果的修改完善，这反映了他对学术事业的敬重和坚韧不拔的学术定力。这三次跨越，一次比一次难能可贵。

还有一件事，我特别感谢邓招华！2018 年他倡议并与张瑜在河北大学举办了一个学术论坛，邀请我和我的一些博士弟子参加，取得了很好的效果，形成了一个定期的学术交流平台。我和我的学生们都在这个平台上获得了很大的学术收益。

天太热，就写到这里吧。

魏　建

2022 年 6 月 20 日于济南酷暑中

后　记

　　本书在博士学位论文基础上修订而成，也是国家社科基金项目成果。从论文到项目，再到本书，其间经历了三次大的修订，最显著的变动是从论文构架变为书的框架，增加了三个章节，篇幅扩充了十余万字。在这修订过程中，十余年的光阴已悄然流逝，除了感觉自己的笨拙之外，我更有一种岁月蹉跎的体会。时光荏苒，我仅能以这本书作为逝去生命的一点确证而已。

　　在博士论文后记中，我首先谈及了选择这个课题的缘由。

　　2008年春天，我在昆明追踪西南联大师生当年的足迹。联大在艰难时世中传递文化薪火的精神，使后人感动。而我更有兴趣的是，在这种文化精神的孕育下，诞生了成就颇丰的西南联大诗人群。我力图在具体情境的触摸中，在原始资料的发掘中，还原、厘析这个诗人群体的具体存在，并进而分析、阐释其丰富的艺术内涵。历史变迁、岁月沧桑，当年的历史情境已经无法还原：清净、优雅的翠湖成了昆明市民载歌载舞的场所；文林街的茶馆大部分已经为韩国料理、日本小吃所替代；西仓坡闻一多先生遇难处盖起了一所小学，学生的喧闹声打破了这里应有的一份肃静；而孕育了冯至《十四行集》的清净的杨家山成了世博园的所在，当年冯至漫步其间并激发其灵感的山间小道已修建成世博园的主干道，锣鼓喧天的文艺表演把成就了《十四行集》的那份清寂破坏无遗。所幸的是，当年的诸多资料依然被保存下来，在云南师范大学图书馆、云南省图书馆、云南省档案馆，我翻阅着一本本发黄的刊物、文件档案，当年的历史活动、精神担当、文化创造，逐一地呈现出来。尤其是西南联大诗人群的文学创造实绩向我昭示着，这片高原在战火纷飞中存在过辉煌的精神生活。在这里，我感受到了精神产品穿越历史岁月的力量。而在我大体沿着闻一多、穆旦等当年步行入滇的路线，奔赴昆明的路途中，我在火车上看到了穆旦七十年前看到并记录下来的景象："一个农夫，他粗糙的身躯移动在田野里，／他是一个女人的孩子，许多孩子的父亲，／多少朝代在他的身边升起又降落了／而把希望和失望压在他身上，／而他永远无言地跟在犁后旋转，／翻起同样的泥土溶解过他祖先的，／是同样的受难的形象凝固在路旁。"我切身感受到了艺术穿越历史岁月的永恒力量。我应该把西南联大诗人群的艺术创造活动展示出来，尤其当其还是一个被遮蔽的诗人群体。这也是我选择本课题的一个缘由。

我没有想到的是，为了这个课题的最终完成，我花费了十余年时间。这一方面缘于自己的笨拙；另一方面缘于对学术严谨性的尊重，其间不断收集资料、更新构思，也将书稿从出版社撤回过一次。其间又将收集、整理的资料以"西南联大诗人群史料钩沉汇校及文学年表长编"为书名出版，以期为课题研究奠定坚实的史料根基。现在这个课题终于可以告一段落了，所幸自己还稍觉满意，当然也期待方家不吝指正赐教。

回首十余年的学术探索之路，我首先感谢恩师魏建教授。当年承蒙魏老师错爱，将我招入门下，使我得以继续求学的机会。千佛山下的三年岁月，聆听魏老师的谆谆教诲，受益良多。魏老师学风严谨，使我认知到了学术研究的艰辛和不易，而魏老师的激励和督促使我这个不才的学生在完成学位论文的同时，逐步走上学术之路。毕业之后，魏老师依然在多方面关心、支持我，这次魏老师又拨冗为本书作跋，对学生的关爱一如既往。魏老师的教导和帮助，我会铭记在心，永存感念。

在博士论文的写作过程中，我得到了云南师范大学图书馆馆长朱曦先生的热忱帮助，使我得以进入"西南联大图书特藏室"翻阅珍贵的资料。云南师范大学的杨立德先生从事西南联大资料整理多年，热情地解答了我诸多的疑问。人民大学的姚丹女士给我寄来了珍贵的《革命军诗刊》资料，使我受益匪浅。在此，对他们的帮助表示感谢。论文的部分章节在《文学评论》《现代中文学刊》得以发表，感谢邢少涛老师、陈子善老师对我的信任和帮助。

近年来，我变动了工作。步入中年，在一个寻求安稳的年纪，我却选择了奔波，或许在内心深处，我期望着学术探索有一个新的开始。弹指一挥间，十余年的光阴已经一逝而过，在日常生活的裹挟下，我的学术探索无甚成绩。我希望在新的环境里，能够静心下来做点事情，但愿这本书的出版带给我一个新的开始。本书出版之际，南开大学文学院罗振亚教授欣然应允为本书作序，罗老师对一个晚辈的关心和帮助，使我感念不已。汕头大学文学院杨庆杰副院长从工作调动之初，一直给予我热忱的帮助和关怀，使我得以度过工作调动之初的困难；毛思慧院长对本书的出版给予大力支持和帮助，在此一并表示感谢。汕头大学、汕头大学文学院对本书的出版给予了支持，李嘉诚基金会对本书的出版进行了资助，谨在此表示感谢。人民出版社的邵永忠老师已经跟我合作了两次，每一次对书的出版尽职尽责，感谢邵老师为本书的出版付出的辛劳和努力。

最后，感谢我的家人对我的支持、理解和爱，你们的爱，是我前行、奔波的最好回报。感恩有你们，无论身处何方，我不会孤独。

邓招华

2022 年 6 月 21 日

责任编辑:邵永忠
封面设计:黄桂月

图书在版编目(CIP)数据

"文学场"视域中的西南联大诗人群研究/邓招华 著. —北京:
人民出版社,2022.9
ISBN 978-7-01-024923-0

Ⅰ.①文… Ⅱ.①邓… Ⅲ.①诗歌研究–中国–现代
Ⅳ.①I207.22

中国版本图书馆 CIP 数据核字(2022)第 132429 号

"文学场"视域中的西南联大诗人群研究

WENXUECHANG SHIYU ZHONG DE XINANLIANDA SHIRENQUN YANJIU

邓招华 著

人民出版社 出版发行
(100706 北京市东城区隆福寺街99号)

北京中科印刷有限公司印刷 新华书店经销

2022 年 9 月第 1 版 2022 年 9 月北京第 1 次印刷
开本:710 毫米×1000 毫米 1/16 印张:26.25 字数:420 千字

ISBN 978-7-01-024923-0 定价:95.00 元

邮购地址 100706 北京市东城区隆福寺街 99 号
人民东方图书销售中心 电话 (010)65250042 65289539